27.12.14

Von Daniela + Stefan

Matthias Zschokke
Die strengen Frauen
von Rosa Salva

Matthias Zschokke

Die strengen Frauen von Rosa Salva

WALLSTEIN VERLAG

Anfang Januar lag in seinem Kasten ein Brief. Darin die Anfrage einer Kulturstiftung, ob er Lust und Zeit habe, zusammen mit seiner Familie ein halbes Jahr in einer venezianischen Wohnung zu residieren. Für alles sei gesorgt. Eine ortsansässige Frau werde ihm die Schlüssel überreichen und sich kümmern um sämtliche praktischen Probleme, die möglicherweise auftauchen könnten.

Er hatte keine Familie. Auch Freunde waren ihm nicht mehr viele geblieben, seitdem sich herumgesprochen hatte, dass er vom Glück auf beunruhigende Weise bevorzugt würde. Er fürchtete, die Einladung nach Venedig werde als weiterer Beweis für diesen Glücksverdacht betrachtet, worauf auch noch die letzten Bekannten den Kontakt zu ihm abbrechen – »sich mit Grausen von ihm abwenden« – würden. Doch I., die Frau, mit der zusammen er in Berlin lebte, hielt das für dummes Zeug. Sie kannte keine Angst vor dem Neid der Götter. Ihr gefiel die Vorstellung, ein halbes Jahr in Venedig zu verbringen. »Etwas Besseres als den Tod findest du überall«, sagte sie. Also nahm er die Einladung an.

01.06.

Letzte Mail aus Berlin an seinen Freund in Köln,
nicht was man tut, wenn man gestochen ist, will ich wissen (Essigwickel, Zitronensäure, Muttispucke, Eiweiß- oder Siliceapaste usw.), sondern wie ich es anstellen soll, nachts nicht umsirrt zu werden, das möchte ich ein für alle Mal erfahren: Lavendelsträuße ins Zimmer, Zitronenbäume vors Fenster, einen Katzenkadaver auf den Fenstersims, Hausfledermäuse halten, Licht brennen lassen, Fenster geschlossen halten, im Durchzug liegen, sich vor dem Schlafengehen mit Franzbranntwein einreiben, mit Lebertran? Was hält Mücken davon ab, mir um die Ohren zu sirren

und mich wach zu halten? Ab morgen muss ich die Antwort kennen.

02.06.

Erste Mail aus Venedig an den Freund in Köln, eingesteckt, und drin war ich. Ein venezianisches Mysterium. Nicht ein einziges Kästchen war anzuklicken. Einfach den Laptop einstecken, anschalten – und drin ist man.

Was für eine Überwältigung! Nachdem ich die Tür zur Wohnung aufgestoßen hatte, blieb ich wie angenagelt stehen, öffnete den Mund und wollte etwas Passendes ausrufen, doch es fiel mir nichts ein, also schwieg ich, stellte die Koffer auf den Boden und ging mit halboffenem Mund – ich hatte vergessen, ihn wieder zu schließen – quer durchs Entree zur Fensterfront, schaute über die Kanäle, die unten vor dem Haus aufeinandertreffen, und rührte mich nicht mehr. Dann kehrte ich zu den Koffern zurück, legte sie stumm auf einen Tisch, packte aus, räumte die Sachen in die Schränke, steckte den Laptop ein, setzte mich auf den Stuhl davor – und halte es nicht aus, hier sitzen zu bleiben und Dir zu schreiben. Muss sofort hinunter, hinaus.

/2

Gleich um die Ecke unten links ist ein Friseur. Durchs Schaufenster habe ich ihn arbeiten sehen, einen jungen Mann. Sein Name ist Valon. Von dem werde ich mir die Haare schneiden lassen. Er hat rabenschwarze Locken und ganz helle Haut. In seiner Kindheit hat er bestimmt als Zanzarotto gedient (ich habe gelesen, in Venedig würden blasse Knaben in Livree abends jeweils zu zweit in den geöffneten Fenstern der Paläste stehen, zu den Sälen hin livriert, auf der Kehrseite nackt, um mit ihrem süßen Blut die Stechmücken – die Zanzare – anzulocken und abzufangen; sogenannte Zanzarotti eben; Valon war mit Sicherheit so einer).

Höchstens zweihundert Meter habe ich geschafft, dann hob es mir die Füße vom Boden, und ich begann zu schweben. Keine Sekunde zu viel werde ich hier in der Wohnung bleiben, auf dem Stuhl sitzend, vor dem Tisch! Wann immer möglich werde ich hinausgehen – wo ich allerdings in der Gosse enden werde: Ein Glas Bier auf der Piazzetta kostete … Ach, koste es, was es wolle, egal, ich kann nicht anders, ich muss sofort wieder runter und noch eins trinken gehen.

An die Frau, die sich um die Wohnung kümmert,
wissen Sie, wie man den Fernseher zum Laufen kriegt? Es liegen zwar diverse Gebrauchsanleitungen und ein handgeschriebenes Blatt neben dem Gerät, aber egal, wie ich es anstelle, es tut sich nichts auf dem Bildschirm. Eingesteckt und zusammengestöpselt ist alles richtig, DVDs kann man sich anschauen, nur in die Ferne sehen, das geht nicht.

03.06.
An den Freund in Köln,
technisch hat alles auf Anhieb geklappt, lebenstechnisch nicht. Ich bin zermartert vom Ungewohnt-im-Bett-Liegen. Außerdem sirrte heute Nacht tatsächlich eine Stechmücke um mein Ohr. Ich erwäge hiermit, das Experiment für gescheitert zu erklären und nach Berlin zurückzukehren. Nicht wegen der Mücke. Auch nicht wegen des verzogenen Rückens. Allein wegen der Finanzen. Ich kann mir Venedig nicht leisten. Man darf hier keinen Kaffee trinken gehen wollen, keinen Aperitif, kein Eis schlecken, nicht auswärts essen. Das ist alles unbezahlbar. Was soll ich denn dann hier? Nichts dürfen fällt in Berlin sehr viel leichter. Dort habe ich meinen Lesesessel und ein Klima, das nichts anderes zulässt als lesen, denken und sich nach woanders sehnen.

Mehrmals am Tag müsste ich, wenn ich bliebe, eine sogenannte Da-Vinci-Treppe runter- und wieder hinaufsteigen, eine Treppe, auf der vor meiner Zeit eine ältere Frau ausgeglitten und schier zu Tode gekommen sein soll. Seither steht oben innen an der Wohnungstür: Attenzione! Scala pericolosa. Im Haus – wenn man den ausgebauten Dachstock dazurechnet, ist es fünfstöckig – hat jeder Mieter seinen eigenen Eingang mit eigenem Treppenhaus. Auch nach längerem Nachdenken gelingt es mir nicht, mir räumlich vorzustellen, wie die Treppen angelegt und umeinander herumgebaut sind. Sie werden nach Leonardo da Vinci benannt, weil der, wie mir die Frau, die sich um die Wohnung kümmert, erklärte, solch verschachtelte Treppenhäuser als Erster entworfen habe. Sie entsprachen offenbar dem Bedürfnis einer gewissen Schicht von Venezianern, die es sich im späten sechzehnten und frühen siebzehnten Jahrhundert nicht haben leisten können, einen ganzen Palast für sich allein bauen zu lassen. Die haben Eigentümergemeinschaften gebildet und Mehrfamilienhäuser in Auftrag gegeben. Um sich abzusetzen von den armen Schluckern, die zusammengedrängt in Mietskasernen wohnten, haben sie sich den Luxus individueller Eingänge geleistet.

I. und ich wohnen in der dritten Etage. Vom Plätzchen vor dem Haus treten wir durch eine eigene Eingangstür ins eigene Treppenhaus. Die Wohnungen unter und über uns haben links und rechts von unserer ebenfalls eigene Eingangstüren zu eigenen Treppenhäusern. Die Treppen winden sich geheimnisvoll umeinander herum, sind relativ steil, die Stufen vom vielen Benutzt-Werden spiegelglatt. Eine große Küche mit einem Tisch für acht bis zehn Personen wartet im hinteren Trakt darauf, in Betrieb genommen zu werden; noch haben wir sie nicht betreten.

Der Kaffee in den Bars schmeckt exzellent. Stehend am Tresen getrunken – was im Grunde genommen die edelste Art ist, Espresso zu trinken, nur mir leider nicht möglich, weil meine Beine jeweils müde sind, wenn ich in einer Bar angekommen bin –, kostet das Tässchen neunzig Cent; das ist freundlich. Wer sitzen will, zahlt das Doppelte.

04.06.
Die Treppenstufen zählen? Warum das denn? Es ist einfach eine Treppe in die dritte Etage, leicht gestaucht, weil – wie erwähnt – nebendran noch die Treppen der Nachbarn Platz finden müssen. Die Stufen sind deswegen ein wenig schmaler und höher als gewöhnlich, aus vierhundert Jahre altem, glatt getretenem Marmor.

Der TV funktioniert nicht, weil wohl der Decoder fehlt (vermutet die ortsansässige Frau, die sich um alles kümmert). Der Gast vor mir, der unter einem mitgebrachten mobilen Moskitonetz im Büro neben dem Arbeitstisch auf dem Fußboden geschlafen habe, weil ihm die Wohnung zu groß und zu unheimlich gewesen sei, habe sich kasteit und den TV nicht anschließen lassen, weil er befürchtet habe, sonst nur immer davorzuhocken und zu glotzen.

Den ganzen ersten Tag war ich wie betrunken. Man tritt vor die Tür und beginnt zu taumeln. Auf jedem Schritt begegnet einem überquellende, verwesende, begeisternde Pracht. Selbst die rumänischen Bettlerinnen drapieren sich neben den Kirchenportalen, als hätten sie vorher sämtliche Maria-Magdalena-Christi-Kreuzabnahme-Darstellungen studiert. (Auf denen gibt es doch immer so eine Frauenfigur, die sich besonders schmerzvoll über den Leichnam beugt oder sich unter dem Kreuz auf die Knie geworfen flehend und jammernd windet? Hier posieren die Bettlerinnen in dieser Haltung stundenlang draußen auf den hellen Steinböden, in Caravaggiofarben, Schwarzbraun, mit dramatischem Faltenwurf.)

Die Stadt ist phantastischer, als man es sich in den kühnsten Träumen auszumalen vermag. Man kommt an und denkt, das kenne man alles von Ansichtskarten. Dann besteigt man einen dieser Wasserbusse, die vor dem Bahnhof anlegen, einen Vaporetto, und kaum legt er ab, beginnt das Glück in einem hochzusteigen. Dicht gedrängt, wie die Sardinen oft (auf den Schiffen, in den Gassen), bleibt man möglichst regungslos senkrecht stehen, um ja nichts von seinem Glück überschwappen zu lassen. Man wird andächtig, als befinde man sich ganz allein in einem riesigen, dämmrigen Dom.

Zum Moskitonetz: Ja, den Erwerb eines solchen habe ich auch erwogen. Es müsste eines sein, das kastenartig an vier Ecken überm Bett hängt. Doch ist die Decke, an der es montiert werden könnte, viel zu hoch dafür, und Nägel in die Wände zu schlagen, das wage ich nicht. Die Wohnung steht unter Denkmalschutz. Letzte Nacht gab es keine Mücken. Tags zuvor hat es ein wenig geregnet. Abends ist es windig gewesen und kühl. Heute scheint wieder die Sonne.

Ich habe diverse Giftverdunster und -verdampfer in einem Schrank entdeckt und das dazugehörige Gift gekauft. Bei der nächsten Zanzaren-Attacke werde ich es damit versuchen.

Obwohl es keinen Taubenschiss gibt, der nicht schon millionenfach von Touristen fotografisch, zeichnerisch oder tagebuchtechnisch festgehalten worden ist, scheißen auch mir die Tauben einmalig beglückend auf den Kopf (wobei – da muss ich mich korrigieren –: das mit den venezianischen Taubengeschwadern ist ein Klischee, das nicht mehr zutrifft; Tauben gibt es hier nicht mehr als in Paris, Zürich oder Berlin auch).

05.06.

Ich glaube, ich werde bleiben und glücklich. Es fängt spätestens unten an, wenn ich die Haustür öffne und auf den sonnenbeschienenen, weißen Platz hinaustrete: Ein erhabenes Gefühl steigt in mir hoch, und ich beneide mich.

Im Telefonbuch habe ich Gaston Salvatores Adresse gefunden. Sogleich machte ich mich auf den Weg und schaute mir das Haus an. Es steht direkt am Canale della Giudecca, dem breiten Kanal, durch den die Kreuzfahrtschiffe geschleppt werden. Jeden Tag wird Salvatore somit mehrmals das Spektakel solch vorübergleitender Kolosse geboten. Außerdem hat er das beste Klima der Stadt; selbst bei größter Schwüle immer eine leichte Brise vom Meer her. Hier würde ich gern leben.

Heute Nacht um zwei eine Mücke. Ich habe den Elektrogiftverdunster in die Dose gesteckt und danach durchgeschlafen in der Überzeugung, keine Mücke mehr gehört zu haben. Wenn's stimmt, wäre damit auch dieses Problem behoben.

Am Abend zuvor eine Pizza, im Freien sitzend, zwischen einem Kirchlein und einem Kanal. Auf dem Heimweg sind I. und ich über einen romantisch verwinkelten Platz gekommen, wo Tango getanzt wurde, unterm Vollmond. Das ist offenbar Mode in ganz Europa; auch in Berlin gibt es das inzwischen und in Zürich; aber in der venezianischen Kulisse, in diesem milden Klima und dieser Stille, treibt der Anblick einem die Tränen in die Augen. Mindestens eine halbe Stunde lang haben wir dagestanden und ergriffen zugeschaut. Nicht ein einziger Passant kam auf die Idee, trunken vor Seligkeit und Wein nun ebenfalls einen Tango auf den istrischen Kalk zu legen. Man hat einfach zugeschaut, ist weitergegangen, andere sind gekommen, blieben stehen, und die Paare haben getanzt und sich Mühe gegeben, ganz für sich allein. Sie beherrschten es recht gut, eine italienische Variante, nicht ganz so öligsehnig wie Argentinier, ein bisschen improvisierter, leichter, doch ohne falsche Tarantella-Fröhlichkeit, venezianisch zweifelnd, mit verhangenem Blick.

06.06.

Gestern war ich in der Kirche hinter unserem Haus, der Frari. In jeder hängt hier mindestens ein Tintoretto, ein

Veneziano, ein So-und-so-o, man schaut sich die Bilder kaum an, nimmt nur einen schnellen allgemeinen Eindruck mit, tritt wieder raus in die Sonne oder in die Nacht (gestern war's schon dunkel). In der Frari gibt es außer solch berühmten Bildern eine Art Mussolinischrein aus weißem Marmor zu besichtigen, eine Pyramide, links vors alte Gemäuer geklotzt, mit einer dunklen Stahlpforte, die halb offen steht und auf die menschengroße weiße Marmorfiguren zukriechen und -wanken. Unten drunter steht geschrieben, das Ganze sei Canova gewidmet. Ich fragte einen Mönch, der dabei war, die Kirche aufzuräumen und abzuschließen, ob die Figuren von Canova seien. Nein, das sei ein Mausoleum für ihn. Canova sei Präsident der hiesigen Kunstakademie gewesen, und sein Herz werde in diesem Schrein aufbewahrt – eine Gruft, in die man sich am liebsten auf der Stelle dazulegen würde!

An seinen Verleger,
zu den *Assises internationales du roman* (= internationale Generalversammlung des Romans) in Lyon waren lauter Bestseller und Sieger eingeladen. Ich als einziger deutschsprachiger Vertreter (nein, der Wahrheit zuliebe muss ich leider zugeben, dass außer mir noch Alain Claude Sulzer eingeladen war, der mir die Suppe der Exklusivität versalzte).

Herrlich, wie man als Homme de Lettres in Frankreich auf Händen getragen wird! Ich war in einem schönen Hotel untergebracht, aß und trank vorzüglich (sämtliche die französische Esskultur betreffenden Klischees werden in Lyon mehr als erfüllt), wurde zu den Restaurants chauffiert und danach schwankend zurück ins Hotel, hatte überall charmante Assistenten und Assistentinnen … Meine Arbeit bestand aus einem möglichst eleganten Sitzen an einer Table ronde, mit übereinandergeschlagenen Beinen, und einer Konversation über *Le Regard du Promeneur.*

Mitorganisiert und moderiert wurde das Ganze von *Le Monde*. Etwa vierhundert Zuhörer hingen an meinen Lippen (nicht meiner Lippen wegen, sondern derer des Mitplauderers Monsieur Bailly, der in Frankreich offenbar berühmt ist). Danach wurde applaudiert, und wir wurden von Hostessen an Signiertische geleitet.

Mit schlechtem Gewissen muss ich gestehen, dass ich vergessen hatte, diesen Abstecher bei Euch anzumelden. Prompt lagen keine deutschen Bücher zum Verkauf aus, und prompt traten verzweifelte Käufer und Käuferinnen an meinen Tisch und fragten, ob ich denn nicht irgendein deutsches Exemplar zum Verkauf dabeihätte? Sie möchten mich unbedingt im Original lesen.

P. S. Es geht kein Weg drum herum: Du musst Dich überwinden und eine Kurzreise nach Venedig buchen. Die Stadt wird auch Dich zum Staunen bringen.

07.06.

An seine Übersetzerin,
auf Deine Empfehlung hin sind I. und ich sofort zu Carpaccio gepilgert. Ich hatte vorher noch nie etwas gehört von diesem Maler und dieser Kirche. Eine verwunschene Gegend, auch heute noch. Die Scuola Dalmata (so der offizielle Name) wurde dann allerdings nicht für uns allein geöffnet – was ich in Venedig im Grunde genommen immer irgendwie erwarte. Es waren noch zwei, drei andere Touristen da, und eine Schulklasse kam später hinzu, lauter etwa Sieben- oder Achtjährige. Der Lehrer erklärte ihnen die Legende vom heiligen Georg, die ich nicht kannte und in Zukunft nun da und dort souverän einflechten werde. Die beiden Räume lagen in schummrigem Rotbraun, das Holz glänzte, die Bilder tauchten nur schemenhaft aus dem Dunkeln auf, viel roter Samt hing an den Wänden – dramatisch schön.

An den Freund in Köln,
hast Du jemals eine Canova-Marmor-Skulptur im Original gesehen? Ich weiß nicht mehr, wo ich zum ersten Mal einer begegnet bin. Sie war überirdisch schön. Der Knabe und die Psyche zum Beispiel … Du würdest Dich unsterblich verlieben in die beiden. Nichts da von leichenstarr (der Name Thorwaldson sagt mir etwas, ja; wahrscheinlich bin ich auch dem längst verfallen).

Nein, Tango kann ich nicht tanzen. Ich habe es zwar in meiner Jugend einmal gelernt, bei einer achtzigjährigen Gesellschaftstanzlehrerin in Berlin. Sie hieß Mädi mit Vornamen und ist längst gestorben. Eine Institution. Tout Berlin tanzte draußen in der Welt jahrzehntelang Mädischritte und wurde damit wahrscheinlich belächelt. Ich buchte bei ihr einen Schnellkurs, weil ich zu einer Hochzeit eingeladen war, von der ich fürchtete, es komme zum Äußersten und ich müsse tanzen – was dann auch der Fall war. Der Tango, den ich tanzte, war unverkennbar fünfziger-Jahre-like. Ich habe ihn auf der Stelle vergessen danach (und alle anderen Tänze gleich dazu); ich tanzte wie Helmut Kohl.

Unter meinen Fenstern gleiten Gondeln vorüber, Lastschiffe mit Klavieren drauf, dazwischen Feuerwehren, Ambulanzen, Taxiboote mit einem Dottore oder einem Onorevole im Fond, die nach Hause oder ins Theater fahren … Nach wie vor haben I. und ich noch nicht damit angefangen, zu Hause zu leben. Das Geld fließt den Kanal runter wie das der Griechen. Ich kann kaum noch schlafen vor lauter Finanzsorgen. Aber es wäre eine Sünde, in dieser Stadt zu Hause zu bleiben und Kartoffeln zu essen.

Im Regal steht eine dreißigteilige Brendel-CD-Kassettensammlung mit unter anderem Mozart-Sonaten. Ich versuchte es mir einmal festlich zu machen mit Klavierklängen im Hintergrund. Bin fast wahnsinnig geworden bei dem enervierenden Geklimper. Dann habe ich Tangos aufgelegt – grauenhaft – dann *Die vier Jahreszeiten* – entsetzlich. Ich halte es nicht aus, Musik laufen zu lassen. Wenn überhaupt, will ich einen Hauspianisten haben, der mir auf meinem privaten *Ibach*-Flügel vorspielt (ein solcher steht im Salone und sehnt sich danach, angefasst zu werden).

Muss gleich wieder hinaus in die Pracht. Am Vormittag war ich auf dem Markt am Rialto. Von der Wohnung mit der Linie 1 direkt zur Haltestelle *Mercato*. Für den Alltag werde ich mich wohl mit dem Campo Santa Margherita begnügen. Fabelhafte Erdbeeren habe ich dort bislang täglich geholt. Zweimal in der Woche bauen auch drei Fischhändler ihre Stände auf. Und einen Bauern mit einem Boot gibt es; bei dem werde ich jeden Freitag eine Überraschungstüte Gemüse für zehn Euro holen (dazu hat mir die Frau geraten, die zur Wohnung schaut; ein Bauer, der die Tüten je nach Saison bepackt; man lässt sich als Kunde überraschen und kulinarisch inspirieren; das Gemüse sei bei ihm garantiert tagesfrisch).

An den Verleger,
wenn Du gern ziellos umherläufst, ist Venedig die ideale Stadt für Dich. Man kann sich hier nicht anders bewegen als zu Fuß oder im Schiff. Sich ein Ziel vorzunehmen ist sinnlos; man verläuft sich unweigerlich. Da man nicht genug kriegen kann von all der Herrlichkeit, geht man so lange herum, bis die Beine versagen. Dann setzt man sich in eine kühle Kirche, um sich ein wenig auszuruhen. Das Erstaunliche ist: Man hat nie Angst, etwas zu verpassen. Immer wird man ausgefüllt von dem, was man gerade sieht. Und wenn man es mal nicht wird, dann spätestens zwanzig Meter weiter, um die nächste Ecke.

Zu den Schiffen: Man muss sich nur die beiden Vaporetto-Linien 1 und 2 merken. Die 1 hält an jeder Station, die 2 nur an jeder zweiten oder dritten. Beide legen unter anderem auch bei *San Tomà* an, das liegt der Wohnung am nächsten. Wo immer man ist, kann man sich zur nächsten Vaporetto-Station durchfragen und findet sich dann wieder zurecht. Ich werde Dir bei Ankunft eine Dauerkarte überreichen, das lohnt sich, weil man nicht nur dann mit dem Schiff fahren sollte, wenn man's braucht, sondern manchmal auch einfach so, um sich auszuruhen und in der Schönheit zu baden.

An eine Opernsängerin,
leicht erhitzt und schnaufend, weil ich mich aus den hinteren schattigen Gemächern auf den Weg zum Computer gemacht habe und nun im Arbeitssalon sitze, der ebenfalls schattig ist (die Holzläden halb vorgezogen, um meine Haut vor zu viel Sonne zu schützen – als Dichter darf man schließlich nicht allzu braun sein, weil sonst niemand mehr glaubt, dass man einer ist), lese ich Deine Mail und schüttle verwundert den Kopf über den wilden Norden, aus dem ich komme und in dem Du sitzt, offenbar tatsächlich im ewigen Eis, in Bärenfelle gehüllt …

Die Wohnung hier ist so schön, dass ich sie nicht beschreibe, um Dich nicht grün anlaufen zu lassen vor Neid (nein, ich beschreibe sie nicht, weil ich zu faul bin dazu; man legt sich hier auf Récamièren und döst und beschreibt gar nichts – das könnte ein kleines Problem werden: dass ich hier überhaupt nichts tun werde; Venezianer arbeiten nicht, die sterben langsam und gelassen vor sich hin).

I. und ich sind die erste Woche jeden Tag von früh bis spät durch die Stadt gelaufen und Schiff gefahren und wieder gelaufen, haben Kaffee getrunken und Wein, bis wir nicht mehr konnten, und abends haben wir immer irgendwo draußen auf einer Piazzetta gesessen und gegessen. Es gibt viele kleine Plätze mit einer Trattoria oder einer Pizzeria dran, die ihre Tische im Freien stehen haben.

An den Freund in Köln,
Fronleichnam wird in Italien nicht gefeiert: »... die leibliche Gegenwart Jesu Christi im Sakrament der Eucharistie ...« Wie bitte?! Viel zu theoretisch. Hier will man's bunter und konkreter, oder dann richtig schwarz und blutig dramatisch. So wird auch heute Eis gegessen und Wein getrunken.

Auf dem Rialtomarkt habe ich Artischockenböden gekauft und frische Erbsen. Die Artischockenböden sind bekanntlich das Beste an der Artischocke. Aus den Blättern machen sie hier Cynar. Die Böden lösen die Gemüsehändler fein säuberlich raus, legen sie in Zitronenwasser und verkaufen sie stückweise.

Zu Syrien: Wie kommt es, dass die Untergrund-Revolutionäre dort mit neuesten, teuersten, kompliziertesten Waffen ausgerüstet sind und der Armee auf Augenhöhe begegnen und ihr ernsthaften Widerstand leisten können? (Würden Du und ich in den Untergrund gehen und gegen Angela Merkel antreten, würden wir uns doch wohl entweder mit unseren Sackmessern behelfen oder mit einem potenten Partner einen Pakt schließen müssen?) Die syrischen Freiheitskämpfer treten nicht mit Dolchen, Jagdfalken und rostigen Gewehren an. Irgendwer wird sie also munitionieren, ausrüsten, unterstützen? Wer hat ein Interesse, in Syrien einen Umsturz herbeizuführen? Wer will es dort zur »Revolution« kommen lassen? Wer will Assad stürzen? Das Volk? Wer ist das Volk?

Das schreibe ich nicht, weil ich an ausländische Söldnertruppen oder imperialistische Agitatoren glaube. Das schreibe ich, weil es bedacht sein will: Was für Informationen kriegen wir, wer liefert sie uns, was genau erfahren wir? Assad hat jahrelang als besonnener, vertrauenswürdiger Verhandlungspartner gegolten. Ein im Westen ausgebildeter, intelligenter Mann. Kein Eiferer, kein Irrer. Einer, der uns als Stabilitätsfaktor verkauft wurde. Plötzlich fing man an, ihn zu demontieren (im Zusammenhang mit den einstürzenden Nachbarsystemen). Und nun soll er gar ein Kindermörder sein?

Zu diesem Thema: Wer nicht vollkommen verblödet ist, muss selbstverständlich seine Teilnahme an einer TV-Diskussionsrunde mit einem solch grotesken Titel absagen: »Assad lässt Kinder töten – wie lange wollen wir noch zuschauen?« Egal, ob in Syrien im Zusammenhang mit den Kämpfen Kinder getötet worden sind und werden oder nicht: An so einer Sendung nimmt man nicht teil. Das hatten wir schon mal: »Juden töten und essen Christenkinder – wie lange wollen wir dem noch zuschauen?«

An seine Tante in Palermo,
mein neustes Buch wird heißen *Der Mann mit den zwei Augen* und erzählt von einem Mann mit einer Nase, einem Mund und zwei Augen, weil mir nicht viel mehr eingefallen ist zu ihm als eben, dass er eine Nase, einen Mund und zwei Augen hat. Das wird auf gut zweihundert Seiten mit der Zeit natürlich nicht gerade spannender. Je nun, jeder muss mit dem zufrieden sein, was ihm einfällt. Mir fällt schon lange nichts mehr ein. Darum ist Venedig gerade das Richtige für mich: Dieser Stadt fällt auf jedem Millimeter etwas ein. Unglaublich, wie dicht hier alles beieinanderliegt, wie reich, bunt, verschwenderisch. Wenn ich Phantasie hätte wie Venedig, wären meine Bücher prallvolle Wundertüten und Weltbestseller.

08.06.

An den Freund in Köln,
in der *NZZ* heißt Assad Asad. Ich habe sie gestern gelesen und mich weitergebildet. Widerständer haben gerade hundert Soldaten der Armee niedergemetzelt und ein paar Panzer vernichtet. Ähnlich effektiv, wie als die US-Forces im Irak ihre neuen Waffen ausprobiert und die Resultate per Video auf unsere Gameboys übertragen haben. Ich

hoffe, wir müssen nicht in ein paar Jahren lesen, dass Asad vom CIA ausgelöscht wurde, um in Syrien eine Marionette einsetzen zu können wie damals in Persien, wo sie den Ansatz von Demokratie niedergeschlagen und dem Schah seinen Pfauenthron zurückerobert haben, um mit ihm weiter ihre Geschäfte machen zu können. Worunter der Iran heute noch leidet. Hast Du auch für dieses historische Ereignis Deine eigene Deutung? Der Schah befreite das blutende Volk?

Ja, sicher, Artizschokkenblätter zutzeln – dieses calvinistische Essexerzitium kenne ich bestens (ich esse in Berlin oft Artizschokken; dort sind sie groß wie Blumenkohlköpfe). Für Italiener ist das viel zu mühsam. Die lassen ihre Sklaven die Artischocken zurichten, lassen deren Herzen herausschneiden und sie sich kredenzen, oder sie lassen winzige Sorten züchten, solche, wie sie später in die Dosen kommen und bei uns auf den Pizzen enden. Diesen Babyartischocken werden die Spitzen der Blätter weggeschnitten, dann werden sie in Zitronenwasser gelegt und so verkauft. Man braucht sie nur kurz anzubraten, mit Olivenöl und Knoblauch; sie sind butterzart und kräftig im Aroma – kein Gezutzel, nichts …

Im Büchergestell habe ich eine DVD mit dem *Kongress der Pinguine* entdeckt. Ein Film, der vor zwanzig Jahren ein Riesenerfolg war in der Schweiz, vielleicht sogar europaweit. Sozusagen die Erfindung des Pinguin-Film-Genres. Den schaute ich mir an und staunte darüber, womit man vor zwanzig Jahren Erfolg haben konnte.

/2

Jetzt soll man nicht einmal mehr Stahlhelm sagen dürfen? Dann lasst uns doch gleich anfangen, Italienisch zu reden miteinander, wenn man die Hälfte unserer schönen deutschen Wörter nicht mehr in den Mund nehmen darf. Günter Grass und Martin Walser sollten sich dieses Problems noch annehmen, bevor sie das Zeitliche segnen: Freiheit für die deutsche Sprache! Natürlich heißt es »sich groß machen und Stahlhelm auf« in einer Rinaldo-Freistoß-Situation. Offenbar schießt er hohe, krumme, scharfe Flanken, die ins Tor gehen, wenn keiner den Kopf hinhält. Sollen sie sich denn Schädelbrüche holen, die armen deutschen Fußballer?

Ich schaue nur TV, wenn ich einen habe. Vorläufig habe ich keinen. Es tut mir gut, nicht zu schauen. Ich sollte lesen (habe Kehlmanns *Vermessung der Welt* angefangen; der steht in der hiesigen Bibliothek, aber ich habe noch keine rechte Muße zum Lesen).

09.06.

Ach so, Du hast recht, das Zauberwort heißt natürlich *public viewing*! Hatte ich vergessen. Gerade in Italien, in diesem Klima, wird bestimmt exzessiv vor den Bars auf Plätzen freilicht Fußball geschaut. Ich werde heute Abend rausgehen und das überprüfen. Obwohl das Spiel ja noch nicht wichtig ist, werden es die Italiener gespannt verfolgen, weil sie sehen wollen, wie gefährlich die Deutschen sind. Deutschland wird hoffentlich nicht aus taktischen Gründen schlecht spielen und verlieren, wie sie es so oft gemacht haben, um es dann in letzter Sekunde über rechnerische Mauscheleien doch noch ins Achtelfinale zu schaffen. Spielt Italien bei der diesjährigen Europameisterschaft überhaupt mit, oder sind die schon im Vorfeld rausgeflogen?

Die Gemüsesack-Aktion hat sich gelohnt. Erstens liegt an dem Kanal, an dem ich warten sollte, die schönste Bar, die ich bislang kenne. Mit kleinen belegten Brötchen – besonders gut die Baccalà-Varianten, exzellent: »Mantecato« –, Salamirädchen, Käseecken usw., die man wie in Spanien die Tapas isst, dazu gute offene Weine in kleinen Gläsern. Das ist in Venedig Tradition, man nimmt das schon morgens am Rialto zu sich. Hier, direkt an einem Kanal, auf dem Ufermäuerchen sitzend, gegenüber von einer Gondelbauwerkstatt und einer Kirche, kurz vorm quer liegenden Giudecca-Kanal, auf dem ein riesiges Kreuzfahrtschiff vorüberglitt, während ich wartete. Nach und nach stießen weitere Leute dazu, etwa zehn, fünfzehn, irgendwann kam der Bauer in einem alten Kahn angeschippert, hatte darin etwa dreißig volle Plastiktüten. Er legte an, rief die Namen, die auf den Tüten standen, reichte die Tüten rüber und kriegte dafür je nach Größe fünf oder zehn Euro. Nach wenigen Minuten blieben ein paar Tüten übrig. Ich fragte, ob ich eine haben könne, eine für zehn, und schleppte dann eine etwa sieben Kilo schwere Tüte nach Hause. Darin ein Haufen Gurken (junge, knackige, etwa so groß wie ein erigierter Penis), ein Haufen gleich kleiner Zucchini, ein Haufen kleine Rote Bete, noch mit dem Kraut dran – soll beides sehr gut schmecken –, weiße, saftige Zwiebeln, direkt aus der Erde, süß wie Äpfel, ein Weißkohl, ein Haufen Fenchel – alles knackfrisch, aber viel zu viel. Ich werde die Aktion wohl nicht wiederholen. Was zum Beispiel soll ich mit zwei Kilo Gurken anfangen? Ich suche mir im Internet ein Rezept für Gurkenkaltschale raus.

Apropos Erdbeeren: Die schmeckten am ersten Tag exzellent. Am zweiten weniger. Gestern taugten sie nichts. Heute sind sie hoffentlich wieder exzellent. Das gefällt mir: Was man isst, hängt von der Tagesform, der Witterung und der Herkunft ab. Es gibt hier keine genormte Eurokühlhausware.

/2

Warum Deutschlands schönste Kuh keine Hörner hat, verstehe ich nicht. Kühe brauchen ihre Hörner für die Kommunikation. Hornstellungen werden von den anderen entziffert wie Morsezeichen. Eine Kuh ohne Hörner kann sich nicht gehoben ausdrücken und wird leicht missverstanden. Es gibt Stress und Streitereien untereinander. Ist das vielleicht eine hornlos gezüchtete Rasse? So etwas wie ein Mops der Gattung Vieh?

An eine Freundin in Berlin,
komm einfach und schau Dir das Ganze an. Vielleicht ist es Dir zu voll, zu schwül, zu verwest – vielleicht schmilzt Du hin und möchtest ewig bleiben.

Das Zimmer, das Du kriegst, ist groß und schön. Es wird uns zwar nicht gelingen, uns vollkommen unabhängig voneinander zu bewegen in der Wohnung, aber ich glaube, falls ich bis dann angefangen haben sollte, diszipliniert arbeiten zu wollen, würden wir es mindestens so einrichten können, dass wir aneinander vorbeikämen.

Fünf, sechs Tage vielleicht? Und wenn's gutgeht, kannst Du entweder verlängern oder im November eine zweite Woche anhängen. Was man hier tut? Man sitzt abends draußen auf den Piazzette, isst Pizze, die Luft ist lau, der Mond scheint, es ist still. Wie in alten Filmen. Ein einziges Schweben.

An den Freund in Köln,
hat Deutschland tatsächlich die Stirn, seine ihm zugeloste Fußballgruppe einmal mehr als »Todesgruppe« zu bezeichnen? Das bringen sie nun schon seit Jahren. Heißen diesmal die Titanen, die es niederzuringen gilt, Irland, Kroatien und Montenegro? Oder müssen sie gar gegen so eine berüchtigte Todesschwadron wie die aus Dänemark oder Österreich antreten?

Ich weiß noch nicht, ob ich schauen gehe heute Abend. Nach einer Gurkenkaltschale bleibt man doch eigentlich zu Hause und liest ein kluges Buch? (Kehlmann ist unterhaltsam.) Ich war noch nie Fußballfan. Warum sollte ich es plötzlich werden?

Lyon? Im Hotel lagen jeden Abend ein Kärtchen mit dem Wetterbericht für den nächsten Tag auf dem Kissen und fabelhafte Karamellen mit Fleur de Sel. Das Bett war riesengroß, hoch (mehrere Matratzen übereinander, ohne Erbse darunter). Zum Frühstück gab's für jeden Gast frisch in der Küche zubereitete Eier aller Art (von denen ich keins nahm, die Du aber genossen hättest). Abends aß ich panierte, frittierte Weinbergschnecken mit Bärlauchpesto, danach ein Riesenraviolo mit geschreddertem Hecht und karamellisiertem Junggemüse, danach fabelhaften Käse aller Art und eine Süßspeise, die aussah, als sei sie von Fabergé kreiert worden (Törtchen habe ich in den Confiserien gesehen, wie ich sie noch nie irgendwo sonst gesehen habe!). Auf dem Markt gab's nicht einfach Erdbeeren, sondern mehrere namentlich voneinander unterschiedene Sorten – und die Kunden wussten genau, welche sie wollten … Überhaupt: die Kunden! Mit welchem Ernst sie die Waren prüften und diskutierten! Was für herrliche Austern morgens um elf an den Ständen geschlürft wurden! Was für Hühner da auslagen, was für Enten, was für Steaks und Würste! Die Markthalle (eine architektonische Monstrosität aus den achtziger Jahren) ist nach Paul Bocuse benannt; es gab darin nur Ware allererster Qualität zu kaufen, mit der auch er kochen würde (ich verirrte mich am Sonntagvormittag dort hinein und ging mit offen stehendem Mund, aus dem der Speichel tropfte, durch die Reihen der Stände).

Mein Auftritt in der Bibliothek war erinnerungswürdig. In einem Ort namens Firminy, eine Stunde Autofahrt von Lyon entfernt, in einem ehemaligen Bergbaugebiet, trostloser als Gelsenkirchen, winzig klein, abgehängt, verwahrlost. Dort hatte eine Klasse Sechzehnjähriger meinen *Maurice* gelesen und daraus eine szenische Lesung zu meinen Ehren vorbereitet. Strahlende Kinder sagten meine Sätze auf, als seien es ihre. Am Schluss wollte sich jeder mit mir fotografieren lassen und mir die Hand geben. Es war herzergreifend.

Der Auftritt am Abend dann, vor vierhundert Zuhörern, war nicht wirklich seriös: Ich sollte frei über den Blick des Promeneurs plaudern. An den Abenden vorher sah ich schon Claudio Magris plaudern und nach ihm zwei Franzosenstars – zur gemütlichen Stammtischrunde hat nur noch Esterházy gefehlt.

Da ich Auftritte ernst nehme und mich vorbereitet, auch die Texte meiner Mitdiskutanten gelesen und mir Notizen zu ihnen gemacht hatte, kam ich den Organisatoren wohl vor wie ein deutscher Wertarbeiter. Sie sprachen hinterher hochachtungsvoll mit mir, mit gedämpfter Stimme. Übrigens saß ich direkt hinter Yasmina Reza, als ihr der erstmalig vergebene *Le Monde*-Literaturpreis überreicht wurde. Da ich sie so nah vor Augen hatte, sah ich, dass ihr Gesicht ziemlich Botox-verbeult ist. Auf Fotos sieht sie nach wie vor umwerfend aus.

An die Frau, die zur Wohnung schaut,
im ehemaligen Berlusconi-Land kann es doch nicht so schwierig sein, einen Fernseher zum Laufen zu bringen? Ich habe in den Unterlagen die Rechnung des Geräts gefunden. Er wurde hier in der Stadt gekauft. Soll ich mit der Quittung einfach mal ins Geschäft gehen und fragen, ob sie jemanden vorbeischicken können?

10.06.
An den Freund in Köln,
ich war unten und habe die erste Halbzeit gesehen. Das Fußballfieber hat die Italiener noch nicht gepackt. Aber ich merkte, wie die Viren sich auszubreiten begannen. Einer der lebendigsten Plätze ist gleich bei uns in der Nähe der Campo Santa Margherita. Da haben mehrere Bars TVs aufgestellt mit dem Bildschirm nach draußen. Ich stand hinter

ein paar Zuschauern, die da saßen und Bier tranken. Beste Bild-/Tonqualität. Nachdem Du mir geschrieben hattest, Ronaldo schminke sich, habe ich ihm besondere Aufmerksamkeit geschenkt. Die Frisur hat mich vor allem beeindruckt. Und sein Dribbling ist reine Zauberei.

Eine Freude ist es, die Spiele auf Italienisch zu sehen. Der Kommentator hatte einen Narren an Schweinsteiger gefressen, vor allem am Namen. Kaum berührte Schweinsteiger den Ball, rollte der Kommentator dramatisch den Namen. Jedes Mal gelang es ihm, mich damit zum Lachen zu bringen. Niemand sagt so schön Schweinsteiger wie die Italiener. Auch Badstuber klang gut, aber vor allem Schweinsteiger. Der war wohl eine Zeitlang besonders gefährlich? Man hatte jedenfalls immer den Eindruck, sobald er den Ball bekomme werde es ernst, so wie bei Ronaldo – doch jedes Mal verlor er ihn umgehend oder spielte ihn einem Portugiesen zwischen die Füße.

Ich werde mir die Spiele auf dem Campo ansehen, sobald es um was geht.

Kehlmann ist nicht nur unterhaltsam. Er schreibt spannend und gut. Ich verstehe seinen Erfolg und akzeptiere ihn.

11.06.

Anstatt von Renegatentum zu sprechen, kannst Du *Die Vermessung der Welt* einfach mal selber lesen. Es ist ein Abenteuerbuch für Erwachsene. Wenn Du niemals in Deinem Leben Abenteuerbücher mochtest (*Lederstrumpf* usw.), bist Du vielleicht einer der wenigen, die nichts anfangen können damit. Ich mag Reise- und Abenteuerbücher. Mochte Pierre Loti, mochte Ransmayrs *Schrecken des Eises und der Finsternis* usw. Man kann seine Meinung auch mal korrigieren und muss deswegen nicht gleich seinem Glauben abschwören. Das Buch ist spannend, gut geschrieben, recherchiert und noch dazu lehrreich – ein Coup.

Zum *Mann mit den zwei Augen*: Seit Jahren versuche ich Dir zu erklären, dass es der Mann ist, von dem ein Zeuge, auf der Polizeiwache nach ihm befragt, sagen würde: Mhmmm, warten Sie mal, also zwei Augen hatte er, doch, ja, daran kann ich mich erinnern, und eine Nase, glaube ich, einen Mund auch, ja, und zwei Ohren – mehr fällt mir beim besten Willen nicht ein … Ich verstehe nicht, warum Du Dich damit so schwertust: Ich erzähle von einem Jemand/Niemand, von einem/keinem/hunderttausend, der alles und nichts erlebt, in einem Nullachtfünfzehnstil. Das Buch ist ein sich selbst auflösendes. Punkt, Punkt, Komma, Strich, fertig ist das Mondgesicht. Etwa das erzähle ich, bloß benötige ich ein paar Seiten mehr dafür.

Aus Göttingen höre ich, dass der Text inzwischen bei der Setzerin ist. Ich nehme an, der Verleger will mir das erste Exemplar nach Venedig bringen (und Salvatore seins ebenfalls). Wir liebäugeln mit einer Doppelbuchpremiere im hiesigen deutschen Kulturinstitut, das eine der größten Terrassen auf den Canal Grande hinaus hat. Heute oder morgen werde ich dort meinen Antrittsbesuch machen. Die Terrasse habe ich vom Vaporetto aus schon mehrmals angestaunt, beim Vorüberfahren. Ein Präsentierteller für Dogen auf erster Etage an einer Kanalkreuzung. Der Palazzo führt sie sogar im Namen: »Palazzo Barbarigo della Terrazza«.

Gestern Abend ging ich kurz runter, nachdem ein Stöhnen die Stadt erbeben ließ: Italien hatte offenbar das Anschlusstor geschossen. Es saßen sehr viel mehr Leute vor den Bars als am ersten Abend. Ich schaute bis zum Schluss. Die Spanier sind gut. Doch richtig rund lief es auch bei ihnen nicht. Die beiden Trainer haben mir gefallen; intelligent aussehende, elegant angezogene Herren.

12.06.
Selbstverständlich kommt bei mir Parmesan nur am Stück ins Haus. Und zwar nicht Grana Padano, sondern echter Parmesan. (In der Küche steht ein Kochbuch, *Harry's Bar*. Dort kann man alles über diese beiden Käsesorten erfahren. In Zukunft werde ich nie mehr was anderes zwischen meine Zähne lassen als Parmigiano Reggiano.)

Heute kurze, heftige Gewitter mit Hagel und starkem Wind, dann wieder strahlende Sonne. Eben komme ich von der Giudecca zurück. Die Schlüsselbewahrerin verriet mir, wo Ulrich Tukur wohnt (er ist auf der Giudecca, wo auch sie wohnt, bekannt – Venedig sei klein, da kenne jeder jeden). Direkt gegenüber von Venedig. Ein spektakulärer Blick. Im Rücken allerdings die Giudecca, die mir ein wenig wie Moabit vorkommt. Aber der Blick! Und gerade, als ich in der Bar unter seiner Wohnung einen Kaffee trank, wurde wieder ein Kreuzfahrtschiff vorübergeschleppt. Ein Anblick wie eine Fata Morgana.

Das mit dem neuen Buch ist ein grundsätzliches Problem. Je älter man wird (ich nehme an, ein »man« ist hier angebracht; es wird nicht nur mein individuelles Problem sein), desto schwerer fällt es einem, auf seinem Weg weiterzugehen. Die Zweifel werden größer, die Skrupel und die Ängste auch; man wird verkrampfter und verzagter (es sei denn, man ist gestrickt wie Günter Grass oder Martin Walser – die freuen sich wahrscheinlich heute noch über jedes Häufchen, das sie setzen). Was mich beschäftigt, ist also nicht so sehr das neue Buch, sondern mein zunehmendes Wissen um die Vergeblichkeit all meiner Bemühungen. Dazu kommt, dass das Buch keinerlei Chancen hat, eine *Vermessung der Welt* zu werden. Geschweige denn ein *Mann ohne Eigenschaften*, den ich natürlich dereinst noch viel lieber geschrieben haben wollte als zehn Kehlmann-Bestseller zusammen.

Zu Lyon noch: Interessanterweise tauchte dort das Rudelproblem nicht auf. Franzosen scheinen keinen Solidaritätszwang zu verspüren. Die kamen zu ihren Rencontres und verschwanden danach ganz selbstverständlich wieder; jeder ging mit seiner Entourage hervorragend essen. Man wechselte vor und nach der Veranstaltung knapp ein paar Sätze Smalltalk miteinander; auf der Bühne dann redete jeder nur für sich – die meisten beneidenswert elegant. Trotzdem profanieren solche Auftritte selbstverständlich. Dass man heute all diese sogenannten Intellektuellen nicht mehr hören und sehen mag, hängt mit deren TV- und Podiumsgespräch-Verschleiß zusammen.

Eine Beobachtung am Rand: Alle zitierten wie die Besessenen. Wer nicht zitiert, gilt in Frankreich offenbar als unkultiviert. Wie Du weißt, leide ich geradezu unter einer Zitatblockade. Ich sage nur, was mir einfällt, und sichere das niemals ab. Nun wussten sie nicht, ob ich's vielleicht faustdick hinter den Ohren habe oder ob ich ein Naturbursche bin, ein Wilder, den man in den Pariser Salons rumreichen könnte. Bailly zitierte naturgemäß ein paar *Passagen*-Perlen von Walter Benjamin. Ich sagte, meiner Meinung nach dürfe man die nicht wörtlich nehmen. Bestimmt habe Benjamin wehe Füße gehabt. Der sei kaum allzu viel rumpromeniert, zumal er sich aller Wahrscheinlichkeit nach davor gefürchtet habe, in die grauen Vorstädte zu gehen, zu den Proletariern. Sein Spazierengehen sei vermutlich ein rein zerebrales gewesen. *Le Monde* hat den Mund beinahe nicht mehr zugekriegt, weil man so nicht über einen Benjamin spricht.

13.06.

Dein Internet-Wetterdienst ist definitiv unbrauchbar. (Übrigens auch in der *FAZ* ist er unbrauchbar. 20 Grad, R – das heißt in Berlin ungemütlich, windig, nass. In Venedig heißt das: in der Morgendämmerung ein paar Regentropfen; die Luft stallwarm; dann wird es hell, der Himmel blau, darin schweben ein paar weiße Wölkchen. Manchmal verfärben sie sich im Lauf des Tages ins Graue und schauen kurz finster. Manchmal hebt eines sogar das Bein und pinkelt an eine Ecke. Dann ziehen sie weiter, man setzt sich in die Sonne, die sie freigeben, und erholt sich von der garstigen halben Stunde.)

Die paar Tage, die ich nun hier bin, war's herrlich warm, manchmal heiß (oft schwül). Ich trage seit dem ersten Tag nie ein Jackett, nie ein Unterhemd, nur Hemden. Ich schlafe unter einem Leintuch ohne Decke. Gestern regnete es dreimal kurz hintereinander am Morgen, einmal vermischt mit Hagel – sonst auch gestern schön. In der Zeitung oder im Internet liest sich das so: Venedig, Regen, 22 Grad. Es kann sein, dass die Temperatur irgendwo im Schatten objektiv 22 Grad misst und dass tatsächlich ein paar Tropfen fallen – empfunden wird die Temperatur höher, und der Regen ist ein unterhaltsamer Gast.

Offensichtlich hast Du weder die *Vermessung der Welt* noch die *Atemschaukel* gelesen. Du hast in beide nur kurz reingeschaut und entschieden, es sei nicht Deine Literatur. So geht das aber nicht. Hier steht zum Beispiel *Der Immune* von Hugo Loetscher. Nie hätte ich das Buch angeschaut, da es nicht »meine Literatur« ist. Das weiß ich, ohne auch nur eine Zeile davon zu kennen. Nun überlege ich, ob ich es vielleicht lesen soll. Das würde bedeuten, es vorne zu öffnen und auf der ersten Seite mit Lesen anzufangen und mindestens bis Seite fünfzig durchzuhalten. Dann werde ich vielleicht entdecken, dass er gar nicht so weit weg ist von dem, was ich für lesbar halte. Oder ein dickes Hanna-Johansen-Buch steht da, die *Universalgeschichte der Monogamie*. Nie wollte ich es lesen. Nun steht es hier, und ich schaute rein und sah: Es ist durchaus eins nach meinem Geschmack.

Heute habe ich vor, an den Lido zu fahren und zu schauen, wo ich ab dem Fünfundzwanzigsten jeden Morgen meine Runden ziehen will. (Habe mir vorgenommen, ab dem Fünfundzwanzigsten frühmorgens den Vaporetto zu besteigen, an den Lido zu fahren – die Linie 2 fährt von unserer Haltestelle direkt hin –, ein paar Züge zu schwimmen, dann einen Espresso zu trinken und ein Cornetto Latte Panna zu essen – dann schwimmt man nach einem Monat von selbst obenauf; diese gefüllten Cornetti sind fett und süß –, dann zurückzufahren und in der schattigen Wohnung die *Auferstehung in Venedig* zu dichten. Du siehst: rücken- und leserfreundlich, meine Zukunft.)

An die Frau, die zur Wohnung schaut,
verlangen Sie bloß nicht von mir, dem Elektrofachhändler Caputo gegenüber selbstbewusst aufzutreten. Ich habe einen Selbstbewusstseins-Knacks, ein frühkindliches Trauma wohl (ich glaube zwar nicht an frühkindliche Traumata, aber um Knackse schnell und einfach zu erklären, sind sie praktisch). Unabhängig davon habe ich noch den Schweizerknacks und meine immer, ich sei »nur« ich. Kann also niemals jemandem gegenüber Arroganz zeigen, selbst wenn ich sie empfinden würde. Wenn wir Herrn Caputo in seine Schranken verweisen wollen, müssen Sie schon selbst antreten und ihm die Stirn bieten.

An den Freund in Köln,
nun haben I. und ich die Wege zum Lido also getestet. Eine weitere Steigerung: der Lido! Ich dachte immer, dort schwappe Gülle, doch das Wasser ist sauber, und ein südseeinsulanisch flacher, feiner Sandstrand erstreckt sich beidseitig bis an den Horizont. Dazu die unterschiedlichen Badehäuschen der Grandhotels – was für eine Ästhetik! Was für eine gesegnete Stadt! Hier braucht man Kindern nichts zu schenken zum Geburtstag; es reicht, dass sie hier aufwachsen dürfen. Überwältigend. (Du kannst im Internet bei Gelegenheit mal ein Fuder »Überwältigend« für

mich bestellen, zum Schnäppchenpreis, in China hergestellt. Ich brauche jeden Tag mindestens zehn davon.)

Ein strahlender Morgen. Ab drei zog sich der Himmel zu, momentan geht ein heftiges Gewitter nieder. Fast noch aufregender als der strahlend blaue Himmel. Ich sitze schwitzend vor dem Computer.

Heute früh einen Fisch gekauft auf dem Campo Santa Margherita. Den braten wir jetzt. Danach geht's vor den Flatscreen auf dem Campo – bis dann ist es bestimmt wieder warm und trocken. Bin gespannt, ob heute schon Stimmung aufkommt. Mir scheint, vorläufig halten sich alle noch bedeckt. Nur wenn die Italiener spielen, wird's lauter.

Im Harry's-Bar-Kochbuch steht mehr Klatsch und Tratsch als Kochkunst. Fische werden darin im Mehl gewendet und in der Pfanne gebraten, dazu Salz und Pfeffer. Dafür brauche ich keine Herren Cipriani. Aber die Anekdoten, die erzählt werden, sind sympathisch.

14.06.

Die Fußballspiele gestern habe ich ausgelassen. Nach dem Gewitter blieb die Luft abgekühlt. Ich ging zwar runter, schaute etwa eine Viertelstunde zu, sah Gomez' erstes Tor, hatte den Eindruck, die Deutschen werden gewinnen, und kehrte nach Hause zurück. Schweinsteiger war wieder das Lieblingswort des Kommentators (diesmal war's ein anderer, der's ein wenig anders aussprach). Das erste Tor scheint er genial vorbereitet zu haben? Ich sah nicht allzu viel, da ich die Brille zu Hause vergessen hatte.

Vor mir saß ein Deutscher, der seiner Freundin erklärte, Gomez sei zwar eine Pflaume, aber immerhin … Und in der Zeitung las ich den schönen Satz, im Spiel gegen Portugal hätte man ihn in der zweiten Hälfte einmal wenden sollen, um ihn davor zu bewahren, sich wund zu liegen. Seine Rolle verstehe ich nicht: Wie kann sich Deutschland einen Mann leisten, der immer nur vor dem Tor rumlungert und wartet, bis ihm jemand den Ball vor die Füße legt, den er dann mit einem Tritt ins Netz befördert? Haben die anderen alle einen Mann weniger auf dem Feld? Im Internet habe ich gelesen, er sei noch ziemlich jung und frisch im Geschäft? Dabei sieht er aus wie ein alter Söldner, der gnadenhalber seine letzte EM spielen darf.

Die Vermessung der Welt ist im letzten Viertel missglückt. Immer wieder erstaunt mich, wie man mit halben Büchern oder mit nur zwei, drei geglückten Passagen – oder mit zwei, drei skandalösen Seiten – einen Welterfolg schaffen kann. Die wenigsten Leute lesen Bücher offenbar zu Ende? Zwanzig spannende erste Seiten – und man hat Chancen, einen Bestseller zu landen.

Es liegt weniger an Kehlmann als an seinen beiden Hauptfiguren: Humboldt scheint in der zweiten Hälfte seines Lebens nur noch seinen tollkühnen Jugendtaten hinterhergehechelt zu sein, und Gauß hat sich verrannt in theoretische Tüfteleien? Bei beiden hält der Lack nicht bis an ihr Ende. Beide scheinen früh ausgebrannt gewesen zu sein. Im Leser regt sich der Zweifel an beider Wichtigkeit. Das ist schlecht. Man will nicht ein Buch über zwei Mittelprächtige gelesen haben (vor allem nicht, wenn einem weisgemacht werden will, sie hätten zur Weltspitze gehört). Ein Buch über zwei Scharlatane, die von Anfang an als solche eingeführt werden, das würde ich bestimmt gern lesen. Aber nicht ein Buch über zwei Titanen, die als selbstgerechte, eitle Spießer enden.

An einen Komponisten,
unbedingt kommen! Gleich buchen und festmachen den Termin! Ich habe ihn umgehend eingetragen in meine Agenda (zwar mit Bleistift, weil ich weiß, wie leicht etwas dazwischenkommen kann, aber eingetragen ist's, und ich würde, wenn Du's mir bestätigst, anfangen zu behaupten,

am 15. oder 16. November finde hier ein Fest mit Klaviermusik statt).

Der Ablauf? Keine Ahnung. Ein Pièce de résistance wäre auf jeden Fall Deine Klaviersonate. Alles Weitere wird man sehen. Dein Pianist und Du dürft nicht zu streng sein in Euren musikalischen Ansprüchen. Vielleicht gibt es außer der Sonate nichts Seriöses mehr im Programm, weil mir neben Deiner eine Liszt-, Wagner-, Mozart-(oder wer noch alles in Venedig komponiert hat)-Sonate irgendwie albern vorkäme; wobei: Wenn der Pianist es sich vorstellen kann, einen Chopin neben Dein Stück zu setzen, fände ich auch das wunderbar. Vielleicht schlage ich Euch allen Ernstes einen Kessel Buntes vor, mit einem Text von mir dazwischen und zwei, drei Liedern von Zazie, wobei ich Euch auf keinen Fall ins Unterhaltungsfach rüberziehen will. Ich stelle mir wirklich eher ein Fest vor als ein seriöses Konzert.

Die Wohnung ist schön, groß, hell. Sie liegt mitten im Auge des Touristen-Taifuns, durch eine winzige Gasse getrennt von ihm, dadurch in absoluter Ruhe. Mit Blick über Kanäle (vor dem Haus fließen drei zusammen). Inzwischen gehe ich manchmal sogar schon gern auf den Markusplatz, um mich dort von der Gondoliere-Hysterie elektrisieren zu lassen – und dann zurückkehren zu können in die Stille.

An den Freund in Köln,
oh je, noch ein Schweizer, der »seine Erlösung nur im hartnäckigen Weiterschreiben« meint finden zu können: Christoph Schwyzer. Vielleicht sollte ich ihm verraten, dass er einem fatalen Irrtum aufsitzt? Warum bloß kann sich das Gerücht halten, im Schreiben liege irgendein Glück verborgen?

Funtik sollte er werden wollen. Hast Du im TV das polnische Orakelschwein namens Funtik gesehen, das voraussagt, welche Fußballmannschaften weiterkommen werden?

Zum Umarmen. Am liebsten würde ich ihm jeden Tag ein wenig zuschauen bei seinen schweren Entscheidungen. Als Orakel in einem Koben zu liegen und undurchschaubar vor mich hin zu blinzeln und schmunzeln, das stelle ich mir schön vor. Und wenn ich nicht mehr schmunzeln mag, mit einem Bolzengewehr vom Dasein erlöst zu werden. Das wäre eine Perspektive, die mich locken könnte. Aber doch nicht, ein weiterer Victor Hugo zu werden!

Noch einmal zu Kehlmann: Er erkannte bestimmt, dass weder Gauß noch Humboldt wirklich Weltformat hatten. Und er wollte diese Tragödie wahrscheinlich sogar mit thematisieren. Deswegen werden die beiden im letzten Drittel zu bedauernswerten, zwiespältigen Alten. Humboldt liebedienert am Berliner Hof, nachdem er realisiert hat, dass er im Grunde genommen nichts anderes war als ein Schmetterlingssammler, dem seine Sammlung über den Kopf gewachsen ist (er sammelte ja offenbar wie ein Besessener einfach alles), und Gauß drehte sich verbittert um sich selbst – und beide realisierten, wie ihr Stern schon zu Lebzeiten sank und wie die Welt sich kaum noch um sie scherte. Das gehört wohl mit zu Kehlmanns Konzept. Bei mir hätte die zweite Hälfte sehr viel mehr Platz eingenommen – womit ich mich einmal mehr in die Erfolglosigkeit hineingeschrieben hätte.

Von Kehlmann haben die Leute die ersten hundert Seiten gelesen, die Abenteuer, den steilen Weg nach oben in die Größe. Wo's zäh wird, haben sie das Buch weggelegt, und nachdem es zwei Monate rumlag, haben sie's ins Regal gestellt und für sich gemurmelt: Irres Teil …

An die Frau, die zur Wohnung schaut,
falls Cavaliere Caputo kommt, nehme ich an, er wird feststellen, dass er auf jeden Fall noch ein zweites Mal kommen muss. So einen Eindruck hat er mir gemacht. Und er wird wohl aufs Dach steigen und unsere Antenne suchen und

ausrichten müssen. Da ich nicht weiß, wie man auf unser Dach gelangt, werde ich Sie so oder so anrufen müssen, um nächste Schritte unternehmen zu können. Sie brauchen sich daher um nichts zu kümmern, sollten einfach wenn möglich telefonisch erreichbar sein ab neun (das mit dem Bezahlen ist kein Problem; falls er heute alles erledigen kann, bezahle ich, und Sie geben mir das Geld irgendwann zurück).

Die Stifter überlegen, ob sie einen oder zwei Ventilatoren anschaffen wollen für die Wohnung. Da sie so schön ist, finde ich, hier müssten exklusive Exemplare rein. Ich habe ihnen geschrieben, sie sollen sich einen Dyson anschaffen. Das ist ein technisches Wunderding. Nun wollte ich mich erkundigen, ob und wo man ein solches hier kriegt. Das überfordert aber meine Fähigkeiten. Können Sie rausfinden, wo es die allenfalls geben könnte? Die Firma heißt Dyson. Ich bin sicher, auch in italienischen Edeldesign-Läden gibt es sie zu kaufen. Vielleicht sind sie blödsinnig teuer. Dann soll man natürlich darauf verzichten. Vielleicht kosten sie aber nicht viel mehr als normale Lüfter, dann fände ich es passend für die Wohnung. (Ob ich jemals einen hier brauchen werde, weiß ich nicht. Die Räume sind so hoch und groß, dass ich denke, man kann's auch bei größter Hitze und Windstille gut ohne aushalten.)

15.06.

An eine Mitarbeiterin im Verlag,
bloß vorher nichts lesen über Venedig! Sonst verzweifelt man hier, weil man immer denkt, man müsse noch dies und das besichtigen. Ich habe bis heute noch nichts gesehen von dem, was man gesehen haben muss, und fürchte, das wird bis zuletzt so bleiben.

Das Überraschende ist, dass man am Bahnhof Santa Lucia aus dem Zug steigen und losgehen kann und immer nur staunt. Es ist unmöglich, irgendwohin zu gelangen, wo der Verdacht einen befallen könnte, nun sei man ins Abseits geraten. Überall ist man immer mittendrin. Und wenn einen das schlechte Gewissen packt und man denkt, man müsse nun etwas für seine Bildung tun, dann betritt man rasch die nächstbeste Kirche, läuft an zwei, drei Tintorettos vorüber, die dort an der Wand hängen, und denkt für sich, aha, Tintoretto – geht wieder raus und freut sich an der nächsten schwermütigen Ecke und am nächsten Espresso. Inzwischen trinke ich manchmal sogar Orzo, weil ich sonst übersäuert werde. Orzo ist Gerstenkaffee. Den trinken hier viele zwischendurch, um sich zu erholen. Man wird nicht verachtet, wenn man einen solchen bestellt, sondern eher mitfühlend angeschaut.

Gestern zum Beispiel bin ich an einem Kanalufer entlanggegangen. Rechts eine Mauer, ungewöhnlich lang. Dahinter in einem kleinen Park ein dezenter Palazzo. An der Mauer hing eine Plakette: Hier hat es dem russischen Nobelpreisträger XY besonders gut gefallen (irgendwas wie Pilnjak oder Pasternak oder was weiß ich – von wegen Bildung! nicht einmal den Namen konnte ich mir merken; muss extra noch einmal hingehen und ihn abschreiben, um dann im Internet raussuchen zu können, was der in Venedig gemacht hat), jedenfalls stand oben auf der langen roten Backsteinmauer (die untenrum standesgemäß ins Grünliche, Salpetrige überging) ganz allein, vollkommen asymmetrisch, eine vom Salzwasser angenagte steinerne Putte, so unglaublich frei, überraschend, wie ein Reh im Wald, das kurz auftaucht, völlig unsinnig, wunderschön, ganz allein oben auf einer Mauer mit Blick über den weiten Kanal. Das reicht einem für die nächste Viertelstunde an Schönheit. Da ist kein Platz mehr für einen Tizian.

An seinen Bruder A.,
dass Du von Dan Brown die ersten zwanzig Seiten fotokopiert und gemailt hast, hat mich gerührt. Doch nicht einmal die Rührung schaffte es, mich dazu zu bringen, das

Zeug zu lesen. Ich hab's immerhin versucht (was auf meinem Laptop eine Leistung ist; die trübfarbenen Seiten nehmen das untere Drittel meines Bildschirms ein und müssen eine nach der anderen abgescrollt werden; als meine Augen zu brennen und der Rücken zu zwicken begannen, gab ich's auf, ohne das Gefühl zu haben, etwas zu verpassen). Es ist keine Literatur. Was Literatur ist, weiß ich nicht, habe aber zufällig vor meiner Abreise in Berlin wieder einmal ein Lektüreglück erlebt und realisiert, was Literatur bewirken kann. Und zwar habe ich endlich einmal *Den großen Gatsby* gelesen. Ein dünnes Buch, das an mehreren Stellen und als Ganzes eigentlich verunglückt ist, das aber viele Passagen von großer Dichte und Schönheit enthält. Dass sie das Buch verfilmt haben und immer wieder zu verfilmen suchen, verstehe ich. Und auf der anderen Seite denke ich, was wollt ihr? Es ist ein Buch. Es ist Literatur; die hat – wenn sie funktioniert – eine unvergleichliche Kraft. Am liebsten würde ich mich nach so einem Leseerlebnis sofort an den Tisch setzen und noch einmal ganz von vorne anfangen. Was für eine ergreifende Kunst Literatur sein kann!

An den Freund in Köln,
gestern und heute ein dünnes Büchlein von Koeppen gelesen: *Ich bin gern in Venedig warum*. Kurze Texte, die offenbar für eine TV-Dokumentation als Kommentar geschrieben wurden. Ich glaube, Koeppen hätte mir gefallen. Unter anderem beschreibt er einmal, wie er rund um den Markusplatz geht und davon erschöpft ist. Junge Rucksacktouristen nehmen ihn wahr: »... Ich war schon groggy. Sie lachten mich aus. Wissen nicht, was ihnen bevorsteht.« (Schluss des Textes.) Selten so lakonisch das Grauen des Alters gelesen.

An R.,
Du kennst die Regel bestimmt auch: Nur in den Monaten mit R darf man Austern essen. Leute wie Du, die ihr R im Namen mit sich führen, sind offenbar privilegiert und dürfen sich auch durch Mai, Juni, Juli und August schlemmen? Ich traue mich hier nicht einmal, Miesmuscheln zu essen. Das tun die Venezianer unverdrossen, die doch auch gehört haben müssten von der R-Regel ... Zur Vorspeise steht bei denen hier im Restaurant oft ein gemischter Teller Cozze und Vongole auf dem Tisch, trotz Juni.

Zum passiven Seniorendasein: In das bin ich hier nur allzu leicht und gern hineingeglitten. Tappe langsam durch die Gassen, halte mich an den Geländern fest, wenn's die Treppchen hochgeht und wieder runter (Brücken), und möchte nur noch beschaulich vor mich hin träumen. Leider darf ich mir das noch nicht leisten. Werde mich zwingen zur Aktivität. Habe vor, jeden Morgen den ersten Vaporetto zu nehmen, an den Lido zu fahren und dort mit anderen Senioren Morgengymnastik (Frühschwimmen) zu absolvieren. Dann zurück im Vaporetto und in mein schattiges Piano nobile, wo ich mich auf den Dichterstuhl setzen und einnicken werde.

16.06.

An die Leiterin des deutschen Studienzentrums Venedig,
ein Treffen mit Gaston Salvatore ist eine delikate Angelegenheit. Sie sagten, er erwarte, gelesen zu werden? Ich kenne fast nichts von ihm – nur als öffentliche Person ist er mir ein Begriff. Ich weiß nicht, ob er die Größe hat zu akzeptieren, dass ich ihn ebenso wenig lese, wie er mich liest. Das ist in meinem Fall kein böser Wille. Ich lese grundsätzlich wenig und eher widerwillig. Gehe lieber rum. Wenn er – von Enzensberger verwöhnt – gern mit Hommes de Lettres über (seine) Literatur plaudert, wird ein Treffen mit mir zäh für ihn. Ich rede lieber über Parma-

schinken. Vielleicht sollten wir warten, bis unser gemeinsamer Verleger kommt? Bestimmt wird der dann auch Salvatore besuchen wollen. Er ist belesen. An seiner Seite traue ich mich überall hin.

An den Bruder A.,
warum ich Dan Browns Popcorn nicht runterkriege? Nimm als Beispiel die Szene, die Du mir geschickt hast: Eine Zigeunerin setzt sich abends zum Ausruhen vor die Markuskirche, mit dem Rücken an die Mauer gelehnt, neben sich ein vergitterter Schacht, in dem dann passiert, was passiert.

Kurz wird in mir der Jägerinstinkt wach. Ich kriege Lust, an den Markusplatz zu fahren und zu schauen, wo die Szene sich wohl abgespielt haben könnte. Was ich dort vorfinde, ist ein Gitter am Boden, durch das man in einen Schacht hinabschauen kann. Und ich kann daraufhin ausrufen: »Donnerwetter?! Da hat Dan Brown aus Amerika doch tatsächlich ein Kellerfenster am Fuß der Markuskirche entdeckt und hat es abgeschrieben!« Das war's. Die Wirklichkeit zeigt mir genau das, was er oder einer seiner Assistenten für ihn abgeknipst hat.

Wenn Patricia Highsmith von einer Trattoria erzählt, in der Ripley ein zähes Bistecca isst, am Tisch neben der Eingangstür, die ihm jedes Mal in den Rücken haut beim Auf- und Zugehen, dann erzählt sie eine von ihr empfundene Trattoria, die durch die Beschreibung etwas Düsteres, Sonderbares, Erinnerungswürdiges, Spezielles wird. Wenn ich die Trattoria, von der sie ausgegangen ist, suchen gehe, werde ich sie finden und mich darin an Highsmith's Stimmung erinnern. Die Trattoria ist in Wirklichkeit eine wie viele andere, durch ihre Übersetzung ins Buch wurde sie aber dräuend, ripleygesättigt, unverwechselbar, aufgeladen.

Es interessiert mich nicht, zu erfahren, dass ein Räuber oder ein Gendarm beim Verlassen des Marco-Polo-Flughafens nach links oder rechts durch einen fünfhundert Meter langen, gedeckten Plexiglas-Korridor zum Taxibootsanleger gegangen ist. Dan Brown soll mir von einem sterilen, fahlen Korridor berichten, in dem es nach etwas roch, das ihn an seine Lehrerin erinnerte, die einen künstlichen Darmausgang hatte oder was weiß ich. Ein Autor soll die Wirklichkeit aus seiner Perspektive schildern, sie fokussieren, verdichten, damit sie für den Leser interessant wird. Dass ich am Marco-Polo-Flughafen draußen nach links oder rechts muss und dass der Weg durch einen Plexiglasschlauch führt, diese Information bietet mir das Leben. Sie sieht für jeden gleich aus. Literatur darf nicht abknipsen, sie muss eine Position beziehen, eine Brennweite wählen, ein Licht, eine Einstellung.

An den Komponisten,
eine praktische Überlegung: Wenn Ihr am 15ten mittags hier ankommt und zuerst an den Lido rausgondeln müsst ins Hotel, dann wieder zurück zu mir, kann das ein ziemliches Gehetz werden. Außerdem: Am Abend, nach dem Konzert zurück an den Lido … Das ist, wie wenn Ihr in Berlin nachts noch nach Pichelsdorf rausfahren müsst und deswegen keinen Alkohol trinken dürft. Es sei denn, Ihr fahrt Wassertaxi (kostet etwa hundertzwanzig Euro zum Lido). Der letzte Vaporetto fährt (im November) wer weiß wann und wer weiß von welcher Anlegestelle aus. Und am 17ten früh wollt Ihr weiter nach Turin? Auch da müsstet Ihr erst vom Lido wieder zum Bahnhof gelangen. Es wäre, glaube ich, vernünftiger, sich für eine Unterkunft in der Stadt selbst zu entscheiden?

Das muss nicht heute festgelegt werden, ich geb's nur zu bedenken. Wenn Ihr Euch für die Stadt entscheidet, dann kümmere ich mich um die Unterbringung.

An den Freund in Köln,
das mit dem TV soll offensichtlich eine Leidensgeschichte werden. Mir unbegreiflich: In Italien, im TV-Land schlechthin, sind sie nicht in der Lage, mir ein paar lächerliche Sender zuverlässig zu installieren.

Ich kann nun zwar – ohne Witz – 1200 Sender empfangen (davon zwei Drittel nur, wenn ich extra dafür bezahle, die anderen frei). Viele arabische, zum Beispiel alle drei Al-Dschasira. Endlich werde ich anständig informiert über das Geschehen dort unten. (In dem Zusammenhang habe ich übrigens gestern einen behutsamen Artikel über das Massaker in Syrien gelesen, das Dich vor etwa vierzehn Tagen zum endgültigen Todesurteil für Assad gebracht hat: Die *FAZ* hat nach sorgfältigen Recherchen festgestellt, dass das Massaker mit größter Wahrscheinlichkeit nicht von Assads Truppen veranstaltet worden ist, sondern tatsächlich von ominösen »Terroristen« – ein interessanter Artikel, den ich Dir beinahe geschickt hätte, um Dich nachdenklicher zu stimmen.)

Kann nun also tatsächlich 1200 Sender empfangen, aber nur einen vernünftigen deutschen (ZDF), keinen vernünftigen italienischen (die empfängt man offenbar nach wie vor über terrestrische Antennen), keinen vernünftigen französischen und keinen vernünftigen schweizerischen. Nächste Woche soll nun der Astra-Satellit angepeilt werden und vielleicht der Hotbird-Satellit stillgelegt, weil der höchstens einem Arabischspezialisten wirklich etwas bringt.

Nun gibt es aber ein zusätzliches Problem: Jeder Sender, den wir gestern Abend gewählt haben – egal ob ZDF, einen billigen italienischen Privatsender oder einen syrischen –, blieb nach drei, vier Minuten stecken: Das Bild fror ein, der Ton fiel aus, man konnte nicht mehr vor und zurück, nicht mehr ein- und ausschalten – einfach tot. Man musste sämtliche Geräte abwürgen (die Stecker rausziehen) und dann wieder von vorne starten. Wieder funktionierte alles –

und nach drei, vier Minuten dasselbe: absoluter Stillstand. Nach fünf Versuchen gaben wir's auf.

Zu Deinem Vorschlag, mich am 20.07. zu besuchen: Im Juli ist es heiß, meistens schwül. Das hasst Du. Es werden viele Touristen in der Stadt sein. Das hasst Du. Wenn Du ein Zimmer in unserer Wohnung beziehst, wirst Du höchst ungern – maximal zweimal am Tag – die Treppe hinuntersteigen mögen, sitzt also mehr oder weniger gefangen bei fünfunddreißig Grad und neunzigprozentiger Luftfeuchtigkeit mitten in Venedig und weißt nicht, was Du da sollst. Ich möchte Dir unter anderem aber meine Lieblings-Aperitif-Bar mit dem Baccalà und den diversen offenen Weinen zeigen. Der Weg von uns dorthin wird Dich zur Verzweiflung bringen, obwohl er wunderschön ist: Er ist relativ lang. Danach geht's von dort weiter zu einem Restaurant, dann wieder zurück, die Treppen wieder hoch – alles zu Fuß. Taxiboote oder Gondeln können wir uns nicht leisten.

Wie wär's also, wenn ich eine Pension suche, die gut gelegen ist (nahe an einem Schiffsanleger), so dass Du wenigstens bequem an- und abreisen kannst und tagsüber und abends jeweils einigermaßen leicht nach Hause kommst (wo immer wir wären, könnten wir dann die nächste Vaporettostation ansteuern und im Schiff zu Deiner Pension fahren)?

Bitte ventilieren.

An ein Mitglied des Stiftungsrats,
vorab: ich träume weiter. Täglich vierundzwanzig Stunden. Da Sie wissen, wo ich das tue, werden Sie nachvollziehen können, wie mir die Wörter fehlen. (Beiseite: Ich schreibe meistens »ich«, auch wenn ich »wir« meine. Ein Wir muss immer erst erklärt werden, in diesem Fall beispielsweise: meine Freundin und ich. Und oft habe ich den Eindruck, ich würde dann über ihren Kopf weg sprechen. Deswegen: ich.)

Inzwischen herrscht hier strahlendes Sommerwetter. Man könnte täglich schwimmen gehen. Was ich mir in Berlin eigentlich vorgenommen hatte: Morgens mit dem ersten Vaporetto an den Lido, eine halbe Stunde mit alten Cavalieri und Principesse frühgymnastisch schwimmen, danach einen Espresso und ein Cornetto zu mir nehmen, dann mit dem nächsten Vaporetto zurück, um ab da in der schattigen Wohnung auf dem Dichterstuhl so lange vor mich hin zu dösen, bis endlich die Zeit für einen Aperitif gekommen ist. Dichten sollen von nun an die anderen. (Das ist ein kleiner Haken an der Wohnung: Es kommt mir vor wie ein Sakrileg, hier drin auf die Idee zu kommen, arbeiten zu wollen.)

Zu den aktuellen Problemen: Was den TV angeht, stehe ich kurz davor, es wie mein Vorgänger zu halten und ihn verhüllt in eine Ecke zu stellen. Denn – das gebe ich zu – es ist schließlich eine Sünde, in Venedig abends einen deutschen *Tatort* zu schauen. Andererseits denke ich, wenn schon ein so schönes Gerät da steht, dann sollte einer der Gäste die Energie aufbringen, es auch zum Laufen zu bringen. Ihre Atelierbeauftragte steht mir tapfer zur Seite, obwohl sie absolut kein Interesse hat an TV und mich eher mitleidig anschaut, wenn ich zugebe, dass ich gern schaue. Bislang funktioniert nach wie vor nichts. Aber ich bleibe dran.

Zum Dyson: Heute war ich bei *SME* (Sie kennen sicher das Einkaufszentrum *Panorama* in Mestre?) und habe mir die Dysons angeschaut. Es ist mir peinlich, Ihnen einen solchen einzureden, denn sie sind teurer als normale Ventilatoren, doch es gibt Argumente dafür. Vor etwa zwei Jahren habe ich einen Bericht gelesen über den Apparat. Er scheint technisch ausgetüftelt zu sein. Im *SME* stand ich davor: Er ist lautlos, entfacht keinen Sturm, weht Schreibmaschinenblätter erstaunlicherweise nicht vom Tisch, erzeugt eher eine angenehm kühle Aura, die man verstärken oder abschwächen kann (um es ein wenig nebulös auszudrücken). Und er braucht laut Reklame extrem wenig Strom (das hat mich verblüfft). Außerdem ist es ein Designobjekt, das in die Wohnung passen und jeden mit seiner Schönheit entzücken würde. Dazu kommt: Ich gehe davon aus, dass er eine längere Lebensdauer hat als ein normaler Ventilator (die fangen nach zwei, drei Monaten an zu scheppern).

Meine Empfehlung wäre: Den mittelgroßen (das neueste Modell) anzuschaffen. Nur einen. Den kann dann jeder sich dort hinstellen, wo er ihn braucht. Und wenn man einen Gast hat, der im Schlafzimmer seinen eigenen Propeller haben will, kann er sich den jederzeit selbst anschaffen, bei *Coop*, so ein Campingteil, das reicht.

Vorläufig brauchen wir sowieso nichts. Mir scheint, wenn man tagsüber vernünftig Schatten macht mit den Fensterläden und Sonnenstores und wenn man's erst einmal im Gefühl hat, wann wo welche Fenster offen, wann wo welche geschlossen sein müssen, wird man in diesen hohen Räumen kaum jemals unerträglichem Hitzestau ausgesetzt sein.

Das Problem sind die Preise: So eine Dyson-Stele kostet bei *SME* 399 Euro, der kleine runde 289, der größte runde (den man auf zwei Meter ausfahren kann) 439. Das ist viel Geld. Und vielleicht ist das Ganze ja Schnickschnack. Schauen Sie sich die Teile in London oder in der Schweiz erst einmal an. Und dann sagen Sie mir, was Sie denken.

Eine zumutbare Lufterzeuger-Stele traditioneller Bauart – die finde ich ästhetischer als die runden Stehpropeller – kostet bei *Panorama* 119 Euro.

An den Freund in Köln,
wie wär's mit einem Flug Köln–Venedig am 19ten, Venedig–Köln am 21sten? Den kriegt man halb geschenkt. Die Flugzeiten sind allerdings wenig attraktiv (die gleichen, die Du umgekehrt für mich rausgesucht hast): Köln ab um

19:00 Uhr, Venedig ab um 08:30 Uhr – da sind die beiden Tage perdu. Aber anders geht's offenbar nicht (die Berlinflugzeiten liegen sowohl bei EasyJet wie auch bei airberlin sehr viel angenehmer).

Wenn Du darauf bestehst, bei mir zu übernachten, dann übernachtest Du eben bei mir. Zwei Tage schwitzen ist nicht so schlimm. Die Mücken habe ich im Griff; unter denen würdest Du nicht leiden müssen.

Die von Dir vorgeschlagene Cipriani-Danieli-Harry's-Bar-Tour weigere ich mich allerdings mitzumachen. Es ist mir zuwider, von schnöseligen Kellnern herablassend behandelt zu werden und dann auch noch zwanzig Euro für ein Glas lauwarmen Weißwein bezahlen zu müssen. Es ist in Venedig schwierig, Orte zu finden, in denen man nicht übervorteilt wird – sich freiwillig in Mördergruben zu begeben, lehne ich ab. Werde Dich noch nicht einmal ins Florian begleiten. Da musst Du überall allein hin. Harry's Bar – entsetzlich. Harry's Dolci – grauenhaft. Entweder wolltest Du von mir diese Reaktion hören – dann ist Dir die Provokation geglückt. Oder Du hattest ernsthaft im Sinn, so eine Tour zu machen – dann würdest Du spätestens an der Tür vor Harry's Bar aufwachen und sagen: Stopp, da geh ich nicht rein.

Das Quartierfest gestern Abend machte Freude. Auf einem malerischen Platz am Canal Grande (San Vio), mit einem Buffet, das den ganzen Abend permanent nachgefüllt wurde mit Schinken, Salami, Käse, Salaten, Teigwaren, Gemüse, Fisch, Obst, Wein, Bier, Prosecco, Cola, Mineralwasser – für jeden, der vorbeischlenderte, kostenlos, dazu gab's ein Kulturprogramm (Kinderorchester – na ja …; die *Modesti*: eine Seniorenband, die venezianische Weisen spielte, der Maestro war 94, die Musik – na ja …; danach ein Volkstheaterschwank, selbstverfasst, Laienspiel, *Vor Gericht* – na ja …), doch im Hintergrund fuhren die Schiffe, die Kinder spielten mit Bällen, immer wieder fiel einer in den Canal, sie holten ihn mit Stangen raus, kletterten über die angeleinten Boote – nirgends ein Geländer, nirgends ein Erwachsener, der warnte, Schwalben schwirrten und sirrten darüber – das Herz ging einem auf.

An den Bruder A.,
Arno Schmidt? Keine Ahnung, was ich gegen den habe und hatte. Ein bienenfleißiger Sammler und Tüftler. Ein Kleinbürger, der unter seiner Kleinbürgerlichkeit litt und sich gegen sie aufbäumte. Er will mit jedem Satz etwas beweisen, demonstrieren, will frech sein, kühn, will provozieren. Anstatt einfach frech zu sein, kühn und provokant. Es steht hinter seinen Äußerungen immer ein »na, da staunt ihr aber, ihr Spießer, was?!« Das mag ich nicht. Was provokant ist, darf und soll es sein, aber es soll es nicht sein wollen.

17.06.
An ein Mitglied des Stiftungsrats,
zum Dyson: ich hoffe, ich habe Ihnen keinen modischen Wurm in den Kopf gesetzt. Lieber wär's mir gewesen, Sie hätten sich in London bei *Harrods* vor so einen Apparat gestellt zum Test, damit die Verantwortung für den Kauf dann voll und ganz bei Ihnen gelegen hätte. Wobei es natürlich schwierig ist, sich in einem geheizten Londoner Kaufhaus, in dem man's endlich mal angenehm warm und trocken hat, vor einen kühlenden Apparat zu stellen und sich vorzustellen, das sei irgendwie erfrischend. In den nächsten Tagen werde ich also noch einmal nach Marghera fahren (ich meinte, ich sei nach Mestre gefahren? solche Finessen kenne ich noch nicht) und einen besorgen. Einen zweiten will ich auf keinen Fall verantworten. Wenn er Ihnen gefällt, können Sie ja dann jederzeit einen weiteren anschaffen. Vielleicht gibt es im nächsten Jahr noch edlere Typen.

An den Freund in Köln,
für mich ist jede private Unterbringung heikel. Wenn ich Dir eine Pension vorschlage, dann, weil ich Dir auf diese Weise das aus meiner Sicht bestmögliche Venedig zu Füßen legen würde. Schließlich bist Du nicht irgendein Besuch, dem ich den Schlüssel in die Hand drücke und sage, hier ist das Bett, hier das Klo, hier der Kühlschrank – schönen Aufenthalt. Sondern Du bist einer meiner letzten übrig gebliebenen Freunde, einer, der »den ganzen Mann« verdient (und ihn verlangt, weil er ihn im umgekehrten Fall auch bieten würde).

Zweitens: Solche Jubiläen wie der 20. Juli sind für mich inexistent. Ich würde wohl auch keinen Hochzeitstag feiern, wenn ich verheiratet wäre. Ich weiß nicht, wann I. und ich uns kennengelernt haben, nicht einmal das Jahr, geschweige denn unser erstes Treffen (ich könnte recherchieren und mit viel Mühe ein Datum zu einem ersten bestimmen; aber ich wüsste nichts damit anzufangen).

Du bist anders. Du verbindest offenbar etwas mit einem dreißigjährigen Jubiläum. Also hättest Du dafür doch einen exzentrischen Aufwand betreiben können? In ein Flugzeug steigen, in Venedig essen, feiern, trinken, reden, schlafen, auf dem Lido auf und ab gehen, wieder ins Flugzeug steigen, zurückfliegen – ein allein wegen des betriebenen Aufwands erinnerungswürdiges Treffen? Das ist Dir zu anstrengend. Den Aufwand (in aller Herrgottsfrühe abzudüsen und spätabends zurückzukommen, um ein Jubiläum zu feiern, das mir so fern und fremd ist wie das von San Rocco) soll gefälligst ich betreiben.

Je nun, so werde ich wohl auf Befehl höherer Mächte zu Dir fliegen. Bevor ich den Flug allerdings buche, muss ich mindestens eine Nacht drüber schlafen, um mein Kopfschütteln über diese Logik abzustellen (sonst tippe ich vor lauter Kopfschütteln beim Buchen noch die falschen Daten ein).

An den Bruder A.,
épater les bourgeois kommt mir als Programm grundsätzlich falsch vor. Immer. Kunst epatiert, wenn sie Kunst ist; man braucht sich nicht um den epatierenden Effekt zu kümmern. Ich glaube nicht, dass Stravinsky die Bourgeois erschrecken wollte (gerade er, dieser Darling der Kunstbourgeoisie!). Er wollte – hoffe ich – Musik komponieren, die er vor seinem Herrn Jesus vertreten konnte. Möge es ihm dann und wann geglückt sein. Arno Schmidt wollte nicht ausschließlich einem wunderbaren Buch auf die Welt verhelfen, als er *Zettels Traum* durchstierte; er wollte den Betrieb in die Knie zwingen. Und das ist ihm halbwegs gelungen: Ein Teil des Betriebs knickte ein. Vor dreißig Jahren, als ich in einem Kiosk Zeitungen verkaufte, kam jede Woche ein Kreuzworträtselsüchtiger. Der war immer begeistert, wenn's Jubiläumshefte mit Magnumrätseln drin gab. Für den wäre Arno Schmidt das Wahre gewesen: Ein Millenniumsrätselaushecker, Besserwisser und Zotenschleifer.

18.06.
An den Freund in Köln,
es zeichnete sich schon seit längerem ab, dass Du wieder einmal das Bedürfnis nach einer Neuhängung unseres Haussegens hast. Lies irgendwann später mit kühlem Kopf unsere jüngste Korrespondenz nach, und Du wirst sehen, dass ich Dir nichts zumuten wollte.

Denselben Blitzbesuch, den ich Dir vorgeschlagen habe, hast zuerst Du mir vorgeschlagen. Es ging ausschließlich ums Jubiläumstreffen. Ich hätte es exotisch gefunden, wenn Du dafür extra hierher geflogen wärst (»ich bin dann mal kurz weg; feiere mit meinem Freund unser dreißigjähriges Kennenlernen in einem Gartenlokal in Venedig«). Dass Du Venedig nicht im Hochsommer besichtigen wolltest, war immer klar. Das wolltest Du später im Jahr tun. Ich habe Dir, kaum machte der Termin Anstalten, konkret zu werden, den 15.11. als einen möglicherweise in Betracht zu ziehenden angedeutet. Du hast am 10ten Geburtstag, man hätte etwas im Zusammenhang mit den beiden Daten ins Auge fassen können. Darauf hast Du knapp geantwortet, ein von mir veranstaltetes Hauskonzert könne ich mir in die Haare schmieren. Du ließest Dich auf so etwas Ordinäres nicht ein.

In besseren Kreisen, in denen wir beide selten verkehren, kommt dann und wann einer auf die Idee, ein Fest zu veranstalten, zu dem er seine Freunde, Bekannten und Verwandten einlädt. Dann reist man als ehemaliger oder noch immer aktueller Freund (Verwandter, Bekannter) an und freut sich, wenn die Anreise besonders aufwendig und seiner prallen Agenda besonders schwer abzuringen war, weil man meint, damit dem Feiernden seine Zuneigung besonders überzeugend beweisen zu können. Du hältst von solchen Konventionen offenbar nichts. Gut, der 15.11. kommt für Dich also nicht in Frage.

Bei unserem Jubiläumsgipfel – bei dem Du die hiesige Situation schon mal hättest in Augenschein nehmen können – hätten wir uns in Ruhe überlegt, wann und wie ein richtiger Venedigbesuch im Spätsommer, frühen Herbst oder tiefen Winter für Dich am attraktivsten wäre. Das war mein Vorschlag, der mir auch heute noch – das gebe ich gern zu – im besten Sinn syrisch vorkommt. Und jetzt lass uns bitte wieder liebevoll miteinander umgehen. Denn auch ich wünsche Dir alles Gute.

Morgen kommt als erster Gast meine Mutter für drei Tage. Da werde ich ausgelastet sein. Sei also nachsichtig, grolle nicht unnötig und such keine Gründe, ein Recht darauf zu haben, Dich verletzt zu fühlen.

An die Tante in Palermo,
bei uns ist es heute brütend heiß. Wir waren nachmittags sogar am Lido schwimmen. Das Wasser machte einen zwie-

spältigen Eindruck. Es sah trüb aus und roch streng. Überall ist jedoch zu lesen, es sei sauber und erfülle die höchsten europäischen Reinheitsansprüche. Also glaubten wir's und schwammen darin, mit Tausenden von Venezianern und Touristen zusammen. In Zukunft werden wir es hoffentlich schaffen, schon morgens um acht loszufahren und zu baden, wenn der Grund noch nicht so aufgewühlt ist, und um zehn dann zurückzukehren und den Tag über in der kühlen Wohnung zu bleiben, wo ich dichten, trachten und Gerichtstag halten will über mein eigenes Ich.

An den Freund in Köln,
heute schon steckte Dein ästhetisch und augenfreundlich beschriftetes Couvert bei mir von außen im Briefkastenschlitz. Als ich vom Einkaufen nach Hause kam, ragten drei Viertel davon auf den sonnigen Platz hinaus. Ich sah's schon von der Brücke aus und freute mich über das Gottvertrauen, mit dem hier der Pöstler so etwas riskiert. In Berlin hätte er einen Benachrichtigungsschein eingeworfen, und ich hätte die Sendung auf der Post abholen müssen.

Ein Nachsatz zum Jubiläum: Aus Deiner Reaktion meine ich Entsetzen entnehmen zu sollen. Tut mir leid, mir kommt das vor wie im deutschen Fernsehspiel: Da öffnet die Mutter die Haustür und empfängt den müde heimkehrenden Vater mit waidwundem Blick. Er fragt besorgt, was los sei. Sie antwortet mit ersterbender Stimme, hast du nicht vielleicht etwas vergessen? Er fragt, ob sie für den Abend Gäste eingeladen hätten oder ob er etwas aus der Reinigung hätte mit nach Hause bringen sollen? Sie kriegt feuchte Augen und wendet sich stumm ab – und wie auf Knopfdruck wissen wir deutschen Fernsehzuschauer: Obacht! Hier hängt der Haussegen schief. Das wird übel enden. Der Mann hat ganz offensichtlich den Hochzeitstag vergessen. Würde mich nicht wundern, wenn er überdies auch noch eine heimliche Geliebte hat und nachts auf Friedhöfen Leichen ausbuddelt und schändet. Besser, ich ziehe mich für die nächsten achtzig Minuten warm an.

Ich sehe diese Eröffnungsszene jeweils mit Verblüffung und frage mich kurz, ob ich wohl einen Defekt habe, weil ich solche Jubiläen grundsätzlich vergesse.

Wenn ein Paar eiserne, kristallene oder steinerne Hochzeit feiert, denke ich, soso, aha. Ich bin weder gerührt noch beeindruckt noch fasziniert davon. Ich rechne höchstens: Dann werden die beiden inzwischen wohl etwa achtzig Jahre alt sein und haben vielleicht mit zwanzig geheiratet?

Ich bitte um Nachsicht. Sei nicht wie ein Fernsehdramaturg reflexartig entsetzt über meine Nüchternheit. Nimm zur Kenntnis, dass es Leute gibt, denen offenbar ein Jubiläumspigment fehlt, eine Art Jubiläumsalbinos.

Ich freue mich, einen treuen Freund zu haben, so lange, bis er mich eines Tages sitzen lässt. Wenn es so weit ist, werde ich denken, der Herr hat's gegeben, der Herr hat's genommen – und werde traurig sein und nicht verstehen, warum der Freund es nur dreiundfünfzig Jahre mit mir ausgehalten hat; so ein Unmensch bin ich doch nicht, dass man's mit mir nicht bis zum Grab aushalten kann?, werde ich denken.

19.06.

An einen Jugendfreund, der Germanistikprofessor wurde, danke für Deine Mail und das darin geäußerte solidarische Interesse an meinem neuen Buch. Ich wusste nicht, dass man auf der Verlags-Internetseite den Anfang davon lesen kann. Eigentlich könntest Du es damit bewenden lassen und sagen: Ich habe den neuen Zschokke gelesen. Wer die ersten Seiten kennt, kennt das Ganze. Es ist mein leserfreundlichstes Buch. Man kann's nach zwei Stunden zur Seite legen und stolz aufseufzen: Schon wieder einen Zeitgenossen geschafft.

Ich fürchte, es ist besser für Dich, mich und das Buch, wenn Du's unausgepackt liegen lässt. Irgendwann, wenn Du aufräumst, wird es Dir zwischen die Finger geraten, und Du denkst, habe ich das nun schon gelesen oder nicht? Warum ist es noch eingeschweißt? Seltsam. Dann packst Du's aus, blätterst es durch, denkst an Deine eigenen Sachen, an die Zukunft und an die Vergangenheit, und schon bist Du auf der letzten Seite angekommen und denkst, soso, da war also offenbar mal ein Mann, der hatte zwei Augen ...

I. und ich werden im Juli nicht in Berlin anzutreffen sein. Wenn Ihr uns sehen wollt, müsstet Ihr schon den Po entlangradeln. Seit drei Wochen (und noch bis Ende Dezember) residieren wir in Venedig in einer Cavaliere-Suite, und ich denke, damit verabschiede ich mich dann auch gleich aus dem literarischen Verein: Seit dem ersten Juni habe ich kein einziges Wort gedichtet. Will auch keins mehr dichten. Etwa vierhundertdreißig Wörter habe ich gelesen in den ersten drei Wochen. Keine Postkarte geschrieben, nichts. Nur links, rechts, links, rechts, über Brücken, auf einen Vaporetto ...

Die Wohnung ist hoch, geräumig, man kann Durchzug und Schatten machen. Kommt sie Euch anschauen. Am besten zweimal. Einmal demnächst und einmal am 15.11. Da plane ich ein Hauskonzert zu veranstalten, weil ein Flügel im Salon steht. Notier Dir also den 15ten bitte provisorisch, mit Bleistift. Vielleicht habt Ihr dann ja gerade nichts Besseres zu tun.

20.06.
An die Freundin in Berlin,
das mit dem Moskitonetz hat sich erledigt. Wir sind übergelaufen zur Chemie. Wie die meisten Venezianer. Wir stecken abends ein kleines Ding in die Dose. Da liegt eine Gifttablette drin. Das Ding wärmt sich auf, das Gift in der

Tablette verdunstet und breitet sich im Raum aus. Da wir mit offenen Fenstern schlafen, zieht das meiste zum Fenster raus. Es ist geruchlos, scheint aber für Mücken bestialisch zu stinken oder sie gar zu töten. Jedenfalls funktioniert's. Und da man mir gesagt hat, alle Venezianer würden das benützen und seien sichtbar in den letzten zwanzig Jahren nicht kollektiv siech geworden, fand ich, doch, ja, warum eigentlich nicht. Außerdem sagte mir jemand, unter einem Moskitonetz staue sich die Luft. Da Venedig oft unter einer Glocke liegt – kein Wind, kein Hauch –, brachte mich das zusätzlich von der Idee ab. Und drittens wüsste ich nicht, wie ich's aufhängen sollte. Darum: für uns kein Moskitonetz bitte.

Ich hoffe, Du lässt Dich für Deine paar Besuchstage ebenfalls zum Gift überreden. Als Alternative hätte ich sonst noch eine Lotion anzubieten, die ich in meiner Jugend immer verwendet habe. Die funktioniert ebenfalls, enthält aber auch ein Gift. Man reibt sich damit vor dem Einschlafen ein. Sie riecht stark. Ich mag den Geruch.

21.06.

An die Frau, die zur Wohnung schaut,
verzeihen Sie bitte, dass ich mich so unflätig geäußert habe über den TV-Monteur. Es hängt einerseits mit der drückenden Schwüle zusammen, andererseits damit, dass meine 96-jährige Mutter drei Tage zu Gast ist und ich ihr natürlich etwas von Venedig zeigen wollte (wobei es so heiß war gestern Nachmittag, dass man sowieso keine rechte Lust hatte, in der Sonne rumzutorkeln).

Wir warteten ab ein Uhr. Um drei kam er. Um sechs rätselte er immer noch am Satelliten-Mysterium herum – da platzte mir der Kragen.

Da er ein eigenwilliger Typ war (vielleicht ein technikbesessener Eigenbrötler), der dauernd Selbstgespräche führte und zwischendurch mir irgendwelche verworrenen

Sachen erklärte (der Stecker sei nicht in bestem Zustand, man brauche einen neuen, teureren; die Antenne auf dem Dach sei ziemlich altersschwach, vielleicht wäre es besser, eine neue, teurere zu montieren; das Kabel vom Dach in unsere Wohnung sei durch einen Schornstein geführt, vielleicht sei es im Schornstein geräuchert worden und leite deswegen inzwischen nicht mehr richtig, müsse ersetzt werden; die eine Hälfte verstand ich, die andere versuchte ich zu erraten), wurde mir die Situation immer unheimlicher.

Vielleicht ist es wirklich kompliziert, so eine Antenne einzurichten, und vielleicht wäre er durchaus fähig gewesen dazu. So oder so, er konnte sich sichtbar nicht erklären, warum es nicht funktionierte. Manchmal hatte ich den Verdacht, die hätten der Stiftung damals vielleicht ganz einfach einen alten, kaputten Receiver angedreht.

Dazu kommt eine Schweizer Chip-Karte, die man in den Apparat stecken soll, worauf man sämtliche CH-Sender kriegen müsste. Diese Karte fand ich in den Unterlagen und habe sie dem letzten Techniker mitgegeben, damit er sie gleich mit einbeziehe. Die funktionierte aber auch nicht. Der erste Techniker hat behauptet, wahrscheinlich sei sie verfallen. Ich habe in der Schweiz angerufen und sie mir erklären lassen: Sie verfällt nicht und müsste jederzeit überall funktionieren. Sie sehen, es kam Verschiedenes zusammen. Bald bin ich ein Fachmann für Satelliten und kann Ihnen alles über Hotbird und Astra erklären.

Da meine Mutter erst am Freitagnachmittag abreist, schlage ich vor, wir verlegen den nächsten Montageversuch auf die nächste Woche. Ab Montag stehe ich jederzeit wieder zur Verfügung. Sie sollten dann aber dabei sein, damit Sie verstehen, worum's geht – und damit ich mir keinen Unsinn aufschwatzen lasse. Sonst kostet am Ende diese ganze Installation Hunderte von Euros – und der TV funktioniert trotzdem nicht.

An R.,
bei mir hat das Sabbatical erst angefangen. Ich kann hier bleiben bis Ende des Jahres. Und ich nehme das sehr ernst mit dem Sabbat: Ich tue gar nichts, wandere nicht einmal herum. Meistens unterlasse ich es sogar, abends das Licht anzuzünden (wegen der Mücken, die ich fürchte wie eine Gottesstrafe).

Inzwischen habe ich meinen ersten Teller Cozze und Vongole als Vorspeise gegessen. Hervorragend hat's geschmeckt. Deine R-Erklärung leuchtete mir ein.

Die Touristen stören nicht. Nach zwei Tagen hatte ich mich schon an sie gewöhnt. Sie bereiten mir sogar zusätzliches Vergnügen. Heute Abend gehe ich beispielsweise auf den Markusplatz, bevor sie alle verschwunden sein werden, um dort einen Schluck aus der fast hysterischen Sightseeingpulle zu nehmen. Eine Delikatesse.

22.06.

An den Komponisten,
der Flügel wird bis im November wahrscheinlich noch etwa dreimal einen Stimmbruch durchleiden bei den extremen Luftfeuchtigkeits- und Temperaturschwankungen. Ich lasse ihn erst kurz vor dem 15.11. stimmen. Momentan klingt er vertrauenerweckend. Mir scheint, die Töne seien ungefähr dort, wo sie hingehören.

An seinen Cousin, den Arzt,
hier ist es zurzeit so tropisch, dass mir graut: Wie wird das erst Ende Juli, Mitte August?! Wir dachten gestern, der Lido sei eine gute Idee (am Strand entlanggehen und wassertreten); da begann meine Mutter aber nach kurzem bedenklich zu schwanken, und ich fürchtete, sie kriege einen Hitzschlag; doch selbst das endete gut; sie empfindet die Schwüle nicht als besonders belastend, schläft bestens – ich liege derweil bachnass im Bett.

An die Opernsängerin,
vielleicht werden wir im November Hochwasser haben oder Nebel (so dass Euer Flugzeug gar nicht erst landen kann)? Man muss hier offenbar immer mit Schnippchen der Natur rechnen. Neuerdings sollen uns ja laut Medien auch Erdbeben und Tornados bedrohen. Ich weiß nicht, wie ernst das ist. Mir scheint, die Messtechniken wurden einfach verfeinert. Früher verloren wir manchmal den Boden unter den Füßen, oder der Hut ging uns hoch und flog uns vom Kopfe – das nahmen wir metaphorisch und lebten unbekümmert weiter. Heute wird es mit dem Computertomographen fein säuberlich aufgezeichnet und in der Zeitung unter Katastrophen vermeldet. So dass wir dauernd auf Alarmstufe sechs leben.

Momentan ist es hier über dreißig Grad warm und 97 % luftfeucht. Wenn das so weitergeht, tropfe ich eines Tages noch *Unter dem Vulkan II* in den Computer. Theoretisch sind wir in dieser Hitzewelle zu bedauern, praktisch lassen wir uns möglichst selten in den Gassen sehen, damit niemand erfährt, wie selig wir uns fühlen, so triefend und delirierend, sonst lösen wir bloß eine weitere Neiddebatte aus; das möchte ich unbedingt vermeiden.

Das Wasser am Lido ist mindestens neunundzwanzig Grad warm, lädt also nicht unbedingt zum Bade. Aber wenn wir es dereinst tatsächlich schaffen sollten, regelmäßig morgens um acht hineinzusteigen, ist das vielleicht ganz angenehm. (Heute streiken die Vaporetti, also war gar nicht an Strand zu denken.)

24.06.

An die Übersetzerin,
Touristen? Die stören nicht. Im Gegenteil. Sie wirken wie der Bettler, der am ersten Januar bei bitterer Kälte vor der Wohnung eines reichen russischen Schriftstellers auf und ab gehen und sich in dessen Auftrag stundenlang die Hände

reiben und »was für eine elende Kälte« murmeln musste, damit der Schriftsteller seinen Erfolg, seine warme Wohnung und sein gutes Essen zum Auftakt des neuen Jahres richtig genießen konnte.

Sie schleppen sich vom Bahnhof zum Rialto, von dort weiter zu San Marco, halb ohnmächtig vor Durst und Hitze. Sie können sich nirgends hinsetzen (die Venezianer haben boshafterweise alle Sitzmöglichkeiten aus dem Weg geräumt). Ein träge sich dahinwälzender Strom von hyperventilierenden, schwitzenden Menschen in kurzen Hosen und ärmellosen Leibchen, mit glasigen Augen. Wo immer ein Schatten ist, lassen sie sich fallen und strecken sich flach auf dem Boden aus, zwischen Taubenkacke, ausgekippter Cola und runtergefallenen, zerflossenen Gelati. Man steigt über sie, tritt auf sie drauf, sie rühren sich nicht. Die Stimmung ist wie in einem intellektuellen Katastrophenfilm oder wie in einem Zombiefilm von Straub-Huillet. Ich weiß zwar, dass den Leuten geholfen werden könnte – sie müssten bloß darauf verzichten, Markusplatz und Rialto sehen zu wollen –, aber was sollen sie denn dann tun? Woanders rumtaumeln, anschauen, was man nicht gesehen zu haben braucht, und immer das Manko zu empfinden, gerade die Hauptsache zu verpassen? Schwierig. Ich seufze nur »oh ihr Armen« und gehe – wenn ich genug gesehen habe – nach Hause oder an einen schönen, leeren Platz, wo ich es genieße, noch viele Wochen vor mir zu haben.

Heute war ich im Ca' Rezzonico. Falls Du das noch nicht kennst, geh nächstes Mal rein. Einer der majestätischen Palazzi am Canal Grande, mit Bildern an den Wänden aus dem 18ten Jahrhundert, aber um die geht es nur in zweiter Linie, in erster um den Palazzo und den Garten. Die Touristen gehen selten irgendwo rein. Die Eintrittspreise schrecken sie ab. Und man wird von der Stadt sowieso dermaßen genudelt mit Schönheit, dass man meint auf Museen verzichten zu können. Auch ich habe erst drei von ihnen besucht, immer fast allein. Jedes Mal verschlug es mir die Sprache.

An eine Kunsthallenleiterin,
vielleicht fällt Dir etwas ein, das eine Reise hierher erforderlich macht, jetzt oder im Hoch- oder Spätsommer – die Stadt macht bei jedem Wetter und zu jeder Jahreszeit Vergnügen. Es ist, als sei ich in einem Adventskalender gelandet und dürfe darin jeden Tag ein neues Türchen aufmachen – immer ist es leuchtend bunt, was ich sehe und erlebe, es duftet, strahlt, ist märchenhaft glitzernd, mittelalterlich unheimlich, überdreht, byzantinisch (ich habe gelernt, dass man das, was mir die Sprache verschlägt, byzantinisch nennt, und weiß dabei nicht einmal, wo Byzanz liegt).

25.06.
An den Freund in Köln,
so konträr verbohrt wie diesmal waren wir beide selten. Ich rekapituliere: Der zwanzigste Juli war von mir nicht vorgeschlagen als Venedigbesuch, sondern als eine Möglichkeit, dem Jubiläumstreffen – das ich nach wie vor für eine schrullige Sentimentalität von Dir halte (das Treffen wohlverstanden, das nichts zu tun hat mit der Wertschätzung unserer Freundschaft) – einen besonderen Dreh zu geben und es dadurch zu einem veritablen solchen zu machen.

Ich schlage vor, wir lassen das verrauchen und überlegen danach in aller Ruhe, wann Du kommst. Freuen würde mich, wenn Du Dir den 15.11. wenigstens eintragen wolltest in Deine Agenda, und sei's auch nur mit Bleistift und provisorisch. Es wäre schön, wenn Du dann anreisen würdest, zum Beispiel als Kurztripp, den Du heute schon buchen könntest (selbstverständlich bist Du eingeladen dazu; die Kosten übernehme ich).

Und zur Hotel-oder-Gästezimmer-Frage: Wer bei mir privat übernachtet und wer lieber in einer Pension, das unterscheidet sich von Fall zu Fall. Ich gehöre zu denen, die als Gast eine Pension vorziehen (und bin mit dieser Marotte nicht allein). Da Du mein Freund bist, möchte ich Dir die Tage in Venedig so komfortabel gestalten, wie ich sie mir selbst gestalten würde, und kam deswegen auf die Idee, Dir eine Pension vorzuschlagen. Das ist das Gegenteil von Missachtung.

An die Tante in Palermo,
ich triefe wie eine Schweinswurst im Backofen. Alles klebt. Die reinste Waschküche, dieses Venedig. Wunderbar. Dagegen ist Palermo ein gut durchlüftetes, kühles Fleckchen Erde.

Die Wohnung ist hoch, man kann Schatten machen und Durchzug; es lässt sich gut leben in ihr. Nur unten auf die Piazzetta rauszutreten ist tagsüber momentan kaum zu empfehlen. Die armen Touristen, die nur jetzt gerade Zeit haben, die Stadt zu besichtigen, schleppen sich wie im Delirium durch die ausgestorbenen, aufgeheizten Gässchen, eine Tropfspur von Schweiß hinter sich auf dem Boden zurücklassend, die in der Hitze verdunstet.

Trotzdem wirst Du vielleicht in solchen Hundstagen hier erwartet: Mein Bruder A. hat vor, seinen sechzigsten Geburtstag in Venedig zu feiern (das ist der letzte Stand seiner Planung; vor zwei Tagen sollte es noch Irland sein). Dazu erwarte er auch Dich und unsere Mutter, hat er eben gemailt. Zufällig habe ich irgendwo ein aktuelles Plakat gesehen, eine Werbung für *Air One*-Flüge von Palermo nach Venedig für 27 Euro. Überleg's Dir.

Mein anderer Bruder, K., und seine Frau wollten sowieso kommen vom 31. Juli bis 3. August. Die würden im großen Zimmer übernachten. Mutter würde vielleicht auch kommen und das kleinere Zimmer kriegen, Du könntest das Bürozimmer haben – ich werde an diesen Tagen auf keinen Fall arbeiten und würde Dich also nicht behelligen. A. will mit seiner Frau ins Hotel gehen. So wären alle untergebracht und würden gut aneinander vorbeikommen. Und falls es dann zu heiß ist, könnt Ihr ja umgehend ein paar Kilometer weiter nördlich fahren, in die Berge, und Euch dort abkühlen. Du könntest theoretisch also heute schon buchen, wobei man bei A. natürlich nie weiß, vielleicht kommt er dann doch nicht – dann wäre aber ein Flug für 27 Euro kein Unglück. Man könnte ihn zur Not verfallen lassen.

An den Bruder A.,
da wir seit ein paar Tagen unter einer Hitzeglocke schmoren – das sei normal, im Juni schwappe in der Regel immer eine erste Hitzewelle über Venedig, danach kühle es noch einmal ab, und im Hochsommer kämen dann die richtigen Hundstage –, habe ich eine ungefähre Vorstellung davon, was auf Euch zukommen wird in der ersten Augustwoche: Man mag sich draußen dann kaum noch bewegen, schleppt sich von Kirchenschatten zu Barschatten zu Kirchenschatten, halb in Trance, triefend nass (es ist nicht nur stechend heiß, sondern tropisch feucht dazu). Ob die Idee, hier eine ganze Hochsommerwoche zu verbringen, gut ist, weiß ich also nicht.

Praktische Vorschläge: Erstens würde ich nicht auf dem Lido Ferien machen, weil dort im Hochsommer wahrscheinlich alle Venezianer, die es sich nicht leisten können, an ein »richtiges« Meer zu fahren, Urlaub machen. Dazu kommen die Touristen. Der Lido ist dann also wohl voll.

In der Stadt selbst scheint von Mitte Juni bis Mitte August *low season* zu herrschen. Mindestens steht es so im Prospekt eines Hotels, das wir uns angeschaut haben, um allfällige Besucher darin unterzubringen: Man könne in dieser Zeit über Preise diskutieren.

Wenn Ihr am Ersten hier ankommt und wir hier Deinen Geburtstag feiern, könntet Ihr beispielsweise zwei, drei

Tage später weiterfahren nach Kroatien, um dort in klarem, erfrischendem Wasser noch ein paar Tage richtig zu schwimmen?

An die Opernsängerin,
ruf sie nicht herbei, die wabernde venezianische Schwüle. Genieß es, Dich abends ins Bett legen und einschlafen zu können. Hier schleicht man so lange ums Bett herum, bis man nicht mehr anders kann und umsinkt. Ab dann muss man schwimmen, um nicht unterzugehen und zu ertrinken im eigenen Wasser. Manchmal träume ich davon, ins Flugzeug zu steigen und eine Nacht in Berlin schlafen zu gehen.

Was wir hier tagaus, tagein tun? Bring mich nicht in Verlegenheit. Was werden wir schon tun in der gleißenden Sonne auf dem heißen, samtenen Terrazzoboden? – Wir erledigen den kleinen Alltag. Pfirsiche einkaufen. Würste einkaufen. Einen Kaffee trinken. Die Zeitung lesen. Schon wieder ein halber Tag vorbei. Den Schweiß abwischen. Die Pfirsiche nach Hause tragen, essen. Schweiß abwischen, einnicken. Den Abfallsack zuschnüren. Runtertragen. Wieder hochtragen, weil noch nicht die Zeit ist für Abfall. Hinlegen. Ausruhen. Die Badehose einpacken, an den Lido fahren, einmal rausschwimmen, einmal reinschwimmen. Lufttrocknen. Nachdenken, ob Schwimmen eigentlich gesund ist. Zurück zum Vaporetto. Merken, dass man sich in der Zeit geirrt hat. Es ist ja erst morgens um halb zehn, also jetzt erst Pfirsiche einkaufen. Wann Würste essen? Jetzt. Wer da noch den Kopf beieinander behalten kann, wird fast schon Bürgermeister.

An den Freund in Köln,
hast Du Dir einen Wuschel schneiden lassen und willst Dich jetzt engelsblond färben wie die Putten, die ich hier überall sehe? Ich bin inzwischen in drei museumsartigen Palazzi gewesen – von jedem auf seine Art begeistert; die

ausgestellten Kunstwerke eher so lala, aber die Palazzi! Du musst mir versprechen, ein paar davon zu besuchen, wenn Du dann kommst. Nicht aus bildungsbürgerlichem Pflichtgefühl, sondern einfach so, weil Du Dir zwischendurch etwas so Altmodisches wie einen Museumsbesuch leisten magst.

Interessanterweise ist man überall mehr oder weniger allein. Draußen wälzen sich die in der Hitze taumelnden Touristen durch die Gassen, drin, in den kühlen, alten, hohen Case und Palazzi ist es menschenleer. Ich werde weiter vorkosten und Dich dann zu zwei oder maximal drei Besuchen zu überreden versuchen. Es sind keine endlosen Saalschluchten zu bewältigen. Alles ist überschaubar, aber alles auf seine Weise von überzeugender Grandezza und Dramatik. Die ganze Stadt ist etwas für Theaterliebhaber.

Wie mir die beiden Filme von Tom Kalin gefallen haben? Danke für Obst. Ob das wohl ein Pseudonym ist von Rosamunde Pilcher? Vielleicht lebt sie unter diesem Namen ihre dunklen Seiten aus? Nur weil ich absolut gar nichts mit mir anzufangen wusste, habe ich den einen zu Ende geschaut (den ich meiner Meinung nach schon einmal gesehen hatte; der mit dem interessant aussehenden Jüngling, den man nach fünf Minuten nicht mehr aushält, weil er keinen Millimeter an Interessantheit dazugewinnt, sondern die vorhandene nur immer geizig und eitel verwaltet; am Ende ersticht er seine Mutter, weil Freud ihm keine andere Wahl lässt). Den anderen, den schwarzweißen, habe ich beim besten Willen nicht runtergekriegt.

Inzwischen läuft der DVD-Player auch nicht mehr (der zweite Monteur hat etwas umgestöpselt, so dass nun gar nichts mehr funktioniert). Vielleicht hätte ich sonst heute einen zweiten Versuch mit dem schwarzweißen gemacht – hätte ihn aber aller Wahrscheinlichkeit wieder nicht über die ersten drei Minuten hinaus ertragen.

Ich bin nicht recht in EM-Laune. Vielleicht liegen die Nerven zu blank: Wenn Italien spielt, wie gestern, ist jeder Platz vor den Bars besetzt, und fast alle sind naturgemäß für Italien. Wenn Italien nicht spielt, dann gucken nur die Touristen, deren Landsleute jeweils gerade dran sind. Es bricht kein richtiges Fußballfieber aus. Vielleicht auch, weil Venedigtouristen in der Regel keine Fußballfans sind. Sie setzen sich eher gönnerhaft vor eine Bar und gucken zu, weil das einfache Volk ihrer Meinung nach das tut und weil man sich im Urlaub gern zwischendurch mal mit den einfachen Leuten solidarisiert (so wie auch ich ja kein echter Fan, sondern ein Voyeur bin). So kann keine Stimmung aufkommen.

26.06.

An den Jugendfreund, der Germanistikprofessor wurde, entscheide Dich nicht heute schon streng für ein Nein. Der 15.11. liegt noch in weiter Ferne. Vielleicht habt Ihr dann doch plötzlich Lust auf Hildesheimer. (Hildesheimer hat eine Erzählung geschrieben, in der ein Inselchen vor Venedig untergeht, auf dem ein alter Palazzo steht, in welchem während des Untergangs ein Hauskonzert stattfindet, das stoisch durchgezogen wird, wie auf der Titanic.)

Den Flügel lasse ich vorher stimmen. Und es wird kein Beethoven gespielt, sondern Kompositionen della nonna, dazu vielleicht noch eine Canzone fatta a casa usw. Und Du würdest sehen, was für ein Knusperhäuschen in Venedig steht. Das sieht man schließlich nicht alle Tage: Ein Haus, in das altgediente Künstler hineingelockt werden, die, kaum sitzen sie drin, mit dem Kunstschaffen schlagartig aufhören und freiwillig anfangen, sich selbst zu mästen. Am Ende rollen sie kugelrund unten heraus und sind liebe Ättis und Müetis, die die Welt nicht länger mit sich belästigen, sondern nur noch ein warmes Bänklein benötigen, um auf ihm ihre restlichen Tage glücklich zu verdämmern.

Eine Velotour hierher stelle ich mir anstrengend vor. Mindestens die letzten Tage war es so schwül, dass Ihr schon nach einer halben Stunde auf dem Sattel angefangen hättet zu delirieren.

Heute Nacht hat es geregnet und abgekühlt. Jetzt ist das Klima angenehm, geradezu herzstärkend, der Himmel so blassblau wie die Zuckermandeln, die es hier zur Geburt von Knaben gibt, dazu Schwalbengezirp, die Luft mild und weich, die zum Fenster hereinschwappt ... Gleich packe ich meine roten Cavalierebadehosen in die Tüte und fahre mit dem Vaporetto an den Lido zum morgendlichen Seniorenschwimmen.

Übrigens: Gestunken hat es bislang selten. Und die Touristen perlen heute noch an der Stadt ab. Das ist ein Wunder: Da können ganze Touristentsunamis drüber wegrollen – die Stadt lebt darunter einfach weiter. Sie sieht heute noch so aus wie vor dreißig Jahren, als ich zum letzten Mal hier war und sie ausgesehen hat wie vor hundert Jahren. Es ist eigenartig: Man biegt um die Ecke, geht eine Straße parallel zum Touristenstrom, und schon packt einen das Entdeckerfieber, und man meint, man sehe Dinge, die noch nie jemand gesehen habe vor einem.

Hier steht *Wenn die Gondeln Trauer tragen* als DVD im Regal. Wir schauten uns den Film an. Er ist vor knapp vierzig Jahren gedreht worden. Alles sieht heute noch genau gleich aus. Nur sind die Vaporettostationen inzwischen gelb beschriftet, damals waren die Schilder weiß. Ein paar Szenen spielen auf dem Plätzchen vor unserem Haus – alles genau gleich, obwohl alles natürlich anders ist (sein muss). Der Verfall schreitet voran, wird aber immer ungefähr auf demselben Stand erhalten: Während die eine Fassade instand gesetzt wird, lässt sich die gegenüberliegende gerade ins Koma fallen. Vielleicht war die Stadt von Anfang an eine überreife? Vielleicht ist der Verfall Konzept und gehörte immer schon dazu? Verwesungsästhetik?

Wir Touristen gehen darin unter oder gehören dazu wie die schillernden Fliegen auf dem Aas.

An den Maler M. in Berlin,
endlich wieder einmal etwas zum laut Herauslachen. Vielen Dank. Wunderbar, Deine Traumgeschichte.

Wir hatten hier ein paar Tage lang eine erste Hitzewelle und haben nur noch geseufzt und sehr, sehr müde gelächelt, wenn etwas Lustiges meinte sein Haupt erheben zu müssen.

Ich hatte mir zwar vorgenommen, täglich morgens mit dem ersten Vaporetto an den Lido zu fahren und dort ein wenig am Seniorenfrühschwimmen teilzunehmen. Einmal habe ich's geschafft. War um acht Uhr am Strand. Mutterseelenallein. Und bin schon zu dieser frühen Stunde fast zerflossen in der Schwüle. Dann stieg ich ins 29 Grad warme Wasser und watete raus. Nach etwa zehn Minuten ging mir das Wasser endlich bis zu den Knien. Da ließ ich mich kippen und paddelte ein wenig hin und her.

Der Lido ist ein etwa acht Kilometer langer und meistens mindestens fünfzig Meter breiter feiner Sandstrand. Je nachdem, ob gerade Flut oder Ebbe herrscht. Bei Ebbe ist er etwa hundert Meter breit. Dann geht es unendlich lange flach weiter. Das Wasser ist trüb, weil daueraufgewühlt. Ich habe mir aber von verschiedenen Seiten und schon mehrmals versichern lassen, es erfülle sämtliche Sauberkeitsnormen der Weltgesundheitskommission und sei mindestens so vorbildlich für Gesamteuropa wie das des Wannsees.

Heute früh habe ich mich ein zweites Mal auf den Weg gemacht, war etwa um halb neun im Wasser, jetzt begleitet von sechs venezianischen Nobiluomini in Rente (alle hundert Meter einer) und sieben sehr alten Principesse mit Strohhut. Das gefiel mir schon besser. Vor allem der Macchiatone danach (ich habe mich im Kaffeegenuss bereits auf Gesellenniveau hochgearbeitet und bestelle nicht mehr einen gemeinen Macchiato wie die meisten, sondern einen Macchiatone – da ist ein wenig mehr Milchschaum drin/drauf als beim Macchiato und etwas weniger als beim Cappuccino). Dazu ein Cornetto alla Mandorla. Manchmal bestelle ich mit ernster Miene sogar einen Orzo. Das ist ein Gerstenkaffee, der in Venedig offenbar eine seriöse Alternative zum normalen darstellt. Nach etwa vier Espressi am Morgen bestellt der Venezianer einen Orzo, dann weiß jeder, oh, dieser Maestro hat offenbar einen großen Freundeskreis, mit dem er Kaffee trinkt. Bestimmt hat er schon mehrere Espressi trinken müssen und fürchtet sich vor Übersäuerung.

Die erwähnte Mail vom Maler M.:
Das muss ich jetzt schnell loswerden: Soeben hatte ich ein gräuliches Erwachen, und das kam so: Mit einigem Erfolg hatte ich einen Grundkurs A (Anfänger) für »Schwyzerdütsch« bei Dir abgeschlossen. Zur Belohnung hattest Du mich gebeten, bei einer Deiner kommenden Lesungen in der »Kellerakademie« des Weddinger Kulturhauses als Dialogpartner auf der Bühne mitzuwirken. Ich war sehr stolz und hatte alle meine Boulespielkameraden zu diesem Literaturereignis eingeladen. Als ich mich anschickte, das Auditorium zu verlassen und nicht ohne wichtigtuerisches Brimborium auf die Bühne hinter den Vorhang zu Dir zu klettern, erschrak ich erst einmal darüber, dass ich vollkommen vergessen hatte, meine sich mitten auf der hohen Stirn befindliche Narbe eines alten Kopfschusses wegzuschminken. Dann kam es aber noch schlimmer! Ein gewisser Herr Jakobi sollte an meiner statt mitspielen, er hatte einen Bauch und volles Haar, was wohl den Ausschlag gab. Ich wusste nicht, wie ich das nun meinen Freunden erklären sollte, wachte von Herzrasen getrieben auf und fand mich in meiner Armut und im verregneten Berliner Grau in großer Trübnis wieder.

Das alles ist noch keine zehn Minuten her, und ich weiß nicht, was ich davon halten soll. Jedenfalls mache ich Dir keine Vorwürfe, es liegt an mir.

Ich grüße Dich nicht ganz neidfrei, dennoch herzlich!

M.

An ein Mitglied des Stiftungsrats,
der Dyson ist gekauft.

Allein das Auspacken löste eine Welle von Glücksmomenten aus. Die Verpackung könnte im Museum of Modern Art in NY als Objekt bestehen.

Dann das Zusammensetzen dieser Stele des Wohlbefindens: drei Handgriffe. Mit je einem Satz in bestem Deutsch (Englisch, Italienisch, Russisch, Französisch etc.) so erklärt, dass man nichts falsch machen kann. Je ein feines Clic zum Zeichen, dass alles sitzt und passt und eingerastet ist. Dann stellte ich ihn an – und entschwebte umgehend in die Dyson-Aura.

Drei Knöpfe gibt es. Links: Ein/Aus. In der Mitte ein größerer zum Drehen: Stufenlose Verstärkung/Abschwächung der Luft-Zirkulation. Rechts: Ein = der Luftstrom pendelt von links nach rechts und ventiliert den gesamten Raum. Aus = die Luft weht in eine fixe Richtung. Das Nonplusultra: Eine winzige Fernbedienung, die sich mit einem Magneten oben auf der Stele festhält, solange man sie nicht braucht (wenn man sie benötigt, weiß man immer, wo sie zu finden ist).

Wenn all Ihre Gäste das Gerät mit demselben Vergnügen betrachten und behandeln wie wir, wird es jahrelang beste Dienste leisten und viel Bewunderung auslösen. Und das Schönste daran: Es passt ästhetisch in die Wohnung, als sei es für sie entworfen worden.

Gekauft habe ich's heute, weil wir vier drückend heiße Tage hinter uns hatten, geradezu beunruhigend, stehende Hitze bis 37 Grad und 98 % Luftfeuchtigkeit. Zwar hat die Wohnung selbst diese Probe bestanden. Wenn wir noch genauer herausgefunden haben werden, wie wann wo welche Läden geschlossen und welche Fenster offen stehen müssen, dann ist es bestimmt auch im Höchstsommer ohne Belüfter gut auszuhalten. Doch für ungeduldige Leute und für besonders hitzeempfindliche ist der Dyson die Rettung. Auch wir werden ihn dann und wann einschalten und ihn vor allem unseren Gästen ins Zimmer stellen (die ja meistens aus dem Norden kommen und die Hitze als Schock empfinden werden).

An den Freund in Köln,
was war schon wieder Hotbird? Ist das etwa »ottebirde«? Der eine Satellit, den man in Italien als Erstes ansteuert, obwohl man dort nichts als arabische Sender geliefert kriegt? Wenn es dieser Satellit ist: Ja, der ist von Anfang an angepeilt gewesen und liefert treu seine Bilder. Nur blockiert mein Receiver seinen Dienst nach maximal acht Minuten Sendezeit. Wenn beispielsweise in *Derrick* Harry den Wagen holen soll, friert das Bild ein, der Ton fällt aus – und nichts tut sich mehr. Dann muss ich den Stecker aus der Dose ziehen, alles stilllegen und neu starten. Harry ist in der Zwischenzeit längst vorgefahren mit dem Wagen. Dann dauert es wieder etwa sieben Minuten, bis wieder alles blockiert. Nach jeder Phase folgt der Zusammenbruch rascher. Am Ende blockiert's nach jeweils einer Minute.

Das Montagegenie hat seinen nächsten Besuch für Samstagnachmittag angekündigt. Ich werde also Deutschland–Italien auf der Piazza durchleiden müssen. (Die Stimmung hier ist wenig deutschfreundlich. Gestern hat Angela Merkel offenbar noch dazu eine antiitalienische Position eingenommen im Euro-Poker. Mit etwas Pech werden am Donnerstagabend die ersten deutschen Touristen hier verprügelt – denn dass Deutschland die Azzurri endlich mal wegputzt, das steht für mich fest.)

Gestern Morgen um acht ein zweites Mal am Lido im Wasser, heute will ich mich zum dritten Mal dazu überwinden. Wenn ich erst einmal dort bin, gefällt es mir. Kaum ein Mensch, nur ein paar Putzkräfte von den städtischen Badeanstalten und höchstens zehn Rentner verteilen sich am Strand bis an den Horizont. Das Wasser ist sehr warm, und man hat den Eindruck, so früh am Morgen sei es noch sauber. Der Strand herausgeputzt wie eine Wohnung vor der Schlüsselübergabe. Traktoren mit Eggen hinten dran fahren hin und her. Meine Fußspuren sind die ersten im mehlfeinen Sand. Keine Zigarettenkippe, kein Plastikbecher, nichts.

Zur Beschneidungsdebatte: Eine Qualität, die ein Mann bieten soll, wenn er laut Klischee »gut im Bett« sein will, ist Ausdauer. Wenn Beschneidung tatsächlich zu einer solchen verhilft, hätte ich mich, als ich noch davon träumte, ein guter Mann im Bett zu werden, umgehend beschneiden lassen. Ein Verbrechen, dass man mir das erst heute verrät.

27.06.

An die Mitarbeiterin im Verlag,
leider klingelt der Pöstler nie. Ich müsste ihm jeden Tag auflauern, um aus seiner olivbraunen Hand Ihre Post entgegennehmen zu können. Ich kenne seine Zeiten nicht, habe ihn nur zufällig einmal gesehen. Wenn ich ab zehn unten lauerte, würde ich austrocknen und also irrsinnig (die Sonne fällt auf den Platz vor unserem Haus).

An den Freund in Köln,
wusstest Du, wie schlecht Carpendale in seiner Jugend sang? Ich bin baff. Mit diesem Stimmchen konnte der eine solche Karriere starten und durchhalten? Erstaunlich. Mir scheint, später hat er voller gesungen?

Deine Spuren im Sand war mir ein Begriff. Ich hätte es jederzeit trällern können – jedoch nur gerade diese vier

Wörter. Der Rest des Schlagers war mir unbekannt. Eine weitere Überraschung: Man kann einen Klassiker landen mit vier Wörtern – mehr braucht es nicht. Kehlmann mit seinen vierzig Anfangsseiten hat viel zu viel geackert.

Hör Dir das Lied im Internet genau an. Es gibt darin eine geniale Zeile: »als ob die Zeit in meinen Lenden wär« – ich hab's mir mehrmals angehört, immer lauter: eindeutig »die Zeit in meinen Lenden«. Ach wär doch die Zeit bloß immer in meinen Lenden gewesen. Und der Schlussrefrain, der hätte eigentlich auch verdient, in unser deutsches Musikerbe aufgenommen zu werden: »Lulelulelulei«. Danke Howard Carpendale: Der maßgeschneiderte Schlager für meine Lido-Morgen. Ich schwimme von nun an zum inneren Lulelulelulei-Rhythmus.

Heute Abend muss ich wohl auf die Piazza – obwohl ich kaum noch stehen kann (bin völlig erschöpft vom vielen Rumlaufen). Aber Ronaldo gegen Torres, das muss ich wohl sehen?

Berner Sennenhunde sind schön, ja. Für sie brauchst Du keine Haftpflichtversicherung. Die übernehme ich. Kein Berner Sennenhund wird jemals haftpflichtig. Die sind die Ruhe und Güte in Hundeperson.

An ein Mitglied des Stiftungsrats,
die museumsreife Verpackung des Dyson habe ich dekonstruiert und als Altpapier entsorgt, damit sich hier die Schachteln nicht stapeln. Ich hoffe, das war in Ihrem Sinn. Sie wollen doch hoffentlich den Belüfter niemals woandershin mitnehmen? Der gehört in diese Wohnung und soll hier eines Tages sein Leben aushauchen dürfen und nur mit den Füßen voran das Piano nobile jemals noch verlassen müssen (der Schwerpunkt ist übrigens extra tief in den Fuß verlegt zur Optimierung der Standfestigkeit, wie ich in der Gebrauchsanweisung las).

28.06.

An den Freund in Köln,
wenn Du die Ohren wieder frei hast, dann hör Dir Carpendale bitte noch einmal an. Er singt definitiv »ganz fest in meinen Lenden«. Es lohnt sich, diese Aufzeichnung im Internet ein paar Mal anzuschauen und anzuhören. Die Orchestermusiker, die er hat, und der Chor – alles ist zum Schießen. Schade, dass man das wahre Potential der Dinge immer erst dreißig, vierzig Jahre später erkennen und genießen kann. Das ist wohl das Glück des Modisch-Seins: Man unterzieht sich dem Zeitgeschmack, erfüllt ihn, beglückt Massen, wird von der ambitionierten Minderheit ausgelacht – die man dafür später beglückt. Ob Ihr wohl denselben Friseur hattet damals in Köln, Du und Carpendale?

Gestern empfand ich das laue Interesse am Fußball so, wie Du es beschrieben hast. Es war kein Problem, einen freien Stuhl zu kriegen vor den TV-Schirmen. Und da rannten sie dann also hin und her, spielten wahrscheinlich sogar gut, doch so richtig gepackt hat es mich nicht, und die Leute, die zuschauten, waren alle ebenfalls irgendwie indifferent. Ich ging in der Pause nach Hause, habe hier noch – von Receiver-Blockaden unterbrochen – bis zur neunzigsten Minute geschaut und bin bei 0:0 ins Bett gegangen. Dass die Deutschen den Sieger dieser Partie besiegen können, scheint mir schwer vorstellbar. Also können sie von mir aus auch heute schon verlieren. Was mich aber nicht um den Schlaf brachte. Irgendwer wird Europameister, und ich werde vergessen haben, wer, bevor das letzte Tor gefallen sein wird. Vielleicht springt der Funke heute Abend über? Das wirtschaftlich angeschlagene Italien lechzt nach einem Sieg.

An die Kunsthallenleiterin,
hin und her ging's gestern Abend. Manchmal flott. Rot-weiß-rot. Nach neunzig Minuten ging ich ins Bett und

schwamm zu Morpheus hinüber (ich weiß nicht, ob der auf einer Insel wohnt und von Wasser umgeben ist wie Hades, zu dem man in einer Barke hinübergerudert wird – ich jedenfalls schwamm im Bett, so heiß war's). Heute habe ich nirgends lesen können, wie das Spiel ausgegangen ist. Danke, Du hast mich von der Frage erlöst.

Um halb acht war's heute früh schon so schwül am Strand, dass ich nasser war, bevor ich ins Wasser watete, als danach. Ich glaube aber, ich werde den Kampf gegen den inneren Schweinehund gewinnen. Der Morgenausflug fängt an mir zu gefallen, auch die An- und Rückreise. Eigentlich würde ich in der halben Stunde hin gern *Il Gazzettino* lesen, um ein wenig Italienisch zu lernen, und zurück die *FAZ*, die es morgens um neun am Lidoanleger bereits vom aktuellen Tag zu kaufen gibt – aber vorläufig schaue ich immer nur auf das, was an mir vorüberzieht, und erfreue mich daran, ein paar Monate lang Maestro Ciocché sein zu dürfen.

Nach dem Schwimmen ging ich nach Hause, zog die Holzläden zu und sitze nun im Halbschatten bis abends um fünf. Dann muss ich mich darum kümmern, ob ich irgendwo einen Stuhl kriege vor einem TV-Bildschirm. Die Sprache im *Gazzettino*, das heutige Match betreffend, klingt sehr martialisch (i nostri gladiatori, i eroi azzurri, la Germania a paura).

An ehemalige Nachbarn aus der Schweiz,
es ist beeindruckend, was für eine magnetische Kraft Venedig nach wie vor ausübt auf die Menschen. Sogar mein Bruder K. kommt mit seiner Frau für vier Tage (die mich in Berlin noch nie – wirklich noch nie – besucht haben).

Dass die Stadt die Leute nach wie vor anzieht, ist berechtigt. I. und ich waren vor dreißig Jahren zum letzten Mal hier. Seither dachten wir, es sei unbezahlbar geworden und vollkommen überflutet von Touristen. Beides ist wahr, und trotzdem hat es uns, kaum angekommen, wieder verzaubert wie damals. Keine Viertelstunde hat's gedauert, und wir schauten einander mit demselben offenen Mund (inzwischen natürlich runzlig geworden und mit etlichen Zahnruinen drin) begeistert an und fanden keine Worte – und so ergeht es uns heute noch, obwohl schon mehr als vier Wochen vergangen sind: Wir treten unten aus dem Haus, gehen links, links, rechts – oder doch lieber noch einmal links, nein rechts, schon verlaufen … Und ab da irren wir rum und fahren im Vaporetto, von morgens bis abends, und strahlen dieses byzantinische Märchen an.

Zu einem Besuchsdatum: Ich kann leider nicht mehr großzügig verfügen über meine Zeit. Zum einen, weil ich überall rumerzählt habe, man könne mich besuchen (von Berlin daran gewöhnt, dass alle sagen, gern, ja – und dann doch nicht kommen). Plötzlich werde ich mit meiner Einladung aber ernst genommen, und einer nach dem anderen reist an. Zum Zweiten erscheint im Herbst mein neues Buch, und ich werde dann und wann daraus vorlesen müssen, wofür ich mich frei halten will.

Einen Termin habe ich immerhin fest anzubieten. Vielleicht kann ich Euch dafür gewinnen? Ich bereite ein Hauskonzert vor in meinem Piano nobile. Am 15.11. wird es stattfinden. Wenn Ihr dazu anreisen möchtet, würde mich das freuen.

An den Freund in Köln,
überall sonst wird Kunst privatisiert und den Mäzenen überlassen (in der *FAZ* steht jeden Tag ein Inserat »Werden Sie Stifter! Stellen Sie sich vor, Sie hätten Leonardo da Vinci unterstützt« oder so ähnlich) – in der Schweiz dreht man den Spieß um und verstärkt die Milizkultur. Nicht nur schrill finde ich diesen neu geschaffenen Eidgenössischen Literaturpreis, sondern fast kommunistisch.

Natürlich werden in diesem System nicht nur die sogenannt Arrivierten ausgezeichnet werden können, sondern es müssen auch die selbstverlegenden Neueinsteiger berücksichtigt werden, die Rätoromanen, die Welschen und die Tessiner, die Dialektschreiber, Alte, die immer übergangen worden sind usw. – und am Ende wird das Geschrei groß sein, weil wieder die Falschen ausgezeichnet worden sein werden. Eigentlich lobenswert und diskussionswürdig – gerade heute, wo der ganze Buchmarkt zusammenbricht und Urheberrechte zur Disposition gestellt werden –, von staatlicher Seite ein solches Zeichen zu setzen. Die Schweizer werden danach allerdings erst recht keine Bücher mehr kaufen. Sie werden sich doppelt und dreifach ärgern über die von ihnen verwöhnten Schmarotzer (die Künstler) – aber der Staat schert sich nicht drum. Das gefällt mir. Ein Coup derjenigen, die das durch sämtliche Gremien durchgeboxt haben.

Jetzt geh ich einen Stuhl suchen auf der Piazza.

29.06.

Ein Stuhl war noch frei. Nicht draußen auf dem Platz – dort hatten die Einheimischen längst alles belegt; sie hatten sogar zusätzlich reihenweise private Stühle mitgebracht; alles brummte und dröhnte –, sondern in einer kleinen Eckbar mit vielen Biersorten. Direkt neben der Tür saß ich. Es waren fast nur Ausländer da. Wer für welche Nation fieberte, war kaum zu erkennen. Man schaute halt so zu, weil alle zuschauten, und freute sich über Tore und litt mit, wenn Chancen verpasst wurden.

Ich schlich nach der Niederlage traurig nach Hause, obwohl mir scheint, dass das Resultat in Ordnung war. Die Italiener spielten einfach besser als die Deutschen. Aber ach wie traurig. Ich habe keine Lust am Leben, wenn Deutschland nicht im Fußballfieber liegt. Soll ich mir etwa Spanien gegen Italien anschauen? Vielleicht – aus Interesse an Ronaldos Storchenschritten – noch Deutschland gegen Portugal um den dritten Platz? Was für ein Jammer.

/2

Heute war ich am linken Anfangszipfel vom Lido, nachmittags. Ein Volksstrand, kostenlos. Die Zikaden haben gesägt wie in Griechenland, das Wasser war gleich warm wie in der Mitte. Der Strand nicht überlaufen. Liebenswert, irgendwie Wannsee, *Pack die Badehose ein*. Bin nur schauen gegangen, ob ich was versäume (tue ich nicht), einmal kurz ins Wasser, geschwommen, wieder zurück. Samstag und Sonntag nehme ich badefrei – da wird es bestimmt überall wimmeln.

Ich bleibe wahrscheinlich dem Comunale-Strand in der Mitte treu. Nicht zu verwechseln mit dem Pubblico. Comunale ist gehoben; da gehen die Bürger hin. Eine Badehütte kostet hier pro Saison viertausend Euro, eine Umziehkabine pro Monat dreihundertsechzig. Man kann sich aber frühmorgens kostenlos hinter einer der Hütten umziehen, ohne jemanden zu stören.

Als Emotionalkrüppel war ich wegen der deutschen Niederlage ernsthaft betrübt gestern Abend und heute früh. Auch der Tod von Lady Di hat mich damals mitgenommen. Mich nimmt selbst der Tod des vierundsiebzigjährigen Giovanni Pagan mit, den ich überhaupt nicht kenne. (Hier werden die aktuellen Todesfälle auf A4-Blättern an den Hausmauern angezeigt. Zurzeit sterben die Venezianer wie die Fliegen. Jeden Tag sehe ich andere Gesichter – auf den A4-Blättern ist immer auch ein Farbportrait abgebildet.)

30.06.

Danke für das Wort »Partezettel«. Sie hätten am besten gleich einen solchen für Iris Radisch drucken sollen. Die wurde erfolgreich aus dem *Literaturclub* weggemobbt und ist bestimmt krank geworden davon (wobei sie auf dem von Dir mitgesendeten Foto zäh wie Juchten aussieht). Wir Schweizer sind schon seit längerem no more amused von den deutschen Kulturkommissären, die man uns vorsetzt. Es gibt die (auch schon nicht mehr junge) Nachfolgegeneration, die in die Posten drängt. Mit ziemlicher Sicherheit wird ein Schweizer Radischs Posten übernehmen, eine Doppel- oder Dreierspitze wohl, alternierend. Zum Beispiel Stefan Zweifel, Peter Weber, Michel Mettler (und dann muss natürlich mindestens noch eine Frau rein).

Ich habe immer Sehnsucht, zur Trauerfeier zu gehen, wenn ich so einen Partezettel lese. In Venedig ist jede Kirche ein Besuch wert (und der Platz, an dem sie steht) – und vielleicht kommt dann sogar das Sargschiff … Ich könnte hier als Klagemann anfangen.

Um 16:00 Uhr kommt der TV-Abgesandte aus dem Hause Caputo (so heißt das Geschäft wirklich). Der letzte, den sie geschickt haben, schien mir eher aus dem Hause Distruggiatore geschickt worden zu sein; er hat eine Schneise der Zerstörung hinterlassen.

/2

Das Morgenschwimmen ist der Versuch, mir die Tage frei zu halten. Im übertragenen Sinn springe ich direkt aus dem Bett in meinen Swimmingpool, ziehe eine halbe Stunde meine Bahnen, trockne mich ab, kleide mich an und gehe erfrischt ans Tageswerk. Der gelungene Tageseinstieg eines erfolgreichen Mannes. Leider ist der Aufwand größer. Bis ich schon nur am Strand bin … Ein anderes Argument für den frühen Morgen ist: Alle teilen mit mir die Meinung, tagsüber schwimmen zu gehen sei Unsinn. Erstens sei es dann zu heiß, zweitens zu voll, drittens wäre dann der Tag verloren, denn niemand mag verklebt, in lottriger Strandkleidung, mit einer Tüte, in der nasses Badezeug steckt, in eine Stadt gehen und sich Kultur ansehen.

Morgens um sechs joggen unter meinem Fenster die amerikanischen Hotelgäste durch. Auch sie in der Meinung, sich auf diese Weise zu erfrischen und danach noch den ganzen Tag vor sich zu haben.

Gestern ist mir ein halber Zahn abgebrochen. Ohne Anlass. Ein beunruhigender Moment. Offenbar fange ich an zu zerfallen.

An den Bruder A.,
Du hast also wirklich wieder einmal einen Abstecher in malariaverseuchte Tropen vor? Ein Fitzcarraldo-Gen, das Dich treibt? Seit Tagen habe ich das Gefühl, hier in Mangrovensümpfen zu leben, so schwül ist es und so riecht die Luft (manchmal). Aber da ich noch nie in den Tropen war, finde ich die Erfahrung aufregend.

Ich fange an, Deinen Geburtstag vorzubereiten. Es soll ein schönes Fest werden. Ich freue mich darauf. Einen ersten Dämpfer habe ich allerdings einstecken müssen: Viele Restaurants (die zwei ersten, die wir uns ausgeguckt hatten, gehören dazu) und Geschäfte sind vom 15. Juli bis zum 15. August geschlossen. Zur Not wirst Du dann halt von uns bekocht.

Wie hältst Du's mit Deinen Freunden? Tauchst Du offiziell ab für Deinen Sechzigsten, oder habt Ihr vor, ein paar Freunde dazu zu verführen, nach Venedig zu reisen und mit Dir zu feiern?

An einen Jugendfreund, der Treuhänder wurde,
wie kannst Du jetzt schon wissen, ob Du am 15.11. Zeit und Lust hast, bei mir in Venedig aufzukreuzen? Und dann gleich den Flug buchen und gleich das Hotel dazu, und gleich vier Tage, und gleich für Euch beide … Für solch schwerwiegende Entscheidungen bräuchte ich Wochen! Ziemlich unheimlich, Deine Entschlusskraft; fast schon napoleonisch.

Ich freue mich über Euer angekündigtes Kommen. Es spornt mich an, die Einladung ernst zu nehmen. Ich habe sie vorläufig eher spielerisch behandelt; dachte, am Ende werde ich mit dem Pianisten allein einen schönen Abend verbringen. Nun werde ich mich anstrengen müssen.

Deine Hotelwahl hat mich elektrisiert. Nie wäre ich auf die Idee gekommen, für allfällige Gäste dort draußen zu suchen. Zufällig waren wir aber gerade gestern Abend dort essen, auf einem kleinen Platz, bestimmt kennst Du die Trattoria, il Pampo oder so ähnlich heißt sie. Beim Aussteigen in Sant Elena sah ich das Schild zu dem von Dir gebuchten Hotel und dachte, das könnte interessant sein.

01.07.

An den Freund in Köln,
nun war der TV-Techniker da. Er hatte einen neuen Receiver dabei. Offenbar wusste oder ahnte er, dass der alte kaputt war, hat das aber nicht zugegeben, weil es eine Ehrensache zu sein scheint, dass nichts aus dem Hause Caputo kaputt ist. Er stieg wieder aufs Dach, richtete die Antenne erneut aus – diesmal hatte er auch sein Peilgerät dabei –, schloss alles an, und jetzt läuft's. Perfektes Bild, perfekter Ton, großer Flatscreen.

Hier war es gestern schwül wie unterm Vulkan. Heute soll das Klima noch fiebriger werden (satteste Rotstufe auf der venezianischen Schwülheitsskala – das ist so etwas wie höchste Alarmstufe; offenbar stirbt sich's da besonders leicht). Ich sitze vor dem Computer und zerfließe schon jetzt, morgens um sechs. Alle Fenster stehen offen. Kein Lufthauch. Die Kanäle stinken übelkeiterregend. Ich könnte den Dyson anwerfen, aber wozu? Um mir die fette, nasse, stinkende Luft um die Nase wehen zu lassen? Inzwischen ist die Feuchtigkeit so hoch, dass sich Dunst gebildet hat. Es sieht aus wie dichter Nebel. Ich sehe knapp bis zum nächsten Haus. Wie in einer Dampfstube.

/2

Ja, jetzt funktioniert der TV. Wir saßen gestern Abend davor und schauten uns einen Film auf WDR an: *Hardcover*. Verblüffend. Fast amerikanisch im Tempo, im Humor, in der Ideen- und Pointendichte. Gut gespielt. Eine der Hauptrollen ein neues Gesicht, ein Studententyp, wie sie in französischen und italienischen Filmen selbstverständlich sind. Sympathisch. Gekannt habe ich nur den einen (Wotan Wilke Möhring) – er war hervorragend besetzt und machte seine Sache gut. Und einen zweiten: Justus von Dohnányi, der mir seit Jahren auffällt. Ich hatte immer vermutet, er spiele aus reinem Luxus und sei Sohn aus bestem Haus. Nun habe ich in Wikipedia gelesen: Tatsächlich ist es so. Wahrscheinlich ein arroganter Kerl, der aber eine ansteckende Spiellust an den Tag legt und schon mehrere schiefe Vögel für den deutschen Film erfunden hat (einmal einen wunderbar ignoranten Schlagerfuzzy, diesmal einen kleinkriminellen Gangsterboss). ABER: ich fühlte mich elend beim Zuschauen. Deutsches TV in Venedig – das ist eine Sünde. Ich will es mir nicht angewöhnen.

Heute Abend gehe ich wieder auf die Piazza. Die Italiener sollen gewinnen. Sie hatten lange keine Freude mehr im Leben. Spanien hat immerhin seine Weltsprache im Rücken. Italien ist auf allen Gebieten seit Ewigkeiten abgehängt. Selbst ihre Autos können nicht mehr mithalten. Fast schon so verloren wie Griechenland.

Heute früh trotz Dunst an den Lido gefahren. Als wir auf dem Vaporetto saßen, ist eines der besonders großen Kreuzfahrtschiffe eingelaufen. Im dichten Dunst sah es aus wie ein dunkler, riesiger Leguankopf, der sich sehr langsam der Stadt nähert. Ich traute mich nicht einmal zu sagen, schau dort, das ist ein Kreuzfahrtschiff, so unheimlich war der Eindruck. Kaum am Strand angekommen, drang die Sonne durch. Um halb neun war ich im Wasser. Da Sonntag ist, gab's schon Familien, die ihre Sonnenschirmburgen aufgebaut hatten. Das muss inzwischen ein irres Treiben sein dort. Ich kehrte bald zurück und stürzte mich ins Markusplatz-Rialto-Gewimmel – unüberbietbar. Vielleicht ist das Münchner Oktoberfest damit zu vergleichen, oder der Karneval in Rio … Und alle immer kurz vor der Hysterie und der Panik wegen dieser feuchten Hitze.

Ich habe angefangen, mit Fächer rumzulaufen; wedelte mich vom Markusplatz zurück durch die Gassen und wurde angestaunt wegen meines eleganten Schwingrhythmus im Handgelenk. Ich bilde mir ein, fast ein wenig spanisch angemutet zu haben, wie ein Kastagnettentänzer. Die Touristen lagen und saßen links und rechts am Weg und applaudierten matt, wenn ich an ihnen vorüberwedelte.

02.07.

Das Insektengift, das ich nachts elektrisch verdampfe, scheint den Mücken nichts anzuhaben. In den ersten Nächten dachte ich, ich schlafe mückenfrei. War bloß jeweils erstaunt, trotzdem morgens da und dort einen Stich vorzufinden. Inzwischen schlafe ich so leicht und schlecht, dass ich realisiere, wie die Mücken nach wie vor kommen. Es sind nicht viele – immerhin –, aber es sind welche im Raum. Und da liege ich dann, höre das hohe Sirren um die Ohren, und der Schweiß läuft an mir runter.

Den Dyson habe ich bislang nur selten angeworfen, weil mir der permanente Luftzug nicht geheuer ist. Weiß nicht, wie das erst im Hochsommer werden soll.

Italien–Spanien habe ich zu Hause geguckt. Auf der Piazza, auf der ich dachte, es werde irgendwo gezeigt, lief kein einziger TV. Alle saßen offenbar totenstill daheim vor ihren eigenen Apparaten. Also ging auch ich nach Hause und schaute die zweite Halbzeit und fand traurig, was es da zu sehen gab.

So will ich's mir denn versuchen zu merken: Als ich 2012 in Venedig war, wurden die Spanier im Fußball Europameister gegen Italien.

An die Übersetzerin,
Du hast mir viel Freude gemacht in diesem Jahr. Danke. Stockholm musst Du aber definitiv ohne mich besuchen, wenn Du es sehen willst. Nur Venedig kann ich Dir bieten.

Ab jetzt – in den Ebenen des Übersetzens, beim Korrigieren – wird es hart. Du wirst mit der Verlegerin darüber streiten müssen, ob es wirklich der Rede wert ist, dass mir mein Croissant am 23.06.07 nicht so gut geschmeckt hat wie am 24sten. Sie wird zu Recht fragen, ob das nicht völlig unerheblich sei. Und Du wirst erklären müssen, dass ein altes Gipfeli in Berlin in Acapulco ein Erdbeben auslösen kann, dass alles mit allem zusammenhängt, dass nichts oder alles unwichtig ist usw. Das wird nicht leicht. Ich hoffe, Deine Kondition ist gut. Falls nicht, nimm Dir wie ich vor, jeden Morgen schwimmen zu gehen (Du im Genfersee, ich am Lido). Ob wir's dann wirklich tun, ist eine andere Frage. Ich war heute wieder dort. Mein Widerstand war allerdings mindestens 99 % stark. Wenn morgen nur ein kleiner, schräger Wind zur falschen Zeit zum Fenster reinweht, bleibe ich liegen und gehe nicht an den Strand.

Es ist nach wie vor über dreißig Grad heiß und feucht wie in einem türkischen Dampfbad. Gestern hatte es morgens um sieben sogar dicken Nebel – wobei das eben nicht Nebel war, sondern Dampf. Man sah das Haus gegenüber nicht. Trotzdem sind wir an den Lido gefahren, durch den dichten Dunst. Um acht, als wir dort ankamen, schaffte es die Sonne, durchzubrechen. Es war bereits mindestens achtundzwanzig Grad warm. Ich steckte die Hand in den Sand und war glücklich.

An den Freund in Köln,
ja, es kann sein, dass ich neben der Spur bin. Nie habe ich in Griechenland so schwitzen müssen wie hier. Dort weht immer Wind, und wenn's mal windstill ist und richtig heiß wird, kann man ins Meer springen, das selten über 23 Grad warm wird und immer erfrischt. Hier schleppe ich mich hin und denke und sage nur noch das absolute Minimum. Ich torkle über das Plätzchen vor unserem Haus zurück, krieche die Treppe hinauf, lasse sämtliche Kleider fallen und hechle erst einmal eine halbe Stunde, nachdem ich draußen war.

Jetzt sitze ich vor Dyson. Dabei wollte ich mir den auf keinen Fall angewöhnen.

Wo Dein Tippgeber am Lido einen Nacktbadestrand ausfindig gemacht haben will, sollte er dazuschreiben. Ich würde ihn bestimmt frequentieren, denn natürlich wäre es bequemer, sich nicht mühselig hinter Badehütten ducken und versteckt umziehen zu müssen. Ich kann mir aber nicht vorstellen, wo man hier nackt baden können sollte. Der ganze Lido ist Familienstrand. Von San Nicolo bis Alberoni, acht Kilometer lang, gerade, flach, bis an den Horizont überschaubar. Wo sollte da mittendrin Platz sein für Nudisten? Das *Hotel Des Bains* ist zurzeit geschlossen. Wird renoviert. Das Casino liegt etwa eineinhalb Kilometer weiter rechts. Bislang habe ich es noch nicht geschafft, dort hinzuwanken. Vom *Des Bains* bis Nicolo kenne ich den ganzen Strand. Da entdeckte ich ein einziges Mal zwei nackte Brüste – alles andere ist verhüllt.

Einen Tee werden wir beide wohl im Florian trinken gehen müssen, da Du so auf Namen fixiert bist. Am Sonntag ging ich zum ersten Mal daran vorüber und habe reingeschaut. Es ist schön. (Vor dreißig Jahren trank ich dort einen Kaffee und habe mich aufgeregt über den Preis. Auch mit Dir werde ich mich darüber ärgern. Prohibitive Preise verlangt man einfach nicht.)

Stadelmaiers Stückevorschau habe auch ich gelesen und wurde traurig bei der Lektüre. Doch ist mir der ganze deutsche Kulturbetrieb unendlich fern. Das ahnte ich nicht: Es ist mir vollkommen einerlei, ob mein Buch heute oder morgen rauskommt, ob der Umschlag rot oder grün ist, ob die Kritiker es gut finden oder schlecht oder ob sie überhaupt nichts finden. Der kleine Alltag füllt einen hier aus: Müll runtertragen zur rechten Zeit, Obst und Fisch einkaufen zur rechten Zeit, die Wohnung einmal durchfegen, Wäsche machen, Spülmaschine anwerfen, Spaghetti kochen – das fordert den ganzen Mann. Und die Stadt ist so unglaublich schön, der Alltag so abwechslungsreich, dass man beim besten Willen keine Energie verwenden mag für Positionskämpfe.

An den Verleger,
ob Du noch im Sinn hast, mich zu besuchen, traue ich mich nicht zu fragen. Ich platziere meine Mails in Göttingen rund um Dich herum (im Vertrieb und in der Presseabteilung) und hoffe, dass ihr Echo Dich auf dem Flur des Verlags erreicht und Dich daran erinnert, dass Du eigentlich einmal schauen kommen wolltest, wo und wie ich meine Tage verbringe (und in dem Zusammenhang auch gleich Salvatore besuchen wolltest).

Zurzeit lebe ich in den Tropen. Die wollte ich zwar nie kennenlernen und freute mich, dass sie so weit weg sind. Nun lerne ich sie doch kennen und finde die Erfahrung interessant. Nachts im Bett tritt mir das Wasser, ohne dass ich irgendetwas tue oder denke, wie aus Moses' Fels aus der Stirn und aus der Kopfhaut, rinnt nach hinten in den Hals, kitzelt, netzt das Kissen, auf dem ich zu Morpheus rüber- und zurückschwimme (habe keine Ahnung, ob der originale wie Hades übers Wasser zu erreichen ist – der in Venedig bestimmt, denn hier ist alles nur übers Wasser zu erreichen), und bin sprachlos wegen dieser schwülen Hitze.

Morgens um sieben steige ich ins Schiff, fahre an den Lido, steige dort um Viertel vor acht ins Wasser, das etwa 29 Grad warm ist, paddle darin ein wenig hin und her in der Überzeugung, das tue mir gut, erfrische mich und halte mich jung. Dann gehe ich in eine Bar, trinke einen Espresso und esse dazu ein gefülltes Croissant, was mir bestimmt nicht guttut, mich aber viel mehr erfrischt, erfreut und jung hält als meine Morgengymnastik. Dann nehme ich wieder den Vaporetto und fahre zurück, bin etwa um halb elf zu Hause und bereit für einen neuen Tag. Mindestens zehn Minuten lang fühle ich mich noch frisch. Das alles könnte ich Dir bieten. Du würdest bestimmt nicht weniger staunen als ich. Dazu kann ich Dir sogar noch einen phantastischen Ventilator ins Schlafzimmer stellen, ein Design-Objekt, das so schön ist und so verblüffend, dass man sich allein vom Anblick erfrischt fühlt und bestens einschläft. (Ich will mich vorläufig noch nicht geschlagen geben, indem ich ihn im eigenen Schlafzimmer aufstelle. Ich will herausfinden, wie ein Doge ohne so einen Ventilator hat schlafen können bei diesen Temperaturen. Die kannten das Problem schließlich bestimmt auch und haben es auch lösen müssen.)

/2

Sehr gut. Schreib mir einfach, wann Du am Freitag am Busbahnhof ankommst. Ich nehme an, es wird am Piazzale Roma sein? Dann werde ich dort auf Dich warten und Dich nach Hause begleiten. Es dauert etwa acht Minuten zu Fuß. Ich trage den Koffer. (Das schreibe ich, damit Du dann nicht enttäuscht bist, weil Du nicht gleich Schiff fahren darfst – man könnte theoretisch auch das Schiff nehmen, aber der Weg, den man dann zu laufen hätte, ist nicht viel kürzer).

Wie Du die folgenden drei Sommerferienwochen gestalten willst, kannst Du hier – vor Ort – besser überlegen.

Da Venedig auf viele Leute magnetische Kräfte ausübt, kündigen sich bei mir auch Gäste an, die nach einem Hotel fragen. Also erkundige ich mich da und dort nach den Preisen und habe dabei erfahren, dass vom 15. Juli bis 15. August hier »medium season« herrscht und dass man überall in diesen Wochen jederzeit bereit ist, einem mit den Preisen entgegenzukommen. Guck's Dir an. Wenn Du magst, kannst Du mit mir zusammen am Samstag- oder Sonntagmorgen auch an den Lido kommen – wenn nicht gerade eine Kaltwetterfront über uns wegzieht – und kannst dann besser entscheiden, ob das für Deine Ferien reizvoll sein könnte.

03.07.

An den Freund in Köln,
aha, Alberoni also. Dann muss ich also auch noch in diese saure Zitrone beißen. Alberoni liegt am rechten Ende des Lidos. Die Busse fahren seltener, es dauert länger.

Heute Nacht habe ich im Gästezimmer geschlafen, alle Fenster in der Wohnung rundum offenstehen gelassen, zwei Insektizidverdampfer in die Dosen gesteckt … Es ging besser. Allerdings scheint auch das Wetter normaler zu werden.

Deine Milde den faulen Südländern gegenüber teile ich; auch die Einschätzung, dass die mediterrane Leichtigkeit schlicht Erschöpfung ist. Ich spielte ja immer mit dem Gedanken, in den Süden zu ziehen. Wollte mich in Venedig nach einer Wohnung umsehen. Doch nach diesen Wochen glaube ich, das ist nichts für mich. Man hat nichts anderes zu tun den ganzen Tag, als ihn sich erträglich zu machen. Selbst Fernsehschauen ist eine Anstrengung. Was haben Sie gestern gemacht? – Das Spiel Spanien–Italien auf *RAI 1* gesehen. – Das ganze? Respekt, Respekt …

Ich empfange unter anderem auch *rbb* und sah gestern die *Berliner Abendschau* mit den von Gewittern überfluteten U-Bahn-Stationen und den geknickten Bäumen, zerquetschten Autos ... Die Moderatoren sahen wach aus, klar im Kopf und voll bei der Sache. Ich bewunderte sie. Ich lag verschwitzt auf der Couch und schaute ihnen durch verschlierte Augen unkonzentriert und halb dösend zu.

Venedig lässt keinen an sich ran. Ich könnte mein ganzes Leben hier verbringen, man würde trotzdem Englisch mit mir reden. Venezianer sind immun gegen jede Art von ausländischem Charme. Seit Hunderten von Jahren werden sie von Reisenden überflutet. Inzwischen ist es sogar so weit, dass kaum noch ein Venezianer in der Stadt lebt. Die Mieten sind zu hoch. Die reichen Ausländer mieten und kaufen alles, was nicht niet- und nagelfest ist. Die Atelierbeauftragte erzählte, dass sie längst auf dem Festland leben müsste, wenn nicht die Stadt vor ein paar Jahren ein Gesetz erlassen hätte, wonach ein Teil der städtischen Immobilien preisgebunden ist und ausschließlich an Venezianer vermietet werden darf.

An den Tischen vor den Cafés und Bars sitzen fast nur Ausländer, die es sich leisten können, sich einen Kaffee oder einen Sprizz servieren zu lassen. Die Einheimischen sitzen auf den Bänken in der Mitte des Platzes und trinken Wasser aus dem städtischen Brunnen. Zwar gibt es für sie überall Einheimischenrabatt – dass sie trotzdem gegenüber Ausländern reserviert sind und bleiben, ist verständlich. Selbst in Berlin entwickelt sich ja bereits diese Wut gegen die reichen Zuwanderer, die uns vertreiben.

An ein Mitglied des Stiftungsrats,
das schlechte Gewissen wächst und steht bald schon im Verdacht, bösartig zu sein (sich zu einem Paniktumor auszuwachsen), das schlechte Gewissen darüber, dass ich hier nichts tue. Bald schon sechs Wochen lang. Einfach nichts. Nur von morgens bis abends auf dem Kinderkarussell rumfahren. Venedig gehört ohne Frage zu den Weltwundern.

Die Hitze war zum Verzweifeln, ja. Nichts hat geholfen. Nicht einmal Dyson wusste Rat. Er blies mir einfach die kuhwarme Luft an den Kopf, die überall fett in der Gegend stand. Ich wollte mich schon erkundigen nach dem von Ihnen erwähnten Luftfrigoriferokondensor oder wie das Ding heißt (Sie schrieben von einer Kühlmaschine, die Sie ins Auge gefasst hätten für die Wohnung; ich stelle sie mir vor wie eine rückwärts rollende Mikrowelle). Inzwischen hat sich das Wetter aber erholt. Es sind angenehme dreißig Grad. Ich denke, Sie werden es bei dem einen Dyson bewenden lassen können.

Heute waren wir am Alberoni-Strand, um zu prüfen, ob wir was verpassen. Ja, wir verpassen was, wenn wir dort nicht Sommerferien verbringen. Das Wasser war kristallklar. Wenige Leute. Schnarrende Zikaden. Angenehme Brise. Herrliche Bar am Eingang (wie früher die Bars in italienischen Umsteigebahnhöfen). Leider ist die Anreise umständlich. Es lohnt sich nur, wenn man dort den ganzen Tag verbringt. Strandtage werden mir aber schnell zu lang. Immerhin wissen wir jetzt: Wenn wir mal einen Tag baden wollen (oder wenn ein Gast Lust hat darauf): Alberoni kann diese Lust befriedigen.

Und am Hotel Excelsior bin ich vorbeispaziert. Ein Märchenschloss in Ceausescu-Dimensionen. Da möchte ich einmal in meinem Leben absteigen.

Mein Schwimmen? Reine Pflichtübung. Ich finde Schwimmen langweilig; absolviere seit Jahren dasselbe Programm. Wo immer ich ankomme, springe ich ins Wasser, schwimme meine Züge (ich schwimme expressiv; ausschließlich Delphin oder Butterfly oder so was Ähnliches; habe ich mir als Kind selbst beigebracht) und steige wieder raus. Nachdem ich trocken bin, wiederhole ich die Einheit, manchmal sogar ein drittes Mal – und das war's. Da es wahrscheinlich leicht besessen aussieht, wechsle ich normalerweise oft die Strände (jeden Tag punkt elf Uhr derselbe Mann in derselben Badehose mit denselben Schwimmzügen – der macht nach fünf Tagen einen gestörten Eindruck). Um acht Uhr früh geht das; da sind nur Alte und Besessene unterwegs. Sonst mache ich weiterhin absolut gar nichts, gehe nur langsamen Schritts durch die Stadt und trinke Kaffee und esse Cornetti – da wäre ich ohne Schwimmen bald immobil.

04.07.

An die Übersetzerin,
heute früh um Viertel vor acht schon wieder am Lido, bei Ebbe. Das Wasser spiegelglatt, wie Blei. Ganz ruhig, nicht aufgewühlt, klar. Ich wanderte rein. Da und dort stand ein Senior bis zu den Knien drin und schaute konzentriert rund um sich. Ich sehe ja nicht mehr allzu gut, schaute dann aber auch um mich – und sah Quallen. Große, kleine, junge, alte, ganze Herden, die an mir vorüberschwebten. Offenbar kommen die je nach Wind- und Wasserstand angetrieben. Ich schwamm mit zusammengekniffenem Mund meine Züge und zog mich so schnell ich konnte wieder zurück an den Strand. Fragte zwei alte Venezianer in Badehosen, die da ihren Morgenspaziergang machten, ob die Quallen giftig seien. Beide waren wahrscheinlich noch nie in ihrem Leben weiter als bis zu den Knien im Wasser. Sie behaupteten, alle Quallen seien giftig. Sie seien zwar noch nie von einer gebissen worden, aber wenn man sie berühre, würde es bestimmt jucken.

In Griechenland gab es nie Quallen. Denen ist das dortige Meer zu salzig oder zu kalt. Was für ein Luxus, das griechische Meer! Alles andere ist dort zum Davonlaufen – aber das Meer!

Über Nacht scheint eine Mückenwolke aus Afrika eingeschwebt zu sein. Überall hocken sie an Decken und Wänden, in den Schiffen, in den Bars, selbst bei uns in der Wohnung an windstillen Ecken. Es scheinen keine Stechmücken zu sein. Sie sehen nur ähnlich aus, sind aber kleiner. Keine von denen, die ich zerquetscht habe (sie sind zu matt zum Fliehen), war voller Blut. Ich verdampfe nun Gift, den ganzen Tag über, bei offenen Fenstern. Wenn sie intelligent sind, machen sie sich aus dem Staub.

05.07.
An den Freund in Köln,
reg Dich nicht auf übers Rauchverbot. Hier werden wir einfach zusammen draußen sitzen und rauchen. (Außerdem haben Prohibition und Rauchverbot das Leben spannender gemacht; man traf sich heimlich, frönte seinen Lastern, fühlte sich als Rebell, gründete Geheimbünde usw.; Freigabe von Haschisch oder Opiumshops à la *Tchibo* würden das Leben eher langweiliger machen.)

Gegen Deinen Willen habe ich ein Venedig-Wochenende für Dich gebucht. Am 27.09. um 19:05 Uhr nach Venedig Treviso, am 01.10. um 20:40 Uhr von hier zurück. Flugzeit jeweils 1 Stunde 19 Minuten.

Sag nicht: Nur so kurz? Frag nicht: Warum Treviso? (Erstens, weil ich das beim Buchen nicht realisiert habe; zweitens, weil mir die Flugzeiten komfortabel vorkamen im Unterschied zu denen am Morgen, die in Marco Polo landen und starten; drittens, weil der Preis günstig war.)

Der Haken an der Sache: Ich weiß nicht, wie man von Treviso nach Venedig kommt. Immerhin: Es gibt einen Flughafenbus. Das habe ich schon mal rausgefunden. Der braucht fünfundvierzig Minuten.

Krieg jetzt keinen Anfall. Schlaf ruhig und lass es auf Dich zukommen. Wenn Du Dich dann nicht reisefähig fühlst, lässt Du's eben verfallen.

/2
Vor zwei, drei Tagen in der *FAZ* ein langer Artikel, in dem erklärt wurde, dass und warum der Westen Syrien in den

Abgrund stürzt mit seinem Verhalten. Nicht, weil er sich nicht einmischt, sondern im Gegenteil, weil er den Widerstand geschürt hat und mit Waffen stopft. Der Artikel war lang und kompliziert. Nicht von einem Arabistiker, nicht von einem doktrinären Islamistiker, Orientalen oder Orientalisten, sondern von einem westdeutschen Historiker irgendwo aus Memmingen oder Mainz, der ernst erklärt, dass unser ewiges Zündeln im Nahen Osten krankhaft und infam ist und dass wir rücksichtslos Bürgerkriege entfachen und Hunderttausende von Toten produzieren.

Da kann man sich nicht hitzefrei nehmen! Ich habe den Artikel ein Viertel lang geträumt, ein weiteres Viertel durchdöst, die restliche Hälfte nicht mehr gelesen, weil's mir zu kompliziert und zu langweilig war. Jetzt gräme ich mich und denke, es wäre ein Meilenstein der Nahostanalyse gewesen, im Sommerloch versteckt und versenkt. Außerdem habe ich mir von Felicitas von Lovenberg rapportieren lassen, welches die wichtigsten Bücher dieses Herbsts sein werden, illustriert mit verschiedenen Fotos von attraktiven Fräuleins. Der großartigste aller großartigen Martin Walsers hat offenbar schon wieder etwas geschrieben, diesmal etwas über einen älteren Mann, der nach einem Herzinfarkt in die Klinik kommt und dort sofort die Nachtschwester bespringt. Zitat, das die literarische Qualität belegt: »Ich liebe mehr, als ich je lieben konnte. Ich liebe dich, und ich liebe die Nachtschwester. Das ist ein Gefühl … der Umarmungsstärke.« Das Zitat habe ich mühsam, bei 35 Grad, wörtlich und bis in die Interpunktion akribisch korrekt abgeschrieben. Es steht wirklich so da, als (einziger) Beweis für die literarische Ausnahmequalität des Werks.

Und da willst Du hitzefrei?!

Ich beginne mangels Ozon oder wegen zu viel Ozons einzuschlafen. Du wirst Verständnis haben dafür, dass ich hiermit bereits dampfend schließe, con molto affetto umido.

06.07.

An den Komponisten,
Du könntest reich werden als Titler. *Musique pour décourager les rossignols*, und das für eine Altblockflöte! Brillant. Abgründig, verzweifelt komisch. Das würde ich sofort kaufen.

Dass Du ohne jedes Zieren die Idee mit dem Konzert in meinem Salon aufgenommen hast, dass Dein Pianist sich ernsthaft darauf einlässt – darüber freue ich mich über alle Alpen. Danke. Inzwischen nehme auch ich das Fest ernst und habe angefangen, Leute dazu einzuladen. Tatsächlich haben der und jener vor zu kommen. Der Pianist übt nicht nur für uns allein.

Zum Programm: Das Stück von Dir und eins von Chopin sind perfekte Pièces de résistance. Zazie besucht mich in der ersten Hälfte August. Dann erst kann ich abschätzen, ob meine Idee, sie dazu einzuladen, gut ist und ob realisierbar.

An die Opernsängerin,
beim Öffnen der Mail hatte ich darauf gehofft, eine Anmeldung zum Fest von Dir zum Lesen zu bekommen. Mit sämtlichen Ehrentiteln im Anhang, damit mein Gondoliere bei Eurem Entree mit seinem Ruder dreimal auf den Boden klopfen und ausrufen kann: Kammersängerin X mit Consigliere Y, Chevalier d'honneur und Träger des eisernen Goethekranzes. Und am Ende des Konzerts wärst Du aufgestanden und hättest zur Überraschung aller eine Vivaldi-Arie gesungen (oder eine von Cimarosa, Albinoni oder wie die Venezianer alle heißen), eine Bravissima-Arie, die Du im Geheimen mit dem Berliner Pianisten selbstverständlich vorher geprobt hättest.

Der Pianist wird ein Stück eines befreundeten Komponisten aus Berlin spielen (der ebenfalls anreist) und einen Chopin-Knaller (weil alle meinen, Chopin sei bestimmt einmal in Venedig gewesen, dabei war George Sand allein hier). Das weitere Programm entwickeln wir Schritt für Schritt.

In Berlin, wo ich mich bemühe, immer einen glasklaren Kopf nebst glasklarer Diktion zu bewahren, wäre ich niemals auf so eine Idee gekommen. Aber in dieser schwülen Märchenstadt kann man von nichts anderem träumen als von Soireen im Salon.

An ein Mitglied des Stiftungsrats,
das mit der Aircondition ist mir unsympathisch. Lieber leide ich. Weiß nicht, warum. Habe keine traumatischen Aircondition-Erlebnisse. Aber irgendwie mag ich sie nicht. Für uns brauchen Sie so eine Maschine also nicht anzuschaffen. Die Architektin kann aber jederzeit gern vorbeikommen und sich überlegen, wo es am günstigsten wäre, eine zu installieren.

Ich denke, im Schlafzimmer vorne links; das ist der kleinste Raum und also am leichtesten zu kühlen. Und wenn es jemand dann nicht mehr aushält (wahrscheinlich wäre ich der Erste, der der Verlockung nachgeben würde), kann er sich dorthin zurückziehen und die Nacht in Ruhe und mückenfrei verbringen (Mücken meiden airconditioned Räume meiner Erfahrung nach).

Wir haben es noch nicht einmal geschafft, uns definitiv zu entscheiden, wo wir am liebsten schlafen. Ernsthaft kann ich also keine Ratschläge geben.

Heute kommt mein Verleger zu Besuch. Ihm haben wir das Atelier als Schlafzimmer hergerichtet (mir scheint's das schönste Zimmer zu sein für Gäste). Neben das Bett stelle ich ihm den Dyson, der ihn mit seiner Schönheit so hypnotisieren wird, dass er auf der Stelle in Tiefschlaf versinkt und morgen erquickt aufwacht, ohne die Hitze überhaupt realisiert zu haben.

07.07.
An den Komponisten,
keine Angst, ich werde mich zurückhalten und nicht versuchen, Euch dazu zu verführen, musikalisches Gulasch aus der Kanone zu servieren.

Ist Euch bewusst, dass Chopin nie in Venedig war? So haben wir schon mal eine erste Peinlichkeit umschifft: Wir servieren nicht, was jeder Kenner erwartet, sondern etwas, das nur Leute mit meinem Halbwissen erwarten (ich war felsenfest davon überzeugt, er sei hier gewesen und habe einen Bezug zur Stadt). Das finde ich irgendwie sophisticated, und das gefällt mir: Die Kenner denken, wir wüssten nicht, dass George Sand allein hier war, und werden uns dezent darauf hinweisen, dass uns ein Fehler in der Programmation unterlaufen ist. Ignoranten wie ich denken: Aber klar doch, Chopin, ist der nicht sogar hier gestorben, an Typhus? – Diese Konfusion ist eine nach meinem Geschmack.

An die Mitarbeiterin im Verlag,
eine Punktlandung, das Buch von Treichel. Sie haben es damit geschafft, mich zurück zum Lesen zu bringen. Na ja, lesen ... Immerhin: zehn Minuten heute früh, zehn Minuten heute Mittag, zehn Minuten heute Abend – und damit fast schon ein halbes zeitgenössisches Buch weggeputzt ... Die ideale Lektüre für einen, der dem Lesen drohte abhandenzukommen. Guter Humor. Und so ein Mann unterrichtet in Leipzig?! Schier unvorstellbar. Wie kann der sich dort den Humor bewahren?

08.07.
An den Verleger,
wie ein Vater, der seinen Sohn auf den Zug gebracht hat, stand ich am Kopf des Bahnsteigs in der Nachmittagssonne und wartete darauf, ob Ihr auch pünktlich abfahren

würdet. Dabei las ich mehrmals das gewaltige Reisepensum, das vor Dir stand (es lief in Endlosschleife detailliert auf einer digitalen Anzeige: Fortezza, Brennero, Innsbruck und all die kleinen Furzbahnhöfe, an denen Ihr haltmachen würdet, bis München 22:35 Uhr). Wie und wann um alles in der Welt bist Du denn endlich in Göttingen angekommen? Ich hoffe, Du konntest unterwegs lang und tief schlafen.

Danke für Deinen Besuch. Vielleicht hättest Du zwischendurch lieber mal die Tür hinter Dir zugemacht? Das hätte ich Dir noch zeigen sollen: Die Tür ist eine ganz normale und funktioniert. Ich ließ sie bloß offen stehen, weil ich meine, der Wind ziehe besser durch (und weil ich meine, der Mensch brauche Wind – dabei gibt es viele, die Durchzug hassen).

Und jetzt überleg, ob Du in den Sommerferien zwei, drei Tage hierher kommen willst.

Nachdem Du heute früh an San Marco den Vaporetto verlassen hattest, setzte sich eine reiche Frau neben mich und fing an zu plaudern. Es stellte sich heraus, dass sie gebürtige Kroatin war. Sie fand, ich soll das Gilet ausziehen, wenn ich doch so schwitze. Ich erklärte ihr, dann falle mir alles aus dessen Taschen; es sei besser, tapfer zu bleiben und zu schwitzen. Sie behauptete, in Kroatien sei die Luft viel angenehmer. Da würde ich nicht so schwitzen müssen. Sie fahre gleich im Anschluss dorthin und setze sich in ihrem Haus auf die Terrasse und gehe schwimmen. Das Meer dort sei phantastisch. Die Fische dort seien phantastisch. (Die Fische in Venedig auf dem Markt würden zum Himmel stinken. Die kroatischen Fische seien unvergleichlich viel frischer und besser.) Sie fahre jetzt mit dem Zug nach Triest, zwei Stunden, nehme dort einen Bus, fahre fünfundvierzig Minuten – und sei im Paradies. Du könntest in Deinen Sommerferien von hier also offenbar in drei Stunden ins Paradies fahren.

An den Freund in Köln,
wusstest Du, dass man in Klagenfurt nach mehreren Jahren die Jury und die Autoren in getrennten Hotels unterbringen musste, nachdem sie vorher immer im selben nächtigten? Weil Reich-Ranicki von den jungen Autorinnen, die ihm gefielen, ganz offen erwartete, dass sie mit ihm aufs Zimmer gingen, wenn er sich für sie einsetzen sollte. Mit seinem zunehmenden Alter wurde das immer peinlicher. Schließlich war's ein offener Skandal, und man musste Jury und Autoren getrennt unterbringen.

An die Freundin in Berlin,
Trauerwolken wegen Fußball? Erstens ist Venedig stark überfremdet. Mehr als die Hälfte der Einwohner sind Ausländer. Da kommt keine nationale Begeisterung auf. Zweitens bleiben Italiener immer Italiener. Wenn nach einer halben Stunde klar ist, dass ihre Helden, Gladiatoren, Terminatoren, Engel usw. (so bezeichneten sie sie, nachdem sie die Deutschen besiegt hatten) verlieren, hören sie auf zuzugucken und schauen lieber wieder den Frauen nach. Es war also kein großes Drama.

An den Verleger,
dumm ist, dass Du mein neues Ersatzpaar Flipflops, das hier bereitliegt, nicht ausprobiert hast. Erstens sind *Rainbows* (so heißen die von schwererziehbaren Indianerknaben handgegerbten, mundgenähten und von wildlebenden Bisons weichgetrampelten Exklusivmokassins, die mir meine Schwester aus Kalifornien jeweils liefert) meiner Meinung nach besonders angenehm und qualitativ hochwertig, zweitens hättest Du nach einem halben Tag Tragen sagen können, ob Du Dich auf Flipflops überhaupt einlassen magst oder ob sie Dir prinzipiell unangenehm sind.

11.07.

An die Mitarbeiterin im Verlag,
für Ihre letzte Mail lasse ich Ihnen von der Krankenkasse den vollen Tarif für eine Kuranwendung überweisen.

Dass Sie neben Ihrer Arbeit noch Zeit finden, mir gute Laune zu machen und mich psychologisch aufzubauen, indem Sie mir einfach mal so zwischendurch schreiben, ich sei ein guter Schriftsteller – weil Sie offenbar ahnen, wie wenig ich selbst noch daran glaube –, das werde ich Ihnen nicht so schnell vergessen. Dafür kriegen Sie von mir eine Privatstunde Reha-Rückenschwimmen im Lidowasser verabreicht (streng auf dem Rücken, ganz gerade ausgestreckt, um die Wirbelsäule zu entlasten). Ich nehme an, das Wasser wird selbst im Oktober noch warm genug sein dafür. Sie können also kommen, wann immer Sie wollen, die Reha-Stunde wird drinliegen.

An den Verleger,
in dem Fall bin ich radikal Mister Zero Cent (wie die Bucheinkäufer, von denen Du erzählt hast, »erzählen Sie uns nichts von Brecht, Hesse, Frisch usw. – wir reden hier von Prozenten«). Ich finde eine Raummiete blödsinnig. Je länger ich darüber nachdenke, desto mehr komme ich zum Schluss: Eine venezianische Buchpremiere ist Blödsinn. Vernünftiger wäre eine irgendwo in Deutschland. Wobei ja das ganze Buchpremieren-Vernissagen-Gemachs sowieso Blödsinn ist. Nur bei Rainald Goetz hat es einen Sinn, weil der auf dem Betriebsdudelsack zu blasen versteht. Leute wie ich stehen dumm neben dem neuen Buch herum, lesen heiser zwei, drei Seiten daraus vor, voller Skrupel, weil sie merken oder meinen zu merken, dass es nicht gut ankommt, trinken danach zu viel Alkohol und versprechen spätabends in ihrem Elend dem Nachtpförtner im Hotel, nie mehr ein Buch zu schreiben.

An die Mitarbeiterin im Verlag,
starke Buchpartner in Venedig? Ich fürchte, hier gibt es für gar nichts starke Partner. Die Stadt ist sich selbst genug. Sie braucht niemanden und nichts. Hier gibt es beispielsweise eine Kunsthalle, deren Namen Sie wahrscheinlich kennen: Palazzo Grassi. Wenn dort einer ausstellt, wird das oft auch in Deutschland gemeldet und besprochen. Ich fahre jeden Tag an diesem Palazzo vorbei. Nicht ein Mal bin ich bis jetzt auf die Idee gekommen reinzugehen. Ein wunderschöner Palazzo, und kein Mensch geht rein. Eine Ausstellung dort ist wie nicht gewesen. Ein einziges Mal betrat ich ihn in der Hoffnung, gleich neben dem Eingang ein Klo zu finden. Sicher gibt es Leute, die weniger ignorant sind als ich. Aber selbst die wollen hier keine Kunst haben. Alles rundum ist Kunst und Künstlichkeit – da mag man sich nicht konzentrieren auf ein Einzelwerk. Selbst die Musik, die hier angeboten wird, kommt mir zweifelhaft vor. Wenn einer genug Miete bezahlt, kann er in einem der Prunksäle auftreten und spielen. Interessierte Zuhörer gibt es wenige. Zahlende noch weniger.

Vorgelesen wird hier nur bei Kerzenschein in Privatpalästen. Eigentlich sollten die Autoren, die auf dem Programm stehen, dafür aber verstorben sein und nur über ein Medium zu den Gästen sprechen. Alles andere hält man hier für ziemlich fad (eine Einschätzung, die ich, wie Sie wissen, teile). Also keine Lesung anvisieren bitte, nur schwimmen.

12.07.

An den Freund in Köln,
Ratzinger hat in Rom offenbar geniale Computer-Jesuiten an seiner Seite? Das Bild, das Du mir mitgemailt hast (ich nehme an, es handelt sich um das von ihm verbotene Cover der *Titanic*?), erscheint nicht auf meinem Bildschirm. Der

Vatikan hat wohl einen Abwehrschirm übers gesamte www-Netz gespannt?

Ich glaube nicht, dass ich, wenn ich hier lebte, jemals angefangen hätte Bücher zu schreiben. Die paar Italiener, die das tun, müssen Berserker sein, Besessene, autistische Vollblutdichter. Niemand hat in Italien das Bedürfnis nach Fiktion, weder danach, welche zu schaffen, noch danach, welche zu konsumieren. Nicht einmal Filme mag man sich in Venedig anschauen. Der Alltag muss das alles bieten, sonst hat er versagt und wird ausgetauscht. Es gibt gerade mal zwei Kinos in der Stadt, davon ist eins ferienhalber geschlossen. Zwar erwäge ich dann und wann, das andere zu besuchen, verwerfe aber den Gedanken jeweils auf der Stelle wieder. Ich gehe lieber raus und schaue mir das Leben an.

Gestern Abend auf *arte* eine Einstundensendung darüber, wie Bestseller gemacht werden. Mit Uwe Tellkamp, Julia Franck, Daniel Kehlmann, Pascal Mercier u. a. Die Sendung hätte auch heißen können, wie kocht man Spaghetti oder wie beerdigt man seinen Kanarienvogel. Ein Nichts von einer Sendung. Interessant war nur, die Gesichter anzuschauen. Am sympathischsten Kehlmann. Die anderen möchte man nicht unbedingt kennenlernen. Schwarte, wo wir Haut haben.

Dass Du den kühnen Schritt gemacht hast, Dich Deiner Zahnärztin zu überantworten, begrüße ich. Wie kam's dazu? Haben die Zahnruinen angefangen zu schmerzen? Es werden keine lustigen Wochen auf Dich zukommen. Ich wünsche Dir Tapferkeit und Zuversicht. Wenn alles vorbei ist, wirst Du neue Lebensfreude haben und Dich nicht mehr nach dem Weltuntergang sehnen.

An einen Berliner Freund,
dass Du Skeptiker geworden bist, hat wohl mit Deinen vielen Jahren am Theater zu tun. Nirgends platzen so viele Abmachungen und Versprechungen wie am Theater. Wo-

bei wir das vielleicht nur glauben. Beim Berliner Flughafen kann man zurzeit ja verfolgen, wie auch dort jeden Tag alles platzt. (Und im Filmgeschäft musste ich's noch bitterer erfahren.)

Ich war vorgestern für einen Abend in Berlin. Hätte Dich beinahe angerufen und zu einem Treffen versucht zu überreden. Musste einige Sachen holen, die ich vergessen hatte. Und wollte ausprobieren, wie das mit EasyJet geht. Habe ein besonders günstiges Flugpaar zusammengestellt und gebucht. Es ging alles reibungslos. Von Schönefeld in die Stadt zu kommen ist allerdings mühselig (grundsätzlich nur mit Verspätung zu schaffen; es wird gebaut, jeder zweite Zug fällt aus – nervenbelastend).

Berlin hat mir gut gefallen. Eine aufstrebende, junge Stadt. Auf dem Ku'damm taucht mehr und mehr Geld auf. Beeindruckend. Du und ich werden eine Gründerzeit miterlebt haben (und von ihr hoffentlich nicht untergepflügt worden sein).

Bruno Ganz? Habe ich hier erst einmal im schönen Garten eines Palazzo im Schatten sitzen und Zeitung lesen sehen. Ich habe ihn streng angeschaut, er mich auch. Vielleicht kam ihm mein Gesicht irgendwie bekannt vor (ich bin ihm nie persönlich vorgestellt worden). Es war ein heißer Sonntagmittag. Ich war nicht reaktionsschnell genug, ihm freundlich zuzunicken und weiterzugehen (oder gar mich ihm vorzustellen). Ich schaute ihn nur streng an, fast vorwurfsvoll, ging steif weiter, aus dem Schatten raus in die gleißende Sonne und weiter (wo ich mir schier einen Hitzschlag holte seinetwegen).

13.07.

An den Freund in Köln,
den vatikanischen Abwehrschirm hast Du tatsächlich geknackt; das Bild ist diesmal angekommen. Es hat sich aber nicht gelohnt. Der Witz mit den undichten Stellen ist

schlecht. Dumm als Idee, lieblos in der Umsetzung (damit es funktioniert, müsste die Fotomontage dezenter sein). Dass sich der Papst dagegen wehrt, ist piefig. Das will ich mir merken: Bloß nie reagieren auf Verunglimpfungen. Man macht sich damit klein. Und vor allem: Ich bin nun überzeugt davon, dass der Papst tatsächlich inkontinent ist. Ich hätte darüber sonst nie nachgedacht. Nur dadurch, dass er sich wehrt, ahne ich, wie er unter diesem Problem leidet. Wenn man mich eines Tages mit nasser Hose zeigt, werde ich souveräner damit umgehen: Ja, ich habe Probleme mit der Prostata, werde ich seufzen, nun lassen Sie uns von Wichtigerem reden.

An den Verleger,
ich suchte noch einmal den deutschen Kulturpalazzo auf. Am Klingelschild steht »Studienzentrum«, wie ich erst jetzt realisiert habe, nicht »Kulturinstitut«. Der akademische Staub lag denn auch millimeterdick auf den Möbeln, dem Terrazzoboden, den Tischen … Ein Sfumato-Eindruck (habe gelesen, in Venedig hätten die Maler die Sfumatotechnik entwickelt, um das diesig Dunstige wiederzugeben, das Du hier am Sonntagmorgen – bevor wir an den Lido fuhren – über dem Kanal wahrgenommen hast, diesen feinen Nebel, der wie Mehl in der Luft hängt und alles verwischt – das Institut müsste man mit viel Sfumato malen). Ich glaube nicht, dass wir dort froh würden.

Da ich fürchte, Dir den Floh mit der venezianischen Buchpremiere ins Ohr gesetzt zu haben, möchte ich ihn hiermit wieder aus diesem herausholen und zerquetschen. Wir würden einander nur unglücklich anschauen, wenn wir hier so eine Vernissage aus dem Modder stampfen und im dichtesten Sfumato enden würden.

14.07.

An den Bruder A.,
zur Buchpremierenfrage meine ich das grundsätzlicher: Wann hat ein Buch Geburtstag? Wenn es den Autor zum ersten Mal als Manuskript verlässt? Wenn es nach dem Lektorat in den Satz gegeben wird? Wenn das erste Exemplar die Druckpresse verlässt? Wenn es offiziell in den Verkauf kommt? Das sind alles datierbare Tage. An sich wäre wohl der Moment, in dem es aus der Herstellung kommt, der wahre. Man könnte in die Druckerei gehen und dort feiern. Aber das tut keiner. Mein Buch kommt irgendwann Ende August aus der Druckerei. Ob es dann schon zu kaufen ist, weiß ich nicht. Dann kommt es in den Versand, dann gibt es ein Datum, ab dem es kritisiert werden darf, und irgendwann findet halt irgendwo eine erste Lesung statt. Neuerdings versuchen die Verlage ein Event zu machen aus diesem Anlass. Aber eben: Richtiges Premierenfieber kann dabei nicht aufkommen. Es ist nicht wie im Theater oder im Film, wo das ein entscheidender Tag ist (manchmal existenzbestimmend). Auch für einen Maler hat die Vernissage eine andere Bedeutung. Ein Buch ist, ab dem Moment, ab dem es da ist, immer auf die gleiche Weise da. Deswegen kommen mir solche Vernissagen immer irgendwie hysterisch vor. (Mein Verlag ist zum Glück in diesem Punkt pragmatisch. Eine Buchpremiere, die nur Geld kostet, ohne dass sie einen Effekt verspricht – mediale Aufmerksamkeit oder erwähnenswerten Absatz –, macht ihm keinen rechten Spaß. Und mir auch nicht. Also werden wir's wohl lassen.)

An den Freund in Köln,
heute wird hier Redentore gefeiert. Das wichtigste und größte Fest im venezianischen Jahr. Eine Pontonbrücke wurde über die breiteste Stelle des Giudecca-Kanals gebaut. Darüber pilgert man heute Abend von der Stadt zur

Redentore-Kirche. Dort großer Gottesdienst und danach bis Mitternacht überall Essen, Trinken, Tanzen. Ab halb zwölf ein Feuerwerk über dem Wasser zwischen dem Markusplatz und der Giudecca. Dies Jahr wird es nur zweiunddreißig Minuten lang dauern (sonst vierundvierzig) – ein Tribut an die Finanzkrise.

15.07.

I. und ich drückten uns zwischen den Besitzlosen herum und saßen schlussendlich aus Blödheit hinter einer Kirche auf dem Boden (weil wir nicht mehr stehen konnten), so dass wir die untere Hälfte des Feuerwerks (die sich noch dazu im Wasser gespiegelt hätte) nicht sahen. Was jammerschade war, denn da unten (im Wasser) schien sich mehr als die Hälfte abzuspielen. Das schlossen wir aus den begeisterten Aaahs und Ooohs, die jenseits der Kirche aufbrausten.

Schön war die syrische Tonkulisse: Jede Rakete platzte mit einem donnernden Kanonenschlag. Das gehört beim italienischen Feuerwerk offenbar zum Effekt. Je größer das Bouquet, desto lauter der Knall. Das chinesische (oder ist es das japanische?) Feuerwerk entfächert sich im Unterschied dazu lautlos. Dadurch entsteht bei denen eine geheimnisvoll knisternde Stille. Bei den Italienern ist es ein lautes Krachen, Zischen und Heulen. Das steigerte sich bis zu einem veritablen Assad-Finale. Danach brauste über der ganzen Stadt Jubel in die Nacht – und sofort traten die vielen kleinen Privatbootchen den Rückweg an. Das war fast noch schöner als das Feuerwerk. Der ganze Canal Grande dicht gesprenkelt von unterschiedlichsten Booten mit roten und grünen Positionslichtchen, die alle in eine Richtung strömten (viele Gondeln dazwischen). Ein Auszug aus Ägypten. Alles in tiefster Finsternis. Ein Brodeln und Raunen, als hätte der Weltbund der Heinzelmännchen sein Jahrestreffen abgehalten.

Meine Unsterblichkeit scheitert nicht an meiner Technikfeindlichkeit, sondern daran, dass ich keine Gedanken habe. Ich gehe leer durch die Gassen und gucke ins Schaufenster von *Rosa Salva* (dem venezianischen Meisterpatissier). Sofort will ich in alles hineinbeißen und trete ein. Nach drei Stückchen kann ich nicht mehr und gehe weiter. Und habe gar nichts gedacht und denke gar nichts dabei. Schon kommt die nächste Patisserie. Beispielsweise eine kleine bei mir in der Nähe, in der im Hintergrund ein alter Patissier permanent vor sich hin werkelt und immer neue, andere kleine Stückchen auf Blechen nach vorne trägt, wo sie sofort von den Venezianern gekauft und verzehrt werden – ein Zabaione-Röllchen habe ich dort neulich ergattert, das war himmlisch zart, und ein Tiramisutörtchen, zwei Bissen nur, jedes Stückchen kostet eins zwanzig, und jedes macht auf seine Art kurz glücklich –, aber dass sie Gedanken auslösen würden? Im Gegenteil, sie ersticken jeden Ansatz eines Gedankens (sieht man ja auch an Goethe: was für ein uninspiriertes Aufzählen von besichtigten Orten! er hat wohl auch vor allem Törtchen genossen in Venedig). Ich muss jetzt wieder los, habe bei *Rosa Salva* zwei Tramezzini-Sorten gesehen, die ich noch nicht kenne …

An die Opernsängerin,
Dein verzweifeltes »natürlich kommen wir!« sagt mehr aus übers Berliner Wetter als alle Wetterberichte der *FAZ* zusammen. Ob Ihr dann wirklich kommt, werden wir im November sehen. Dass Ihr es heute vorhabt, freut mich.

Die *FAZ* kaufe ich seit gestern nicht mehr. Bis gestern dachte ich, ich müsse wenigstens wissen, wie es mit Deutschlands Kultur und Politik weitergehe, wenn ich mich selbst schon nicht mehr daran beteilige. Nun will ich nicht einmal mehr das wissen. Mich interessiert nur noch, dass die Marmorstufen des dritten Brückchens hinterm

Markusplatz links – es heißt, glaube ich, etwas mit Leon oder Marco – so glatt und rutschig sind, dass dort immer wieder Touristen zu Fall kommen, die dann in der Bar am Brückenkopf nach Eiswürfeln verlangen, um sie auf die wehen Körperstellen legen zu können, weswegen der Barmann nun die Stadt um Eiszulage bittet (ob der Artikel tatsächlich mit einer Bitte um Eiszulage endete, kann ich nicht beschwören; mein Italienisch ist nach wie vor sehr rudimentär; es ist beim einen Wort geblieben, das ich dazugelernt habe – seither sage ich nur noch das: Macchiatone; das ist die Kaffeegröße zwischen Cappuccino und Espresso macchiato).

Die Brückennews entnehme ich dem Lokalteil des *Gazzettino.* Das ist alles, womit ich mich noch beschäftige. What news on the Rialto? – Die Stufen sind rutschig …

Nach wie vor habe ich keine Zeile Literatur gelesen, und – fast noch schlimmer – noch keinere geschrieben. I. und ich taumeln weiter durch die Gässchen, während sich die Panik im begehbaren Kleiderschrank eingenistet hat und manchmal nachts aus diesem herausgekrochen kommt, um sich neben mich ans Bett zu setzen und mir tief in die weitaufgerissenen Augen zu blicken (ich sehe sie im Dunkeln nicht, die Panik, spüre sie nur): Was soll aus mir bloß noch werden?!

Die Stiftung, die die Wohnung zur Verfügung stellt, wird sich am Ende als die Hexe entpuppen, die uns ins Knusperhäuschen gelockt hat. Nach sieben Monaten werden wir Schlachtreife erreicht haben, und das war's dann wohl (wir essen uns hier toll und voll).

Kein Wort über mein neues Buch. Es kommt, wann's kommt. Im Herbst irgendwann. Hier will ich nichts damit zu tun haben oder davon hören. Das Verrückte an Venedig ist nämlich, dass man nicht genug kriegen kann von der Stadt. Ich will's inzwischen immer noch fetter. Manchmal gehen wir bereits mitten ins Auge des Taifuns, an die

Rialtobrücke, wo wir uns zwischen den Touristen durchquetschen und die Marmorstufen runterschliddern, um unten in der Bar einen klebrigen Sprizz zu trinken, aus dem wir das Eis fischen, um es uns auf die Augen zu legen und danach dem irren Treiben besser zuschauen zu können. Die Touristen sind nämlich – anders als man denkt – kein Ärgernis, sondern eine zusätzliche Attraktion. Wie Lametta am Weihnachtsbaum. Sie schillern und glitzern und klingeln und bimmeln und scheppern unüberbietbar schrill und bunt.

Seit heute haben wir hier schlechtes Wetter (gestern angekündigt im *Gazzettino*, heute eingetroffen). Das bedeutete: Morgens dreißig Grad und strahlend blauer Himmel, nachmittags um halb zwei, als wir gerade auf der Friedhofsinsel waren, zogen dunkle Wolken auf und Donnergrollen, dann gab's einen sintflutartigen Regenguss. Jetzt wieder strahlend blau und dreißig Grad. Brutto tempo! Auch morgen soll's nicht besser werden laut *Gazzettino*. Wir lassen die Köpfe aber noch nicht hängen deswegen.

An den Freund in Köln,
das hiesige Feuerwerk fand ohne Musik statt. Es krachte sich seinen eigenen Rhythmus zusammen.

Beethoven fand ich in meiner Jugend betörend. Mondscheinsonate, Apassionata usw. Ist das alles wirklich kindisch? Oder hast Du kein Herz für Romantik? (Beethoven zählt nicht zu den Romantikern, das weiß sogar ich; die Klaviersonaten fand ich trotzdem immer schwerblütig romantisch.)

Goethe glaubte, es sei der Rede wert, dass er am soundsovielten über die Riva degli Schiavoni spazierte. Mehr fiel ihm nicht dazu ein. Die Tatsache allein, dass er seine Füße dort absetzte, fand er festhaltenswert. Und Hanns-Josef Ortheil denkt, zur Sicherheit notiere er besser auch schon mal, wann er seinen Fuß in Venedig wo hingesetzt habe –

man könne ja nie wissen. Wenigstens diesem Irrtum werde ich nie aufsitzen. Ich weiß, dass es vollkommen egal ist, worauf ich meine Füße gesetzt habe. Es sei denn, ich rutsche aus und komme zu Fall. Aber das passiert mir nicht.

16.07.

An den Berliner Freund, den Theatermann,
die gleiche Geschichte, die wir einander ächzend und fluchend in Berlin erzählen (vom Geld, das in die Stadt strömt und uns aus ihr rausschwemmt), erzählen die Einheimischen hier, wo es offenbar noch viel brutaler zugeht, weil die Stadt ja kein Umland hat, in das die weniger Begüterten ausweichen können – sie werden ganz einfach ins Wasser gedrängt und ersaufen.

Momentan gehöre ich zu den Begüterten und sitze auf dem Trocknen. Und da ist es unfassbar schön. Selbst die Kreuzfahrtschiffe, die mir der Umwelt zuliebe Bauchweh verursachen sollten, heben meine tägliche Laune, wenn sie auf Augenhöhe an mir vorüberziehen. Ich komme mir vor wie Nero, der das untergehende Rom entzückt durch seinen rosa Kristall betrachtet (wie ich gelesen habe, soll es sich beim rosa Edelstein um einen geschliffenen Beryll gehandelt haben, daher das Wort Brille).

Ich bin sicher, Du würdest ebenfalls verludern, wenn Du hier wärst. Und zwar schon nach den ersten zehn Minuten. Venedig ist eine starke Droge und macht einen in kürzester Zeit abhängig. Erklären kann ich's nicht. Selbst die Touristenmassen empfinde ich inzwischen als Sensation. Manchmal habe ich Lust auf vollfett und zwänge mich am Rialto durch die Menge (verhüllte Araberinnen, an denen ich mich reibe, pudrig weiße Japanerinnen unter Sonnenschirmen, Riesenamerikaner in kurzen Hosen mit braunen Titanenschenkeln, auf denen hellblonde Härchen wachsen, die ich mit meinen nackten Unterarmen streife, Österreicher mit Gamsbarthüten, irritierte Franzosen, die nicht wissen, wie sie sich verhalten sollen, und aus Unsicherheit einfach mal so gucken, als hätten sie das alles in Paris auch, nur besser, Schweizer in Wanderschuhen, mit krebsroten Köpfen) – da schlängle ich mich durch und finde kaum noch aus dem eigenen Vergnügen heraus, so als hätte ich Haschisch geraucht (Haschischraucher – sagt man – könnten stundenlang über jeden Blödsinn selig grinsen).

Seit gestern sind es hier nur noch kühle achtundzwanzig Grad. Strahlende Sonne weiterhin, aber nicht mehr ganz so schwül. Die Venezianer tragen morgens ihre hauchdünnen malvenfarbenen Merinopullöverchen über den Schultern, um sich keine Erkältung zu holen.

Ich war wieder früh auf dem Lido und bin geschwommen. Das Wasser war ebenfalls ein halbes Grad kühler als die Tage davor. Lange schwimme ich zwar nicht, aber den Cappuccino danach trinke ich, als hätte ich ihn verdient, mit größtem Genuss, und dazu esse ich ein Cornetto alla Mandorla. Nach den ersten Tagen wollte ich mich disziplinieren und zum vuoto übergehen. Aber das mit Mandeln gefüllte ist so gut und so frisch, dass es eine Sünde wäre, es nicht zu essen. So musste ich mich entscheiden, welche der Sünden schwerer wiegt, die, eine Kalorienbombe zu sich zu nehmen, oder die, auf einen Hochgenuss zu verzichten. Ich entschied mich dafür, dass die erste lässlich sei, die zweite nicht.

Am Ku'damm kannst Du, wie ich beim letzten Kurzbesuch feststellte, dieses Cappuccino-Cornetto-Glück ebenfalls erleben, umgeben von einer Jeunesse dorée, wie man sie auch in Venedig, Paris, Zürich und New York antrifft: im *Einstein* an der Ecke Schlüterstraße. Dort einen Latte macchiato plus einen New York Cheesepie – dann kannst Du entweder ebenfalls lachen (oder Du kommst aus dem Fluchen nicht mehr raus und wirst zu einem Calvin): Wie viele reiche Nichtstuer inzwischen überall aus ihren

Löchern gekrochen kommen! Wo haben die sich früher wohl alle verborgen?

An den Freund in Köln,
genau, Waldstein und Pathétique hießen die anderen beiden Kracher. Und die sollen alle nichts taugen? Sind sie nicht immerhin dramatisch gebaut? Virtuos? Hör mal richtig hin, stell Dir die Finger vor, wie sie über die Tasten jagen …

Dass wir die Beethoven-CD hier laufen lassen, kann ich Dir nicht versprechen. Ich habe den Player aus dem Verkehr gezogen. Er stört. Wir hören keine Sekunde Musik. Die ganze Stadt ist Musik. Die großen Möwen in der Luft (was für ein Gekrächze und blechernes Gelächter!), die zirpenden, sirrenden Schwalben, das Kanalglucksen – mehr wäre eindeutig zu viel. Man ist froh um leere, stille Momente. Jeden Abend hat man das Gefühl, schon wieder ein Tag weniger in diesem Traum, schon wieder einen Tag versäumt, morgen muss ich's besser machen. Ich will alles sehen, alles hören, alles riechen, alles essen, trinken – und jeden Tag verpasse ich 999 Promille und sinke untröstlich in gehetzten Schlaf.

17.07.
An die Mitarbeiterin im Verlag,
wie Sie es schaffen, einfach so, mitten aus dem Regen heraus, mir mein verschattetes Büro mit Sonne zu füllen (verschattet, weil sie draußen blendend weiß scheint, so dass ich mich und meinen Bildschirm vor ihr schützen muss, um Ihren Sonnenstrahl sehen zu können), das müssen Sie mir irgendwann hier in Venedig erklären, auf einer Terrasse am Canal Grande, damit ich die Methode in Zukunft in meinen Büchern anwenden und die Leser zu frohgemuten Menschen machen kann.

Wir sind inzwischen auf bibbernde 27 Grad runtergedimmt worden von San Pietro. Ganz klare Luft, tiefblauer

Himmel, am Horizont sind sogar Hügel zu sehen, die vorher immer im Dunst verborgen lagen. Das Wasser am Lido ist etwa ein Grad kühler als vorher. Hab's heute wieder geschafft, war um halb acht dort, paddelte ein wenig auf und ab und murmelte unter Wasser vor mich hin, wie schön ich's habe! Das tue ich mehrmals am Tag, auch mitten in den engen Gassen. Wie ein ganz strenger Calvinist, dem es unheimlich ist, wenn er sich zu wohl fühlt. Das Unglück wird demnächst knüppeldick auf mich niederprasseln, fürchte ich. Um diese Züchtigung milder ausfallen zu lassen, versichere ich Gott mehrmals täglich, dass ich gar nicht genug betonen kann, wie unverdient gut es mir ergeht. Wie gut es mir ergeht! Und dann noch so eine Mail wie die von Ihnen in der Box! Es soll auch Ihnen die restliche Woche so gut ergehen, dass Ihnen davon unheimlich wird.

An die Kunsthallenleiterin,
hast Du *Madame Bovary* gelesen? Falls nicht: Sie ist mit einem Dorfarzt verheiratet, einem herzensguten Tscholly. (Ich weiß nicht, wie man Tscholly schreibt. Es ist ein Schweizer Wort und meint einen lieben, gutmütigen, ein wenig schwerfälligen Mann, einen tapsigen Bären. Vielleicht kommt es aus dem Englischen »for he's a *jolly* good fellow«?) Dem redet sie ein, er soll dem Dorfkrüppel seine verkürzte Achillessehne operieren, damit der danach normal gehen könne. In Paris würden die Ärzte solche Operationen längst machen. Das habe sie in einer Zeitschrift gelesen. Er soll nicht immer nur so vor sich hin wursteln, sondern mal etwas Kühnes, Großes wagen. Also wagt er die Operation. Der arme Krüppel siecht danach hin und stirbt (meine ich mich zu erinnern). Seither mag ich jedenfalls nicht mehr so gern etwas an mir herumsäbeln lassen, obwohl ich Pragmatiker bin und von allem, was mich an mir stört, denke, es wäre ganz einfach, man müsste nur das

Skalpell ansetzen, einen sauberen Kreuzschnitt machen, das Teil entfernen, die Stelle zunähen – und in einer Woche würde ich wieder herumrennen wie ein Zwölfjähriger. Seit einigen Jahren glaube ich jedoch, mein verlangsamtes Gehen hänge eher mit meinem zunehmenden Alter zusammen als mit irgendwelchen kupierbaren Alterstrieben.

18.07.

An den Freund in Köln,
ich würde die DVD nicht kaufen, die Du im Internet entdeckt hast. Weil ich *Bartleby*-Verfilmungen nicht über den Weg traue. Und dem schwarz-weißen Coverfoto erst recht nicht. Da schrillen bei mir die Alarmglocken. Ich werde an Robert-Walser-Verfilmungen erinnert. Außerdem klingt die Antwort von Dr. Andreas Honneth wie eine von mir. Wenn jemand mich bäte, ihm ein vergriffenes Buch oder einen Film von mir zukommen zu lassen, würde ich ebenfalls misstrauisch zurückfragen, warum um alles in der Welt er gerade diesen Film oder dieses Buch haben wolle. Auch die Erinnerung an mich spricht nicht für einen Kauf der DVD – der Film wird wohl sein wie einer von mir.

Deine Feststellung, dass niemals blonde Männer in der Blond-Diskussion auftauchen, hat mich verblüfft. Hätte man eigentlich schon lange mal machen und zur Diskussion stellen müssen. Ein Blondenwitz? Nie gehört. Dabei wäre das interessant. Wie lange würde es wohl dauern, bis die Blonden solchen Scherzen gegenüber eine vergleichbare Souveränität an den Tag legen würden wie die Blondinen heute?

Habe vorgestern auf *arte* die Philip-Marlowe-Verfilmung gesehen mit Elliott Gould als Marlowe. Hervorragend. Irritierend war: Ich dachte die ganze Zeit, dieser Marlowe erinnert stark an Elliott Gould; wenn er's wäre, hätte ich den Film schon mal gesehen. Bis zum Schluss dachte ich, er erinnere nur an Gould (las den Namen erst im Abspann). Dabei hat Gould ein so markantes Gesicht, dass man ihn nicht verwechseln kann. Das gab mir zu denken. Es war ja nicht so, dass ich einen gealterten Gould gesehen habe, der mich erinnert hat an den, den ich aus meiner Jugend kannte, sondern ich habe den aus meiner Jugend gesehen. Irgendwie habe ich ihm offenbar nicht abgenommen, dass er heute immer noch so aussieht.

/2

Auch nach Besichtigung der zehn Testminuten, die Du mir gesendet hast, empfehle ich, die DVD nicht zu kaufen. Die ersten drei Minuten sind schön. Bartleby sympathisch. Die englische Sprache ein Genuss. Dann tauchen erste Walser-Kafka-Lenz-Dramatisierungsmarotten auf. Das Ganze scheint mir eine Literaturhistorikerverfilmung zu sein, wie man sie in den achtziger Jahren manchmal im TV sehen konnte (als noch Straub-Huillet zugelassen waren). Eine Mischung aus Feature und Volkshochschule. Wer hat Regie geführt, wer hat produziert, wer sind die Schauspieler? Wie kommt Kraehkamp mitten unter sie? Du würdest Dir die teuer bezahlte Diskette anschauen und danach dasitzen und denken, warum habe ich mir die bloß angeschafft? Wem könnte ich sie weiterschenken? Und am Ende kriege ich sie und kann sehen, was ich damit anfange.

Selbstverständlich kommen auf die Speisekarten-Preise in Italien nach wie vor pane e coperto plus 10 % servizio drauf. Dafür gibt man hier kein Trinkgeld, wie ich erst jetzt, nach vierzig Jahren Italien, herausgefunden habe. Ich zahlte immer auf den Endpreis das übliche Trinkgeld, das die Kellner ohne mit der Wimper zu zucken eingesteckt haben. Jetzt endlich lernte ich, dass man bei 79 Euro auf achtzig aufrundet – und das war's. Bei 90 Cent (für den Espresso) auf einen Euro. bei 33 wenn's hochkommt auf 35 usw. Und dabei realisierte ich auch, dass die Endpreise, die hier rauskommen, meistens klare, gerade Ziffern sind.

Fünf Euro. Acht Euro. Zehn Euro. Fast nie ergibt sich logisch ein Trinkgeld (wie beispielsweise zehn Euro bei achtfünfzig).

An seine Lektorin,
kommen Sie zwei, drei Tage nach Venedig. Hier vergisst man alle Sorgen. Nur manchmal, nachts, schreckt man hoch, und sie tauchen auf, und man kriegt Panik und möchte am liebsten abreisen, weil man realisiert, in welcher Fiktion man hier lebt (und dass außerhalb Venedigs eine Riesenwelt existiert, in der andere Regeln gelten). Mit etwas Glück schläft man dann aber wieder ein und erwacht am Morgen und sieht die Sonne und die Kanäle und die Paläste und riecht den Kaffee und die Lagune und hört Glocken, Schwalben, Möwen und sonst gar nichts.

I. und ich verfallen jeden Tag von neuem in einen Glücksrausch. Wir sind schon ganz erschöpft davon (vom Glücklichsein). Ich stehe morgens um sechs auf, um möglichst wenig vom Tag zu verpassen, und jeden Tag seufze ich, schon sieben Wochen vorbei, schon acht Wochen vorbei, oh je, bald müssen wir zurück und werden nichts gesehen haben … Sie schicken mir ein Buch? Wann um alles in der Welt soll ich denn hier ein Buch lesen? Bedenken Sie: Da draußen liegt Venedig! (Vielen Dank fürs angekündigte Buch. Ich verspreche Ihnen, ich werde es umgehend lesen. Das erste von Gerbrand Bakker, das Sie mir geschickt haben, hat mir gut gefallen.)

19.07.
An den Freund in Köln,
ich habe längst wieder angefangen, die *FAZ* zu kaufen. Bin also auf dem Laufenden, was die amerikanischen Machenschaften in Syrien betrifft. Bald haben sie die Nation wieder dort, wo sie sie schon mal hatten und wo sie sie weiterhin haben wollen, damit sie noch eine Weile ungestört ihr

Wirtschafts-Süppchen kochen können, so wie früher, als alles (für sie) noch besser lief.

Und in Burgas explodierte ein israelischer Reisebus am Flughafen, wofür die Israelis, bevor das Echo des Knalls verhallt war, auch schon die Schuldigen gefunden hatten: Der Iran war's (ich nehme doch stark an, mit Beihilfe Assads; ohne Assad geht momentan schließlich nichts).

Warum um alles in der Welt willst Du partout eine *Bartleby*-Verfilmung sehen und besitzen? Die Erzählung von Melville ist doch rund und gut? Die Bilder, die man sich beim Lesen dazu vorstellt, sind plastisch, stark, genau. Was erhoffst Du Dir als Mehrwert? Gäbe es eine grandiose Verfilmung, hätten wir längst von ihr gehört und sie wahrscheinlich sogar gesehen. Doch jede scheint dem Buch nur gerade knapp das Wasser reichen zu können. Keine ragt darüber hinaus – im Unterschied zum Beispiel zum *Blauen Engel*, der weit über den *Professor Unrat* hinausragt. Oder der *Tod in Venedig*, den gnädigerweise niemand mehr zu lesen braucht seit dem Film.

Früher waren die einzelnen Preise der Gänge in Italien günstig. Man konnte sich in eine Trattoria setzen, Spaghetti mit Knoblauch bestellen, danach ein Hühnchen, dazu einen offenen Wein, und wurde nicht scheel angeschaut deswegen, konnte gepflegt und in Ruhe essen. Damit der Wirt nicht Pleite machte, durfte er von jedem Esser für Brot, Wasser und Tischdecke plus Servietten, fürs Abwaschen usw. extra Geld nehmen. Ein demokratisches Verfahren. Ob einer nur einen Teller Spaghetti aß oder Hummer – er zahlte für den Komfort, anständig bedient zu werden und wie ein Herr essen zu können, einen Grundbetrag, und für die Speisen das, was sie kosteten.

Du ärgerst Dich über die Zusammensetzung des Preises, so wie ich mich über die vielen Zuschläge beim Billigfliegen ärgere: Ich kaufe einen Flug – das Kerosin wird mir extra in Rechnung gestellt; ich zahle extra dafür, dass ich durchsucht werde, dass mein Koffer befördert wird, dass ich ein Flugticket ausgestellt bekomme usw. Wenn Deine Empörung über pane e coperto ähnlich geartet ist wie meine über Servicepauschalen und Kreditkartenzuschlag, dann verstehe ich sie. Wären wir jedoch damit aufgewachsen, dass die Käseverkäuferin dafür, dass sie mir mein Stück Käse abschneidet und einpackt, eine Servicepauschale berechnet, würden wir uns darüber keine Gedanken machen.

/2

Ab Mitte Juli sind offenbar die großen Möwen, die Gabbiani, flügge. Vor drei Tagen ist eine junge vor unserem Haus auf dem Platz notgelandet, wohl aus dem Nest gefallen, und watschelt seither auf und ab, groß wie ein Huhn, schläft, wacht auf, zieht den Kopf ein und fiept jämmerlich, hüpft zwischendurch die Treppe runter zum Wasser, geht ein wenig im Kanal schwimmen, kehrt zurück, hüpft die Treppe hoch, wartet und fiept. Die Eltern kommen immer mal wieder mit viel Geschrei angeflogen, setzen sich auf die Giebel rundum, bringen dem Jungen dann und wann etwas zu essen (das würgen sie aus ihrem Innersten hervor), demonstrieren ihm, wie schön Fliegen ist, versuchen es dazu anzuregen, selbst damit anzufangen. Das Junge verharrt starrsinnig auf dem Boden. Wenn Menschen oder Hunde sich ihm neugierig nähern, fliegen die Alten mit hysterischem Geschrei im Sturzflug haarscharfe Kurven über die Köpfe der Neugierigen und erschrecken und vertreiben sie.

Habe schon Stunden vertrödelt damit, dem Treiben zuzuschauen. Es ist zwar langweilig, aber ich möchte nicht versäumen zu erleben, wie der erste Flugversuch von diesem Mops verläuft – er kommt mir dick vor, Babyspeck wohl, sieht aus wie Wastl. Kennst Du Wastl? Ein Comic-Held aus meiner Kindheit. (Ich fürchte, viel weiter als bis in mein Kinderzimmer hat der's nie geschafft.)

Heute früh um sechs habe ich Wastl dabei erwischt, wie er von San Rocco unserer Hauskante entlang bis zu unserer Eingangstür rannte und dabei mit den Flügeln schlug. Mir schien (ich sah's von oben), dass er mindestens jeweils dreißig bis fünfzig Zentimeter weit schwebte. Was für eine Geduld die Eltern mit ihm haben! Ich hätte ihn längst bei Ebbe von der Kante in den Kanal geschubst. Mit Sicherheit hätte er dann instinktiv die Flügel ausgebreitet und wäre gesegelt, geflogen.

Einmal kam ein großer schwarzer Hund um die Ecke und lief schnurstracks auf ihn zu. Die Eltern waren gerade nicht zur Stelle. Da richtete sich der Kleine auf, hob den Kopf und rannte dem Hund flügelschlagend und mit spitz nach vorne gerichtetem Schnabel entgegen. Der Hund erblasste vor Schreck und floh.

Das alles sehe ich zum ersten und wohl auch letzten Mal. Wie schade, denke ich jedes Mal, wenn ich ihm zuschaue. (Nein, eigentlich denke ich's immer erst kurz vorm Einschlafen. Frühmorgens, wenn ich ihn erblicke, denke ich immer: wie schön.)

20.07.

Nun schreiben wir einander also schon seit dreißig Jahren Briefe und Mails? Lass uns darauf Ende September anstoßen. Und uns nicht zanken darüber, ob es schnöde ist, so ein Datum so nachlässig zu behandeln wie ich. Und dann bitte auch nicht darüber, ob der Bellini, mit dem wir anstoßen, viel zu teuer ist.

Es ist ohne Frage selten, was uns geschehen ist und geschieht: Dreißig Jahre hin und her, auf und ab, manchmal kurz vor dem Kollaps. Sind wir vielleicht besonders stur und phantasielos? Zwei Fälle für die Psychiatrie? Andere hätten längst neue Freunde, lustigere, schönere, jüngere, reichere? Wir sind zu verblendet, um uns das für uns vorstellen zu können? Wir sehen zwar die Schöneren, Jüngeren, Lustigeren, Reicheren, aber wir sehen sie eher wie die Schatten an der Höhlenwand. (Ich habe ja bis heute das Höhlengleichnis nicht verstanden. Du hast schon einmal versucht, es mir zu erklären, müsstest es mir aber vielleicht einmal aufzeichnen. Wer sieht was für einen Schatten an welcher Wand? Wer zieht was für falsche Schlüsse aus diesen Schatten? Das kannst Du mir hier beim Bellini dann einmal mehr versuchen zu erklären. Vielleicht sollten wir tatsächlich einen solchen trinken? Die Pfirsiche schmecken zurzeit phantastisch. Das Getränk aus frisch gequirlten weißen Pfirsichen und Prosecco müsste uns eigentlich von sich überzeugen können.)

/2

Der deutsche Studienzentrumspalazzo ist denkmalgeschützt. Auch innen. Das bewahrt ihn vor dem Gröbsten. Zum Beispiel renovieren sie gerade den Salon. Da hängen Stofftapeten an der Wand. Ich nehme an, es ist Seidensatin. Hängt da seit vierhundert Jahren und darf nicht entfernt, sondern muss restauriert werden, von Hand. Eine staatlich geprüfte Seidenstickerin kommt und stopft das Tuch Stich für Stich. Kostet etwa fünftausend Euro. Würde Venedig es zulassen, würden sie bestimmt alles runterreißen, die Decke runterziehen (Heizkostenersparnis von fünfzig Prozent) und die Fassade wärmedämmen lassen (Merkeldämmung).

Wie gelassen Du von Deinen Zahnterminen erzählst? Bist Du ein Nacktmull? (Die empfinden keinen oder kaum Schmerz, soweit ich weiß.) Wahrscheinlich hast Du die erste Sitzung wieder ohne Spritze über Dich ergehen lassen?

21.07.

Mal wieder ein anständig honoriertes Angebot einer CH-Zeitung für einen Artikel erhalten: Wie lebt es sich als Schweizer in Berlin? Mal wieder freundlich abgesagt. Das war mein gestriges Tageswerk.

Ach … Eben fiepte es, und Wastl kam angepaddelt, hüpfte die Treppe hoch, schüttelte die Flügel, fiel rückwärts die Treppe runter, hüpfte wieder hoch und sitzt nun einmal mehr vor unserem Haus auf dem Platz und fiept. Die Eltern sind bei ihm und krächzen ihm die Ohren voll, er soll endlich losfliegen. Inzwischen kommt sogar die gesamte Verwandtschaft mit und fliegt schreiend Pirouetten über seinem Kopf, um ihm zu zeigen, wie leicht und schön das ist. Wastl scheint nicht der Hellste zu sein. Er hat einen extrem kleinen Kopf.

Gestern war ich in der Galerie Bembo am Rialto. Ein Palazzo voller Knaller. Unter anderem sah ich da wieder einmal ein paar dieser kleinen lebensechten Menschen des Australiers … Name vergessen; irgendwie koreanisch; er gehört zu den Young British Artists. Jedes Mal ist es mir unheimlich, mit diesen Figuren zusammen in einem Raum zu sein. Sie sind etwa halb so groß, oder ein Drittel, wie man selbst, 100 % lebensecht. Man schaut sie an, von ganz nah, und meint, sie seien bloß verzaubert. Richtige Menschen, die verhext sind und sich nicht mehr rühren können. Alles ist so echt, so genau, so lebendig … gruselig. Ein unrasiertes Kinn mit echten Stoppelchen, mit eingewachsenen Härchen, Pickelchen, die Zehennägelchen, die leichte Rötung des Nagelbettchens … Lauter ganz, ganz frische Leichen, nein, keine Leichen, sie leben noch, nur sind sie gelähmt – es gibt Insekten, die ihre Opfer mit einem Gift lähmen, so dass die sich monatelang frisch halten, aber nicht rühren können. Wenn dann das Insekt Hunger hat, holt es so ein gelähmtes Opfer aus seinem Vorratslager und saugt es aus. So sehen diese Homunkuli aus.

/2
Ich kannte sie aus Berlin (dort lag unter anderem ein Leichlein auf einer Totenbahre, das mich danach noch bis in den Schlaf verfolgt hat).

Auch ein Deutscher war bei Bembo mit naturalistischen Menschenfiguren vertreten. Der gießt aus Plastik nackte Mädchen in dubios päderastisch-pornografischen Stellungen/Situationen und ist damit bekannt geworden. Seine Girls gelten als Provokation, überzeugen handwerklich aber nicht. Es lässt sich kunsttheoretisch bestimmt erklären, warum sie so billig, industriell, kaufhausmäßig hergestellt sind; sie funktionieren aber nicht (am Objekt vor Ort überprüft).

22.07.

Auf den Rialtomarkt gehe ich selten. Der ist mir zu pittoresk. Damit es einen Sinn hätte, müsste ich die Preise kennen, müsste vergleichen können, müsste Spaß haben am Kontakt mit Händlern, müsste den einen dem anderen vorziehen, müsste daran glauben, dass ich von »meinem« Händler bevorzugt bedient werde. Außerdem bräuchte ich mindestens zwei Stunden pro Tag für den Einkauf. Eher drei. Einmal drübergehen macht hingegen Freude. Riechen, schauen. Aber als Tourist taucht man da nicht ein. Höchstens vielleicht, wenn man Ahnung hat von der Ware und ernsthaft einkauft. Vor allem natürlich, wenn man ein guter Käufer ist und große, teure Fische kauft (die sich die Einheimischen nicht leisten können). Dann würde ich gehätschelt und wäre bald der Geiss aus Berlin (kennst Du die TV-Sendung *Die Geissens*? ein Kölner Ehepaar mit zwei Kindern; neureich; der Mann heißt Robert; er würde hier mit tiefem Dekolleté und Goldkette rumlaufen und nach kurzem die Händler mit Vornamen begrüßen und Hummer bei ihnen ordern). Für zwei, drei Lachsfilets oder zwei Wolfsbarsche lohnt sich der Weg dorthin nicht. Die kann man ebenso gut im Supermarkt kaufen. Oder bei den drei Fischhändlern auf dem Platz bei uns in der Nähe. Ich habe mir sowieso bereits wieder abgewöhnt, Fisch zu kaufen. Wir kochen zu Hause Spaghetti mit Gemüse.

Die Auswahl ist am Rialto größer als die auf griechischen Märkten (nur in der Athener Markthalle gibt es Vergleichbares). Einiges kommt tatsächlich aus dem hiesigen Meer. Auch aus der Lagune (in der es früher zum Beispiel sogar Meeresspinnen gab, eine Art Hummer, die hier heute noch verkauft werden, als kämen sie von hier – die inzwischen aber aus Thailand importiert sind –, eine venezianische Spezialität: Cranseola).

Gestern früh war's bewölkt. Wir fuhren also nicht an den Lido, sondern nach Treviso, wo Dein Flieger ankommen wird. Eine schmucke Kleinstadt. Leider gab's einen Wolkenbruch, kaum stiegen wir aus. Als der vorüber war, schlossen die Geschäfte. Siesta in einer italienischen Kleinstadt am Samstagnachmittag ist nichts für labile Gemüter. Wir gingen durch die ausgestorbenen Straßen, begegneten da und dort erschöpften holländischen und schwedischen Familien, die ebenso ratlos herumtappten – und stiegen dann wieder in den Zug und fuhren zurück, in die strahlende Sonne Venedigs.

23.07.

Unser Ali, die Sappho aus Kosovo, tot?! (In der Zeitung stand ein inbrünstiger Nachruf auf einen albanischen Dichter namens Ali Soundso.) Das schmerzt auch mich. »Sattle dein Pferd den Tod« (ein Vers von ihm) ist seit Jahren mein Motto. Jeden Morgen rufe ich mir das zu, und dann geht's los, nach Treviso zum Beispiel. (Gab es nicht einmal einen schweren Chemie-Unfall in Treviso? Außer mir erinnert sich niemand daran. Wie hieß denn der Ort, der so ähnlich klingt?)

Gestern im Ca' Pesaro. Ein Palazzo, in dem neue italienische Kunst ausgestellt wird. Die Paläste hier lohnen sich alle, habe ich inzwischen den Eindruck. Werde auch noch das Klöppel-Spitzen-Museum besichtigen, das naturhistorische, das Schifffahrts-, das Kostüm-Museum. Alle in alten

Palästen untergebracht, die mit Trompe-l'œil-Deckenmalereien versehen sind, so überzeugend, dass man wie ein Kind staunend von einem Saal in den nächsten schreitet. Dann wieder Vaporetto fahren, zum Markusplatz, vor dem die Kreuzfahrtschiffe auf und ab paradieren ... Das ist kein ADHS, was mich im Griff hat, sondern das Venedig-Syndrom. Schon bald zwei Monate lang hält die Faszination an. Nicht einen Tag hatte ich die Stadt über. Nicht einen Tag konnte ich's aushalten zu Hause. Man muss alles selbst abschreiten und es mit all seinen eigenen Sinnen wahrnehmen. Selbstverständlich könnte man die Stadt auch erzählen, ohne sie gesehen zu haben. Man kann einzelne Punkte erwähnen, zur Sicherheit kurz hinfliegen, die Punkte aufsuchen und überprüfen, was an ihnen erwähnenswert ist (ein veralgtes Fundament, Kloakengeruch, eine Möwe, die sich an einem Rattenkadaver beinahe verschluckt), man hat deswegen aber noch lange nicht Venedig wahrgenommen und seine Eigenart erkannt. Man hätte nur seine Oberfläche abgeschrieben.

Hier stehen nach wie vor intelligent aussehende Männer auf den Plätzen und bieten einem freundlich lachend *La lotta continua* an, die Zeitschrift der Kommunistischen Partei.

Gestern Abend habe ich mich vor dem TV durch Maria Furtwängler gegähnt.

24.07.

In der *FAZ* heute eine ganze Seite über Thomas Manns *Tod in Venedig*. Die Novelle ist schon hundert Jahre alt. Sie muss entsetzlich verschmockt sein, so verklemmt und angestrengt, wie wir es uns gar nicht vorstellen können. Das hat mich verblüfft: In der *FAZ* zu lesen, Thomas Mann sei – immerhin in dieser Novelle – nicht auszuhalten. Interessant ist, dass dieser Krampf es trotzdem zu Weltruhm gebracht hat. Offenbar wegen des unterschwellig darin enthaltenen Skandals. Im Artikel steht, heute würde Mann aus den Talkshows gar nicht mehr rauskommen, weil alle Welt sich auf den päderastischen Inhalt stürzen und ihn ihm vorwerfen würde. Pädophilie sei zurzeit fast so skandalträchtig wie Antisemitismus.

25.07.
Das mit den venezianischen Halbmasken habe ich auch nie verstanden. Irgendwie scheint es aber zu funktionieren. Ich könnte wahrscheinlich mit so einer Halbmaske eine Bank überfallen, und niemand würde mich bei einer Gegenüberstellung wiedererkennen. Aus psychologischen Gründen: Man erkennt jemanden nicht, der mit so einer Halbmaske signalisiert, nicht erkannt werden zu wollen. So wie man sich am Strand vor aller Augen aus- und umziehen muss, wenn man dezent sein will. Nur wer sich gebückt hinter einem Busch umzieht, ist zwischendurch kurz nackt und für Spanner von Interesse. Tut man's in aller Öffentlichkeit, in der ersten Reihe, ist man für alle unsichtbar. Eine Idee, die es zu ventilieren gilt: Als Bankräuber splitterfasernackt aufzutreten. So verbirgt man sein Gesicht am zuverlässigsten. Hat's das im Film schon gegeben? Ich denke, die Überlegung ist richtig und sollte urheberrechtlich geschützt werden.

An die Opernsängerin,
zum Kampf mit dem Alter: Überlass ihm den Sieg. Venedig ist viel älter als wir beide und trägt seinen Verfall mit geradezu obszöner Schamlosigkeit zur Schau. Man wird ganz eifersüchtig und stürzt sich beherzt ins eigene Verwesen. Ich rieche längst nach Moder und Schlamm und finde das kühn. Das können die Jungen nicht. Die riechen nach Milch und Honig. Im billigen Kramladen auf dem Campo Santa Margherita suche ich bröckeliges Make-up, das ich auftragen will, um auszusehen wie Dirk Bogarde

am Ende des Tod-in-Venedig-Films, wenn er aus dem letzten Loch pfeift und ihm die Schminke übers Gesicht läuft wie trübes Lido-Wasser, während aus der Ferne die Obsthändler »belle fragole rosse« rufen.

Deine Mail mit Eurem Fest-Bulletin hat mich erblassen lassen. Hiermit seid Ihr suspendiert von der Einladung zu meiner Venedig-Soiree. Nicht einmal ein Zipfelchen von dem, was Ihr bei Euch geboten habt, würdet Ihr hier antreffen. Ich bin ein nüchterner Mann und habe im Grunde genommen Angst vorm Feiern; als Protestant halte ich es für sündhaft. Deswegen habe ich nur ganz selten in meinem Leben ein Fest riskiert und ebenso selten eins besucht. Und ich plane auch weiterhin keine Feierkanone zu werden. Das Hauskonzert in Venedig wird eine spröde Angelegenheit. Da drückt ein Mann diszipliniert ein paar weiße und ein paar schwarze Tasten nieder, ordentlich angezogen, die Anwesenden sitzen auf Stühlen und lauschen, am Schluss klatschen sie in die Hände und kriegen zur Erholung etwas zu trinken und etwas zu essen. Vielleicht fällt dem einen oder anderen eine Geschichte ein, die er erzählen mag. Und dann geht man ins Bett. Die Attraktion, deretwegen man das auf sich nimmt, ist Venedig. Zufälligerweise bin ich momentan hier und habe einen Flügel zur Verfügung. Mehr ist nicht. Keine illustren Gäste, keine Ausgelassenheit, kein zweiter Pianist, und eine Badenixe erst recht nicht.

Ich traute mich nur, Euch einzuladen, weil ich mir vorstellte, Ihr würdet rasch in einen EasyJet steigen und runterfliegen mögen – weil Ihr immer schon Lust hattet, einmal Venedig am fünfzehnten November zu sehen. Und dann setzt Ihr Euch am Abend bei mir in die erste Reihe und freut Euch über Eure Unvernunft, am 15ten nach Venedig geflogen zu sein. Dass Du kein Flugzeug besteigst, hatte ich vergessen. So eine lange Reise, bloß um ein Umiker Hauskonzert zu hören (das Dorf, in dem ich aufwuchs, heißt Umiken und liegt im Kanton Aargau – das ist so ziemlich das Biederste, was man sich in der Schweiz vorstellen kann), das wäre eindeutig übertrieben.

Es freut uns zu hören, dass Euer Fest vorübergerauscht ist wie geträumt. Wir können es uns vage vorstellen, weil wir den Ort kennen, an dem es stattgefunden hat.

Das Wetter ruht sich hier seit zwei Tagen aus. Nur noch etwa siebenundzwanzig Grad, manchmal Wolken, manchmal Wind. Nun sind wir schon zwei Monate hier und inzwischen so erschöpft von all der Pracht, dass ich mich demnächst einen Tag lang ins Zimmer sperren und vierundzwanzig Stunden schlafen muss.

An die Übersetzerin,
zur jungen Möwe passt der Flusskrebs, den Du gerade übersetzt hast: Eines Morgens um halb sieben kam ein Gondoliere gerudert und warf ihr zwei lebende Krebse vor den Schnabel, einen kleinen und einen großen. Die Möwe pickte fasziniert auf ihnen herum, die Krebse rannten um ihr Leben, der Gondoliere schaute glücklich zu. Bald jedoch verlor die Möwe das Interesse an den Krebsen; die beiden machten sich schleunigst aus dem Staub und ließen sich von der Kante des Platzes in den Kanal plumpsen. Die Möwe schaute ihnen nicht einmal hinterher. Der Gondoliere ruderte betrübt davon.

Als sie allein war, spielte sie danach mit einem Proseccokorken, den sie in die Luft schmiss, um ihn auf den Stein fallen zu hören.

26.07.
An den Freund in Köln,
ich blieb gestern Abend zum zweiten Mal hängen an *Whisky mit Wodka*, einem Film von diesem für mich sonst schwer erträglichen Andreas Dresen. In *Whisky mit Wodka* finde ich ihn exzellent. Das Buch, die Schauspielarbeit, die Konstruktion der Geschichte, die Dialoge, die Besetzung –

eine richtig gute Komödie. Ob der Film in die Kinos kam, ob er gefeiert wurde, ob er mit Preisen ausgezeichnet wurde – keine Ahnung. Für mich war Dresen immer *Sommer vorm Balkon*, *Halbe Treppe*, *Wolke 9* und der an Krebs sterbende Vater. Alles semidokumentarisch verklebter Kitsch. Und daneben steht leuchtend und lachend dieser *Whisky mit Wodka*, eine saubere Fiktion mit Film-im-Film – verblüffend.

Hast Du schon mal vom Stendhal-Syndrom gehört? Unter Lateinern auch als *Satori* bekannt. Darunter leide ich. Venedig ist so prall voller Pracht, dass ich es frühmorgens um sechs am schönsten finde, um sieben aber eigentlich fast noch schöner, und das steigert sich bis abends um zehn, wenn ich schier platzend vor zu viel Schönheit nach Hause taumle, ins Bett, in dem ich mich schlaflos wälze, weil ich daran denke, wie viel schöner es erst um Mitternacht ist oder gar um zwei Uhr früh. Irgendwann fühlt man sich so erschöpft davon, dass man sich mitten in der Schönheit schwach zu fühlen beginnt und am liebsten zu Boden sinken lassen und liegen bleiben möchte – das ist dann das Stendhal-Syndrom. Darunter leide ich von Tag zu Tag mehr. Deswegen habe ich keine Kraft, Dir irgendwas zu berichten, geschweige denn Heiteres. Venedig zu bewohnen ist harte Arbeit, die ich inzwischen seit mehr als acht Wochen ohne einen Tag Pause leiste.

27.07.

Das eine Sommerloch hast Du mit Stadlober gefüllt, das nächste mit Stadtfeld, das dritte mit *noch schnell die Welt retten*, das vierte mit Küblböck, dieses jetzt mit CRO und seiner Kaufhaus-Pandamaske – da die ersten vier Meteoriten so schnell verglüht sind, werde ich mich Dir zuliebe bemühen, das Aufleuchten von diesem hier nicht verpasst zu haben.

Vom *Don-Giovanni*-TV-Mitschnitt habe auch ich ein

paar Minuten gesehen. Harald Schmidt im Interview mit dem Schweizer Jossi Wieler (der in die Theatergeschichte eingehen wird als derjenige, der meine *Alphabeten* in Frankfurt hat platzen lassen, weil sie ihm »zu schlecht« waren, und der seither offenbar da und dort schleimig behauptet, er sei mir noch was schuldig). Einer der sensibelsten, besten, größten Regisseure Deutschlands, feinsinniger Jelinek-Exeget (die blödsinnigsten Jelinek-Gruppenturn-Potpourris habe ich von Jossi Wieler gesehen – regelmäßig eingeladen zum Theater-Treffen). Von diesem Genie war die Inszenierung, in der die Sänger im berühmten Pforzheimer-Stil (der Meininger war der andere) naturalistelten, dass man sie beinahe aus dem TV heraus zu riechen vermeinte. Ich war entsetzt. Und Harald Schmidt war der Gipfel der Inkompetenz (vielleicht nur noch übertroffen vom Grobian, der zwischen den Videozuschauern herumtrampelte und die Arien karaokeartig mitträllerte – was war das denn für eine unterirdische Erscheinung?!)

Mensch Suse! Auch ich vermisse sie. Ihr Tod wurde gestern schon in der *FAZ* gemeldet. Im Unterschied zu Dir bin ich tatsächlich erschüttert, weil Susanne Lothar eine wirklich große Schauspielerin war. Es gibt immer wieder, auch heute noch, wirklich Große, Originäre. Es ist nicht alles längst dagewesen, geschrieben, komponiert. Die Foucaults und Derridas sind Dampfschwätzer, die Resteverwerter wie CRO erst möglich machen. Neben den CROs gibt es glücklicherweise aber immer auch noch Leute, die ein Buch schreiben wollen (nicht abschreiben), die Musik komponieren wollen (nicht kompilieren), die eine Rolle kreieren wollen (nicht imitieren) usw. Die interessieren mich, die begeistern mich, die heiße ich willkommen (selbst wenn sie jung sind – ich habe nichts gegen Jugend; Devid Striesow, August Diehl und Sandra Hüller waren knapp über zwanzig, als ich sie mit Fanfaren begrüßte). Susanne Lothar gehörte eindeutig zu ihnen.

28.07.
Wenn man »Susanne Loth…« eingibt, ergänzt Google »…ar Todesursache«. Und zwar schon gestern Vormittag. Wie neugierig Schauspielerkollegen sind! Ein Sturm von Anfragen fegte offenbar durchs Netz. Allerdings gibt es keine Antwort auf die Frage, wenn man den Link anklickt. Der Familienanwalt schweigt.

Rennt man schon um die Wette in London? Regt sich in Deutschland langsam das olympische Fieber? Gibt's Deutsche mit Medaillenchancen? Attraktive Spezialisten, die besonders schnell durch eine Röhre kriechen, eine Tontaube abschießen und danach auf einem flachen Blech eine Rutschbahn hinuntergleiten können?

Vor zwei Tagen schon wieder ein differenzierter Artikel zu Syrien in der Zeitung. Wahrscheinlich ein Professor. Trocken und unlesbar geschrieben wie eine Habilitationsschrift. Da wurde einmal mehr erklärt, worum's geht. Es sei naiv von uns Westeuropäern zu glauben, in Syrien gehe es um Assad oder eine pseudodemokratische Nachfolgeregierung oder um eine islamistische Übernahme des Regimes. Dort würden ganz andere geopolitische und wirtschaftliche Kräfte aufeinandertreffen. Ich will Dich nicht quälen mit wiedergekäuten Erklärungen. Interessant war vor allem zu erfahren, dass es offenbar Politikwissenschaftler gibt, die behaupten, Nationen mit Meeranstoß seien kräftiger und überlebensfähiger als andere – und andere behaupten, es gäbe einen Gürtel von Randstaaten, die siegen und überleben würden … Lauter Wahnsinnige, die irgendwelche Theorien aufstellen und mit deren Hilfe die Welt erklären. Jedenfalls steht fest: Es geht in Syrien nicht darum, dass ein brutaler Diktator von einem empörten Volk bekämpft und verjagt werden soll.

Wastl: Gestern Abend setzte sich ein venezianisch guter Mensch vor ihn hin, redete auf ihn ein, rief dann mit seinem Smartphone die hiesige Vogelwarte an, er habe vor sich eine junge Möwe, die sitze seit Tagen auf einem Platz, könne nicht fliegen, greife aber Hunde an usw. Ich konnte alles von oben aus dem Fenster hören und sehen. Die Vogelwarte antwortete wohl, der Mann solle erst einmal gar nichts unternehmen und das Tier weiter beobachten. Etwa drei Stunden später, als nicht mehr so viele Leute unterwegs waren, nahm Wastl wieder am einen Ende des Platzes Anlauf und rannte-schwebte bis zur Kanalkante, wo er abbremste. Nach dem zehnten Versuch schlidderte er über die Kante hinaus – und flog. Ohne Juchzen, ohne alles, flog einfach, ziemlich normal, den Kanal runter Richtung Süden, auf die Holzbrücke zu. Ich dachte, nun krache er in die Balken. Er vermochte dort aber untendurch zu kurven, landete dahinter wohl ziemlich unsanft im Wasser. Kam erschöpft zurückgepaddelt. Setzte sich auf eine Stufe am rechten Kanalufer, wo er nicht mehr fiepte, sondern krächzte, als hätte er den Stimmbruch gehabt, sich niederließ und einschlief. Heute früh, als ich rausschaute, flog er gerade eine Hundertachtziggradkurve und landete polternd auf einem Holzsteg. Jetzt paddelt er wieder im Wasser. Ob die Eltern mitgekriegt haben, wie er seine ersten erfolgreichen Flugversuche machte, weiß ich nicht. Wenn sie auftauchen, schauen sie ihn gelassen an und schreien fast gar nicht mehr.

Jetzt sitzt er vor San Rocco am Boden und fiept mit eingezogenem Kopf – und schläft ein.

An den Bruder A.,
nun wird's heiß in Italien (eine afrikanische Hitzewelle rollt heran). Ich hoffe, Ihr habt Glück mit Eurer Anreise und findet unterwegs lauter schöne, kühle Hotels und gutes Essen und schmerzfreie Tage.

Ich habe begonnen, am Lido morgens ein paar hundert Meter zu laufen – mit hochrotem Kopf und keuchend. Dabei habe ich mir irgendwie das Knie verknackst. Momentan sticht's, und beim Schwimmen zwickt es so und anders und verkehrt herum … Egal, wie ich es bewege, es zwickt. Nun erst verstehe ich, was es heißt, Knieprobleme zu haben. Was für ein kompliziertes Gelenk! Es vollführt ja dauernd die komplexesten Bewegungen; man kann kaum etwas tun im Leben, ohne das Knie daran zu beteiligen.

29.07.

An den Freund in Köln,
meine zwei verschollenen Päckchen haben mich damals lange um- und beinahe in den Amok getrieben. Nicht wegen der verloren gegangenen Inhalte, sondern weil sie mein Vertrauen in die Post nachhaltig beschädigt haben. Und wenn man der Post nicht mehr traut, wird man nie mehr etwas Wesentliches verschicken mögen, verschickt also nur noch Entbehrliches und sollte somit besser gar nichts mehr verschicken.

Der Inhalt des Pakets, das Du für mich zusammengestellt hast und das nun offenbar für alle Zeiten verschwunden bleiben soll, klingt attraktiv. Der abgebildete Umschlag des Clemens-Setz-Buchs gefällt mir. Seine Erzählungen hätte ich wahrscheinlich mit Wohlwollen gelesen, obwohl ich ein anonymer Österreich-Verächter bin.

Brodsky hättest Du nicht mitzuschicken brauchen. Der steht bereits hier im Regal. Das Buch ist am Anfang überzeugend, dann wird es mehr und mehr zum eitlen Gewäsch, bildungshubernd, repetitiv. Er traut sich nicht, nur zu erzählen (was er stellenweise vorbildlich kann und tut), sondern er meint den Bogen größer spannen zu müssen, verweist auf die griechische Mythologie, tändelt mit der Kunstwissenschaft, streut zusammengelesene und selbstgekelterte Philosophie dazwischen. Außerdem entpuppt er sich im Verlauf der Lektüre als treuergebener Soldat der literaturwissenschaftlichen Fraktion. Alles ist mit mindestens einem doppelten Boden aus deren Fundus abgesichert.

Lieber zieht er einen zu viel ein als sich dabei ertappen zu lassen, vielleicht auch mal banal zu sein, reiseschriftstellernd. Dabei ist es, leicht erkennbar, ein zusammengeschusterter Gelegenheitstext – hätte er ihn sich doch bloß als solchen durchgehen lassen … Nein, das Buch mag ich nicht.

Highsmith habe ich selbstverständlich vor Jahren schon gelesen. Auch das steht hier bereits im Regal. Vielleicht hätte ich's nach dem Auspacken noch einmal gelesen, da sie ja nie geizt mit realen Namen und Hinweisen. Es wäre wahrscheinlich ein Vergnügen, allem nachzugehen und zu schauen, was davon noch existiert.

Pnin hätte ich wohl erst nach langem Widerstand, im tiefen Herbst oder Winter, gelesen. Vorläufig habe ich keine Muße für richtige Literatur.

Gestern Abend einen frühen Donna Leon im hessischen TV gesehen. Dachte, es werde Freude machen, einzelne Orte darin zu erkennen. Hat es aber nicht gemacht. Ein merkwürdig steriles Postkartenvenedig wurde da durchgeblättert. Kaum eine Einstellung mit Charakter (was für ein Genuss dagegen *Wenn die Gondeln Trauer tragen* – da trieft die Stadt aus jedem Bild und Ton, fast noch eindrucksvoller als in der Realität).

Und wie waren die Deutschen angezogen beim Einmarsch der Gladiatoren in London? Hugo Boss? Warum so viele Schweizer aufmarschierten? Wir werden wohl im Tauziehen mitmachen (da braucht's schon mal mindestens zwölf), dann vielleicht bei einem Ballspiel, wieder mindestens zwölf, dann Reiten, Kugelstoßen, Ringkampf, vielleicht noch Rudern, dazu die Delegierten aus Lausanne – da sind schnell mal fünfzig beieinander.

/2

Weil ich aus Versehen mit dem Cursor auf der CH-Delegation stehen geblieben und auf »Enter« getippt habe, landete ich auf der Site der *Schweizer Illustrierten*. Dort war

Angela Merkel mit dem zum zweiten Mal angezogenen Bayreuth-Kleid zu sehen. Mit diesem Coup geht sie in die Weltgeschichte ein (was sie bislang sonst geleistet hat, ist vergessen, noch bevor sie abgewählt wird). Das Kleider-Recycling ist eine Revolution, die mich beeindruckt und mir gefällt. Es scheint, Merkel hat einen guten Humor.

Deutsches Schwimmdesaster? Oh weh. Dabei waren sie doch mit einigen Hoffnungen angereist? Und der Schweizer Cancellara ist auf die Nase gefallen? Dreimal oh weh. Das werde ich alles morgen in der *FAZ* lesen müssen.

Heute werden wir kaum aus dem Haus gehen. Die afrikanische Hitzewelle mit hohen Ozonwerten ist angekommen. Sitze hinter den geschlossenen Fensterläden im goldenen Dämmerlicht und überlege, ob ich die Augendeckel jetzt fallen lassen soll – oder erst jetzt.

An einen Schriftstellerkollegen,
Gentilissimo Maestro,
sta dormendo il Consigliere Zschokke, et non deve essere svegliato …

Entschuldige bitte, unsere Zugehfrau wollte nicht stören. Sie fand, ich solle mich ein wenig hinlegen nach dem Kaffee, sie erledige derweil meine Korrespondenz für mich. Nur unwillig überlässt sie mir den Stuhl vor dem Computer. Sie findet, mindestens bis fünf Uhr nachmittags müsse ein Herr meines Kalibers Siesta machen – zumal bei dieser afrikanischen Hitze.

Deine Mail hat mich aufgescheucht und in Unruhe versetzt. Sie erinnert mich daran, dass der Mensch beten und arbeiten sollte. Ich habe kaum ein literarisches Wort gelesen, seit ich hier bin, und noch keinseres geschrieben. Ich bringe es beim besten Willen nicht über mich, irgendetwas zu tun. Auch kochen will ich nicht, nicht einkaufen, nicht verdauen. Das soll sich gefälligst alles von selbst erledigen.

Ich dampfe im Schiff durch die Kanäle, lasse mich von den aufsteigenden Gasen der Gülle benebeln, triefe vor mich hin, taumle in eine Bar, trinke einen Spritz oder ein Glas Wein, trete aus der Pfütze, die sich unter mir gebildet hat, hinaus in die warme Luft, taumle zurück aufs Schiff, dampfe weiter – derweil es weit hinten im Kopf rumort, eine aufkommende Panik (ich sollte etwas lesen, denken, schreiben, können, planen, träumen) – darauf einen weiteren Sprizz, diesmal einen mit -zz anstatt -tz.

Für die Schweizer Literatur bin ich verloren. Macht alles Weitere unter Euch aus; sorgt für mein Weib und meine Kinder. (Zu Lesungen werde ich nicht eingeladen, muss also glücklicherweise Venedig nicht verlassen. Nur für das eine Mal, mit Dir zusammen, in Bad Oeynhausen, wohin ich mit dem *Lieben Niels* eingeladen bin.)

Von Dir und Deiner niedersächsischen Lesereise – oder war's eine nordrhein-westfälische? – habe ich in der Zeitung gelesen. Ein kurzer Eifersuchtsblitz zuckte in der Ferne über den Himmel. Den dazugehörenden Donner hörte ich bereits nicht mehr, weil ich schon im nächsten Bellini planschte.

Apropos Bellini: Schmeckt der immer so fad und blöd wie der, den ich getrunken habe? I. und ich fuhren extra auf die Giudecca hinüber, wo wir abends um sieben auf dem Quai vor *Harry's Dolci* einen Bellini tranken, als Aperitif (immerhin fast den originalen aus *Harry's Bar*) – und waren tief enttäuscht. Zum Essen blieben wir selbstverständlich nicht dort (viel zu teuer), sondern fuhren zurück auf unsere Seite und ließen uns irgendwo eine Kelle aus der venezianischen Gulaschkanone auftischen. Du hast recht, es schmeckt mehr oder weniger überall gleich und ist meistens mehr oder weniger dasselbe, was hier auf den Teller kommt. Doch macht es eine solche Freude, draußen umherzustreunen und sich vorzustellen, im nächsten Restaurant würden Köstlichkeiten auf einen lauern, dass man sich dann, am Ende seiner Kräfte, klaglos irgendwo fallen und einmal mehr Pampe aus dem Trog vorsetzen lässt.

Wenn ich mal einen Fisch auf dem Markt kaufe und nach Hause bringe, dann schieben wir ihn unfroh in den Ofen und warten, bis er irgendwie gar ist, halbieren ihn, mümmeln lustlos an ihm rum, spucken die halben Gräten und Schuppen aus und sagen uns, morgen gehen wir aber mal wieder auswärts essen.

Zurück zum Bellini: Kann der auch gut schmecken? Oder was soll ich sonst als Aperitif bestellen? (*Spritz bitter* schmeckt mir; das darf ich aber nicht laut sagen, weil ich weiß, dass das ein lächerliches Kindergetränk ist.)

30.07.

An den Freund in Köln,
nach einem schweißtreibenden Gang zum DHL-Büro am Piazzale Roma sitze ich wieder im goldenen Schatten und gehe meiner Consigliere-Rolle nach, das heißt, ich erledige meine Korrespondenzen.

Südeuropäische Temperaturen sind ein Vergnügen. Auch Du würdest grunzen vor Freude. Das Wasser läuft an einem runter, man steht überall immer in seiner eigenen Pfütze und schert sich nicht drum; die Haut wird zart. Man trinkt einen Espresso nach dem anderen, ist immer leicht benommen und denkt: Was um alles in der Welt wollen die alle mit ihrer Literatur, mit ihrer Kultur, mit ihrer Politik?! Venedig wird mir helfen, mein literarisches Waterloo zu überstehen. Ich werde nur kurz aufmerken, wenn irgendwer irgendwo sagt, Zschokke sei am Ende – und trinke den nächsten Sprizz und sehe die Sonne untergehen in der Lagune und freue mich.

Gestern im TV kurz die schwimmenden Maden in London gesehen. Eine von ihnen war deutsch und hieß Meeuw oder so ähnlich. Der ist immerhin ins Finale geschwommen. Wird wohl heute ausgetragen? Und Biedermann? So heißt doch ein anderer deutscher Schnellschwimmer? Hat der sich verschluckt? Und die stets Beleidigte (Steffen oder so ähnlich ist ihr Name)? Auch nicht mehr dabei?

Ich esse seit drei Tagen wie Du. Unser derzeitiger Gast, eine Freundin aus Berlin, ist moderate Veganerin und geht nicht gern italienische Restaurant-Pampe essen, sondern kocht lieber zu Hause – zum Beispiel Ratatouille oder – mir lieber – Caponata.

Wastl sitzt immer noch unten auf dem Platz und fiept. Bald werde ich ihm den Bürzel versohlen, damit er wenigstens einen Grund hat für sein dummes Gewimmer. (So wurde ich erzogen.) Morgens um sieben kommt jeweils eine Venezianerin mit ihrem sechsjährigen Sohn und zwei Hunden (Morgenspaziergang). Sie hetzen ihren einen Hund auf die Möwe los. Der Hund hat aber längst Angst vor ihr und rennt wie aus Versehen an ihr vorbei und schaut sehr interessiert in den Kanal, als ob da was zu sehen sei. Gegenüber im Haus, auf der anderen Seite des Kanals, taucht manchmal frühmorgens ein verklebter älterer Mann am Fenster auf (in meinem Alter), in einem Unterhemd (dasselbe wie ich), ohne Unterhosen (wie ich), und schaut dem Treiben zu. Da ich höher wohne als er, sehe ich, wie es bei ihm unten herum aussieht (mir scheint, er hatte einen Bruch). Er kann's bei mir nicht sehen und denkt bestimmt, wenn er zu mir emporschaut, ich trage elegante Leinenhosen mit Bügelfalte.

Gestern saß um 06:10 Uhr ein Tramper auf den Stufen zum Kanal, so einer, wie die Polen in den siebziger Jahren, die per Autostopp durch Osteuropa reisten und unter freiem Himmel schliefen. Er döste vor sich hin, neben sich einen kleinen Rucksack. Aus dem fischte er Tabak und drehte sich Zigaretten. Neben ihm die leise fiepende und bettelnde Möwe. Plötzlich stand er auf und holte seinen Pimmel raus. Ich dachte, jetzt pisst der doch tatsächlich vor aller Augen in den Kanal. Es kam aber nichts raus. Ich holte meine Brille und setzte sie auf, um besser sehen zu können, was er tut. Er stand da und wichste. Nach dreißig Sekunden ejakulierte er in den Kanal, wischte sich die Hände ab, packte den Pimmel ein, setzte sich wieder hin und drehte weiter Zigaretten.

An den Schriftstellerkollegen,
was die Touristen angeht: Ich weiß nicht, was man gegen die haben kann. Sie sind mir unverzichtbar. Sich am Markusplatz oder am Rialto tagsüber ein Viertelstündchen frottieren zu gehen an den pudrig weißen Japanerinnen oder an den rotgesichtigen Russen, das ist ein Genuss. Am Fuß des Rialto gibt es eine Bar, in der der Sprizz besonders klebrig ist und noch weniger taugt als überall sonst – wofür man natürlich das Doppelte bezahlen muss, denn Einzigartigkeit hat ihren Preis. Sich dort abends um halb sieben hinzusetzen und dem Trubel zuzuschauen ist spannender und unterhaltsamer als die meisten Schweizer Filme (meine inklusive).

Die meisten scheinen nur Tagesbesuche zu machen, weil sie der Überzeugung sind, Venedig sei viel zu teuer, um hier eine Nacht zu verbringen. Sie kommen also morgens an, im Bus, im Zug oder mit Ausflugsbooten, steigen in einen Vaporetto, fahren zum Markusplatz, laufen abends zum Bahnhof/Busbahnhof/Tronchetto zurück und fahren in ihre Hotels in Mestre oder sonstwo. Und zwar täten das bis zu achtzig Prozent, habe ich gelesen. Und sie würden im Durchschnitt siebzehn Euro in der Stadt lassen (die beiden Zahlen kommen mir unwahrscheinlich vor – ich schreibe sie nur auf, um Dir ein Gefühl zu vermitteln). Jedenfalls: vormittags möglichst nur die Vaporetti Richtung Bahnhof nehmen, abends möglichst die Richtung San Marco. Ich glaube, Ihr würdet, wenn Ihr kämt, juchzen vor Vergnügen, weil es so seltsam ist, in einem fünfhundert

Jahre alten Disneyland seine Zeit zu verbringen. Jeder Vaporetto ein Schatzsucherboot.

Manchmal gehe ich frühmorgens – wie der alte Mann, der ich inzwischen bin – an den Lido und plansche dort ein wenig im Meer. Um zehn bin ich wieder zu Hause und könnte rüstig zu dichten beginnen. Doch dann passiert es eben: Ich döse ein.

Alle, die vor mir hier zu Gast waren, dösen heute noch. Nur einer hat, soweit ich sehe, allen Ernstes ein paar Serenissima-Verse veröffentlicht, nachdem er hier war, so »Oh steinerner Löwe du, da draußen im Nebel des Campo d'Orio, wo die Hetären frösteln«-Stanzen. Ich suche seither jedenfalls dort nach den Nutten.

Leider ist das Leben hier eindeutig viel zu teuer. Man sollte Venedig den Griechen zuschlagen (früher hat ja halb Griechenland zu Venedig gehört) und sofort die Drachme wieder einführen, damit wir Nordeuropäer uns hier – mit dem entsprechenden Wechselkurs – so richtig wohl fühlen könnten.

Jetzt will ich versuchen, mich daran zu erinnern, wie es war, als ich jung war. Das ist das, wonach der Leser heute dürstet, wie ich dem aktuellen Feuilleton meiner Zeitung entnommen habe. Wenn mich nicht alles täuscht, bin ich als Knabe mit meinen Eltern nach Venedig gereist. Schwül war's. Der Bellini hat meiner Mutter nicht geschmeckt. Oder mir nicht. Vater hat mich beinahe übern Haufen gerannt, als er rückwärts gehend mit seiner S-8-Kamera meine Mutter filmen wollte. Seither hasse ich Film. Und meinen Vater. Und meine Mutter. Und Venedig.

Ob sich aus diesen Erinnerungen wohl ein Bestseller keltern ließe?

31.07.
An den Berliner Freund, den Theatermann,
kein Wort mehr gegen Touristen. Sie sind das Lametta auf dem Weihnachtsbaum Venedig. Nur griesgrämige Schweizer Pietisten, bei denen nichts am Baum hängen darf als rotwangige Äpfel und Walnüsse, können die Japanerinnen unter ihren Sonnenschirmchen mit dem Wort »Scheußlichkeiten« in Verbindung bringen. Ein moralisch nicht ganz so stabiler Zeitgenosse wie ich zwängt sich begeistert zwischen sie und riecht ihre exotischen Parfums. Auch Du würdest hier Deine Widerstände gegen den Massentourismus aufgeben. Man kann gar nicht anders. Er reißt einen mit sich. Es ist ein Vergnügen, wie Wellenreiten.

Zum Komplettieren Deiner Garderobe hättest Du nach Italien reisen sollen. Ich war vor ein paar Tagen in Treviso, einer dieser intakten, romantischen norditalienischen Kleinstädte. Da gab es einen edlen Kleiderladen – von dem es auch eine Dependance in Venedig gibt und eine in Padua –, der die schönsten Sachen siebzig Prozent herabgesetzt anbot. »Saldi-Saldi-Saldi« ist im August in Italien eines der Sommervergnügen für Touristen, die gern Geld ausgeben möchten. In Venedig gibt es mehrere Gassen mit lauter edelsten Boutiquen (Ferragamo, Gucci, Chanel, Hermès, Armani, Versace usw.), die mit fünfzig bis siebzig Prozent Rabatt werben. Die reichen Russinnen, Chinesinnen und Amerikanerinnen von den Privatjachten stehen Schlange davor. Zum Teil atemberaubende Kostüme, Schuhe, Taschen, Mäntel. Hier würdest Du die schönsten Sachen finden.

Gestern ist irgendetwas schiefgelaufen in der Lagune, oder die Fischer haben eine Aktion gegen die Verschärfung der Fangquote gemacht und eine Ladung toter, fauler Fische in die Kanäle gekippt. Die halbe Stadt stank den ganzen Tag lang bestialisch, überall schwammen tote Fische, alle Arten, große, kleine, lange, kurze, breite, schmale. Der

Gestank verschlug einem den Atem. Wir mussten sämtliche Fenster schließen heute Nacht. Ich bin gerädert, verschwitzt. Muss nun *Il Gazzettino* kaufen gehen und versuchen herauszufinden, was passiert ist. Ökosystem gekippt? Oder eben: wütende Fischer?

Eine Wohltat, diese Kolumne über Sibylle Lewitscharoff. Die Dinge werden damit zwar nicht ins Lot gerückt, aber immerhin, einer hat sich getraut, etwas genauer hinzulesen. Die anderen scheinen schreckensstarr die Augen zu verschließen, wo immer sie auftaucht. Wie kann es sonst passiert sein, dass sie nicht längst in Den Haag vor dem internationalen Gerichtshof steht wegen Verharmlosung des Holocaust? Hätte sich Martin Walser erlaubt, den »Aufschwung, den die Kremierung als Bestattungsform nach dem Zweiten Weltkrieg genommen hat«, als Ausdruck unserer »Sehnsucht nach Vereinigung mit der Asche der Juden« zu erklären oder Nadjas Arschgeweih mit der eintätowierten Nummer eines KZ-Häftlings zu vergleichen, müsste er bis zu seinem Lebensende als Strafe jeden Tag vier Stunden lang den Bodensee durch ein Teesieb filtern und die Goldkörnchen, die er herauswäscht, in die Shoah Foundation einzahlen.

An den Freund in Köln,
in der Zeitung steht auf der Titelseite, es gäbe keinen Grund, das Versagen der deutschen Athleten an den Olympischen Spielen als Untergang Deutschlands zu sehen. Ist es so schlimm? Auch Italien scheint verzweifelt zu sein. Es gibt hier eine Schwimmerin, die – soweit ich das auf dem schwarz-weißen Foto erkennen kann – blond und schön ist und offenbar auch versagt hat. London versetzt uns alle in Trauer?

Heute früh war ich ein letztes Mal am Lido für ein paar Tage. Spätabends kommt meine Tante aus Palermo an. Mein Bruder A. ist bereits in der Stadt. Wir gehen heute

Abend mit ihm essen. Morgen früh kommt der älteste Bruder, K. – und ab da schaffe ich es vielleicht nicht einmal mehr, Dir Telegramme zu senden.

Immerhin: im Vielseitigkeitsreiten GOLD!!! Ist das dieses Rückwärtsreiten mit verbundenen Augen? Respekt! Das macht den Deutschen so schnell keiner nach.

/2

Mit Wastl nahm's ein gutes Ende. Unspektakulär. Er konnte einfach plötzlich fliegen. Kam gestern noch mehrmals zurück auf den Platz, setzte sich zum Ausruhen hin und schlief. Einmal, ganz am Anfang, ist er aus Versehen übers Ziel hinausgeschossen und landete auf einem mit einer Plane zugedeckten Boot im Kanal. Da saß er und fiepte kindelnd. Die Eltern kamen, schauten vom Ufer aus aufs Boot hinunter und keckerten. Plötzlich hob der Kleine ab, als sei es das Normalste der Welt, von einem Boot ohne Anlauf zu starten, und zeigte den beiden Eltern, dass er fliegen kann. Die sahen schulterzuckend zu und watschelten davon. Das war alles. Kein Applaus. Der Kleine wird ein Trauma davontragen und sein Leben lang von ungestilltem Ehrgeiz getrieben werden. Er wird bis zum Grab um Applaus buhlen und autobiographische Opferprosa veröffentlichen.

Ob vierhundert Millionen Jahre oder nur vierzig – was hat der Tapir davon? Stolz? Hoffentlich. Er kann sich mit dem Maulwurf zusammen über all die Parvenus mokieren, die, wie der Mensch, keine vergleichbare Ahnenreihe vorzuweisen haben. Ob das seine Tage im Unterholz zu füllen vermag?

01.08.

Gestern Abend haben wir mit A. und seiner Frau Pizza gegessen. Um dreiundzwanzig Uhr ging ich zum Busbahnhof und holte die Tante ab. Sie traf pünktlich ein, war glücklich, es geschafft zu haben. Sie hört nicht mehr gut. Jetzt schläft sie noch. Die Berliner Freundin fuhr eben zum Lido, schwimmt eine letzte Runde und fährt dann weg. Der ältere Bruder und seine Frau kommen um 10:15 Uhr an und übernehmen ihr Zimmer, das bis dann frisch bezogen und gewischt sein wird. Für heute Abend muss ich noch den Aperitif klären. Das Restaurant ist gebucht. Ein wenig spektakuläres, ruhiges, mit schönem Hof, in dem man draußen sitzt. Das Essen wenig aufregend, die Preise sind moderat, also nicht unbedingt sechzigjährige Fest-Atmosphäre, aber ich muss den Spagat schaffen zwischen meiner Tante, die alles, was mehr als zehn Euro kostet, für des Teufels hält, und meiner Vorstellung, dass man einen sechzigsten Geburtstag eigentlich im Cipriani feiern müsste. Ich hoffe, Du registrierst meine umsichtige Regie.

Das Wetter spielt mit; es ist prachtvoll.

02.08.

An die Freundin in Berlin,
auch wir gehen auf dem Zahnfleisch der Realität. Ich muss umgehend Dein Ingwerwasser nachkochen und mich damit nervlich ausbalancieren. Sieben auseinanderstrebende Fäden von morgens bis abends zusammenzubringen und sie einigermaßen synchron zu halten erfordert höchste Dirigenten- oder Marionettenspielerkonzentration. Der Geburtstag gestern war rund und gelungen. Der Aperitif in *Harry's Dolci* auf der Giudecca blödsinnig teuer (der Ort ist schön, aber der Preis hat selbst mich empört), das Restaurant danach reell im Preis, schön als Ort und anständig gekocht.

An den Freund in Köln,
unseren Nationalfeiertag habe ich wie ein Wilhelm Tell gemeistert. Alle haben mitgezogen, wie früher, als wir Eidgenossen in Norditalien unsere großen kriegerischen

Siege errungen haben. Heute früh wollten dann alle mitkommen an den Lido. Das ist gruppendynamisch schier nicht zu meistern. Ich stand um sechs auf, weckte die anderen. K. entschloss sich, doch lieber zu Hause zu bleiben. Er stellte sich einen Klappstuhl unten neben der Eingangstür auf den Platz, rauchte eine Pfeife und schaute den vorbeigehenden Menschen zu, von halb acht bis halb elf. Nichts zu lesen dabei. Hat dann festgestellt, dass man das in Venedig eher nicht tut. Die Passanten hätten ihn befremdet angeschaut. Nur ein ganz Alter habe ihm zugenickt und »salve« gewünscht. A. und seine Frau hatten angekündigt, unabhängig kommen und uns am Strand treffen zu wollen – was tatsächlich geklappt hat (bei acht Kilometer Strand erstaunlich). Jetzt sind alle aus dem Haus, und ich sitze vor dem Laptop und tue so, als ob ich seelenruhig meine Korrespondenz erledigen könne.

Die Tante schätzt es, in einem eigenen Zimmer die Nächte durchwachen zu können (schlafen kann sie kaum noch). Zu Hause in Palermo teilt sie sich ihre Dreizimmerwohnung mit einer schwarzen Asylantenfamilie, Mutter, Vater, drei Kinder. Die Tante schläft zusammen mit der neunjährigen Tochter in einem kleinen Zimmer auf dem Klappbett. Der Computer steht ebenfalls dort drin. Der schwarze Vater hält da nachts seine Internet-Palaver ab. Die Tante will bis zum Achten bleiben. Dann kommt Zazie.

03.08.

Dass Rainald Goetz ernstgenommen wird, nachdem er doch von Buch zu Buch immer weiter neben jegliche Literatur gepinkelt hat, ist eines der Rätsel, die ich niemals werde lösen können. Vielleicht müsste ich es ganz einfach wieder einmal mit einem Buch von ihm versuchen? Wenn jeder Zweite so denkt – vielleicht sollte er wieder einmal ein Buch von ihm lesen? –, wären das schon Zigtausende. Eine geniale Verkaufsstrategie.

Heute Vormittag waren wir in der Bevilacqua-Weberei. (Bestimmt findest Du eine Website zu Bevilacqua.) Mir wurde schwindlig, so schön war es. Uralte Webstühle, auf denen nach zwei-, dreihundert Jahre alten Lochstreifenvorgaben Seidensatins, Damaste und Brokate hergestellt werden, von Hand. Stoffe, schön wie Gemälde, mit hundertfach changierenden Farben. Und wie es gerochen hat, und wie der Dottore Bevilacqua (der Betrieb ist immer noch in Familienbesitz) alles erklärt hat! (Es wurden gerade letzte Stoffbahnen für den Kreml hergestellt, wo damit historische Stühle neu bezogen werden.)

Sonst nichts zu berichten. Jetzt mit den anderen zusammen vor dem TV dösen. Olympia. Menschen, die hintereinander herrennen.

04.08.

Ich muss wohl akzeptieren, dass mich Menschen überanstrengen. Bin ich vielleicht anthropo- oder soziophob? Dazu kommt, dass mich alles, was in der Wohnung woanders liegt oder steht als dort, wo ich es vermute, aus der Fassung bringt und nervös macht. Vielleicht ein Ordnungsfanatiker? Ein Pedant? Am liebsten leere Räume. Ein Stuhl, dessen Rückenlehne in einem 42-Grad-Winkel zum Fenster steht, zum Lesen, einer zum Am-Tisch-Sitzen, der TV gegenüber von einem Sofa, die Fernbedienung links davon, das Buch, das ich gerade lese, rechts auf der äußeren vorderen Ecke des Schreibtischs usw. Wenn mehrere Menschen in einer Wohnung sind, verrücken sie naturgemäß das eine oder andere. Das bringt mich um den Schlaf. Hoffentlich leiden die Gäste nicht unter meinem strengen Regime und empfinden mich als rücksichtslos, wenn ich sie mit meiner eisigen Art quasi aus dem Haus verscheuche. Draußen ist es nämlich heiß und anstrengend. Je nun, der Mensch bemüht sich, gut und großzügig zu sein, doch er kann nicht aus seiner Haut.

Olympia hat gestern alle schnell gelangweilt. Also ging jeder in sein Bett (sie waren auch sichtbar erschöpft und zerschlissen). K. hatte vorher gekocht. Es war gut, nur habe ich immer das Problem, dass ich zu Hause meine Venedig zu verpassen. Man sitzt und isst dann in der eigenen Küche, die ebenso gut in Köln, Zürich oder Berlin stehen könnte – und draußen liegt die mysteriöse Stadt. Warum bin ich denn dann hier? Sicher, ja, die Lagunenluft, die Ruhe, die Klänge, die stark schmeckenden Tomaten, das alles hat man zu Hause im Norden nicht …

In der Webmanufaktur arbeiteten nur früher Kinder. Heute sind es junge Frauen. Für eine Stoffbahn reihen sie bis zu tausendzweihundert verschiedenfarbige Seidengarnspulen auf die Spindeln. Die Farbvielfalt ist überwältigend. Und dann wird jede Reihe der gewebten Bahnen mit einer Rasierklinge aufgeschnitten – ich kann den Arbeitsvorgang nicht beschreiben, weil ich ihn nicht durchschaut habe –, damit dieser feinpelzige Charakter entsteht. Lauter einzelne abgeschnittene Seidenfadenhärchen nebeneinander, die nach außen stehen. Und die offenbar Jahrhunderte halten. Du solltest vielleicht für Deine Récamière ein paar Meter von so einem Stoff kaufen? Keine Ahnung, was das kostet. Für vierzig Zentimeter braucht eine Weberin einen Tag. Zum Beispiel gibt es ein täuschend echtes Leoparden- oder Tigerfell-Muster (wohl ein Spleen von irgendeinem verschrobenen Dogen) mit zig abgestuften Gelb- und Schwarztönen. Und dieser handgewebte Seidenstoff gehört zu den billigeren, weil man nur siebenhundert parallel laufende Garnfäden zur Herstellung benötigt (bei den komplizierteren Mustern braucht es über tausend).

An den Berliner Freund, den Theatermann,
dass Du meinst, gegen die weiße Haut der Japanerinnen gefeit zu sein, zeigt nur, dass Du ihnen in Berlin offenbar selten begegnest – oder dass sie in Berlin weniger Haut

zeigen. In Venedig können sie nicht in ihren Kimonos rumlaufen. Es ist zu eng in den Gassen und zu schwül. Und Sänften gibt es keine mehr. Also schürzen auch sie ihre Röcke. Um nicht braun zu werden, gehen sie unter Sonnenschirmchen. Am liebsten möchte ich manchmal in so einen Arm oder in so ein Bein hineinbeißen. Dabei bin ich mir absolut keiner abartigen Neigungen bewusst.

Mit den 70 % Rabatt hast Du wohl leider recht. Wenn man es sich nüchtern überlegt, ist eine Hose, die heute nur noch zweihundert Euro kostet und davor sechshundertfünfzig gekostet haben soll, auch mit zweihundert noch kein Verlustgeschäft für den Verkäufer. Sie war nie sechshundertfünfzig wert.

Deine Unterhosensuche habe ich drei Monate vorher genau gleich erlebt. Ich realisierte vor der Abreise, dass ich noch ein Paar brauche. Ging zu *Karstadt*. Da hingen fuderweise runtergesetzte Unterhosen. Ich ging die Regalmeter ab und landete bei einem Paar, das mir einigermaßen zu passen schien, da stand 40 oder 50 oder was weiß ich oben dran, und ich dachte, das sei 40 % oder 50 % runtergesetzt. An der Kasse stellte sich heraus, dass ich die einzige nicht runtergesetzte Hose gegriffen hatte. Die Zahl gab die Größe an. Empört ging ich zurück zu den Regalen und suchte eine runtergesetzte Hose. Nach langem gab ich's auf und kaufte die, die ich zuerst gegriffen hatte, zum regulären Preis.

Das mit *Armani* kommt mir immer seltsamer vor. In Berlin traue ich dem Etikett längst nicht mehr. Wenn ich beispielsweise in Zürich am Original-*Armani*-Laden vorbeigehe, meine ich, dort ganz andere Modelle im Schaufenster zu sehen als die, die ich aus Berlin kenne und in den dortigen Warenhäusern anfasse. Ob in Venedig Qualitätsware angeboten wird oder Nepp, weiß ich nicht. Im strahlenden Sonnenlicht und der pompösen Umgebung kommt einem alles doppelt so schön vor wie im nördlichen

Nieselwetter. Es verkehren hier die sichtbar Reichen (vor allem Neureichen) und kaufen die Boutiquen rund um den Markusplatz leer. Man kann ihnen durch die Schaufenster zuschauen dabei (in New York und Paris geht's dezenter zu; da sind die Schaufenster verspiegelt). Zum Teil dicke Russinnen oder Araberinnen, deren geschwollene Füße aus den *Ferragamo*-Stilettos quellen. Tütenweise kaufen sie ein und lassen sich das Erworbene durch die Gässchen hinterhertragen, von einem Lover oder Diener. Ich weiß nicht, wo sie herkommen. Von den Kreuzfahrtschiffen eher nicht. Das wäre ihnen zu kommun. Von den Jachten vielleicht – aber davon gibt es nur vier, fünf pro Tag. Wahrscheinlich fliegen sie ein, steigen in Luxusherbergen auf vorgelagerten Inseln ab und lassen sich im Hotelboot zu San Marco fahren.

Was die Schuhe betrifft: Ich trage grundsätzlich nur solche aus Leder, auch Futter und Sohle, und schwöre nach wie vor auf rahmengenähte, werde aber möglicherweise bald klein beigeben müssen, erstens aus wirtschaftlichen Gründen – kann mir Rahmengenähtes nicht mehr leisten –, zweitens aus Altersgründen: Die Füße passen irgendwann nicht mehr ins strenge, rahmengenähte Korsett. Sie tun weh und brauchen Hüllen, die nachgeben. Es gibt bei Orthopäden so eigenartig dehnbare, form- und charakterlose, meist schwarze Silikon-Fußbehälter. Nicht mehr lange, und ich werde mich wohl in solche fügen müssen …

2/

Dass Füße schrumpfen, habe ich noch nie gehört. Bis sechzig werden sie immer größer, meine ich. Dann fangen sie an zu schmerzen, weswegen man eine zusätzliche halbe Nummer größer vorzieht. Doch dann …? Vielleicht beginnen sie irgendwann auch wieder zu schrumpfen, so wie der ganze Körper schrumpft? Meine Mutter ist heute etwa ein Drittel kleiner als vor vierzig Jahren. Da werden wohl auch ihre Füße kleiner geworden sein? Ich besitze ein Paar schöner Sommerschuhe von *Van Bommel* (das war einst eine anständige Firma), die mir seit sechs Jahren zu klein sind. Vielleicht aufbewahren? Vielleicht wachse ich rückwärts wieder in sie hinein?

Zu den toten Fischen habe ich am nächsten Tag in der Zeitung die Erklärung geliefert bekommen: Offenbar war die Lagune gekippt. Giftige Algen hatten sich explosionsartig vermehrt, und der Sauerstoffgehalt im Wasser sei dramatisch zurückgegangen. Tausende von Fischen seien auf einen Schlag gestorben und in die Stadt geschwemmt worden. Tonnen. Es waren Fotos abgebildet, wirklich Tausende. Die wurden innerhalb von vierundzwanzig Stunden abgefischt und entsorgt. Ich hätte mir nie vorstellen können, dass eine solche Artenvielfalt in der Lagune lebt. Und wie groß die Arten zum Teil werden! Und wie bleich sie waren! Von Tag zu Tag wird es schwüler und heißer. Warum die Fische jetzt nicht mehr sterben, verstehe ich nicht.

05.08.

An den Freund in Köln,
heute früh reisten K. und seine Frau ab. Sie kamen mir übernächtigt vor. Schlafen konnten sie offenbar kaum, wegen der Mücken und der Hitze. Sie hatten zwar den Dyson im Zimmer, aber so ein Ventilator kühlt nicht wirklich, und meine Insektizidverdampfer kommen mir zunehmend zweifelhaft vor. Die Mücken sind allerdings klein und dezent. Nur ganz selten höre ich eine in der Nacht sirren. Man hat am nächsten Morgen vielleicht zwei, drei winzige rote Punkte mehr an den Armen oder an den Beinen, das ist alles. Es gibt keine Fladen, und jucken tun die Stiche auch nicht.

Dass die Schweiz gestern eine Goldmedaille errungen hat, und zwar offenbar in einer richtigen Sportart (nicht Tontaubenschießen oder solcher Quatsch), hat mich beruhigt. Wenn jetzt Roger Federer seine Sache auch noch ordentlich erledigt, soll das olympische Erbe weiter in Lausanne verwaltet werden dürfen.

Bevilacquas Stoffbahnen sind schmaler als die maschinell gewebten. Ich glaube achtzig Zentimeter breit. Du bräuchtest dann also drei Meter für eine Weste? Für mich selbstverständlich noch nicht einmal ein Herrentäschchen aus einem dieser Stoffe. Ich lebe und kleide mich, je älter ich werde, desto unauffälliger.

Gestern Abend hat K.s Frau ihren baskischen Cousin, der an diesem Tag angekommen ist und hier drei Tage mit Frau und zwei Kindern Ferien macht, zum Abendessen in unsere Wohnung eingeladen. K. und sie haben gekocht und alles vorbereitet. Ich nahm K. zur Seite und erklärte ihm, ich würde so etwas nicht lange aushalten. Ob er mir übelnehme, wenn ich vorher in Ruhe irgendwo einen Aperitif trinken gehe und erst zum Essen nach Hause käme. Er schaute mich erschöpft an und sagte, er halte das im Grunde genommen alles auch nicht aus. Selbstverständlich soll ich gehen. Der Abend verlief dann ausgesprochen entspannt. Die beiden Kinder waren charmant (ein vierzehnjähriger Sohn und eine siebzehnjährige Tochter, beide aufgeweckt, interessiert, offen – keine Sekunde pubertär), die Eltern zurückhaltend, liebenswürdig. Ich habe hinterher nicht mehr verstehen können, warum ich immer allein sein will. Es war unterhaltsam, man fühlte sich lebendig, die Tante blühte auf …

An seinen Bruder K.,
Dein Tempo ist beeindruckend: In Venedig morgens los, nachmittags schon Reiserapport nebst Diashow im Kasten. Danke.

Die Fotos kann ich öffnen, finde sie stimmungsvoll, vor allem die der beiden Frauen am Flügel, bin allerdings entsetzt von meinem eigenen Anblick. Die Hose hängt mir auf dem einen Bild unterm Bauch wie einst bei Onkel Hannes. Die Weste spannt sich beim andern über diesen – ebenfalls wie bei Hannes. Zum asketischen Hermann Hesse werde ich's wohl nie mehr schaffen in meinem Leben. Wobei ich zu meiner Verteidigung sagen kann: Ich fragte im Laden nach einer hochgeschnittenen Sommerhose mit Bundfalten (wie man sie früher trug und wie ich sie lange Zeit noch gefunden habe). Der Verkäufer murmelte etwas à la »solche gibt es nicht mehr«, aber er habe etwas, das meinen Wünschen mehr oder weniger entspreche. Dann brachte er diese viel zu große Hüfthose an mit dem drei Zentimeter langen Reißverschluss. Ich probierte sie an, obwohl sie mir sichtbar zu weit war, und sagte, die sitze aber sehr tief. Der Verkäufer zog sie mir unter die Brustwarzen und sagte, so müsse ich sie tragen. Mit Gürtel gehe das schon. In meinem Alter sei man froh, wenn's nicht allzu sehr einenge überm Bauch. Weil der Stoff leicht ist und ich gern zu weite Sachen trage, ließ ich mich überreden. Nun sitzt sie aber ganz eindeutig viel zu tief, und vorne kann ich sie gar nicht viel höher ziehen, selbst mit einem Gummizug nicht. Sie bleibt unterm Bauch hängen wie die Kochschürze von Hauser (so hieß doch der Wirt vom *Löwen* in Umiken?) oder eben: wie bei Hannes.

Wir fanden es auch schön mit Euch. Nur merkte ich, dass auch Ihr keine tiefenentspannten Ferienmacher seid und immer Rücksichten nehmt auf die Gastgeber. Ihr braucht nun eine Schlafkur, fürchte ich. Fast am selbstverständlichsten war der gestrige Abend mit Euren Verwandten, obwohl ich mich immer sträube dagegen, neue Leute kennenzulernen und dann auch noch fremdsprachige … Der Abend hat gutgetan.

06.08.

Zum Fotografiert-Werden kein weiteres Wort. Eine leidige Geschichte. Da ich ja dann und wann – neuerdings im

Grunde genommen für jedes neue Buch – ein neues, aktuelles Porträt beisteuern soll, werde ich mit dem Problem immer häufiger konfrontiert.

Der *Liebe Niels* ist das Buch des Autors im blauen Wintermantel. Fürs nächste wählt man ein anderes Foto, weil sonst der Käufer womöglich denkt: Ach, von dem im blauen Mantel hab ich doch schon eins gekauft? Jetzt will ich eins von einem anderen. (Wie der Käufer genau funktioniert, was er denkt, weiß niemand. Doch meint man heute zu jedem neuen Buch ein aktuelles Bild zu brauchen. Hat vielleicht auch mit der Bilderflut zu tun. Alles wird jederzeit fotografiert und festgehalten. Ein Bild vom letzten Jahr ist total veraltet.)

Früher gab's ikonographische Bilder (von Beckett beispielsweise, aber auch noch von Frisch, Handke usw.; die konnten jahrzehntelang mit denselben Fotos hausieren gehen). Von mir gab's mal ein gutes. Das wurde etwa acht Jahre lang vom Betrieb akzeptiert. Dann brauchte man ein neues, möglichst urheberrechtsfreies. Also ließ der Verlag eins machen. Das blaue Mantelbild ist das Resultat (nicht besonders scharf, technisch unausgereift). Schon wieder ein neues herstellen zu lassen von einem Profi ist zu teuer. Also schickte ich dem Verlag fürs aktuelle Buch ein etwa vier Jahre altes, das ich vor vier Jahren nicht mochte, an das ich mich aber inzwischen gewöhnt habe (ein interessantes Phänomen: viele Bilder, die ich anfangs scheußlich fand, finde ich, nachdem sie ein paar Jahre im Keller gereift sind, akzeptabel).

Die Tante erzählt uns eine haarsträubende Geschichte nach der anderen. Nicht nur, dass sie die Miete und das Leben für die fünfköpfige Nigerianerfamilie bezahlt: Sie hatte beispielsweise einen Ghanesen als Putzhilfe. Die Nigerianer fanden, das Geld könne sie ebenso gut ihnen geben. Das bisschen Putzen erledige sich von selbst. Also entließ sie den Ghanesen und gibt das Geld nun dem nigerianischen Familienoberhaupt, genannt Mister. Putzen tut sie seither selbst.

Als sie aufs Knie gefallen ist und die Kniescheibe gebrochen hat, war der Pfarrer ihrer Gemeinde zu Gast. Die Tante lag am Boden und hatte höllische Schmerzen. Der Pfarrer sagte, sie solle sich nicht so anstellen und ein Schnäpschen trinken; das werde schon wieder; erst einmal solle sie ihn nun nach Hause fahren; er habe kein Geld für ein Taxi. Sie brachte ihn also im Auto nach Hause am anderen Ende der Stadt, wo sie bei einer Freundin übernachtete – nach wie vor mit höllischen Schmerzen. Am nächsten Morgen rief diese eine andere Freundin an, eine Ärztin. Die untersuchte sie und lieferte sie sofort notfallmäßig in eine Klinik ein, um die zersplitterte Kniescheibe operieren zu lassen. Aus der Klinik entlassen, brauchte die Tante eine Hauspflege. Die Nigerianer sagten, das sei Geldverschwendung; sie soll stattdessen den Mister als Pfleger anstellen und auf diese Weise auch gleich krankenversichern. So geschah es. Seither ist der Mister offiziell ihr Pfleger, und die ganze Familie ist über ihn versichert. So folgt eine Geschichte der anderen.

07.08.

An den Freund in Köln,
ist die Olympiade vorbei? War's das? Ihr hinter Italien? Und wo steht Spanien? Wo Österreich? Habe nur die Geschichte mit Eurer Siebenkämpferin gelesen, die angeblich auf die Linie getreten sei im Achthundertmeterlauf, worauf sie disqualifiziert wurde. Nachdem sie hartnäckig insistierte, schaute man sich die Videoaufzeichnung an und sah, dass nicht sie übertreten hatte, sondern eine andere Läuferin – und jetzt ist die Deutsche Silbermedaillengewinnerin. Was es alles gibt.

Eben schwankt die Tante an mir vorbei ins Bad. Sie will nicht stören. Wir nehmen gegenseitig alle so viel Rücksicht aufeinander, dass am Ende keiner mehr weiß, was er eigentlich will. Jeder tritt hinter den anderen zurück mit seinen Wünschen, immer weiter, bis alle mit dem Rücken an der Wand stehen und sich nicht mehr rühren können.

An den Verleger,
die Göttinger Sommerferien sind sicher bald vorbei? Hast Du Venedig aus Deiner Planung gestrichen? Hier ist es nach wie vor jeden Tag heiß und feucht. Jeden Abend fürchte ich, umgehend auf dem Tisch zu landen als poeta al vapore (gedünsteter Dichter). Eigentlich unzumutbar, dieses Dschungelklima, aber hat man sich erst einmal daran gewöhnt, dass man schwitzt, kümmert man sich nicht mehr drum. Manchmal bin ich inzwischen mit einem Fächer unterwegs, der Doña Rositas Mutter hätte gehören können. Ein schwarzer mit floralem Muster und Rüschenrand. Es ist verblüffend, wie gut das funktioniert, kühlt und trocknet.

Von Tag zu Tag habe ich weniger im Kopf. Wenn ich Dich heute am Busbahnhof abholen würde, würde mir im besten Fall ein überschwängliches Hallooo einfallen zur Begrüßung – und dann nichts mehr. Eine Minute später vielleicht noch ein »Na, du alte Gurke?!«. Dann würde ich stumm neben Dir hergehen und bei der zweiten Bar vorschlagen, erst einmal einen Kaffee zu trinken und vielleicht einen Grappa dazu. Und dann endlich fragen: »Wie geht's denn so in Göttingen?« Und dann: »Vielleicht ein Eis?« Und wenn Du mir etwas erzähltest aus der Welt der Literatur, würde ich staunen und schweigen.

Heute wurden in der Zeitung beispielsweise die wichtigsten Bücher vorgestellt. Ich habe verdöst zu lesen, ob die wichtigsten dieses Sommers, dieses Jahres, der Welt, Deutschlands, der Woche, des Tages? Jedenfalls las ich, welches die wichtigsten Bücher sind, und dachte »Sapristi« oder so was Ähnliches. Habe vergessen, was einem entwischt, wenn man hört, welches die wichtigsten Bücher auf Erden sind. Kapitän Haddock aus *Tim und Struppi* hätte in dieser Situation bestimmt Sapristi ausgerufen.

Es ist weiterhin wunderschön hier. Das Zimmer bei uns kannst Du jederzeit – auch kurzfristig – anfordern. Auch nur zur Durchreise (zum Beispiel ins Badeparadies Montenegro oder Kroatien).

An den Freund in Köln,
einer meiner Onkel hat bei der Schweizerischen Nationalbank in Bern gearbeitet. Er ging gefasst aufs Grab zu und in es hinein. Seine Rente scheint sicher gewesen zu sein. Vierhundert zusätzliche Milliarden unter dem Bundesplatz, auf dem diese Bank steht? Das kommt mir unheimlich vor. Wie lange wollen sie das Spiel wohl noch mitmachen? Ich fürchte, der Franken ist längst mitgefangen; die Schweiz kommt aus dem Schlamassel nicht ungeschoren heraus. Entweder platzt das Ganze weltweit, oder es renkt sich als Ganzes noch einmal ein.

Heute waren wir zwei Stunden später am Strand als gewöhnlich. Ich wollte die Tante hin und her gehen lassen (Blutkreislauf). Es hat ihr gefallen. Mir auch, mit den vielen Badenden. Traurig, wenn man sich so etwas allein nicht mehr zutraut. Sie hat Angst, allein die Schuhe auszuziehen und am Meeresrand entlangzulaufen (was sie früher immer getan hat in Sizilien). Sie fürchtet, einen Hitzschlag zu kriegen oder umzufallen oder was weiß ich. Mit fremder Hilfe geht's. Und dann lief sie stumm hinter mir her, mit von falschen Schuhen geschundenen Füßen – und war selig.

Der schöne Bolt hat gewonnen? Das freut mich. Habe irgendwo gelesen, jüngere, weniger Schöne könnten ihm diesmal gefährlich werden.

/2

Wusstest Du, dass Nigerianer Knochen essen? Sie kochen Rinder- und Schweineknochen und zerbeißen sie. Sie behaupten, das sei gesund und gut für die Zähne. Bei meiner Tante in Palermo gibt es täglich Eintopf, dazu kiloweise Knochen, auf denen sie zahnlos rumkaut. Für die Kinder gibt's Crackers.

Ich kann zwei Tasten nicht mehr erkennen, a und s. Die Farbe ist abgewetzt oder verdunstet. Bald weiß ich nicht mehr, wie schreiben. (Ich vergesse auf der Stelle, wo welcher Buchstabe liegt, wenn er nicht mehr angeschrieben ist. Brauchen wir in der deutschen Sprache am meisten von allen Buchstaben das A und das S?)

08.08.

Die Tante ist weg, Zazie ist da, ich verabschiede mich hiermit vorsorglich bis auf weiteres.

Den diskuswerfenden Trikot-Zerreißer Harting kenne ich. Er ist Berliner und taucht dort deswegen öfter auf in den Zeitungen. Das Verblüffende an ihm ist, dass er Arthrose hat und kaum noch gehen kann ohne starke Schmerzmittel. Er pumpt sich für die Kämpfe jeweils voll damit – und ist danach noch kaputter. Bald sitzt er im Rollstuhl. Das fasziniert mich als Geschichte. Wenn ich ihn dann sehe – und die Disziplin überhaupt, die ja als eine besonders edle, alte, komplette gilt –, langweile ich mich. Habe ihm gestern zugeschaut; habe auch den Russen gesehen, der über zweihundertachtunddreißig Zentimeter gesprungen ist. Physikalische Zauberei. Und den Gewichtheber Steiner, dem die Hantel in den Nacken gerutscht ist.

09.08.

An die Freundin in Berlin,

in der kühlen deutschen Hauptstadt drängt's einen offenbar zum Dichten? Dort könnte vielleicht was werden aus mir. Hier versumpft man. Jeder Vers verdampft, bevor er Form angenommen hat. Am Morgen lalle ich nur noch Hallo, weil ich mich nicht mehr erinnern kann daran, was zivilisierte Menschen um diese Zeit zueinander sagen. Etwa bei der Station *Arsenale* fällt mir ein, I. zu fragen »gut geschlafen?«, und wenn wir am Lido nebeneinanderstehen, sage ich, »ich auch«, ohne mich daran erinnern zu können, ob sie geantwortet hat, ja oder nein, und ob ich gut geschlafen habe oder nicht. So kann ich Dir nichts berichten über unser weiteres Ergehen. Aufstehen, baden gehen, rumspazieren, ein paar Minuten lesen, dabei einschlafen im Stuhl, Sprizz trinken, essen, ins Bett gehen, sich wälzen, schwitzen, dösen.

An den Freund in Köln,
Weber/Tietze Gold im Zweier? Schön sind sie nicht, die zwei. Aber sie stemmen Euren Medaillenspiegel nach oben. Ist Deutschland inzwischen endlich an dritter Stelle, wo es hingehört?

Zum griechischen Nackt-Ringen: Eigentlich verblüffend, dass Erotik nur mit verhüllten Körpern funktioniert. Die Araber verstehen etwas davon. Würden sie ihre Männer und Frauen nackt herumlaufen lassen, wäre der ganze Druck raus. Keiner möchte mehr Despot werden bei ihnen, niemand möchte mehr Revolution machen, es würde langweilig wie bei uns daheim.

Meine Tante hat Palermo pünktlich und gut erhalten erreicht. Der Nigerianer hat sie abgeholt in einem Auto, das bald nicht mehr der Vorbesitzerin gehören wird, einer deutschen Nachbarin, die langsam in die Demenz abrutscht und im Unrat erstickt. Sie wohnt eine Etage über der Tante und schläft im Zimmer über ihr. Das Bett verlässt sie nicht mehr. Die Tante kann kaum noch schlafen, weil sie immer Angst hat, bald sickere Verwesungs-Suppe von oben durch den Fußboden und tropfe ihr ins Gesicht.

Diese Nachbarin besitzt ein Auto, das sie nicht mehr fahren kann. Sie erinnert sich kaum noch daran, eins besessen zu haben. Und bald besitzt sie es auch gar nicht mehr.

Die Organspendengeschichte ist faszinierend. Ich habe einen langen Artikel darüber gelesen und verfolge seither, was auf dem Gebiet passiert. Der Spender muss noch am Leben sein, damit es funktioniert. Das weißt Du? Um dieses Problem zu lösen, hat man irgendwann entschieden, dass der Mensch früher tot ist, als er glaubt. Vielleicht wären wir beide nach Ermessen der modernen Medizin längst tot und geeignet als Spender? Man kann gar nicht genug aufpassen und muss sich möglichst immer verstecken, wenn Organjäger am Horizont auftauchen.

Bolt ist der schönste und, soweit ich's mitgekriegt habe, sogar intelligenteste Modellathlet dieser Olympiade. Was hast Du nun gerade gegen den? (Der andere ist in der Tat extrem arisch. Und das Synchronschwimmen fand auch ich immer faszinierend. Gibt es keins mehr, oder findet man es in London zu tuntig und traut sich nicht, es zu zeigen?)

10.08.

Gestern im Briefkasten eine Nachricht der Post: Ich soll heute eine Sendung am Markusplatz (Hauptpost) abholen. Meine Ehrenbürgerurkunde?

Zur Organspende: Ich kann den Artikel nicht mehr rekonstruieren. Aber es ging unter anderem um die Einführung des Hirntodes. Das ist ein Begriff aus der modernen Medizin (vorher zählte nur der Herztod). Der Hirntod musste extra eingeführt werden (ich glaube sogar im Grundgesetz) im Auftrag der Transplantationslobby. Und da gibt es offenbar genau diese Befürchtungen: Der Hirntote empfindet durchaus noch Schmerz. Das lasse sich an den Körperreaktionen feststellen. Die Haut werde rot und Schweiß breche aus während der Organentnahme – beides

Reaktionen, die normalerweise bei Schmerzen auftauchen –, die grundsätzlich ohne Betäubung vorgenommen werde, weil eine Narkose das Organ schädigen könne. Gruselig.

/2

Kennst Du *La Strada* von Fellini im Original? Giulietta Masina muss darin den kettensprengenden Anthony Quinn ankündigen. Das macht sie seiner Meinung nach jedes Mal falsch, und Anthony alias Zampano regt sich darüber auf. Er findet, sie zerstöre damit den ganzen Effekt. Und zwar ruft sie immer Zampano e arrivato (wörtlich: Zampano ist angekommen), sie soll aber rufen e arrivato Zampano! (wörtlich: Er ist angekommen: Zampano!).

Wollte nur melden: E arrivato il pacchetto! Dein Buchpaket ist angekommen. Das war's, was ich auf der Post abholen musste. Vielen Dank. Schöne Bücher (ums Cover beneide ich Setz).

An seine Lektorin,
den ersten Totalverriss für den *Mann mit den zwei Augen* habe ich schon mal abbekommen. Am letzten Sonntag in der Basler Zeitung. Habe die Besprechung umgehend gelöscht und kann sie nicht an Sie weitersenden. Oder doch: Ich schicke Ihnen den Ausdruck per Post; den habe ich noch. Nur um Ihnen einen Eindruck zu vermitteln von dem, was wohl auf mich zukommen wird.

Heute liegt die ganze Lagune unter dichtem Dunst. Die Sonne sticht hindurch, die Schlangen kriechen aus den Sümpfen und verstecken sich in den dämmrigen Hauseingängen. Die Möwen legen sich in den Schatten der Menschen und bleiben mit offenem Schnabel sitzen (hecheln Möwen?).

11.08.
An den Freund in Köln,
warum musste ich mir den Dürrenmatt-Radiomitschnitt auf CD anhören? Stichhaltige Gründe bitte: Warum hast Du den im Päckchen mitgeschickt? Ich setzte mich heute früh um sechs dran. Dachte, es dauere fünfzehn oder fünfundzwanzig Minuten. Es hörte aber gar nicht mehr auf. Am Ende war ich nervlich zerrüttet. Hatte die ganze Zeit das entsetzliche Gefühl, mein Leben sinnlos zu verplempern. Eine vertane Stunde entspricht in unserem Alter einem vertanen Jahr. Nicht eine Sekunde hat es mich interessiert, nicht eine Erkenntnis habe ich daraus ziehen können – außer der deprimierenden, dass ich leider auch als Sprecher niemals irgendwo unterkommen kann. Alle anderen haben in der Sendung ihren Sprachfluss, ihren Rhythmus, ihre Melodie – ich sage jedes Wort darin einzeln auf, verschlucke Artikel, zerhacke die Sätze wie ein Untoter … Keine Ahnung, wo und wann ich mir diese Art zu sprechen angewöhnt habe. Ich merke es nicht im Alltag (und rede da wahrscheinlich auch anders). Sobald es aber offiziell wird, fange ich an zu hacken. Die CD habe ich bis zur letzten Absage gehört, weil ich immer dachte, es komme vielleicht noch etwas Erhellendes zum Schluss, quasi die Erklärung, warum ich's mir anhören musste. Nichts kam. Also habe ich sie umgehend in den Abfalleimer geschmissen und entsorgt mit dem heutigen Müll.

Dein Päckchen war trotzdem liebenswert. Danke noch einmal.

Die Besprechung aus der *BaZ* quält mich nicht weiter, nur nicht-erschienene Besprechungen quälen mich. Es wird eine zähe Zeit bis Weihnachten. Ich habe gehofft, in Venedig nehme man alles weniger ernst (la serenissima!). Stimmt aber nicht. Höchstens eine leichte Verzögerung kann ich hier herausschinden.

/2

Ja, die Messer werden gewetzt und die Fallbeile geölt. Vielleicht ist das gut so. Ich kenne das ja noch nicht. Die meisten anderen Autoren haben mehrere Flops in ihren Portfolios und sind trotzdem – oder vielleicht eben gerade deswegen – präsenter als ich. Vielleicht wirkt ja die magnetische Kraft eines verrissenen Buchs stärker als die eines gelobten? »Von diesem Zschokke habe ich öfter was gehört. Jetzt soll er ein neues Buch herausgebracht haben, das sei so grottenschlecht, dass man sich fragen müsse, ob er noch alle Tassen im Schrank habe. Das leiste ich mir.« Vielleicht werden die Leute zum ersten Mal ein Buch von mir kaufen, weil sie kichern und Schadenfreude empfinden wollen?

12.08.

An seine Schwester,
nach vierzehn Tagen Besucht-Werdens (und noch immer ist jemand zu Besuch) sind wir so erschöpft vom Sozial-Sein, dass wir uns einen weiteren Besuch nicht mehr vorstellen können.

Deine Anmeldung für Weihnachten erreicht mich somit im ungünstigsten Moment. Aber bis im Dezember schwappt ja noch viel Wasser durch Venedig, und wir werden bis dann längst wieder munter sein.

Schön, dass Du Deine Freundin überzeugen konntest, noch einmal den Stress einer Europareise auf sich zu nehmen. In unserer Wohnung können wir allerdings nicht mehr Leute unterbringen als Euch beide und Mutter. A. will mit Frau, Sohn und dessen Freundin eine eigene Wohnung mieten und ein paar Tage lang bleiben. Falls aus Eurem amerikanischen Bekannten- oder Verwandtenkreis noch andere Leute mitkommen wollen, solltet Ihr für sie vielleicht auch eine Wohnung suchen? Die halbe Stadt lebt inzwischen davon, sich ferienhalber zu vermieten. Ich weiß nicht, wie man so eine Wohnung (eine gute notabene) findet. Wohl via Internet. A. will sich darum kümmern und mir dann den Auftrag geben, das, was er gefunden hat, vor Ort in Augenschein zu nehmen und zu prüfen.

Rainbow-Sandalen brauche ich momentan keine, danke. Ich habe noch ein nigelnagelneues Paar in Reserve und brauche die beiden alten Paare in diesem Sommer auf (laufe seit zweieinhalb Monaten ausschließlich in *Rainbows* herum – und habe übrigens hier in Venedig jemanden gesehen, der ebenfalls *Rainbows* trug; zum ersten Mal in meinem Leben).

Jetzt wünsche ich Euch erst einmal ein schönes Familienfest in Los Angeles und weiterhin ein gutes Jahr. Meins trübt sich ein. Mein neues Buch ist herausgekommen (ich habe es noch nicht gesehen; das Paket mit den Belegexemplaren wartet wahrscheinlich in Berlin auf mich). Es scheint ein verunglücktes zu sein, über das die Kritiker nun endlich all die Häme ausschütten können, die sie immer mal gern ausschütten würden, wovor sie sich aber meistens fürchten, weil es sein könnte, dass sie sich irren. Dass das Buch schlecht sei, nun ein paar Monate lang jede zweite Woche einmal gesagt zu bekommen ist keine rosige Perspektive.

An die Opernsängerin,
wir hatten die letzten Tage Besuch (haben immer noch einen) und sind davon so erschöpft, dass wir uns nach der Ferienpension von Angela Merkel sehnen. (Ich sah hier in der Zeitung ein Foto von einer freudlosen Pension in Südtirol, fünfziger Jahre. Hinter dem Haus stiegen struppige, dunkel begrünte Hügel bis an den oberen Bildrand. Das Haus hatte zwei Balkone. Auf dem rechten stand Angela Merkel in einem karierten Holzfällerhemd und neben ihr Professor Sauer, ihr Mann, in einem knappen, kurzärmligen Polo, das so aussah, als sei es aus den Stoffresten von ihrem Hemd zusammengenäht worden. Darunter stand,

hier verbrächten Angela Merkel und ihr Mann seit sechs Jahren ihre Sommerferien. Halbpension für siebzig Euro pro Person. Am Tag an dem das Foto gemacht worden sei, hätten sie vorgehabt, auf den Hohen Pfölten zu wandern – oder wie die Voralpen in Südtirol halt so heißen.) Du kannst Dir vorstellen, wie erschöpft wir sind, wenn wir uns auf den Hohen Pfölten wünschen.

13.08.

An die Tante in Palermo,
Du fragst, wo Du vor einer Woche warst: in der hiesigen Waldenserkirche. Von wo aus Du allein zu uns nach Hause gefahren bist, im Vaporetto.

Wir waren mit unserer Gästin gestern früh am Strand. Das Meer war ziemlich mosso, aber warm. Das Schwimmen darin machte Freude, weil man mit den Wellen spielen konnte (wenn's ruhig und glatt ist, langweile ich mich jeweils rasch). Die Luft hat abgekühlt, es sind nur noch etwa siebenundzwanzig Grad, in der Nacht fröstelt man fast schon. Heute sollen es sogar nur 26 Grad werden. Als ob der Herbst schon näher rücke.

Nach wie vor entdecken wir täglich neue Ecken, gehen Treppchen auf und ab, überqueren Kanäle und staunen. Einfach begeisternd: eine Stadt, die vor Hunderten von Jahren gebaut worden ist und von Anfang an Reisende angezogen hat und heute noch davon lebt, dass sie anziehend schön ist. Würden wir doch bloß auch heute noch so bauen. Es ist erbärmlich, was für Häuser wir hinstellen, Hütten, die spätestens nach fünfzig Jahren abgerissen werden müssen, weil sie so schlecht gebaut und so hässlich sind. Oder was für neue Quartiere in unseren Städten entstehen! Ein Armutszeugnis. Dabei könnte man sich doch ein Vorbild nehmen an Venedig und wenigstens den Anspruch erheben, technisch ebenso haltbar und schön zu bauen. Es muss ja nicht gleich im Meer sein oder auf einer

Bergspitze, was wir hinterlassen, aber wenigstens ästhetisch und vom Material her so gut wir können. Nicht immer alles nur so billig wir können.

An den Freund in Köln,
gestern Abend saßen wir mit Zazie vor einer Pizzeria an einem Kanal, abseits vom Touristenstrom, entspannt. Und wer stöckelt durch die stille, einsame Dunkelheit auf uns zu? Ivana Trump mit Begleiter plus Tochter, die am Arm eines beleibten grauhaarigen älteren Mannes hing, eines griechischen Reeders nach unserer Einschätzung. Zazie als Divenexpertin erkannte Ivana und nickte ihr charmant zu. Ich glaubte nicht, dass das Ivana gewesen sei. Sie sah aus wie geliftete Amerikanerinnen in diesem Alter halt so aussehen. Von hinten wie eine Raupe, die in einen Chanel-Kokon eingezwängt ist und umgehend schlüpft. Nachdem wir gegessen hatten, kurz vor dem Aufbrechen, kehrten die vier im Mondschein zurück. Diesmal sah ich sie von vorne, auf zwei Meter Distanz: Es war eindeutig Ivana Trump mit Entourage. Diesmal nickte auch ich ihr zu, und sie verneigte sich huldvoll lächelnd in unsere Richtung. Nur wenig fehlte, und sie hätte sich zu uns an den Tisch gesetzt und ich hätte sie zum Grappa einladen müssen. Wir überlegten, was sie in dieser abgelegenen Ecke wohl zu suchen hatte. Da fiel mir ein, dass vorne, am Giudecca-Kanal, eine Riesenjacht am Pier liegt, eine schwarze in James-Bond-Bösewicht-Design, ein kleiner Kreuzer mit Hubschrauber obendrauf. Wahrscheinlich hat sie dort eine Koje zugeteilt bekommen. Und: In der Nähe der Pizzeria steht ein Palazzo, in dem eine dubiose Stiftung untergebracht ist, die sich um Umwelt, italienische Kultur und alles andere Gute dieser Welt kümmert. Dort fand wohl eine Sponsoren-Gala statt.

/2

Oh je, also auch Ivana auf dem absteigenden Ast? Demnächst im Dschungelcamp? Am klebrigen Pizzeriatisch raunten wir von Milliarden. Nun sind es also nur noch ein paar zerquetschte Millionen, die sie besitzt?

Ihre Tochter erinnerte mich an Paris Hilton, als die noch besonders farblos war (inzwischen hat die ja fast schon ein Gesicht und einen Charakter).

Tatsächlich habe ich ein wenig auf den Schluss Deiner Geschichte gehofft, als wir da saßen. Doch ihr Begleiter kehrte nicht um und warf kein Dollarbündel auf unseren Tisch. Leider tragen heutige Ivanas wohl keine solchen Bündel mehr in ihren Taschen. Die Amerikaner sind nicht mehr, was sie zu Highsmith's Zeiten waren. (Deren Krimi zieht sich zäh dahin. Erstaunlich, dass er so gut verkauft worden ist und wird. Im Grunde genommen ist er ähnlich langweilig wie meine Bücher. Er tritt vor Ort, bleibt an Details kleben. Was fasziniert, ist der magische Realismus. Man spürt, dass nirgends geschummelt wird. Wenn sie schreibt links, geht es tatsächlich links im Leben. Doch wenn ich deswegen nun schriebe, »er fährt im 109er Bus den Ku'damm runter, steigt an der Bleibtreustraße aus, hält sich rechts, bleibt im Windfang eines Uhrengeschäfts stehen, beobachtet dort die gegenüberliegende Straßenseite, die sich in der gebogenen Schaufensterscheibe spiegelt, wo Ivana nach einer Minute auftaucht, stehen bleibt, sich eine Zigarette anzündet und suchend umherschaut; er schlägt den Mantelkragen hoch, wendet sich ab …« usw., würde das trotzdem keinen Highsmith'schen Sog entwickeln. Sie hat etwas, das ich nicht erklären kann. Sprachlich kommt sie mir nicht besonders ausgefeilt vor, inhaltlich wie gesagt sogar eher zäh und dürftig. Aber man »glaubt« ihr die Geschichte und will – auch wenn sie sich dahinschleppt – wissen, wie sie ausgeht.)

14.08.

An einen Buchhändler,
sind Sie beide so jung, dass Sie die Erfahrung noch nicht gemacht haben, wie traurig zweite Male sind? Oder haben Sie sich in diesem Jahr vorgenommen, unvernünftig zu bleiben und sich nicht um Erfahrungen zu scheren?

Der *Liebe Niels* mag mich als Vorleser ja noch irgendwie gebraucht haben, weil niemand dem dicken Buch zutraute – wenn es allein auf einem Tisch lag –, dass es lesbar sei. *Der Mann mit den zwei Augen* braucht definitiv keinen Vorleser. Es liest sich ganz von allein und wird – ob vorgelesen oder selbst gelesen – missbilligendes Kopfschütteln auslösen. Wollen Sie Ihre Kunden einen Abend lang dazu bringen, den Kopf zu schütteln? Überlegen Sie es sich gut mit der Einladung. Ich hätte alles Verständnis, wenn Sie zum Schluss kommen, die Lesung doch lieber nicht stattfinden zu lassen. Dass Sie mich zu einer einladen wollten, freute mich unabhängig davon. Danke.

An den Freund in Köln,
der Highsmith-Aufsatz von Handke ist fabelhaft. Vielleicht hast Du ihn mir früher schon einmal geschickt? Bestimmt wäre ich schon damals begeistert gewesen. Nie in meinem Leben war es mir möglich, so klar, schnörkellos und überzeugend zu denken/schreiben wie er. Mit der Gewissheit, das zu können, würde ich auf meiner eingeschlagenen Schriftstellerlaufbahn bestimmt getrost weiterschreiten mögen, auch mit einem abgelehnten Zweiäugigen im Gepäck. Einer, der einmal in seinem Leben einen solchen Aufsatz hat schreiben können, wird auch vierzig Jahre später nicht von allen guten Geistern verlassen werden. Er kann auf seinen Kopf bauen. Mag sein, Handke ist heute verschroben und tummelt sich gedanklich auf abseitigen Brachen – auf das genaue Hinsehen, Hinhören und die Fähigkeit, das Gesehene, Gehörte, Empfundene

aufschreiben zu können, kann er sich felsenfest verlassen. Beneidenswert. Wie kannst Du ihn heute bloß ablehnen? Seine Gabe zur sauberen Analyse wird er doch wohl nicht verloren haben? Nur analysiert er halt inzwischen anders und anderes als Du. Der Aufsatz ist so ansteckend, dass ich mich am liebsten hinsetzen und einen Highsmithroman zu schreiben versuchen möchte: Einen einfachen, klaren Satz an den anderen hängend.

Zum Gastgeberschmerzensmann: Wann hast Du andere zum letzten Mal anders ertragen als zu einem Abendessen oder per Brief oder Mail? Du erträgst sie ja inzwischen nicht einmal mehr ein Abendessen lang und lässt Dich jedes zweite Mal, wenn Du eingeladen wirst, ohne Begründung entschuldigen. Ob das krank ist, weiß ich nicht. Menschen sind schwer zu ertragen, wenn man sich die Mühe macht, sich auf sie einzulassen. An Deine großen Zeiten als Gastgeber kann ich mich jedenfalls nicht erinnern. Du lädst manchmal jemanden zu Dir zum Essen ein, sicher, ja. Aber gastgebend beherbergen? Müsstest Du das in die Tat umsetzen, würdest Du spätestens nach drei Tagen die Waffen strecken. Am Anfang würdest Du glauben, es liege an den Gästen, die sich unmöglich benehmen (hast Du nicht sogar einmal auf den Kanarischen Inseln oder auf Ibiza eine Bekannte zu Gast gehabt und sie nach kurzem umbringen wollen?). Mit der Zeit würdest Du feststellen, dass die Gäste sind, wie sie sind, dass sie sich sogar Mühe geben, gute Gäste zu sein, dass es nicht nur an ihnen liegt, wenn's zäh wird, dass es ebenso an Dir liegt, und Du würdest schlaflos im Bett liegen und an Dir zweifeln und Dich verfluchen. Und ein Problem, das Du ausblendest: Ich lebe nicht allein. Einer allein kann relativ leicht gastgeben. Er fokussiert sich auf den Gast und versucht, sich mit ihm einigermaßen zu synchronisieren. Wenn man zu zweit lebt, muss die Synchronisation immer erst mit dieser zweiten Person stattfinden. Damit hat man schon genug zu tun. Und dann muss dieses synchronisierte Gespann an die dritte oder vierte Person angepasst werden. Versuch mal, mit drei, vier Bekannten zusammen eine Weile lang durch eine fremde Stadt zu bummeln. Du wirst wahnsinnig.

Jeder – je älter, desto mehr – hat außerdem Marotten, Zipperlein, Animositäten usw. Kurz: Es ist von Dir unüberlegt, mir zu unterstellen, ich sei krank. Gastgeben ist eine unendlich komplizierte Angelegenheit. Eigentlich können es nur die Adligen, die von Kindheit an viel Platz hatten und Personal – sowohl das Gastgeben wie das Gastsein. Wir Gemeinen fühlen uns unfrei in beiden Rollen. Du kannst Dich bloß nicht mehr daran erinnern, weil Du seit Jahren nirgends mehr zu Gast warst. Aber keine Angst: Wir werden unsere paar gemeinsamen Tage in Venedig schon meistern. Bis dahin bin ich erstens erholt und zweitens geübt. Du wirst gar nicht merken, dass Du zu Gast bist. Du wirst Dich wohl fühlen wie zu Hause.

15.08.

An den Verleger,
tut mir leid, ich scheine Euch und mir kein Glück zu bringen mit dem neuen Buch. Da müssen wir nun halt durch. Ich bleibe trotzdem einverstanden mit dem *Mann mit den zwei Augen* und bin froh, dass er sein Leben fadengeheftet starten durfte und somit die nächsten paar Jahre erst einmal überstehen kann. An Dir ist es nun, die Verlagsmitarbeiter zu trösten und auf Kurs zu halten. Hoffentlich gelingt es Dir. Die Arbeit wäre sicher einfacher geworden und hätte mehr Spaß gemacht mit einem deutschen Buchpreislistenplatz.

An den Freund in Köln,
wir waren bei der Atelierbeauftragten zum Mittagessen eingeladen. Sie lebt auf der Giudecca. Laut eigener Aussage ist sie bislang von Mücken immer verschont geblieben.

Heute Nacht aber sei sie von einer Art heimgesucht worden, die neuerdings die Giudecca terrorisiere, eine Mückenart, die gleich mehrere große Fladenstiche nebeneinander auf ihrem Arm hinterlassen habe. Nun liege ich in Zukunft also nicht mehr nur voller Gäste- und Buchsorgen wach, sondern auch noch auf der Killermücken-Lauer. Ich werde in diesem halben Jahr zum Wrack.

Langsam wirst auch Du wissen wollen, was in dem Buch steht, nehme ich an. Du könntest eine kurze, freundliche Mail schicken an den Verlag, egal an wen (sie sind alle im Urlaub und werden von Ferienvertretungen ersetzt), mit der Bitte, Dir ein Exemplar zuzusenden, und schon hättest Du am nächsten Tag eins im Briefkasten. Es scheint seit dem 02.08. in den Buchläden auszuliegen. Ich habe immer noch keins gesehen.

Deine Art von Gastgeberei ist eine juvenile, die Du längst nicht mehr praktizierst. Auch ich habe früher bei mir Leute schlafen lassen (nicht viele), und auch ich habe bei dem und jenem manchmal auf einer Matratze am Boden geschlafen (nicht bei vielen). Du musst aber von heute ausgehen, von Deinem heutigen Tagesablauf, von Deinen heutigen Gewohnheiten, Deinen Marotten. Wenn einer bei Dir übernachten wollte, ein Nichtraucher, der morgens um acht aufsteht und Körner isst, danach duschen oder aufs Klo will (genau dann, wenn Du normalerweise duschst oder aufs Klo gehst). Wenn Du nicht mehr aufs Klo kannst, wann Du willst, wenn Dein täglicher Rhythmus gestört wird. Wenn der Gast abends um halb elf schon ins Bett möchte … Du stehst ihm zuliebe morgens auf und stellst ihm seine Körner hin, er bleibt Dir zuliebe abends schwankend vor dem TV sitzen neben Dir usw. – das ist etwas vollkommen anderes.

Zazie hier zu haben, während an der Buchfront alles zusammenbricht und draußen die afrikanische Hitze steht, so dass man sich am liebsten alle Kleider vom Leib reißen und nackt in einer Ecke liegen bleiben möchte, das erfordert Disziplin.

Ramadan wäre ideal für Venedig. Den ganzen Tag im Schatten darauf warten, dass es endlich kühler wird, dann rausgehen und zusammen feiern. Was soll daran repressiv sein? Tagsüber kriegt man in diesen Monaten in der arabischen Hitze sowieso kaum was runter. Alle Lebensmittel verderben innerhalb kürzester Zeit. Es ist eine einzige Fron. Ramadan ist wie eine offiziell verhängte verlängerte spanische Siesta. Die gütige Regelung eines weisen Führers. Dass die armen Muslime Ramadan auch in Deutschland durchexerzieren müssen, ist zugegebenermaßen Unsinn.

16.08.

Die fünfzehn Euro neunundneunzig kriegst Du selbstverständlich auf den Cent genau von mir zurückerstattet, in einem Couvert, zusammen mit dem gewidmeten Exemplar. (Und das Päckchen wird, wie ich den Stern über dem *Mann m. d. z. A.* einschätze, dann auch noch verloren gehen.) Dass Du das Buch elektronisch liest, macht die Katastrophe perfekt. Schwerer hätte seine Geburt nicht vonstattengehen können. Dass ich es bis heute nicht gesehen habe, dass I. noch kein Wort daraus kennt – alles musste diesmal schieflaufen, damit ich nicht hochnäsig werde, sondern mich auch künftig demütig dahinschleppe … Heute ist das Fest des San Rocco bei uns um die Ecke. Ich sollte vielleicht das Hochamt besuchen gehen.

Nachdem ich Zazie heute Abend auf den Bahnhof gebracht haben werde, werde ich erschöpft ins Bett sinken mit einem nassen Essigwickel um die Waden. Die große Hitze ist zurückgekehrt. Heute früh um sechs schon 30 Grad. (Laut TV werdet Ihr in Deutschland spätestens morgen unsere Hitzegrade spielend in den Schatten stellen können. Ich hoffe, Du bist darauf vorbereitet.)

17.08.
Du hast mich kurz zum leer Schlucken und Zittern gebracht mit Deinem Leserapport. Ein kleiner Nervenzusammenbruch? Morgens um halb sieben, in Venedig, bei strahlender Sonne. Vielen Dank. Jetzt kann ich dann hoffentlich endlich wieder einmal schlafen. Schlafen, schlafen ... Zazie ist weg. Wir waren bis zum letzten Moment lieb miteinander. Sie war ein guter Gast und hat die Tage mit allen Poren aufgesaugt (sah zum Schluss blendend aus, sonnengebräunt, erholt, ausgeruht, gewappnet für einen weiteren Winter im dunklen Berlin). Sie hat also alles richtig gemacht als Gast, und trotzdem zitterte ich am Ende von der Anstrengung, ein guter Mensch zu sein.

Dann steht glücklicherweise also doch im *Mann ...*, was ich hoffte geschrieben zu haben?! Vielleicht schicke ich ein paar Deiner Sätze an den Verlag, um Göttingen aufzurichten. Denn es macht natürlich nicht viel Freude, ein Buch durchboxen zu sollen, das auf allen Ebenen auf Widerstand stößt. Das Einzige, was ich weiß: Das Buch will ein neues sein, ein anderes, eins, das 2012 erschienen ist und von dem es noch keine Vor- oder Doppelgänger gibt. Es will für sich selbst stehen können. Und es will nicht geliebt werden. (Das nehme ich mit Überraschung zur Kenntnis: Ich habe den Eindruck, einen Schritt in die Erwachsenenwelt getan zu haben, indem ich ein Buch vorgelegt habe, von dem mir bewusst war, dass viele sagen werden, es sei schlecht. Das gibt mir eine Art von Souveränität. Ich weiß nun, ich brauche den Tageszuspruch der anderen nicht, um meinen Weg gehen zu können; ich muss und kann ihn allein gehen. Der Widerstand, den das Buch auslöst, stärkt es und mich: Wenigstens keine verwechselbare Alltagsware. Ich »fordere« die Welt heraus damit. Ich schreibe ihr nicht nach dem Mund. Dein »wer will schon das Bekannte lesen? Only the crowd. Es reicht doch, wenn Kühe wiederkäuen« wäre als Motto geeignet.)

An Zazie,
Du warst ein angenehmer Gast. Und hast Venedig mit allen Poren aufgesaugt und geliebt. In seinem Namen danke ich für die guten Energien, die Du hiergelassen hast. Selbst Dein noch gültiges Vaporetto-Ticket vermochte Glück auszulösen. Eine junge Familie (Vater, Mutter, zwei Kinder) – Libanesen? Iraner? – saß hinten außen nebeneinander auf der Linie 2, wo auch ich saß. Sie bebten vor Freude, versuchten alles richtig zu machen, niemanden zu stören, ruhig zu sein. Sie fotografierten einander strahlend und baten am Ende mich, sie zu viert aufzunehmen. Das tat ich. Dann fragten sie radebrechend, ob ich mich auskenne in Venedig. Wohin das Schiff fahre? Zum Lido? Wie lange das dauere? Ob sie genug Zeit hätten, um hin- und zurückzufahren?

Es stellte sich heraus: Sie waren im Auto auf der Durchreise. Der Vater hatte vorgeschlagen, wenn sie schon an Venedig vorbeiführen, sollten sie es doch wenigstens auch anschauen. Sie kamen um acht Uhr abends an, er kaufte auf dem Tronchetto vier Tickets, stieg mit der Familie ins erstbeste Schiff und fuhr los. Musste aber am selben Abend zurück und mit der Familie weiterfahren. Ich sagte, sie sollen nicht bis zum Lido fahren, da sei um diese Zeit nichts zu sehen. Sie sollen *San Marco* aussteigen und über den Markusplatz flanieren, das sei in der Dunkelheit schön. Und dann müssten sie wieder vier Tickets kaufen für die Rückfahrt. Eins könne ich ihnen schenken … Was für glückliche Menschen ich gesehen habe!

An den Buchhändler,
Ihre Treue freut, rührt und ehrt mich. Danke.

Ist der Ende-Januar-Termin, den Sie vorschlagen, nicht jener unter alten Vorlesehasen berüchtigte, an dem die Leser vollkommen erschöpft und überdrüssig von der geschenkten Weihnachtslektüre ihr letztes Buch zuschlagen, die Literatur verfluchen und sich vornehmen, von nun an, anstatt zu lesen, lieber abends nur noch an hell erleuchteten Buchhandlungen, in denen Lesungen stattfinden, vorbeizujoggen?

Diesen Termin nehme ich gern. (Ich weiß nicht, für welches Datum genau er ermittelt worden ist, ob in der vierten Januar- oder in der ersten Februarwoche. Vielleicht ist er in Buchhändler-Agenden rot eingetragen? Schauen Sie bitte nach, und dann legen Sie die Lesung genau auf diesen Tag. Meine Januar- und Februarseiten 2013 sind vorläufig noch unbeschrieben; Sie können frei wählen.)

Übrigens: Das Buch halte ich für ein gutes. Nicht dass Sie sich von meinen Zweifeln anstecken lassen: Ums Buch geht es dabei nicht. Ich bin froh, dass *Der Mann mit den zwei Augen* fadengeheftet auf den Markt kam. In zwanzig, dreißig Jahren werden sich diejenigen, die es heute kaufen, freuen, es zu besitzen. Und deren Kinder werden staunen, dass ihre Eltern damals so ein Buch gekauft haben. Nur zum Buch des Tages, des Monats oder des Jahres wird *Der Mann …* es leider nicht bringen.

An den Freund in Köln,
Du hast nach wie vor nicht realisiert, dass ich noch keinen gedruckten Zweiäugigen gesehen habe, geschweige denn: einen besitze. In Deiner ersten Mail erwähntest Du Seiten, die Dir darin gefallen – keine Ahnung, was dort drinsteht. Jetzt bittest Du um gewidmete Exemplare … Selbstverständlich schicke ich sie Dir, gern, nur eben: Ich weiß nicht, wo sie stecken. Wahrscheinlich erwarten sie mich in Berlin. Dort bin ich Ende August und habe einen freien Sonntagnachmittag zur Verfügung – da kann ich sie, falls sie da sind, widmen, eintüten und losschicken.

An ein Mitglied des Stiftungsrats,
bereit für neue Sorgen? – Ich kann Ihnen hiermit eine kleine kredenzen: Im Atelier riecht es ziemlich streng. Wir

lassen die Fenster zwar immer offen stehen und denken, irgendwann werde der Geruch verschwinden, doch er scheint hinter der Malwand hervorzukriechen und sich permanent zu erneuern. Es ist nicht dramatisch. Manchmal übertönt der Kanal ihn mit seinem eigenen. Aber es ist und bleibt ein Duft in der Luft wie aus einem verstopften Abfluss. Aus dem Handwaschbecken kommt er definitiv nicht. Dort lasse ich, wie empfohlen, regelmäßig das Wasser laufen, das auch problemlos abläuft; es riecht neutral. Wie gesagt: Es ist kein ernstes Problem. Ich melde es nur an, damit Sie Bescheid wissen: Es könnte sein, dass über dem Atelier hinter der Rigipswand ein Fallrohr undicht ist.

Sonst? Sie sollten in Ihre Unterlagen vielleicht eine Warnung einbauen: »Wer die Einladung in die Wohnung annimmt, muss darauf gefasst sein, plötzlich mehr Freunde zu haben, als er jemals in seinem Leben hat kennenlernen können.« Wir werden überflutet von Besuchern und sind schon jetzt total erschöpft davon und erwägen täglich, die Acqua-alta-Gummistiefel überzustreifen, um durch sie (die Besucher) hindurchwaten zu können.

18.08.

An den Verleger,
das von Dir geschickte Buch steckte heute im Briefkastenschlitz, als ich nach Hause kam. Der ganze Platz vor dem Haus lag in gleißender Sonne, menschenleer, und das Buch leuchtete mir vom einen Ende zum anderen entgegen. *Der Mann mit den zwei Augen* war, als ich ihn auspackte, heiß wie frisch aus dem Backofen. Und als ich ihn aufschlug, öffnete er sich leicht und gefügig, wie Hühnerfleisch vom Knochen fällt, wenn es lange genug im Ofen war.

Der Tschernobyl-Abricot-farbene Umschlag hat etwas Irritierendes, Beunruhigendes. Das gefällt mir und kann einen Leser auf die richtige Spur führen, finde ich. Die gewählte Schrift(größe) ist unmissverständlich seriös. Man weiß von der ersten Seite an, dass das Buch ernst gemeint ist und gelesen sein will. Die Großbuchstaben am Anfang jedes neuen Kapitels sind so dezent größer als der Rest, der Abstand zwischen den Abschnitten und der zwischen den Kapiteln ist so minimal unterschiedlich, dass ich beides als nobel zurückhaltend empfinde und annehme, gute, genaue Leser werden sich darüber freuen. Dass wir mein Portrait auf der Rückklappe ausgetauscht haben, finde ich gut und wichtig. Das Foto, so wie es jetzt in der Klappe sitzt, gefällt mir und gibt dem Buch Halt. (Dass vor dem Prix Femina nicht mehr »als erster deutschsprachiger Autor überhaupt« steht, finde ich schade; das hat mich im *Lieben Niels* immer besonders beeindruckt.) Ein schön gemachtes Buch. Danke. Einzig die beiden Werbeseiten hinten mag ich nicht. Aber je nun, das muss ich wohl akzeptieren, wenn ich halt zwei Seiten zu wenig schreibe.

Vielen Dank, dass Du's mir nach Venedig geschickt hast. Ich kam mir ausgeschlossen und abgeschnitten vor ohne Belegexemplar. Mein Kölner Freund hat's bei »libri« als e-book geordert und gelesen und zitierte daraus lobend dies und jenes (mit Seitenangaben), und ich wusste nicht, wovon er spricht.

An den Freund in Köln,
dass ich nicht für Dich orderte bei Wallstein, hängt damit zusammen, dass ich Stil habe. Autoren, die mir via Verlag ihre Bücher zukommen lassen, ohne ein persönliches Wort dazuzuschreiben, sind mir nicht geheuer. Unter anderem zeigen sie mir damit, dass sie sich für mich nicht von einem ihrer privaten Belegexemplare trennen mochten (sie sind also geizig). Zweitens habe ich den Eindruck von ihnen, dass sie ihre Verlage aussaugen (und sich wahrscheinlich jeweils die ganze Jahresproduktion frei Haus schicken lassen, um sie an Weihnachten verschenken zu können und auf diese Weise Geld zu sparen = Geiz zum

zweiten Mal). Es hat was Kleinkrämerisches für mich. Du kriegst von mir selbstverständlich ein Buch aus meinem privaten Bestand. Und wenn ich weitere Exemplare brauche, bestelle ich beim Verlag nach und bezahle sie. Ich habe nie von Verlagen Exemplare an meine Angehörigen verschicken lassen. Außerdem bist Du kein Angehöriger, sondern, solange ich bei Wallstein bin, einer ihrer Mitarbeiter im Außendienst, der selbstverständlich jederzeit alles vom Verlag ordern kann und zugeschickt bekommt, was er für seine Arbeit braucht.

An den Cousin, den Arzt,
dass Ihr nach Venedig kommen wollt, freut uns. Vom 01.10. bis 06.10. steht hier ein Zimmer frei. Der Vorgänger, der es belegt, reist am 01.10. abends ab. Es würde also einen fliegenden Wechsel geben, was organisatorisch kein Problem ist; wir haben genug Bettwäsche und Frotteetücher. Das Einzige, was ein Problem sein könnte, sind I. und ich. Wir sind nicht daran gewöhnt, Gäste zu haben. Wenn jemand zu Gast ist, sind wir rund um die Uhr besorgt und bemüht, halten die Luft an und das Wasser zurück, gehen auf Zehenspitzen, flüstern, fragen immer, ob der Gast es lieber so habe oder so usw. Das erschöpft uns (und die Gäste wahrscheinlich auch) so sehr, dass wir nach zwei Wochen Besucht-Werdens reif sind für eine Tiefschlafkur.

Ich weiß also nicht, in welchem Zustand Ihr uns antrefft. Vielleicht fallen uns die Augen schon bei der Begrüßung zu. Vielleicht werden wir uns am Dritten verabschieden und auf dem Lido in ein Kurhaus ziehen und Euch die restlichen Tage dort empfangen, auf der Terrasse des *Excelsior* zum Beispiel, in Sockenhaltern. Vielleicht sind wir aber bis dann auch souverän geworden und die entspanntesten, lockersten Gastgeber, die man sich nur vorstellen kann.

Dass Ihr angenehme Gäste sein werdet, das steht außer Frage. Und dass wir uns freuen, Euch hier zu empfangen und ein Zimmer zuzuweisen, ebenfalls. Kommt also einfach, und wir werden sehen, wie wir uns ins soziale Gefüge einfinden. (Ihr könnt Euch das Problem wahrscheinlich nicht vorstellen und denkt, ich übertreibe. Bestimmt hängt unsere Unbeweglichkeit damit zusammen, dass wir nie Kinder hatten und immer nur aufeinander fokussiert waren und sind. Da bekommt man etwas leicht Autistisches. Und im Alter wird man wohl noch dazu immer schrulliger.)

An den Freund in Köln,
eigenartig, dass Du Thielemann schön nennst. Ein rotes Tuch für mich. Dagegen war der verbiesterte Kleinbürger Karajan (den Heinz Rühmann gut hätte spielen können) ein Elegant. Dazu noch seine Lieblingsmusik! Allen Ernstes zitieren Leute, die danach gieren, an die Hebel der Macht zu kommen, Wagnerverse à la »Weia! Waga! / Woge, du Welle, / walle zur Wiege! / Wagala weia! / Wallala, weiala weia!« Und keiner wird rot vor Scham dabei. Aus dem TV schwadet und dröhnt's landauf, landab wie dampfende Blutwurstsuppe; aus den Zeitungen quellen seitenweise Artikel über Sänger, die sich zu Tode brüllen, Lautstärkenrekorde, Posaunen und Donnerpauken, die Wagner sich extra hat anfertigen lassen; Dokumentarfilme über das verunglückte Festspielhaus dieses dilettierenden Architekten – unterlegt vom Klangmatsch dieses dilettierenden Kapellmeisters – kreisen in der TV-Warteschleife, dazwischengequetscht kommentieren Psychoanalytiker Wotans Grölen ... Ich bin überzeugt, die ganze Welt lacht hinter vorgehaltener Hand und dreht seit Jahrzehnten böswillig kichernd mit an der hysterischen Wagnerschraube. Auf diese Weise wird Deutschland auf ihn reduziert, auf Brüllen, Stampfen, Lallen und Folgen. Kennst Du eine einzige Wagner-Stelle, die Du Dir freiwillig mehrmals hintereinander anhören magst? Kennst Du einen Text von ihm, den

Du Dich zu zitieren traust, ohne dahinter als Keule den Namen Wagner in Klammern setzen zu müssen, damit ja keiner auf die Idee kommen kann, das Zitat als hanebüchen zu bezeichnen?

19.08.
Heute Nacht geisterte ich schlaflos, triefend nass durch die Wohnung, legte mich schließlich nackt in der Küche auf den Steinboden, wo ich den Eindruck hatte, einen langsam kriechenden, kaum wahrnehmbaren Luftstrom entdeckt zu haben. Lag da ausgestreckt auf dem Rücken, wie ein Heiliger, und stellte fest, wie schwer es mir fällt, gerade ausgestreckt auf einem ebenen Steinboden zu liegen. Nach einer halben Stunde stand ich gerädert, aber ungefähr auf 37 Grad runtergekühlt, wieder auf und ging zurück ins Bett.

/2
Parallel zu ihm hat beispielsweise auch Verdi komponiert. Ebenfalls ein Berserker, doch dem nehme ich's ab. Habe einmal in der Komischen Oper in Berlin sein Requiem gehört. Was für ein Drama! Die Bühne brechend voll mit Musikern. Sie quollen beinahe vorne über die Rampe, mussten ihre Stühle millimetergenau zurechtrücken, um einander nicht die Augen auszustechen mit den Geigenbögen. Die vier Solisten am vordersten Rand mit Blick in den Abgrund (wo ich saß und erwartungsvoll hochstarrte), von den Cellobögen und Geigerellenbögen hinter ihnen gepiesackt. Die Todesfurcht stand in ihre Gesichter geschrieben. Sie schauten mich an, als sei ich eines der Höllenflämmchen, die ihnen entgegenzüngelten, und sangen um ihre Leben. Nur der Bass war sängerisch nicht ganz auf der Höhe, doch blickte er umso tragischer, war schneeweiß im Gesicht, und der Angstschweiß perlte auf seiner Stirn – er flehte geradezu um seinen Seelenfrieden.

Die hintere Hälfte der Bühne platzte schier aus den Nähten wegen des Chors, der bis in die Seitengassen schwappte. Das ganze Haus wackelte bei den Dies-Irae-Passagen. Erschütternd. Was für ein grandioses Tongemälde! Wie das alles ineinander übergreift, sich verflicht, sich befreit, übereinander hinweggleitet, voneinander eingeholt und überrollt wird, ein tosender Ozean von Musik. Herrlich.

20.08.
Goethe schwul? Ich kann weiterhin nicht mitbeben bei dieser Hypothese. Mag er schwul gewesen sein oder nicht, was interessiert uns das? Manche seiner Frauenfiguren – wahrscheinlich sogar alle – scheinen mir von einem geschrieben worden zu sein, der Frauen nicht besonders mochte. Und dass er offenbar keine nackten Frauen, dafür aber viele nackte Jünglinge skizziert hat (ist nicht auch der eine Priapus mit dem Riesenschwanz von ihm?), weist ebenfalls darauf hin. Und der monumentale Junokopf, den er sich in sein Weimarer Entree wuchten ließ, um seine Besucher in die Knie zu zwingen, ist auch nicht gerade ein Beweis für ein entspanntes Verhältnis zu Frauen, sondern eher einer dafür, dass er sich vor ihnen fürchtete.

Clemens Setz habe ich angefangen zu lesen. Er kann's. Ich ahne jedoch, dass er mir mit der Zeit zu homosexuell wird. Insofern ist auch die Goethe-schwul-Frage natürlich eine ernstzunehmende: Wenn ein Leser sagt, dieser oder jener Autor ist mir zu schwul (zu lesbisch, zu frauensolidarisch, zu frauenversteherisch, zu chauvinistisch, zu machistisch usw.), dann muss man sich fragen, was er damit sagen will. Ist ein guter Roman von einem Schwulen etwas anderes als ein guter Roman von einem Hetero? Wenn ein Schwuler einen guten Roman schreibt, wird das möglicherweise ein schwuler Roman sein, aber gut wäre er ja trotzdem? Setz schreibt eindeutig gut – nur eben schwuchtelig, frauenhasserisch. Und das nicht offen, sondern verklemmt, unterschwellig, verkappt. Das macht mir die Lektüre unangenehm, ich nehme Abstand und verwahre mich gegen seine Haltung. Aber dass er's kann, und zwar sehr gut, gebe ich voller Neid zu. Ich hoffe insgeheim darauf, ihn möglichst bald des seelenlosen Virtuosentums überführen zu können.

21.08.
Drei Monate Sommerhitze ohne Unterbrechung ist nichts für mich. Man müsste loslassen können wie die Südländer und sich wie Hund und Katze in den Schatten legen und dösen während dieser Wochen. (Du weißt, dass italienische Kinder drei Monate Sommerferien haben?) Ich aber lebe drei aktive Leben: Das eines Urlaubers, der zum Baden ans Meer fährt (morgens von sieben bis elf), danach das eines Stadttouristen und dann noch das des Berliner Autors, der meint etwas schreiben zu müssen, dem aber absolut gar nichts einfällt, weswegen die Panik von Tag zu Tag größer wird. Und nebenher schmeiße ich noch ein Büro als Disponent. Allein die Lesungen zu organisieren würde inzwischen eine Halbtagskraft benötigen. Früher fragte man, ob ich dann und dann da und da lesen möge. Ich sagte ja, reiste an, legte die Spesenquittungen vor, wurde ausbezahlt und fuhr nach Hause. Inzwischen korrespondiere ich mit Organisatoren, deren Assistentinnen, den Rechnungsabteilungen, werde nach Steuer- und Krankenkassenversicherungsnummern gefragt … Wenn ich anreise, hat sich in meinen Unterlagen jeweils eine Korrespondenz von circa dreißig Seiten pro Lesung angesammelt – und bezahlt werde ich etwa ein halbes Jahr später.

Der Himmel ist bedeckt, die Luftfeuchtigkeit höher, die Hitze größer denn je. Halbtote Fliegen kriechen durch die Stadt. Eine davon bin ich.

An den Buchhändler,
heißt das nicht ciaoui (die italienische Übersetzung von Tschüssikowski)? Ich begegne kaum Italienern und weiß es darum nicht. Meine Grüße richte ich hier ausschließlich an Russen, Amerikaner, Chinesen, Österreicher, Schweizer, Spanier, Franzosen und Deutsche. Da lande ich am besten mit einem verschwitzten Hello. Habe schon viele glücklich gemacht damit. So sende ich auch Ihnen ein herzliches Hello zurück.

Hätte ich ein Kind, würde ich mich vielleicht ebenfalls zusammenreißen und meinen Weinkonsum drosseln. Doch ich habe keine Kinder, trinke also weiter. Hier habe ich mehrmals den Amarone-Wein loben gehört. Wer etwas auf sich hält, behauptet, er trinke nur Amarone. Und da viele hier etwas auf sich halten – es wohnen ja fast nur noch solche in der Stadt, die anderen können sie sich nicht mehr leisten –, werde ich oft mit diesem Namen konfrontiert. In der kleinen Handbibliothek der hiesigen Wohnung steht ein Buch, in dem eine amerikanische Köchin, die sich in einen Venezianer verliebt hat und seinetwegen nach Venedig gezogen ist, von der Stadt erzählt, vom Essen, vom Wein. Einmal erwähnt sie einen Amarone, den sie besonders mag, mit Erzeugernamen. Zufällig stand, ein paar Tage nachdem ich das gelesen hatte, genau so eine Flasche vor mir im Supermarktregal. Ich habe sie gekauft (Amarone ist teuer), und der Wein schmeckte tatsächlich – proustisch, wenn Proust in Ihren Augen als Superlativ funktioniert. Gehen Sie nun aber nicht hin und kaufen Sie irgendeinen Amarone, den Sie mit Ihrem Sohn zusammen zu dessen Geburtstag trinken. Ich habe nämlich noch einen zweiten probiert, einen weniger teuren. Der schmeckte zwar auch hervorragend, aber maximal thomasmannsch. (Ich gebe zu, dass sowohl Proust wie Mann nicht meine Leib-und-Magen-Autoren sind, also wohl auch nicht als Leber-Autoren taugen, aber im buchhändlerischen Kanon haben sie ja wohl ihre festen Plätze, und Sie werden meine Einstufung der beiden Weine für sich übersetzen können.) Zum ersten Mal habe ich bewusst, im direkten Vergleich, realisiert, was für Unterschiede es gibt, selbst bei geschützten, kleinen Weinsorten. Inzwischen bin ich längst wieder bei Valpolicella und Prosecco gelandet und tränke mich redlich.

22.08.

An den Freund in Köln,
dass nun selbst bei *Konnopkes* in Berlin der Haussegen schief hängt, lässt einen an der Welt verzweifeln. Hat der Sohn sich wohl herausgenommen, keinen echten deutschen Darm mehr zu verwenden für die Currywurst? Zusätzlich traurig zu hören: »Tradition seit 1930« … In Venedig spricht man von Tradition, wenn etwas vor 1700 schon so war wie heute. Auf *rbb* hingegen ging's weiter mit: »Berlin, die hundertvierzig Jahre alte Dame« (offenbar existiert die Stadt in der heutigen Form seit 1872, was mit einem Jubiläum gefeiert wird?). Was für ein amerikanisches Geschichtsverständnis! In Venedig würde frühestens ab vier-, fünfhundert Jahren gefeiert.

Gestern Abend wieder eine Fahrt über den dunklen, stillen Canal Grande. Das ist jedes Mal ergreifend. Ein schmaler zunehmender Mond darüber, kaum Lichter, absolute Stille. Niemand in der ganzen Stadt hört zu Hause Musik. In kaum einem Lokal plärrt welche. Nur einzelne Rabauken lassen bei offenem Fenster nachts Musik auf den Platz vor ihrem Haus platschen. Beispielsweise gibt es einen am San-Tomà-Plätzchen, der oft nachts sein beleuchtetes Fenster offenstehen lässt und den Platz demonstrativ beschallt. Bestimmt wird er demnächst gelyncht. Es ist verblüffend, wie selbstverständlich die meisten Venezianer das Ruhegebot verinnerlicht haben. Es ist eng in der Stadt. Man geht leise miteinander um und verhält sich leise, um die anderen nicht zu stören und von ihnen nicht gestört zu werden. So wie auch die Salonorchester auf dem Markusplatz ohne Verstärker spielen und immer nur eins nach dem anderen, nie zwei gleichzeitig, obwohl sie weit auseinander stehen.

Auf Chios Waldbrand. In Spanien Waldbrand. Hier brütend heiß. In Berlin stand der *rbb*-Reporter, der gestern Nacht von Konnopkes erzählte, im Dunkeln unter einem roten Regenschirm, rundum schüttete es, hinter ihm war eine aus den Gleisen gesprungene S-Bahn zu erahnen.

An die Schwester,
bin momentan nervenschwach. Mein neuestes Buch pfeift aus dem letzten Loch, und leider kann ich mich nicht von ihm abstrahieren, denn es ist nicht das Buch, das aus diesem Loch pfeift, sondern ich selbst bin es, der's tut, und das ist nicht lustig. Kommt im Dezember einfach nach Venedig, lacht mich aufmunternd an und nehmt mich in die Arme. Das wird in Zukunft unser aller Aufgabe sein: einander aufmunternd anzuschauen und in die Arme zu nehmen.

23.08.
An den Freund in Köln,
wenn mein *M. m. d. z. A.* tatsächlich für sich selbst stehen können sollte – bislang ist diesbezüglich nur Dein Wort an Gottes Ohr gedrungen –, dann wäre es einmal mehr ein interessantes Phänomen: Warum geht so ein Buch unter? Angenommen, Deine Behauptung, es sei ungewohnt, neu, überraschend, trifft zu: Warum nimmt das keiner wahr? Will niemand etwas Neues hören, sehen, erleben? Wollen wir uns nicht stören lassen? Wollen wir immer nur bestätigt werden? Wollen wir immer wissen, wo der Hase langläuft? Will der Kritiker immer am liebsten gemeinsam mit dem Autor den Stoff vorführen können, ihm überlegen

sein, ihn im Griff haben? Fürchten sich die meisten davor, etwas (sich selbst) aus dem Griff zu verlieren?

Lüpertz habe ich nicht gesehen im TV. Entweder lag ich da längst im Bett, oder er lief parallel zu Romy Schneider, deren Leben ich nun zum ungefähr fünften Mal gesehen habe und trotzdem noch nicht auswendig kann. Zum Beispiel war mir neu, dass Marlene Dietrich Romy in den letzten Monaten unter ihre Fittiche genommen hat und ihr fast jeden Tag Bücher aus ihrer Privatbibliothek überbringen ließ. Aus Versehen fand der Bote (Privatsekretär) einmal ein Päckchen offen auf dem Tisch liegen, und beim Einpacken fiel ihm auf, dass die Bücher ausgehöhlt waren: Marlene versteckte darin Aufputsch- und Schlafmittel, die sie Romy großzügig zukommen ließ. Romy wartete täglich sehnsüchtig auf die neue Ration Literatur.

An den Cousin, den Arzt,
habt Ihr die Termine schon fixiert, oder seid Ihr noch beweglich? Wäre es möglich, die Reise um einen Tag nach hinten zu verschieben? Der Besuch, der vor Euch hier ist, reist am Ersten, wie ich schon schrieb, erst abends ab. Ich würde ihn gern in Ruhe verabschieden und auf den Flughafenbus bringen können. Und erst dann sein Zimmer putzen, eine Nacht durchlüften und am nächsten Morgen die Betten frisch beziehen. Nicht dass er ab zwölf Uhr auf gepacktem Koffer im Flur sitzt und nicht mehr weiß, wohin mit sich. Falls es also auch vom 02. bis 07. ginge, wäre uns das angenehmer.

Falls für Euch die Tage vom 01. bis 06. schon festliegen, schlage ich eine erste Abenteuernacht vor. Beispielsweise in Verona aussteigen, die Koffer im Deposito einstellen (in italienischen Bahnhöfen gibt es – mindestens in Venedig habe ich das gesehen – nach wie vor jeweils ein *Deposito bagagli*), dann mit einer Zahnbürste in ein Hotel, dort einen Abend verbringen, essen gehen, zufällig vielleicht noch den Chor von Nabucco in den Nachthimmel dröhnen hören beim An-der-Arena-unterm-Vollmond-Vorbeischlendern, und am nächsten Morgen frisch erholt nach Venedig reisen (es dauert dann nur noch eine Stunde), wo wir Euch am Bahnhof in Empfang nehmen und in die Wohnung, ins frisch gemachte Zimmer, führen können. Irgendwie so? Geht das?

An den Freund in Köln,
die Bücher in Deinem Päckchen waren leider nicht hohl. Sie wollen alle gelesen werden (Setz kann's bereits bis weit über die Hälfte hinaus).

Deine Empfehlung, zum Ohrenarzt zu gehen, ist unpassend. Glaub mir, die Mücken, die wir hier haben, sind kaum hörbar und erstaunlich klein. Ich begegne manchmal morgens einer im Bad und erschlage sie. Immer sind sie vollgesaugt mit Blut, haben also nachts gestochen, sind aber nicht viel größer als Babymücken. Wenn das die berüchtigte Tigermücke ist, dann: ach Gottchen. Da habe ich schon gegen (sieben) ganz andere Kaliber gesiegt.

An den Bruder A.,
hier ist es immer gleich heiß. Nach wie vor überwinden wir uns manchmal morgens, an den Lido zu fahren, und machen dort unsere Frühgymnastik. Ab neun schwitze ich. Nachts schwitze ich. Von sechs Uhr früh bis neun ist mir sehr warm.

Das Wasser ist jeden Tag anders. Verblüffend bei einem solch flachen, endlos breiten Strand. Ich dachte, es werde dort wohl immer ähnlich aussehen. Doch bis heute war kein Tag gleich. Und ich kann nie voraussagen, wie's wird. Gestern zum Beispiel war das Wasser glasklar, sauber, warm und spiegelglatt. Es war ein Traum, darin den toten Mann zu machen und zu ruhen. Das hätte ich wahrscheinlich mindestens eine halbe Stunde ausgehalten, ohne zu frösteln. Heute war's aufgewühlt, führte viel Seegras mit, aber wieder warm und angenehm. Vor drei Tagen war's eher kühl und grau – der Himmel gleichbleibend blau, die Sonne weiß – aber das Meer immer anders. Bestimmt kennen die Venezianer viele Ausdrücke für seinen Zustand. Und sie wissen, wenn das Wetter so ist, dann muss man baden gehen, wenn es hingegen so ist, dann nicht. Ich sehe nichts voraus. Manchmal denke ich zu Hause, es werde besonders schön – dann ist es windig und fies. Und umgekehrt.

Zum *Mann mit den zwei Augen*: Es freut mich, wenn Du ihn da und dort in einer Buchhandlung ausliegen siehst. Kritiken gibt es vorläufig nur diese eine. Die habe ich verdaut. Da schreibt einfach jemand: Was für ein Mist! Und ich bin als Konsument erleichtert, weil ich endlich mal ein Buch nicht gelesen haben muss. So sollte Kritik im Grunde genommen immer sein: Jemand sagt, ich finde das Buch gut (schlecht), und der Leser kann dann seine Schlüsse ziehen und entweder denken, das will ich selber prüfen, oder: Vielen Dank für die Lesedispensation; habe sowieso viel zu viele Bücher, bin froh um jedes, das ich nicht zu lesen brauche.

24.08.

An den Freund in Köln,
die amour fou, weil es *die* Liebe heißt; *das* Flair, weil es *das* Ambiente, *das* besondere Etwas, *das* Gespür heißt? Oder *der* amour fou, weil es *l'*amour (m.) heißt, *der* Flair, weil es *le* flair heißt? Ich bin mir jeweils unsicher. Der oder die Piazza Dante (der Platz, la piazza)? Mir kommt der deutsche Artikel, der mit dem fremdsprachigen korrespondiert, manchmal oberlehrerhaft und eitel vor. Wenn ein Wort ausgefallen ist und eindeutig als Fremdwort verwendet wird, halte ich den fremdsprachlichen Artikel für angebracht. Je gebräuchlicher und eingedeutschter ein Wort ist, desto gestelzter kommt mir die Übernahme des Fremd-

sprachlichen vor. Bringen Sie uns bitte noch zwei Grappe, zwei Espressi, zwei Cappuccini usw. – das kommt mir je nach Situation angestrengt oder weltläufig vor. Wenn Schweizer Touristen beispielsweise im Berliner Wedding beim Türken zwei Espressi bestellen, richten sich mir die Haare zu Berg – wenn sie's im mondän sein wollenden *Borchardt* tun (wo der ignorante Kellner korrigiert: »zwei Expresso, aber gern, die Herrschaften«), dann finde ich es in Ordnung.

Von der Mostra del Cinema sehe ich erst ein großes Festzelt, das vor dem Excelsior auf den Sandstrand gestellt wurde, und eins vor dem Kinobunker. Der öffentliche Uferstreifen (die vordersten zehn Meter am Wasser entlang) darf wohl nicht abgesperrt werden. Ich laufe jeweils – wenn ich am Lido bin – vors Excelsior, schwimme dort, mit Blick auf die Fassade, steige raus und laufe zum Publico-Strand zurück. Bin gespannt, wie es während des Festivals ist. Ob dann Leibwächter den Excelsiorabschnitt bewachen? Oder ob ich zufällig mit Angelina Jolie und George Clooney morgenschwimmen darf?

Wenn ich zurückkomme (am Montag, dem 27sten), eröffnet hier erst einmal die Architekturbiennale. Davon habe ich bislang noch gar nichts mitgekriegt.

Die Hühner-Fuchs-Geschichte gefällt mir. Wie genau sie auf Kritiker und Kunst zu übertragen wäre, weiß ich nicht. Jedenfalls kommt mir vor, dass man Kritikern etwas vorhalten muss, das sie meinen zu kennen, um sie zum Gackern zu bringen. Wenn Du damals anstatt mit einem ausgestopften Fuchs mit mir an die Seitenbühne getreten wärst, um die Hühner auf der Szene zum Gackern zu bringen, hätten die selig weitergedöst, obwohl ich ein brutaler Hühnervertilger bin, was sie jedoch nicht zu erkennen vermögen, weil man es ihnen nicht erklärt hat und auch gar nicht erklären kann, weil mein Hühnermörder-Gen unter der Oberfläche verborgen schlummert. Genauso ergeht es meiner dichterischen Potenz: Sie steht dem Buch nicht auf die Stirn geschrieben, sondern sie liegt darin verborgen. Und also können die Kritikerhühner sie nicht sehen. Erst nach fünfzig Jahren werde ich als schwarzer Mann in den Hühnerlegenden auftauchen.

28.08.

An den Bruder A.,
danke für den »harten Hund«. Niemals wäre ich auf die Idee gekommen, ein solcher zu sein. Im Gegenteil, ich halte mich für einen besonders skrupulösen, ängstlichen Autor, der sich nur mit viel Überwindung traut, da und dort ein wenig an der Oberfläche zu kratzen. Habe inzwischen aber akzeptiert, dass schon dieses Kratzgeräusch für die meisten offenbar zu schrill klingt. Ich werde für mein neues Buch niemals Tausende von Käufern finden. Ich hoffte bislang immer, Erfolg sei eine Frage des Glücks und irgendwann sei vielleicht zufälligerweise ich dran. Die erfolgreichen Bücher seien ja oft nicht einfacher zu lesen als meine, manchmal sogar schwieriger, zäher, oft sogar schlecht, langweilig, blödsinnig. Man müsse es nur schaffen, vom Betrieb zum »must« deklariert zu werden. Inzwischen sehe ich ein, dass das mit meinen Büchern nicht geht. So wie es auch mit Kafka oder Walser nicht ging (zwei Beispiele, um mir damit mein Los erträglich zu reden): Man kann von denen auch heute noch nicht 10.000 Stück innerhalb von vierzehn Tagen verkaufen. Obwohl die längst auf dem Olymp angekommen sind und selbst Analphabeten ihre Namen kennen und wissen, wer sie sind und dass man sie gelesen haben sollte. Die Zahl 10.000 habe ich vorgestern gehört. Da war ich zu einer Lesung in Bad Oeynhausen eingeladen zusammen mit einem Kollegen, dessen neues Buch vor vierzehn Tagen herauskam – also kurz nach meinem –, wofür er bereits mindestens zehn sehr positive Besprechungen erhalten hat, in zum Teil großen,

wichtigen Zeitungen, und das schon in der zweiten Auflage vorliegt (die ersten 9.000 sind weg).

An die Opernsängerin,
Dein Umsinken in Frankreich nannte man früher einen Nervenzusammenbruch (Ferndiagnose von Dottore Matteo Ciocché). Kein Grund zur Beunruhigung. Eine Woche Havelberger Einsamkeit, und Du magst wieder singen und springen. Was ist das aber auch für ein Irrsinn: Abend für Abend gehobene Konversation in bester Gesellschaft an der Côte d'Azur bei dreißig Grad Außentemperatur zu betreiben?! Wer sich dem aussetzen will, muss sich mit Proust intensiv darauf vorbereiten, muss sich gewissermaßen präventiv mit Proust gerben (ihn jetzt erst zu lesen ist zu spät; er kann nicht heilen, er kann nur weniger verletzbar machen).

Ich ertrage ihn nicht. Hab's mehrmals mit ihm versucht. Das ist Prosa für solche, die siegen lernen wollen. Eine Bibel für angehende Führungskräfte. Man kann von ihm lernen, wie man sich überall und jederzeit oben fühlt. Er belohnt seine Leser mit dem Gefühl, allen anderen überlegen zu sein. Ernsthaft kann ich Dir nichts zu ihm schreiben. Ich weiß nur, dass Du mich nach Deiner Proustlektüre nicht mehr wiedererkennen und staunen wirst, warum Du Dich ein paar Monate lang mit so einem wie mir abgeben mochtest. Proust ist ein hervorragender Freundeskreisreiniger. Eine Art Meister Proper: Er putzt Dir die Augen. Du siehst danach die Welt klarer und wirst zu allem und jedem das ultimativ passende ironisch-maliziöse Urteil fällen (und formulieren) können. Da ich vergesslich bin, hat es für mich keinen Sinn, mich auf die Lektüre einzulassen. Kaum hätte ich den ersten Band gelesen, würde ich schon wieder Sauternes mit Chablis verwechseln, und mein ganzes Besserwissen würde in einer weiteren Katastrophe enden. Schon Dein Satz »Du kennst sicher das Original« deutet auf mindestens zwanzig Seiten Proustlektüre hin. Ohne Proust hättest Du mich nie in eine solche Verlegenheit gebracht (selbstverständlich könnte ich keinen einzigen Proustsatz im Original lesen; ich verstehe vom Französischen nur Pommes frites und Mayo, das weißt Du ganz genau). Oder dass Du nachfragst, ob ich inzwischen angefangen hätte, »neue Gedanken zu Blatt zu bringen«. Reinster Proust! Wo Du doch ahnst, dass ich hier weiterhin von morgens bis abends nur Macchiato, Macchiatone, Cappuccino oder Spritz trinke, Tramezzini esse, Brioche, Meeresfrüchte (eine Überraschung: in dieser völlig leergefressenen Stadt gibt es alle Arten von täglich frischen, hervorragend schmeckenden Frutti di Mare), Nudeln – und beim besten Willen zu keinem eigenen neuen Satz komme. Ein Proustleser kommentiert das mit einem: Sie sammeln Eindrücke, ich verstehe … Nein! Ich sammle keine Eindrücke. Ich esse und trinke und bin berauscht von der Schönheit der Stadt (heute war ein erster Septembertag – mindestens stelle ich mir September so vor –, da waren die Farben noch leuchtender, die Stadt war noch plastischer, mindestens sechsdimensional kam sie mir vor – es gibt doch neuerdings 3D-Filme, das musst Du Dir verdoppelt vorstellen). Und vergesse alles sofort wieder, um neuen Platz zu haben und dieselbe Brücke, dieselbe Ecke noch einmal mit aller Begeisterung anschauen zu können und wieder ausrufen zu können: Boah, Mann, ey!

Die Hitze hat uns erschöpft, ja. Seit zwei Tagen ist es kühler. Angenehm. Wärt Ihr bloß zu uns gefahren mit Eurem Cabrio anstatt an die Côte d'Azur. Da hättet Ihr Euch erholen und stumm und stumpf neben uns sitzen und über die Lagune schauen können. Gut, ja, ich gebe zu, auch das kann zum Nervenzusammenbruch oder zur Ohnmacht führen: würgende Langeweile. Aber einen Abend lang vielleicht …?

I. und ich erwägen allen Ernstes, Venedig zu unserer Alterssommerfrische zu machen. Zum Beispiel würden wir gern im *Gabrielli Sandwirth* absteigen. Von dort sind es nur drei Stationen zum Lido. Man ist also etwa in einer Viertelstunde an einem Strand, an dem man es selbst mit Rollator noch ins Wasser schafft, oder man ist in zehn Minuten am Markusplatz (der auch rollatorgängig ist). Oder wir werden vielleicht sogar direkt auf dem Lido in ein Hotel gehen. Da kann man vom Zimmer schwellenlos bis zum Wasser humpeln, und wenn man sich langweilt, kann man in die Stadt fahren und sich etwas anschauen.

/2

Ich meinte nicht den Lebensabend, sondern nur die letzten Sommerfrischen, die I. und ich noch verbringen möchten vor Weißensee. (Kennst Du die Gedichtstrophe von Tucholsky? Weißensee ist der jüdische Friedhof in Berlin. Ein besonders trostloser Ort, um sich zur letzten Ruhe zu betten. Darüber hat Tucholsky ein Gedicht geschrieben, *In Weißensee*, in dem eine Strophe lautet »du siehst … noch zwanzig-, dreißigmal den Schnee / Und dann: Feld P / in Weißensee, in Weißensee«. Der Friedhof ist in Felder eingeteilt, die mit Buchstaben bezeichnet sind.) Die letzten Sommer vor Weißensee auf dem Lido zu verbringen, ganz flach, ganz lau, ganz vertapert, das stelle ich mir schön vor (man fällt im Alter oft hin und bricht sich den Oberschenkelhals; am Lido fällt man in den Sand und bricht sich gar nichts; und das Essen ist eine solch traurige Pampe in ganz Venedig, dass man sich daran unmöglich die restlichen Zahnstummel ausbeißen kann; das Obst ist reif und weich, man vermag es mit der Zunge im Gaumen zu zerquetschen; und manchmal schmeckt man sogar etwas davon, weil es nach etwas schmeckt). Aber leben in Venedig? Wohl eher nicht. Die Stadt ist anstrengend. Allein vier Pfirsiche einzukaufen verlangt den ganzen Mann während zwei Stunden. Dazu vielleicht noch ein paar Scheiben Wurst? Weitere zwei Stunden. Danach ausruhen, Kräfte sammeln, um am Abend noch einen Brief, den man geschrieben hat, zum Postkasten zu bringen. Dann ist der Tag vorbei. Angenommen, Du würdest als Frührentnerin hierher ziehen, wärst Du schon achtzig, bevor Du entschieden hättest, ob Du zu Deinem siebzigsten ein Fest organisieren möchtest.

An den Freund in Köln,
das Programm aus Bad Oeynhausen musst Du lesen (es kommt in den nächsten Tagen per Post bei Dir an; wie auch Dein Belegexemplar vom *M. m. d. z. A.* und die beiden zusätzlich bestellten; die habe ich am Sonntag in Berlin losgeschickt; öffne dem Briefträger dann also bitte die Tür).

Wie ich im Programm vorgestellt werde, ist vorbildlich. Und dann schau Dir die Schwester Brasch an, und vor allem: Lies die Vorstellung von Schischkin. Der hat eine Legende, die einen erblassen lässt. Ich sagte es ihm. Er tat überrascht, überflog die Seite, sagte erstaunt: »In vierzehn Sprachen übersetzt, steht hier – mein letzter Roman ist sogar in dreißig übersetzt worden. Unglaublich, wenn ich mir vorstelle, dass ich nun auf Hebräisch, Arabisch, Chinesisch usw. gelesen werde. Die können dort doch gar nicht verstehen, was ich erzähle? Übrigens habe ich für meinen neusten Roman gerade den wichtigsten russischen Literaturpreis bekommen, drei Millionen Rubel …«

Das Verblüffende ist: Ich glaubte ihm kein Wort. Nun frage ich mich, ob man im Zeitalter des Internets, in dem alles überprüfbar ist, überhaupt noch hochstapeln kann? Ob ich behaupten könnte, ich hätte den australischen Booker-Prize erhalten – und kein Mensch prüft das nach? Jedenfalls: Da tritt mir ein Mann entgegen, von dem behauptet wird, er sei einer der Autoren mit der weltweit größten Zukunft, und ich glaube es schlicht nicht. Ist das nicht ein donnerndes Schicksal? Stell Dir vor, ich sage, mein Name ist Matthias Zschokke, ich komme aus Berlin, und mein Gegenüber sagt: Sie können mir viel erzählen …

29.08.
Das Phänomenale an ihm ist, dass er bis auf den Grund seiner mineralwasserblauen Augen zwielichtig auf mich wirkt. Es geht nicht um die Preissummen, die er behauptet abkassiert zu haben, sondern um die Existenz der Preise an sich. Er sagt, er habe den russischen Booker-Preis erhalten, und der Zuhörer zweifelt an der Existenz eines russischen Booker-Preises. Er sagt, er sei in der englischen Bookreview als Nachfolger Tolstojs bezeichnet worden, und der Zuhörer zweifelt an der Existenz so einer Bookreview – und falls sie existiert, an dem behaupteten Artikel. Und wie kann einer einen nationalen Bestsellerpreis für ein Buch bekommen, das nicht einmal als Einzelausgabe erschienen ist? Kurz: Schischkin sagt, er heiße Schischkin, und man ist versucht, ihn um seinen Taufschein zu bitten. Vielleicht ist er nicht einmal Russe, sondern ein albanischer Trickbetrüger? Und nun ist eben meine Frage, ob man im Internet die Existenz eines russischen Booker-Preises fingieren kann, ob man sich als Preisträger dort hineinschummeln kann, ob man virtuell einen russischen Schriftsteller namens Schischkin konstruieren kann?

Er hat nicht behauptet, den *Bolshaya-Kniga-Big-Book*-Preis 2006 erhalten zu haben, sondern den von 2012, mit seinem neuen Buch. Drei Millionen Rubel. Und ich zweifle an der Existenz eines solchen Preises (in der *New York Times* kann man viel behaupten, Papier ist geduldig) oder denke, den habe sein Vater, ein Oligarch im Taschenformat, ins Leben gerufen und er werde im engen Familienkreis irgendwo in einer Villa am Genfersee überreicht. Das Einzige, was unzweifelhaft richtig ist: der Internationale

Literaturpreis in Berlin 2011. Den habe ich mitgekriegt. Aber den könnte er erhalten haben aufgrund seiner behaupteten großen russischen Literatur-Karriere (deutsche Jurys sind leicht zu beeindrucken).

Sulzer weckt meine Eifersucht. Er scheint ganze Regimenter von Frauenzeitschriftenleserinnen für sich gewonnen zu haben. Sie jagen auf ihren Hengsten über Stoppelfelder und entspannen sich danach in Wellness-Oasen mit einem Sulzer auf ihren erhitzten Schenkeln.

Von der Filmbiennale kriege ich voraussichtlich nichts mit. Die findet am Lido statt, mit dem Rücken zu Venedig. Und am Wochenende findet die Regata Storica statt, zu der ich mich wahrscheinlich ebenfalls nicht hinbequemen werde. Bin zu erschöpft. Werde ins Grab sinken und die Regata nie gesehen haben. (Auf dem Canal Grande schleppen sie bereits Zuschauertribünen auf großen, schwimmenden Pontons in ihre Positionen.)

30.08.

Der Unterschied zum Kölner *Zoch* ist, dass diejenigen, die bei der Regata auf Stehplätze angewiesen sind, danach alle nicht mehr leben, weil sie, während die Schiffe vorüberzogen, ertranken. Es gibt am Canal Grande keine Uferpromenaden, auf denen man stehen kann.

Clemens Setz war ja noch nicht einmal dreißig, als er das Buch schrieb, das Du mir geschickt hast?! Unheimlich. Was für eine Souveränität in Sprache, Stil und Form, in diesem Alter. Frühreif? Der muss ja unausstehlich werden mit den Jahren, ein potenzierter Thomas Mann. Keine rosige Perspektive.

Vorgestern Quallen. Das Wasser irgendwie milchig, wie das in den gestuften türkischen Pamukkale-Thermen. Nicht viele Leute drin. Beherzt schwamm ich los und hatte beim Zurückschwimmen den Eindruck, ich hätte zweimal kräftig in Quallen gegriffen. Habe aber keine gesehen in der milchigen Brühe. Beim zweiten Mal Schwimmen hat's mich dreimal erwischt. Gesehen habe ich weiterhin keine. Nun weiß ich's aber: Venezianische Quallen jucken wie Brennnesseln. Einerseits bin ich beruhigt (weil's nur wie Brennnesseln juckt und nach zwei, drei Stunden vorbei ist), andererseits bin ich empört darüber, mit Quallen das Wasser teilen zu müssen. Das hat mir mein Schwimmen verleidet. Heute früh Canaletto-Wölkchen am Himmel. Ein weiterer Grund, nicht an den Lido zu fahren. Dabei planschen dort seit gestern vielleicht knackige Starlets? Ich warte noch eine halbe Stunde, dann entscheide ich, ob ich hinfahre.

Am Quallentag stand ich in meinen knappen roten Badehosen vor dem Excelsior und schaute übers Wasser. Ein älterer Herr mit Schröder'scher Haarfarbe (aubergine) stellte sich neben mich und sagte »das Beste, was man hier tun kann« (auf Hamburgisch – er enttarnte mich offenbar ohne Umwege als Germanen). Ich stimmte ihm zu. Sofort legte er los – in schlabberigen Boxershorts –, was für ein Scheiß dieses Hotel sei, ob ich auch so ein schändliches Zimmer hätte, und der Frühstückssaal, reinste Jugendherberge! usw. Ich gestand, kein Zimmer zu haben, jedoch davon zu träumen, eines Tages hier abzusteigen. Er sagte, ich soll mit ihm reinkommen und mir den Nepp ansehen. Ich lehnte ab, in Badehosen! Er sagte, wenn ich an seiner Seite ginge, würde sich keiner trauen, sich zu beschweren, und ich sei ja schließlich nicht krumm gewachsen. Dann schimpfte er wieder los über die Zumutungen, und das für fünfhundert Euro die Nacht, das Ritz in London sei dagegen ein Buckingham Palace und habe nur 350 gekostet, und was für ein Service! Oder das auf Madeira, das sei ein Hotel! Und der Stellplatz fürs Auto 33,50 pro Tag! Unverschämt! Er bleibe nur noch diese Nacht und fahre am nächsten Morgen weiter nach Abano für eine Nacht, dann nach Cannes, wo er eine Wohnung besitze und jeden

Morgen bis zur Boje rausschwimme und zurück, er sei eine Wasserratte.

Wenn ich nicht unruhig geworden und mich brüsk verabschiedet hätte – wir waren ganz allein am Strand, nur wir zwei, weit und breit keiner, der darauf aufpasste, dass mir nichts geschah –, wäre ich am Abend wahrscheinlich zu einem Essen eingeladen worden ins Excelsior, um ihn in seiner Empörung zu bestätigen. Ein schimpfender Rentner, fast kleinbürgerlich, aber offenbar ein paar Millionen schwer.

Als junge, schöne Männer hätten wir unsere Tage am Lidostrand verbringen sollen. Dann wären wir heute finanziell unabhängig.

Gestern Abend im ZDF-Kulturkanal eine Dokumentation über Hardcore-Selbstverstümmler (Tattoo, Implantate, Zungenspalter usw.). Was es alles gibt auf der Welt! Irgendwo in Grevenbroich eine Autogarage, in der man sich an großen Angelhaken, die man sich durchs Fleisch bohren lässt, unter die Decke ziehen und schaukeln lassen kann. Wie das aussah: Ältere Männer – aber auch eine junge Frau –, die sich an der durchbohrten Bauchdecke hochziehen ließen ... Die Haut dehnte sich mindestens dreißig Zentimeter! Wie nasse Säcke, die man an Haken hochzieht – und die Baumelnden lächelten selig dazu.

/2

In den Badehäuschen Sex? Keine Ahnung. Mir kommt der Lido eher pubertär vor. Knutschen, einander mit Sonnencreme einreiben, mit Wasser bespritzen, einander nachschauen, zusammen Zigaretten rauchen. Kaum Sex.

An den Bruder K.,
danke für Deinen Zuspruch. Er hat mir gutgetan. Doch fürchte ich, dass auch Dir diesmal Dein afrikanischer Safarihut hochgeht beim Lesen. *Der Mann mit den zwei Augen*

scheint ein zäher Brocken geworden zu sein. Je nun, damit muss ich nun halt leben.

Ohne im entferntesten darauf zu hoffen, ein Geistesverwandter Robert Walsers oder Franz Kafkas zu sein, ist mir im Zusammenhang mit denen aufgefallen: Es ist ja nicht so, dass ihre Zeitgenossen dümmer oder ignoranter gewesen wären als wir heute. Sie mochten das Zeug einfach nicht lesen und basta. Wir mögen's auch heute noch nicht lesen und basta. Nur Eigenbrötler oder Spezialisten, Berufsleser, Literaturwissenschaftler, Germanisten usw. nehmen sich deren Literatur zur Brust und reden uns Gewöhnlichsterblichen ein, das seien Jahrhundertdichter. Es ist also nicht so, dass Kafka und Walser verkannt gewesen wären und mit etwas Glück schon zu Lebzeiten hätten Erfolg haben können. Es gibt immer nur eine verschwindend kleine Minderheit, die eine solch »kranke« Literatur mag. (Wie gesagt: Nicht einmal heute, wo in jedem Lexikon steht, Kafka und Walser seien Jahrhundertautoren, lassen sich deren Bücher gut verkaufen – zwei, drei Kafka-Erzählungen ausgenommen.) Und so muss ich wohl alle Hoffnungen fahrenlassen. Mein Zeug will schlicht niemand lesen. Ob es später mal in der Literaturgeschichte Erwähnung findet, wird man sehen. Eigentlich ist das aber egal und ändert nichts daran: Es sind Versuche, die ich vorlege, mal zugänglicher, mal abweisender. Und mal findet ein Leser zwei, drei Passagen, Stellen, Sätze drin, die ihn glücklich machen, weil sie einen Punkt treffen, den auch er kennt, mal findet er gar nichts drin und ärgert sich nur. Damit will ich sagen: Auf den Tag, der kommen wird, darf ich nicht hoffen. Den gibt es für mich nicht. Und das ist wahrscheinlich gar keine so große Tragödie. Wie gesagt, ohne mich mit ihnen vergleichen zu wollen: Der Tag für Kafka oder für Walser konnte nie kommen und wird auch weiterhin nicht kommen. Bei denen haben sich die Sekunden angesammelt, bis es so aussah, als ergebe es einen

Tag. Wir meinen heute, das seien durchgesetzte Autoren. Und in der Tat sind inzwischen zehn-, zwanzig-, hunderttausend Exemplare von ihnen verkauft worden (aber nur nach und nach), und vor allem: Jeder kennt heute ihre Namen. Aber: Lesen oder gar gut finden tut sie die Mehrheit trotzdem weiterhin nicht. Sie bleiben zähe Brocken. Du kannst in Deinem Bekanntenkreis Walserleser nach wie vor mit der Lupe suchen, und wenn sie ehrlich sind, werden Dir auch die meisten gestehen, dass sie nur zwei, drei Seiten Kafka gelesen haben.

An den Komponisten,
noch naht der 15.11. nicht mit Riesenschritten, aber ich höre ihn schon in der Ferne stapfen.

Zazie war neulich ein paar Tage bei uns zu Gast. Meine Idee, sie beim Konzert mit dabeizuhaben, gefällt mir nach wie vor. Doch bin ich leider schon jetzt an meinen wirtschaftlichen Grenzen angelangt. Zum einen ist Venedig teuer. Zum anderen muss ich akzeptieren, dass ich auch mit meinem neuen Buch keinen Bestseller auf die Welt gebracht habe und also einmal mehr nichts damit verdienen werde. So fehlt mir das Geld, Zazie anreisen und hier im Hotel übernachten lassen zu können. Trotzdem fände ich die Idee richtig und schön, sie dabeizuhaben.

Frage: Wäre es möglich, dass sie sich wenigstens in den nächsten Tagen einmal mit dem Pianisten trifft, um mit ihm zwei, drei mögliche Lieder auszusuchen und zu proben (eins davon sollte Barbaras *Göttingen* sein, weil mein Verleger aus Göttingen anreisen will – da wäre es eine Sünde, das nicht zu bringen). Ich will derweil sehen, ob ich irgendwie Geld auftreiben kann bis im November. Wenn ich's schaffe, kommt sie, wenn nicht, hat sie wenigstens den Pianisten kennengelernt und sich mit ihm vielleicht gut verstanden.

Gestern traf der Herbst in Venedig ein. Er macht seinen Antrittsbesuch. Laut Wettervorhersage hat er vor, übers

Wochenende zu bleiben und sich dann noch einmal zu verabschieden. Heute ist der Himmel verhangen. Und sofort möchte ich wieder losziehen, weil Venedig unter tiefhängendem Himmel natürlich eine vollkommen andere Angelegenheit ist als unter einem hochhängenden (jeder Sonnenstand, jede Wolke verändert die ganze Stadt, und man hat das dringende Bedürfnis, sie einmal mehr von A bis Z anzustarren).

31.08.
An die Übersetzerin,
mit Deiner Mail hast Du mir einen Rettungsring zugeworfen. Vielen Dank. Ich stand auf, die dunklen Wolken zogen vor dem Fenster vorüber, ich öffnete die Mailbox und fürchtete mich vor schlechten Neuigkeiten – und dann so etwas! Ach Pfötchen! (Ich habe gelesen, Russen sagen zueinander Pfötchen, um ihre Zuneigung auszudrücken.) So, wie Du Deine Lektüre schilderst, würde ich den *Mann mit den zwei Augen* gern gelesen wissen. Zum Beispiel, dass Du schreibst, Du könnest oft lachen oder lächeln beim Lesen … Es scheint einmal mehr ein Problem des Abschmeckens zu sein. Deutschsprachige Leser verstehen das Buch als depressiv und egozentrisch. Sie halten mich für einen verkappten Päderasten und meinen, die Beziehung zwischen dem Mann und der Frau sei ja nun das Allerletzte; der Protagonist sollte lieber heute als morgen von der Frau sitzengelassen werden usw. Dass ich oft lachen muss, wenn ich nachlese, was ich geschrieben habe, halten die meisten für gestört. Sie fürchten, ich müsse demnächst eingeliefert werden. Offenbar lässt sich das alles mit französisch sozialisiertem Blick leichter nehmen. Als ob man auf Französisch gewöhnt sei an stärkeren Tobak, den man mit seinem eigenen Leseesprit genießbar macht. Und etwas Verblüffendes: Du scheinst Spaß zu haben an der Verdrehtheit des Stils (auch ich lache über

die manchmal fast übermenschliche Anstrengung, mit der da einer versucht, seinen Satz korrekt bis zum Ende auszuformulieren; obwohl der Satz oft hanebüchen und überflüssig ist und man eigentlich nur über den Fakt lacht, dass der Autor sich so abmüht mit ihm). Darüber lacht in Deutschland kaum jemand. Es wird nicht einmal wahrgenommen. Man denkt höchstens, was für ein verkrampfter Heini. Über Stil wird in Deutschland zurzeit wenig geredet. Es geht immer nur um Inhalt bei den besten deutschen Büchern des Jahres. Vielen Dank für Deine Mail. Ich bin aufgelebt damit. I. wusste in letzter Zeit kaum noch, wie sie mir meine Sorgenfalten aus dem Gesicht bügeln könnte.

/2

Am liebsten würde ich Deine beiden Mails ins Deutsche übersetzt meinem Verleger senden, um ihn aufzuheitern. Fürchte aber, dass der längst woanders ist mit seinen Gedanken und sich nicht die Zeit nehmen würde, sich von mir aufheitern zu lassen und meine langen Tröstungsmails zu lesen. Ob ein Buch Erfolg hat oder nicht, kümmert ihn weniger als mich. Er liebt es, Bücher zu machen, und wenn das eine durchfällt, dann macht er halt ein nächstes. Er hält es für verlorene Zeit, über einen Misserfolg zu jammern. Wofür er sich einmal entschieden hat, daran hält er fest und denkt nicht länger drüber nach.

Da ich so langsam schreibe und so wenig veröffentliche, halte ich jedes neue Buch von mir für eine existenziell wichtige Angelegenheit. Und wenn es durchfällt, bricht für mich die Welt zusammen. Der Verleger sagte vor ein paar Tagen zu mir – ich las ein letztes Mal aus dem *Lieben Niels* vor und verkaufte einmal mehr nur drei Exemplare davon, nachdem vor mir eine deutsche Gelegenheitsautorin ihre Familiengeschichte (autobiographisch) vorgestellt hatte in einer Sprache und auf eine anbiedernde Art, die mir die Schuhe auszog, von diesem Schund aber vierzig

Exemplare absetzen konnte …, der Verleger war angereist zur Finissage-Lesung und erlebte diese Niederlage mit und sagte völlig ungerührt: Aber du willst doch keine solchen Bücher schreiben wie sie, und ich will keine solchen Bücher verlegen. (Mehr sagte er nicht. Er ist Mecklenburger und spricht fast gar nichts. Ob ihm ein Buch gefällt oder nicht, sagt er nicht. Er macht es, und er macht es sorgfältig, heftet es mit Faden, wählt schöne Schriften aus, lässt sorgfältig korrigieren und layouten – weil er findet, ein Buch aus seinem Verlag müsse auch in fünfzig Jahren noch nach was aussehen und gelesen werden können, ohne auseinanderzufallen.) Also: Ich brauche ihn nicht zu trösten, decke mich aber selbst mit Deinen beiden tröstlichen Mails zu. Danke.

01.09.

An den Freund in Köln,
heute früh macht Venedig frösteln. Der Himmel ist bewölkt (aber was für Wölkchen!). Tagsüber feiert das deutsche Studienzentrum sein vierzig-, fünfzig- oder sechzigjähriges Jubiläum. Der Kulturstaatsminister reist dafür an. Am Abend gibt es auf der Terrasse über dem Canal Grande ein Fest (hoffentlich fällt's nicht ins Wasser) mit Ulrich Tukur als Gastmusiker. Da gehen I. und ich hin. Voraussichtlich werde ich Gaston Salvatore kennenlernen. Morgen findet ein Konzert von Tukur im Teatro Goldoni statt. Auch dort werden wir hingehen. Danach haben wir unsere gesellschaftlichen Pflichten bis auf weiteres erfüllt.

An die Übersetzerin,
ja, mit dem Verleger habe ich Glück. Wobei es ein sprödes Glück ist: Er sagt nicht, dieser Text gefällt mir. Er sagt einfach nichts. Man kann nur aus der Tatsache, dass er ihn verlegt, schließen, dass er der Überzeugung ist, es sei richtig ihn herauszubringen.

Beim *Lieben Niels* lachten die wenigen, die ihn gelesen haben, waren gut gelaunt nach der erquickenden Lektüre und sprachen das auch aus. Da gab es also ein Echo. Diesmal bin ich in einen echolosen Raum geraten. Nachdem nicht einmal der Verleger reagierte, wurde das Buch stumm auf den Markt gebracht und geht dort stumm zwei-, dreimal über den Ladentisch und endet in staubigen, totenstillen Lesestuben. Als hätte ich eine Fibel für Karthäuser (Schweigeorden) geschrieben. Du bist eine der wenigen, die sich bislang dazu geäußert haben, und ich fürchte, selbst Du reagierst darauf nur so positiv, weil Du Dich seit Monaten mit dem Übersetzen des *Lieben Niels* beschäftigst und deswegen das neue Buch – aus schierem Selbsterhaltungstrieb – mögen willst. Wäre es Dir zuwider, würde Dir die Übersetzungsarbeit am anderen sehr viel schwerer fallen. (Bitte keinen Kommentar dazu. Ich schreibe das nur auf als eine Chimäre, die ich auf gar keinen Fall ihren Kopf heben lassen will und hiermit auf der Stelle abgestochen habe, indem ich sie beim Namen nannte.)

02.09.

An den Freund in Köln,
mit Franziska Petri kam ich neulich in Venedig auf dem Flughafen an (und vor einem halben Jahr saß ich mit Devid Striesow im Flieger nach Zürich; er trug einen ausgeleierten Wollstrickpariser auf dem Kopf, noch unattraktiver als die Mütze, mit der Euer Schlagersänger Löw heute noch in Talkshows rumsitzt – Striesow hat sich damit meine Gunst bis auf weiteres verscherzt). Petri ist offenbar schon ein paar Tage vor den Filmfestspielen angereist, hat sich akklimatisiert und gibt jetzt auf dem Lido die deutsche Femme fatale – und keiner sieht's, weil das Wetter zu struppig ist für den Lido.

Gestern ein Abend mit lauter Alumnis (die scheinen zur Gattung der Zombies zu gehören? ich kannte das Wort nicht, will es auch nicht näher kennenlernen, habe aber kapiert, dass es sich um Ehemalige handelt; »Liebe Alumnis« wurden wir begrüßt), staubig aussehend, zerknittert, nach Mottenpulver, Kouros und Chanel N° 5 riechend. Es waren etwa zweihundert da. Die Terrasse hat ihren Dienst vorbildlich erfüllt und uns alle entzückt. Tukur ist ein Ereignis. Drogen? Speed? Koks? Er tritt auf, legt los – und hat das Publikum nach dreißig Sekunden für sich gewonnen. Und zieht es immer enger an seine Brust, lässt ihm keine Sekunde Luft – ein Unterhaltungstycoon. Selbst die aus Papyrus gefalteten Alumnis blühten auf und spürten das Blut prickeln in ihren ausgedörrten Adern. Die Tukur-Boys präsentierten fünf Lieder aus dem großen Programm, das sie heute Abend im Theater vorstellen werden.

Gesellschaftliche Pikanterien habe ich keine zu berichten. Salvatore? Der Funke »ist nicht übergesprungen«. Wir wurden einander vorgestellt, wechselten zwei, drei Sätze und ließen einander stehen. Aus uns werden keine Freunde fürs Leben. Andere lernte ich nicht kennen. Die Italiener blieben unter sich, weil sie uns radebrechende Deutsche satthaben, und die Deutschen blieben unter sich, weil sie ihre Positionen nicht gefährden mochten: Sie redeten nur mit Gleich- oder Höhergestellten, die ihnen nichts wegnehmen oder ihnen sogar irgendwann nützlich sein könnten: Leute mit Lehrauftrag in Taiwan und der Hoffnung, es endlich zu einer ordentlichen Professur in Münster zu bringen. Wirtschaftsleute aus den oberen Etagen. Dazu Gattinnen, Gattinnen, Gattinnen. Da es ziemlich frisch war, setzte ich mich in einen Salon und hörte drei Chanellen zu. Die eine erzählte von lauter deutschen Prinzessinnen und italienischen Conti aus Venedig. Es stellte sich heraus: Sie führt eine Galerie in Deutschland und eine in Venedig, kennt Gott und die Welt, ist von denen (von Gott und der Welt) abhängig und ließ deswegen ihre Namen großzügig fallen, ein wahrer Platzregen illustrer Namen, unter dem ich mich erschrocken wegduckte. Ein paar schrullige Details aus der gehobenen venezianischen Gesellschaft habe ich immerhin aufgeschnappt, original technicolor, fünfziger Jahre. Neben mir saß Frau Baumbauer, Tukurs Agentin. Der habe ich fuderweise Komplimente gemacht. (Sie, d. h. ihre Mutter, ist für mich eine Schauspielagentinnen-Ikone.)

Eine Osteria wie die auf der Postkarte, die ich Dir geschickt habe, gibt es in Venedig längst nicht mehr. Ich bin nach wie vor auf der Suche nach etwas in dieser Art. Aber die Mieten sind auch hier raketenhaft gestiegen. In die Osterien sind die Hennesse & Mauritze eingezogen. Die Heuschrecken fressen alles kahl. Die Venezianer können es sich nicht mehr leisten, essen zu gehen. Höchstens mittags kann man sie dann und wann noch antreffen. Dann essen sie Sarde in Saor – ob Du das wohl runterkriegen würdest? Wenn's gut ist, kann man's knapp ertragen (jemanden wie Dich, der Brathering isst, sollte es keine allzu große Überwindung kosten).

An den Bruder K.,
obwohl ich ihn eigentlich langsam kennen müsste, bringt mich der Widerstand des Betriebs und des Buchmarkts jedes Mal von neuem aus der Fassung, und ich tröste mich dann an solchen Sätzen wie Deinem über »Mut und Konsequenz«. Sie mir selbst zuzuflüstern, schaffe ich nicht.

Im Grunde genommen glaube ich jedes Mal von neuem, der Kunde sehne sich nach Unbekanntem. Auch im Restaurant: Jeder wolle lieber mal frittierte Heuschrecken versuchen als einmal mehr Pommes frites in sich hineinzuschaufeln und traurig vor sich hin zu glotzen. Das ist aber offensichtlich falsch. Fünfundneunzig Prozent bestellen letztlich dann doch lieber ein weiteres Mal Pommes; das schützt sie vor bösen Überraschungen, meinen sie.

Venedig ist jeden Tag wert, angeschaut zu werden. Jetzt steht die Sonne ein wenig tiefer, das macht die Farben kräftiger, goldener, wärmer – man wähnt sich im Viewmaster-Apparat auf den Spuren Peter Pans und kann sich gar nicht sattsehen.

Seit drei Tagen haben wir auch hier Herbst. Nur noch etwa vierundzwanzig Grad, manchmal Wolken, manchmal ein kurzer Regenguss. Ich denke aber, er wird sich noch einmal verabschieden (der Herbst) und einem triefenden Spätsommer Platz machen.

Der Metzger am Ende des Platzes, den Du entdeckt hast, hatte, kaum wart Ihr abgereist, ein »chiuso per ferie«-Schild ins Fenster gehängt. Letzten Mittwoch kehrte er zurück. Sofort ging ich hin und werde nun täglich hingehen. Was für ein schöner Laden! Und gegenüber kaufe ich seither den Wein, in einem winzigen Laden, der offenen Wein in Plastikflaschen verkauft. Langsam entdecken wir diese übrig gebliebene Mikroinfrastruktur der Einheimischen. Zum Beispiel machen wir uns neuerdings fast täglich das Vergnügen, uns mit den Traghetti übersetzen zu lassen. Traghetti sind die Gondeln mit zwei Ruderern – einem vorne und einem hinten –, die an etwa sechs Stellen die Passanten vom einen ans andere Ufer des Canal Grande übersetzen. Für fünfzig Cent (residenti) oder zwei Euro (turiste). Tatsächlich werden die Fußwege dadurch rasant abgekürzt, und wir kapieren langsam, dass der größte Teil der Stadt in vernünftiger, erreichbarer Distanz liegt.

An den Freund in Köln,
das Buffet auf der Terrasse bestand aus verschiedener Charcuterie (Salami, Mortadella, Rohschinken), dazu Parmesankäse und roher Thunfisch. Weil wir auf deutschem Terrain waren, stellten sich alle in eine Reihe. Es dauerte endlos, bis man drankam. Endlich platzte dem italienischen Personal hinterm Buffet der Kragen. Sie sagten, wir sollen nicht so brav in einer Reihe stehen, sondern dort

hingehen, wo gerade Platz sei. Plötzlich kam Zug in den Kamin. Vorher hatten wir uns eine Stunde lang die Beine in den Leib gestanden. Die Italiener dachten wahrscheinlich, wir seien wahnsinnig.

03.09.

Ulrich Tukur mit seinen Rhythmus Boys machte Freude. Im Nu hatte er das Publikum erobert, und dann tanzte er so federleicht auf unseren Emotionen herum, dass man nur staunen konnte. Ein Vollblutmusiker und ein Vollblutentertainer. Habe mindestens einen Liter Wasser verloren (Tränen gelacht und geschwitzt vor Begeisterung). Der kann – und er ist noch nicht einmal fünfzig – frei wählen, auf welche Art er Millionär werden will, ob als Schauspieler oder als Musiker. Wenn er auch noch so gut schreibt – er hat ja angefangen zu dichten –, kommt ein drittes Genre hinzu. Was mich besonders für ihn einnahm: Man muss ihn live erleben, wenn man ihn erlebt haben will. Man muss hinpilgern und ihn sehen/hören. Er steht hundertprozentig in der Bühnengegenwart, mit jeder Faser, spielt mit dem Publikum, reagiert auf es, nimmt es auf, liebt es, will ihm gefallen, will es erschrecken, entzücken (und ist dabei geschmackvoll, intelligent) – kein Internet der Welt kann das jemals ersetzen. Er bringt die Luft im Saal zum Vibrieren. Wie er im normalen Leben, im Alltag überhaupt atmen kann, ist für mich schwer vorstellbar.

Sie gingen den Triumph danach feiern, soweit ich verstanden habe: im deutschen Studienzentrum auf der Terrasse. Aber sie wollten spürbar im kleinen Kreis bleiben (der bestimmt immer noch viel zu groß war – schließlich sind die Musiker allein ja schon zu viert, alle mit Frauen und Freunden, dann seine Agentin mit Töchtern und Freundin, Mütter, Väter, Geschwister und und und …), weswegen ich ihn weiterhin nicht persönlich kenne und nichts über ihn sagen kann.

Das Goldoni-Theater – ein Traum von einem Theaterchen, vier-, fünfhundert Plätze, vier Miniaturränge mit Puppenstubenlogen – war etwa zur Hälfte gefüllt.

/2

Noch zur Regata Storica: die habe ich zum großen Teil auf *Rai2* verfolgt. Bin erschöpft von der Stadt und mochte mir nicht schon wieder irgendwo die Beine in den Bauch stehen. Schließlich gingen wir dann aber doch noch nach draußen und sahen die letzten Rennen. Wir standen an einem Vaporetto-Anleger und hatten freie Sicht auf das Geschehen. Es war schöner als im TV, weil die Farben in Wirklichkeit tiefer und besser aufeinander abgestimmt wirkten. Zum Anbeten, der himmelblaue Achter aus Murano vor dem puderigen Rosa aus San Erasmo und dem matten Gelb aus Chioggia, und die Bewegungen der Ruderer wirkten echt und kraftvoll, und der Klang der anfeuernden Rufe, die sich von rechts den Kanal entlang näherten … Das Ganze ziemlich chaotisch in der Organisation, mal ruderten normale Gondeln quer über den Kanal, dann kam ein Motorboot, dann ruderten zwei Kinder in entgegengesetzter Richtung vorbei, dann kamen zwei, drei Achter mit Ruderbänken wie Galeeren, die offensichtlich gegeneinander wettruderten, dann folgten acht Zweiergondeln (stehend gerudert), die offenbar besonders wichtig waren und von allen frenetisch angefeuert wurden … Bei uns würde das alles stramm durchorganisiert, mit Programmheft und Ansagen. – Schön war's, und die Spätsommersonne strahlte.

04.09.

Bin gelähmt, liege auf dem Bett, starre an die Decke, lese zwischendurch im *Pnin* (von dem ich den Eindruck habe, ihn schon einmal gelesen zu haben – oder gab es wohl eine Verfilmung davon?), döse ein, bin verzweifelt (über meine zwei Augen, über meine Schreibimpotenz). Draußen ein schöner Herbsttag.

In Venedig gibt es keine Autos, da empfindet man das Fehlen der Lautsprecherwagen nicht. Wie gesagt: Hier sind Lautsprecher ganz allgemein eine Rarität. Als ob sie die feuchte Lagunenluft nicht vertragen könnten und deswegen nie richtig hier angekommen seien. Eine stille Stadt mit dann und wann Live-Klängen (auf Gondeln fahren regelmäßig Duos mit, Sänger und Gitarre, Sänger und Akkordeon, die »Ciao Venezia« oder »O sole mio« vortragen).

Gestern Abend ging ich an einer dunklen Kirche vorüber, der Platz menschenleer, die Gassen menschenleer, der abnehmende Mond mit Hof darüber. Aus dem Bauch des Kirchenschiffs erklang Orchester- und Chormusik; eine Probe. Ich setzte mich auf die Marmorstufe vor dem Portal und hörte zu (die Türen waren alle verrammelt und verriegelt). Ein Hund kam und schnüffelte an mir. Das sind die Umstände, unter denen man hier Musik zu hören bekommt.

05.09.

An seine Lektorin,
längst bin ich wieder in Venedig, wo gerade der Spätsommer anfängt mit über dreißig Grad und einem Licht, das von Tag zu Tag intensiver wird. Man wähnt sich in einem 3D-Animationsfilm aus Hollywood, bei dessen Herstellung sie dimensionales Glutamat verwendet haben, eine Art 3D-Konzentrat oder 4- oder 5D. Unbeschreiblich die Farben und die Konturen. Auf Postkarten oder im deutschen Donna-Leon-TV sieht's bunt und kitschig aus. In Realität kann man gar nicht genug kriegen davon. Gestern Abend fuhr ein Wassertaxi mit roter Innenbeleuchtung an unserem Vaporetto vorbei, wie ein schwimmender orientalischer Puff, und es war überhaupt nicht kitschig oder süßlich, sondern schlicht atemberaubend.

An den Freund in Köln,
Professor Pnin zeigt seine nackten, mageren Unterschenkel, seit er in Amerika lebt, mit diabolischem Vergnügen (und Nabokov fing Schmetterlinge grundsätzlich kurzbehost). Ein vergleichbar großes Vergnügen empfindet Pnin beim Anblick seines neuen rosa Gebisses im Glas auf dem Nachttisch. Solche Freuden stehen uns noch bevor. Vorläufig bleibe ich standhaft und trage ganzjährig lange Hosen.

Findest Du etwas über die Skulptur an der hiesigen Dogana Vecchia? Ein etwa zwei Meter fünfzig hoher, nackter weißer Knabe (Marmor?) mit einer Kröte in der Hand. Er gefällt mir. Nah am Kitsch. Nimmt aber, wenn man nachts hingeht und ihn sich von nahem anschaut, ohne Menschen drum herum, für sich ein. Ist modern, eindeutig aus diesem Jahrhundert, ohne jeden Anspruch, zeitgenössisch sein zu wollen.

Ich verliere von Tag zu Tag mehr die Fassung. Gerade wieder bei der Lektüre von *Pnin*: Mein *M. m. d. z. A.* kann neben ihm leicht gelesen werden und wirkt mindestens so zugänglich wie dieser. Wo sind die Alphabeten geblieben unter den Kritikern? Martin Suter hat in einem Interview maliziös triumphiert: Die Vertreter der deutschen Untugend, Kunst (Literatur) in U und E zu unterscheiden, seien glücklicherweise am Aussterben. Wie recht er hat, habe ich beim Lesen dieser Aussage nicht realisiert. Erst jetzt öffnen sich mir die Augen: Es ist vollbracht. Deutschland ist endgültig auf dem Niveau von Amerika angelangt. Auch bei uns zählt nur noch Auflage und Quote. Sulzer redete in Bad Oeynhausen ausschließlich von seinen zehntausend verkauften Exemplaren (innerhalb von zwei Wochen). Und ich bewunderte ihn. Darüber, ob wir vielleicht gute Bücher geschrieben haben, auf die wir stolz sein können, redeten wir keine Sekunde. Ich muss es mir, wenn ich mich nachts schlaflos im Bett wälze, mühsam in Erinnerung rufen: Es gibt noch andere Kriterien als Auflage und

Applaus. Das Problem holte mich besonders stark ein am Abend bei Tukur, wo alles nur um Erfolg ging. Wenn ich einer Frau Baumbauer auf die Frage »und Sie, was machen Sie?« antworte, ich bin Schriftsteller, und sie kennt meinen Namen nicht, realisiere ich im folgenden Dialog in kürzester Zeit, was für ein Versager ich in ihren Augen bin. Es existiert in deren Welt nicht einmal im Verborgenen eine Sehnsucht nach Mehrwert, Jahrhundert, Kunst. Sie wollen Erfolg hier und jetzt. Und wer den nicht hat, soll sich tummeln. Es ist für Escort-Service-Damen keine Ehre, mich kennenzulernen, im Gegenteil, nachdem sie realisiert haben, dass an mir die Erfolglosigkeit klebt, gehen sie aufs Klo und waschen sich die Hände, die sie mir gegeben haben, aus Angst davor, sonst möglicherweise auch von diesem Leiden (der Erfolglosigkeit) befallen zu werden.

/2

So einfach ist das mit dem Kitsch nicht. Ich werde Dich eines Abends an diese eine Spitze Venedigs führen. Du wirst Dich kaum beherrschen können und den bleichen Knaben berühren wollen, so schön ist er. Doch ein Wachmann steht neben ihm, rund um die Uhr, und hält die magnetisch angezogenen Betrachter davon ab, sich ins Unglück zu stürzen.

Gestern fragte ich den Wachmann, aus was für einem Material der Knabe sei. Angemaltes Aluminium. Feiner noch als Marmor oder Meißner Porzellan. Und so weiß! Und so groß! Jeff Koons hat nichts damit zu schaffen. Der Knabe wird auch Dich zum Schweigen bringen. Und keine Symbolik, kein allegorischer Mehrwert, nichts. Einfach ein Knabe mit einer Kröte oder einem Frosch in der Hand. Pfeift auf die ganze Kunstgeschichte, pfeift auf die Besserwisser und Kritiker, die möglicherweise zum abschließenden Ergebnis kommen, er sei Kitsch. An diesem Standpunkt in dieser Stadt ist es Kunst und kann und darf nicht weg. Der Wachmann sagte, der Knabe stehe seit zwei Jahren hier, und sein Wert habe sich in dieser Zeit von drei auf sechs Millionen Euro verdoppelt. Er hatte keine Ahnung, von wem er ist, und den Geldwert kann er auch kaum kennen. Aber in seinen Augen (einem Jüngling aus Mestre) ist die Skulptur heute sechs Millionen wert.

Das Foto, das Du im Internet gefunden hast, ist das erste gute, das ich davon sehe. Es gibt einen Eindruck wieder von der Figur. Dass Du's als »Kitsch, zweifellos« bezeichnest, erstaunt mich. Wenn ich nur dieses Foto kennte, würde ich mich nicht trauen, ein Urteil zu fällen.

Schimmang habe ich in der *FAZ* gelesen. Na ja … Er jochen-schimmangt halt so vor sich hin, will keinem wehtun, sagt eigentlich nur, dass dadurch, dass der Deutsche Buchpreis explizit für Romane ausgelobt wurde, von deutschen Autoren fast nur noch Romane geschrieben und kaum noch andere Formen ausprobiert würden.

Die venezianischen Tauben haben sich abgewöhnt, Menschen auf den Kopf zu scheißen, weil sich unter ihnen herumgegurrt hat, dass sie sonst vergiftet werden. Der Taubenbestand ist hier radikal dezimiert worden in den letzten Jahren. Die haben inzwischen einen Höllenrespekt vor der Menschen Zorn. (Es gibt dafür umso mehr Gabbianos – diese großen Seemöwen – auf den Plätzen und in der Luft. Die haben keine Angst vor Menschen und hacken durchaus sogar nach uns, wenn wir sie in irgendwelche Schranken verweisen wollen.)

Was das reife Spätsommer-Herbst-Obst angeht: Erstaunlicherweise gibt es momentan eher weniger Sorten als im Frühsommer. Damals folgten auf die Erdbeeren Aprikosen, Pfirsiche, Blaubeeren, Himbeeren, Johannisbeeren, Stachelbeeren, Pflaumen usw. Alles in drei-, viertägigem Rhythmus. Kaum war die eine Sorte richtig reif, begann sie zu gären, und es folgte schon die nächste. Eine wahre Flut. Seit einigen Tagen stagniert es. Richtig Freude machen zurzeit nur die Feigen und ein paar Traubensorten (für die muss man aber eine glückliche Hand und ein gutes Auge haben). Melonen sind parallel dazu fast immer im Angebot, meistens erfreulich im Geschmack; vor allem Wassermelonen darf man nicht vergessen, die können im Süden fabelhaft schmecken.

06.09.

An die Tante in Palermo,
Du fragst nach der San-Rocco-Feier. Die haben wir verpasst. An jenem Tag ist unser letzter Gast abgereist. Das Einzige, was wir mitgekriegt haben, war spätabends ein Vivaldi-Konzert, das vor der Kirche auf dem Platz gegeben wurde, unter dem roten Baldachin, der vom Kirchenportal bis zur Scuola Grande gebaut war und unter dem im Lauf des Tages eine Monstranz hin und her getragen wurde. Zum Konzert waren Stühle aufgestellt, der ganze Platz voll. Wahrscheinlich hätte man sich auf die frei gebliebenen Plätze setzen dürfen (kostenlos), aber wir waren zu müde dazu – und mussten einen Umweg gehen, um nach Hause zu gelangen (eben: weil der ganze Platz voller Stühle war).

Danach gab's die Regata Storica, die Du ja auch gesehen hast am TV, außerdem laufen momentan immer noch die Filmfestspiele, und überall in der Stadt sind Ausstellungen von Architekten aus aller Herren Länder zu sehen (Architekturbiennale). Eine besonders verwöhnte und schicke Gesellschaftsschicht: Architekten und Designer. Sie sind überall anzutreffen, gut angezogen, gut aussehend, die meisten fahren in Wassertaxis zu ihren Terminen, alle sind großzügig alimentiert von ihren jeweiligen Regierungen (irgendwie versucht inzwischen jedes Land, seine Architektur und sein Design als Aushängeschild für sich und seine Identität zu nutzen). Selbst aus Arabien, China und Südamerika trumpfen sie auf mit zum Teil rührend veralteten

Entwürfen (modern bauen heißt zurzeit ja vor allem umweltbewusst und nachhaltig bauen; man kann nicht einfach weitere Häuser entwerfen und hinstellen – dafür reicht der Platz in unseren Städten nicht mehr, und die Ressourcen allgemein sind ebenfalls zu knapp dafür).

An den Freund in Köln,
ach so, in der Sonntagszeitung stand die Goetz-Kritik? Die kaufe und lese ich nicht. Deprimierend, dass Du das Buch daraufhin bestellt hast. Seit Jahrzehnten ist Goetz als *Gala*- und *Spex*-Reporter bekannt (die Zitate, die in der Besprechung seine frühere dichterische Potenz belegen sollen, sind ausnahmslos haarsträubend, banal, schlecht formuliert). Nun hat er mal wieder etwas Zusammenhängendes veröffentlicht, und die gesamte Presse stürzt sich drauf und schreibt künstlich empört, was für ein miserables Buch es sei. Selbstverständlich wurde es vorher noch rasch auf die Deutsche Buchpreis-Longlist gesetzt, weil das Buch ja nun wirklich zum Quieken miserabel ist und man sich diese Gaudi nicht entgehen lassen will, wie sich alle darüber das Maul zerreißen. Und prompt bestellen Zig- oder gar Hunderttausende (einer von ihnen bist Du) das Buch via Amazon, weil sie sehen wollen, wie saumäßig schlecht dieser seit Jahrzehnten saumäßig schlecht schreibende Autor wohl dieses Mal geschrieben hat. Und schenken das Buch, nachdem sie fünfzig Seiten darin überblättert und sich damit gelangweilt haben, einem ihrer Bekannten weiter (in unserem Fall hattest Du bestimmt insgeheim vor, es mir nach Venedig mitzubringen – tu's bitte nicht), damit der sehen kann, auf welche Weise der deutsche Literaturbetrieb sich in dieser Saison lächerlich gemacht hat. Was für ein armseliges Amüsement!

Deine Urteilssicherheit in Kunstdingen möchte ich haben. Ein Blick ins Internet, und schon weißt Du, ob etwas Kunst ist oder Kitsch. Schön. Vielleicht hast Du ja Ende

September irgendwann einmal Lust auf Kitsch? Dann gehen wir uns den bleichen Knaben zusammen anschauen. (Übrigens: Ganz Venedig steht unter Kitschverdacht. Du wirst kaum nachkommen mit dem Abwenden Deiner Blicke und dem Bedecken Deiner Augen.) Keine Angst, das Kind von Breker und Koons tut Dir nichts. Es steht auch keine versteckte Kamera in der Nähe, die auf die Gemächte der Betrachter gerichtet ist und jeden als Päderasten outet, der sich für die Skulptur erwärmt. Der Knabe steht nur da, hält einen Frosch in die Höhe und ist sehr weiß. Die meisten Japaner bringt das zum Staunen, ein paar europäische Kunstwissenschaftler wenden sich mit Grausen ab.

Als ich das erste Mal hinkam – es war schon dunkel –, standen fünf Nonnen in wehenden weißen Trachten und Hauben um den weißen Knaben. Außer ihnen nur noch der schwarz gewandete Wachmann, leicht abgewandt. Der Mond stand über ihnen. Ein Bild, das ich noch eine Zeitlang im Kopf behalten werde. (Das zweite Foto, das Du entdeckt hast – der Knabe von hinten in der Dämmerung –, ist ein weiteres gelungenes. Wie gesagt: Bislang habe ich hier noch nichts Vergleichbares auf Postkarten gefunden.)

07.09.

An den Bruder A.,

Erstlesungen? Die haben bei mir immer eher zufällig und irgendwo stattgefunden. Wer zuhören kam, der hat mich heiser und skrupulös ein paar Seiten vorlesen sehen – das war alles. Ach nein, stimmt nicht: Mit dem Ammann-Verlag versuchten wir, etwas mehr daraus zu machen. Einmal, beim *Losen Glück*, gab es sogar in einem Berliner Theater eine szenische Lesung mit zwei Star-Schauspielern, mit Licht und Bühneneffekten und allem Drum und Dran. Ich hatte nur unten im Saal zu sitzen und zuzuhören. Da kam ziemlich viel Publikum, und es war ein veritables Spektakel. Und einmal (bei *Maurice mit Huhn*) machten Ammanns bei sich in der großen Berliner Wohnung einen Vernissagen-Empfang; ich las zwanzig Minuten, danach wurde gefeiert. Aber geholfen hat beides wenig. Ich bin froh, dass Wallstein nicht auf die Idee kommt, etwas Besonderes zur Auslieferung der Bücher auf die Beine zu stellen. Ich werde meine erste Lesung irgendwo in der Nähe der Ostsee halten, in einer Entzugsklinik. Mit etwas Pech vor zwanzig zwangsverpflichteten Kurgästen, die Ausgangssperre haben.

An den Freund in Köln,
lass wenigstens ein paar kleine Lücken in Deinem Programm, durch die das Venedig vom Ende September 2012 die Möglichkeit hat, zu Dir durchzudringen. Vielleicht ist es ja so verführerisch, dass es Dich dazu bringt, ohne Ziel hinauszugehen und nicht mehr aufzuhören, es anstarren und ihm folgen zu wollen. Mir ergeht es jedenfalls bis heute so.

Selbstverständlich kriegst Du eine Vaporetto-Dauerkarte auf Deinen Nachttisch gelegt für die Tage, die Du hier bist. Fast das Schönste, was man machen kann, ist, die ganze Pracht von den diversen Vaporetti aus zu betrachten, egal, ob bei Regen oder Sonnenschein. Zum Beispiel bin ich nur deswegen jeden Abend betrübt, nicht essen gehen zu können, weil ich gar nicht oft genug im leeren Vaporetto durch den stillen, dunklen Canal Grande nach Hause fahren und in die verwaisten Riesensalons der Palazzi mit den enormen Muranoglaslüstern schauen kann. Und mindestens einmal musst Du mit mir den ganzen Weg bis an den Lido abfahren, am besten am Bahnhof einsteigen, weil wir dort die Chance haben, einen der paar Sitzplätze auf dem Vordeck zu ergattern, von denen aus man alles am besten sehen kann.

Zum Literaturbetrieb: Ich hatte nie Interesse an ihm und habe auch weiterhin keins. Warum sollte ich Tellkamp lesen, warum Ruge, warum Melinda Abonji usw.? Ich versuche mir meine Lust am Lesen zu erhalten (die immer mal wieder kurz davorsteht, ins Koma zu fallen). Das ist schwer genug. Der Betrieb zerstört jede Hoffnung darauf, in einem Buch vielleicht etwas zu finden, das mich froh macht.

Heute bespricht Platthaus den Goetz in der *FAZ*. Seine bahnbrechende Entdeckung: Es gibt nichts zu verpassen. Das stellt er über eine halbe Seite fest, dazu gibt es ein schönes Foto vom Dichter, der, wie die Redaktion leider feststellen musste, keiner ist. Schön, dass uns nun also auch die *FAZ* bestätigt, was wir ohne sie schon wussten. (Und untersteh Dich, aus purem Trotz das Buch nun gut zu finden!)

Der Einkaufszettel, den Du mir zugesteckt hast, brachte mich zum Lachen. Wenn Du wüsstest, dass ich weder Milch noch Brot noch Kaffee noch Butter noch Weißwein noch Sprudelwasser im Haus habe und das alles von heute an mit sehr viel Sorgfalt zusammensuchen muss, würdest Du die Hände überm Kopf zusammenschlagen und mich sofort zurückpfeifen wollen. Zu spät. Ab heute wird gebunkert. Es wird alles, was Du brauchst, im Haus sein, wenn Du es betrittst. (Nicht einmal Käse habe ich im Haus. Habe entdeckt, dass mir italienischer Käse nicht schmeckt. Eigentlich mag ich hier nur Leerdammer oder Allgäuer Emmentaler. Der schmeckt erstaunlicherweise fabelhaft im hiesigen Klima. Sonst mag ich diese beiden Sorten nirgends und nie. Außerdem vielleicht noch Gorgonzola dolce – nur, wann soll ich den essen?)

Das *Milion* war die größte Enttäuschung meiner ersten drei Monate. I. und ich waren vor dreißig Jahren einmal dort und fanden es damals erstens ausgesprochen romantisch (es ist schwer zu finden) und zweitens gut. Wir suchten es deswegen diesmal an einem der ersten Abende wieder auf (immer noch romantisch) – und wurden von einem alten ranzigen Kellner mit vergorenem Zeug abgespeist (nirgends habe ich entsetzlichere Sarde in Saor gegessen; anstelle von Essig haben sie Essigsäure verwendet, um die Gäste vor einer Fischvergiftung zu bewahren). Außer uns saß niemand im Lokal. Später kamen ein holländisches Paar und noch vier Amerikaner. Alle wurden vom Kellner zuerst an den schlechtestmöglichen Tisch geführt, dann an den zweitschlechtesten, bis sie irgendwann aufgaben, einen besseren zu wünschen, und sich niederließen. Die guten Tische blieben frei. Nicht weil sie reserviert gewesen wären, sondern aus reiner Schikane und Verachtung. Tut mir leid, diesen Wunsch kann ich Dir schon mal nicht erfüllen; ins *Milion* musst Du allein gehen. (Ich werde Dir Ersatzlokale vorschlagen, in denen wir draußen sitzen und rauchen können – wenn das Wetter danach ist.)

An die Opernsängerin,
was mit Deinem Herzen los ist, kann ich so schnell und aus der Ferne nicht diagnostizieren (muss erst meinen *Pschyrembel* zu Rate ziehen), empfehle aber weiterhin Ruhe, vielleicht mit einer täglichen Ration Teerluft. (Gerhart Hauptmann haben sie damals nach Erkner geschickt, weil dort Teer hergestellt wurde und die Abluft aus der Fabrik Hauptmanns Lunge angeblich guttun sollte; so eine Art Ersatzdavos für Berliner Nervenbündel, wie Du eins bist. Leider ist die Teerdestillerie heute nicht mehr in Betrieb. Vielleicht tun's ja auch Berliner Abgase? Dottore Ciocché empfiehlt hiermit: Täglich zwei Stunden Ruhe auf einem Liegestuhl an der sechsspurigen Heidestraße zwischen Moabit und Wedding.)

Und dann schwimm täglich ein paar Minuten in der Havel und stell Dich danach ans Ufer und schau über sie hinweg. Atme ein und aus, heb die Arme und senk sie … Heute am Lido habe ich einem dicken Italiener bei seiner Gymnastik zugeschaut und mich in ihn verliebt, weil sie (seine Gymnastik) so vergeblich war und so zerstreut durchgeführt wurde: Er schaute übers Meer, hörte den Wellen zu, hob manchmal die Arme über den Kopf und ließ sie wieder sinken, manchmal schlenkerte er sie ein wenig hin und her, vergaß es dann wieder, schaute wieder übers Wasser, hob die Arme vor seinen dicken Bauch, führte sie hinter den Rücken, ließ sie wieder hängen, schaute den Kindern im Sand zu, hob die Arme wieder … Dieses Gymnastikprogramm (die genaue Anzahl der einzelnen Übungen reiche ich noch nach; provisorisch würde ich sagen, siebenmal über den Kopf, elfmal vor den Bauch, etwa zehn- oder neunmal hinter den Rücken …) wird Dich heilen.

08.09.
An den Freund in Köln,
»Olla Potrida« musste ich bei Google suchen, ebenso wie Anna Katharina Emerick und Clemens Brentano. Was es alles gibt auf der Welt … Und Brentano war ein Bestsellerautor? Unvorstellbar. Ich dachte immer, das sei ein zarter, lebensuntüchtig romantischer Schwärmer gewesen?

Ein bisschen Stigmatisierung täte mir gut. Ich futtere, als hätte ich größten Kummer (hab ich auch). Nur halt Kekse anstatt Brot, Tee anstatt Kaffee, Rotwein anstatt Weißwein, Kranenwasser anstatt Sprudel usw.

Brot hat in Italien eine andere Funktion als in Deutschland. Ich verstehe nicht, welche. Es steht überall auf den Tischen herum, und sie kaufen es auch regelmäßig in den Bäckereien. Niemand kann mir erklären, warum. Man schiebt es sich gedankenverloren in den Mund, während man aufs Essen wartet. Es ist leicht wie Watte und ebenso fad. Man kann kaufen, was immer man will, es kommt aufs selbe raus. Am Ende des Tages wird das meiste in den Müll geschmissen. Am nächsten Morgen um sieben rennen sie wieder los und kaufen säckeweise frisches. Vielleicht könnte man Saucen auftunken damit? Aber Saucen kommen in der italienischen Küche kaum vor.

Das Einzige, das mir hier schmeckt und Spaß macht, ist dieser weiße Schaumgummi, mit dem die Tramezzini zusammengehalten werden. Du kennst diese dreieckigen Sandwichs? So eins musst Du hier dann einmal essen. Das macht Freude. In Deutschland trauen sie sich nicht, diese ultimative Fluffigkeit herzustellen. Dort haben selbst Tramezzinibrote eine gewisse brotartige Konsistenz. Hier ist es etwas Einmaliges, Unvergleichliches. Fast so etwas wie Marshmallow.

Aber was ich für Dich zum Toasten kaufen soll, ist mir vorläufig noch ein Rätsel. Ich werde mich umsehen und auftischen, was mir am reellsten vorkommt.

An die Opernsängerin,
man muss der Wirklichkeit ins Auge sehen: Das Buch ist ein Rohrkrepierer. (Keine Angst, Venedig gefällt mir trotzdem. Schließlich muss es auch Rohrkrepierer geben auf der Welt. Sonst würde ja ein Wort aussterben. Das wäre traurig.) Mit bald sechzig Jahren fischt man nicht mehr for compliments, da spricht man nur noch die Wahrheit: Das Buch ist ein … ein schwieriges. Eins, von dem wir in dreißig Jahren vielleicht zueinander sagen werden: »Eigentlich war das gar nicht so schlecht, das Buch damals mit dem Mann … Was war schon wieder mit dem? An den Augen hatte er's, ja? Ich inzwischen auch. Muss das mal untersuchen lassen vom Arzt. Ich sehe immer einen riesigen grauen Wal vor mir. Bald kann ich kaum noch drum herum schauen. Auf Buchseiten erkenne ich immer nur das erste Wort auf der Zeile und die vier letzten. Dazwischen diesen grauen Fladen. Es heißt, das könne man neuerdings wegoperieren.«

An den Freund in Köln,
ist Naipaul nicht der, den ich schon vor dreißig Jahren langweilig fand? Irgendwo taucht er, glaube ich, ohne Namen in

einem meiner Bücher auf (einer dieser Autoren, die manchmal bei mir auftauchen, weil sie das Pech haben, irgendwelche dummen Sentenzen von sich gegeben zu haben und in einer Zeitung damit zitiert worden zu sein). Er war, glaube ich, derjenige, der mal postulierte, er möge nicht, wenn Sätze schwer verständlich seien. Literatur müsse kinderleicht sein. (Und schrieb dann auch entsprechend einfältig?)

Was er diesmal sagt, klingt gut. Und kann ebenso gut ungesagt bleiben. Was allgemein aufmerken lässt: dass man's mit der Romanmode offenbar weltweit ein wenig überzogen hat? Man spricht nicht mehr nur darüber, ob dieser Roman besser oder schlechter ist als jener, sondern man äußert da und dort, man habe die Nase vom Roman an sich langsam voll. Man wolle neue Genres. (Das schrieb auch Schimmang: Dass nur Romane zugelassen seien zum Deutschen Buchpreis, verenge die Perspektive der Schreiber und Leser auf diese Gattung. Literatur sei aber sehr viel mehr.)

Vollkorntoastbrot im Kastenformat also? Ich werde schauen, ob es so etwas hier gibt. Du ahnst nicht, wie renitent Italiener sind, was ihre Lebensart angeht. Sie essen nun mal kein Brot zum Frühstück, also gibt es kein anständiges zu kaufen. Sie gehen in die Bar, trinken stehend einen Macchiato, essen dazu eine Pastina – das dauert insgesamt etwa siebzig Sekunden – und gehen ans Tageswerk. Das ist ihr Frühstück. Ich habe mir das auch angewöhnt und finde es erhebend: Nach zwei Minuten steht man schon mitten im Leben.

Das venezianische Leitungswasser ist hervorragend und absolut unbedenklich. Das Mineralwasser, das man hier kriegt, ist abgefülltes Leitungswasser, mit Kohlensäure angereichert. Das wird offiziell zugegeben. Der Bürgermeister sagt öffentlich, er trinke ausschließlich Leitungswasser. Es ist eine Demonstration, eine Haltungsbekundung: Man unterstützt nicht die Spitzbuben, die mit dem venezianischen

Trinkwasser Geschäfte machen, indem sie es in Flaschen abfüllen. Aber Du wirst *Acqua minerale leggermente frizzante* aufgetischt kriegen, weil's Dir offenbar gebitzelt besser schmeckt als platt.

/2

Cappuccino ist nicht richtig erwachsen, habe ich den Eindruck. Das hat vielerlei Gründe. Der wichtigste: Man setzt sich hier nicht hin und liest ausführlich die Zeitung bei einem Kaffee. Man trifft sich auch nicht zum Kaffeeklatsch. Kaffee trinkt man meistens im Stehen, zusammen mit anderen. Man tauscht zwei, drei Sätze aus, macht ein paar Sprüche, Scherze, klärt etwas, vereinbart etwas. Ein Cappuccino ist dafür zu viel Flüssigkeit. *Prendere un cafè* ist eher (umgekehrt) vergleichbar mit dem Beinheben bei Hunden. Da geht's ja auch nicht um die Menge der Flüssigkeit, sondern nur um die soziale Äußerung. Dass ein Cappuccino ein Zeichen für Schwulität ist, glaube ich nicht.

An den Schriftstellerkollegen,
heute in der *FAZ* las ich konsterniert, dass die Shortlist des CH-Buchpreises verkündet worden sei (mit Dir drauf). Und ich wartete jeden Tag darauf, den Anruf zu erhalten, ich sei für die Longlist ausgewählt worden!

Ein weiterer Tiefschlag.

Zum Glück war ich schon auf dem Rückweg von meiner morgengymnastischen Schwimmeinheit, sonst wäre ich bestimmt ertrunken vor Gram.

Nun wünsche ich halt wenigstens Dir den Preis. Im Grunde genommen gibt es da gar nichts zu wünschen: Selbstverständlich sollst und wirst Du ihn erhalten. Es wäre eine Schande, ihn von Matt zu geben, und bei aller Schweizer Liebe zu den Ostdeutschen: Sibylle Berg ist nun wirklich keine seriöse Alternative. Also: Freu Dich, dass Dir das Schreiben in die Wiege gelegt worden ist, und bau auf meine unverbrüchliche Solidarität zu Dir (mindestens so lange, bis ich wieder auf den Beinen stehe und erneut anfangen kann, um mich zu treten).

Dein Buch ist noch nicht angekommen. Falls Ihr's noch nicht losgeschickt haben solltet: Das Mückengift braucht Ihr nicht mehr mit hineinzulegen. Der Hochsommer ist vorüber. Es ist nur noch knapp dreißig Grad warm, für Tigermücken offenbar zu kalt, um nachts auszuschwärmen. Sie haben sich schon in ihre Höhlen zurückgezogen und mit dem Winterschlaf begonnen (nachts hört man sie leise schnarchen).

09.09.

An den Freund in Köln,
hast Du vor, mir das Naturschutzgebietsschild so lange zu senden, bis ich frage: Wo hast Du denn dieses Naturschutzgebietsschild um alles in der Welt her?!!!

Also: Wo um alles in der Welt hast Du denn dieses Naturschutzgebietsschild her?!!!

Gegen Deine Buchpreis-Erläuterungen lässt sich nichts einwenden, außer: Es ist deprimierend, nicht – und sei's auch nur aus Respekt – als sechster auf der Liste aufzutauchen (um sich postwendend davon distanzieren zu können – was ich eigentlich vorhatte, was ich aber bestimmt dann doch nicht über mich gebracht hätte, wenn ich tatsächlich auf der Liste aufgetaucht wäre).

/2

Was mir beim Flanieren eingefallen ist zum *Literaturclub*: Da profiliert sich so ein Stefan Zweifel zwanzig Jahre lang damit, dass er selbstverständlich keine mehrheitsfähige Unterhaltungsliteratur liest. Das posaunt er überall laut herum und schafft es damit, eine TV-Literatursendung zu kriegen. Wo er von dem Tag an aber plötzlich nur noch mehrheitsfähige Unterhaltungsliteratur lesen und mit Elke Heidenreich diskutieren muss (die er bestimmt zwanzig Jahre lang verlacht hat). Selbstverständlich kann er nun nicht mehr herumposaunen, dies oder jenes sei triviale *Brigitte*-Kost, das lese er nicht. Er wird sich irgendwie zu den vorgeschlagenen Büchern stellen und das eine besser oder schlechter finden müssen als die vier anderen – die vom gleichen Kaliber sind wie das eine. Am Anfang wird er in privaten Kreisen vielleicht noch postulieren: »Ach, das ganze Zeug kannst du vergessen, das finde ich nur im TV für viel Geld der Rede wert. Was wirklich lesenswert ist: Derridas legasthenische Halbschwester und der kastrierte Freund von Sloterdijk mit seinem *Eros und Thanatos*.« Bald wird er aber keine Zeit mehr finden für die Lektüre solcher Bücher, und er wird sich nur noch mit Unterhaltung beschäftigen. Und wird trotzdem bis ans Lebensende behaupten, eigentlich lohne es sich nicht, solches Zeug zu lesen. Und so streiten sich überall und dauernd irgendwelche Leute darüber, welches das beste Buch des Jahres sei – und sind insgeheim der Überzeugung, das, worüber sie sich streiten, sei sowieso alles Schund, weswegen sie mit der Zeit krankhaft zynisch werden.

An die Opernsängerin,
nicht einmal einen der fünf besten CH-Romane habe ich geschrieben. Wenn das nicht zum Weinen ist?! Doch das Wetter ist so schön und warm, dass meine Tränen immer schon weggetrocknet sind, bevor sie an der Kinnspitze anlangen. Darum sieht niemand, wie traurig ich bin, und also tröstet mich auch niemand (dabei wären Italiener meisterhafte Tröster; das beobachte ich immer wieder, wenn ein Kind hier anfängt zu weinen).

Meine Empfehlung: Lest den *Mann mit den zwei Augen* nicht. Stellt ihn zu den gelesenen Büchern (es ist schön, ihn mir in Eurer beeindruckenden Bibliothek vorzustellen).

Dort soll er nachreifen. Irgendwann einmal, wenn unser Augenlicht nachlässt und wir uns die Bücher, die wir lesen, eher vorstellen als tatsächlich entziffern, sollt Ihr ihn hervorholen. Dann wird er eine unvergleichliche Blume entwickeln (ein Cuvée aus Eurer und meiner Vorstellung dessen, wie ein gutes Buch aussehen könnte).

Da ich dank *FAZ* immer auf dem neusten Stand bin, weiß ich: Der Spätsommer steht kurz vor Berlin. Öffnet ihm schon mal Tür und Fenster.

An die Kunsthallenleiterin,
der Abend findet am 15.11. statt. Davor befinde ich mich wahrscheinlich in Panikstarre (habe noch nie ein Hauskonzert veranstaltet, auch nur ganz selten ein Fest; I. und ich sind nicht gemacht für so etwas; wir sind heute schon fast nur noch abwesend im Geist und schauen durch einander hindurch, weil wir an all die Katastrophen denken, die passieren können in so einem Zusammenhang).

10.09.
An ein Mitglied des Stiftungsrats,
schön, dass Sie entschlossen sind zu kommen. Ich hoffe, die Wohnung wird dann leuchten, und Sie werden Freude haben an ihr.

Die Uhrzeit steht noch nicht fest. Auf jeden Fall abends, am 15.11., und es wird zu essen und zu trinken geben. Die Atelierbeauftragte weiß zwar noch nichts davon, aber ich habe vor, sie in die kulinarischen Vorbereitungen und Überlegungen mit einzubeziehen.

Zur Musik: Da müssen Sie sich überraschen lassen, weil ich bis zuletzt nicht sicher bin, ob ich das Programm so auf die Beine bekomme, wie ich es mir vorstelle. Sicher wird ein Pianist aus Berlin da sein, der zum Teil aus dem klassischen Salonrepertoire schöpft, aber auch das Stück eines zeitgenössischen Komponisten aus Berlin spielt. Der

Komponist reist ebenfalls an, ein Freund, der für meine Filme und Theateraufführungen jeweils die Musik gemacht hat. Und mein Verleger aus Göttingen will kommen und die Verlegerin aus Genf, die bestimmt beide Freude hätten (wie ich auch), Sie und den Stifter kennenzulernen, der solch exzentrische Abende überhaupt erst möglich macht.

An den Freund in Köln,
dass ich es für zynisch halte zu glauben, man könne darüber entscheiden, was dem Supermarktverkäufer und der Friseurin gefalle, und gleichzeitig könne man abends bei einem guten Glas Rotwein darüber fachsimpeln, was einem anspruchsvollen Leser gefallen könne und müsse – das ist mein privates Problem. Wenn ich Freude habe an *Pnin*, dann halte ich *Pnin* für das beste Buch dieser Saison. Egal, ob die Verkäuferin das Urteil teilt oder nicht. Die findet ihre Lieblinge auch ohne mich.

Ich sah nach dem *Tatort* (der kein richtiger *Tatort* war – so geht das nicht! die betreiben Etikettenschwindel; das war irgendein verrutschter Milberg, kein klassischer *Tatort* mit klassischem Kommissar; nur Lars Eidinger als Stalker hat mir gefallen, feinste Ernst-Busch-Schauspielschul-Wertarbeit – ich nenne seit gestern Abend die Stechmücken, die uns nach wie vor dann und wann heimsuchen, Eidingers; sie kommen wie er durch die Wand, sind unsichtbar, nicht hörbar, doch am Morgen waren sie da und haben uns »angefasst«) …, ich sah nach dem *Tatort* einen Dokumentarfilm über eine Schweizer Bergbauernfamilie im Maderanertal. Auf *3sat*, glaube ich. Eine griechische Tragödie. Ein Vater, der den Kampf gegen sein Schicksal jeden Tag von neuem aufnimmt und jeden Abend von neuem eine Schlacht verloren hat. Es raubte mir den Atem zuzuschauen. Ganz unspektakulär wurde gezeigt, wie es mit ihm gesundheitlich bergab ging. Und mit welcher Zähigkeit er sich dagegen sträubte. Herzergreifend. So wie der will ich werden: Mich gegen die Welt stellen, so lange, bis sie mich flachgewalzt hat.

11.09.

An Zazie,

verschollen? Muss ich einen Suchauftrag herausgeben? Die Chimären wachsen. Bist Du abgetaucht, weil Du keine Lust hast, an meinem Abend mitzumachen, und den Kelch lieber an Dir vorüberziehen lassen möchtest? Dann sag's bitte. Damit hätte ich kein Problem. Oder willst Du erst abwarten, ob einer der in Aussicht stehenden Filme zustande kommt? Das brauchst Du nicht. Wenn Du Mitte November drehen kannst, dann entfällt Dein Venedigauftritt selbstverständlich, und ich werde Dich traurig bei meinen Gästen entschuldigen.

Bitte melde Dich und sag, ob Du theoretisch mitmachst oder lieber nicht. Falls ja: Ob ich auf Verdacht schon mal einen Flug für Dich buchen soll oder ob Du auf jeden Fall lieber mit dem Zug anreisen würdest.

/2

BRAVO! Das ist natürlich besser als Venedig. Herzliche Gratulation. Ich wünsche Dir eine spannende Rolle, möglichst viele Drehtage und eine exorbitante Gage.

Theoretisch könnten wir's natürlich weiterhin offenlassen. Man ist in der Regel ja nicht von Anfang bis Ende beschäftigt in einem *Tatort*, sondern man hat einen Drehtag hier, dann zwei dort, dann eine Pause, dann wieder einen Block usw. Selbst Kommissar Ulrich Tukur gibt zwischendurch bestimmt noch hier ein Konzert, dort in einem Film ein Gastspiel, macht eine Buchvernissage usw. Du könntest also – rein theoretisch – ansagen, dass Du vom 14. bis 16. November bereits etwas vorhast, und dann würde die Produktion den Drehplan so erstellen, dass Du an diesen drei Tagen garantiert nicht dran bist. Und dann kämst Du von wo auch immer eingeflogen und würdest wohin auch immer zurückfliegen.

Vielleicht ist Dir die Vorstellung jedoch unheimlich, und Du möchtest Dich lieber hundertprozentig auf den *Tatort* konzentrieren? Oder aber: Du merkst in den nächsten Tagen, dass Dich ein Gastauftritt in Venedig psychologisch eher stärken könnte, weil er Dir in den Augen der Kollegen und der Techniker eine zusätzliche Aura verleiht? Beim Verhandeln mit der Produktion wird es Dich vielleicht souveräner machen, sagen zu können, dann und dann kann ich leider nicht, da trete ich in Venedig auf …? Lass es auf Dich zukommen, schau Dir den Vertrag an, überleg – und falls Du dann doch Lust hast zu kommen, melde Dich wieder. Erst einmal plane ich nun ohne Dich.

12.09.
An den Pianisten,
ich schlage vor, die Option Zazie offenzulassen und parallel dazu eine zweite Möglichkeit zu überlegen (à la Broadway-Doppelbesetzung). Am Ende findet das statt, was dann möglich ist. (Es sei denn, Ihr habt eine Traumalternative, für die Eure Herzen besonders stark schlagen – dann lassen wir Zazie ziehen und konzentrieren uns auf die neue Idee.)

An den Freund in Köln,
es scheint in Venedig möglich zu sein, seine Tage relativ gut gelaunt hinter sich zu bringen. Die Kellner, Supermarktsverkäuferinnen, Straßenreiniger, Vaporetto-Angestellten (mein Traumberuf: Rudergast auf der ACTV-Vaporettolinie Nr. 2) sind meistens heiter und freuen sich ihres Lebens. Nicht dass sie den Kunden das ihre erträglicher machen würden, aber immerhin: Sich selbst machen sie es erträglich.

Sei nicht so verzagt: Deutschland wird heute Abend Österreich im Fußball schon niederringen. Ein Arbeitssieg, wird es hinterher wieder verdrießlich heißen. (Euer Trainer Löw guckt von Mal zu Mal bitterer. Den könnte man inzwischen in der Werbung einsetzen für einen Spruch à la: »Hier hilft nur noch Jägermeister«).

Der Herbst ist da. Feuchtwarm, bedeckt. Der Himmel kann sein Wasser kaum halten. Ein Gefühl, als hänge der Hintern eines inkontinenten Riesen über der Adria. Jeden Moment drohen ihm ein paar Tröpfchen abzugehen.

Womit ich mich immer wieder schwertue, ist die Tatsache, dass ich als Tourist mehr bezahle als ein Einheimischer. Zum Beispiel kostet mich der Sprizz auf der Piazzetta vier Euro, der Venezianer neben mir zahlt drei. Wenn ich ein paar Mal dieselbe Bar aufsuche, steige ich auf zum Stammgast und zahle auch drei. Wenn dann aber die Kellnerin wechselt, zahle ich wieder vier. Bis auch die neue mich kennt und drei verlangt. Vor allem die Rückstufung schmerzt jeweils. Die ersten Male weiß man ja nicht, ob man den Touristen- oder den Einheimischenpreis bezahlt. Man zahlt und ist zufrieden. Es gibt Orte, wo die Preise einheitlich sind. Das sind aber nicht unbedingt die schönsten. Zum Beispiel auf dem Campo Santa Margherita verlangen sie Einheitspreise. Der Platz wird Dir sympathisch sein, weil er der einzige ist, auf dem man auch um zwölf oder ein Uhr nachts noch ein Bier kriegt. Venedig ist sonst keine Nachtstadt; ab zehn, halb elf hat das meiste geschlossen.

An die Tante in Palermo,
ist bei Euch auch schon der Herbst eingezogen? Das ging hier rasch. Innerhalb einer Woche hat sich das Licht verändert, ist es abends kühler geworden, tagsüber nicht mehr richtig heiß, von den Bergen kommen öfter mal Wolken gezogen, das Wasser steigt bei Flut ein wenig höher als

früher. Wir mögen uns noch nicht umgewöhnen, tragen nach wie vor Sommerkleidung, würden immer noch am liebsten schwimmen gehen, was aber am frühen Morgen keine Freude mehr macht, sondern höchstens noch über den Mittag.

13.09.

An ein Mitglied des Stiftungsrats,
dass Sie am 15. November definitiv kommen wollen, freut mich. Dann werde ich wohl anfangen müssen, eine Gästeliste aufzustellen? Und am Ende werde ich mich bei Ihnen erkundigen müssen, was ich als Nächstes tun muss und wie man so einen ganzen Abend organisiert. I. und ich biegen, wie Sie aus dem *Lieben Niels* wissen, jeweils in letzter Sekunde vor Festen und Hauskonzerten dann doch lieber ab, setzen uns zusammen um die Ecke in eine leere Bar und lassen den Abend im Haus nebenan ohne uns stattfinden. Diesmal möchte ich nicht kneifen. Die Umstände sind zu verführerisch. Und die Gäste, die sich anmelden, scheinen sich zu freuen darüber, so unvernünftig zu sein, sich für ein Hauskonzert in Venedig am 15. November anzumelden. Es wäre eine Sünde, den Abend ausfallen zu lassen. Sie können also buchen. Der Lappen wird hochgehen. (Eine alte Theaterregel. Früher, als die fahrenden Truppen noch von den Abendeinnahmen lebten, galt als eiserne Regel: Egal was passiert, der Lappen muss hoch = der Vorhang muss zur angekündigten Zeit aufgehen, und was auch immer für ein Programm, etwas muss gezeigt werden.)

An den Verleger,
mit Beunruhigung stelle ich fest, dass ich von Ablehnung zu Ablehnung sicherer werde: *Der Mann mit den zwei Augen* ist ein gutes Buch. (»Mit Beunruhigung« schreibe ich, weil ich weiß, wie leicht man sich als Autor lächerlich machen kann, wenn man sich heroisch vor sein abgelehntes

Buch stellt und sich dem Verdacht aussetzt, sich mit ihm in der Tradition von irgendwelchen großen Vorgängern zu sehen, die zu Lebzeiten sogenannt verkannt waren.) Ich habe gerade *Pnin* von Nabokov zu Ende gelesen und Freude daran gehabt. Ein verunglücktes Ding, das aus lauter wunderbaren Brocken zusammengefügt ist. Und lese im Nachwort, es sei mit Pauken und Trompeten durchgefallen. Und denke, je nun, Pech gehabt; zum Glück ist es immerhin erschienen, und man kann es noch heute lesen und Freude haben dran.

Jetzt lese ich einen Bestseller aus der aktuellen Herbstproduktion. Manchmal nehme ich während der Lektüre meinen 2-Äugigen zur Hand, öffne ihn auf irgendeiner Seite, und mein Herz macht einen Sprung vor Freude, allein schon wegen der handwerklichen Wallstein-Qualität (in jedem Detail). Dann lese ich ein paar Zufallssätze aus meinem Buch, kehre zurück zum Bestseller und schnaube verblüfft durch die Nase: Wie die Sätze da verpuffen, weghuschen, verfliegen … Das ist weggeschluckt, bevor's auch nur einmal gekaut werden konnte.

An den Freund in Köln,
ich will nichts kriegen zum Sechzigsten und werde meinem Verleger untersagen, darauf hinzuweisen, wenn es so weit ist. Schließlich bin ich schon seit Jahren sechzig. Du weißt, wie wenig ich von Jahreszahljubiläen halte. Im Fall eines Autors ist es geradezu demütigend, wenn versucht wird, ihn über seinen runden Geburtstag ins öffentliche Bewusstsein zu rücken. Entweder gibt es Leute, die mich lesen, oder es gibt sie nicht. Alte Bücher will ich erst recht nicht wiederaufgelegt bekommen. Wenn Du nicht bald aufhörst, von zweiten Aufgüssen zu träumen, werde ich offiziell bekanntgeben, dass zu Lebzeiten von mir keine Neuauflagen alter Titel zu befürchten sind (auch Claude Simon verbot Neuausgaben seiner früheren Titel).

An die Leiterin des Berliner Brecht-Hauses,
was lange währt, wird endlich gut: Zum dreißigjährigen Kennenlernjubiläum von uns beiden eine Lesung bei Ihnen? Unbedingt.

Sie wissen aber, dass ich ein Saalfeger bin? Im Unterschied zu den Straßenfegern der siebziger Jahre. (Sie kennen den Begriff? Damals gab es Fernsehfilme, die so gefragt waren, dass zur Sendezeit die Straßen Deutschlands leergefegt waren.)

Meine Spezialität ist es, Lesesäle von Zuhörern zu befreien. Dass Jörg Magenaus magnetische Kräfte dagegen ankommen, bezweifle ich. Fragen Sie ihn erst einmal sanft, ob er mit meinem neuen Buch überhaupt etwas anfangen kann. Und dann fragen Sie ihn, ob er sich stark genug fühlt, einen Auftritt mit mir an der Chausseestraße durchzustehen, vor leeren Sitzreihen? Er wird Ihnen bestätigen, dass ich nicht übertreibe mit meiner Prognose. Er hat schon einmal eine leere Lesung mit mir durchstehen müssen. Je nachdem, wie gesund sein Selbstbewusstsein zurzeit ist, wird er entweder zu- oder absagen.

Wenn Sie trotzdem bei Ihrer Einladung bleiben, können Sie mich gern aufs Programm setzen. Sowohl der 26. wie auch der 27. Februar sind bei mir frei.

An den Freund in Köln,
könnte Dein Freund nicht in eine Senioren-WG einziehen? Ich weiß, dass nicht viele meinen Traum teilen, ein Leben als Zimmerherr zu fristen, wie man es früher in großen Städten tun konnte. Ich stelle mir das nach wie vor ideal vor. Da es momentan jedoch keine Generalswitwen gibt (zu lange Frieden in Deutschland), bei denen man bezahlbar unterkommen kann, und da man als Irrer nicht mehr in ein Kurheim gesperrt wird, wo man sich jeden Tag zwei, drei Stunden tütenklebend nützlich machen und den Rest seiner Frist verbummeln kann, muss man heraus-

finden, was die zeitgenössische Entsprechung für unsereins sein könnte. Mir kommt das Altersheim verlockend vor. Solange man noch bei Sinnen ist und die Kraft hat, sich seinen Freiraum dort zu bewahren. Wenn man mittellos ist, werden die Kosten doch vom Staat übernommen? Oder ist das der springende Punkt: Muss man sich das Leben im Altersheim leisten können? Was für harte Zeiten. Wir scheinen wohl alle noch die Armensuppe und den Schlafsaal kennenlernen zu müssen. Es weht ein kalter Wind.

Gestern schaute ich Tukur dummerweise dabei zu, wie er auf der Giudecca mit einem improvisierten Soloprogramm durchrasselte. Die Giudecca ist eine vorgelagerte Insel, gilt als Arbeiterquartier (wobei da inzwischen Elton John, Miuccia Prada und anderer wohlhabender, zugewanderter Jetset seine Häuser hat). Dieses ganze Wochenende stehen dort die Ateliers offen, es wird musiziert, gelesen, Theater gespielt – so ein wenig à la »Neukölln liest« oder »Prenzlberger Kunstmeile«. Tukur trat mit seinem Akkordeon in einer Kantine auf, und sein ganzer Lack fiel ab.

Das hätte ich mir nie vorstellen können: Selbst ein Ulrich Tukur braucht eine Bühne, Licht, einen Rahmen. Obwohl er sich selbst begleiten kann und eigentlich alle Mittel zur Verfügung hat, überall und jederzeit die Leute in seinen Bann zu ziehen, klappte gestern nichts. Er prallte ab wie ich, wenn ich einen schlechten Tag habe beim Vorlesen.

15.09.

Kulturzeit habe ich nicht gesehen. Will ich auch nicht sehen. Dafür eine andere Sendung, eine neue auf *rbb*: *Bücher & Moor*, mit Dieter Moor. Diese Mischung aus Nussknacker und John-Wayne-Klon plauderte mit Dani Levy über Bücher. Dazu trat noch ein verhuschtes Ding auf, das als »Literaturagentin« firmierte. Eigenartig, wer und was heute alles über Bücher schwadroniert. Als ob Bücher einen Markt hätten und irgendeine Quote versprächen.

Was beplaudert wird, hat immer weniger mit Literatur zu tun. Und die Autorendarsteller, die auftreten, werden immer glatter und verwechselbarer. Alle lächeln sie und sind positiv und versuchen, sich ihrem Gegenüber an den Hals zu schmeißen (dem Tontechniker, dem Kameramann, der Maskenbildnerin, dem Dieter Moor, dem TV-Zuschauer, dem lieben Gott). Manchmal denke ich, man müsste sie zur Eröffnung mit der Frage überraschen: »Was grinsen Sie so? Klebt mir eine Spaghetti an der Lippe?« Die haben sich alle ein Schnappschuss-Cheese-Lächeln ins Gesicht einscannen lassen. Früher haben Autoren doch immer so magensauer aus der Wäsche geguckt? Inzwischen sehne ich mich geradezu nach einem dieser fahlen, bitteren Kerle. *Bücher & Moor*-Eröffnungssendung, erster, exklusiver Gesprächspartner: ein Schweizer Lustspielfilmregisseur. Das ist doch nicht mehr normal.

/2

Da sieht man mal wieder, was eine gute Kinderstube ausmacht. Wären die 10 Rinder mit mir zusammen aufgewachsen, hätten sie im Gewitter gewusst: »Eichen sollst du weichen, Buchen sollst du suchen«. Nun liegen sie tot unter einer Eiche, erschlagen von einem Blitz.

An den Jugendfreund, der Germanistikprofessor wurde,

Der Mann mit den zwei Augen stößt auf Abwehr (die bis heute vor allem aus Totschweigen besteht). Da auch kaum private Reaktionen kamen (außer einer verzagten meiner sechsundneunzig Jahre alten Mutter, die, in der Absicht, mich damit zu trösten, erklärte, »ich verstehe halt vieles leider nicht mehr«) und da es weder auf der deutschen Longlist noch auf der Schweizer Shortlist auftauchte, sind mein Verlag und ich ziemlich erstarrt. Ich bin inzwischen kaum noch zu ertragen (fahre wegen jedem Blödsinn aus der Haut, sitze oft stundenlang antriebslos auf dem Stuhl, starre vor mich hin; I. tut mir leid, sie kriegt das ganze Fett ab). Und da kommt Deine Mail, und die Anspannung löst sich für einen Moment.

Das wollte ich Dir nur schnell schreiben: Heute Nacht werde ich bestimmt gut schlafen können. Und morgen werde ich Dir vielleicht mehr schreiben. Etwas von Venedig beispielsweise. Oder etwas darüber, wie Du mir das Leben aufgehellt hast.

An den Freund in Köln,
danke für den *NZZ*-Link. Konnte ihn öffnen und lesen und freue mich. Mosers Besprechung ist klar, verstehbar, eindeutig positiv, ohne jede »find ick jut«-Plumpheiten. Wie immer schreibt er auf hohem Niveau. Erinnert auf diese Weise daran, dass Literatur nicht aus Erkenntnissen wie »entschuldigen Sie, Herr Ober, dieser Burgunder ist eindeutig zu warm« besteht.

Die Besprechung könnte durchaus zwei, drei Leser (diese seltenen, großgeschriebenen Exemplare: LESER) zum Kauf animieren. Ich gehe die Zeitung gleich im Anschluss kaufen und irgendwo bei einer Pizza feiern (will sehen, wie der Text im Blatt wirkt, immerhin ist es die Samstag/Sonntags-Ausgabe).

16.09.
Das war ein aufbauender Nachmittag gestern. Danke noch einmal für den *NZZ*-Link. Du findest Moser schweizerisch neutral und bist erstaunt, dass mich so etwas aufzubauen vermag? Ich bin Schweizer und verstehe Schweizerdeutsch.

Den Damm, den der Betrieb gegen das Buch errichtet hat, vermag seine Besprechung kaum zu durchbrechen; da hast Du recht. Dazu müsste einer der heutigen Mischler (ich kenne ihre Namen nicht) auf meine Seite gezogen werden. Aber für die schreibe ich zu anspruchsvoll.

Ich habe bei erfolgreichen Büchern inzwischen den Verdacht, ihr Erfolg beruhe vor allem darauf, dass ein Schnellleser (es gibt eine Schnelllesetechnik, die man in Kursen erlernen kann; mein Mietanwalt hat so einen Kurs besucht und scheint lange Texte tatsächlich in kürzester Zeit überfliegen und dabei alles Wesentliche daraus aufnehmen zu können – das braucht er für die Lektüre langer Prozessakten; er sagt, er lese aber meistens auch Belletristik so und habe deswegen einen hohen Literaturkonsum) … –, dass ein Schnellleser sie innerhalb von fünf Stunden gelesen hat und überzeugt ist, nun erschöpfend Auskunft geben zu können über sie, ohne Gefahr zu laufen, sich lächerlich zu machen. Die besondere Sympathie der Kritik zu solchen Büchern nährt sich also daraus, dass der Kritiker in fünf Lektürestunden die Gewissheit kriegt, dass sie sauber konstruiert und fehlerfrei formuliert sind, dass man sich auf sie verlassen kann, dass sie wasserdicht geschrieben sind. (Die fünf Stunden habe ich von meinem Verleger; er erklärte mir, ein Berufskritiker schenke einem Buch maximal fünf Stunden Lektürezeit; danach schreibe er die Kritik; wenn er sich mehr Zeit zum Lesen nähme, würde er wirtschaftlich nicht überleben können.)

So kann man sich die letzten Buchpreise erklären, diese Tellkamps und Ruges, die niemand jemals zu Ende gelesen hat oder lesen wird: Es sind Bücher, die einen beeindruckenden Fünf-Stunden-Panoramaflug bieten. Danach hat man sie »gemacht« und kann davon erzählen (»ein Buddenbrooks der DDR« – mehr als fünf Stunden braucht man davon ja nicht zu lesen, da man seinen Buddenbrooks schließlich drauf hat).

Darüber habe auch ich nachgedacht bei Tukur: Wie viel der Hof ausmacht, um einen glaubhaft als König erscheinen zu lassen. In Tukurs Fall fand ich das frappant. Er tat genau dasselbe auf der Goldoni-Bühne wie im kleinen Kreis auf der Giudecca: Er nahm sein Akkordeon und sang dazu

Lieder. Im Theater riss er uns mit, im Hinterhof hörte ich einen, der weder besonders gut singen noch spielen kann. (Er hatte auf der Giudecca einen schlechten Tag, ohne Frage.) Was ich lernte: Man muss auch am hintersten Amazonas sein Bestes geben und seine Galauniform anziehen. Callas muss die Wilden erst einmal zum Staunen und Schweigen bringen, indem sie mit ihren blitzenden Brillanten im Ohr zu verstehen gibt, dass sie Unterwerfung erwartet. Dann erst kann sie anfangen zu singen und wird mit ihrer Kunst hoffentlich beeindrucken. Aber nur, wenn sie sich ebenso viel Mühe gibt wie in der Scala.

An den Jugendfreund, der Germanistikprofessor wurde, da verspricht man leichtsinnig, sich am folgenden Morgen zu melden, und steht dann da wie der Ochs vorm Berg. Bin heute aufgewacht, habe Deine Mail zum Buch noch einmal gelesen und mich erneut gefreut. Dann die Kritik von Samuel Moser. Auch gefreut. Und würde Dir nun gern beschreiben, wie ich mich freue. Finde aber keine Worte, also lasse ich's.

Venedig ist wie der brennende Weihnachtsbaum, der mich als Kind in Bann schlug. Im September noch schöner als im August, am 16ten noch schöner als am 15ten. Ich habe kein Wort gedichtet, seit ich hier bin, und habe heute wie gestern wie morgen immer neu das Gefühl, es wäre eine Schande, sich jetzt an einen Tisch zu setzen und etwas aufzuschreiben, wo draußen doch eine solche Verführungsorgie stattfindet. Davon darf man keinen Tag etwas versäumen! Nicht ein einziges Mal sind I. und ich ins Kino gegangen. Kaum gelesen habe ich. Kein Theater besucht. Nicht einmal aus der Stadt sind wir rausgefahren. Schon Murano käme uns absurd vor, wo doch Venedig aus allen Poren quillt und erst einmal angeschaut werden muss. Auch Museen und Palazzi haben wir kaum welche besichtigt. Wir verschieben alles auf Herbst und Winter –

wo es wahrscheinlich noch märchenhafter ist als jetzt, weswegen wir dann leider auf gar keinen Fall Zeit vertrödeln dürfen mit Schreiben oder Palazzi-Besichtigen.

Gestern haben sie den Lido dichtgemacht. Von einem Tag auf den anderen geht man nicht mehr schwimmen. Der Strand wird nicht mehr gewischt, gekehrt, gerecht, gestriegelt, geplättet. Alles liegt öd und leer da. Strandgut sammelt sich auf dem Sand (vorher wurde der acht Kilometer lange Streifen jeden Morgen blitzblank hergerichtet! allein wegen dieser täglich neu strahlenden Frische und Sauberkeit war ich jedes Mal vor Freude ganz verwirrt).

Gestern also auf einen Schlag Saisonende. Ein paar ausländische Badegäste lagen noch auf Tüchern am Boden. Die Sonne hat nicht mehr viel Kraft. Das Meer ist herbstlich aufgewühlt.

An die Opernsängerin,
heute habe ich im Spam eine Nachricht von Dir gefunden. Du hast vor vierzehn Tagen bei *angelfire* gefischt und dort offenbar irgendwelche positiven Besprechungen zu meinem neuen Buch gelesen und daraus geschlossen, ich sei ein hochgelobter Autor.

Die Besprechungen schreibe alle ich selbst, spätnachts, wenn andere schlafen. Eine Art Auto-Heinzelmännchen (ich muss die Frau, die ihnen zuschaut, und die Heinzelmännchen in Personalunion spielen). Unter fremdem Namen behaupte ich, MZ würde ebenso wenig gelesen wie Kafka und Walser zu ihrer Zeit. Dann wanke ich benommen ins Bett und schlafe ein. Am nächsten Morgen schaue ich, was denn die Welt so über mich sagt, und lese, ich würde ebenso wenig wahrgenommen wie Kafka und Walser, und denke, na ja, mag ja sein, nur, ob ich deswegen ebenso gut bin wie die beiden, das wissen die Götter … Und bin wieder betrübt. Gehe also sofort hinaus an die Sonne und lasse mich von ihr aufhellen – was ich auch jetzt tun werde.

17.09.

An den Freund in Köln,
die *NZZ* vom Samstag lag am Lidokiosk noch aus. Weil die Wolken nachmittags aufbrachen und die Sonne durchdrang, fuhren wir weiter nach Pellestrina (mit dem Vaporetto zum Lido, von dort im Bus und mit Autofähre auf die Nachbarinsel). Die Obsthändlerin hatte mir ein Dorf empfohlen, Portosecco. Dort werde gefeiert und es gebe einen Stand mit Essen. So war es denn auch. Ein Bierzelt mit langen Tischen und Bänken, eine mobile Küche in einer Bretterbude, Spaghetti mit Cozze gab's, Fritto misto, roten und weißen Bitzelwein, eine Bühne mit Musik, alles auf einem großen Asphaltplatz, davor rostige Fischerboote im Wasser, drum herum winzige Häuschen, in denen die Lagunenfischer wohnen (als Lagunenfischer kommt man offenbar auf keinen grünen Zweig). Der Bus zurück fuhr jede Stunde. Wir verpassten den, den wir nehmen wollten, um drei Minuten. An der Straße gab's eine kleine Pizzeria in einer Baracke, da feierten Besitzlose mit Kind und Kegel einen Geburtstag, ein Höllenradau, große Fernseher über den Köpfen, Fußball wurde übertragen. Sie räumten einen Tisch für uns frei und ließen uns mitten im Trubel eine Pizza essen und auf den Bus warten. Einer der fremdesten, fröhlichsten Abende in Venedig.

Die Besprechung ist schlecht platziert (deutlich sichtbar) und wie befürchtet zu kurz, um sich behaupten zu können. Außerdem wird sie in keiner Inhaltsangabe erwähnt, weder auf dem Titelblatt noch auf der ersten Seite des Feuilletons. Solche Details machen mehr aus, als man denkt. Das Internet kann das nicht wiedergeben. Eine zweispaltige Besprechung auf der fünften Seite links oben innen: unwichtig; brauche ich nicht zu lesen. Wenn da nicht in der Überschrift steht: »Sensationell!«, überblättere ich's. Da Moser grundsätzlich das Gegenteil von »Sensationell!« schreibt, geht die Besprechung unter. Dazu kommt, dass am Samstag die Literatur nebensächlich ist innerhalb des Feuilletons (der Literaturtag in der *NZZ* ist, wie ich erfahren habe, der Dienstag). Das Buch ist somit erfolgreich unter den Tisch gekehrt worden, ohne dass man irgendwem üble Absicht unterstellen kann: Die *NZZ* hat's – falls es eines Tages doch noch ans Licht kommen sollte – besprechen lassen und frühzeitig als interessant vorgestellt. Die Mühe, die sie sich geben, mich nicht auf die Beine kommen zu lassen, ist nicht nachzuweisen.

/2
Der Gemüsehändler war mit seiner Frau auch dort (das Fest dauert eine Woche; es war ein Zufall, dass sie gerade an diesem Abend da waren). Er erzählte von seinem Beruf, vom Obst, warum es an einem Tag gut schmeckt, am nächsten nicht mehr, wie kurz die Reifephasen aufeinanderfolgen, wie das Obst an einem Baum heute noch nicht ganz reif ist, dafür morgen, dann aber gleich alles auf einmal, weswegen man vieles ins Kühlfach packen muss, wo es sich verändert, zusammenzieht usw. Da realisierte ich erst, was für einen Unfug wir meistens kaufen (müssen) in unseren Städten. Frisches Obst, direkt vom Baum, ist etwas anderes als das, was wir normalerweise essen.

/3
Frau Professor hat auch mir geschrieben. Sie konnte offenbar viel lachen bei der Lektüre des *Lieben Niels*. Ich habe ihr noch nichts geantwortet. Es fällt mir nichts ein.

Dass Du mit diebischer Freude nachts vor dem Einschlafen mit ihr zusammen irgendwelche Geburtstagsüberraschungen zu meinem Sechzigsten ausheckst, ist abartig. Man feiert nicht, wenn einer alt wird; man geht liebevoll darüber weg und schweigt.

18.09.

An die Professorin,
Ihre Mail hat mir Freude gemacht. Danke. Leider haben nur wenige Leser den Mut aufgebracht, sich den dicken *Niels* anzuschaffen und reinzuschauen. Die meisten sagen, sie mögen weder Tagebücher lesen noch Briefsammlungen (auch ich mochte diese beiden Gattungen nie). Ein Fuder Mails stellen sie sich ganz und gar unverdaulich vor. Schon die in der eigenen Mailbox seien ihnen jeden Tag ein Gräuel. Außerdem sei das Buch viel zu dick und zu teuer.

Dass es mein erster veritabler Roman ist (ein Entwicklungsroman im klassischen Sinn: der Held entwickelt sich, die Handlung schreitet zügig voran, die roten Fäden ziehen sich zuverlässig durch die Seiten wie Taue, an denen man sich festhalten kann, ja sogar der Stil wird sich – nehme ich an – dem Älterwerden des Helden anpassen und also entwickeln, die Figuren und Charaktere, die auftauchen, haben alle Kontur usw.), kann sich keiner vorstellen, und ich werde es wohl auch niemandem glaubwürdig einreden können. Je nun. Ein Buch mehr, das sich, nachdem es zwar mehrheitlich positiv besprochen worden ist und somit als Achtungserfolg abgehakt werden konnte, nicht lange auf dem Markt herumtrieb, sondern umgehend im Archiv Platz nahm. Ächzend machte ich also einen nächsten Versuch und schickte Anfang August den *Mann mit den zwei Augen* ins Rennen – der aber gleich ins Archiv getrabt ist, ohne sich vorher auch nur darum bemüht zu haben, kurz wahrgenommen zu werden.

Ob das Buch wirklich so wenig taugt oder ob die Epoche es ist, die nichts taugt, weiß ich nicht. Ich finde es (das Buch) komisch, fast auf jeder Seite, aber offenbar habe ich ein paar Ecken zu viel eingebaut, um die herum ich lache. Wobei ich ja auch nicht unbedingt erhofft hatte, damit im Bernhard-Theater aufs Programm gesetzt zu werden, wenn man in Zürich wieder mal das Bedürfnis danach verspürt, sich auf die Schenkel klopfen zu können.

An den Freund in Köln,
Am Freitag der Wut ist ein Titel nach meinem Geschmack. Am liebsten würde ich ihn anmelden und schützen lassen. Sehr gut.

Das tagesfrische Obst, das wir in den Supermärkten kaufen, ist manchmal Jahre alt. Ich weiß nicht mehr, wo ich das gehört oder gelesen habe. Das ist offenbar nicht weiter der Rede wert, da es EU-Definitionen gibt, die »tagesfrisch« so großzügig interpretieren lassen. Das Obst muss wohl am selben Tag gepflückt, auf Todesstarre runtergekühlt, abgepackt und versiegelt werden. Dann ist es tagesfrisch.

Der Obsthändler sagte nicht, dass gekühltes Obst schlecht schmecke oder an Geschmack verliere. Er sagte nur, es verändere sich. Zum Beispiel sind Aprikosen innen, um den Stein herum, oft dunkel, fast schwarz manchmal. Eine frische Aprikose sehe nie so aus. Oder: Frische Pfirsiche lassen sich leicht vom Stein lösen. Bei gekühlten hält Stein und Fruchtfleisch fest zusammen. Kein Anlass, darüber zu lamentieren. Es ist organisatorisch unmöglich, in Berlin frisches Obst zu verkaufen. Es muss gekühlt angeliefert werden, weil es aus einer Region auf einen Schlag Tonnen von reifen Aprikosen, Pflaumen, Erdbeeren gibt, etwa eine Woche lang, danach aber keine mehr.

Ich frage mich, wie das in unserer Jugend war? Haben wir wirklich jeweils nur eine Woche Erdbeeren gekriegt, dann aber kiloweise? Haben unsere Mütter im Akkord zentnerweise Obst eingeweckt und/oder Marmelade gekocht? Hat es besser geschmeckt? Ich weiß, dass ich als Kind manchmal Obst oder Beeren pflücken musste, und dass meistens nur jede fünfte Frucht richtig reif war, die anderen waren entweder noch nicht so weit oder schon überreif. Ich habe nicht den Eindruck, ich hätte damals sensationelle Geschmackserlebnisse gehabt.

Glaub das nicht mit dem Reichtum. Ich kenne keine reichen Schweizer. Ein Jugendfreund aus Ins hat mir erzählt – er ist Treuhänder geworden und hat mit reichen Leuten zu tun –, dass nur etwa achtzigtausend Schweizer mehr als eine Million Franken besitzen (einige davon natürlich sehr viel mehr). Der große Rest ist arm. Bei uns geht die Gentrifizierung ja längst so weit, dass Schweizer über die Grenzen nach Deutschland, Italien und Frankreich ziehen müssen, weil sie sich das Leben in der Schweiz nicht mehr leisten können.

Es regnet. Ich gehe jetzt zum Friseur und fürchte mich davor, wie ich danach aussehe.

/3
Valon hat zugelangt und mich in einen älteren Herrn verwandelt, der mit jugendlichem Schnitt sein Alter vertuschen will: an den Seiten militärisch kurz, oben eine Quaste. Hoffentlich wächst sich das schnell aus (früher meinte ich, im Süden, an der Sonne, wüchsen Haare schneller – inzwischen zweifle ich daran; sie wachsen eher langsamer und werden dünner und weniger – oder ist das wohl das Alter?).

Alain Claude Sulzer wird weinen. Sie haben im *Literaturclub* seinen gesamten Plot verraten. Er glaubt allen Ernstes, kein Mensch kaufe sein Buch, wenn er schon wisse, dass der Pianist, um den es darin geht, mitten im Konzert die Klappe des Flügels schließt und sagt »das war's«. Ich sagte ihm, das Buch bestehe doch nicht nur aus diesem einen Einfall. Man kaufe es nicht bloß, um zu erfahren, was es denn nun wohl Geheimnisvolles mit diesem Pianisten auf sich habe. Wenn das in einem Satz erzählt sei, brauche man dafür ja kein Buch zu kaufen und zu lesen. Diese eine Pointe werde bestimmt in jeder Kritik verraten. Jeder, der es gelesen habe, werde sie erwähnen …

Er glaubt im Ernst, das dürfe man nicht verraten. Als er in Bad Oeynhausen auf der Bühne saß, ging's dann ungefähr so, »wir wollen hier nicht verraten, wie die Geschichte weitergeht ... Es tritt ein Ereignis ein, das alle Beteiligten betrifft ...« – Wenn man es nun aber, wie im Literaturclub geschehen, ausplappert (die Tante und die Nichte treiben's mit dem Gatten der Mutter der Tochter; Johannes – oder heißt er Wilfried? – pimpert, ohne es zu ahnen, die Tochter seines besten Freundes; der Leihkellner Gustave will klauen; die Dame, die er beklauen will, schenkt ihm das Geld usw.), bleibt kaum noch etwas übrig vom Buch, meint ACS. Das weiß aber der TV-Zuschauer nicht. Der wird hingehen und sich diese griechische Tragödie kaufen, weil er denkt, das sei ein Knaller, das wolle er genauer wissen, wie da eine Tante und eine Nichte es mit einem Gatten der Mutter der Tochter treiben, dass ein Johannes, ohne es zu ahnen, die Tochter seines Freundes pimpert, dass ein Leihkellner klauen will, worauf ihm die Dame, die er beklauen will, das Geld schenkt usw.

Ich war fassungslos. Die reden im *Literaturclub* wirklich so über Literatur. Darauf einen Dujardin und Birkenwasser einreiben zum schnelleren Haarwuchs.

An Berliner Nachbarn, die nach Paris gezogen sind,
wie und wo habt Ihr mein neues Buch entdeckt? Beschäftigt Ihr inzwischen eine Internet-Privatdetektei, die sich auf unnützes, abseitiges Wissen spezialisiert hat? Das Buch ist etwa vor zwei Monaten erschienen und sang- und klanglos untergegangen. Ob Ihr's in einer Kölner Buchhandlung entdecken würdet, ist fraglich (in einer Lausanner erst recht nicht, denke ich; in Lausanne hat man keine deutschsprachigen Spezialitäten am Lager). Vielleicht schicke ich Euch besser eins? Oder Ihr holt es Euch in Venedig ab? I. und ich leben zurzeit hier, noch bis Ende des Jahres, in einer großen Wohnung, die einer Stiftung

gehört. Im Salon steht ein schwarzer Flügel, der mich jeden Tag gondeltraurig anschaute, so dass ich schließlich fand, er müsse bespielt werden. Am 15.11. findet seinetwegen hier ein Hauskonzert statt. Wenn Ihr Lust und Zeit habt, seid Ihr herzlich dazu eingeladen. Ein Pianist aus Berlin wird kommen und spielen.

20.09.
An den Komponisten,
nachdem ich drüber geschlafen habe, finde ich die Idee mit Popette Betancor gut, um die Ecken rum sogar eine Punktlandung. Du hast recht, das wäre eine verblüffende Alternative zu Zazie. Das Hauptproblem wird mein fehlendes Geld sein (Reise, Übernachtung, Gage für sie). Die anderen (Probleme) folgen auf dem Fuß und müssten eins nach dem anderen abgefragt und abgehakt werden: Könnte sie sich so einen privaten Salon-Auftritt überhaupt vorstellen? Mag sie zu Piano-Solobegleitung singen?

Wollte hiermit nur schnell meine erste Reaktion korrigieren: Deine Idee finde ich von Stunde zu Stunde besser. Es ist nicht nur so eine Idee. Ich schicke Dir am Montag mein Buch. Du wirst schon auf dem Umschlag sehen, warum mich Deine »verstrahlte« Assoziation anspringt: Das Cover leuchtet in schönstem Tschernobyl-Abricot, und der Jüngling, der sich darauf so Hans-im-Glück-mäßig sonnt, wirkt besorgniserregend Stearin-blass.

21.09.
An die Freundin in Berlin,
heute waren wir in Padua. Das solltest Du auch noch sehen. Es gibt dort einen prachtvollen Dom, eine schöne, lebendige Altstadt mit kleinen Geschäften, in denen alte Männer in Anzügen und mit Strohhut einkaufen, es gibt ein Riesenkaffeehaus, opulenter als in Budapest oder Wien, es gibt die Pasticceria Cavour, das Beste, was ich in Italien an

Pasticcerien kennengelernt habe, es gibt wunderbare Feinkostläden, wie früher, die Leute sind freundlich, die Preise etwa ein Drittel oder ein Viertel niedriger als in Venedig. Und es steht da eine berühmte Kapelle, von Giotto ausgemalt. Weil wir in die Siestazeit hineingerutscht waren und nicht wussten, was machen, schauten wir sie uns an. Ein kleines Wunder (was für ein Blau an der Decke!). Aber der Kunstdidaktikterror ist unaufhaltsam: Man darf sich nicht einfach so auf diese Kapelle einlassen. Man wird zuerst in eine Videoschleuse gesperrt, mit maximal 25 anderen Besuchern zusammen, wo man einen Informationsfilm gezeigt bekommt (und runterklimatisiert wird auf die richtige Temperatur und Trockenheit, weil man sonst mit seinen Ausdünstungen die Fresken an den Wänden zerstören würde). Die Kapelle ist ebenfalls akribisch genau klimatisiert. Man wird erst nach der Videovorbereitung eingelassen und darf dann vierzehn Minuten und dreißig Sekunden lang die Wände anschauen. Von nahem ist deren Struktur zu erkennen. Ein Ornament gefiel mir besonders gut. Es ist wie mit einem feinen Kamm aufgetragen; haarfeine Würstchen parallel nebeneinander, in diversen Farben. Von einem Meter Abstand sieht es aus wie grüner Marmor. Doch eben: Auch da lassen sie einen nicht mehr einfach so schauen, sondern sie erklären erst einmal lang und breit, was man sehen wird und soll. (Mir vergeht dabei zwar die Lust zu sehen; aber die Geschichten, die ich hörte, gefielen mir. Zum Beispiel die des Finanziers, Name vergessen, der die Kapelle für sich errichten ließ, um sich damit vom Fegefeuer loszukaufen, und der in Dantes Inferno namentlich auftaucht als Wucherer.)

22.09.

An die Opernsängerin,
am Montag komme ich auch nach Berlin. Davor muss ich – morgen – ein letztes Mal mein venezianisches Fitness-

Programm absolvieren und mich in Form bringen. Über den Kopf kriege ich die Arme zwar nur noch mit Mühe, dafür schlenkere ich sie zweimal mehr an der Seite hin und her und lege dann die Hände auf dem Rücken übereinander (über dem Bauch tue ich das nicht mehr so gern; es engt mich ein und erschwert das Atmen).

Wenn Ihr vorhabt, schon gegen sechs im Berliner Ehrenhof vorzufahren, will ich mich bemühen, ebenfalls vor der Zeit dort aufzutauchen. Du musst mir aber bitte versprechen (und nimm das Versprechen auch Deinem Mann ab): Mit mir kein Wort über literarische Dinge. Ich kriege sonst Schweißausbrüche und beginne zu stinken. Lass uns ausschließlich über *Natur und Heilen* reden. Davon versteh ich zwar ebenfalls nichts, aber da erwartet man's ja auch nicht von mir.

23.09.

An den Freund in Köln,
achtzig oder achthundert Ochsen springen nun also freudig für Münchens Oktoberfest ins Feuer, habe ich gelesen? Gäb's doch für uns bloß auch so eine sinnvolle Alternative zum Leben. Ich fliege am Montag nach Berlin und nehme an der Rahel Varnhagen von Ense-Medaillen-Zeremonie teil. Am Dienstag früh fliege ich zurück. Ein Jetset-Kulturbürger. Solche Umwege machen Ochsen nicht.

An die Opernsängerin,
schade, dass es bei Dir morgen nicht klappt. Aber was mich betrifft, verpasst Du nichts. All das, was Du gern in Wirklichkeit überprüft hättest, existiert nur in der virtuellen Mailwelt. Ich bin im wahren Leben »der Alte« geblieben, ohne rosa Einstecktuch, ohne Korsett, ohne das venezianisch noble -th (das ungebildete Leute wie ich für ein Lispeln halten, gegen das wir im hohen Norden mit Zahnspangen, Logopäden und Sprechkursen ankämpfen würden).

Natürlich bin ich ein halbes Jahr älter geworden, das schon. Und in unserem Alter sieht das schnell mal aus wie ein ganzes.

Glaubst Du immer noch an Venedig im November? Soll ich mich für Euch umsehen wegen einer Unterkunft? Eine habe ich auf meinen Spaziergängen gesehen, die ich abenteuerlich finde (natürlich nur, wenn Ihr dort das größte der fünf Zimmer buchen würdet). Schau mal im Internet via Google die Residenza Ruga Giuffa an.

24.09.

An den Freund in Köln,
den geschenkten, nigelnagelneuen Anzug kann ich heute Abend in Berlin nicht einweihen. Ich will nicht als Versicherungsvertreter der *Swiss-Alm* auftreten. Habe ihn (den Anzug) allerdings mitgenommen nach Venedig und will versuchen, mich dazu zu überwinden, ihn im Spätherbst und Winter täglich zu tragen (in meiner Erinnerung tragen Venezianer im Winter Anzug, Mantel und Hut). Nachdem ich ihn eingetragen und mich an ihn gewöhnt habe, werde ich ihn vielleicht auch einmal offiziell tragen können.

Frau Sommer wünschte sich, dass ich zur Medaillenverleihung komme. Wahrscheinlich sitzen sonst lauter Offizielle rum, und sie fand, eine Verlegerin ohne Autoren sei ein trauriger Anblick. Irgendwie scheint ihr der Berliner Bürgermeister-Clan, der die Feier ausrichtet, nicht ganz geheuer zu sein.

/2

Theoretisch hätte ich einen ersten zur Konfirmation tragen sollen. Ich glaube, da ist man sechzehn? Habe keine besondere Erinnerung daran, außer eben, dass man zu diesem Anlass seinen ersten Anzug und schwarze Schuhe bekam. Die Schuhe waren mir zu eng und taten weh. Damals war es normal, dass neue Schuhe wehtaten. Es hieß, man müsse sie erst eintragen. Ich weigerte mich, einen Anzug auszusuchen, und bestand stattdessen auf einer hellen Hose und einem dunklen Jackett. Das kam mir kühn vor. Es gibt Fotos davon im Familienalbum. Ich sehe verboten aus (trage auf den Fotos Zoccoli – offenbar habe ich die Schuhe ausgezogen, kaum waren wir von der Kirche zurück).

25.09.

Die Verleihungszeremonie war weniger ergreifend als erhofft. Die Stiftung Preußischer Seehandel scheint knapp bei Kasse zu sein. Die Medaille ist undotiert, und die Häppchen, die's im Anschluss an die Feier gab, waren so, dass ich nicht weiß, wie sie waren (weil ich sie gar nicht erst versucht habe). Geredet wurde beeindruckend. Der Mann von Christa Wolf hielt die Laudatio, der Bürgermeister übergab die Medaille, überraschend kultiviert, informiert, persönlich, liebevoll. Frau Sommer war überzeugend. Ich fühlte mich als Kiepenheuer-Autor den ganzen Abend wie ein Mitglied in einem Orden, in einer Loge. Man hatte den Eindruck, nur die Besten wären von ihr in ihren Verlag aufgenommen worden. So wie die edle Riege der Baumbauer-Schauspieler. Oder wie die frühen Suhrkamp-Autoren.

Vorher und nachher gab's Salonmusik (zwei junge Frauen, Klavier und Gesang, Schubert und Hugo Wolf). Das ist eine extrem heikle Gattung. Ich will nobel schweigen darüber.

Anwesend war wahrscheinlich mehr Prominenz, als ich ahne. Viele Gesichter kannte ich (die meisten verwittert, aufgedunsen oder ausgemergelt, alle grau bis weiß), alte Autoren (Grass), alte Schauspieler (Bollmann), alte Intendanten (Stolzenberg, Pierwoß), Schitthelm, Khuon, jüngere Autoren (Oliver Bukowski, Dirk Laucke), Klaus Völker, Volker Braun, Klaus Wagenbach, Kritiker (Irene Bazinger, Petra Castell) und viele mehr. Alle umarmten Frau Sommer nach der Feier – es bildete sich eine lange Schlange. Danach gab es besagte Häppchen und Sekt an Stehtischen – und etwa eine Stunde später ging man nach Hause.

Die Reise war beschwerlich (EasyJet und Schönefeld sind zwei Reisefoltern, um die sich mal eine Menschenrechtsorganisation oder wenigstens der Verbraucherschutz kümmern sollte).

Bei strahlendem Sonnenschein heute Mittag in Venedig gelandet und sofort wieder gedacht: Hier möchte ich leben! (Dabei lebe ich zurzeit ja hier und denke eher, hier nicht leben zu wollen.)

26.09.

An den Verleger,
ja, hier ist es nach wie vor warm. Gestern trat ich aus dem Flugzeug: achtundzwanzig Grad, strahlend blauer Himmel (was für ein Blau über den terrakottaroten Fassaden!). Schön. Jetzt muss ich auf der Stelle meinen Frühstückskaffee trinken gehen. (Das konnte ich Dir leider nicht zeigen, als Du hier warst: die Pasticceria *Tonolo* vor unserem Haus; eine Institution. Da geht man morgens um acht hin, trinkt stehend einen Macchiato, isst dazu ein Cornetto, und nach ungefähr fünfundfünfzig Sekunden ruft man Ciao und geht zur Arbeit. Das ist ein erhebender Einstieg in den Tag, dieses fünfundfünfzig Sekunden lange Gedränge, die Hektik, der Kaffeeduft, das Gemurmel.)

An den Freund in Köln,
Frau Sommer sagte am Ende ihrer Rede, sie sehe Freund Hein schon vor sich am Straßenrand stehen und ihr zuwinken. Sie hoffe allerdings, er lasse ihr noch genug Zeit, um die Tabori-Gesamtausgabe fertig zu kriegen. Sie habe den Eindruck, der Tod schaue nicht grimmig und habe vor, sie sanft in die Arme zu nehmen. Dann zitierte sie nebenbei, wie Prosa, zwei, drei Zeilen aus Claudius' *Tod*

und das Mädchen und dankte danach für ihr über neunzig Jahre langes reiches, schönes, ärgerliches, ermüdendes, wunderbares usw. Leben … Diesen Schluss ihrer Rede werde ich lange in Erinnerung behalten; er war ergreifend.

An die Maler S&A,
Büsi AKA kitty tat gut. Ich habe ihm die ganzen sechs Minuten im Internet hingebungsvoll zugeschaut. Hatte auch den Ton eingeschaltet, hörte aber nichts. Ist es ein Stummfilm?

An den Freund in Köln,
man raunt, Stefan Zweifel habe Skrupel, so banale Bücher, wie sie zurzeit dran seien, öffentlich besprechen und loben zu müssen. Dazu komme: Die Sendung werde am Vortag aufgezeichnet und von der Redaktion zurechtgeschnitten. Er werde zu allem Übel also auch noch zensiert. Des Weiteren wird geraunt, Frau Professor Keller habe Skrupel, so banale Literatur, wie sie zurzeit dran sei, öffentlich diskutieren zu müssen. Sie wolle darauf bestehen, in Zukunft bei der Auswahl der Titel mitsprechen zu dürfen. Was ist das für eine merkwürdige Welt: Medienangestellte mit dreizehntem Monatsgehalt stellen eine Liste von Büchern zusammen, von denen sie behaupten, die seien für die breite Öffentlichkeit von Interesse. Und dann stellen sie Intellektuelle an, die über diese Banalitäten schau-zu-reden haben, damit der gemeine TV-Konsument das Gefühl hat, an einem literarischen Diskurs teilzuhaben. Würden die Intellektuellen von den Büchern reden, die sie selber lesen, würde die Sendung mangels Zuschauerinteresse abgesetzt, und sie würden arbeitslos. Wer Geld verdienen will, muss folglich prinzipiell etwas machen, das er nicht machen will?

Zweifel und Keller geben TV-Zuschauern Literaturtipps, würden selbst aber ihre Literaturtipps niemals dem TV entnehmen. Ich kenne im Grunde genommen niemanden, der seine Lektüre nach den Empfehlungen des Literaturclubs oder des Literarischen Quartetts zusammenstellt. Wer sich dort informiert, sind die Illiteraten. Was sehne ich mich also in den Literaturclub, wozu will ich auf die Bestenlisten? Dort findet die Literatur, die mich interessiert, wie ich mir eben bewiesen habe, garantiert nicht statt.

/2

Willst Du allen Ernstes mit Toastbrot und Kaffee anreisen?! Ich werde doch wohl noch imstande sein und Kaffee für Dich besorgen können? Und Du wirst wohl noch so flexibel und charmant sein, »mmmmmh, was für ein köstliches Toastbrot aber auch! und was für ein köstlicher Kaffee erst!« seufzen zu können beim ersten Frühstück?! Sei nicht wahnsinnig. Auch wenn es Dir nicht schmeckt, was ich auftreibe, so verlangt es doch die Höflichkeit, nicht mit dem eigenen Kühlschrank im Gepäck anzureisen. Das ist ja unter anderem das Überraschende am Reisen: dass die Dinge woanders anders schmecken und dass man den Lichtschalter woanders findet, die Tür woanders, das Klo woanders usw. Du sollst mit leichtem Gepäck reisen und stoisch in den sauren Apfel beißen, der Dir hier vorgesetzt wird, wenn er denn sauer ist.

Ich bin längst abgerückt vom Vorwurf der Charakterlosigkeit und des Opportunismus. Wenn Du dafür angestellt wirst, über Kinderbücher zu urteilen oder über Bücher von blinden Frauen oder über Bücher für Schwererziehbare, dann wirst Du innerhalb dessen, was Dir vorgelegt wird, mit bestem Wissen und Gewissen das auswählen, das Dir opportun erscheint. Wenn Du für Aldiverkäuferinnen einen Buchtipp abgeben sollst, wirst Du kaum den *Mann mit den zwei Augen* empfehlen. Die vier Intellektuellen meinen, sie könnten für die Einfacheren unter uns mitdenken. Das spreche ich ihnen zwar ab, aber Nazis sind sie deswegen noch lange nicht.

27.09.
Mit dem Tod ergeht es mir wie Dir: Nicht um den Toten trauere ich, nicht er tut mir leid – im Gegenteil, für ihn freue ich mich –, sondern die Hinterbliebenen bringen mich zum Weinen. Der arme zurückgebliebene Mann. Wenn man sich vorstellt, wie er nun traurig angeschaut wird vom herrenlos winselnden Hund und wie er nach draußen schaut, in die graue Eifel …

30.09.
An die Professorin,
manchmal versuche ich's mit der Fokussierung aufs Wie anstatt aufs Was – und lande bei der alten Diskussion um Form und/oder Inhalt, die nie zu einem Ende führt (und meistens schnell in die Irre, zu formalen Spielereien, Tüfteleien, Sprachexperimenten).

Noch dauert ja die Mode mit den Lesungen an. Manchmal werde ich inzwischen zu Massenveranstaltungen eingeladen, an Literatur-Wochenenden. Dann sitze ich neben einem oder zwei Autoren auf einem Podium und soll aus meinem Buch vorlesen. Der erste erklärt, dass es bei ihm um eine Frau geht (Evelyne), die gerade von ihrem Mann (Gionandris), einem Gynäkologen, verlassen worden ist und herausfindet, dass der schon lange ein Verhältnis hat mit seiner jungen Arzthelferin (Marietta), deren Mutter (Irene) ihre (Evelynes) beste Freundin seit Primarschulzeiten ist und von dem Verhältnis wusste und seit einem Monat mit der Diagnose beginnender Alzheimer leben muss, »… ich beginne, nachdem Gionandris gerade die Tür wütend hinter sich ins Schloss geworfen hat, worauf Evelyne einen Knoten in ihrer Brust entdeckt.«

Für die nahe Zukunft habe ich mir vorgenommen, diesen Kollegen zu fragen – nachdem er seine Lesung beendet hat –, welche Seiten (Seitenzahlen) er aus seinem Buch vorgelesen habe. Er sagt dann beispielsweise 27 bis 35, daraufhin schlage ich Seite 27 auf und lese, ohne etwas zu erklären, bis Seite 35. Weil ich (momentan) denke, vielleicht könne ich so einem Zuhörer am ehesten vermitteln, was ich mache und womit ich mich beschäftige (weil ich ja nicht einmal weiß, wie meine Evelynen heißen). Sonst müsste ich rumstammeln: »Meine Heldin heißt im Unterschied zu der meines Vorredners Sibylle, das heißt, sie heißt eigentlich Edeltraut oder genauer gesagt Kassandrina, wobei das … Ich fange noch einmal von vorne an: Mein Protagonist Hans Ulrich, genannt der Soundso, der manchmal denkt, er müsse bald sterben, weil er es an der Blase zu haben meint, kennt eine Frau, die wahrscheinlich ein Mann ist, das aber nicht von sich weiß. Ich beginne an der Stelle, wo er überlegt, ob er sie überhaupt kenne oder ob das nur so dahingesagt sei …«

Und während ich über diese Idee nachdenke (eben: kommentarlos einfach die gleichen Seitenzahlen vorzulesen wie mein Vorredner), komme ich ins Grübeln, ob es mir wohl nicht so sehr um den Inhalt gehe, sondern mehr um die Art, in der er erzählt werde – und ende bei diesem dummen Gegensatzpaar (Form und Inhalt), von dem ich überzeugt bin, dass es keins ist und dass es zu nichts taugt. Und seufze schließlich schwer: Ja, ja; nein, nein.

02.10.

An den Freund in Köln,
dann ist ja alles gut. Angefangen hat Deine Rückreise beunruhigend. Ich fürchtete schon, Du würdest um Mitternacht vollkommen erschöpft wieder vor unserer Tür stehen, weil der Flieger ausgefallen sei.

Zum Besucht-Werden: Ich muss wohl einfach akzeptieren, dass es gastfreundliche, offene Menschen gibt, die gern besucht werden, und andere. Venedig führt mir gnadenlos vor Augen, dass ich zu den anderen gehöre. Es liegt nicht an der Art der Gäste, ob ich entspannt bin oder nicht. Ich bin's einfach nicht. Du hast Dir die größte Mühe gegeben, ein sanfter, zurückhaltender, aufmerksamer Gast zu sein. Dafür danke ich Dir.

An Berliner Nachbarn, die nach Paris gezogen sind,
Paris scheint seine Einwohner an den Rand des Wahnsinns zu treiben?! Seid Ihr noch bei Trost? So eine Reise unternimmt man vielleicht, um Glenn Gould zu hören, oder man tut es seinem sterbenden Jugendfreund zuliebe. Ich habe weder das eine zu bieten, noch bin ich der andere. Falls Ihr wirklich kommen solltet, freuen wir uns sehr (éminemment!) auf Euch!

Leider sprechen wir weiterhin ausschließlich Deutsch. Die Venezianer haben das Kauderitalienisch der vielen Touristen dermaßen satt, dass sie lieber Englisch reden mit allen. Und da I. und ich Englisch ebenso schlecht können wie Italienisch und Französisch, reden wir eben Deutsch. Herr Ober, zwei Bier bitte. Das versteht hier jeder.

03.10.

An den Freund in Köln,
das Foto, das Du von mir gemacht hast, ist zum Davonlaufen. Wie ein Luchs im französischen Jura sehe ich darauf aus. (Luchse lassen sich ungern fotografieren. Man muss monatelang auf der Lauer liegen, um irgendwann eine Nachtaufnahme von einem auf freier Wildbahn zu schaffen, ein verschliertes Ding mit roten Augen – so sehe ich aus auf Deinem Bild. Um es erträglich zu machen, müsstest Du's bis zur Unkenntlichkeit verdunkeln und verwischen.)

Gestern Abend waren wir mit meinem Cousin und seiner Frau in einer Kirche am Rialto (San Salvador), wo ein üppig besetztes Barock-Kammerorchester unter einem großen, beleuchteten Tizian saß und sehr gut musizierte. Unter anderem ein »concerto si bemolle« für Oboe und

Basso continuo von einem schwedischen Vivaldi namens Johann J. Agrell, das mir gefiel.

04.10.
Jawohl, ich stehe unter Reichtumsschock. Du scheinst den *Zeit*-Artikel nicht gefunden zu haben im Internet? Sonst würdest Du nicht fragen nach seiner Frisur. Die muss bei einem Gaston Salvatore nicht sitzen. Da darf alles flattern und lottern. Er ist ein Herr in jeder Faser und in jeder Geste. Verführerisch, gewinnend. Ich schicke Dir den Ausdruck der *Zeit*, den ich zugeschickt bekommen habe. Wie er da vorgestellt wird, ist sympathisch, und das Foto (die Aussicht im Hintergrund – genau auf dem Sessel saß auch ich) erschlagend. Salvatore könnte es gelingen, einer meiner Lieblinge zu werden. Er hat etwas uneinholbar Großbürgerliches an sich. Vielleicht ist er sogar einer der letzten Dandys. Ich könnte wahrscheinlich viel lernen von ihm, was Auftreten und Arroganz betrifft. Auch in Kleidungsfragen könnte er inspirierend wirken. Seine Haushälterin (ich gehe davon aus, dass so eine im Hintergrund wirkte) hat hervorragend gekocht. Die Weine waren schwer und rot. Leider waren wir lauter ältere Herrschaften, die nicht mehr viel vertragen.

05.10.
An die Maler S&A,
wenn Ihr die Beine unter die Arme nehmt und vom Flughafen wie von Furien gejagt in die Stadt hineinschwimmt, könnte es klappen. Ich würde dann den Teufelspianisten aus Odessa so lange vom Flügel fernzuhalten versuchen, bis Ihr triefend nass bei uns auftaucht. Also: Bitte, gern, ja, bucht diesen Flug am 15.11.

Zum Buch: Es freut mich, wenn Ihr es aufmerksam lest. Ich glaube, das ist einer der handwerklichen Fehler, die ich mache: Man muss jeden Satz lesen bei mir, die einzelnen

Abschnitte, die Seiten. Wenn man drüber wegliest, hat man gar nichts davon. Und wenn man sich dann mühsam Satz für Satz durcharbeitet – hat man, wenn ich Pech habe, auch nicht viel davon und ärgert sich über die viele Zeit, die ich in Anspruch genommen habe. Das meine ich im Ernst: Ich glaube, ich schreibe zu konzentriert, zu sehr eingedickt. Das ist, wie wenn man als Koch nichts als Fond servierte. Egal, ob er gut ist oder nicht: Man kann nicht Fond allein servieren und löffeln.

So muss ich denn zusammenfassen: Der *Liebe Niels* war ein großer Achtungserfolg und blieb liegen wie Blei, *Der Mann mit den zwei Augen* ist ein noch größerer Missachtungserfolg und bleibt liegen wie Platin (wenn das denn schwerer wiegt als Blei). Ihr seht, ich mache weiter in Schwermetall (ein Schwermetallbaron, so wie es früher Stahlbarone gab).

An den Verleger,
am 03.10. hat Gaston Salvatore zu einem deutschen Abend geladen, zu sich nach Hause. Was für Fluchten! Was für Aussichten aus den Fenstern! Was für ein Herr! Ich bin ihm verfallen. Werde zwar auch weiterhin nichts anzufangen wissen mit ihm, von nun an aber mit größter Sympathie. Er kam mir großzügig vor und ratlos in seiner Großzügigkeit, weil wir, seine Gäste, sie nicht anzunehmen verstanden. Etwa sechzehn waren wir. Alle hatten Platz am runden Tisch, der mit altem Tafelsilber und handbestickten Servietten gedeckt war. Die Haushälterin hat fabelhaft gekocht. Die Gäste waren alle am oberen Rand des Bürgerlichen angesiedelt, alle hatten wir Sehnsucht nach Dienern. Der Einzige jedoch, der mit ihnen (den Dienern) umgehen kann (oder könnte – ich weiß nicht, ob er welche hat), war Salvatore. Er hat mir rundum gefallen, doch wir hatten einander rundum nichts zu sagen.

/2
Ich fürchte, ich habe Deine Erwartungen zu hoch geschraubt. Als Wichtigstes bleibt der Eindruck, einander nichts zu sagen zu haben.

P. S. nein, selbstverständlich wurde nicht fotografiert. Der Hauszeichner hatte an dem Abend ebenfalls frei. Und gerauscht hat nicht allzu viel. Alle hielten sich steif und senkrecht. Keiner ließ sich gehen. Herr Kockisch, der Commissario-Brunetti-Darsteller aus den deutschen Donna-Leon-TV-Filmen, durfte nicht einmal richtig essen und schon gar nicht Alkohol trinken, weil er am nächsten Morgen drehen und sich davor hüten musste, auf dem Set einen aufgeschwemmten Eindruck zu erwecken. Und so erging es den meisten: Wir waren alle ab fünfzig aufwärts, wo einem nichts mehr guttut und man sich schweren Herzens in allem zurückhält.

An den Freund in Köln,
am 3ten ging der Mond über dem Wasser auf, alles glitzerte silbern, ich stand da und schaute und schaute. Habe zum Glück nichts gesagt, habe auch nicht gefragt, ob Salvatore den Kamin benutzen könne – obwohl es mir auf der Zunge lag, denn in Venedig ist offenes Feuer verboten, worüber ich mit der Atelierbeauftragten einmal sprach (wegen der vielen seltsam geformten Kamine auf den Dächern – sie sehen aus wie indianische Friedenspfeifen- oder Wasserpfeifenköpfe –, die kein Schornsteinfeger jemals kehren kann, kamen wir darauf zu sprechen). Salvatores Cheminée ist mannshoch und wird eindeutig benutzt.

06.10.
An die Maler S&A,
ach, *Büsi AKA kitty* war riesig auf dem Times Square zu sehen? Das wusste ich nicht. Ich fand sie schon winzig klein auf meinem Laptopschirm faszinierend. Wegen des

Vakuums, das entsteht. Je länger der Film läuft, desto größer wird die Spannung. Und weil bis zum Ende nichts passiert, ist man nach sechs Minuten geradezu beglückt und erfüllt. Eine gute Arbeit, ja. Wir fanden beide, I. und ich, die könnte von Euch sein.

An den Berliner Freund, den Theatermann,
dass Du Dir die Mühe gemacht hast, mein neues Buch zu lesen, und zwar von vorne bis hinten, freut mich. Danke. (Ich habe mit den Jahren realisiert, wie wenig Leute lesen. Viele, selbst gute Bekannte, loben zwar meine Bücher, doch muss ich jeweils irgendwann feststellen, dass sie sie gar nie gelesen haben, weil sie keine Zeit dafür fanden oder weil sie nicht gern lesen oder weil sie mit meinen Sachen Mühe haben.) Was Du dazu schreibst, ist wohltuend konkret; es kommt mir gedacht vor und gemeint. Auch dafür danke. Es hat mich stabilisiert (trotz meiner Anstrengung, den schweigenden Betrieb zu ignorieren, muss ich nämlich zugeben, dass ich, je länger er schweigt, desto dünnhäutiger auf ihn reagiere).

In einem bestimmten Turnus legt hier ein Schiff an. Es heißt *Bellissima*. Eine lange, flache Konservenbüchse wie die, in denen spanischer Spargel verkauft wird. Doppelstöckig. Soweit ich verstehe, ein Flussfahrtschiff. Es dampft unter Schweizer Flagge, scheint von Basel zu kommen. In der ersten Etage befinden sich die Gästekojen. Alle mit wandhohen Glasschiebetüren, so dass man im Bett liegend aufs Wasser schauen kann. Es wird wohl eine ziemlich defensive Art des Reisens sein – um nicht zu sagen eine dröge, langweilige –, immer nah am Ufer entlang, vor allem durch Flüsse und Kanäle; für die Hochsee scheint es nicht gebaut zu sein. Wenn ich an der flachen Dose entlangfahre (im Vaporetto) und in die Kojen hineinschaue, denke ich jedes Mal, dort möchte ich mich jetzt auf ein Bett legen. (Ich möchte mich in letzter Zeit überall am liebsten hinlegen.

Das Aufrechtgehen und Haltungzeigen ist anstrengend … Neben mir steht hier im Büro ein Bett; was für ein schönes, weißes Bett …)

An die Tante in Palermo,
die nächsten Tage kommt niemand mehr zu Besuch. L'albergo Zschokke e chiuso per ferie.

Heute hatten wir am Morgen zum ersten Mal dicken Nebel. Es sah schön aus. Ich freue mich schon auf den Spätherbst. In den Gassen stehen überall die Stege bereit für das erwartete Hochwasser. Offenbar kommt es auf jeden Fall, Jahr für Jahr, egal wie das Wetter ist. Bereits jetzt sind die Kanäle mittags um zwei bis zum Rand platschvoll. Es sieht dann alles noch schöner aus; die Häuser wachsen nahtlos aus der spiegelnden Fläche in die Höhe. Und schwarze, langgezogene Vögel sind eingetroffen; sie liegen ganz tief im Wasser. Kormorane? Und eine Art Zwergstörche, sehr weiß, sehr schlank, sehr elegant, vielleicht sogar mit einem Häubchen auf dem Kopf? (Was weiter entfernt ist als drei Meter, sehe ich verschwommen.) Die stehen auf den Pfählen neben den Anlegestegen und staksen vorsichtig über Ankerketten. Sie haben lange spitze Schnäbel. – Sonst? Zum ersten Mal seit langem haben wir den Übergang vom Sommer in den Herbst bewusst wahrgenommen. Morgens und an den Abenden ist es inzwischen kühl, tagsüber noch immer leuchtend und warm, das Licht rotgolden. Die Touristen füllen nach wie vor die Gassen. Ich weiß nicht, ob es jemals eine Zwischen- oder gar Nachsaison gab oder gibt. Momentan seien die Herbstferienbesucher hier. Auch die Kreuzfahrtsaison ist noch nicht vorüber. Nach wie vor läuft mindestens ein Schiff pro Tag ein und eins aus.

An den Freund in Köln,
Deine Rosen erfreuen uns heute noch – die Lilie ebenfalls. Von meinem Cousin, dem Arzt, habe ich erfahren, dass Lilien auf den alten Bildern in den Kirchen (von denen er sich viele angeschaut hat) dies bedeuten, Rosen das (habe auf der Stelle gleich wieder vergessen, was, und mich leicht erregt über das Bilderrätselgebastel der Alten – all dieses Totenschädel-Sanduhr-Kerzen-memento-mori-Gepinsel, zu dessen ABC offenbar auch Rosen und Lilien gehören, weckt meinen Widerstand).

Wie dankt man einem Onorevole Salvatore für einen bei ihm verbrachten Abend mit Souper? Mit einer handgeschriebenen, in Venedig geschöpften Büttenkarte, persönlich eingeworfen? Gar nicht? Mit einer Gegeneinladung? Mit einem Blumenstrauß? Was sagt Knigge dazu? Oder soll ich bei Casanova nachschlagen?

An eine Ex-Theaterintendantin,
bei so viel Kühnheit kriege ich ja fast selbst Lust, es mit dem Leben noch einmal neu zu versuchen! Herzlichen Glückwunsch zu Ihrer Kündigung. Ich nehme an, Sie werden seit Tagen nicht mehr schlafen können? Und wahrscheinlich auch die nächsten Wochen bleich und schweißnass im Bett liegen. Lassen Sie sich davon nicht beunruhigen. Auch Intendanten, die nicht gekündigt haben, liegen momentan schweißnass im Bett. Wer auch nur einen Funken Verstand hat, liegt in unserem Alter heutzutage wach und wälzt sich ratlos und sorgenvoll von der einen auf die andere Seite. Hut ab (in Venedig tragen Männer Hüte) vor Ihrer Entscheidung. Ihnen lacht eine rosige Zukunft. Und wenn Sie darin angekommen sind, in der Zukunft, laden Sie uns alle zu sich ein. Darauf freue ich mich schon.

Mein Buch sollten Sie vielleicht nicht unbedingt mit in den Erholungsurlaub nehmen. Es könnte Ihnen dort die Laune verderben. Es ist nämlich ein … wie soll ich sagen …

ein bisschen ein schwieriges. (Das sagt man doch von Haustieren, die um sich beißen und in die Ecken scheißen und einem das Futter ins Gesicht speien, wenn sie allein gelassen werden und man sie ein paar Tage hüten soll: Es ist ein bisschen ein schwieriges, aber es meint es nicht böse.) Nur die Wenigsten können etwas mit dem *Mann mit den zwei Augen* anfangen. Also habe ich mich inzwischen seiner angenommen und behaupte, immerhin mir gefalle er. Aber das sage ich nur aus Mitleid oder Trotz.

Lassen Sie ihn zu Hause liegen, oder noch besser: Stellen Sie ihn ungelesen neben die anderen Bücher, die Sie von mir besitzen, und reden Sie sich ein, Sie würden ihn für einen besonderen Moment aufsparen, weil er bestimmt gut sei. Irgendwann meinen Sie ihn gelesen und gut gefunden zu haben – dann hat er sein Ziel erreicht.

07.10.

An den Freund in Köln,
ich hasse jede Symbolsprache. Sie erfordert ein Zusatzwissen. Das Bild spricht nicht für sich selbst; es bedarf eines Dekodierungsschlüssels. Es geht dann nicht mehr darum, eine Rose besonders innig zu malen, sondern darum, das Zeichen Rose brav in den richtigen (oder noch besser: in einen pfiffigen) Zusammenhang zu setzen. Man hudelt ein Röschen hin und weiß augenzwinkernd, dass damit Marias Möschen gemeint ist – das finde ich widerwärtig. Der naive Betrachter sieht irgendein Gestrüpp und nennt es beim Namen (hier sollte mal gejätet werden) – und wird dafür ausgelacht. Man erklärt ihm, er sei dumm, es gehe hier nicht um Rosen und Maiglöckchen, sondern um Jesu Blut und Marias unbefleckte Empfängnis oder was weiß ich. Dann malt gefälligst Jesu Blut und Marias Fleckenlosigkeit, wenn ihr's könnt, ihr Wichtigtuer! Und wenn ihr's nicht könnt oder wenn's im Grunde genommen gar nicht darum geht in euren Knobel-Bildern, dann lasst es

weg. Es ist lächerlich, unter einen Biertresen links in die dunkle Ecke ein Sandührchen zu pinseln oder hinter die Schnapsflaschen ein sich spiegelndes Totenschädelchen, nur um als tiefsinnig und mehrschichtig durchgehen zu können. Sie sollen einen Biertresen so malen, dass ich beim Betrachten würgend an meine Vergänglichkeit erinnert werde. Dann ist es ein gutes Bild. Nicht dieser besserwisserische, rückversichernde Schnickschnack, den die Gebildeten gratis abnicken können. Wenn die Rose gut gemalt ist und wenn es um die Rose geht – schön. Wenn sie nur als Verbeugung vor dem Kanon irgendwelcher Auftraggeber reingequetscht wird (möglichst noch in die fünfte Ecke einer Komposition, weil dadurch das Fünf- oder Siebeneck der heiligen Fünf- oder Siebenfaltigkeit mit aufgenommen ist), dann sollen sie sich's in ihre Mitläuferhaare pinseln.

Heute zwingen I. und ich uns an die Architekturbiennale. (Mein Cousin und seine Frau waren so bildungshungrig, dass ich mich vor ihnen schämte. Sie haben in den drei Tagen, in denen sie zu Besuch waren, mehr gesehen – und es genauer, aufmerksamer betrachtet – als ich in drei Monaten. Ich muss ein Minimum des venezianischen Angebots wahrnehmen und wahrgenommen haben, um später nicht als total banausisch dazustehen. Obwohl ich wahrscheinlich einmal mehr fast gar nichts sehen werde – lauter neue Kleider des Kaisers.)

An den Bruder K.,
Deine Drei-Punkte-Diät ist freundlich. Den einen Punkt – zum Essen nichts zu trinken – kennen wir schon seit längerem. Der leuchtet ein und schafft theoretisch kein Problem. Nur geht es beim Frühstück los: Soll ich mein Gipfeli ohne Kaffee runterwürgen und den Kaffee erst eine Stunde später trinken? Eine Stunde später sitze ich aber nicht mehr am Frühstückstisch. Also nur Kaffee trinken

und das Gipfeli einstecken? Gipfeli ist sowieso ungesund. Kaffee eigentlich auch. Also nur grünen Tee ohne alles? Oder nur eine Scheibe trockenes Brot kauen ohne Flüssigkeit … Oder das Brot runterwürgen und fünf Minuten später den Kaffee? Fünf Minuten sind nicht lange genug … Usw. Also selbst diese im Grunde genommen simple und einleuchtende Regel, die keinerlei Genuss-Verzicht bedeutet, ist schon schwierig zu befolgen. Wir rutschen immer wieder zurück ins gleichzeitige Essen und Trinken (beim Frühstück). Beim Abendessen ist es das andere Problem: Wein allein schmeckt uns nicht. Zusammen mit dem Essen schmeckt er …

Das mit der Schokolade ist mir fast schon suspekt. Vor einiger Zeit hieß es, wir würden alle zu viel Schokolade essen; das sei ungesund. Umgehend wurden Studien veröffentlicht, wonach Kakao gesundheitsfördernd sei. Schon die Azteken hätten sich mit Kakao geheilt. (Wer bezahlte die Studien?) Daraufhin tauchten bei *Lindt & Sprüngli* vermehrt hochprozentige dunkle Schokoladen auf. Inzwischen gibt es europaweit mehr dunkle als helle Schokoladen, bei *Sprüngli* in Zürich sogar 75 %-, 79 %-, 84 %-Monats-Grand-Crus für zwanzig Franken pro hundert Gramm (aus handverlesenen, von Meerkatzen verschluckten, vorverdauten und ausgeschiedenen, auf zweitausend Meter über Meer luftgetrockneten Kakaobohnen). Noch nie wurde wahrscheinlich so viel Schokolade verkauft wie zurzeit. Eine geniale Kampagne. Dass die weniger gezuckerte gesünder ist als die helle, überzuckerte, das glaube ich. Und uns schmeckt sie inzwischen sogar auch meistens besser. Nur eine billige von *Aldi* gibt es, die garantiert tödlich ist – aber sie schmeckt mir bis heute: von *Château* eine Zweihundertfünfundzwanziggrammtafel Vollmilch mit Mandeln. Wenn Du mal an einem *Aldi* vorbeikommst, probier sie. Nicht die dunkle (die gibt's auch), sondern die Vollmilch.

Zum Zucker: Da finde ich faszinierend, wie es kam, dass wir über die Jahrzehnte immer mehr Zucker vorgesetzt bekommen haben. Es ist heute ja fast unmöglich, ein Produkt zu kriegen, in dem kein Zucker enthalten ist. Selbst in der Mortadella ist er drin. Im Grunde genommen weiß man wahrscheinlich schon längst, dass Zucker etwa so problematisch ist wie Zigaretten. Man könnte auf alle Schokoriegel wahrscheinlich denselben Text kleben wie auf Zigarettenschachteln: »*Mars* führt zu einem qualvollen Tod«. Vielleicht kommt das sogar. In Amerika fangen sie damit ja schon an.

Zur Waage: Wir besitzen keine. Ich wurde zum letzten Mal in der Rekrutenschule gewogen. Heute scheue ich geradezu vor Waagen zurück wie vor dem Teufel. Ich fürchte, wenn ich auf eine stiege, würde ich entsetzliche Wahrheiten erfahren. Wobei ich gar nicht weiß, was in meinem Fall entsetzlich wäre. Ich weiß nicht mehr, wie viel ich vor dreißig Jahren wog. Ich weiß nur, dass ich heute gefühlte fünf Kilo zu viel wiege.

Auf jeden Fall hat mich Deine Mail dazu ermuntert, wieder einmal zu versuchen, Essen und Trinken zu trennen, weniger Zucker zu essen und überhaupt: meinem Körper mehr Luft zu lassen.

08.10.

An den Freund in Köln,
Symbole landen bei mir im Müll. Ich sage Turm, wenn ich Turm meine, und Penis, wenn ich Penis meine. Und weil ich ganz selten Penis meine, schreibe ich selten Penis. Und wenn ein Mann seine ehelichen Pflichten erfüllt, sage ich nicht, ein Zug fährt in einen Tunnel ein. Weil, wenn ein Zug in einen Tunnel einfährt, für mein Empfinden ein Zug in einen Tunnel einzufahren hat. Noch einmal: Eine dunkelrote Weinstube, in der zwischen den Fässern eine Kerze brennt, erinnert mich deswegen noch lange nicht an unser

aller Sterblichkeit. Da muss der Maler schon ein wenig mehr Herzblut ins Rot hineinmischen. Symbolismus ist neckische Tändelei oder Bedeutungshuberei. Man zahlt mit Falschgeld. Wenn bei mir eine Biene fliegt, dann möchte ich, dass der Leser eine Biene fliegen sieht. Wenn ich etwas über Fleiß sagen möchte, dann benutze ich dafür das Wort Fleiß. Wenn ich schreibe, eine Biene summt um meinen Kopf, und Du liest daraus, ich werde gepeinigt von inneren Vorwürfen, faul zu sein, dann nehmen die Missverständnisse und das uneigentliche Reden überhand – dann fahre ich lieber auf null zurück und beginne wieder einmal von vorne mit »ja, ja; nein, nein«.

/2

In der Samstagszeitung stand im Feuilleton ein positiver Bericht über eine Ausstellung in Rom: Niederländische Gemälde aus dem 17. Jahrhundert, Vermeer usw. Unter anderem ein beglücktes: »... Und von Religions-Metaphern sowieso keine Spur. Ein einziges aus dem halben Dutzend anwesender Originalwerke ... eine Allegorie des katholischen Glaubens (...), zerstört denn auch sofort den Zauber. (...) Das Arrangement ist so idiotisch beziehungsreich, dass angesichts der zahlreichen noblen Interieurs ohne Geschichte Vermeers Geheimnis umso offenbarer wird. Es ist das Geheimnis jeden großen Kochs: Nur nicht das Rezept verraten ...«

So viel zu meiner Verbohrtheit, was Symbole, Metaphern und andere Fitzliputzli-Einfaltspinseleien anbelangt.

Ja, *Inception* habe ich damals im Kino gesehen. Konnte mich gestern Abend aber nicht mehr an die Geschichte erinnern. Nur noch an das Gesicht des jungen Mannes, den DiCaprio retten will/soll. (Ich sah anstelle von *Inception* einen Monsterpfannkuchen, wie er in den Bodensee hineinwackelte: Eva Mattes als *Tatort*-Kommissarin.)

09.10.
»Ceci n'est pas une pipe« ist die optimale Illustration zu unserer Symbol-Diskussion. So gefallen sie mir, die Rosen und die Lilien: wenn sie keine Rosen und keine Lilien sind. Stell Dir vor, man malt eine Kerze und sagt dazu, dies ist keine Kerze – was um alles in der Welt macht Ihr armen Bilderversteher dann bloß?! Ihr werdet völlig verstört durch die Gassen irren und wehklagen, weil man Euch Euer Steckenpferd weggenommen hat.

Eine Meisterleistung, wie Familie Krechel diesen Sieg herbeigeführt hat. Erst einmal wurden alle ernsthaften Gegner ausgeschaltet (in der *FAZ* stand eine Hymne über Bodo Kirchhoff, wie ich noch nie eine gelesen habe; ich wurde rot vor Scham beim Lesen; es ist nicht mehr zu überbieten, was die sich inzwischen leisten; überhaupt war es ein Genuss, die diesjährige Literaturherbstbeilage zu lesen; ein Buch wurde übers andere gelobt, eine Lawine von Superlativen ergoss sich über den Leser; auf der letzten Seite wurde nur noch nach Luft geschnappt, so gut war, was vorgestellt wurde – und unten wälzte sich parallel dazu eine breite Moräne von Verlagswerbungen für noch sensationellere Bücher, für die man schlicht gar keine Worte mehr findet; der neue Martin Walser zum Beispiel ist das absoluteste Buch, das jemals veröffentlicht worden ist – und wir beide werden's glatt verschlafen haben).

Jedenfalls: Sämtliche Kirchhoffs wurden erst einmal gegeneinander ausgespielt – wie, weiß ich nicht, es muss genial über die Wiesner-Banden gelaufen sein –, so dass nur noch unwählbare Gesellen übrig blieben, dazu die einzig mögliche Aspirantin: Ursula. Die dann auch prompt siegte. Ob der tumbe deutsche Konsument mitspielt, werden wir nie erfahren. Erst einmal werden sie uns die Ohren volltrompeten mit Hunderttausenderauflagen. (In zwei, drei Jahren werden wir dann erfahren, dass es bei der Krechel damals leider nicht so doll geklappt habe …)

Warum Glückwunsch an Hugo Chávez? Wer ist das? Ursula Krechels Pseudonym? Was hat er gewonnen? Ach so, der Venezolaner …

Hier hielt vorgestern die Lega Nord eine Wahlveranstaltung ab. Starauftritt: Umberto Bossi. Ich hörte den Namen aus der Ferne, er hallte über die ganze Stadt, dann Heil, Heil, Heil, dann Verdis Gefangenenchor, dröhnend laut, dann Orff in Technoversion, dann eine Stimme wie aus dem Orkus, gewaltig, tief, heiser, wie ein knurrender Zerberus; hat mich fasziniert; ich würde ihm auf der Stelle erliegen und ihn zu meinem Führer wählen; das war wohl Bossi?

An eine Anaïs,
wie soll ich wissen, wer Anaïs Beaufort ist, und wie soll ich verstehen, was als »Betreff« ^^^ bedeutet? Auf solche Mails antworte ich lieber nicht, aus Angst, sonst in ein Computerloch zu fallen. Ich bin, was die Internetwelt anbelangt, an Kindes statt stehen geblieben und nehme keine Bonbons von fremden Männern und Frauen entgegen; lehne alles ab und klicke weg, was mir nicht bekannt ist, um bloß kein Virus einzufangen.

Inzwischen ahne ich, dass Du kein fremder Onkel bist, sondern wahrscheinlich die Anaïs aus Sutz-Lattrigen-Hagneck-Süd? Ich weiß nicht mehr, wie die Station hieß, an der Anaïs morgens in den Zug gestiegen und abends wieder ausgestiegen ist. Ich weiß nur noch, wie sie (die Station und Anaïs) aussahen. Hatte ja immer schon zwei Augen wie alle.

10.10.
An den Komponisten,
Deine Vita-Verknappung geht zu weit. Das ist schon fast japanisch, was Du mir da geschickt hast. Höchste Haikukunst, die letzte Stufe vor dem Harakiri. Bitte mach noch einmal einen Anlauf und such in Deinem Archiv nach einer etwas gesprächigeren Selbstdarstellung. Ich lese so etwas

immer gern seitenlang, vor allem an venezianischen Soireen, weil ich dann nicht reden muss mit der polyglotten Meditationskursleiterin zur Linken und dem hebräisch sprechenden Akzessor zur Rechten (wobei ich fürchte, er ist gar kein Akzessor, ich habe was falsch verstanden, Akzessoren gibt es wohl nicht einmal mehr in Israel – aber das ist egal, weil ich die beiden so oder so nicht verstehe).

Dass Du mein Buch tatsächlich gelesen und sogar zu Ende gelesen hast, freut mich. Und dass Du gelacht hast beim Lesen, freut mich doppelt. (Vielen von den wenigen Lesern ist diesmal das Lachen vergangen. Sie schauen mich misstrauisch an, halten mich für gefährdet, schicken ihre Kinder aus dem Haus, wenn ich meinen Besuch ankündige, bleiben lieber nicht allein mit mir in einem Raum sitzen …)

An den Freund in Köln,
gestern Abend nahm ich teil an der Eröffnungssoiree der *Casa delle Parole*. Eine merkwürdige Abart öffentlicher Lesungen: Es wurden wild durcheinander Texte aus verschiedenen Sprachen und Epochen – dazu jeweils die italienische Übersetzung – von unterschiedlichsten Landsleuten vorgelesen (gestern russisch, griechisch, arabisch, türkisch, französisch, hebräisch, deutsch, spanisch, englisch und italienisch). Dante, Zeitgenossen, Brodsky, Talmud, D'Annunzio, ein plattdeutsches Kindergedicht … Gestern zum Thema »Regen«. In einem Monat wird das Thema »Lachen« sein, zu dem ich herzlich eingeladen bin, ebenfalls ein paar Minuten vorzutragen, egal ob eigene Zeilen oder fremde. Organisator: Professore Riccardo Held. Ein echter Salon mit etwa hundert Teilnehmern. Ältere Damen und Herren, die meisten arriviert, dazu Studenten, die von diversen Professoren zum Teilnehmen rekrutiert werden. Danach ging man eine Pizza essen zusammen (etwa zu zwanzig). Ich saß gegenüber von einem hier lebenden

österreichischen Maler, der ein Heinegedicht vorgelesen hatte. Sehr – venezianisch, das alles.

Eine Autorin Röckel (Susanne?) war auch da. Sie ist die momentane Writerin in Residence am deutschen Studienzentrum. Ein Wahnsinn, was die Leute alles schaffen: Sie hat innerhalb eines Monats fast jede Kirche gesehen, kannte alle mit Namen, und vor allem: Sie wusste, welche Tiziane und welche Tintoretten oder Veronesen wo hängen und wie viele Lilien auf deren Bildern versteckt sind. Könnte glatt in *Wetten dass* auftreten damit. Und hat in derselben Zeit nebenbei auch noch einen Sprachkurs hier besucht und kann inzwischen bereits italienische Prosa im Original lesen. Also habe ich mir vorgenommen, heute mit der Orto-Kirche anzufangen. Diesmal setze ich die Brille auf, damit ich wenigstens eine Kirche dann schon mal bewusst gesehen habe, falls es mit Frau Röckel tatsächlich zur verabredeten gemeinsamen Pizza kommen sollte.

Heute nieselt's, ist aber immer noch zwanzig Grad warm. Vielleicht hätte ich gestern zum Thema Regen vorsingen sollen: Regentropfen, die an mein Fenster klopfen? Das hätte Stimmung gebracht.

Am besten hat mir der englische Rezitator gefallen. Was für eine schöne Sprache: British English. Dramatisch, theatralisch. Wie unbeholfen wir Deutschen dagegen vor uns hin mümmeln.

An Anaïs,
den *Lieben Niels* mag ich. Wenn Du Dich einem Exerzitium unterziehen willst, dann kauf ihn und fang an zu lesen. Die meisten von den wenigen, die den Versuch mit ihm gemacht haben, bereuten es nicht und lasen mit wachsendem Vergnügen bis zum Ende. Er liest sich schnell und leicht wie ein Schmöker. Leider traut ihm das keiner zu. Er schreckt einerseits ab mit seiner Fettleibigkeit, anderer-

seits aber vor allem wegen des Genres: Gesammelte Mails. Nicht einmal Briefleser trauen ihm was zu (von Mails meint man, die seien literarisch besonders minderwertig). So kommt es, dass nur ganz wenige zum Kauf des Buchs verführt werden konnten. Obwohl das öffentliche Interesse daran groß war und positiv – es tänzelt schließlich am Rand eines Skandals entlang, weil viele Namen aus dem Betrieb darin auftauchen und einige sogar in beleidigendem Zusammenhang. Doch geht es nicht um den Betrieb, sondern ums Leben, und das merkten die meisten Rezensenten bei der Lektüre. Also blieb der Skandal aus, der für das Buch die einzige Chance gewesen wäre, vom Markt bemerkt zu werden. Davon unabhängig bleibt die Tatsache: Wer sich darauf einlässt, verbringt in der Regel eine anregende, vergnügte Lesezeit.

Ipsach, genau, so hieß die Station. Da gab's einen schmalen Asphaltstreifen neben dem Gleis, auf dem Du jeweils an den Fenstern des Zügleins entlanggehen musstest, um einzusteigen (oder nach dem Aussteigen). Das war eine der Sensationen meiner Jugend. Nicht wirklich romanfüllend, das gebe ich zu. Deswegen kratze ich ja auch lauter Krümelchen zusammen in meinen Büchern: weil's an großen Sensationen mangelt in meinem Leben. (Wobei ich den Verdacht habe, dass das nicht nur bei mir so ist; weswegen ich darauf beharre, nicht größere Ereignisse aufzutischen als die, die ich kenne; beispielsweise Anaïs, die auf dem schmalen Ipsacher Asphaltstreifen steht und geht.)

11.10.

An den Freund in Köln,

das mit dem Kunstinteresse ist komplizierter. Susanne Röckel kann nicht anders. Jemand hat mich beispielsweise nach Torcello gescheucht. Gaaanz toll, da musst du hin. Die byzantinische Kirche dort, eine Sensation. Also fuhren I. und ich an einem besonders heißen Sommernachmittag nach Torcello. Dort sieht es aus wie am Strandabschnitt vor Rom, wo Pasolini totgefahren wurde. Eine ungeheure Ödnis rundum. Mittendrin, ganz allein, eine Kirche. Wie alte Kirchen halt so aussehen: Stein, Ziegel, Balken, nackt, leer, Mosaik am Boden. Um hineinzukommen, hätte man Eintritt bezahlen müssen. Das ärgerte mich, weil es an Erpressung grenzte: Es gab sonst absolut gar nichts zu sehen auf dieser Brache. Um die halbe Tagesreise nicht vergebens gemacht zu haben, zahlt man also zähneknirschend den Eintritt und guckt sich an, was man nie in seinem Leben sehen wollte. Ich weigerte mich. Halb delirierend wankten wir übers tote Geviert durch die gleißende Helligkeit zurück zum Schiff und fuhren weiter nach Burano, wo ich einen herrlich frischen Krapfen aß. Das war mein Torcello.

Kaum zu Hause, steckte schon wieder eine Frage in der Mailbox, diesmal von jemand anderem: Ob wir eigentlich auch schon mal in Torcello gewesen seien, das sei der absolute Wahnsinn, diese byzantinische Kirche dort und das Mosaik und die Apsis und der Engel und die Lilien und die Rosen … So seid Ihr halt, Ihr kunstwissenschaftlich interessierten Menschen: Euch packt's einfach, wenn Ihr eine Kirche seht.

An die Professorin,
Sie machen mir ein schlechtes Gewissen. Bestimmt hätten Sie Wichtigeres zu lesen als meine alten Bücher. Zum Beispiel Texte, die im Zusammenhang mit Ihrer aktuellen Arbeit stehen. Dazu kommt, dass Augen in unserem Alter nicht mehr gern lesen. Die schauen lieber in die Weite, übers graue Meer am liebsten, wo sie nebeneinander stundenlang stumm vor sich hin trotten können. (Ich gebe zu, Augen trotten nicht übers Meer, nur Jesus tat das, aber wenn man sie ein wenig schließt und sich bemüht, das Bild

in der Unschärfe zu lassen, dann könnte es doch irgendwie durchgehen: zwei müde alte Augen, die brav nebeneinander durch den Dunst tappen?)

Legen Sie *Das lose Glück* also bitte zur Seite. Stellen Sie's neben Ihre anderen Zschokkes und behalten Sie's in guter Erinnerung. Dort (in der Erinnerung) wird es langsam heranreifen, und in zwei, drei Jahren werden Sie überzeugt sein davon, es gelesen und gut gefunden zu haben. Man braucht nicht alles zu lesen, um alles gelesen zu haben. *Das lose Glück* ist eins von den Büchern, die ungelesen durchgewinkt werden können.

Dass Sie die Lektüre des *Mannes mit den zwei Augen* manchmal zum Lachen gebracht hat, freut mich. Mir ist das Lachen vergangen. Eigentlich schon beim Schreiben, wo ich nicht mehr ein und aus wusste und mich fragte, was das alles soll. Und jetzt muss ich das Buch als Rezitator vorstellen und weiß weniger denn je, was es will und soll. Am nächsten Dienstag schreite ich zum ersten Mal vor ein Publikum damit und habe keine Ahnung, wie ich es vorstellen soll. Es ist einfach eins mehr, das herumsteht. Wer es kennenlernen will, kann darin blättern, da und dort einen Satz lesen und überlegen, ob er's damit versuchen will oder nicht. Mehr gibt es nicht zu sagen. Ein paar meiner Freunde sagen, sie schlagen in Buchhandlungen jeweils die erste Seite unbekannter Bücher auf und fangen an zu lesen. Wenn der Text sie anspricht, schauen sie manchmal noch, wie's aufhört, und je nachdem kaufen sie das Buch danach oder legen es zurück. Ich werde also wohl einfach vorne anfangen mit Vorlesen …

Was für eine Art von Literatur hat Erfolg? Das treibt einen, der keinen hat, naturgemäß immer neu um. Beispielsweise steht hier in der kleinen venezianischen Handbibliothek Kehlmanns Bestseller *Vermessung der Welt*, den ich als Allererstes gelesen habe aus Neugier. Damals beim *Monsieur Ibrahim* (ebenfalls einem Bestseller) war ich entsetzt und fand, lieber gar nicht schreiben als so etwas. Bei Kehlmann bin ich nicht entsetzt, nur verblüfft. Ist es wirklich das, was Leser sich wünschen: Geschichten, die sie kennen, die sie nicht um den Schlaf bringen, weil sie so ablaufen, wie sie müssen?

In der Wohnung hier steht ein riesiger TV, in dem viele deutschsprachige Sender laufen. Manchmal dachte ich nachts im Bett, habe ich nun bei Kehlmann gelesen, der Kaffee schmecke nach gerösteten Nüssen und sizilianischem Nachmittag, oder habe ich das in *Jacobs* Werbung gesehen? Oder in einem anderen Bestseller dieser Saison taucht das verflixte Handy auf, das der Gatte aus Versehen zu Hause liegen lässt und das die Gattin unwillentlich einschaltet, worauf sie dort Kurztexte einer geheimen Geliebten entdeckt, die ihren Gatten du mein Hengst nennt usw. Ich klappte das Buch zu, schaltete den TV ein und sah dort ein sieben Jahre altes Fernsehspiel, wo eine Schauspielerin zu Hause auf der Konsole das versehentlich liegengebliebene Handy ihres Gatten entdeckt, das surrt, weswegen sie es einschaltet, worauf sie Texte der geheimen Geliebten ihres Gatten zu sehen bekommt, der sie Stute nennt und sie ihn Hengst usw. Und ich denke: Warum mögen so viele Leser so gern dieselbe Handlung immer und immer wieder hören? Ich habe keine Kinder und kann mich nicht an meine eigene Kindheit erinnern. Vielleicht ergeht es Ihnen da besser? Wissen Sie, ob Sie immer wieder den Wolf und die sieben Geißlein hören wollten und ob Sie begeistert mitgesprochen haben, wenn die Stelle kam mit »Zeig uns erst deine Pfote, damit wir wissen, dass du unser liebes Mütterchen bist«? Ist das Vergnügen des Wiedererkennens das größtmögliche, das man einem Leser bieten kann?

12.10.

An Anaïs,
dass Du den *Lieben Niels* gekauft hast, freut mich. Im Laden? Ohne Vorbestellung? Stand der da einfach so rum auf seinen breiten Füßen? Das überrascht mich.

Martin Suter kommt darin nicht vor. Es tauchen nur sogenannte E-Autoren auf, die meisten eher No-Names (deswegen hat's das Buch nicht zum Skandal gebracht: Ich rede vor allem von Leuten, die im Betrieb wenig Gewicht haben). Suter gefällt mir als Typ. Er sieht gut aus, tritt zurückhaltend auf, zieht sich geschmackvoll an, kann alle Sprachen der Welt, weiß, wie man sich benimmt, kann bestimmt auch kochen und tanzen, kennt sich aus in Weinen und in Zigarren, ist fast ein Herr. Und schreibt, was die Leute gern lesen. Im Grunde genommen ein Vorbild.

Zu den Sensationen habe ich im *Mann mit den zwei Augen* etwas geschrieben, das sich mit dem, was Du schreibst, beinahe deckt. Irgendwo im letzten Viertel. Da sagt er einmal zu Rosaura, er habe nichts erlebt in seinem Leben und sei folglich ein Langweiler, wobei, so könne man das vielleicht gar nicht sagen, denn ob einer etwas erlebt habe oder nicht, sei nicht das, was zähle, sondern wie er es erlebt habe und in Sprache umzumünzen verstehe. Zum Beispiel sei einer, der den Stalingrader Kessel überlebt habe und davon nur berichte, na ja, saukalt war's, nicht unbedingt spannender als einer, der immer hinterm Ofen sitze und erzähle, was dort für eine Bullenhitze herrsche. Irgendwas in der Art. Hochphilosophisch und -poetisch formuliert, hoffe ich natürlich.

13.10.

An den Freund in Köln,
der Chinese ist jünger als ich und schon Nobelpreisträger (und sieht aus, als ob er zu viel Schweinefleisch essen würde; mitgenommen, stoffwechselgestört). Einen noch

hässlicheren Chinesen haben sie irgendwo ausgegraben, der im TV vom Preisträger behauptete, er sei ein Mitläufer. Und der Preisträger selbst sagte, ach Gottchen, so ein Nobelpreis, das ist ja ganz nett, bedeutet aber nicht die Welt (weil er Angst hatte, ins Gefängnis gesteckt zu werden, wenn man ihn dabei erwischte, wie er vor Freude in die Luft springt). Der ganze Coup ist irgendwie schiefgelaufen. Sie wollten die Chinesen, die drohen, uns plattzumachen, mit in unser Boot holen, doch die scheren sich nicht um uns. Und wir scheren uns nicht um sie. Ich denke nicht, dass viel mehr Kawums verkauft werden als Krechels (wie hieß er noch mal, der Nobelpreisträger von 2012? Ka Wumm?).

In der *FAZ* gestern ein kurzer Kolumnen-Text gegen schwätzende Autoren. Seit dreißig Jahren predige ich, der redende, sich selbst erklärende und vorlesende Autor sei von Übel. Doch ich rede in den Wind. Nun hat offenbar der Steidl-Verlag seinen Stand an der Buchmesse mit einem Riesenplakat geschmückt, auf dem ein Nietzsche-Zitat steht. Ungefähr: *Sobald ein Buch sein Maul aufmacht, hat der Autor seins zu schließen*. Die *FAZ* setzt sich fett auf das Zitat und postuliert, all diese sich selbst kommentierenden Autoren seien eine Pest. Die einzige Möglichkeit, die ein Autor heute habe, sein Buch zu portieren, sei die, sich rar zu machen und nirgends in Erscheinung zu treten. Blöde Schwätzer! Die einzigen Bücher, die sie wahrnehmen, bleiben die, deren Autoren auf dem Markt stehen und schreien.

Hast Du eigentlich wieder angefangen, anständig zu essen? Oder ist Deine Dürr-Dürer-Bulimie-Assoziation eine, die Dir einfiel, als Du beim Haarschneiden Dein kahles Haupt und Deine eingefallenen Wangen im Spiegel gesehen hast?

/2
Nun heißt es mein Vorleseprogramm zusammenzustellen. Probehalber las ich die erste Seite im 2-Äugigen (um zu überprüfen, wie lange eine Seite dauert; wie eh und je: zweieinhalb Minuten) – und bin bereits wieder heiser vor Verzweiflung. Also überlegte ich, die *FAZ*-Kolumne zum Nietzsche-Satz vorzulesen (»Der Autor hat den Mund zu halten, wenn sein Werk den Mund auftut«) – ein Selbstmord-Einstieg. Werde wohl oder übel einmal mehr dies und das ausprobieren in den nächsten Monaten. Jedes zweite Mal (diesmal wahrscheinlich öfter) werde ich rapportieren, es sei schiefgelaufen und ich wolle nicht mehr vorlesen gehen.

/3
Du siehst gut aus mit kürzeren Haaren. Glückwunsch. Hast Du das fünfzig Jahre lang nicht gewusst? Oder hast Du zwischendurch manchmal kürzere Haare getragen, manchmal längere?

Unbedingt vor Weihnachten wieder zum Friseur, damit der Herr Jesus seine Freude hat an Dir und Dich aufnimmt in seinen Engels-Chor.

14.10.
Das halte ich für eine gute Idee: die Invaliden mit einzuspannen. Hoffentlich kriegen sie die Initiative in der Schweiz durch. In Venedig arbeiten geistig Verwackelte in der Stadtreinigung mit. Eine junge Frau mit dem Anflug eines Down-Syndroms holt jeden Morgen den Müll ab vor San Rocco und putzt den Platz. Mit einer Begeisterung und einer Akkuratesse, dass ich sie jedes Mal, wenn ich sie sehe, am liebsten umarmen und ihr ein Trinkgeld in die Hand drücken und danken möchte. Jeden Tag denke ich, schade, dass man bei uns nicht längst auf diese Idee gekommen ist. Die Frau freut sich, gebraucht zu werden

und eine sinnvolle Tätigkeit auszuüben. Niemals ist sie schlecht gelaunt, niemals langweilt sie sich, niemals kommt sie sich unterfordert vor. Sie strahlt Stolz aus und hält sich zu Recht für unentbehrlich und für wichtig. Sie wirkt ansteckend.

/2

Dein aus dem letzten Loch pfeifendes Luchs-Foto von mir hat in Schwarz/Weiß den untersten Rand des Akzeptierbaren erreicht. Wie ich das Internet kenne, wird es das einzige sein, das die Zeitungsillustratoren finden und ins Blatt setzen werden, wenn ich dereinst den Nobelpreis kriege. Es wird bestimmt in die Reihe der Gruselportraits aufgenommen, die von mir im Netz auftauchen, wenn man nach Bildern von mir sucht.

Habe eben mal gegoogelt: MZ Bilder. Da taucht unter anderem ein älterer grauhaariger Mann auf, beeindruckend, daneben eine schwarzhaarige Gabriele, und in der Zeile darunter --- Jenny Erpenbeck! Alle unter meinem Namen. Das gefällt mir: Du suchst nach einem Bild von MZ und kriegst eins von einer Gabriele (die mir bekannt vorkommt – wer ist die Frau schon wieder?).

15.10.

Bald geht's los. Mit schwerem Gepäck. Ich bringe Sommersachen nach Berlin und packe dort Wintersachen ein, mit denen ich dann fünf Tage unterwegs bin. Habe ein Klappwägelchen gekauft, auf dem ich den Koffer rollen kann. Wobei das ein Problem werden könnte: Eben erklang zum ersten Mal der Hochwasseralarm. Eine Sirene wie im Krieg, unheimlich. Werde also wohl eher einen Schwimmreifen brauchen, um ihn bis zum Busbahnhof unter den Koffer legen zu können.

22.10.
An die Opernsängerin,
Dein Mann wird mich unterwegs, sich windend in den diversen Zugabteilen, verfluchen. Will nicht er wenigstens fliegen? Ab einem gewissen gesellschaftlichen Kaliber reisen Ehepaare grundsätzlich getrennt. Wisst Ihr das nicht? Er besteigt die Maschine nach der ihren. Oder eben: Sie im Zug, er im Schiff usw. Für den Fall, dass ein Unfall passiert. So gehen nicht gleich die ganzen Häuser Usher unter. Dein Mann sagte in Berlin, eigentlich sei Mitte November nicht gerade der Moment für ihn, um Zeit zu haben? Wenn Ihr kommt, würde mich das weiterhin sehr freuen und verwirren.

An den Verleger,
die Urlesung aus dem *Mann mit den zwei Augen* habe ich hinter mir. Es ging gut. Beim Vorbereiten habe ich hin und her überlegt, wie ich das Buch erklären und welche Stellen ich wählen soll – und verwarf eine Variante um die andere. Am Ende entschloss ich mich, gar nichts zu erklären und einfach fünfundvierzig Minuten vorzulesen, ohne jeden Zwischenkommentar. Die Leute hörten aufmerksam zu, es wurde fast zur Séance, knisternde Spannung, wie beim Märchenonkel. Am Ende wurde dies und das gefragt, ich konnte entspannt antworten, wurde nicht heiser … Erst einmal werde ich es mit diesem Buch also weiterhin so halten.

Die französischen Reisebuchlektüren gingen ebenfalls gut (akkompagniert von französischsprachigen Schauspielern, die das Buch angepriesen haben wie Aal- oder Bananenpaule – jede Pointe wurde rausgekitzelt, das Publikum lachte schallend; ich scheine das Zeug zu haben zum Kabarett-Texter, ohne es zu wissen).

An einen Filmproduzenten,
danke für Dein Dich-wieder-mal-Melden. Zurzeit bin ich in Venedig, ein halbes Jahr lang, eingeladen von einer Schweizer Stiftung, mit dem Auftrag, absolut gar nichts zu tun und mich von den Mühen des Dichter-Daseins zu erholen. Bin schon ziemlich erschöpft davon. Habe bald vier Monate Nichtstun abgesessen. Am 15.11. veranstalte ich ein Hauskonzert. Auf solche Ideen kommt man in dieser nach wie vor betörenden Stadt. Falls Du dann in Venedig bist, kannst Du gern zuhören kommen. Ich habe allerdings noch nie so ein Fest veranstaltet und bin ziemlich überfordert. Es kann also sein, dass Du Dir etwas daneben vorkommen würdest – das läge dann aber nicht an Dir.

Deiner Adresse entnehme ich, dass Du inzwischen in Zug lebst? Bist Du so reich geworden?

An seinen Theaterverleger,
danke für Deine beiden Mails. Die erste akzeptiere ich nur düster grummelnd. Was heißt denn hier »keine Zeit für so eine Lustreise«? Das wäre eine knallharte Geschäftsreise geworden für Dich; Du hättest hier meine französische Verlegerin und den deutschen Verleger getroffen, dazu wichtige Persönlichkeiten aus dem italienischen, deutschen und Schweizer Kulturbetrieb, nämlich zum Beispiel … mich. Aber je nun, dann halt nicht.

Was den *Mann mit den zwei Augen* betrifft: Er bockt und gebärdet sich als zäher Brocken. Die Leser, die ihn mögen, muss ich persönlich rekrutieren. Bald habe ich meine erste Kohorte beieinander (wenn »cohors« auf Deutsch zwölf heißt).

An die Opernsängerin,
bin gestern von einer Lesetournee zurückgekommen. Es ist selten, dass ich dieses Wort verwenden kann. Normalerweise handelt es sich um eine Lesung, von der ich zurück-

komme. Diesmal aber war's eine Lesereise. Und zwar, weil ich unter anderem auch alias Matyàs Tchoqué unterwegs war. Zweimal war ich als französischer Reiseschriftsteller gebucht, einmal als Mailkorrespondent und einmal als deutschsprachiger Autor des Romans *Der Mann mit den zwei Augen*, von dem ich nun die Urlesung hinter mir habe: in einer Entzugsklinik für Drogen-, Tabletten- und Alkoholabhängige. Die habe ich für mich gewinnen können. Sie fanden, im Vergleich zum 2-Äugigen gehe es ihnen blendend.

Du fragtest, ob das Konzert überhaupt stattfinde. Ja, es ist geplant. Hochwasser haben wir vorläufig keins. (Und wenn es auftaucht, ist es alles andere als eine Katastrophe, wie ich inzwischen erfahren habe. Einmal hatten wir einen ersten harmlosen Alarm. Dann ist es fast noch schöner in der Stadt, noch stiller, noch praller. Wahrscheinlich wie bei Euch: Ihr erschreckt ja auch nicht, wenn die Havel steigt. Das gehört einfach zum Herbst, wie Nebel. Man ist dafür eingerichtet und freut sich drauf.) Der Himmel heute ist strahlend schön, man sieht fast bis Berlin.

Am 14.11. werden hier leider keine nackten Jünglinge am Canal Grande stehen und Euch empfangen. Nur angezogene Japanerinnen unter bunten Regenschirmen. Dazwischen etwas Monumentales, das bin ich. (Um meine Monumentalität sichtbar zu machen, brauche ich winzige Japanerinnen um mich herum.)

Den Griffel habe ich weiterhin niemals angefasst. Er liegt seit Anfang Juni auf dem Tisch in einer roten Plastikschale, die in der Sonne spröde geworden ist und angefangen hat zu bröckeln. Ich hoffe, sie hält die letzten Wochen noch durch und lässt ihn (den Griffel) nicht vorzeitig fallen. Dann packe ich ihn unberührt wieder ein und trage ihn zurück nach Berlin. Wo ich nicht vorhabe, ihn zu reaktivieren. Ich fürchte, ich würde eine schlimme Gelenkentzündung kriegen, wenn ich ihn jemals wieder in die Faust nähme.

Wenn Ihr tatsächlich zum Konzert anreist – fresse ich ihn (den Griffel). Es fällt mir gerade nichts Besseres ein als »dann fresse ich einen Besen«, um Dir damit klarzumachen, wie exotisch für mich die Vorstellung Eures Kommens ist. Ja, das wäre eindeutig der berühmte Hammer, wenn Ihr auftauchen würdet.

An die Freundin in Berlin,
wir denken dann und wann bereits ans Abschiednehmen. Wehmütig. Weil wir der Stadt nicht nähergekommen sind und weiterhin an ihr abperlen, gefällt sie uns jeden Tag von neuem, als seien wir gerade erst in ihr angekommen. Hast Du immer noch vor, zum Konzert zu kommen, oder hat sich Dein Börsen-Index griechisch entwickelt? Sind Deine Gewinne vor Steuer geringer ausgefallen als erhofft? Bei mir ist das leider der Fall.

An einen Präsidenten,
vor vier Tagen habe ich in Genf vorgelesen. Das heißt, ein französischsprachiger Schauspieler las vor, und ich saß neben ihm. Er las so dreidimensional, dass sich vor den Augen der Zuhörer ihre eigenen Schenkel in schönstem, prallstem Rosa zu blähen begannen, auf die sie sich vor Vergnügen schlagen konnten. Im Ernst: Fast jeder Satz entpuppte sich aus seinem Mund als Knallerbse. Er kostete selbst dort Pointen aus, wo gar keine standen. Ich lachte oft laut heraus, so lustig kam mir vor, was er vorlas. Mit ihm an der Seite hätte ich damals, als das Buch herauskam, auf den Jahrmärkten bestimmt Tausende von Exemplaren verkaufen können.

Am Schluss kam Dein Kollege aus der literarisch-deutschen Gesellschaft auf mich zu und richtete einen Gruß von Dir aus. Du würdest gerade am Knie operiert. Wie Du aus dem *Mann mit den zwei Augen* weißt, habe ich ein existentielles Interesse an Knien. Bitte schreib mir umgehend, was für eine Operation Du hast durchführen lassen und ob Du einem besonders begabten Operateur in die Hände fielst und alles Weitere (wenn Du Zeit findest dafür).

23.10.

An den Freund in Köln,

ja, zurück. In ruiniertem Zustand. Ein Wrack. Im Genfer Hotel habe ich für zweimal Telefonieren achtundvierzig Franken bezahlt (im Hotel in Mulhouse kostete mich dasselbe achtundsiebzig Cent) – ich war erschüttert. Wie kann man seine Gäste bei der Abreise nur so schamlos über den Tisch ziehen?! Das muss doch jeden aus der Fassung bringen und in Zorn versetzen? Oder schauen Genfbesucher nicht auf die Rechnung? Schieben sie einfach ihre Kreditkarten über den Tresen und unterzeichnen blind? (Habe von einem Sternekoch gelesen, dass er vor ein paar Jahren in Berlin einen Gast hatte, der grundsätzlich nur in Tausendern zahlte – andere Banknoten besaß er nicht und fasste er nicht an – und aus diesem Grund auch Tausender als Trinkgeld verteilte, ohne mit der Wimper zu zucken oder exzentrisch sein zu wollen.)

Venedig strahlt. Gestern musste ich den ganzen Tag drinbleiben und Korrespondenzen aufarbeiten. Heute wohl wieder, dabei trieft draußen der süßeste Herbst und lockt. Ich muss am 27.11. in St. Gallen lesen – und finde keinen bezahlbaren Flug mehr nach Zürich. Offenbar wird Venedig Mitte November von Europa abgehängt und taucht erst im Frühling wieder in den Flugplänen auf. Auch die Rückreise am 03.01. nach Berlin scheint schwierig zu werden.

An den Filmproduzenten,

Ihr wärt herzlich willkommen. Und lustig fände ich's, da wir einander kaum kennen. Nur das traurige Schicksal des gemeinsamen Scheiterns verbindet uns. Wer kann damit schon aufwarten: Darf ich vorstellen? A. B., Filmproduzent aus Zug, mit dem zusammen ich Schiffbruch erlitten habe.

Es gibt günstige Flüge von Zürich nach Venedig. Oder Du holst den Lamborghini aus Deiner Garage und fährst ihn mal aus. Er hat bestimmt Heimweh nach Italien. Soweit ich mich erinnere, besitzt Du etwas in der Art? Maserati? Porsche? Aston Martin? Fährst tagaus, tagein aber konsequent Trottinett?

Also, zum Ventilieren: am 15.11. Hauskonzert in einem Palazzo in Venedig. Wahrscheinlich etwa um 20:00 Uhr. Genaue Adresse und Uhrzeit würden folgen. (Und dann hängt Ihr ein verlängertes Wochenende dran und feiert Euren viereinhalbten Hochzeitstag.)

An die Maler S&A,
danke, dass Ihr in Freiburg zur Lesung gekommen seid. Ihr habt bestimmt gespürt, wie wichtig Eure Anwesenheit war. Und sei's nur, um die Akustik zu verbessern. Wärt Ihr nicht da gewesen, hätte meine Stimme im leeren Raum schaurig hohl geklungen, und ich wäre vollends verzweifelt. Zwar behauptete Godard etwas à la er liebe es, wenig Zuschauer zu haben; sobald mehr als zehn in seinen Filmen säßen, käme er sich vor wie ein Demagoge. Dieses Problem habe ich nicht. Von mir aus könnten mir ohne weiteres tausend zuhören. Aber das soll wohl einfach nicht sein.

An den Präsidenten,
wenn Du wüsstest, wie gern ich Deine Kniegeschichte las. Und wie mich das Bild vom Gliedermännchen, das in sich zusammensackt, wenn man unten gegen dessen Fundament drückt, gefreut hat! Ein eigenartiges Phänomen: Mich faszinieren Beschreibungen je älter ich werde, desto mehr. Zum Beispiel dieses Männchen: Wie erklärt man das

jemandem, der es nicht kennt? Ich war von Deiner Kurzbeschreibung beeindruckt und dachte, das könnte ich nie. Dann habe ich sie genauer gelesen und realisiert, dass ich's gar nicht wirklich gelesen habe bei Dir, sondern dass ich's im Kopf ergänzt habe während des Lesens. Du hast etwas angetippt (mit Begriffen wie »kleiner Sockel«, »Druckknopf«, »Spannkraft«), und ich las drum herum das ganze lackierte Männchen bis zur Nasenspitze (meistens sind die Figürchen lackiert). Und dann versuchte ich für mich, es auszuschreiben, quasi eine Fertigungsanleitung herzustellen, so dass ein Eskimo oder ein Inka, der solche Männchen vielleicht nicht kennt, sich eins vorstellen, vielleicht sogar nachbauen könnte. Und bin kläglich gescheitert daran. Und würde, wenn ich die Energie aufbrächte, es durchzuhalten, wohl ein halbes Buch benötigen, um es so zu beschreiben, dass man's vor sich sieht. Und weiß, dass Bücher nicht dazu da sind, solche Klappmännchen sichtbar zu machen. Ein unlösbares Problem. Lasse ich meinen Helden am Morgen aufstehen und ein Ei essen, dann bleibe ich an der Eierschale hängen und frage mich, wie ich klarmachen kann, dass mein Held sie so oder so aufschlägt und dass die Schale sich so oder so verhält, manchmal aber auch anders, und dass es manchmal eine Sauerei ergibt, die den Helden so sehr aufregt, dass er lange Zeit kein Ei mehr isst usw. Und schon ist wieder ein halbes Buch vergeudet, in dem einige Morde und Lieben und Unglücke und Glücke hätten durchbuchstabiert werden können.

24.10.

An den Freund in Köln,
das mit dem Flug von Verona freut mich kindlich. Einerseits natürlich wegen des niedrigen Preises, zum anderen aber wegen der Leichtigkeit, mit der Du eine Hürde übersprungen hast, die für die meisten unüberwindlich ist. Wahrscheinlich wüsste selbst ein Mitarbeiter in einem

Reisebüro nicht, was er mir raten soll, und würde einfach empfehlen, den Zug zu nehmen. Was am Ende vielleicht sogar das Vernünftigste wäre, das gebe ich zu: Ich setze mich in Venedig in den Zug und steige acht Stunden später in St. Gallen aus. Jetzt setze ich mich in Venedig um acht in den Zug und steige in St. Gallen etwa um 15 Uhr aus. Das sind sieben Stunden. Zum selben Preis (man muss das italienische und das CH-Bahnticket dazurechnen). Aber dass man spielerisch mit dem Problem umgehen und eine zumutbare, sogar unterhaltsame Lösung finden kann für so eine vermeintlich aussichtslose Situation, das heitert mich auf. Danke für die Mühe, die Du Dir gemacht hast.

Ich wurde angefragt vom Berliner Theatertreffen, zum fünfzigsten Jubiläum einen Sketch zu schreiben. Fünfunddreißig Jahre Stückemarkt. Fünfunddreißig Autoren schreiben zum Thema … Habe das genaue Thema vergessen. Irgendwas mit Untergang der westlichen Zivilisation. Das war aber längst nicht alles. Es folgten Differenzierungen und Querverweise, Denkanstöße, Assoziationen, Erklärungen. Die Texte sollen am Theatertreffen 2013 vorgestellt werden in einem Haus mit großer Vergangenheit. Irgendwie wurde in ihm (im Haus) der *Pan Am*-Bankrott besiegelt und vorher die Judenvernichtung, später wurden dort die Stasiakten gelagert, während im Keller Jesuitenpriester Knaben geschändet haben. Also ein ziemlich geschichtsträchtiger Ort voller Untergang. Selbstverständlich habe ich abgelehnt. Aber auch so eine Ablehnung will erst geschrieben werden, derweil draußen die Sonne vielleicht zum letzten Mal scheint …

/2

In einem vollkommen seriösen Zusammenhang wurde diese Geschichte erzählt von einem Mann, der in Berlin abstieg und grundsätzlich nur Tausender anfasste und mit sich führte. Von einem Sternekoch rapportiert, der davon sprach, dass im Gastgewerbe der Kunde nicht König sein wolle und könne, weil es immer nur einen König geben könne, im Restaurant und im Hotel aber mehrere Gäste zu betreuen seien. Da müsse man ein anderes Verhältnis aufbauen, ein persönliches, freundschaftliches. Der Gast wolle individuell behandelt werden; man müsse sich an ihn erinnern, wenn er ein zweites Mal komme, ihm das Gefühl vermitteln, er werde wiedererkannt und komme nach Hause.

Fritz Schediwys Frau wurde auch unter einem Baum begraben, unauffindbar. Wir spazierten in den Wald hinein, irgendwo war ein kleines Loch vorbereitet, da wurde die Urne (kompostierbar) versenkt. Kein Schild, nichts. Ich glaube, die Waldparzelle war von einem Verein gepachtet. Man darf die Leute in Deutschland nicht einfach verscharren, wo man gerade Lust hat. Waldbestattung ist noch nicht weit verbreitet.

Und warum nicht Seebestattung? Was ist daran unzumutbar? Da fährt man doch mit dem Kreuzfahrtschiff irgendwohin, und mitten auf hoher See gibt es dann einen Gottesdienst mit Versenkung der Urne? Das wäre doch gerade für begleitende, trauernde Senioren sehr schön?

25.10.

Vielleicht sollte ich versuchen, als Basler Trommler den Literaturbetriebs-Jackpot zu knacken? Als Hermaphrodit, der in der DDR als Erich aufgewachsen und dort einer untergetauchten KZ-Aufseherin in die Hände gefallen ist, die ihr Unwesen inzwischen als Domina Edeltraut in der Stasizentrale Oberschönhausen treibt und der Erich nur unter Lebensgefahr entfliehen konnte nach Österreich, wo er von Herrn Fritzl gefangen genommen und ohne Betäubung zu Erika umgeschnitzt wurde usw. –, als solcher kann ich's ja nicht mehr versuchen; die Geschichte ist schon von Sibylle Berg besetzt. (Hast Du mitbekommen, dass sie ihr Buch mit einer zirzensischen Show auf den Markt bringt, inszeniert von einem veritablen Regisseur, mit Bühnenbild, schauspielerisch akkompagniert von Katja Riemann und Matthias Brandt? Ich denke, das ist für die Schweizer eine Nummer zu groß; sie werden ihr deswegen den – inzwischen wieder auf vierzigtausend aufgestockten – Buchpreis nicht geben; das Klappern ist zu laut.) Wenn Du bei Google meinen Namen + Basler Trommel eingibst, wirst Du erfahren, was die mit mir zu tun hat.

An den Pianisten,
das klingt titanisch, Dein Programm, und dramatisch, das mit dem Improvisieren, aber je nun, dann wird halt, wenn alle andern Stricke reißen, improvisiert. Der Flügel ist ein Gebirgsflügel aus den Schweizer Alpen. Geeignet, um in den Rucksack gepackt und auf Gipfeln aufgestellt und gespielt zu werden. Er hat leider nur zwei Pedale. Ich werde ihn aber wenigstens, wenn Dir das am liebsten ist, erst am 15ten um 15 Uhr stimmen lassen. Immerhin ein kleiner Luxus. Diesen Termin bestätige ich heute beim Accordatore.

An die Kunsthallenleiterin,
am Tag danach wirst Du auf einen Berg schmutziges Geschirr und einen Pianisten treffen, der im Salon mit klammen Fingern Läufe trainiert (weil er am 17ten in Turin ein Konzert spielt mit lauter schräger, neuer Musik). Dazu auf I. und mich, die weinen, weil Du zu spät kommst und weil der Abend nicht so gelaufen ist, wie wir ihn uns vorgestellt hatten, ohne eine Vorstellung gehabt zu haben, wie er denn hätte laufen sollen, weil wir noch nie einen solchen Abend gewagt haben (wir machen, wie Du weißt, keine Einladungen, aus Angst davor, Einladungen nicht zu können) und wahrscheinlich auch nie wieder einen wagen werden.

An die Veranstalterin der Erstlesung aus dem *Mann mit den zwei Augen*,
da Sie nicht wissen, wie es woanders zugeht, können Sie nicht genau abschätzen, warum es mir in Ihrer Klinik so gut gefallen hat. Ein Grund ist die Selbstverständlichkeit, mit der Sie und Ihr Publikum davon ausgegangen sind, dass es an so einem Abend um das geht, was vorgelesen wird, und sonst um nichts. Kein Drumrum, kein Brimborium, kein Vorher, kein Nachher – einfach eine Lesung, auf die das Auditorium zu meinem Erstaunen gespannt war und der es aufmerksam folgte. Danach interessierte Fragen. Dann Schluss und auf Wiedersehen. Das war unüberbietbar schlicht und wohltuend. Wie bei Bauern auf den Bergen oder hoch oben im Norden bei Fischern. Kein langes Gedöns.

Zur *Buschérie*: Gehen Sie lieber heute hin als morgen. Restaurants haben die Tendenz, schlechter zu werden. Als ich dort aß, war's gut und freundlich und in keiner Weise etepetete (eigentlich wollte ich in ein Restaurant in der Parallelstraße gehen; dort sah ich am Nachmittag, dass junge Leute am Werk waren; ein kleines, modernes Lokal; aber da saß, als ich kam, die junge Köchin bereits ganz allein am Tisch und aß ihren Teller leer – es gab nichts mehr für Gäste).

Die Fotos, die Sie mitgesendet haben, sind entsetzlich. Bitte in die Tiefen der Ostsee damit. Die Lesung ist viel schöner in meiner Erinnerung aufgehoben als auf Ihren Bildern. Stellen Sie lieber Ihre neugeborenen Zwillinge ins Netz und behaupten Sie, das seien Matthias & Zschokke beim Vorlesen.

An den Bruder K.,
vielleicht hast Du recht, ich meine prinzipiell recht: Vielleicht mag man nicht hören, wo's das beste Croissant gibt; man will selbst losziehen und es herausfinden. Und wenn's

nicht das beste ist, das man findet, hält man's oft trotzdem für unvergleichlich gut, eben, weil man's selbst gefunden hat.

Andererseits halte ich es für unzumutbar, in Venedig ein Hotel suchen zu müssen, wo doch hier jedes zweite eine Zumutung ist (und jedes erste viel zu teuer). Also gehe ich da und dort rein in die Hotels/Pensionen, frage nach den Preisen, lasse mir Zimmer zeigen und schicke dann potentiellen Besuchern eine Liste mit Adressen, die mir prüfenswert erscheinen. (Doch vielleicht – wie gesagt – ist selbst das blödsinnig, weil die Leute letztendlich lieber selber suchen.)

Noch schwieriger, als für andere zu denken, scheint mir, für sich selbst zu denken. Nur wenn ich ganz allein bin und vollkommen ungebunden, behaupte ich, jetzt will ich einen Kaffee trinken, jetzt will ich ins Kino gehen, jetzt will ich eine Pizza essen. Dass ich das tatsächlich will, nehme ich mir allerdings nie ab. Würde einer fragen, willst du nicht vielleicht lieber ins Theater gehen als ins Kino oder ein Steak essen anstatt einer Pizza, würde ich wahrscheinlich sagen, och, ja, warum eigentlich nicht.

So wünsche ich Dir zu wissen, was Du zwischen den Jahren machen willst, damit wenigstens einer macht, was er für richtig hält, und hoffentlich glücklich wird damit.

Zu St. Gallen: Das wird eine simple Lesung. Aus dem *Mann mit den zwei Augen*. Ich habe mir vorgenommen, wurstruhig vorzulesen, wie unser Vater abends aus *Peterchens Mondfahrt*, bis alle schlafen. Mir scheint, das ist dem Buch angemessen. Einfach lesen, ohne lange drum rum zu reden. Am Ende kann man ja Fragen stellen. Nach den ersten Minuten, die vielleicht Irritation auslösen, denkt man als Zuhörer, warum eigentlich nicht, hören wir eben einfach zu, schließlich sind wir ja deswegen hergekommen … Und dann fängt es sie hoffentlich an zu interessieren.

26.10.

An den Freund in Köln,
da hat man schon eine Vergangenheit als Blechtrommler zu bieten, und Du zuckst nur mit den Schultern? »Ein feste Burg« ist ein wilder, synkopisch aufgebauter Revolutionssong. A cappella, von der Kanzel heruntergeschmettert, nur von einer dröhnenden Trommel begleitet, erschreckt er die Kirchgemeinde zu Tode. Etwas à la »ah ça ira ça ira«. Aber je nun, so richtig vertreten konnte ich diese Art von Barrikadengesang sowieso nie.

Unser TV funktioniert nach wie vor nicht richtig. Wir wussten, dass *Bella Block* auf ZDF-Neo laufen soll, und hatten uns darauf eingestellt. Doch wir kriegten am Abend den Sender nicht rein. Nur Erstes und Zweites und ein paar zerquetschte. So habe ich wenigstens Dortmund im Fußball siegen sehen. Und auf dem Ersten ein deutsches Drama übers Mutterwerden. Mit postnataler Mutterdepression. Die Hauptdarstellerin schaute während der zweiten Hälfte dauernd ins Leere und ließ ihr Baby fallen und am Boden liegen. Man scheint in Deutschland nach wie vor ein heroisches Verhältnis zum Gebären zu haben. Das ist bei denen immer eine minutenlange titanische Leistung mit viel Schweiß, Blut, Tränen und Geschrei, und wenn das Kind endlich da ist, kriegt die Mutter heute noch ein Eisernes Kreuz umgehängt.

Gestern Abend war ich hier zum ersten Mal im Kino. *Amour* von Haneke. Erschütternd. Im Kino sieben Zuschauer. Die Projektion miserabel, der Saal wie in Grevenbroich 1983. Der Film von biblischer Ausweglosigkeit. Ganz fein, ganz ruhig, ganz behutsam, stoisch, jenseits von Erbarmen, weder anklagend noch mitleidig, weder jammernd noch zynisch – ein Gott erzählt.

Am Abend vorher lief auf *ARD* ein Trailer für eine Schwerpunktwoche zum Thema Sterben, die demnächst kommt. Tenor: Wir zeigen auch die heiteren Seiten davon und betrachten das Thema von allen Seiten … Sie könnten *Amour* zeigen und sich damit ihre Woche sparen. Man kann den Film sehen und hat tagelang daran zu kauen. Er ist gnadenlos und gleichzeitig voll großer, tiefer Wärme. Zum Andächtig-Werden.

An die Kunsthallenleiterin,
wie Du meine Beschreibung des 16. Novembers zusammenfasst, klingt nach bis in seine nassen, schwarzen Tiefen vorausempfundenem venezianischem Spätherbst. Offenbar kennst Du den?

Ich habe gestern *Amour* von Haneke gesehen, italienisch synchronisiert, in einem Rumpelkino mit schlechter Projektion. Der Film ist so erschütternd, wie die besten Kritiken, die ich über ihn gelesen habe, ihn beschreiben. Ich taumelte danach benommen nach Hause und schaute in die von Riesen-Muranoleuchtern erhellten Piani nobili. (Kennst Du das Lied *Der Doppelgänger* von Schubert? Falls nicht, besorg's Dir. Etwa so kam ich mir vor.)

/2
Ja, vielleicht hat mich *Amour* deswegen doppelt und dreifach erschüttert: weil er vor mir, an meinem eigenen Horizont, spielt.

Nein, ich bin hier meines Wissens niemals einem Dirk Schümer begegnet. Wer ist das? Habe nicht einmal die Architekturbiennale besucht. Auch keinen Lorenzo Lotto bewundert, um ihn über einen Tintoretto stellen zu können (das habe ich mir für heute vorgenommen: einen Lotto anzuschauen und ihn haushoch über Tintoretto zu stellen). Falls Du also kommen solltest, darfst Du mit mir über gar nichts reden, außer von mir aus über die Croccantini von *Rosa Salva* (das ist eine – wie ich fürchte, ziemlich kindliche – Schokoladenfreude, die ich mir manchmal gönne; *Rosa Salva* ist DIE venezianische Pasticceria, die

Du bestimmt auch kennst) oder den Mantecato-Stockfisch von *Bartolomeo* (eine Selfservice-Rosticceria, die ich am liebsten jeden Tag aufsuchen würde, weil man dort sitzt wie an dem Ort, an dem »der einfache Hafenarbeiter isst«, den es in unserer Phantasie irgendwo in Neapel noch gibt). Also: Falls Du kommst, darfst Du mich nichts Kulturelles fragen, weil ich sonst rot werde angesichts meiner Unwissenheit. Ich werde dann einfach neben Dir und Deiner Begleitung hertrotten und Euch aufmerksam zuhören.

An die Professorin,
nein, Lesungstermine gebe ich Ihnen keine durch. Schlimm genug, dass Autoren darauf angewiesen sind, wildfremden Menschen ihre Sachen vorzulesen, um damit Geld zu verdienen. Dass ich Verwandte oder Bekannte dann auch noch mit diesen Terminen belästige und sie insgeheim nötige, anzutanzen, um nicht vor leeren Stuhlreihen sitzen und meine Stimme hohl widerhallen hören zu müssen – diesen Schritt werde ich nur über meine Bahre tun.

27.10.
An den Freund in Köln,
das Interview mit Peter Handke habe ich gern gelesen. So sollen Interviews klingen. Er hat Humor, Haltung, ist gescheit und wach, kläfft nicht, schnappt nicht um sich, ist souverän genug, niemanden von seiner Meinung überzeugen zu wollen, interessiert sich ausschließlich dafür, vor sich selbst bestehen zu können. Wie klar er herausklingt aus dem trüben Alltagsgewitzel!

Deine paar Sätze zum nahen Tod und zu Deiner »Feigheit« anspruchsvoller Kunst gegenüber haben mich beeindruckt. Dass Du Dich verschließt vor Kunst, die Dich in die Knie zwingen will, kann ich nachvollziehen. *Amour* will das aber nicht. Der Film setzt sich »dem allem« bloß aus und geht ihm nach, ohne zurückzuscheuen. Das ist unter anderem auch von großer Schönheit, keine Sekunde eitel, keine Sekunde einverständnisheischend, nie einverstanden, immer nur wahr, so wahr es nur geht. Beide Schauspieler machen mit einem bewundernswerten Ernst mit, sind ganz einfach, ratlos, gelähmt vor Entsetzen. Isabelle Huppert spielt die Tochter der beiden, die nicht akzeptiert, dass alles so ist, wie es ist. Der Film handelt jenseits vom kleinen Alltag. Es geht um den großen, ewigen Alltag, um die Kreatur, er ist wahr in einem höheren Sinn, als ob's auf dem Olymp spielen würde, in einer Höhe ohne Sauerstoff, wo alles nur noch Idee ist und Prinzip, wo man aber weder die Ideen noch die Prinzipien nachvollziehen, geschweige denn akzeptieren kann. Es ist nicht so, dass man nach dem Film irgendetwas klarer sehen würde oder etwas für sich ändern könnte – aber man durchlebt ein paar Stunden der hellen Leere. Oder doch, ja, man würde in dem Moment leichten Herzens von der hohen Brücke springen, wenn es denn eine solche wäre, über die man gerade nach Hause ginge. Und man kommt – wenn man meint etwas mit Kunst zu tun haben zu wollen – für ein paar Momente zum Schluss, dass man ganz von vorne anfangen und viel, viel einfacher werden muss. Je genauer wir hinschauen, desto weniger werden wir sagen und desto ergreifender ist das Wenige, was wir sagen.

Heute früh wieder Hochwasseralarm. Es regnet in Strömen. Unüberbietbar romantisch, jetzt meinen Kaffee trinken und mein Mandelhörnchen essen zu gehen. Die Gasse zu *Tonolo* steht erst ab Alarmstufe drei unter Wasser.

Gestern ging ich in eine Kirche und schaute mir den dort hängenden Lotto an, weil Lotto sehr viel besser sei als Tintoretto und weil es nur sehr wenige Lottos gebe in Venedig und weil es ein bleibendes Erlebnis sei, diesen Lotto gesehen zu haben (alles laut der inzwischen abgereisten Autorin aus dem deutschen Studienzentrum).

Bin also durch den Regen in die große, dunkle Kirche gegangen, wo ich ganz allein war. Was für düstere, opulente Opernhäuser, diese venezianischen Kirchen! Habe den Lotto gefunden, warf einen Euro ins Kästchen, um ihn beleuchten zu lassen, und da strahlte aus der Dunkelheit eine Farbenpracht, dass ich beinahe erschrak und auflachte. Erschüttert hat's mich allerdings nicht. Ich musste mich zwingen, die Minute, die das Licht brannte, ruhig betrachtend vor dem Bild stehen zu bleiben, als ob es mich interessiere. Sah hinter Gottes Kopf links einen Engel, auf den ein sehr schöner Schatten und ein Lichtstreifen fiel – und besonders schön gemalte Stofffalten entdeckte ich –, dann verlöschte das Licht zum Glück, und ich durfte weitergehen, in eine Bar zu einem Macchiato.

Wann und von wem wurde Vivaldi wiederentdeckt? Ich lese (mit Genuss; das beste Venedigbuch, das ich bislang kenne) Henri de Régnier. Eine Passage darin handelt von der venezianischen Musik. Er schreibt, es gebe eigentlich keine. Zwar habe Monteverdi eine Zeitlang hier gewirkt, Cimarosa sei hier gestorben und Wagner habe hier gearbeitet und sei hier gestorben – das sei aber auch schon alles. Zwar erwähnt er die Mädchenwaisenheime (Incurabili, Mendicanti, Pietà), in denen engelsgleich gesungen worden sei – aber kein Wort über Vivaldi, der in einem solchen gewirkt hat; als ob der zu Régniers Zeiten (der Eintrag stammt von 1906) unbekannt gewesen sei.

An die Frau, die zur Wohnung schaut,
allein schon der Name, Chiara Mangiarotti, klingt so umarmenswert, dass ich mich freue, wenn Sie sie mitbringen. Sie kann dann gleich die Gastgeberinnenrolle übernehmen. Immerhin ist sie Venezianerin und wohnt bei uns um die Ecke, also beinahe in unserem Haus. Weder I. noch ich sind salonfähig. Ich werde die Tür öffnen, die Gäste in der Verkleidung eines Cappanera – so heißen, wie ich gelesen habe,

die schwarzgewandeten persönlichen Diener der venezianischen Patrizier – begrüßen und sie mit einem Seufzer der Erleichterung umgehend weiterreichen an Nobildonna Mangiarotti. (Sagen Sie ihr bitte nicht, was ich mit ihr vorhabe, sonst schreckt sie vielleicht zurück und kommt nicht; das wäre schade.)

An die Tante in Palermo,
danke für Deinen Geburtstagsgruß zu Unzeiten. Da Du wahrscheinlich nicht weißt, wie gefährlich es ist, einen Geburtstag vor der Zeit zu »besprechen«, will ich Dir verzeihen (Frühgeburt, Sturzgeburt usw. sind noch die harmlosesten Folgen, die mit einer verfrühten Gratulation in Verbindung zu bringen sind). Man darf immer erst am Tag der Ereignisse von ihnen reden, sonst bringt's Unglück. Und gerade mit dem Internet kann man ja inzwischen so sekundengenau mit seinen Glückwünschen beim anderen auf dem Bildschirm erscheinen, dass jedes frühzeitige Losschicken der Wünsche überflüssig geworden ist. Aber gefreut hat mich, dass Du an mich denkst. Danke.

Heute gab's zum ersten Mal kräftiges Acqua alta. Das ist wie im Traum. Straßen und Plätze zehn bis dreißig Zentimeter unter Wasser. Man geht, sehr langsam, mit Gummistiefeln durch die Gassen. Alles ist ganz still. In den Läden steht zum Teil das Wasser. Andere haben ein Metallwändchen vor die Eingangstür montiert, über das man steigen muss – das funktioniert tatsächlich. Innen ist es trocken. Es ist wie tiefer Schnee in den Bergen. Die meisten Leute strahlen vor Vergnügen wie Kinder beim Rumplanschen in Pfützen. Nach etwa vier Stunden verläuft sich das Wasser wieder (mit der Ebbe). Morgen soll's noch höher steigen. Ich werde natürlich warten, bis der Scheitelpunkt erreicht ist. Dann wate ich los und gehe meinen Kaffee trinken und mein Mandelhörnchen essen. Frisch aus dem Backofen. Ganz heiß noch. Im Wasser stehend.

Was für eine seltsame, einmalige Stadt! Hoffentlich kriege ich von ihr zum Geburtstag Hochwasser geschenkt.

An den Freund in Köln,
vielen Dank für Doppelgänger-Lied und -Text. Schlusnus singt mir die erste Hälfte zu pompös. Er müsste es fahler angehen, nicht wie »im tiefen Keller sitz ich hier« –, aber den Eindruck des Ungeheuren erhält man ohne Frage. Mein singender Patenonkel hat immer von diesem Heinrich Schlusnus geschwärmt. Ich muss mich seit Jahrzehnten zusammenreißen, jeweils nicht Schlusnus zu sagen, wenn ich Schluss sagen will (I. gegenüber rutscht mir manchmal dieses blödsinnige Schlusnus raus). Ich habe ihn bis heute noch nie singen gehört. Ein legendärer Bass oder Bassbariton offenbar. Mein Pate sang das Lied schauriger, heller.

/2
Mal sang er die *Dichterliebe*, mal *Die schöne Müllerin*, mal Gabriel Fauré. Jedes Mal nachdem er abgereist war, herrschte ein paar Wochen lang eine merkwürdig aufgeladene Stimmung bei uns daheim. Meine Mutter konnte es abends kaum erwarten, sich ans Klavier zu setzen. Sie hatte als Kind Stunden gehabt. Allzu fleißig scheint sie nicht gewesen zu sein, doch hatte sie offenbar sehr früh ein Talent in sich entdeckt: Sie konnte in den Partituren sehen, welche Töne wichtiger, welche weniger wichtig sind. Indem sie die weniger wichtigen beiseiteließ, vereinfachte sich der Fingersatz natürlich markant. Auf diese Weise war sie in der Lage, auch kompliziertere Stücke so zu spielen, dass man als Zuhörer den Eindruck bekam, eine einigermaßen originalgetreue Wiedergabe der Musik geboten zu kriegen, die dem Komponisten vorgeschwebt haben mochte.

Kaum hörte mein Vater sie spielen, stellte er sich neben sie ans Klavier, und dann trugen sie gemeinsam – sich gegenseitig entflammend und aneinander begeisternd – die einfacheren jener Lieder vor, die mein Pate bei seinem jeweils letzten Hauskonzert vorgetragen hatte. Ich saß am Boden, spielte mit irgendwelchen Klötzchen und wartete bebend auf den Moment, in dem Schumanns Auftakt erklang zu den »beiden Grenadieren«, die nach »Frankreich zogen«. Sie gehörten zum festen Repertoire meiner Eltern und ergriffen mich jedes Mal zutiefst.

Der Vater richtete sich dazu bolzengerade auf, die Hände mit aneinandergelegten Fingerspitzen vor seinem Zwerchfell, in sich gekehrt wie ein buddhistischer Mönch, der Richtung Dalai Lama schaut, den Blick leicht gehoben, in eine höhere Sphäre, wo er den richtigen Stimmsitz zu finden hoffte. Beim Singen bewegte er die Hände vor sich wie diese Schwengel auf texanischen Ölfeldern: Zuerst führte er die Fingerspitzen aufwärts, dann von seinem Körper weg, dann senkte er sie Richtung Boden, dann, als schöpfe er aus dem Erdinneren sauerstoffreichen Atem, zog er sie untendurch zurück zum Bauchnabel und von da wieder nach oben vors Zwerchfell, in einer Art pumpender Bewegung, aus den Ellbogen und Handgelenken herausgekugelt, den Brustkorb geweitet, die Schultern leicht angehoben.

Immer erst wenn sich beide eingespielt und -gesungen hatten, war die Zeit der zwei Grenadiere gekommen. Das Lied verlangt sowohl vom Pianisten wie auch vom Sänger großen Einsatz. Mit unheimlich rollendem R und düster donnernden Klavierakkorden ziehen die beiden aus der russischen Gefangenschaft nach Deutschland, wo sie Quartier nehmen und »die traurige Mär« erfahren, dass »Frankreich verloren gegangen« und »der Kaiser, der Kaiser gefangen« sei, was beide in tiefe Verzweiflung stürzt. Der eine will in seinem Gram auf der Stelle tot umfallen. Der andere sagt, auch er möchte am liebsten sterben, doch habe er »Weib und Kind zu Haus, die ohne ihn verderben«

würden. Hier braust das Klavier mit empörtem Crescendo auf, und aus dem ersten Grenadier bricht es singend heraus: »Was schert mich Weib, was schert mich Kind, / Ich trage weit besser Verlangen; / Lass sie betteln gehn, wenn sie hungrig sind – / Mein Kaiser, mein Kaiser gefangen!« Es folgen weitere todessehnsüchtige Zeilen, Wünsche, ins Grab zu sinken, wiehernde Rosse, die darüber galoppieren sollen, klirrende Schwerter und mehr.

Vor allem um dieses »Was schert mich Weib, was schert mich Kind … Lass sie betteln gehn, wenn sie hungrig sind« ging es. Mein Vater stellte das mit einer solch glühenden Leidenschaft und apodiktischen Überzeugung, mit Inbrunst und unerbittlicher Wucht in die feierabendliche Stube, dass ich jedes Mal bleich wurde und danach die halbe Nacht nicht schlafen konnte, weil ich fürchtete, er werde tatsächlich Ernst machen damit, wenn »sein Kaiser, sein Kaiser« eines Tages gefangen werden sollte. Was unter diesem Kaiser genau zu verstehen war, wusste ich nicht. Doch auch die Mutter ließ keine Zweifel aufkommen bei diesen Zeilen. Ihre Läufe donnerten und rollten durch die Dämmerung, dass es einfach jedem unheimlich und wehmütig zumute werden musste. Beide waren sie wie außer sich. Obwohl weder meine Mutter noch mein Vater, soweit ich weiß, verborgene Sehnsüchte nach Ausbruch aus bürgerlichen Fesseln oder gar Zerschlagung familiärer Strukturen hatten. Bestimmt hätte sie zaghafter in die Tasten gegriffen und er hätte verhaltener gesungen, wenn sie sich Gedanken gemacht hätten darüber, was sie da so vehement vertraten. Doch die Begeisterung riss sie mit, und in mir setzte sich die Überzeugung fest, dass es offenbar Dinge gibt unter der Sonne, für die es sich lohnt zu sterben und für die ein Vater Weib und Kind zu opfern hat. Seither weiß ich jedenfalls, dass man, wenn einem sein Kaiser weggefangen wird, zu sehr viel mehr fähig ist, als man von sich ahnt. Und so wurde meine Sehnsucht nach dem Anderen geweckt, was dazu führt, dass ich zu Hause (in Berlin) heute eben oft »die Köpfe hangen« lasse.

In Venedig ist diese Traurigkeit wie weggeblasen. Hier scheint alles jeden Morgen neu möglich zu sein. Eine Vergangenheit gibt es nicht, eine Zukunft wird nicht kommen. Alles geschieht hier und jetzt. Ich stelle mich an die Theke von *Rosa Salva* und fühle das Abenteuer nahen, verkörpert von den sonderbar strengen Frauen, die dort bedienen, oder ich setze mich abends in eine Trattoria und spüre, wie mein Kaiser frei und hocherhobenen Hauptes übers Meer auf mich zugeglitten kommt.

/3

Gestern Abend war ich wieder im Kino, in einem anderen, nigelnagelneuen. Zu viert saßen wir drin. Venezianer scheinen Kino nicht zu mögen und Kultur ganz allgemein nicht zu benötigen. Sie schauen aus ihren Fenstern, gehen ein wenig spazieren – das reicht ihnen. Mir auch. Ich würde gern hierher ziehen, verstummen und untergehen.

Der Film war ein entsetzlicher amerikanischer Schmarren. Nicht ein einziger Satz oder Gedanke oder Schnitt behaltenswert. Gelöscht.

Morgen Abend findet in einer Riesenkirche ein Gratiskonzert statt. Wahrscheinlich Geschrammel, von Monteverdi bis Berlioz ein Jingle nach dem anderen. Es gibt jeden Abend irgendwo ein paar Laien, die in den schönsten Kirchen vor sich hin dudeln dürfen. Ein paar Touristen finden sich immer, die zuhören. Die Kirche morgen kostet tagsüber Eintritt, mit Musik am Abend keinen. Also geh ich vielleicht hin (nebendran befindet sich meine drittliebste Konditorei), weil dort ein weiterer Lotto hängt. Wo ich doch meinen Lotto über alles liebe … (Als ich gestern vor dem beleuchteten stand, fürchtete ich, nun für alle Zeiten da stehen bleiben zu müssen, weil die Beleuchtung vielleicht kaputt sein könnte und sich nie mehr ausschalten würde. Denn dass ich so lange das Bild anschaue, wie der Zeittakt der Beleuchtung es mir vorgibt, das halte ich für meine Pflicht. Langsam brach mir jedoch der kalte Schweiß aus. Es wollte und wollte nicht dunkel werden. Stell Dir vor, ich würde heute noch den Lotto anstarren müssen, weil die venezianischen Elektriker nicht in der Lage sind, eine Zeitschaltuhr richtig einzustellen. In der Kirche morgen gibt es bestimmt auch so einen Münzautomaten. So kann ich meinen Lotto auch dort anschauen, obwohl es schon dunkel sein wird.)

Was mich interessiert, ist, wann *Die vier Jahreszeiten* ihren Siegeszug angetreten haben? Lässt sich das im Internet rauskriegen? Wer hat sie zum ersten Mal (in neuerer Zeit) aufgeführt? Das muss doch eine Sensation gewesen sein? Wie konnte es geschehen, dass Régnier den Namen Vivaldi 1906 noch nicht einmal gehört hatte?

Dass Musik in Venedig einen geringen Stellenwert hat, brauche ich niemandem zu beweisen. Ich weiß, dass es so ist. Ich gehe hinaus und lausche. Absolute Ruhe. Nur Wellenplätschern, Möwen, Wind, Gondeln, die an Stege stoßen, knarrende Pfähle im Wasser. Das beschreibt schon Régnier so. Ebenfalls begeistert. Und auch er will damit nichts beweisen. Er schreibt nur in einem Nebensatz, Venedig habe keine Musiker hervorgebracht und pflege keine Musikkultur. Und dann folgen bei ihm eben die beiden Namen Monteverdi und Cimarosa. Und kein Vivaldi. Das habe ich nicht verstanden. Aber offenbar hatte man Vivaldi wirklich einfach getilgt? Heute kennt ihn jeder Strafgefangene aus Singsing (dort wird bestimmt zum Frühstück jeden Morgen *der Winter* eingespielt).

28.10.

Senile Bettflucht oder zu langsame Umgewöhnung? Ich meinte, es sei gemäß Sommerzeit schon sieben – laut Computer war's aber erst fünf, als ich ihn anwarf.

Habe gestern Nachmittag die Kirche des Ospedale Pietà besucht, wo Vivaldi die jungfräulichen Waisen unterrichtet hat. Ein Betrug. Die Kirche, die heute da steht, wurde erst nach Vivaldis Tod gebaut und hat keinerlei Aura. Sie sieht aus, als stehe sie in Duisburg. Touristen warten in Schlangen davor. Aus der Tür dudelt Vivaldi. Viele, wie ich, zahlen drei Euro und gehen rein, einige setzen sich andächtig auf die Bänke, weil sie irgendwo gelesen haben, hier hätte Vivaldi ... Das einzig Erwähnenswerte daran sind die vergitterten Emporen, wo die fadenscheinig bekleideten Waisenmädchen, den Blicken entzogen, hätten singen und Violine spielen können.

Eben setzt die Hochwassersirene ein. Was für ein schauriges Geräusch. Krieg. Rabenschwarz draußen. Stürmisch. Dazu die Sirene, diesmal sogar Alarmstufe drei. Endzeit. Wir werden uns später wahrscheinlich alle bei *Tonolo* treffen und im Wasser stehend mit Prosecco auf die Katastrophe anstoßen.

Ulrich Tukur arbeitet zu viel. Im Trailer zu *Rommel* wirkt er beunruhigend blass. Eine Boulette, die in eine Uniform gezwängt und in ein Wüstenfahrzeug gesteckt wurde; vielleicht die längst fällige Ergänzung zu *Bernd, das Brot*? (Du kennst *Bernd, das Brot*?)

Bella Block kam mir altbacken vor. Ich meine die Geschichte: Senioren-TV. Gespielt hat sie gut. Aber sie haben noch nicht raus, wie es mit der Figur weitergehen soll, seit sie in Rente geschickt wurde. Sie schwankte zwischen *Emil* (und die Detektive), *Miss Marple* und *Adelheid* (die verstorbene Partnerin von Loriot spielte in einer Hamburger Serie, die mir gut gefiel – nah am Vorabend –, eine Sekretärin, die auf eigene Faust ermittelte; ich meine, die hieß *Adelheid*). Hannelore Hoger weiß nicht, welche der drei Wege sie einschlagen soll. Wie gesagt, nicht ihr Spiel enttäuschte mich, sondern die Geschichte. Das fing in der ersten Szene am Bahnhof an, bei der zufälligen Begegnung mit dem Mann mit Hut und Wallemantel ... Das war alles seeeehr Emilsch oder Nick Knattertonsch: Wie sie sofort die Nüstern blähte, zu wittern begann und gleich hinterherpirschte, dann die herbeigequälte Geschichte mit der Caritas-Unterbringung ... Da mussten sie auf den Redaktionen alle Augen kräftig zukneifen, um das als wahrscheinlich erscheinen und durchgehen zu lassen.

Schön, dieser Aufstieg Vivaldis aus dem Nichts. Dann haben wir eigentlich seine ganze Wiederentdeckung voll erlebt? Und ich dachte damals in Biel am Gymnasium, das sei ein Klassiker wie Beethoven oder Mozart. Er wurde offenbar in kürzester Zeit zum internationalen Star? Ich habe schon 1969 die Nase gerümpft und behauptet, richtig seriös sei dieser Kaufhausmusiker nicht, viel wesentlicher sei Cimarosa – und suchte nach Cimarosa-Aufnahmen. Dabei sind mindestens *Die vier Jahreszeiten* ohne Wenn und Aber ein Wurf.

An die Kunsthallenleiterin,
das Essengehen ist mir hier verleidet. Auf dem Markt gibt es schöne Sachen zu kaufen. Steinpilze inzwischen, Radicchio di Treviso (das ist der besonders bittere), gute Äpfel und Birnen (ich dachte, die gäbe es nur in Deutschland). In den Restaurants aber tischt man immer und überall dieselbe Pampe auf. Trotzdem gehe ich weiterhin essen, inzwischen aber mit ostentativ nach unten gezogenen, verächtlichen Mundwinkeln. Ich hoffe, das versetzt die Gastronomen in Unruhe und wird sie zur Raison bringen. Nur eine Trattoria habe ich gefunden, in der ich relativ gern sitze. (Selber zu kochen ist nach wie vor nicht unsere Leidenschaft; wir haben aber längst damit angefangen und ernähren uns zu Hause immerhin recht gesund.)

29.10.
An den Freund in Köln,
so, jetzt habe ich also Geburtstag. Dein Brief wird heute angekeucht kommen. Und damit: Geburtstagsthema durch. Ich fühle mich gleich wie gestern und hoffentlich morgen.

Noch zu Deinem *Bella-Block*-Eindruck: Siehst und liest Du der Einfachheit halber vielleicht nur noch, was Du sehen und lesen willst? Aus Angst vor Enttäuschungen? Und also liest Du ein *gutes* Buch, wenn Du ein neues Buch liest von mir, und Du siehst einen *guten* TV-Film, wenn Du einen neuen *Bella Block* siehst? Weil Du, wenn Du Dich fragen müsstest, ob der neue *Bella Block* oder der neue Zschokke wirklich gut seien, vielleicht zum Schluss kämst, na ja, soooo gut … Und dann könnte Dir drohen, dass Du zum fatalen Schluss kämst, dass Dir überhaupt nichts mehr schmeckt, dass … Na ja, was dann? Keine Angst, wenn Du den neuesten *Bella Block* nicht magst, ist das Ende der TV-Fahnenstange deswegen noch lange nicht erreicht. Dieser *Bella Block* war, mit wachem und neugierigem Kopf bei angenehmen 21 Grad betrachtet, einer für die Seniorenresidenz. Am besten zu genießen mit lauwarmem, ungesüßtem Kamillentee und dröhnend laut.

Das Mandelhörnchen bei *Tonolo* war so heiß, dass ich mir fast die Zunge verbrannt habe. Die linke Gassenhälfte stand bereits unter Wasser, als ich kam (ich noch in eleganten Halbschuhen mit Ledersohle). Fünfundvierzig Sekunden später, mit einem Espresso macchiato plus Cornetto im Magen, kehrte ich trockenen Fußes heim. Zehn Minuten später wäre es für die trockenen Sohlen zu spät gewesen. Das Hochwasser steigt jeweils rasch.

Vom größten deutschen Komponisten des letzten Jahrhunderts habe ich in der Tagesschau ein paar Aufnahmen gesehen. Phantastisch, seine Villa in den Albaner Bergen! Ein Fiesling scheint er gewesen zu sein? So kam er mir jedenfalls vor. Wie man sich im Alter präsentieren soll, um nicht fies oder bitter zu wirken, wird mir immer rätselhafter. Hans Werner Henze jedenfalls hat die attraktivste Lösung für sich nicht gefunden. Außer Lagerfeld fällt mir aus dem Stand keiner ein, den ich attraktiv finde im Alter. Und Lagerfeld ist wahrscheinlich noch gar nicht alt?

Gestern habe ich eine Hotelsuite gesehen, wie ich noch nie eine gesehen habe. Die Dogensuite im Palazzetto Pisani. Dort ist ein Bekannter von mir mit Familie für drei Tage abgestiegen. Die Suite geht direkt auf den Canal Grande und hat zwei Balkone. Sie ist etwa fünf Meter hoch, mit uralten Seidentapeten, Deckengemälden, Originalbildern der Familie Pisani an den Wänden, Originalmöbeln, Originalteppichen, Originalskulpturen, Parkett, Terrazzo – D'Annunzio wären die Tränen gekommen vor Glück. Zwei gewaltige, ineinander übergehende Salons, beide größer als Deine ganze Wohnung – ein veritables Prinzenpalais. Mit Murano-Bleiglasfenstern, durch die man die Außenwelt nur halb und total verzerrt sieht. Das ganze Zimmer im Dämmerlicht. Wenn man die Balkontür öffnet, fällt der Blick auf den bunten Schiffsverkehr – eine der am meisten befahrenen Ecken, neben der Accademia-Brücke. Ich würde das Haus überhaupt nie verlassen, wenn ich dort abstiege.

An die Maler S&A,
von mir gab und gibt es nichts zu lernen, weil mir alles, was erklärbar und verstehbar ist, auf der Stelle suspekt wird. Ich bin in einer dummen Zeit erwachsen geworden. In einer bildungsfeindlichen. Kunst wollten wir »authentisch« haben, alles sollte »von innen heraus« kommen, aus dem Unterbewussten geschöpft werden, bloß kein Handwerk, bloß keine Kontrolle über den Schöpfungsprozess – ein einziges vernebeltes Raunen. So kam bei mir leider kein »lehrend lernt man« heraus, als ich damals an der

Universität »Dramatisches Schreiben« dozierte, sondern es blieb beim unzumutbaren amerikanischen »was wir nicht können, das lehren wir«, und ich musste meinen Professorentraum (sicheres Geld bis zum Grab) seufzend aufgeben.

Wobei ich je länger, desto weniger verstehe, warum jedes Hanni und jedes Nanni nur ein Ziel hat, nämlich dieselbe Literatur zu schreiben wie alle anderen, um mithalten zu können im Kanon. Keiner zweifelt den Kanon an. Keiner realisiert, dass er sich sterblich langweilt beim Runterwürgen dieses endlos wiedergekäuten Literaturbreis.

An den Komponisten,
das wäre das schönste Geburtstagsgeschenk, das Du mir machen könntest: *Neue Kartoffeln* selbst zu singen. Vielleicht sogar noch das andere, das mit der »langsamen Eintrübung über Nacht«? Das würde sehr gut zu Venedig passen. Ohne Übertreibung: Das wäre DAS Hauskonzert. Linienkämper dazu? Eigentlich möchte ich nur einen lebenden Musiker an dem Abend hören, Dich. Dazu Chopin. Aber wenn Du Dich von Linienkämper nicht eingeengt fühlst … Bitte, schreib nicht in zwei, drei Stunden, Du seiest leider betrunken gewesen, als Du das angeboten hättest; jetzt, in nüchternem Zustand, müssest Du leider wieder Abstand nehmen vom Vorschlag, das Lied (oder sogar, bitte, das zweite auch noch) selbst zu singen.

An den Pianisten,
der eine Chopin, den Du von Anfang an mit eingeplant hattest – ich weiß nicht mehr, welcher das war; Du hast ihn in einer früheren Mail erwähnt –, ist weiterhin fester Bestandteil der ersten Hälfte des Konzerts? Wie lange dauert der etwa, wie lange Maestros Stück? Am liebsten wäre mir dazu noch ein Schubert (hast Du *Amour* von Haneke gesehen? da wird am Film-Anfang im Klavierkonzert der Beginn eines von Schuberts Impromptus gespielt,

so erschütternd, dass mir Venedigs Hochwasser unweigerlich zu den Augen herausquoll), aber ich fürchte, der passt nicht?

An den Komponisten,
Rahmen, Ambiente, Ziel des Abends? Sag's bitte niemandem weiter: Der Grund für den Abend ist, dass in den Unterlagen zu meiner Einladung stand, es stehe ein Flügel im Salon. Ich fürchtete, der werde mich monatelang gondeltraurig anschauen und darum flehen, angefasst und bespielt zu werden. Da mir Dein Stück damals in Berlin so gut gefiel, dachte ich, eigentlich schade, dass so ein Stück nicht immer mal wieder irgendwo gespielt wird, so wie man die Mondscheinsonate überall spielt. Und so kam's.

Es werden Freunde und Bekannte kommen, eine Handvoll aus Berlin, eine Handvoll aus der Schweiz. Und ein paar von hier. Die Gäste werden ab halb acht eintreffen. Da bekommen sie Salatini (salzige Blätterteigteilchen) und Getränke. Der letzte Gast kommt voraussichtlich kurz nach acht (mit dem Flugzeug aus Zürich, da kann es Verspätungen geben). Ich habe vor, wenn alle da sind, ein paar Worte zur Begrüßung zu sagen. Dann gibt es das Konzert. Nicht erstickend formell, aber doch mit einigem Zuhör-Ernst. In der Präsentation traditionell – jeder hat einen Stuhl, der Raum ist länglich geschnitten, es ergibt sich automatisch eine Konzertsituation: auf der Stirnseite der Flügel, links davon vielleicht ein paar Zuhörer, vor allem aber frontal davor aufgereihte Stühle (d. h., man reiht sich selbst ein). Nach dem Konzert gibt es warmes und kaltes Essen und Getränke (es gibt genug Platz an Tischen), danach Süßigkeiten und Kaffee usw. Fürs Kochen übernimmt eine Venezianerin die Verantwortung, und hinter den Flaschen steht auch eine Hilfe. Wir werden also hoffentlich gut gelaunt sein und uns weiter um nichts kümmern müssen.

Das Musik-Programm habe ich vor, auf einem A4-Blatt

auszudrucken und vor Beginn des Konzerts zu verteilen. Schick's mir bitte per Mail (möglichst fehlerfrei), damit ich es richtig übernehme. Ich kann Dir meine Fassung dann noch zum Gegenlesen senden. In Ordnung?

An die Tante in Palermo,
heute ist es so weit. Die Sonne scheint (gestern hat es in Strömen geregnet, alles stand unter Wasser). Ich bin allein, weil I. noch im Berliner Schnee rumstapft. So habe ich mir heute früh in aller Ruhe gratuliert und den Geburtstag auf diese Weise kurz und schmerzlos hinter mich gebracht. Dabei habe ich das Couvert entdeckt, das Du für mich bereitgelegt hast. Darin steckte Geld. Herzlichen Dank. Ich leg's zur Seite und gehe demnächst los, um einen Regenmantel für mich zu suchen. Mein alter ist endgültig zerschlissen und hält nur noch diese Saison. Natürlich reicht das Geld nicht ganz – schließlich habe ich in Venedig zugenommen und brauche viel Stoff, in den ich mich hüllen kann –, aber ich habe auch von meiner Mutter Geld erhalten. Zusammen wird's reichen. Und dann habe ich eine schöne Erinnerung an Venedig und weiß immer, dass ich den Mantel unter anderem von Dir geschenkt bekommen habe. So ein Mantel hält mindestens zehn Jahre, also fast bis zum Grab. Ein gutes Geschenk. Vielen Dank dafür.

An den Freund in Köln,
nach meinen Einkäufen kam ich heute Vormittag nach Hause. Kaum saß ich am Schreibtisch, klingelte es, und Dein eingeschriebenes Päckchen wurde abgegeben. Ein Päckchen, das am richtigen Tag ankommt, macht mir eine prinzipielle Freude, die so groß ist, dass der Inhalt sie kaum noch überbieten kann. Also: Du hast mir eine große Freude gemacht. Vielen Dank.

Die Schokoladen machen einen seriösen Eindruck. Ich werde sie mit Verstand und Ernst essen, eine nach der anderen. Die Mahlerlieder habe ich, als ich noch Musikfachmann war, alle gehört und, um Eindruck zu schinden, von ihnen behauptet, sie würden mir gefallen (mochte sie jedoch nie besonders). Nur eins mochte ich: Prometheus (mit Orchesterbegleitung). Die Aufnahme, die ich davon hatte, fand ich erschütternd. Doch die hat mir leider jemand entwendet. Seither besitze ich das Lied nur noch in einer uralten, eiernden, zerkratzten Version. Von den neueren Einspielungen mochte ich keine (oder es gab keine bezahlbare – hab vergessen, was das Problem war).

In Deinem Begleitbrief las ich *Anus horribilis* und dachte, was für ein Schmutzfink. Dann sah ich das zweite -n und finde: Ja, Du hast recht, das Jahr war ein horribles. Die folgenden werden, wie ich ahne, noch horribler? Davon könntest Du mir bestimmt ein Lied singen (anstelle derer von Mahler).

Wenn er tatsächlich neunundsiebzig ist, dann soll Karl Lagerfeld von nun an mein Vorbild sein.

Was Du als Palazzo Pisani gefunden hast, ist etwas anderes als das, was ich suche. Meiner heißt Palazzino oder Palazzetto Pisani und liegt direkt an der Ecke Canal Grande / Rio del Santissimo, hinter dem Konservatorium, an der Accademia. Er wird vielleicht nicht ganz legal vermietet, firmiert möglicherweise unter bed & breakfast?

30.10.

An den Verleger,
Gummistiefel habe ich genug hier. Würde welche zum Piazzale Roma mitbringen, falls Du sie benötigst, um in Deine Unterkunft zu kommen. Übrigens werden wahrscheinlich im gleichen Flugzeug Leute sitzen, die Du am Abend bei mir wieder treffen wirst, mindestens von den Musikern weiß ich's – also kein schlechtes Wort über mich im Flugzeug! (Ich schreib's Dir, weil ich selbst lieber weiß, wann und wo »die Wände Ohren« haben.)

Man erfährt jeweils zwei Tage im voraus, ob und wie hoch das Wasser steigt. Für morgen Nacht (es gibt dem Ebbe- und Flut-Rhythmus entsprechend immer zwei Höchststände) haben sie einen ersten Jahresrekord angekündigt, siebzehn Zentimeter über dem vorgestrigen. Da würden meine Stiefel nicht mehr für alle Straßen und Plätze ausreichen (es steht allerdings auch ein Paar in der Kammer, das bis zu den Hüften reicht).

An die Opernsängerin,
das ganze Hochwasser Venedigs wäre mir in die Augen geschossen und durch die Telefonleitung zu Euch in die Stube geflossen, wenn Dir der Überraschungsanruf gestern gelungen wäre und Du mir dieses Lied tatsächlich vorgesungen hättest. Allein die Vorstellung hat mich beim Lesen übermannt. Vielen Dank … Ich weiß gar nicht, wo hinschauennsnkkuiuwebblpqüä+ 1 a (habe eben die Tastatur nicht mehr gesehen durch die vor Rührung gefluteten Pupillen …).

Du sollst auch auf Dich achtgeben und so ein guter Mensch bleiben, wie Du gestern einer sein wolltest. Das ist anstrengend: jeden Tag von neuem so ein guter Mensch zu sein, wie man am Tag vorher einer war.

Gestern hoffte ich, Venedig gäbe einen aus und schenke mir zum Geburtstag ein zusätzliches Glas Acqua alta, doch da schien die Sonne, und alles war trocken wie im schönsten Sommer. Was für eine unberechenbare Stadt! Für morgen Nacht ist hingegen ein erster Hochwasser-Jahresrekord angekündigt, siebzehn Zentimeter über dem Stand, den ich kennengelernt habe. Da würden meine Stiefel an manchen Ecken nicht mehr ausreichen (aber da schlafe ich sowieso und habe den Sand in den Augen, der unten benötigt würde).

Herzliche Grüße (ich zittere immer noch bei der Vorstellung, Dein Anruf hätte mich erreicht; ich halte solche

Überraschungen nicht aus, hätte den Hörer nicht bis zum Ende des Lieds ruhig halten können).

An den Pianisten und den Komponisten,
eben las ich in einem Buch, dass Marquise V., eine große, magere, blasse Italienerin mit dem Aussehen einer eleganten Menschenfresserin, im ehemaligen Palazzo Venier, dem heutigen Guggenheim-Museum, früher Kostümfeste gab, an denen man einen golden angemalten nackten Pianisten sehen konnte und wo junge Leoparden umhertorkelten, die vorsichtigerweise eine Morphinspritze erhalten hatten, bevor man sie auf die Gesellschaft losließ. Keine Angst, das alles erwartet Euch bei mir nicht.

An die Leiterin der Solothurner Literaturtage,
was für schräge Vögel hast Du denn in Deiner Kommission sitzen?! Antizykliker? Eremiten, die ohne Radio-, TV- und Internet-Anschluss leben? Ist zu denen noch nicht durchgedrungen, dass ich out bin und aus dem letzten Loch pfeife? Dann lass sie bitte in ihrem Unwissen und halte diese News bis im Mai 2013 zurück. (Du weißt, dass ich zurzeit in Venedig bin? Deswegen mein weltmännisches News: »What news on the Rialto«; Shakespeare, Kaufmann von Venedig.)

Ich nehme die Einladung nach Solothurn gern an, möchte Dich aber heute schon darum bitten, mir einen starken, nicht irritierbaren Sekundanten (oder eine entsprechende Sekundantin) als Moderator/in zur Seite zu stellen, der/die zwischenzeitlich nicht einknickt (falls es dann doch zu ihm/ihr durchdringen sollte – was ja eigentlich kaum zu vermeiden ist –, dass mit mir nichts mehr los ist).

An den Freund in Köln,
ja, genau, dieser Palazzo ist es. Und das Zimmer, das abgebildet ist, hatte mein Bekannter. Der Salon zieht sich über

die ganze (schmale) Front hin, mit beiden Balkonen. Was man auf dem Foto von innen sieht, zeigt etwa ein Viertel des Raums. Dazu gibt es einen Frühstückssaal, im hinteren Teil des Palazzetto, von einer Opulenz und Opiumrauschhaftigkeit, wie ich keinen sonst kenne. Mit einem Muranoglaslüster an der Decke, der ungefähr so viel Raum einnimmt wie das ganze Büro, das ich in der Wohnung hier benutze. Maßlos ist das richtige Wort.

In den nächsten Tagen werden zwei Päckchen bei Dir eintreffen (leider nicht auf DEN Tag genau; bitte erst am Zehnten öffnen). Eigentlich sollte noch ein drittes kommen, aber wahrscheinlich schaffe ich das nicht. Zumal es keinen Spaß macht, Päckchen von hier zu verschicken. Sie sind unverschämt teuer. Ein Buch zum Beispiel, das von Deutschland nach Italien drei Euro fünfundvierzig kostet, kostet von Italien nach Deutschland neun Euro. Widerwärtig.

Zu den Schokoladen: Grundsätzlich nehme ich Abstand und Abschied von Schokolade. Sie haben's mit dem Getue drum herum überzogen. Und die Preise sind viel zu hoch. Ich mag nur noch entweder normale Tafeln aus einer reellen Fabrik wie *Lindt & Sprüngli* – oder dann Confiserieware, die vor Ort fabriziert und tagesfrisch verkauft wird. *Leysieffer* zum Beispiel hat keinerlei Anlass, seine Schokoladen anders anzubieten und zu vermarkten als *Aldi* seine *Château*. Wie all die anderen Angeber auch nicht, *Dolfin* und Konsorten: Bei Schokolade geht's in erster Linie um die Zutaten (die Milch, woher sie kommt, was die Kühe gefressen haben), die Kakaobohnen usw. Und das A und O: dass die Schokoladenmasse von schmalen, klammen Knabenhänden (Raumtemperatur maximal dreizehn Grad, Hände der Knaben maximal sieben Zentimeter lang) stundenlang umgerührt wurde. Davon wissen sie bei Dolfins nichts. Das weiß man nur im Schweizer Jura, wo Kinderarbeit noch erlaubt ist und gottgewollt. Also bitte: Grundsätzlich keine Schokoladen mehr schicken.

31.10.
An den Komponisten,
Du ami hallucinant! Eine Schande, dass wir so alt werden mussten, um auf den Geschmack von Soireen zu kommen. Ich möchte mir von nun an mindestens jeden Monat einmal so eine Serenade ausmalen dürfen. Als Erstes muss ein Flügel her in der Berliner Wohnung. Ich freue mich und will mir Mühe geben, bei der Zusammenstellung der Zuhörer nicht zu patzen. Bin gespannt auf das Programm, das Du mir mailen wirst.

Heute Nacht wird der Pegel auf dramatische 1,47 ansteigen. Ich habe es vorgestern bei 1,30 erlebt; da watete ich auf dem Weg zu Eurer Unterkunft durch bis zu zwanzig Zentimeter tiefes Wasser – ein erhebendes Gefühl, beglückend, fast ein wenig nazarenisch. Es wäre eine besondere Exklusivität, wenn ich Euch das am 15ten bieten könnte.

An den Freund in Köln,
danke für den Link zur Radiokritik. Frau Schmitz hat sich am Ende leider nicht getraut, aus ihrer verblüfften und sie verstörenden Leseerfahrung den Schluss zu ziehen, *Der Mann mit den zwei Augen* sei verblüffend und verstörend. Es ist die alte Leier, die ich anstimmen müsste, wenn ich mich noch als Musiker betätigte: Sie trauen sich in Deutschland nicht, selbst zu denken. Wovon sie aus ihrem Studium nicht wissen, wie es einzuordnen ist, das ist ihnen suspekt. Sie sind zu oft den Falschen auf den Leim gegangen und haben dafür schlechte Zensuren gekriegt. Sie wollen alles erklärbar haben, erklärt kriegen und erklären können. Sie scheuen zurück, wenn etwas außerhalb des Bekannten und Belegbaren stattfindet. Diese Frau Schmitz lässt sich vom Buch auf ein hohes Niveau locken. Nur eben: Sie traut ihrem eigenen Leseeindruck nicht. Sie weist das Objekt, das sie zum Denken angeregt hat, am Ende vorsichtshalber dann doch lieber zurück.

Über den weiten, ausgestorbenen Lido laufen jeden Tag Schatzsucher mit Schaufelchen und an Kopfhörern angeschlossenen Detektoren. Ich bin zu spät; die Klunker, die die Damen im Sommer vor dem Excelsior fallen ließen, sind längst gefunden und verhökert. Außerdem ist es nicht der Lido, dem ich verfallen bin, sondern die Sonne. Sie steht zurzeit schon am frühen Nachmittag spektakulär tief. Ich werfe einen sechs Meter langen Schatten und denke, Respekt …

Bitte keine weiteren Ransmay(e)reien. Ich bin not amused darüber, dass seine Reiseaufsätze literarisch ernst genommen werden, nur weil er die Chuzpe besitzt, jeden mit einem biblischen »ich sah« anzufangen. Es bleiben Reiseaufsätze, und sie sind mir suspekt, weil er sich nicht traut, vor seine eigene Tür zu schauen, sondern immer nur vor irgendwelche, die auf achttausend Metern oder im tiefsten Dschungel errichtet worden sind, wohin seine Leser ihm nicht folgen, wo sie ihm also auch nicht auf die Finger schauen können. Dieser Extremtourismus ödet mich an. Er soll von Salzburg reden, dann wäre er mein Mann. Für den Hindukusch braucht es nur gut ausgestattete Reisebörsen, für Salzburg braucht es Mut, Augen, Haltung und Sprache (all das steht ihm zur Verfügung – bis auf die Haltung vielleicht).

An den Berliner Freund, den Theatermann,
Deine Mail zum Geburtstag hat mich gefreut. Danke. Im Alter werde ich sentimental: Die Vorstellung, dass Du tatsächlich eine Flasche Montepulciano geöffnet und mir mitten in der Nacht und Einsamkeit über tausend Kilometer zugeprostet haben könntest, würgte mir kurz die Luft ab. Wie lange wir uns nun schon kennen! Wie alt wir geworden sind!

Dass Du am 15.11. nicht zu meiner Soiree kommen kannst, ist ein Jammer. Wer weiß, ob ich jemals noch so eine wagen werde.

An den Freund in Köln,
gestern wurde ich nach Solothurn eingeladen. Programmkommission und GL (was ist wohl eine GL) hätten einhellig und einstimmig entschieden, ich müsse mit dem Buch eingeladen werden. Und die neue Leiterin der Literaturtage schreibt in der Begleitmail, sie werde es morgen in der EB Zürich (Elektrobücherei?) vorstellen. So will ich mich denn bemühen, den Kopf noch nicht hängen zu lassen.

Heute bekomme ich den nächsten Besuch. Muss ihn gleich am Busbahnhof abholen. In der Nacht soll das Wasser besonders hoch steigen. Für jetzt (in einer halben Stunde wird's oben sein) wurde nur Alarmstufe eins geblasen; dafür gehe ich eigentlich nicht mehr vor die Tür.

An die Kunsthallenleiterin,
danke für den Radio-Link. Ich kannte bereits, was Frau Schmitz sagte. Mir scheint, sie schreitet auf hohen akademischen Holzkothurnen, will sagen: Sie wandelt auf dem Holzweg. Überleg mal im Ernst (versuch Dich an mich zu erinnern): Was kann ich mit Brecht und Fassbinder zu tun haben? Das sind doch nun wirklich die Allerletzten, mit denen man mich in Verbindung bringen kann (so weit von mir entfernt, dass es fast schon kühn ist, sie mit mir in einem Atemzug zu nennen). Und was Konzeptkunst ist (das Wort bringt sie auch unter in ihrer Besprechung), das hat sie ganz offensichtlich nie kapiert (hatte bestimmt eine Drei minus, als das in der Kunstgeschichte durchgenommen wurde – seither leidet sie unter einem Konzeptkunsttrauma). Aber egal. Hauptsache der Buchtitel wird genannt. Das passiert selten. Du hast somit einen raren Moment erwischt im Radio.

An die Schwester,
ich sitze bebend vor meinem Computer. Ein Freund hat mir geraten, ich soll ihn putzen lassen von einem *CCleaner*

(weil er von Tag zu Tag langsamer wurde). Nun putzt und putzt und löscht und löscht dieser Cleaner, und ich fürchte, er macht mir den ganzen Computer leer. Seit einer halben Stunde tut er das schon, und ich weiß nicht, ob ich seinem verheerenden Wüten Einhalt gebieten soll oder nicht … Und sollte zum Busbahnhof, weil Besuch ankommt … Und weiß nicht, ob ich den Cleaner in meiner Abwesenheit sein herkulisches Werk vollenden lassen soll …

01.11.
An die Frau, die zur Wohnung schaut,
ich war nachts um elf mit meinem Gast einen Grappa trinken auf dem Campo Santa Margherita. Wir standen in der Bar, bis zu den Knien im Wasser, ganz allein, und tranken. Draußen alles schwarz und glänzend wie Pech. Schwarze Figuren mit Regenschirmen kämpften sich, schräg gegen den heftigen Wind gelehnt, nach Hause. Da kann man gar nicht lange genug Grappa trinken und an sein eigenes süßes, schweres Ende denken. Habe es ein wenig übertrieben damit; habe Kopfweh jetzt.

An den Bruder A.,
Deine Fotos habe ich selbstverständlich noch nicht einmal mit der elektronischen Pinzette angerührt. Habe die sterilen Gummihandschuhe übergestreift und die Sendung verschlossen entsorgt. Ich öffne keine Sendungen mit fragwürdigen Absendern. »Adibuzz lässt grüssen« – da könnte ja jeder kommen.

Heute früh regnet's. Da sitzt man am Tisch und ist ratlos. Ich müsste wohl anfangen zu arbeiten – was mir in Berlin selbstverständlich vorkäme. Dort macht man sich über vierzehn Grad und Regen keine Gedanken. Man steht auf und: Ora et labora. Aber hier in Venedig? Dazu kommt: Ich habe Gäste im Haus. Die schlafen noch. Aber was mache ich mit ihnen, wenn der Regen nicht aufhört? Würfelspiele?

Zum Weihnachtsprogramm: Ob ich eins auf die Beine kriege, weiß ich noch nicht. Kenne mich in der Stadt nicht genug aus. Aber da Venedig sowieso ein einziger, riesiger, rund um die Uhr leuchtender Weihnachtsbaum ist, braucht Euer Sohn sich nicht zu fürchten vor leeren Stunden. Die Idee ist, das Ganze diesmal katholisch anzugehen. Die unzähligen Kirchen hier sind spektakulär bunt und schön, jede auf eine andere Art, und die Weihnachtsprogramme, die sie anzubieten haben (allein schon die Krippen! und dann natürlich die Mitternachtsshows bis zur Livegeburt des kleinen Jesulein), werden unser trockenes protestantisches Zeug um Meilen übertreffen, hoffe ich.

/2

Genau so wie Du auf dem Foto in den See schreitest, gehe ich mit Fischerstiefeln durch Venedig. Es ist inzwischen nicht mehr lustig. Die Venezianer schauen besorgt und treten lieber gar nicht mehr vors Haus. Nur wir Touristen waten mit leuchtenden Augen los – und werden hinter der nächsten Ecke unsicher, weil das Wasser immer tiefer wird.

02.11.

An den Filmproduzenten,
schade. Das wäre eine schöne Überraschung gewesen und hätte dem Fest einen zusätzlichen Reiz verliehen: Ein Gast, von dem niemand etwas weiß, den keiner erwartet – nicht gerade der steinerne, aber immerhin, ein wenig unheimlich wäre es kurz geworden bei Deinem Auftritt (der türstehende Gondoliere hätte bei Deiner Ankunft dreimal mit seinem Ruder auf den Boden geklopft und ausgerufen: A. B., Filmproduzent aus Zug).

An den Freund in Köln,
ich konnte Mazenauer umgehend öffnen und lesen und mich darüber freuen. Bravo. Eine gescheite Besprechung. Jetzt muss ich an die Sonne – sie ist wieder da – und mich ausruhen. Mein ganzer Kopf ist von den Computersorgen (und von den perfekten Gästen, die so gut sind, dass sie mir keine Sekunde zur Last fallen, was schwerer wiegt als zwanzig schlechte Gäste) völlig verhärtet, heiß, die Augen blutunterlaufen und starr.

/2
Der Computer steht noch auf wackeligen Beinen. Ich bin nicht sicher, ob er den Schwächeanfall ganz überwunden hat. Da und dort schleppt er nach wie vor.

Ob ich Mazenauer schreibe, weiß ich nicht. Habe schließlich auch dem tapferen Bruno nie geschrieben, wie dankbar ich ihm dafür bin, dass er meine Ehre gerettet hat.

Erst einmal muss ich jetzt meine abreisenden Gäste zum Bahnhof begleiten. Dann zur Ruhe kommen. Dann das Zimmer frisch machen für den nächsten Gast.

03.11.
Gestern wehte Scirocco. Heute ist es grau und kalt. Ich werde in meinen dreiteiligen Anzug steigen und ihn ab jetzt wie einen Blaumann jeden Tag tragen. Dreiteilige Anzüge sind fürs körperliche Wohlbefinden ideal. Man friert nicht darin, kann, wenn's warm wird, eine Hülle ablegen, ist immer noch comme il faut gekleidet; alle Utensilien, die man braucht, sind immer griffbereit dabei … Mal sehen, ob ich mich dran gewöhne.

Heute Abend um acht findet ein Fest in einer Kirche statt. Bin zufällig an ihr vorüberspaziert. Tausende von Blumen haben sie gerade von einem Schiff abgeladen. Damit wurde dekoriert. Und kahle Topfsträucher haben sie aufgestellt, in deren Ästen sie mit Draht Herbstblätter montierten, Hunderte von roten, braunen, gelben Blättern. Das sah so dekadent aus, dass ich das Fest erleben will. Keine Ahnung, was sie feiern. Der Ort heißt Scuola Nuova di Misericordia.

Bei Régnier las ich, im Herbst würden die Tuberosen blühen, die man in Venedig dann überall kaufen könne. Sie sollen extrem stark duften. Kennst Du Tuberosen?

An die Schwester,
zu Deinem morgigen Self-Defense-Workshop: Ob man den Leuten schmerzende Griffe oder Bücher andrehen will – es ist immer dasselbe: Sobald es etwas kostet, nimmt das Interesse ab. Und wenn's nichts kostet, interessiert es erst recht keinen. Im Grunde genommen ist es wahrscheinlich einfach so, dass jeder in Ruhe gelassen werden will. Jeden Morgen sehe ich die hiesigen Stadtreiniger und beneide sie. Was die tun, freut jeden. Und sie fühlen sich jeden Tag von neuem hundertprozentig sinnvoll. Die Stadt ist empfindlich. Wenn ein Tag lang der Müll liegen bliebe, wäre das eine Katastrophe. Die Müllmänner und -frauen schieben kleine Wagen vor sich her, sind zuständig für überschaubare Quartiere, halten sie sauber wie die eigene Stube – und fallen sie einen Tag aus, muss sofort ein Ersatz her, weil sonst die Gassen unpassierbar würden. Das wäre eine Aufgabe nach meinem Geschmack! Nicht schreiben oder schmerzhafte Griffe lehren: Durch die Gassen gehen, die Mülltüten einsammeln, ein wenig kehren und dafür von allen geliebt zu werden.

04.11.
An den Freund in Köln,
gestern habe ich sie zum ersten Mal getragen, die dreiteilige Montur. Um das Fest in der Kirche zu besuchen. Es stellte sich heraus: Weder war's eine Kirche, noch war's ein Fest. Es war ein Galadiner. Da I. und ich zu früh da

waren, konnten wir uns vor Beginn in die sehr große Halle reinschmuggeln und alles anschauen. Von der Decke hingen Tausende von roten Rosen, auf den großen, runden, weiß gedeckten Tischen standen Silberleuchter mit je etwa zwanzig brennenden Kerzen. Das Ganze war schwülstig, überladen. Vor dem Eingang standen Diskuswerfer aus Gips im Spalier, nackte Nymphen, zwei Löwenbrunnen, belaubte Herbstbäume (das waren die, die wir nachmittags als kahle Gerippe kennengelernt hatten), alles von unten beleuchtet. Ein weißer Teppich lag bis zur Kanalanlegestelle, die ebenfalls weiß ausgelegt war. Dann kamen die Gäste in Taxibooten an, Hunderte. Alle Frauen auf Stöckelschuhen, wie ich noch nie welche gesehen habe. Vielleicht war es die Einladung eines Stöckelschuhherstellers? Fellinische Kreationen. Die eine Hälfte der Frauen waren junge Nüttchen, die andere hinkende, ausgelaufene Matronen. Alle taumelten mit phantastischen Haaraufbauten auf diesen extrem hohen Stilettos über den weißen Teppich. Viele waren blondiert. Entweder aus der amerikanischen Provinz oder aus Moskau. Die Herren unbeholfen, einige mit bunten Figarojacketts aus Frankfort/Kentucky. Sie kletterten aus den Booten wie vom Traktor runter, stolperten über den Teppich, ohne auf ihre Partnerinnen zu achten (man hatte den Eindruck, die meisten der Partnerinnen waren geleast), keiner wusste, ob er links oder rechts vom anderen zu schreiten hatte, ob Arm in Arm, ob er seiner Partnerin gar den Arm um die Hüften legen solle – ein rührendes Gestolper. Aber die Armada von Taxibooten, die vorfuhr, war beeindruckend. Und die Farben der Damenroben waren betäubend.

Mein Anzug erfüllte seine Aufgabe perfekt. Es ist angenehm, man fröstelt nicht, schwitzt nicht, schließt einen Knopf, öffnet einen – jeder Knopf bedeutet etwa ein halbes Grad mehr oder weniger … Ich trage jetzt schon wieder die Grundausstattung (Hose plus Gilet) und werde gleich in voller Montur meinen ersten Morgenkaffee trinken gehen. Er wird sich mit der Zeit bestimmt an meine Figur gewöhnen (ich meine den Anzug) und sich ihr anpassen. Es kann sein, dass ich in Mosebachs Fußstapfen trete und in Zukunft ebenfalls grundsätzlich nur noch im Dreiteiler erscheine, in dem ich dann bitte auch in den Sarg gelegt werden möchte. Vielleicht später noch einen Südwester dazu. Aber erst, wenn ich eine Glatze habe. Vorläufig kann ich keinen Hut tragen, weil meine dünnen Haare von ihm so grotesk an den Schädel geklatscht würden, dass ich ihn (den Hut) wie Udo Lindenberg nie mehr absetzen könnte.

Seltsam, die wächsernen Tuberosen. Ich meine, auch ich hätte noch nie welche gesehen. Vor hundert Jahren mussten das Modeblumen gewesen sein. Régnier kommt in Venedig an, im Herbst, und begegnet ihnen überall, im Hotelzimmer, in den Gärten, auf den Märkten. Über der ganzen Stadt hängt ihr Duft. Im Hotelzimmer muss er die Fenster offen stehen lassen, weil das Bouquet zu stark riecht. Werde mich erkundigen im Blumengeschäft. (In den Gärten hier stehen, wie ich erst jetzt realisiert habe, lauter Kaki-Bäume. Die Früchte sind jetzt reif. Sehr schön sieht das aus. Wie auf dem Umschlag des *Mannes m. d. z. A.*)

Mazenauers Adresse habe ich gelöscht. Ein Zeichen, dass ich ihm nicht danken soll?

Meine Schwester schreibt, ein neuer Laptop sei heutzutage spottbillig. Weil alle Welt Pad wolle. Ich soll einen neuen kaufen. Ihrer sei ein Jahr alt und könne alles, was das Herz begehre (sogar Spitzen tanzen? ich war am Totensonntag auf dem Friedhof San Michele, am Grab Diaghilevs; da lagen sechs zertanzte Damenballettschühchen anstelle von Rosen, durchnässt vom Regen).

Wie poplig bei Lanz alles ausschaut … Ich dachte, ich sehe irgendeine Talkshow. Dann erkannte ich Tom Hanks, dann Halle Berry, dann dachte ich, das kann nicht irgendein *Lachen mit Lanz* sein. Hanks und Berry sind zu teuer dafür. Dann horchte einer an Zahnbohrmaschinen, mindestens fünf Minuten lang: Ein junger Mann hörte sich Zahnbohrgeräusche an, und ich schaute zu – da kann es sich nur um Deutschlands erfolgreichste Unterhaltungsshow handeln, dachte ich: *Wetten dass …?*

An Beat Mazenauer,
danke. Mein Kölner Freund hat mir gestern den Link zu Ihrer Besprechung geschickt, in der Bemühung, mich bei Laune zu halten. Das war in letzter Zeit Schwerstarbeit, weil der *Mann mit den zwei Augen* mit Karacho durch alle Raster gerutscht ist, durch die ein Buch nur rutschen kann. Wie ein Stein sank es auf den Grund. Inzwischen hatte ich mich damit abgefunden, verabschiedete mich von ihm und tauchte ohne es langsam auf, um eine Tauch-erfahrung reicher. Beeindruckend war's da unten. Oben angekommen, begrüßt mich Ihre ernste, gute (gut les- und verstehbare) Besprechung und stabilisiert mich. Wenn ich in Zukunft das Buch erklären soll, werde ich sie (die Besprechung) aus der Innentasche meines Jacketts ziehen (hoffentlich zerfleddert, was darauf hindeuten würde, dass ich sie schon oft herausziehen musste, woraus folgen würde, dass das Interesse am Buch groß ist) und vorlesen.

Schreiben tue ich Ihnen, weil unsere letzte Begegnung in meiner Erinnerung eine verunglückte war: In Solothurn, nach der Lesung aus dem *Lieben Niels*, von dem ich meinte, er habe Ihnen missfallen. Ich war damals misstrauisch, fast panisch, fürchtete mich, mit dem Buch in Solothurn aufzutreten, dachte, hinter jeder zweiten Ecke würden mir Kollegen auflauern, die sich beleidigt fühlten und mir eine Abreibung verpassen wollten. Das sei hiermit vergessen, so wie auch der *Liebe Niels* längst vergessen ist. Er steht dösend im Archiv, wo er gutmütig einen halben Schritt zur Seite trat, um dem 2-Äugigen neben sich Platz zu machen.

Einen schönen Herbst wünsche ich Ihnen; mir haben Sie einen solchen bereitet mit Ihrer Besprechung.

An den Freund in Köln,
dummerweise habe ich nicht abgeschrieben, was auf dem Uniform-Logo der Diener und Taxifahrer und auf der großen Fahne über dem Eingang stand. Ein Wort war's nicht, sondern ein Signet, darunter drei lateinische Wörter. Richtig seriös kam mir das Ganze nicht vor, eher wie ein internationaler Zuhälter-, Drogen- oder Casino-Zusammenschluss. Derselbe Verein hatte am Abend vorher den Palazzo in Blutrot getaucht, von dem Du zuerst (fälschlicherweise) annahmst, mein Bekannter hätte darin übernachtet. Es ist ein in der Stadt bekannter Palast, den man mieten kann und dessen Spezialität der Ballsaal ist, der grundsätzlich nur mit Kerzen beleuchtet wird. Und heute fand im Hotel *Regina & Europa* am Canal Grande ein Mittagessen statt, wieder von diesem Verein, wieder mit unzähligen Taxibooten, die vorfuhren, wieder wurde mit Feuer gearbeitet (heute ist es grau, neblig, regnerisch – die Hotelterrasse war mit Gasfackeln beleuchtet). Zwei Abende und ein Mittag hintereinander Vollkost – das müssen Wahnsinnige sein. Vielleicht die internationale Vereinigung von Gottes Söhnen?

Wegen Regens heute im Museum, danach im Café Florian. Da hättest Du die Contenance verloren. Der Cappuccino kostete neun Euro, ein Gläschen Zitronenmousse elf. Aus den Deckenlautsprechern leiser Vivaldi, der von der ungarischen Live-Kapelle vor dem Fenster zerschreddert wurde. Ich floh mit zerfetztem Nervenkostüm und irrem Blick. Aber so ein Anzug hält einen zusammen und verschafft einem Respekt, auch bei ansonsten zerrauftem Benehmen.

06.11.

An ehemalige Nachbarn aus der Schweiz,
es gab früher doch so ein Gesellschaftsspiel: Ein Paar musste pantomimisch etwas darstellen, und die anderen mussten herausfinden, um was für eine Sentenz es sich handelt. Hieß es Scharade? Ihr würdet höchstens zwanzig Sekunden benötigen, bis alle Anwesenden unisono ausrufen könnten: »Ein guter Gast ist niemands Last!«

Zum Hochwasser: Es hängt vor allem von Richtung und Stärke des Windes ab, wie hoch es steigt. Vielleicht ist der Spuk schon vorüber. Zum Anschauen war es eine Pracht: So eine ganze zum Platzen gefüllte Stadt, wie ein Luftballon, den man als Knabe mit Wasser gefüllt hat, oder wie ein gesunder, rosiger, prallvoller Kuheuter. Heute scheint die Sonne, doch das Wasser steht immer noch in den Gassen; ein paar Schiffslinien sind eingestellt, weil die Vaporetti nicht mehr unter den Brücken durchpassen.

Ihr hättet der Stadt mindestens zwei ganze Tage lang, eigentlich drei, die Chance geben sollen, Euch für sich einzunehmen. Am Anfang sperrt man sich gegen das Überzuckerte und gegen das Touristische. Irgendwann nimmt man's hin und erkennt dahinter und darunter die durchgedrehte Verspieltheit und die Hysterie des Ganzen. Eigentlich habt Ihr nichts gesehen, denn man muss von Venedig viel zu viel sehen, um es gesehen zu haben; man muss sich vollstopfen damit wie mit Meringue, um den richtigen Eindruck zu bekommen.

An den Freund in Köln,
ich brauche kein edles Rennross, sondern ein zuverlässiges Arbeitstier. Welcher Computer ist das? Ich will keinen Ferrari, ich will einen Steyr Puch Haflinger. Gibt es keine solchen Entsprechungen in der Computerwelt? Ästhetik interessiert mich nicht. Lesbar muss er sein, unzerstörbar, flink, klar im Aufbau, leise.

Dass Du ein elektrisches Weihnachtsbäumchen gekauft hast, ist eine Schande. Du sollst richtige Kerzen anzünden.

Wählen die Amerikaner morgen tatsächlich schon ihren Präsidenten? Ich habe angenehm wenig mitgekriegt vom Wahlkampf.

An die Schwester,
ich habe Dir eine bittere Pille zu verabreichen: Wir haben jemanden getroffen, der in einem Hotel am Canal Grande abgestiegen ist. Er sagte, dort sei es sehr laut wegen des Schiffsverkehrs. Rund um die Uhr. Ich finde zwar, die Lage wiegt das auf. Aber offenbar müsst Ihr daran denken, Ohropax mitzunehmen für die Nächte am Kanal.

An die Opernsängerin,
wo um alles in der Welt soll ich denn hier eine Kfz-Werkstatt mit Autoschläuchen finden? Mehr Erfolg hätte ich wohl, wenn ich auf dem Rialtomarkt nach jenen Fischen suchen würde, die sich vor Wut aufblasen. Diese stacheligen Ballons, an denen ich mich dann festhalten könnte. Aber ich fürchte, Venedig verlangt von jedem, der hier wohnt, gefälligst unterzugehen, wenn's so weit ist, und zwar mit Haltung; der *Costa*-Kapitän war keiner von hier, der kam irgendwo aus dem Süden.

An den Freund in Köln,
ich verzweifle noch vor meinem Computer. Das Hauskonzert naht. Die Gäste mailen, wollen untergebracht werden, brauchen Adressen, Rat und Tat, Wegbeschreibungen … Und ich habe einen Computer, der aus dem letzten Loch pfeift und jeden zweiten Befehl verweigert.

08.11.

Daran, dass ich Xavier Dolan schon einmal neunzig Minuten lang als Poseur in einem Film gesehen habe, konnte ich mich tatsächlich nicht erinnern. Ich könnte mich allerdings auch nicht daran erinnern – wenn man mir einen Hamburger oder Marshmallow in den Mund schöbe –, das schon einmal gegessen zu haben in meinem Leben. Es ist also kein beunruhigendes Signal für beginnenden Alzheimer, wenn ich mich an Bubi nicht erinnern kann. Ich werde ihn schon übermorgen erneut vergessen haben.

Meine Schwester war Stimmenauszählerin in Kalifornien. Offenbar siegte Obama knapp. 75 % der Weißen stimmten für den Mormonen. Stell Dir das vor: Drei von vieren! Das ist beunruhigend. Ich dachte, seine Chancen würden bloß hochgeredet, um die Wochen vor der Wahl ein wenig aufregender zu gestalten.

Warum Du Dir die Nacht mit Hochrechnungen um die Ohren geschlagen hast, ist mir unbegreiflich. Würdest Du das auch bei Wahlen in China tun, wenn man Dir vorher ein paar Wochen lang die beiden Kandidaten vorstellen würde? China ist immerhin die Weltmacht Nummer 1.

Gestern nach der Tagesschau wurde im Ersten eine zehnminütige Analyse des Wahlausgangs gesendet. Ich saß mit offenem Mund vor dem inhaltsleeren Bildschirm. Wie kommt es, dass die zehn Minuten lang Leere senden dürfen, zur besten Zeit, und niemand wehrt sich dagegen? Warum zahlen die Leute weiterhin brav ihre Gebühren? Das Leerste des Leeren nenne ich nicht länger Schwarzes Loch, sondern Guido Westerwelle. Der ist richtiggehend unheimlich. Alles, was jemals gedacht, hergestellt oder geträumt wurde, verschwindet im Guido auf Nimmerwiedersehen. Kann man sich unter diesem Satz etwas vorstellen? Oder besser: Sämtliche Materie wird von der Westerwelle verschlungen? Ein Monster, dieser Guido. Danach kam Dieter Pfaff, der leider stark abgemagert ist und wohl auch bald von der Westerwelle geschluckt wird.

Heute wieder strahlendes Wetter. Ich müsste den Konzertabend vorbereiten, empfinde es jedoch als schändlich, bei diesem Wetter drinnen sitzen zu bleiben. Ich muss doch mindestens noch die zweite Hälfte der Architekturbiennale anschauen gehen, bevor die Leute kommen und mit mir konversieren wollen über Architektur und Biennale?

Und Valon sollte ich auch dringend wieder einmal aufsuchen.

/2

Und ob ich Bubi gesehen habe! Der liegt mir heute noch schwer auf. Ein Glibber, der sich von einem anderen Glibber im Bild jeweils angezogen fühlte, worauf sie auf einer Couch zusammenflutschten. Dann öffnete sich die Tür, und eine dunkelhaarige (?) Frau trat in die Stube und donnerte: Jetzt hört aber alles auf! Was soll dieses Geglibber?! Das ist ja widerwärtig! Schlusnus damit! Oder wenn überhaupt, dann wenigstens mit mir! Worauf die beiden Glibber sich voneinander lösten und der eine der beiden quengelte, was bist du bloß für eine Hexe, Mutti! So lass uns doch glibbern, wenn wir Lust haben auf Glibber! (Die Ausrufezeichen kriegte er jeweils nur halb hoch.)

09.11.

An den Komponisten,
wenn Ihr hier auftaucht, werdet Ihr – bei Eurem derzeitigen Arbeitsprogramm! – aussehen wie der doppelte Paganini nach seiner letzten Priapismusattacke. (Du kennst sein Leiden und die Anekdote, die damit zusammenhängt? Dass er in Paris zu Hahnemann ging, dem Erfinder der Homöopathie, um sich von seinem Priapismus heilen zu lassen? Bei Hahnemann lief er dessen Frau übern Weg, was Paganini gleich in die Hose fuhr und eine weitere heftige Attacke auslöste.) Esst jeden Tag Hühnerbrühe. Und jeden Tag einen Apfel (an apple a day keeps the doctor away). Ab heute Alkoholverbot. Ihr dürft auf keinen Fall krank werden.

Zur Länge des Programms: Ich finde, wir dürfen informell bleiben. Das Programm muss keine offiziellen Längenanforderungen erfüllen. Wir sind schließlich nicht im Salon der Madame Verdurin. Fünfundvierzig Minuten fände ich schön. Keine Pause. Nur eine kleine Unruhe/Unterbrechung mit Zwischenerklärung, falls nötig (dann, wenn Du Dich zum Pianisten ans Klavier setzt, um zu singen).

An den Freund in Köln,
was könnte ich bloß unternehmen, um meinem Laptop das Leben etwas leichter zu machen?! Er röchelt wie ein Mops und kommt bei jeder Aufgabe, die ich ihm stelle, außer Atem. Zum Öffnen eines Wordprogramms benötigt er achtundvierzig Sekunden. Ich sitze vor ihm und bete zu San Marco, dass er's einmal mehr schafft …

Clemens J. Setz ist mir in allem zu geschmeidig, zu gewitzt, zu alert, zu durchtrieben. Ein Überflieger. Weil er allem Anschein nach auch noch intelligent ist dazu, wird er die Kurve kriegen und von seiner Bastelliteratur zurückfinden und als Nächstes einen Thomas-Mann-Klon vorlegen, der sich gewaschen haben und mit dem er in den Olymp endgültig aufgenommen werden wird. Einerseits denke ich, wenn ich so einen im Betrieb auftauchen sehe: Was will ich eigentlich da? Ich bin zu blöd, um mithalten zu können. Und auf der andern Seite denke ich: Kunst ist eben gerade nicht geschmeidig, gewitzt, alert, durchtrieben und intelligent. Kunst ist stumpf, unbeholfen, blöd, lächerlich. Kunst ist das, was vom Mittelmaß verachtet, nicht das, was von ihm bewundert wird.

Warum erzählst Du mir etwas von San Diegos Airport? Wird dort der Pulitzerpreis vergeben, den ich Deiner Meinung nach demnächst erhalten werde? Oder starten und landen dort Mormonen? Aber warum muss ich wissen, wo Mormonen starten und landen?

Dass alles, was in den Schlaffsack Westerwelle gesteckt wird, verschwindet, und zwar rübisundstübis (das ist Schweizerdeutsch, ich weiß nicht, wie's auf Hochdeutsch heißt … mit Stumpf und Stiel, rückstandfrei oder so ähnlich), das ist doch eindeutig der Fall? Man nimmt ein Thema, wirft es in die TV-Runde, und kaum kommt es bei Westerwelle an, löst es sich auf, und man sieht nur noch eine malmende Gummimaske, so eine, die man zusammendrücken kann, und dann quietscht sie. Alles schluckt dieser Schlaffsack weg (also eben doch ein schwarzes Loch?).

/2
Was hast Du gegen »mein Hase«? Ich bin seit ungefähr vierzig Jahren schon ein Hase. Fritz Schediwy beispielsweise nannte mich grundsätzlich nur so. Solltest Du etwa kein Hase sein?! Was denn dann? Hengst? Stier? Hase ist doch schon immer ein Synonym gewesen für Mann? So wie Lilien eins sind für den Tod. Die Lilie hat meinen geliebten Hasen heimgeholt. Wie anders soll dieser Vorgang – wenn er denn eintritt – ausgedrückt werden?

Zum Anzug: Es hat viel mit der Art des Tragens und des Trägers zu tun. Prinz Charles ist in seine Anzüge hineingewachsen und hat eine Anzugsfigur und -haltung angenommen. So wie sich Füße den Schuhen anpassen und umgekehrt. Außerdem werden Charles' Anzüge natürlich von Mal zu Mal präziser nach seinen Vorstellungen geschnitten. Ich habe inzwischen Sympathien entwickelt für meinen Dreiteiler und erwäge, einen zweiten schneidern zu lassen, dafür aber in die Firma zu fahren und ihnen zu zeigen/erklären, wo was anders gemacht werden muss. Nach vier, fünf Anzügen wäre ich demjenigen, der mir passt, schon recht nah.

10.11.
Schau nicht traurig in Dein Mailpostfach. Öffne mutig die Glückwünsche, die dort auf Dich warten. Sie kommen von Herzen. Alle, die anzügliche Bemerkungen machen wegen der Zahl (die Anzahl der Jahre, die Du heute erreichst), wollen Dich bloß aufheitern damit (ich werde rot vor Verlegenheit, wenn ich daran denke, wie alt Du heute wirst; unaussprechlich).

Das dritte und das vierte Geschenk, die mir noch möglich erschienen, habe ich nicht mehr erworben und losgeschickt. Vielleicht hole ich es später nach. Ernst sind auch sie nicht gemeint; alle tändeln mehr so vor sich hin. Nur echte Diamanten vermöchten unsere alten Augen noch zum Strahlen zu bringen. Der ganze Strass und Tand, den wir beide uns leisten können, ringt uns nur noch ein müdes Lächeln ab.

Schön wäre, wenn Du all Deine Energie zusammenkratzen und zum feierlichen Anlass ins jüdische Restaurant essen gehen würdest. Da Du dort ja Deinen Ausweis vorzeigen musst, werden sie sich vielleicht sogar dazu hinreißen lassen, Dir ein Glas Kranenwasser zur Feier des Tages auszugeben.

Ich werde im Anschluss an diese Mail zu Deinen Ehren versuchen, die virtuelle Putztruppe ein zweites Mal durch meinen Computer ziehen zu lassen. Aber wirklich nur, weil Du heute Geburtstag hast. Sonst? Fällt mir nichts ein, das ich zu Deinen Ehren tun könnte. Mal einen Tag zu Hause bleiben? Keinen Tropfen Alkohol trinken? Eine Ode schreiben? Ja, das wär's, glaube ich: eine Ode schreiben.

Dieses Jahr hatten wir nicht viel zu lachen. Jedoch mehr als nächstes, so wie ich das Leben einzuschätzen gelernt habe. Wir werden in Zukunft lange Briefe schreiben müssen, um bei Laune zu bleiben. Richte Dir den Stuhl bequem ein, frische ihn auf, und dann wünsche ich Dir wache, klare Augen, einen gesunden Rücken, flinke Finger, und jetzt trink eine Flasche Champagner auf meine Rechnung (wird alles auf einen Schlag im Januar beglichen), und dann geh in den Dom und lass Dich segnen.

/2
Zu Deinem Geburtstag habe ich's gewagt und vollbracht. Der Computer reinigte sich weitere drei Stunden lang. Ob er jetzt dann leichter läuft, wird sich zeigen. Jedenfalls funktioniert er noch, und mir scheint, es ist nichts Schwerwiegendes schiefgelaufen. Einen schönen Tag wünsche ich und danke für den Mut, den Du mir für die Computerputzaktion eingeflößt hast.

/3
Eben war ich bei Valon. Er empfing mich mit einem hinreißenden Lächeln, das jedes Misstrauen wegschwemmte (immerhin war er es, der mir neulich meinen ersten Thielemann verpasst hatte). Ich erklärte ihm, ich sei nicht mehr jung und möchte auf den Seiten lieber nicht so kurze und oben nicht so lange Haare tragen wie er. Weil ich nun schon zum dritten Mal bei ihm war und damit meine Treue bewies, hörte er mich an und bemühte sich, meine Wünsche zu verstehen und zu erfüllen. Er nahm sich Zeit, schnitt sorgfältig, geduldig, diszipliniert. Nur am Ende brannte sein Ehrgeiz mit ihm durch, und er wollte mich doch noch hübsch machen und frisierte mir mit Hilfe von Wachs die Haare so, wie er sie selbst trug, laurelmäßig (Laurel ist doch der dünne von Laurel & Hardy, der mit dem Hahnenkamm?), in der Mitte nach oben, an den Seiten flach anliegend. Zu Hause legte ich die Mitteltolle flach, tuffte die Seiten in die Höhe und sah ungefähr so aus, wie ich es mir wünschte. Nächsten Monat noch einmal Valon, dann Addio Venezia per sempre. Wie traurig.

Rasieren lasse ich mich schon seit Jahrzehnten nicht mehr. Der italienische Barbiere ist ein Gerücht, das sich hartnäckig hält, aber jeglicher Realität entbehrt. Nirgends wurde ich schlechter und schmerzhafter rasiert als in Italien. Als ich noch jung war, versuchte ich es jeden Sommer mindestens einmal. Jedes Mal war's eine Tortur, und ich zog blutig geschabt ab. Inzwischen gibt es hier kaum noch Barbiere (*Braun* ist schuld daran). Um gut rasieren zu lassen, müssten wir heute in die Türkei reisen.

An den Komponisten,
wie ich mich auf Euch freue! Das ganze Drumherum versetzt mich in Panik, beim Gedanken an Eure Musik blühe ich jedoch auf und sehe aus wie eine Kamelie. Selbstverständlich könnt Ihr so viel Zeit beanspruchen, wie Ihr wollt. Und wenn Schubert nicht passt, dann eben nicht. Kein Problem. Auch Pausen sind erlaubt, Zwischenspiele, was immer Ihr wollt.

11.11.
An den Freund in Köln,
Dir einen Schal zu schenken macht Freude. Vielleicht werde ich das dritte Geschenk nun doch auch noch nachreichen. Es könnte sein, dass Du es schon immer haben wolltest und das bloß nicht wusstest. (Keine Angst; entweder läuft's mir über den Weg und springt mich an, oder es bleibt im Busch, und Du hörst nichts mehr davon.)

Das Gondoliere-Leibchen kann Dir nicht zu klein sein! Du bist knapp zwei Nummern größer als ich. Das Shirt jedoch ist zehn Nummern größer. Die Verkäuferin und ich hatten eine solche Freude, als wir's auspackten und auseinanderfalteten: Ma che gigante! Meraviglioso! Wasch es mir zuliebe einmal mit bunter Wäsche zusammen – danach darf es nicht mehr kratzen. (Unerhört, dass es kratzt.)

Deine vielen Lebensjahre sind bestens investiert worden in die absolute Leere. Du bist der Architekt des leeren Ausgangs. »Die Luft ist dünn hier oben, aber ich bin an sie gewöhnt«, wirst Du dem lieben Gott zur Begrüßung sagen können.

Heute Hochwasser Stufe drei (vier ist das Maximum; darüber ist Katastrophenalarm). Ich muss auf der Stelle meine Fischerstiefel (ein solches Paar haben wir im Kämmerchen; oben werden sie mit Strapsen am Gürtel befestigt) überstreifen und meinen Kaffee trinken gehen.

Selbstverständlich werde ich keine neuen Desktopleisten zusammennageln. Ich brauche einen neuen Laptop, das ist mein Problem. Was für einen? Hast Du Dich inzwischen umgehört in der Community? Oder spricht man dort nicht mehr über Laptops? Müsste ich etwas anderes kaufen? Ein Tablet?

12.11.

An den Komponisten,
von der abwesenden Zazie sage ich nichts in der Begrüßung, und dass Du singen wirst, kündige ich ebenfalls nicht an. Du wirst ja dann sehen, was es für eine Erklärung braucht. Die Stimmung wird hoffentlich so, dass sie (die Erklärung) Dir nicht im Hals stecken bleibt. (Ich bin überzeugt: es wird nicht stickig.) Dresscode? Keiner. Mit anderen Worten: Kaschmir, Seide, Pferdeleder und ein paar schlichte Perlen im Haar.

Der Klavierstimmer kommt um 15:00 Uhr – falls Ihr das Instrument irgendwie gegen den Strich bügeln lassen wollt, kann der Pianist dann ja vielleicht dazukommen; der Weg von Euch zu mir dauert, wenn man ihn kennt, etwa zwölf Minuten; wenn man ihn nicht kennt und danach fragen muss, vielleicht eine halbe Stunde.

An den Schriftstellerkollegen,
ich denke, die Entscheidung war richtig; niemand sonst wird in der Schweiz sprunghaft so viele Bücher verkaufen können wie von Matt; helvetische Käufer sind schräge

Vögel; hätte beispielsweise ich diesen Preis bekommen, hätten sie ihre käuferische Gefolgschaft aufgekündigt; ich bin zu wenig schweizerisch. Von Matt ist der ideale Mann für unter den Weihnachtsbaum. National, ein wenig knorrig, ein wenig konservativ, ein wenig schalkhaft (Réduit-Schalk) … Die werden Zigtausende von ihm verkaufen können.

An eine liebe, viel zu spät kommende Kritikerin,
die Schlacht ist längst geschlagen. Wissen Sie das nicht: Bücher sind Frischware mit einem Verfallsdatum von circa zwei Monaten. Meins ist längst in der Biotonne gelandet.

Falls die von Ihnen angekündigte Besprechung irgendwann tatsächlich noch in der *FAZ* erscheinen sollte – es wäre die erste und einzige bislang, die in Deutschland gedruckt würde –, werde ich sie mit halbem Auge, dösend, überfliegen und hoffentlich lächelnd zur Seite legen, vor mich hin murmelnd, was für eine liebe, viel zu spät kommende Kritikerin, was für ein guter Mensch.

An die Opernsängerin,
dass Ihr nicht kommt, ist schade. Eben habe ich das endgültige Programm in einer ersten Version ausgedruckt. Es gefällt mir. Was für ein rauschendes Fest das wird! Wobei, wenn Ihr kämt, würde das Fest selbstverständlich kein rauschendes. Das ist das Teuflische an Festen, dass sie nur dann rauschen, wenn niemand dabei ist. So wie die Heinzelmännchen nur dann putzen, wenn niemand ihnen zuschaut.

Ich freue mich inzwischen auf übermorgen; der Adrenalinspiegel steigt und schwemmt die Sorgen weg.

Gestern hatten wir den höchsten Wasserstand seit hundertfünfzig Jahren. Unser Haus, das sonst immer trockene Füße behält, stand zum ersten Mal im Nassen. Inzwischen ist das Wasser abgelaufen, übermorgen soll's schön werden, neunzehn Grad, Sonne.

/2
Selbstverständlich wirst Du niemals erfahren, wer welche Musik gespielt haben wird. Auch nicht, was gegessen und getrunken wurde. Dass ich das nicht verrate, gehört zu meinem Untergrundkampf gegen das Zeitalter der technischen Reproduzierbarkeit. Dass einzelne Gäste mit dem Taxiboot vorfahren, erfährst Du von mir hiermit nur als anonymen Hinweis. Du kannst Paparazzi vorbeischicken (wobei die dann nicht wissen, wen fotografieren; aus Versehen halten sie den Bootsfahrer für the One-and-only und knipsen ihn ab – und werden am Abend in der Kneipe von den Kollegen ausgelacht dafür, weil alle den abfotografierten Luigi kennen). Die Tür wird ab 19:45 Uhr geöffnet.

Ja, das Wasser stand sehr hoch gestern, und es war warm. Die Luft auch. Man hätte auf dem Markusplatz durchaus baden können. Jetzt läge man aber auf dem Trockenen und würde angestarrt.

13.11.
An den Verleger,
eine gute Nachricht: Ich erhalte einen der neu geschaffenen Eidgenössischen Literaturpreise für den *M. m. d. z. A.* Der Präsident der Jury hat's mir gemailt. Ich soll es bitte noch nicht rumerzählen. Nur der Verleger solle und dürfe es bereits wissen. Am 04.12. findet die Übergabe in Bern statt, abends um 18:00 Uhr. Ich soll dazu anreisen. (Es ist dieser kuriose Preis, den gleich mehrere auf einmal kriegen. Wird dies Jahr zum ersten Mal vergeben.) Eine Erleichterung (es sind fünfundzwanzigtausend Franken). Jetzt freue ich mich doppelt auf übermorgen.

An den Präsidenten,
Deine Nachricht erwischt mich mit dem Wasser unter der Nasenspitze. Natürlich bildlich gesprochen, schließlich möchte ich Dichter werden: Das Finanzwasser steht mir

bis dort, nicht das venezianisch konkrete; das stand vorgestern zwar ebenfalls hoch, so hoch wie seit hundertfünfzig Jahren nicht.

Um nicht auszulaufen, will ich mich in Zukunft kürzer fassen. Bis jetzt habe ich in meinem angestrebten Zukunftsstil erst einmal zu schreiben: Uff! Danke. Am 04.12. werde ich gern nach Bern kommen.

An Zazie,
kein Grund zur Beunruhigung. Unser Haus steht an einer relativ hohen Stelle. Nur vorgestern reichte das Wasser bis an unsere Türschwelle. Da und dort fluchen einige über die hiesigen Wetterprognostiker, die nicht in der Lage waren vorauszusagen, dass es so hoch steigen würde. Hätten sie's angekündigt, hätte man sich vorsehen und die Großmutter im Rollstuhl auf einen Tisch hieven können!

Morgen soll es strahlend schön werden, 19 Grad. Und übermorgen auch. Da findet dann die Serenade statt. Du fehlst. Es ist eine erlesene Gesellschaft, die zusammenkommt, aus Paris, Berlin, Genf, Bern, Freiburg im Breisgau und Venedig. Du hättest Dich bestimmt wohl gefühlt.

An den Freund in Köln,
Eidgenössischer Literaturpreis heißt er. Wird dies Jahr zum ersten Mal vergeben. Es ist der Nachfolgepreis des Schillerpreises. Der einzige Staatspreis, den wir haben. In der Schweiz war Kultur bislang Angelegenheit der Kantone. Es gab keine Nationalkultur. Dieser Preis wird aus dem Bundeshaushalt finanziert. Eine Novität. Es sollen jedes Jahr etwa zehn Bücher ausgezeichnet werden, jedes mit fünfundzwanzigtausend Franken, aus allen vier Sprachregionen. Die Autoren sollen dann als »the fabulous ten« über die Schweizer Dörfer tingeln. Die ersten Preisträger sind am letzten Freitag ausgewählt worden, die Bekanntgabe nebst Feier soll am 04.12. stattfinden, in Bern. Es wird

bestimmt als Gegenveranstaltung zum Schweizerischen Buchpreis interpretiert. Also eine pikante Angelegenheit. Dass irgendwer auf die Idee kommen könnte, der Preis werde sich zum Stalinorden entwickeln, glaube ich nicht. Diejenigen, die ihn auf den Weg gebracht haben, sind alles andere als Stalinisten.

14.11.
An den Komponisten,
der Maestro Accordatore Riccardo Farnea hat sich im Tag geirrt und ist heute schon zum Stimmen gekommen. Er ist eben gerade dabei. Bereite den Pianisten bitte behutsam darauf vor: Es handelt sich offenbar wirklich mehr um einen Berg-, Wald- und Wiesenflügel. Aber sehr schön und sehr schwarz ist er, und ich finde, beim Stimmen macht er einen imposanten Eindruck. Ich freue mich wie ein Kind auf morgen (so ein Stimmen steigert die Spannungen wie das vor einem Orchesterkonzert). Das Wetter ist prachtvoll.

15.11.
An seine Lektorin,
ist Ihnen wirklich so bang? Als Lektor würde ich da und dort Wellenlinien am Rand Ihrer Mail machen und Sie fragen, ob Sie diesen oder jenen Gedanken wirklich so stehen lassen wollen. Bei uns war, als ich Ihre Mail las, gerade der Klavierstimmer im Haus, ein Geräusch, das mich belebte. Sie sollten sich vielleicht auch manchmal so einen ins Haus holen? Das hebt die Laune.

Schade, dass Sie nicht dabei sein können heute Abend. Ich freue mich und glaube, es wird schön. Das Musikprogramm sehen Sie unten. Die beiden geheimnisvoll blauen Wörter dazwischen sind zwei Liedtitel aus meinem Film *Erhöhte Waldbrandgefahr* und bedeuten: Der Komponist steht auf, geht nach vorne zum Flügel, setzt sich neben den Pianisten, und sie spielen vierhändig. Dazu singt/spricht der Komponist die Liedtexte. Das stelle ich mir ergreifend vor. Er singt gut, unambitioniert, nicht wie ein Sänger, verständlich, schön, und er ist ganz bei der Sache, weil er weiß, wie's klingen soll (ungefähr so stelle ich mir Schubert vor, der seine eigenen Lieder sang).

Gestern haben wir den ganzen Tag gekocht (eine Venezianerin machte die Hauptsache, wir haben zugearbeitet, mit Vergnügen). Heute kochen wir zu Ende, richten alles ein, holen die Leute am Bahnhof ab, bringen sie an ihre Adressen usw. Sie hätten sich im Salon hervorragend gemacht als Consigliera.

Dass in Leipzig *Faust* stumm gespielt wird, reizt mich mal wieder zur Weißglut! »Die Abneigung, die zurzeit an den deutschsprachigen Theatern gegen das Drama herrscht, grenzt an Hass« – etwas in der Art hat Enzensberger neulich irgendwo gesagt oder geschrieben.

Dass Sie im nächsten Jahr eine Wohnung in Hamburg in Aussicht haben, freut mich. Zwar finde ich Ihre in Leipzig so attraktiv, dass ich immer verführt war, neben Sie zu ziehen (oder nun halt: Ihre zu übernehmen), verstehe aber Ihre Überlegungen. Dass Sie mir versprechen, meine zunehmend zähe Suppe mit mir auch von Hamburg aus gemeinsam löffeln zu wollen, das freut mich sehr. Danke. Und wenn Sie am 26.12. Lust haben, nach Venedig zu kommen, zögern Sie keine Sekunde. Dann ist ein Fuder Familie bei mir, und ich würde mich freuen, Luft von außen reinströmen lassen zu können.

Das Konzertprogramm ist streng geheim bis heute Nacht um 00:00 Uhr. Danach können Sie's wegschmeißen. Ich sende es Ihnen nur, um Ihnen eine ungefähre Vorstellung zu geben.

An den Freund in Köln,
was für abartige Gelüste Du hast: Bratheringe und eidgenössische Literaturpreisverleihungen.

Im Unterschied zu meinem Hauskonzert, wo Du Dich gut machen und wahrscheinlich weinen würdest vor Rührung, stelle ich mir Dich in Bern trüb und trostlos vor. Es ist eine dieser Rudelveranstaltungen. Zehn Abgebröckelte treten in einer Reihe an, kriegen einen Blumenstrauß überreicht und bedanken sich. Das einzig Unberechenbare daran ist der Effekt, den der Preis und die Preisträgerliste in den Medien hervorrufen könnten. Aber sonst? Nein, ich fürchte, das wird nichts nach Deinem Geschmack.

16.11.
Erschöpft. Mindestens viermal wurde ich eindringlich nach Dir gefragt, und viermal war die Enttäuschung über Deine Abwesenheit sichtbar groß. Im Anhang das Programm. Das Essen war der Höhepunkt. Eine Chopin-Mazurka (entweder die 1 oder die 4) hat mich ergriffen, und Maestros Stück packte mich erneut, am allerbesten aber haben mir die beiden von ihm selbst vorgetragenen Wettergesänge aus der *Erhöhten Waldbrandgefahr* gefallen – die beiden blau gedruckten Zwischenwörter.

An Samuel Moser,
verkatert lese ich Deine Mail und habe Dich für sie, die Mail, umarmt, wobei Du den Kopf von mir weggebogen hast, weil meine übernächtigten Ausdünstungen Dir den Atem verschlugen. Also habe ich mich halt ganz für mich allein gefreut. Darüber, dass Du gestern an mich gedacht, und wie Du an mich gedacht hast. Vielleicht bist Du eben doch ein Freund. (Den Satz wiederhole ich wohl jedes dritte Mal, wenn wir uns begegnen? Dann verzeih. Mit den paar noch nicht gesagten Sätzen, die mir übrig bleiben, muss ich sparsam umgehen.)

Dann las ich Deine *KLG*-Fortsetzung. Die haut mich um. (Das schreibe ich bewusst. Weil ich die Formulierung, die Du stehen lassen und akzeptieren würdest, sowieso nicht finde. Es müsste eine superlativische sein, etwas mit großartig, begeisternd, faszinierend, doch Superlative verachtest Du.) Manchmal trittst Du mir in Deiner Analyse zwar zu nah. Aber das weiß zum Glück nur ich. Ich fühle mich da und dort nackt, so nah dran bist Du. Da ich bleich und teigig bin, zeige ich mich nicht gern nackt.

Trotzdem bleibt es dabei: Wer wissen will, was ich schreibe, der soll Dich fragen. Nach dem gestrigen Hauskonzert, das ich bravourös gemeistert habe (was für ein Essen!), gehe ich nun daran, einen Zschokke-Kongress auf die Beine zu stellen. Der Eröffnungsredner sollst Du sein. Und dann soll der Kongress enden, und dann gibt es Essen.

17.11.
An die St. Galler Lesungsveranstalterin,
ich warte auf Sie um 17:30 Uhr im Hotel. Dass Sie sich auf die Lesung aus dem *Mann mit den zwei Augen* freuen, beunruhigt mich. Stellen Sie sich bitte nichts Besonderes darunter vor. Da sitzt einfach einer und liest aus einem Buch vor, wird leiser und leiser, und irgendwann schrecken Sie hoch, weil der andere Zuhörer, der außer Ihnen noch da sitzt, zögerlich anfängt zu klatschen – das ist der Moment, in dem ich aufgehört haben werde vorzulesen und aufblickte. Und das wird dann auch schon alles gewesen sein. Ganz besonders beim *M. m. d. z. A.* fällt mir nicht ein, wie ich ihn aufregender vorstellen könnte. Immerhin: Es ist eine Seltenheit, dass ich daraus vorlese. Vielleicht lässt sich aus dieser Tatsache ein bisschen Exklusivität keltern. Können Sie mir bitte noch sagen, wie ich vom Bahnhof zum Hotel komme? Zu Fuß? Taxi? Bus?

An den Schriftstellerkollegen,
allein für diese Mail von Dir hat sich Dein Abstecher in die Schweizer Buchpreislandschaft gelohnt. Du hast mir den gestrigen Tag aufgehellt damit (ich öffnete verkatert

die Mailbox und stieß auf Dein mir aus der Seele geseufztes »Ach«).

Am 15ten fand bei mir ein Hauskonzert statt. Ich denke, es war in Ordnung. Weil I. und ich nie Feste feiern, sind wir beide heute noch narkotisiert von der Anstrengung, die es bedeutet, für das Gelingen eines ganzen Abends die Verantwortung zu übernehmen. Nietzscheanisch.

Zum Buchpreis: Wie Du die Countdown-Phase beschreibst, klingt weniger entspannt, als ich sie mir vorstellte. Von außen gesehen machte das Ganze dieses Jahr einen publikumswirksamen Eindruck, professioneller als in den Jahren davor. Ich dachte, nun hätten sie den Dreh raus und den Markt im Griff. Und da glaube ich heute noch dran: Mit der Lesetournee und dem wochenlang nicht abbrechenden Geklapper sind die fünf Bücher optimal präsentiert worden. Die zusätzlichen vierzigtausend Preisfranken für den Sieg wären natürlich angenehm gewesen, aber die Startprämie zusammen mit den Lesehonoraren und den paar tausend zusätzlich verkauften Exemplaren machen das Verlieren nebensächlich (dachte ich). Das unangenehme Gefühl, möglicherweise bloß als Steigbügelhalter für den Preisträger dienen zu müssen, sollte sich angesichts dessen im Vorfeld von selbst auflösen (dachte ich). In Hollywood beim Oscar hat es sich für mein Empfinden inzwischen fast umgedreht: Die »Verlierer«, die in den Stuhlreihen sitzen bleiben, steigen in diesem Moment im Ansehen manchmal sogar über die Gewinner hinaus.

An die Leiterin des deutschen Studienzentrums,
die Halbtotale von der Soiree müsste erst in eine venezianische Retouchierstube gebracht und patiniert werden. Ich sehe darauf aus wie eine gegerbte Schwarte. Dass das Ihre Stimmung gehoben hat, mag ja sein – man ist immer froh, wenn andere aussehen wie gegerbte Schwarten und man selbst nicht. Das andere Foto, die Totale, gefällt mir.

Danke dafür. Haben Sie ein fotografisches Talent? Alles sieht darauf angenehm aus, der Raum, das Licht ... Die Leute sitzen nicht zu eng, nicht zu weit, entspannt ...

18.11.

An den Freund in Köln,
gestern Abend hat uns mein ehemaliger Schulkamerad, der Treuhänder, zum Essen eingeladen. Mein Venedigbild brach zusammen. Ich meinte, hier gäbe es kein anständiges Restaurant. Alles schlecht und überteuert. Gestern Abend war's exzellent. Mitten im Auge des touristischen Taifuns, einen Steinwurf von der Rialtobrücke entfernt. So würde ich gern jeden Abend essen. Leider unbezahlbar. Ich hatte – ein Beispiel – gebackene junge Krebse. Eine Spezialität. Man isst sie samt Schale, Scheren und sämtlichen Innereien. Etwa fünf Zentimeter im Durchmesser. Ein eigenartiges Essgefühl.

Ob ich mich eines Tages über die vielen Touristen aufregen würde, weiß ich nicht. Es kommt mir vor, wie wenn man in die Wüste fährt und den vielen Sand beklagt. Touristen gehören hier dazu. Ich kann mir nicht vorstellen, dass sich Donna Leon ernsthaft über sie beschwert hat. Wenn, müsste man prinzipieller anfangen zu denken und zu argumentieren. Und zwar nicht nur Venedig betreffend. Was ist Tourismus, was tut er, wie verändert er Bio-Soziotope, wie kann man ihn eindämmen usw.? Ähnlich wie mit dem Kapitalismus.

Heute auslüften und betrübt über mein Dasein vor mich hin schauen. Vielleicht eine Stunde am Lido auf und ab gehen. Das Wetter war strahlend die letzten Tage, heute trübt es sich ein. Vielleicht ein Museum? Zwei, drei Kirchen?

Bald muss ich mir überlegen, ob man als eidgenössischer Literaturpreisempfänger etwas sagen soll oder nicht (wenn man seinen Blumenstrauß entgegennimmt). Ich danke meiner Mutter?

/2

Eine Stunde am grauen Strand am grauen Meer ausgelüftet. Dann durch die graue neblige Lagune zurückgefahren und wehmütig innerlich gesummt Ciao Venezia, ciao Venezia, ciao Venezia, ciao, ciao, ciao … (ein Schlager, den die Gondoliere manchmal singen). Was für eine traumhaft schöne Stadt. Was für ein trauriges Leben.

Mein Schulkamerad hat uns vom großen Bankrott erzählt, der im Grunde genommen längst stattgefunden hat, den die Finanzwelt vorläufig aber noch verleugnen und verdrängen kann. Es war spannend und unheimlich. Es kann morgen schon alles zusammenkrachen oder in die Luft fliegen.

Die Schweiz ist nach wie vor ein Ziel für Steuerflüchtlinge. Ab einem gewissen Einkommen aufwärts zahlt man bei uns eine Pauschalsteuer: eine Million im Jahr, dann braucht man keine Abrechnungen mehr vorzulegen. Das ist offenbar für einige lukrativ. Im schweizerischen Porrentruy an der Grenze zu Frankreich entstehe ein ganzes Ghetto von Franzosen, die in Paris arbeiten, ihren Wohnsitz aber in der Schweiz haben, um via Millionenpauschale eine Menge Steuern einzusparen.

19.11.

An die Kunsthallenleiterin,

dann war die Nachricht mit der verschlüsselten Absendeadresse also eine von Dir? »Folgende Ziffernabfolge hat Ihnen eine Nachricht übermittelt. Klicken Sie bitte hier …«? So etwas öffne ich selbstverständlich nicht. Meine Angst vor Viren ist viel zu groß. Ich öffne eigentlich nur, wenn der Computer schwört, die Nachricht, die im Posteingang liege, stamme von einer Person mit reinem und notariell beglaubigtem Leumund. Also zum Beispiel muss da ausgeschrieben stehen: Kunsthallenleiterin – so wie heute.

Danke für die Nachfrage. Selbstverständlich erzähle ich Dir nicht, wie's war. Entweder war man dabei, oder man war nicht dabei, dafür woanders, beide Male hoffentlich einigermaßen synchron mit dem, was stattfand (das ist eines meiner Probleme: dass ich mir immer asynchron vorkomme, dem Moment vorauslaufend oder ihm hinterher). Was Du verpasst hast: Strahlende Sonnentage, eine anregende Architekturbiennale, ein Essen bei uns, ein nicht nacherzählbares Musikprogramm. Warum ich weiß, dass Du etwas verpasst hast mit der Biennale: In meiner Panik, am Abend im Smalltalk auf sie angesprochen zu werden und zugeben zu müssen, dass ich sie leider nicht gesehen habe, gingen I. und ich drei Tage vor dem Fest hin und schauten uns die Giardini und das Arsenale an – und waren danach glücklich, uns dazu durchgerungen zu haben.

Ein Loch öffnete sich leider mitten in unserem Salon: dort, wo Du hättest stehen oder sitzen sollen. Man sah durch es hinunter in finsterste Verzweiflungsabgründe. Das schmälerte das Vergnügen natürlich, gab dem Abend aber auch etwas Erinnerungswürdiges. Schließlich passiert es nicht oft, dass man um ein schwarzes Loch herumbalancieren muss.

An die Übersetzerin,
dass Du gekommen bist, hat mich mehr als gefreut. Das »mehr als« steht für einen Superlativ wie zum Beispiel »wahnsinnig«. Da ich mich in letzter Zeit habe gehenlassen, muss ich inzwischen immer höher steigen im Mich-Ausdrücken. Mir fehlen die Zwischentöne. Etwas war schlecht, wahnsinnig schlecht – oder gut, wahnsinnig gut. Ich kann nicht mehr modulieren und bewege mich nur noch in den schrillsten Obertönen; muss dringend zurück auf Normalnull runtersteigen, um nicht ins Lallen zu verfallen, so wie Nena zum Beispiel – vielleicht kennst Du sie? Nena, eine deutsche Schlagersängerin? Sie wurde mit

99 Luftballons berühmt. Inzwischen sitzt sie als Jurorin in einer TV-Castingshow. Neulich wollte sie den Auftritt einer Bewerberin besonders loben. Da sie aber all ihre Superlative längst aufgebraucht hatte (wie »geil«, »affengeil«, »megamördergeil«, »so was von schwul« usw.), nannte sie die ihrer Überzeugung nach unüberbietbar hohe Qualität des eben Gesehenen »maxi-kreisch«.

Dass Du zu unserem Hauskonzert angereist bist, fand ich absolut maxi-kreisch. Vielen Dank.

Leider habe ich kein Wort mit Dir reden können. Auch mit sonst niemandem. Ich kann mir nicht vorstellen, wie ein geübter Gastgeber das macht. Ich habe mich einfach gefreut, am meisten übers Essen, dann über die beiden Lieder und über das Klavierstück des befreundeten Komponisten. Geplant waren als zweite Programmhälfte ein paar Chansons von/mit Zazie, die aber absagen musste, weil sie Dreharbeiten hatte. Wenn sie auch noch gekommen wäre, wäre das natürlich ultimativ mega-kreisch gewesen.

Ja, mein Verleger ist ein Mecklenburger Schweiger. Meistens sitze ich ratlos ihm gegenüber oder neben ihm und versuche, das Gefühl »mit Ihnen kann man so wunderbar schweigen« zu empfinden. Es ist kaum auszuhalten. Aber tatsächlich halte ich's neben niemandem lieber kaum aus als neben ihm. Ich vertraue ihm hundertprozentig und baue auf ihn. Ein echter Petrus (der war es doch, den Jesus so verlässlich und vertrauenswürdig fand wie einen Fels, weswegen er ihn Petrus taufte?)

20.11.

An den Verleger,

zur Berner Preisfeier darf ich zehn Personen mitbringen, wurde mir über Nacht in einer zweiten Mail mitgeteilt. Selbstverständlich bist Du herzlich eingeladen. Doch will ich Dir nicht die Zeit stehlen. Ich habe keine Ahnung, wie's wird. Oft sind Schweizer Preisverleihungen, vor allem solche Rudelveranstaltungen, eher zäh und peinvoll. Zu jedem Buch wird etwas gesagt, jeder Autor kriegt einen Blumenstrauß und muss auf die Bühne, dann wieder runter, der eine umarmt seinen Laudator verlegen, der andere versucht frech ins Publikum zu gucken, der Dritte sagt, »excusez, nur ich bin's, eigentlich habe ich so einen großen Preis gar nicht verdient«, der Vierte sagt etwas zum Hunger in der Welt oder zum Haifischkapitalismus, dann stehen alle in einer Reihe auf der Bühne, der Lokalanzeiger fotografiert, hinterher gibt es ein kaltes Buffet, stehend (es kann sein, dass es diesmal besonders spartanisch zugeht, weil es eidgenössisches Steuergeld ist, das nicht – öffentlich – verschleudert werden darf). Die einzige Hoffnung ist, dass auch Romands und Tessiner mit in der Jury und unter den Preisträgern sind. Die nehmen unseren Deutschschweizer Bescheidenheitskult weniger ernst und möchten dann doch wenigstens anständigen Wein trinken, etwas Anständiges zu essen kriegen und ein wenig Freude aufkommen lassen dürfen.

An seine Lektorin,
so weiß ich Ihr Geburtsdatum nun also auch. Und in alle Zukunft werde ich mich von heute an entschuldigen, drei Tage zu spät, weil ich vergessen haben werde, Ihnen zu gratulieren und ein Geschenk zu schicken.

Heute gratuliere ich Ihnen, von ganzem Herzen. Dass Sie schon so viele Jahre hinter sich haben und dass ich somit eigentlich Respekt haben sollte vor Ihnen, werde ich leider schon heute Abend wieder vergessen haben.

Sind Sie folglich auch Skorpion? (Manchmal verschieben sich die Tierkreiszeichen um einen Tag, und jemand, der am 20sten geboren wurde, gehört schon zum nächsten.) Das wird mir langsam unheimlich. Ich komme fast nur mit Skorpionen gut aus. An unserem Fest stellte sich heraus, dass einer sogar punktgenau am 15ten Geburtstag hat, ein anderer drei Tage vorher, ein Dritter zehn Tage vorher, einer am 10ten, der Maler, mit dem ich dreißig Jahre lang in Berlin das Atelier teilte, hat einen Tag vor mir …

An den Freund in Köln,
eben wird auf dem Plätzchen vor meinem Fenster gedreht, wie (in der neuesten Donna-Leon-TV-Verfilmung) der Verbrecher von zwei Polizisten abgeführt und aufs Polizeiboot geschubst wird. Uwe Kockisch, der Commissario, wendet sich angeekelt von ihm ab und schlendert Richtung Scuola Grande di San Rocco davon … »Danke schön, bitte alle noch einmal auf Ausgangsposition, uuund Ton ab, Kamera ab …« Die Sonne scheint.

Auch auf feinsinnigst Sherlock Holmes'sche (oder, dem Moment angepasst: Brunetti'sche) Befragungsart wirst Du mir nicht aus der Nase ziehen können, wer alles zum Konzert angereist ist, wie viele Singles, wie viele davon schwul, wie viele lesbisch, wie viele Kinder, welche Familien, was es sonst noch zu essen gab (der Tintenfisch war zart wie Schenkel von Neugeborenen) usw. Entweder war man irgendwo dabei und hat etwas erlebt, oder man war nicht dabei, dafür woanders, und hat nicht dies, sondern was anderes erlebt. Es gibt keine Bilder vom 15ten (Bilderverbot), keine Tonmitschnitte, keine gespeicherte Datei meiner Begrüßungsworte … Stühle haben wir ein paar dazuorganisiert, die Tische reichten aus (wir stellten alle zusammen), es gab weiße Stofftischdecken (habe ich in der Kammer gefunden), ausschließlich echte Gläser, Porzellan, Besteck. Kein Plastik nirgends. Selbstverständlich Diener und Zanzarotti.

Die Wohnung neben unserer steht frei und ist zu mieten. Ob ich mich wohl bewerben soll?

An die Kunsthallenleiterin,
dafür, dass Du diese Wochenendreise gebucht hast, übernehme ich keine Verantwortung. Ich habe nicht geschrieben, lass alles stehen und liegen und komm nach Venedig. Oder falls ich's geschrieben haben sollte, meinte ich es nicht so. Ich meinte: Lass das Haus im Waldsee absaufen, wenn die Berliner es nicht zu schätzen vermögen, und übernimm dafür den Palazzo Grassi. Der säuft zwar ebenfalls ab, aber mit viel mehr Pompes-funèbres-Bombast, so dass es eine Freude ist, mit ihm zusammen unterzugehen.

Eine meiner Lieblingsbegegnungen ist die mit den Leichentransportschiffen. Wie ich inzwischen weiß, wird man im Sarg, wenn man auf San Michele, der Friedhofsinsel, begraben wird, dort direkt vor das hintere Kirchenportal gefahren. Die Trauergemeinde sitzt in der Kirche, das Portal öffnet sich, die Orgel braust auf, der Sturmwind fegt herein, das Schiff mit dem Sarg fährt vor, der Sarg wird abgeladen und in die Kirche getragen … Sofort habe ich ein Sparbüchlein eröffnet: Totengeld. Da zahle ich so lange ein, bis es reicht, um mich auf San Michele beerdigen zu lassen.

(Meinen *M. m. d. z. A.* liebe und schätze ich. Nur mag ich nicht, dass andere ihn lesen, weil ich fürchte, dass sie ihn blöd finden. Seine verborgenen Qualitäten sind schwer zu entdecken. Man muss mehrere Tage über ihn nachdenken, bevor man ihn gut finden kann. Hast Du zufälligerweise die Kritik in der *NZZ am Sonntag* über ihn gelesen. Die machte mich ganz andächtig. Da sitzt offenbar irgendwo in Zürich einer, der dem Charme dieses Mannes ganz und gar verfallen ist. Fast unheimlich.)

An die Frau, die zur Wohnung schaut,
was unternimmt der Originalvenezianer morgen? Wo geht er hin, wo prozessioniert er, was isst er? (Ich meine nicht den Venezianer, den Sie zurzeit auswendig lernen müssen,

um bei der Fremdenführer-Prüfung mit ihm brillieren zu können, sondern Sie, Ihren Mann, Ihre Tochter: Was machen Sie – oder was haben Sie normalerweise gemacht am Salute-Tag?)

Eine andere Frage: Wir haben heute einen sehr schönen Musetto gesehen am Rialto. So einen möchten wir demnächst mal kochen: Musetto con Fagioli. Dazu müssten Sie mir aber bitte noch einmal sagen oder aufschreiben, wie man Fagioli macht und welche man kauft. Danke.

An ehemalige Nachbarn aus der Schweiz,
heute kam Eure Salbe an. Mein Lieblingsbriefträger – eine 59-jährige Aushilfe ohne Zähne, der so lange unsere Tour macht, bis der Meniskus des Offiziellen operiert worden und verheilt ist – überreichte mir das Päckchen und verlangte ein Autogramm (Ihr habt's eingeschrieben geschickt?). Endlich mal wieder eine Bitte um ein Autogramm. Vielen Dank für die Salbe. Ich habe sie umgehend eingerieben. Ab jetzt geht's bestimmt steil bergauf mit meinem Knie. (Wenn ich oben bin, hinterlasse ich den Rest der Tube dem Briefträger mit dem kaputten Meniskus.)

An die Frau, die zur Wohnung schaut,
mit diesem Fagioli-Rezept können Sie ja Professoressa della Cucina Veneziana an der Ca'Foscari-Universität werden, so kompliziert ist es! Klingt wunderbar, aber das werden wir wohl nie kochen. (Und jetzt sagen Sie nicht, es sei ganz einfach. Natürlich ist es ganz einfach. Italienisch ist auch ganz einfach, wenn man eine italienische Mutter hat und hier aufgewachsen ist. Aber nur zum Beispiel: Knoblauch schreiben Sie. Eine Zehe, zwei, fünf? Klein gehackt, gepresst? Oder: Zwiebeln anbraten. Eine, zwei, fünf? Sie haben das alles im Blut. Wir nicht.)

Morgen soll es überall in der Stadt *Frittelle* geben, habe ich gelesen. Ich will naturgemäß unbedingt Frittelle essen.

Wo und wann gibt es die? Und wann findet die offizielle Prozession statt?

/2
Der Professor Doktor und seine Frau aus Paris (ich schreibe gern »Professor Doktor«, weil ich nur ganz wenige kenne) – zwei Feinschmecker und leidenschaftliche Köche, die am 15ten bei uns zu Gast waren – hören nicht auf, von den Gerichten zu schwärmen, die es nach dem Konzert gab. Nun schon zum dritten Mal bitten sie mich, ihnen wenigstens das Caponata-Rezept zu schicken. Können Sie mir das so aufschreiben, dass einer, der vom Kochen etwas versteht, es nachkochen kann?

21.11.
An den Freund in Köln,
heute ist das Festa della Salute. Über die dafür errichtete Pontonbrücke bin ich bereits frühmorgens spaziert (eine weitere kleine Sensation: einmal zwischen dem Guggenheimmuseum und dem Grandhotel Gritti übers Wasser zu schreiten). Ab zehn Uhr soll es überall in der Stadt Frittelle geben, heiße, im Öl ausgebackene Krapfen mit Zucker und Zitronenabrieb. Da werde ich nicht widerstehen können. Mir läuft schon jetzt das Wasser im Mund zusammen.

Was für ein sozial anstrengendes Jahr! Und was für ein erinnerungswürdiges! Kein Tag in Venedig hat mich gelangweilt. Keiner war wie der andere. Es gab keine Möglichkeit, in einen Trott zu verfallen. Bis heute kam ich nicht zum Dichten. Ich tue es in Berlin ja nur, weil es mir dort sonst sterbenslangweilig würde. Deswegen erwäge ich, nach Venedig zu ziehen: Hier müsste ich nie mehr dichten; kein einziges Bäumlein müsste mehr sterben meinetwegen.

Der anreisende Fotograf habe schon John Malkovich portraitiert, schrieben mir die Organisatoren, um meinen Widerstand gegen den Fototermin auszuräumen (bevor ich einen solchen überhaupt anmelden konnte). Es wird in einem rasenden Tempo agiert in Bern: Am Sonntag wird der Fotograf eingeflogen, am Montag soll er mich portraitieren, am Abend fliegt er zurück, am 03.12. soll die Website des Literaturpreises mit sämtlichen Fotos freigeschaltet werden.

Unter Venezianern heißen die Da-Vinci-Treppen Leonardoscalette, wie ich jetzt erst erfahren habe. In Venedig hat man alle Zeit, diese hinaufzuschnaufen. Das ist etwas vom Faszinierenden an der Stadt: die unendlich viele Zeit, die man hier großzügig vergeudet bis ins nasse Grab.

An die Frau, die zur Wohnung schaut,
wenn ich einen sehe, werde ich heute einen Salute-Ballon kaufen und ihn Ihrer Tochter mitbringen. Damit wird ihr Trauma ein für alle Male beseitigt sein (solche Traumata muss man ernst nehmen).

Verwirren Sie mich bloß nicht mit so wilden Vorschlägen wie: Man kann anstatt Tintenfisch auch Kugelschreiberfische nehmen und anstatt Sellerie Treviso. Das darf man nur mit Leuten machen, die vom Kochen etwas verstehen. Anfänger darf man nicht überfordern. Ich werde sowohl Tintenfisch wie auch Caponata an Weihnachten für meine anreisende Familie zubereiten (bitte schreiben Sie nun ja nicht, an Weihnachten würden die Auberginen nicht mehr hundertprozentig schmecken – die werden schon noch genug schmecken für uns Schweizer).

An seinen Neffen,
ach, das Buch … Ich muss Ende des Monats in die Schweiz zu einer Lesung fahren und werde Dir von dort aus gern eins schicken. Kauf bitte keins. Es ist ein sonderbares. Erst einmal wollte niemand etwas davon hören, und ich mochte auch niemandem etwas davon erzählen. Die erste Kritik war vernichtend. Danach blieb es absolut still drum herum.

So als sei es abgesoffen. Nach ein paar Wochen stieg es langsam zurück an die Oberfläche. Es gab zwei, drei gute Besprechungen (sehr wenige immer noch), es gab sogar zwei, drei positive Privatkommentare dazu, und inzwischen ist es ein Buch wie alle anderen auch, ein wenig besser, ein wenig schlechter …

An den Freund in Köln,
da vergeht einem der Traum, Managerin in Deutschland zu werden: Nur vier Millionen Euro verdienen die im Jahr? Wer mag sich dafür schon die Finger schmutzig machen? Ich glaubte immer, Manager verdienen viel Geld?

Die Frittelle waren fabelhaft. Ein kross gebackener, heißer Hefeteigfladen, tellergroß, aus einer Badewanne mit kochendem Öl gezogen, in Zucker mit Zitronenabrieb gewendet – ein Rezept wie zu Zeiten der Pest, nichts wurde daran geändert, eine Delikatesse. Danach zwängten wir uns in die Salute-Kirche, schlängelten uns zum Punkt direkt unter der unendlich hohen Kuppel, scharrten dort mit dem Fuß auf der Messingscheibe am Boden und wünschten uns etwas – leider hatte ich in der Aufregung vergessen, was ich mir wünschen wollte. Ich spürte im Rücken und von den Seiten die vielen venezianischen Gläubigen, die zum Punkt drängten, und machte Platz, ohne etwas gewünscht zu haben.

Danach kaufte ich einen mit Gas gefüllten Ballon in Form eines Rappen (eines schwarzen Pferdes), der nun über dem schwarzen Flügel in der Wohnung schwebt. Ein geweihter Luftballon gehört offenbar zu den Freuden des Salutefests. Sämtliche Kinder in der Stadt liefen mit Luftballons herum, in den unterschiedlichsten Formen und Farben. Der Rappe(n?) sieht streng aus, fast wie Art déco.

Ich habe fürs Portrait einen Ort im Kopf, der Deinen Segen bestimmt auch kriegen würde. Das Problem ist: Ich bin mir nicht sicher, ob wir dort ungestört fotografieren können (ob wir überhaupt dürfen). Ich habe vor, dem Fotografen vorher zu erklären, um was für ein Motiv es sich handelt, um welche Lichtverhältnisse, und welchen Ausschnitt ich gern hätte, um dann das Foto überfallartig machen zu können. Er soll seinen Apparat vorher richtig einstellen und sich auf die Situation innerlich vorbereiten. Ich fürchte allerdings, ohne Kunstlicht wird's nichts. Andererseits sind die teuren digitalen Kameras extrem lichtstark … Man wird sehen. Sonst – wenn das Wetter es erlaubt – halt am Lido. Er soll mich laut Ankündigung einmal von nahem ablichten – das kann man zur Not in der Wohnung machen – und einmal in einer Totalen, in einem Ambiente, das mir etwas sagt (eben: beispielsweise am Lido; grauer Sand, graues Meer und sonst gar nichts).

22.11.

An die Schwester,
Mark Twain ist mehrmals durch Europa gereist und hat seine Beobachtungen festgehalten. Unter anderem war er auch in Venedig auf seiner *Reise durch die Alte Welt*, wo er den Dogenpalast und die dortigen Gefängnisse (Bleikammern) besichtigt und beschrieben hat. Versuch, diese Passagen zu ergoogeln, und druck sie für Dich und Deine Freundin aus. Vor allem die Gefängnispassage ist ausgezeichnet. Ich komme drauf, weil ich heute im Dogenpalast war. Den solltet auch Ihr Euch nicht entgehen lassen, weil er einfach zu Venedig gehört. Wenn man den Text von Twain im Kopf hat, macht es zusätzliche Freude.

An die Frau, die zur Wohnung schaut,
was machen wir nun mit dem Luftballon? Ich fürchte, mit der Zeit entweicht das Gas, und das Pferd landet am Boden und rennt davon. Momentan sieht es noch elegant aus. Ihre Tochter müsste es sehen, wie es hier überm Flügel schwebt. Wer kommt wann vorbei? Falls Sie es sind, brin-

gen Sie den Fotoapparat mit, machen Sie ein Bild davon, und dann bringen wir's zusammen auf die Giudecca, ich laufe hinter Ihnen her und führe es am Zügel.

23.11.
An den Freund in Köln,
nun habe ich endlich auch den Dogenpalast gesehen und die Basilica di San Marco. Die Venezianer von damals hatten jegliche Bodenhaftung verloren. Ein grandioser Irrsinn, dieses Ensemble. Dazu das undurchschaubare politische System, die kurze Amtszeit der Dogen, die Rituale, die gegenseitige Bespitzelung und Überwachung. Was für ein phantasielos-ordinäres Gewürge dagegen in der DDR. Selbst im Dritten Reich ging's plump zu im Vergleich damit. Warum bloß hast Du den Dogenpalast verschmäht, warum gingst Du nicht in die Markuskirche?! Man braucht dort nicht einmal den Kopf zu heben und sich all die goldenen Deckenmosaike anzuschauen – der gewellte Fußboden allein genügt und macht den Mund offenstehen. Von nun an will ich Mosaike überall, im Bad, im Klo, im Schlafzimmer, in der Küche.

Im Dogenpalast hat Tintoretto Wände bemalt und Decken in Dimensionen, wie es sie wahrscheinlich in ganz Europa höchstens noch zwei-, dreimal gibt; zyklopenhaft.

Glücklicherweise waren nur wenige Besucher unterwegs. Ich brauchte nirgends anzustehen. Die Markuskirche ist jederzeit frei zugänglich. Ich fragte, wie es an Weihnachten aussehe – ooch, versuchen Sie's ruhig, die Krise hat ganz Europa im Griff, schon letztes Jahr kamen nicht mehr so viele Touristen nach Venedig, und man hat noch Platz gefunden während der Messe …

An die Freundin in Berlin,
Weimar als Alterssitz? Nicht eher Rostock, wo man wenigstens anstelle der »Berliner Kulturlandschaft« ein Meer

vor der Tür hat, an dem entlang man spazieren kann, wenn man keinen Cent mehr hat in der Tasche und nichts mehr zum Lachen?

Am Meer waren wir heute, nicht in ihm. Ein strahlender Spätherbsttag. Wir sind erst um halb drei hingefahren. Eben kamen wir zurück. In der untergehenden Sonne, hinten auf dem Vaporetto sitzend. Da braucht es schon starke Schweizer Nerven, um sich beherrschen zu können und nicht in Tränen der Seligkeit auszubrechen.

An den Freund in Köln,
ist die Kurzzusammenfassung vom Hoden- und Bauchspeicheldrüsenkrebs-Drama eine satirische Erfindung von Dir? Dass das allen Ernstes irgendwo so steht und dass so eine Geschichte tatsächlich verfilmt worden ist, glaube ich Dir nicht. Es ist grotesk, auf diese Weise mit dem Unglück zu klotzen. Und die eine Figur heißt im Film wirklich Hildegard und ist auch noch seine Mutter?! Nein, das kann ich beim besten Willen nicht glauben. Da sind mal wieder die Parodiepferde mit Dir durchgegangen.

Sehr gut: Hitler's first name? – Heil. Gefällt mir.

24.11.

Eine schöne Überraschung: Zum ersten Mal, seit ich in Venedig bin, steckte heute etwas im Briefkasten, als ich eben nach Hause kam. Normalerweise wird samstags nichts ausgetragen, und auf den Weg bringen sie am Samstag erst recht nichts. Heute aber: Tuberosen aus Köln! Vielen Dank. Habe sofort eine angesteckt. (Es stinkt seit Tagen nach Verwesung im großen Zimmer. Ich kriege den Gestank nicht raus. Vielleicht eine tote Ratte hinter der Rigipswand?) Der Duft der Tuberosenräucherstäbchen ist narkotisierend. Ein wenig wie der von zu vielen Lilien. Ich war in einem Blumenladen und fragte nach Tuberosen. Der Händler rief entrüstet aus, aber doch nicht um diese Jahreszeit! Tuberosen blühen im Spätsommer, Ende August. Immerhin, der Name ist in Venedig offenbar nach wie vor ein Begriff. Régnier schreibt allerdings, er sei Anfang November angekommen, am Totensonntag, und die ganze Stadt habe nach ihnen geduftet.

Vormittags besuchte ich endlich noch einmal (bewusst und mit Brille) die Frari-Kirche. Das reinste Draculaschloss. Bizarr. Hoch oben an einer Wand hängt ein schwarz verkohlter Holzsarg, dahinter ein gemalter Baldachin. Einfach so, ohne Erklärung. An einer anderen Wand ein Monumentalgrabmal für einen Dogen namens Pesaro, mit titanischen Negersklaven, die den ganzen Ballast auf ihren Schultern tragen (Sarkophag, Skulpturen, Baldachine, noch einmal Skulpturen, alles aus Marmor). Gegenüber das monumentale Grabmal für Tizian. Am Kopf der Kirche, in einer Seitenkapelle, das Grab von Monteverdi, dann eben an der Seite die Marmorpyramide, unter der Canovas Herz liegen soll – eine tolle Gesamtinstallation. Über dem Eingang innen, etwa dreißig Meter hoch, mehrere zusammengestückelte Bilder übereinander. Davor, völlig aus dem Ruder laufend, nach rechts oben strebend, Marmorfiguren, Sarkophage, Reliefs – irgendwie Peterchens Mondfahrt, alles riesengroß und düster, in der Anordnung nicht nachvollziehbar, vielleicht barock? … Draußen dichter Nebel. Ich geh jetzt runter und taste mich zu *Tonolo* durch, zu meinem Morgenkaffee. – Wie kann man bloß nicht nach Venedig ziehen wollen?

25.11.

Heute, weil's sonst gar nichts mehr zu tun gibt, bin ich in Murano im Glasmuseum gewesen (ich hätte Dir zum 10.11. beinahe ein mundgeblasenes Glas für Deinen Weißwein geschickt). Das Besondere: Im Vaporetto durch den dicken Nebel zu fahren. Das Glasmuseum etwa so interessant wie wahrscheinlich das Klöppelmuseum in Burano. Wenn ich das auch noch gesehen haben werde, dann finde ich vielleicht endlich zur inneren Ruhe.

Kein weiteres Wort über die verwesende Ratte. Es stinkt zurzeit in der halben Stadt. Das scheint mit dem niedrigen Wasserstand zu tun zu haben. Der Kanal, der rechts vor unserem Haus abgeht, heißt Muneghete. Er ist verrufen als besonders übelriechend. Ich lasse die Fenster im Atelier offenstehen und verbrenne täglich ein Tuberosen-Stäbchen. Morgen kommt der Fotograf. Das Portrait soll dort gemacht werden. Dank des Geruchs wird die Sitzung bestimmt nicht allzu lange dauern.

Eben habe ich im Internet die U-Bahn-Ansage von New York abgehört, aus nostalgischen Gründen. Sehr schön, dieses »Stay clear from the closing doors«. Ich wusste nicht mehr, wie's klingt. Weil ich am venezianischen »Nexte stope San Marco« jeweils so eine Freude habe, überlegte ich, wie's eigentlich in NY geklungen hatte, wo ich mich ebenfalls immer freute. Jetzt hör ich mir noch gleich Paris an, dann Berlin, dann Dubai …

26.11.

Kein Nebeltoter in Venedig (ich lasse mich nicht reinlegen, wie Du siehst; bin stets hellwach – nicht einen einzigen Nebeltoten wirst Du mir via gefälschten Internetmontagen weismachen können). Das Nebelfoto, das Du gefunden hast, ist übrigens harmlos. Wenn der Nebel die Stadt richtig fett füllt – ein ergreifendes Phänomen –, sieht man das andere Ufer des Kanals nicht mehr.

Heute ist es bedeckt, einheitlich grau, der Nebel eher ein dichter Dunst. Ich muss gleich den Fotografen abholen. Aus dem Lidobild wird wohl nichts. Dünner Nebel gibt fotografisch nichts her. Die Bilder wirken dann bloß unrein, stumpf, pampig.

27.11.
Die Papst-Geschichte würde ich wieder nicht glauben, wenn Du sie nicht in einer anderen Schrift gesetzt hättest (und wenn sie weniger ausführlich wäre – Bären, die Du mir aufbinden willst, sind meistens knapper skizziert; der Aufwand für diese Ratzinger-Schote wäre Dir zu groß gewesen). Gib zu: »die Forschung und das Studium der Lehre Joseph Ratzingers zu fördern«, das ist grotesk. Der Mann hatte nie etwas zu sagen, er hat nichts gelehrt, das zu lernen sich lohnte, er hat höchstens der Welt hinterlassen, wie rot ein Hütchen sein darf und wie sich das Rot des Hütchens zu dem der Schuhe verhalten muss und ob Ferrari-Rot erlaubt ist für die Unterhose und ob Hermelin oder Fee als Handschuhfutter.

Herzlichen Glückwunsch zu Deinen makellosen Leberwerten. Ein medizinisches Wunder. Du könntest Deine Rente aufbessern mit Auftritten als pathologisches Phänomen in der medizinischen Fakultät.

29.11.
An den Neffen,
mein Buch sollte inzwischen bei Dir angekommen sein. Wie ich von Mutter hörte (und wie ich, als ich daraufhin in meiner Agenda nachschaute, bestätigt fand), hattest Du vor ein paar Tagen Geburtstag und könntest mich folglich, mit etwas gutem Willen, nun als einen guten Onkel betrachten, der Dir zum Geburtstag ein Buch geschickt hat. Den Glückwunsch liefere ich hiermit nach. Und zwar von Herzen gern.

Zu meinem desillusionierten Kommentar: Den hast Du um eine Nuance zu desillusioniert gelesen. Ich habe meinen Frieden mit dem Buch längst gemacht und halte es für ein wichtiges. Nur habe ich akzeptiert, dass ich wohl one of the happy few bin, die das denken. In anderen Fällen habe ich das nicht akzeptiert. Das Reisebuch zum Beispiel hätte eindeutig mehr Lesern Vergnügen bereiten können, als ihm vergönnt war, und auch der *Liebe Niels* hätte bestimmt mehr als die paar Leser, die ihn zur Kenntnis genommen haben, gut unterhalten können. Der *Mann mit den zwei Augen* ist stärkerer Tobak und nicht für die große Masse geeignet.

An die Mitarbeiterin im Verlag und an den Verleger,
dass Ihr nach St. Gallen fragt, rührt mich. Als ob Ihr Zeit hättet, Euch darum zu sorgen, wie es einem von Euren vielen Autoren an einer seiner Lesungen an irgendeinem der Enden der Welt ergangen ist.

Gut ist es mir ergangen. Allein schon die Anreise war ein Genuss. Ich habe, viel zu spät, eine neue Route entdeckt: via Verona. Von hier nach Verona fährt ein schneller Zug (fünfzig Minuten). In Verona steht vor dem Bahnhof ein Bus und führt einen in einer Viertelstunde vor den Check-in-Schalter eines winzigen Flughafens. Man wird herzlich empfangen von jungen hübschen Italienerinnen, die einen an der Hand nehmen und zu einem Propellerflugzeug geleiten. Man fliegt zusammen mit etwa zehn gut gekleideten und duftenden Herren und einer Dame in Gold und Kaschmir nach Zürich, in einer Maschine, in der mindestens sechzig Gäste Platz hätten, begleitet von zwei Stewardessen, die einem die Sitzlehne zurechtrücken und ein Kissen unter den Kopf schieben, wenn man das wünscht. In Zürich wird man von einem kleinen Bus am Flugzeug abgeholt und direkt zum Ausgang gefahren. Alles auf die Sekunde pünktlich. Der Flug hin und zurück achtzig Euro. (Der Rückflug war ebenso luxuriös und komfortabel.)

In St. Gallen warteten etwa siebzig Zuhörer auf mich. Ich kam mir vor wie Peter von Matts Gegenkandidat, der ihm ein paar Wechselstimmen abjagte. Die Veranstalterin hatte das Buch von vorne bis hinten gelesen, kannte und mochte es und führte gut ein (leider vergaß sie zu sagen, es sei das beste Buch des Jahres – das brauche ich, um danach mit reiner, klarer Stimme anheben zu können; ich sagte es deswegen mit ein paar ergänzenden Worten selbst, bevor ich las), und dann wiederholte ich meine neueste Taktik: Ruhig, konzentriert, besorgt wie am Bett eines kranken Kindes, fing ich an zu lesen und endete erst, als alle ganz still waren, bereit zum Einschlafen. Genau in diesem Moment hörte ich auf – sie schreckten hoch, applaudierten zögerlich, man plauderte noch ein wenig über Gott und die Welt, so lange, bis alle den Eindruck hatten, einen anregenden Abend verbracht zu haben. Dann war Schluss, wir applaudierten einander gegenseitig kräftig zu, und einige kauften sogar das Buch. So will ich es von nun an immer halten. Auf diese Weise ließen sich bestimmt ein paar hundert Exemplare verkaufen, ohne dass ich mich allzu sehr schämen müsste.

An den Verleger,
verscheuch bitte jeden Zweifel am Eidgenössischen Literaturpreis. Es ist früh genug, der Wirklichkeit am Vierten ins Angesicht zu schauen. Ich bin leider mit Kassandragaben zur Welt gekommen und sehe die düsteren Wolken am Preisfirmament bereits seit Tagen aufziehen.

Reise bitte voller Zuversicht nach Bern. Tritt dort vor die Kameras (es wird hoffentlich wenigstens ein Regionalberichterstatter mit seinem Smartphone auftauchen und sich freuen darüber, wenn einer für ihn posiert). Nimm die Verlegerin aus Genf in den Arm und behaupte, Ihr hättet eben – auf Grund dieses eminent wichtigen Preises – einen Vertrag darüber abgeschlossen, das ausgezeichnete Buch in absehbarer Zeit auch französischen Lesern vorlegen zu wollen.

Als ich gestern Abend aus Verona zurückkehrte und aus dem Zug stieg, gingen gerade die Sirenen los: Hochwasseralarm, höchste Stufe. Ich packte mein Köfferchen und rannte vom Bahnhof nach Hause, vor dem hinter mir her laufenden Wasser. Kam trockenen Fußes zu Hause an. Zwei Stunden später war die Stadt geflutet. Sechs Stunden später war der Spuk vorbei.

Die Wohnung neben meiner ist frei geworden. Die Mutter des Besitzers, der über uns wohnt, lebte dort und ist gestorben. Er fragte uns, ob wir sie mieten wollen. Du ahnst, wie unruhig ich seither schlafe. Habe mich noch nicht getraut, ihn um einen Besichtigungstermin zu bitten. Erst recht wagte ich nicht, nach dem Preis zu fragen. Die Wohnung ist ähnlich geschnitten wie die der Stiftung; laut seinen Angaben hat sie ein Zimmer weniger; es wäre also der ideale Ort, um an ihm Schiffbruch zu erleiden und zu verschellen (verschollen zu gehen).

An den Freund in Köln,
die *Air-Dolomiti*-Gerüchte, die Du gehört und mir aus Rücksicht vorenthalten hast, hätten mich nicht verunsichert. Ich liebe Hochstapler. Die zehn gut gekleideten Mitreisenden waren alle solche. Einer hat mir besonders gut gefallen. Er trug extrem enge Hosen und dazu ein zu enges, graues, kurzes Stutzermäntelchen aus fein gestrickter Kaschmirwolle. Er sah verboten aus, so unmöglich, dass es sich bei dem Kostüm nur um Haute Couture gehandelt haben konnte. Irgendetwas aus dem Hause Gucci oder Etro.

30.11.
Während bei Euch die sibirische Peitsche knallt, jault hier die Hochwasser-Sirene (in dieser Sekunde gerade wieder), und ein warmer Wind weht und lässt die Türen ächzen. Ich melde mich später. Will trockenen Fußes meinen Morgenkaffee trinken gehen.

An die Frau, die zur Wohnung schaut,
sind Sie inzwischen Dottore guida licenziata? Dürfen wir gratulieren? Werden Sie von nun an reich?

Weihnachten naht, und bald müssen wir Abschied nehmen. Wenn Sie sich dazu überwinden könnten, würde ich gern einmal mit Ihnen zusammen die Wohnung nebenan besichtigen und mich nach der Miete erkundigen. Ist Ihnen das zuzumuten? Wir würden fürs Leben gern hierher ziehen.

Ich bin bis Mitte nächster Woche in der Schweiz, dann zwei Tage hier, dann noch einmal zwei Tage weg. Ab dem 10.12. bereiten wir uns auf meine anrollende Familie vor, die Weihnachten bis Neujahr hier verbringen wird. Nicht alle zusammen die ganze Zeit, die einen dann, die anderen dann, die einen im Hotel, die anderen hier in der Wohnung ... Da werde ich Sie dann bestimmt noch einmal sehr genau nach dem Lasagne-Rezept fragen müssen.

/2
Ich bin immer in Venedig, wenn ich schreibe. Habe zwar einen Laptop (den man theoretisch überallhin mitnehmen könnte), aber nur, weil er kleiner ist als ein normaler Computer und weil ich nicht mag, wenn Maschinen viel Platz für sich beanspruchen. Er bleibt immer zu Hause stehen. Bin also in Venedig, noch bis morgen Abend, und staune jeden Tag übers Wasser. Mal ist es weg, mal renne ich vor ihm her nach Hause, schließe die Tür hinter mir zu – und schon schwappt es heran und klatscht gegen sie (die Tür).

Wenn Sie Zeit haben vor Weihnachten, mit uns zusammen einen Pasticcio zu machen, dann unbedingt, sehr gern. Und parallel dazu backen wir Schweizer Weihnachtsgutzeli, die Sie Ihrer Tochter mitbringen und für sie unter einen Weihnachtsbaum mit echten Kerzen legen müssen, damit sie (die Tochter) eine Ahnung bekommt von Ihrer Kindheit nördlich der Alpen.

01.12.

An die Tante in Palermo,
Du lässt Dich nun also endgültig aus Deiner Wohnung drängen? Stehst bald auf der Straße und schläfst unter den Brücken Palermos? Wo es dort doch so wenig Brücken gibt! In Venedig gäbe es wenigstens davon genug. Nur läge man unter ihnen direkt im Wasser. Und was sagt Deine Nachbarin zum Ganzen? Soll ich wohl mal hinter Deinem Rücken mit ihr telefonieren und sie fragen, wie man dieses Zuwanderungs-Acqua-Alta in den Griff kriegen könnte? Es ist beunruhigend, wenn Du Deine Wohnung vor lauter Erschöpfung räumst. Was für eine doppelte Martina Du doch bist ... (Kennst Du den heiligen Martin? Der hat seinen Mantel entzweigeschnitten und die eine Hälfte einem frierenden Bettler gegeben. Du ziehst Deinen Mantel gleich ganz aus und gibst ihn weg.)

An den Freund in Köln,
ich war längst von *Tonolo* zurück, als Du mir gestern geantwortet hast. Draußen war nichts los, es nieselte fein, also eilte ich wieder zurück und las die Post, die in der Zwischenzeit angekommen war, und Deine Mail, verzweifelte am Computer, der mehr und mehr Ticks und Macken hat, manchmal fürchte ich, ihn nicht einmal mehr anwerfen zu können, manchmal weigert er sich, sich ausschalten zu lassen – er treibt mich noch in einen Nervenzusammenbruch, so kurz vor Jahresende, wo alle doch noch irgendwas von einem wollen.

Ich sollte mich frisch machen. Heute Abend findet eine Veranstaltung im deutschen Studienzentrum statt: Venezianische und hannoveranische Kinder aus gutem Haus tanzen zusammen in bunten Kostümen den Tod in Venedig (ungefähr so verstehe ich das italienisch geschriebene Programm). I. und ich gehen hin, weil wir die beiden Initiatoren des Events kennen: Maren Christensen (die Bühnenbildnerin aus meiner *Brut*-Inszenierung) und Werner Eggenhofer, der mit uns zusammen das Antitheater *ImBiß* im Bochumer Keller gegründet hat. Wahrscheinlich hast Du das vergessen: Wir gründeten 1978 ein Theater im Theater, wie es damals üblich war. Eggenhofer und Zierath waren die Leiter. Zierath inszenierte Grillparzers *Ahnfrau* als Musical, mit mir als Jaromir. Eggenhofer folgte mit einem bayrischen Volkstheater-Einakter – Titel und Autorenname vergessen –, in dem ich einen tumben Polizisten spielte, wofür ich mir Locken brennen ließ. Ich sah aus wie ein Putto. Offenbar unterrichten die beiden inzwischen in Hannover an einer Kunsthochschule. Nach fünfunddreißig Jahren wollen wir sie heute Abend mit unserem frisch gewaschenen Anblick überraschen. Leider habe ich absolut keine Lust, mich zu waschen. Mal sehen, ob ich mich im Lauf des Tages dazu durchringen kann. Morgen muss ich ja schon nach Berlin fliegen, und danach bleibt nicht mehr viel Zeit übrig für Waschungen bis zur Preisverleihung.

An ein Mitglied des Stiftungsrats,
zum Zimmer mit Mundgeruch: Ich schlage mich inzwischen auf die Seite der venezianischen Fatalisten. Derselbe Geruch taucht immer mal wieder irgendwo in den Gassen auf, manchmal sogar in Hotel-Entrees oder in einzelnen Sälen von Museen. Eine Architektin kann daran wahrscheinlich auch nichts ändern. Schon Henri Descombes hat in seiner *Géographie universelle* 1790 geschrieben, das venezianische Wasser in den Kanälen stinke zum Himmel; man sei überrascht, dass es keine Seuchen auslöse in dieser Stadt, in der die Einwohner – im Gegenteil – sogar überdurchschnittlich alt würden.

Wir versuchen es erst einmal mit einem alternativen Hausrezept. Ob's funktioniert, werde ich Ihnen in ein paar Tagen schreiben können: Schüsseln mit Meersalz im

Raum verteilen und stehen lassen. Das soll Gerüche binden. Trotzdem sollte Ihre Architektin vielleicht einmal vorbeikommen und riechen? Möglicherweise sagt ihr der Geruch etwas und sie kann ihn entschlüsseln. Oder er steigt tatsächlich vom Muneghete-Kanal hoch? In einem der Venedigbücher habe ich gelesen, dieser sei in der Stadt als besonders übelriechend berüchtigt. Jedenfalls wäre es wahrscheinlich sinnvoll, mal im Dezember vorbeizuschauen, während wir hier sind. Die Architektin soll sich einen Tag vorher anmelden, dann lassen wir die Fenster geschlossen, so dass man's hoffentlich deutlich riecht.

An den Freund in Köln,
es ist kälter geworden und windig. Das Meer am Lido war aufgewühlt. Dunkle, schnelle Wolken darüber. Beim Hinfahren kreuzten wir die *Crown Princess* aus Hamilton (Bermuda) – vor dem dramatischen Himmel ein noch spektakulärerer Anblick als sonst.

Immerhin: Jaromir war für mich vertont worden von Peer Raben! Und damals sang ich fast wie Fritz Wunderlich.

Sodomie ist nicht unbedingt das, was mich zum Träumen bringt. Wobei es von Leda mit dem Schwan erregende Illustrationen gibt, und die Griechin, die sich in einem Kuhgestell fixieren ließ, um sich von einem Stier bespringen zu lassen, regt mich jeweils ebenfalls an. Umgekehrt macht die Vorstellung weniger Lust. Was soll ich mit einem Schaf anfangen oder mit einer Ziege? Oder mit einer Hündin? Ein bisschen Freude sollte das Gegenüber mindestens vorspielen, sonst kann man gleich eine Gummipuppe nehmen.

Dass Du das NRW-Rauchverbot nicht unkommentiert schlucken würdest, habe ich mir schon gedacht. War leicht beunruhigt wegen Deines Schweigens. Ist er krank und schwach?, dachte ich.

Die Meeresluft hat mich gereinigt. Ich werde nicht müffeln heute Abend. Habe mich dazu entschlossen, ungewaschen zu bleiben. (Ich habe gelesen, in Osteuropa kenne man noch Gerüche, die in westlichen Ländern am Verschwinden seien. Für ältere Generationen im Osten sei es beispielsweise nach wie vor nicht selbstverständlich, häufig zu duschen. Viele seien gewohnt, dies nur einmal pro Woche zu tun. Schweißgeruch verändere sich nach zwei bis drei Tagen, und so könne sich jener fremdartige Geruch entfalten, der einem in Osteuropa in Anwesenheit reiferer Erwachsener manchmal begegne. – Duscht man sich denn bei uns im Westen öfter als einmal pro Woche?)

02.12.
Was für ein netter Mann, dieser Jörg Magenau. Danke für den nächtlichen Link. Seine Besprechung versüßt mir den Reisestart. Hervorragend.

Gestern Abend ein veritables Event. Tout Venice kreuzte auf. Wenn ich hierher zöge, hielte ich mich von Anfang an vom Betrieb fern. Unangenehm, wie jeder erkannt und bekannt und berühmt sein will und wie jeder jeden anderen wegdrängt und verkennt, um selbst in einem besseren Licht dazustehen. Dabei handelt es sich doch nur um Kleinstadtfunzeln, in deren Licht man sich hier gegenseitig fotografiert. Doch ein Venezianer hält es für eine herausragende Leistung, Venezianer zu sein. Das müssen wir anderen erst einmal bieten. (Bei Henri Descombes las ich, die noblen Venezianer der 1. Kategorie – das sind die Nachkommen derjenigen, die im Jahr 709 den ersten Dogen gewählt haben; es gibt noch eine 2. Kategorie, das sind die, die ihre Herkunft bis ins Jahr 800 zurückverfolgen können, dann die 3. Kategorie, die im Jahr 1289 ins damals neu eingeführte goldene Buch eingetragen wurden, und die 4. Kategorie, die sich später mit tausend Dukaten eingekauft haben; darunter steht eine Schicht

Bürger, das sind alte Familien zwischen den Nobili und dem Volk – …, die Venezianer der 1. Kategorie würden höchst ungern ins Ausland reisen, weil sie fürchteten, dort nicht angemessen behandelt zu werden. Sie fühlen sich auf einer Ebene mit Prinzen und Fürsten der ersten europäischen Adelshäuser, die in der Regel aber nicht wissen, mit wem sie es zu tun haben. Es ist den Venezianern der 1. Kategorie aus diesem Grund auch verboten, Ausländerinnen zu heiraten.) Außer solchen Nobili war Donna Leon da, und Martin Mosebach ist angereist in seinem Dreiteiler (ob er wohl nur den einen hat? diesen rötlich braunen mit dem Fischgrätenmuster? der muss doch langsam riechen?).

Was man im deutschen Palazzo zu sehen bekam, waren einzelne Kostümprototypen der hannoveranischen Designstudenten. Sie entwarfen Figuren aus Thomas Manns *Tod in Venedig*. Zum Teil phantastisch. Maßgeschneidert für venezianische Laien (die Maße hatten sie vor einem halben Jahr genommen). Diese Kostüme wurden in Kleinszenen, lebenden Tableaus, vorgeführt, beleuchtet von venezianischen Kunststudenten unter der Anleitung des Chefbeleuchters des Fenice-Theaters. Eggenhofer hat inszeniert. Wir Gäste wurden in kleinen Gruppen durch die Salons geführt, wo die Szenen mehrmals hintereinander durchgespielt wurden. Die Venezianerlaien waren sehr gut. Naturtalente. Oft wähnte man sich in einem Fellini-Film. Ich redete außer mit Eggenhofer und Christensen (die mir beide gut gefielen) mit niemandem und ging gleich nach dem Durchlauf nach Hause. Es hätte noch Risotto gegeben für alle. Ich bin aber bis heute nicht in der Lage, mit allen Risotto zu essen und Smalltalk zu machen. Jetzt packen und dann reisen.

05.12.
An den Schriftstellerkollegen,
beeindruckt von Deinem Stolz habe ich in Bern erfahren, dass Du Dein Buch gar nicht erst zum Preis eingereicht hast. Was für eine Hardcore-Blasé, dachte ich bewundernd. Nun sagst Du, Du hättest den Termin verpasst? Das kann doch nicht wahr sein?! Es gab im Vorfeld Rundmails von diversen öffentlichen Stellen.

Dass ich so einen Preis bekomme, erfuhr ich etwa vor vierzehn Tagen. Es ist alles mit sehr heißer Nadel gestrickt worden, hatte ich den Eindruck. An der Feier gingen die Juroren auf dem Zahnfleisch. Jetzt, nachdem die Hasen aus dem Sack sind, ist die Pressehatz auf sie eröffnet worden, nehme ich an. Ich komme eben aus Bern zurück und muss mich umziehen zum Feiersouper im Cipriani. Danke für den Glückwunsch. Es ist verblüffend, und ich weiß nicht warum, aber ich bin davon überzeugt, dass er von Dir aufrichtig gemeint ist. Wir werden, kaum bin ich wieder in Berlin, zusammen feiern (Du zahlst; schließlich ist Dein Geld hart verdientes, nicht so wie meins geschenktes).

/2
Leider gehörte das Cipriani-Feiersouper zu meinem Aargauer Humor. Nein, I. und ich beugten uns einmal mehr über einen venezianischen Schweinetrog (trogolo maiale), bezahlten dafür aber wenigstens, als hätten wir bei Frühsammers gespeist, was dem Abend einen Hauch von Festlichkeit verlieh. (Frühsammers kenne ich nicht, und im Cipriani-Garten sind wir nur einmal an einem Sommernachmittag rumspaziert.)

06.12.
An den Freund in Köln,
in letzter Sekunde wurde es den Initiatoren mulmig, hatte ich den Eindruck. Und sie hatten keine Zeit mehr, alles

richtig zu machen. Der erste Auftritt des Preises war insgesamt leicht verstolpert. Der Einzige, der sich aufrichtig und unbeschwert freuen konnte, war wahrscheinlich ich. Weil ich im Ausland lebe und die ganzen Zänkereien drum rum nicht mitgekriegt habe und nicht mitbekomme. Ich empfand kurz einen Glücksrausch und hatte den Eindruck, Literatur sei ein weites, reiches Feld.

Die Zeremonie? – Musik, Begrüßung durch den Kultusminister, Rede des Jury-Präsidenten, erste Laudatio, Blumenübergabe an den ersten Preisträger, Dank des ersten Preisträgers, Lektüre aus seinem Werk, zweite Laudatio, zweite Blumenübergabe ... Insgesamt dauerte es zwei Stunden. Danach ein Steh-Apéro. Ich kannte nicht viele Leute. Mein deutscher Verleger und die Genfer Verlegerin waren da. Sie schauten sich das Ganze besorgt an, besorgt, weil sie realisierten, dass sich aus diesem Preis schwer etwas Verkaufsförderndes würde destillieren lassen.

Ich bin froh, wieder in Venedig zu sein. Wie man in Berlin und in Bern in den Vorweihnachtsschwitzkasten genommen wird, hatte ich vergessen. Angsteinflößend, dieser Konsum-Terror in den dortigen Innenstädten. In Venedig spürt man nichts davon. Nur da und dort ein Panettone im Schaufenster, und in den Bars der süße Senf auf dem Tresen (Mostarda – eine Delikatesse: Meerrettich mit kandierten Früchten, den man in diesen Tagen hier vorgesetzt bekommt und mit dem Löffel isst). Keine *Stille Nacht*, keine singenden und spielenden Heilsarmee-Ensembles, keine Jingles, die bellen, nichts.

An die Leiterin des deutschen Studienzentrums,
ach, das war Ihre Tochter?! Alma/Elisa? Hervorragend war sie, als Schauspielerin. Ich dachte, sie sei eine von diesen italienischen Naturbegabungen. Sie war nicht nur schön (wenn eine junge Frau schön ist, schaue ich immer nur kurz hin, weil ich auf gar keinen Fall als alter Lüstling

enttarnt werden will), sondern von einer überzeugenden Selbstverständlichkeit im Spiel. Sehr gut.

An die Mitarbeiterin im Verlag,
das wird wahrscheinlich nicht einfach mit dem Ankurbeln des Verkaufs. Der in Bern aufgebaute Büchertisch bog sich am Ende der Preisverleihfeier fast gleich tief wie am Anfang. Die Stapel haben nur unmerklich abgenommen. Niemand kauft acht Bücher aufs Mal. Sie wollen alle wissen, welches denn nun das beste ist von den achten. Wir müssen eiskalt behaupten, unseres sei es. In der Schweiz wird uns das allerdings kaum jemand abnehmen. Vielleicht schaffen wir es irgendwo im hohen Norden Deutschlands, mich als Preisträger zu installieren, dort, wo sie jetzt in der Dunkelheit in Rentierfelle gewickelt ums offene Lagerfeuer sitzen und davon träumen, dass irgendwo im Süden ein Märchenland existiert, in dem die Zitronen blühen und Freiheit, Einigkeit und Brüderlichkeit herrschen und wo sie am Nikolaustag einen der Ihren zum besten Schriftsteller des Jahres küren?

An die Maler S&A,
Euer Bild hängt wie ein verschollener, sensationell aus der Lagune wieder aufgetauchter Tintoretto an unserer Pinnwand (wenn Ihr Tintoretto für eine Beleidigung haltet, ersetzt den Namen halt durch da Vinci – der war's doch mit der Mona Lisa? –, nur hat der kaum allzu viele Bilder in der venezianischen Lagune versenkt). Wir gehen jeden Tag mindestens einmal ins Zimmer, wo es hängt, und schauen das Bild an und freuen uns (ein Problem in Venedig ist die Feuchtigkeit: das Bild macht den Eindruck, sich wellen zu wollen – Ihr müsst materialtechnisch global aufrüsten und Regenwaldklima-kompatibel arbeiten).

Auf Euer Anraten hin waren wir am Tag Eurer Abreise – bei immer noch strahlender Sonne – im Palazzo Grassi und danken für den Tipp. Zwar haben wir den richtigen Besichtigungs-Rhythmus verpasst. Wir beeilten uns zu sehr, weil wir dachten, es wäre viel mehr zu bewältigen. Wir hätten bei einzelnen Videoarbeiten etwas länger ausharren sollen. Aber wenn da stand 30'-Loop oder 17'-Loop wurde ich nach kurzem nervös und ging weiter. Trotzdem hat es uns Freude gemacht, und wir haben uns hinterher geärgert, nicht gleich die kostengünstige Doppeleintrittskarte für beide Pinault-Sammlungen gekauft zu haben. Sollen wir die andere Hälfte am Punta Dogana auch noch besuchen? Habt Ihr sie gesehen?

In der Frarikirche waren wir vor ein paar Tagen zufällig. Ich fand, sie liege ja gerade um die Ecke und wir sollten später doch immerhin wissen, was bei uns um die Ecke gelegen habe. Wir waren mindestens eine Stunde drin und freuten uns von Minute zu Minute mehr. Was für ein eigenartiges Panoptikum.

An den Freund in Köln,
zu Deinen Fotokommentaren: Ja, das Portrait kommt mir auch gegerbt vor. Liegt wohl am Kunstlicht (der Fotograf hatte sein mobiles Studio mitgebracht und aufgestellt). Das auf dem Stuhl kommt mir eingeengt vor. Durch den Sessel im Vordergrund sehe ich aus, als sitze ich in einem vollgerümpelten Salon. Der Marienblick nach links oben stört mich nicht.

Ich weiß noch nicht, wann ich dazu komme (und die Energie dafür aufbringe), mit dem Fotografen (auf Französisch!) darüber zu korrespondieren, was für Bilder er denn sonst noch hat und ob er sie mir schicken könne. Er hat Hunderte gemacht. Ich winsle allein bei der Vorstellung, sie via Internet gesendet zu bekommen. Mein Laptop würde zerbersten. Er soll mir zwei, drei Bilder zur Auswahl vorlegen, und das Portrait soll er weniger hart vergrößern. (Ein schönes Bild habe ich aus Mulhouse bekommen, einen Originalabzug, gemacht mit einer *Sinar*, einer Fachkamera für Architektur. Das Negativ etwa sieben mal vierzehn Zentimeter groß. Die Haut wirkt darauf wie Samt. Unendlich feine Grauabstufungen.)

Von Genf aus zu fliegen ist immer ein Genuss. Die Flieger sind grundsätzlich höchstens halb voll. Die Zeiten werden eingehalten, weil man in Genf und Zürich kein Chaos duldet. Auf dem Flughafen viele reiche Leute (Scheichs, seidenglatte Kuwait-Air-Stewardessen). Selbst bei EasyJet geht man dort anständig um mit den Gästen (nirgends sonst ist das noch möglich außer in Genf: mit zwei Gepäckstücken in einen EasyJet einzusteigen; in Genf blicken sie nicht einmal kurz irritiert auf, wenn die reichen Damen mit Koffer und Handtasche ankommen).

Die Blume, die ich überreicht bekam, war eine spitz zulaufende, orangefarbene, sowjetische Weltraumrakete. Ich gab sie an meinen Cousin, den Arzt, weiter. Er kann als Homöopath mit solch exotischen Blumen wohl kaum etwas anfangen – aber gerade deswegen fand ich es passend: Er hat bestimmt noch nie so eine in seiner Praxis oder bei sich zu Hause stehen gehabt.

An den Verleger,
erst im Berner Bett ist mir eingefallen, dass Du möglicherweise lieber allein durch die Stadt gelaufen wärst nach der Preisfeier, über die hohe Brücke, Luft geschnappt, für Dich gewesen – und nicht von mir in ein Taxi gezerrt … Tut mir leid. Ich hyperventiliere in solchen Situationen und walze alles nieder, was mir begegnet. Weil mir die Vorstellung entsetzlich ist, allein gelassen zu werden (stell Dir vor: Ein Träger des Eisernen Eidgenössischen Literaturkreuzes 2012 wurde am 04.12. nach der Preisverleihung allein vor einer Bar als hilflose Person aufgegriffen).

Das Foto wurde in Venedig aufgenommen. Ich denke, der Fotograf hat noch andere meiner Meinung nach verkaufsfördernde Bilder gemacht. Jetzt wird dann aber wieder dieses blödsinnige Hin und Her losgehen. Obwohl man ja mit Internet Bilder so schnell und einfach versenden könnte wie nie zuvor. Am Ende wird man mir trotzdem wieder einen Fotografen vorbeischicken, um »aktuelle« Bilder zu machen, und wieder werde ich einen Tag als Model verbringen und mir Gedanken machen darüber, warum ich mit sechzig Jahren immer noch kein abrufbares Fotogesicht parat habe für solche Gelegenheiten und wie so eins bei mir aussehen könnte oder sollte. Und wieder wird eine Woche meines Lebens verstrichen sein (drei Tage vorher mit Überlegen, wie ich »eigentlich« ausschaue, drei Tage danach mit Nachdenken über die verpasste Chance, zu zeigen, wie ich eigentlich ausschaue).

07.12.

An den Freund in Köln,
früher gab es Abzüge von Bildern. Isolde Ohlbaum beispielsweise schickte mir, was sie gut fand (nummeriert). Ich schrieb zurück, was mir davon gefiel. Das kam dann in Umlauf. Die Redaktionen wussten, an wen sie sich zu wenden hatten, die Copyright-Honorare waren niedrig, wurden aber zuverlässig überwiesen – und alle lebten friedlich miteinander. Heute kommen die jungen Fotografen mit digitalisierten Hasselblads an, können die Fotos bearbeiten, maximieren, alles könnte perfekt sein (nie machte man technisch bessere Fotos von mir als in den letzten Jahren), doch ich kriege sie nur zufällig einmal zu Gesicht, dann gehen sie verschütt. Der Fotograf findet nicht zu den Redaktionen, niemand weiß, welche Bilder wo zu haben wären, es gibt Honorarzänkereien, und am Ende macht man einen Schnappschuss mit einem iPhone, und der wird dann in die Zeitung gesetzt.

Ich soll einen Fragebogen für den *Bund* beantworten (diese Fragenkataloge für Geistreiche, das Zeug, das Proust und Thomas Mann am liebsten jeden Tag zweimal ausgefüllt hätten, um die gebildete Welt mit ihrem Esprit blenden zu können). Ich denke, ich werde absagen. Habe die Fragen vorliegen. Zu keiner fällt mir eine Antwort ein. »Lieben Sie jemanden?« – Ja sicher, natürlich: mich. – »Und woraus schließen Sie das?« – Ähhh, hmmmm, na ja … Nein, das ist nichts für mich.

Sicher, die Knochen vom Nikolaus, die mögen in Italien begraben liegen. Sie lieben hier alles Tote, Beerdigungen, Friedhöfe, Gruften, Grabmale. Das Herz von Canova, Monteverdis Mumie, Tizians Gerippe, alles nebenan in der Kirche. Der Nikolaus, dessen wahrer Name Samichlaus ist und der mir die Stiefel in Berlin jeweils heute noch füllt, hat rosige Wangen, lebt ewig und reist auf einem Schlitten durch den Schnee. Der verirrte sich niemals nach Italien.

An Berliner Nachbarn, die nach Paris gezogen sind,
zur Frage nach Zazie: Die berührt einen wunden Punkt. Selbstverständlich hätte Zazie zum Fest gehört. Sie war die Pièce de résistance des Abends und sollte die zweite Hälfte bestreiten. Doch dann hat sie eine Rolle in einem *Tatort* angeboten bekommen. Ihr wisst wahrscheinlich nicht, was das bedeutet. Tatort ist DIE Krimiserie des deutschen Fernsehens. Seit Jahrzehnten. Da schauen Millionen zu. Jeder Schauspieler träumt davon, dort einmal auftreten zu dürfen, weil er hofft, danach bekannt zu sein und von überall Nachfolgeangebote zu erhalten. Abgesehen davon sind die Gagen gut. Also ein Sechser im Lotto für Zazie. Leider musste sie genau am 15ten abends drehen. Und so kam's zu dem Repertoireprogramm, das der Pianist als Ersatz in letzter Sekunde aus dem Ärmel zaubern musste.

Hier die Rezepte, um die Ihr gebeten habt:

Caponata:
3 Auberginen in Scheiben im Olivenöl frittieren; beiseitelegen.
1-2 Zwiebeln, in Scheiben, in einer Bratpfanne in 2-3 Esslöffel Öl anbraten. Dann einige Tomaten, 1-2 Paprikaschoten, in Scheiben, hinzufügen. 5 Min. mit Deckel kochen. Oliven, Kapern, 3–4 Esslöffel Weißweinessig und 1 Esslöffel Zucker hinzufügen. Sellerierippe zerstückeln und hinzufügen. 10 Min. kochen. (Eine andere Version sieht noch Rosinen und Mandeln vor.)
In einer Schüssel Schichten bilden mit frittierten Auberginenscheiben und der Peperonata, dazwischen Basilikumblätter. Salz und Pfeffer natürlich auch.

Linsen mit Ingwer:
Beluga-Linsen (klein, schwarz).
Circa gleich viel Wasser.
Zum Kochen bringen.
Zwanzig Minuten auf kleiner Flamme kochen lassen, dann sollte alles Wasser aufgesaugt oder verdampft sein.
Salzen.
Von den Peperoncini secchi piccanti sehr viele (etwa 30-40), nur die Kernchen, nicht die rote Schale, sehr viel sehr klein geschnittenen Ingwer dran.
Abkühlen lassen.
Wenn sie lauwarm sind, viel Olivenöl dran.
Circa eine Stunde einziehen lassen, dann wenig Essig (oder Balsamico). Es muss leicht nach Essig schmecken, nicht mehr.
Kurz vor dem Servieren eventuell frische Kräuter dran, z. B. Minze oder Estragon etc.

Und hier noch der *Hugo*:
Holunderblütensirup, Prosecco, Mineralwasser, Pfefferminze und Limetten

An den Jugendfreund, der Germanistikprofessor wurde,
ich habe mich unbändig gefreut und werde die Eidgenössischen Buchpreise durch alle Böden hindurch verteidigen und öffentlich gut finden, obwohl ich wahrscheinlich einer der Ersten wäre, die es vorziehen würden, allein ausgezeichnet und zum One-and-only gestempelt worden zu sein. (Ich fürchte, ich bin kein Team-Player, obwohl ich mir ernsthaft Mühe gebe, die anderen sieben mit in meine Freude einzuschließen. Meine Fußball- und Handballerfahrungen in unserem gemeinsamen Turnunterricht belegen das: Dass ich so eine unglückliche Figur machte auf dem Spielfeld, lag nicht nur daran, dass ich mit Bällen nicht umgehen kann, sondern auch daran, dass ich, wenn man mir einen Ball gibt, meine, ich müsse ihn nun schnurstracks ganz allein ins Ziel bringen – oder sofort weiterreichen, um bloß nichts mehr mit ihm zu tun haben zu müssen.)

08.12.
An den Freund in Köln,
gelöschte Nachrichten gibt es in meinem Laptop nicht. Ich end-entsorge immer alles sofort. Keine Spuren nirgends. Das hat mir Dein Freund in Berlin beigebracht: Ich markiere, was ich weghaben will, dann drücke ich links auf die Großschreibtaste und rechts oben auf *entf* – und schon ist das Objekt im Orkus verschwunden. Bloß macht der Laptop inzwischen dann und wann Dinge, die nichts mehr mit mir zu tun haben; er lebt.

Das Foto auf der Liechtensteiner Website ist hübsch, ja. Wurde in Genf gemacht und hat mir damals nicht gefallen. Fast alle Fotos schmecken mir nach zwei-, dreijähriger Barrique-Lagerung besser. Ein unerklärliches Phänomen. Kaum eins gefällt mir auf Anhieb (nur das vom Lido – das ist wohl ein Beaujolais primeur und wird mir in einem Jahr nicht mehr gefallen).

Die Guardi-Ausstellung sollte ich mir dann also auch

noch ansehen? Vor ein paar Wochen las ich darüber eine gute Besprechung. Mich hat immer das Eintrittsgeld gereut. Nicht nur Guardi drohe ich zu verpassen, offenbar auch Longhi. Es scheint, ich bin durch einen ganzen Longhi-Saal geschlurft, ohne es wahrzunehmen. Wusste nicht, dass man in Venedig seinen Longhi gesehen haben muss. Nun werde ich mit dem Weihnachtsbesuch wohl noch einmal ins Ca' Rezzonico gehen und den Longhi nachholen … So wie ich auch den Bellini-Altar in der Frari-Kirche verpasst habe, vor dem ich hätte in Ohnmacht sinken sollen vor lauter Ergriffenheit. Ich Tropf bin vis-à-vis in Ohnmacht gesunken, vor dem Dogen-Grabmal mit den Negergiganten aus Marmor, die das ganze Geröll auf ihren Schultern tragen – künstlerisch wohl drittklassig. Den Bellini habe ich gar nicht wahrgenommen. Bellini! Der doch schon von Dürer bewundert wurde.

Der *M. m. d. z. A.* wird analog vom Handwagen runter verkauft. In diversen Lesungen, die vom Literaturpreiskomitee noch organisiert werden, oder morgen in Liechtenstein zum Beispiel. Die Internet-Gemeinde interessiert mich nicht. Ich gehe an die Basis. Aus Berlin weiß ich von einer Buchhändlerin, dass ein Mann zu ihr gekommen ist und das Buch gekauft hat nach der Magenau-Besprechung im *Tagesspiegel*. Das sind die Leser, die zählen. Die Internetgemeinde soll sich weiterhin um ihre Tagesfliegen kümmern.

10.12.

An die Frau, die zur Wohnung schaut,
als halbe Schweizerin wissen Sie natürlich, dass es keinen Olymp gibt. Es gibt nur den Zürichberg. Dort hinauf habe ich es leider nicht geschafft mit dem Preis, weil sofort alle angefangen haben, ihn (den Preis) kleinzureden. Das ist angenehm in der Schweiz: Einer wird ausgezeichnet, alle anderen sagen, na ja, so wichtig ist diese Auszeichnung nun

auch wieder nicht. Eine Woche später ist alles vergessen und geht wieder von vorne los. Ich bin froh, dass es so ist. Dank dessen brauche ich keinen Lorbeer auf dem Kopf zu tragen, sondern kann ihn weiterhin in den Suppentopf werfen.

11.12.

An den Jugendfreund, der Germanistikprofessor wurde, auf dem Schild im Wasser steht etwas à la: Nichtschwimmer bitte keinen Schritt weiter, ab hier wird's tief. Was aber eine Lüge ist. Hinter dem Schild geht es genauso flach weiter wie davor. Das Schild steht am Lido, direkt da, wo man ihn betritt, am öffentlichen Strand. Auf dem Originalfoto kann man den Text bestimmt lesen. Eine interessante Entwicklung: Im Zeitalter der Handy-Fotografie rüsten die Fotografen auf und kommen mit zum Teil beeindruckender Ausrüstung angereist (Übergewicht im Flugzeug!). In Mulhouse hat mich neulich sogar einer mit einer *Sinar* fotografiert. Das sind riesige Fachkameras für Architekturaufnahmen. Die gibt es seit Jahrzehnten schon. Sie stehen auf einem Stativ, haben einen Balg, und der Fotograf steckt seinen Kopf unter ein schwarzes Tuch. Die Negative sind halb so groß wie ein A4-Blatt. Da sieht man dann all das Böse und Schlechte, das sich in unsere Gesichter eingegraben hat, bis ins letzte Detail. Das Schlimme ist nur, dass solche Fotos es nie mehr bis in die Zeitungen schaffen. Die Redakteure nehmen lieber den erstbesten aktuellen Handy-Schnappschuss, der ihnen in die Hände fällt, und setzen den urheberrechtsfrei ins Blatt. So wird mein öffentliches Bild von Jahr zu Jahr schäbiger, in den Archiven aber werde ich glamouröser und glamouröser.

An die Leiterin der Solothurner Literaturtage,
ach, deswegen bist Du mir so unheimlich: weil Du am selben Tag Geburtstag hast wie ich. Dann kann's ja nicht mehr lange dauern, bis der Hahn das dritte Mal kräht (unter

Gebildeten gibt man sich mit krähenden Hähnen zu verstehen, dass man einander unterstellt, eher früher als später zum Verräter zu werden). Ich war vorgestern oberhalb von Buchs (Kanton St. Gallen) unterwegs und stapfte zu meiner größten Überraschung im tiefen Schnee am Geburtshaus von Huldrych Zwingli vorüber. Hatte keine Ahnung, dass der von dort oben stammt, knapp vorm Heidiland. Auf dem Giebel eines Privathauses in der Nähe war ein wunderschöner, fetter, goldener Hahn montiert. Warum wir Protestanten gerade den Hahn zu unserem Wahrzeichen gemacht haben, muss ich demnächst mal ergoogeln.

Was ich in Bern zum Preis gesagt habe, war kryptisch. Ich hatte es mir auf den Rücken eines winzigen Zettels notiert (auf dem Zettel war uns der Programmablauf ausgehändigt worden). Was ich eigentlich sagen wollte, musste ich übern Haufen schmeißen, da ich ein paar Stunden vor der Feier vernommen hatte, was der Jurypräsident zu sagen vorhatte – das hätte sich zum Teil mit meinem Text überschnitten –, also schrieb ich um und übertrug's auf die Rückseite des winzigen Zettelchens, was ich dann in der Aufregung und im schlechten Licht aber nicht entziffern konnte. So kamen nur zwei, drei Einzelbrocken heraus, lose zusammengefügt, ziemlich vielsagend, quasi in Zungen gesprochen.

An den Verleger,
Du musst auf Deine Sprechtaste drücken, wenn Du telefonieren willst! Ich habe den Hörer abgehoben und mit samtener Stimme ein Hallo hineingesäuselt, immer wieder, bis ich am Ende ungehalten Hallo brüllte und dann auflegte.

Das ist ja wunderbar! Eine Zweitauflage?! Einfach so, auf Verdacht hin? Toll. Vielen Dank. Falls noch eine Korrektur möglich ist: Auf Seite 186, zweitunterste Zeile vor der Leerzeile heißt es »ein Weile«, muss aber »eine Weile« heißen.

An den Freund in Köln,
hast Du das Foto von Ulla Berkéwicz' Villa im Grunewald gesehen? Phantastisch. Vielleicht sollte ich mich gedanklich mit ihr versöhnen? Sie scheint einen viel größeren Knall zu haben, als ich immer dachte. Selbstverständlich ist ihre momentane Absetzung nur eine Lappalie. Aber lustig ist die Geschichte, und vielleicht kracht das Imperium am Ende sogar tatsächlich zusammen, und ein guter, kleiner, kräftiger, edler, neuer Verlag entsteigt der Staubwolke.

12.12.
Schön, die ritterliche Haltung, die Du einnimmst, was Ullas Villa betrifft. Du könntest glatt Mitglied werden im Ethikrat. Ich schäme mich, denn in beiden Punkten hast Du recht. Eigentlich. Uneigentlich muss ich gestehen, dass ich dankbar war für das Bild der Villa. Ich bin erstens neugierig und finde immer aufregend zu wissen, wer wo und wie wohnt. Zweitens wurde über die Villa schon so viel geraunt, dass es nur einer kleinen Anstrengung bedurft hätte, um die Adresse rauszufinden. Doch sie wurde als Herrschaftswissen behandelt. Dass wir, das Fußvolk, sie nicht kannten und nicht die Dimensionen des Hauses, gehörte zum Machtspiel. Ulla gönnte dem einen, in den Kreis aufgenommen zu werden, dem anderen nicht. Ich begrüße, dass man ihr hiermit einen ihrer Schleier weggenommen hat. Sie wird von nun an klarer denken und reden müssen. Das ist gut.

Was man ihr vorwirft, finde ich allerdings lächerlich. Der Mietpreis, der dem Verlag dafür in Rechnung gestellt wurde, ist marktüblich, wahrscheinlich sogar günstig. Samuel Fischers Villa im Grunewald ist legendär. Warum sollte so etwas mit dem Namen Unseld nicht auch gelingen? Sie hat meiner Meinung nach alles richtig gedacht und gemacht, ein wenig kindlich vielleicht, ein wenig retro, ein wenig Imitation, aber die Mehrheit hat Imitation dem

Original noch immer vorgezogen. Es hätte das berühmt-berüchtigte Unseldhaus werden können, mit legendären Feiern und allem.

An die Kunsthallenleiterin,
mit dem Venedigvirus hast Du recht. Auch in I. und mir steckt es, und wir fürchten, es nicht mehr rauszukriegen. Wir werden in den nächsten Tagen sogar Wohnungen besichtigen. Wenn uns eine davon umwirft, werden wir vielleicht liegen bleiben. Und sonst werden wir uns wohl in Zukunft alle Jahre einmal hier zum Essen verabreden müssen? Am besten in den Tagen direkt vor Weihnachten. Es ist verblüffend: Die ganze Stadt ist wie ausgestorben. Da und dort hängt eine rührend dünne Lichterkette; mehr Advent ist nicht. Die Sonne scheint, es ist still, die Leute erholen sich von den Touristen (und bereiten sich vor auf die Massen, die wahrscheinlich ab dem 22sten acqua-altissima-artig hier hereinströmen und die Stadt bis am 02.01. überflutet halten werden).

Aber jetzt … I. und ich gehen jeden Tag durch die stillen Gassen und sind zutiefst weihnächtlich gestimmt, gerade weil sie (Weihnacht) nur da und dort, als winziges Zipfelchen, auftaucht, mal als ein Tannenbäumchen aus Muranoglas, mal als Engelhaar über einem Hundeknochen aus Gummi, mal als eine armselige rote Weihnachtskugel über einem Bartresen. Die Venezianer scheinen gar nicht zu wissen, dass das Abendland bald den 2012ten Geburtstag unseres Herrn Jesus feiert. Sie sind ruhig und gelöst wie nie zuvor. Sie plaudern in den Gassen miteinander, sagen ciao bella, ciao carino …

An die Liechtensteiner Veranstalterin,
Sie haben mich in Schaan offenbar nur to the happy few vorstellen wollen? Es benötigte die ganze Souveränität eines frisch gekürten Bundesliteraturverdienstkreuzträgers, um

nicht in Selbstzweifeln zu zergehen angesichts der acht Zuhörer, die während des Lesens dann auch noch alle so reglos dasaßen wie buddhistische Meister, andererseits am Ende aber Bücher kauften, als wäre jeder von ihnen mindestens doppelt anwesend gewesen – was für eine seltsame Rasse, Ihr Liechtensteiner!

Wenn Sie noch einmal nach Buchs fahren vor dem 24sten, dann gehen Sie dort auf den Weihnachtsmarkt neben dem Teich und kaufen Sie am Stand des Frauenvereins selbstgebackene Urner Weihnachtsläckerli – ein Gebäck, das verdient, ins UNESCO-Welterbe aufgenommen zu werden!

13.12.

An die Leiterin der Solothurner Literaturtage,
dazu, dass Dein Roman gedruckt wird, wünschst Du Dir offenbar Gratulationen? Weisst Du denn nicht, in welche Hölle Du Dich damit begibst? Kennst Du nicht genug Jammeris aus Deinem Bekanntenkreis, die im Literaturtopf – das ist der dritte links neben dem der Verdammten – schmoren und winseln? Io! (Klageruf aus der griechischen Tragödie), nun also auch Du (anche tu) … Je nun, so gratuliere ich halt und wünsche Dir ein anregendes Lektorat und einen bravourösen Start in den Bücherherbst 2013.

Zu Eurem Vertrag: Da könnte ich schon die erste Strophe des Jammerliedes anstimmen. Ich raune es Dir aber nur hinter vorgehaltener Hand zu und bitte Dich, es nicht weiterzusagen (ich fürchte, es ist nämlich bereits heute offiziell auch in Deutschland nicht mehr zulässig): Ich bin weder alters- noch sozial- noch krankenversichert. Habe somit keinerlei Nummern und Scheine, die ich Dir vorlegen kann. Trotzdem bin ich ein ehrenwerter Mann und zahle in Deutschland Steuern, keine Angst, ich werde in Solothurn nicht auf offener Bühne verhaftet und abgeführt werden. Können wir das mit der Bezahlung aus diesem Grund bitte informell abwickeln, danke.

An den Freund in Köln,
mir gefällt, wie Du Dich mit breiter Brust vor die Nikolassee-Villa schmeißt und Ullas Privatsphäre schützen willst. Wenn sie das wüsste, würdest Du umgehend eine Einladung zu ihr nach Hause kriegen und dürftest einen Abend mit Sloterdijk verplaudern. Trotzdem bleibe ich dabei: Das Abbilden der Villa hat einem wichtigtuerischen Dauergetuschel ein Ende gesetzt. Es ist sauberer so, wie es jetzt ist. Schließlich ist es ja nicht ihre Privatsphäre, die damit verletzt worden wäre. Die Villa ist von ihr offiziell als Suhrkamp-Dichter-Denker-Villa bespielt worden. Das So-Tun, als sei es eine Geheimadresse, die nur die hundert Würdigsten unserer Geistesnation kennen dürfen, war von Anfang an Boulevard. Jetzt weiß man, worum es sich bei der Villa handelt. Und ich finde, Ullas Ansehen ist mit der Veröffentlichung der Bilder eher gestiegen. Die Villa beweist immerhin Geschmack und hat Größe (denk im Vergleich dazu an Wulffs Reihenhaus – ein Vergleich, der im Übrigen falsch ist: Wulff hat sein Haus nur privat genutzt; bei ihm war die Veröffentlichung von Adresse und Bild tatsächlich eine unzulässige Indiskretion).

Ulla Berkéwicz scheint Schauspielerin geblieben zu sein, ein wenig kitschig, ein wenig extrovertiert, sentimental, nicht original. Sie schafft es nicht, sich eine Figur auf den Leib zu schreiben; sie kann nur in Rollen schlüpfen. Jetzt also wollte sie eine Salonière spielen, wie andere vor ihr welche erfunden haben. Doch das geht nicht. Man kann nicht mit als Großdenker verkleideten Hanswursten ein literarisches Zentrum kreieren. Sie inszenierte sich ihren Salon, wie sie es vom subventionierten Staatstheater der achtziger Jahre gewohnt war. Dort schneiderte man ihr teure Kostüme auf den Leib und nannte sie im Programmheft Rahel Varnhagen von Ense, dann durfte sie auftreten, und alle um sie herum raunten (gegen Bezahlung): Oh, die Varnhagen von Ense! Genauso macht sie's immer noch:

Sie engagiert irgendwelche Axolotl, die einen Abend lang Rahel zu ihr sagen und so tun müssen, als seien sie Schriftsteller und Denker, und am Schluss applaudieren alle, und sie geht ins Bett und fragt sich: Stimmt's? Ich war hinreißend?

Nun streicht man ihr die Subventionen. Das ist hart. Da wird sie den Spaß an der Verlegerrolle bald verlieren.

Ob die andere Seite (Barlach) vielleicht ganz einfach den Verlag retten will? Wir wissen es nicht.

An meine Anzugsrüstung werde ich mich wohl nie richtig gewöhnen. Einerseits ist es angenehm, im Dreiteiler zu reisen. Man wird besser behandelt, hat weniger Gepäck – doch man ändert auch sein Verhalten. Man geht anders, bewegt sich anders, ist eingeschränkt. Zum Beispiel bin ich am Morgen der Liechtensteiner Lesung in die Voralpen gefahren, in den Schnee. Mit einer Gondelbahn auf eine tief verschneite Alp. Dort hätte es Schlitten zu mieten gegeben zum Runterrutschen. Da ich den Anzug trug, konnte ich nicht schlitteln, sondern musste mit der Bahn wieder ins Tal gondeln. Außerdem müsste ein Gewand in meinem Fall weniger steif sein. Schau Dir den *American Gigolo* an mit Richard Gere. Der trägt wunderschöne Anzüge. Keine Steinbrück-Rüstungen. Ich trage einen hundertprozentigen Steinbrück. Zwar versuche ich ihn aufzulockern mit grünem, offenem Hemd und so – aber es bleibt eine Rüstung.

An die Opernsängerin,
was für ein Konzert? Ach so, unser Konzert in Venedig … Ja, das war schön. Kein Kerzenständer ist umgefallen, kein Wasser drang ein. (Ein eigenartiges Phänomen, dass man im Grunde genommen nur in Erinnerung behält, wenn der Kronleuchter zwanzig Zentimeter neben der Primadonna zu Boden kracht. Wenn er oben hängen bleibt, vergisst man den Abend bald.)

Wir werden ab Januar zwar tatsächlich leider wieder in Berlin sein, können aber nicht zu Deinem Recital in der Deutschen Oper kommen. Am selben Tag lese ich in Biel vor. Ich wünsche Dir für dann nicht den Kronleuchter neben die Füße. Es soll Dir gelingen, Dich ohne solche Bühnentricks in den Olymp der Erinnerungen hineinzusingen.

An einen kalifornischen Professor,
Ihre Einladung freut und ehrt mich. Danke. Leider kann ich sie nicht annehmen. Um Ihre Vorbereitungen nicht unnötig ins Stocken zu bringen, schreibe ich Ihnen das hiermit mailwendend. Und zwar muss ich gleich dreifach verzichten: Erstens würde mir die lange Flugreise schwer aufliegen und mich in der Vorbereitungszeit um den Schlaf bringen. Zweitens würde mich um den Schlaf bringen, was um alles in der Welt ich denn in Berkeley über Robert Walser sagen soll. Was mir zu ihm einfällt, habe ich alles längst gesagt. Es wäre lächerlich, mich Tausende von Kilometern durch die Luft zu transportieren, um dann bloß das von mir zu hören, was man sowieso längst weiß. Sie können es im Web nachlesen (im *sanften Rebellen*, dort gibt es ein Kapitel, in dem alles zusammengefasst ist, was ich jemals zu Robert Walser geäußert habe). Ich würde also zweifach nicht schlafen können und wäre ein Wrack, müsste zur Kur, bevor ich überhaupt ans Packen denken könnte. Drittens aber, und das ist ein Grund, den zu akzeptieren Ihnen bestimmt leichtfällt: Ich habe im April keine Zeit.

Es tut mir leid, ablehnen zu müssen. Ich würde fürs Leben gern sagen dürfen, ich hätte einmal in Berkeley doziert (korrigieren Sie mich bitte nicht; erklären Sie mir nicht den Unterschied zwischen Konferenz, Kongress und Vorlesung – ich bin kein Akademiker; wenn ich einmal in Berkeley gewesen wäre, würde ich für den Rest meines

Lebens behaupten, ich hätte dort kurzzeitig als Professor gewirkt).

Ich wünsche Ihnen eine anregende Konferenz.

An die Mitarbeiterin im Verlag,
ich kann mich nur schemenhaft an Frau Eckert erinnern. Sie hatte mit mir am Basler Literaturfest keinen Erfolg (ich saß in einer dieser vermaledeiten Jurten, die neuerdings überall aufgestellt werden und in die dann Autoren gepfercht werden). Die Jurten gefüllt hat sie damals mit lauter Jurtenfüllern (CH-Bestsellerautoren), mit mir nicht.

An die Leiterin der Solothurner Literaturtage,
Du sollst nicht wissen, was ich schreibe (»… hab natürlich gewusst, dass Du das schreiben wirst …«). Es macht sonst keinen Spaß, Dir zu schreiben. Du musst als Literaturtageleiterin immer so tun, als könntest Du Dir beim besten Willen nicht ausmalen, auf was für Ideen Schweizer Autoren kommen (erste Lektion im Literaturtageleiterinnen-Pädagogik-Unterricht).

Gehst Du allen Ernstes mit einem Rucksack los, quer durch die Stadt, mit Schneeschuhen unter den Füßen? Die Chefin der Solothurner Literaturtage leert das offizielle Postfach jeden Morgen höchstpersönlich? Vielleicht sogar mehrmals am Tag? Für so etwas hat man in der Schweiz doch seine Tamilen?

An den Freund in Köln,
mitten in der Nacht pissen muss der Mann normalerweise dann, wenn er am Abend vor dem Zu-Bett-Gehen zwei Flaschen Weißwein trinkt. Bevor Du also zum Arzt gehst und Dich untersuchen lässt, solltest Du in Deinem Glascontainer nachschauen und gucken, wie viele Flaschen dort liegen. Oder trinkst Du inzwischen Wein aus der Kartonpackung (der soll gut sein laut seriösen Tests)? Ich

hoffe, Du trinkst noch Wein? Oder hast Du es etwa aufgegeben? Du erinnerst Dich hoffentlich daran: Leute in unserem Alter müssen viel trinken (vor allem Wasser ohne Kohlensäure), sonst droht uns Dehydrierung, und wir sitzen blöde im Stuhl und wissen nicht mehr, wie das Ding heißt, auf dem wir sitzen. Und am Ende des Jahres müssen sie unsere Wohnungen aufbrechen und uns zusammenkehren, Häufchen aus Staub.

An die Frau, die zur Wohnung schaut,
das geht immer wie der Blitz mit Ihnen. Sie wischen so schnell vorüber, dass ich zu lallen beginne vor lauter Tempo, um nichts vergessen zu haben, bevor Sie um die Ecke davonjagen. (Ich glaube in *Alice hinter den Spiegeln* gibt es einen Hasen, der etwa so schnell ist wie Sie – kennen Sie das Buch? Das eine, berühmte, heißt *Alice im Wunderland*, das andere, etwas weniger berühmte, das mir aber besser gefällt, heißt *Alice hinter den Spiegeln*, es ist die Fortsetzung vom anderen.)

Sympathisch, dass Ihre Tochter ins klassische Gymnasium gehen möchte. Lasst sie es doch versuchen. Und wenn sie nach drei Monaten zum Schluss kommt, dass das nichts ist für sie, soll sie leichten Herzens damit aufhören und in ein anderes gehen (bloß darf sie dann nicht meinen, sie sei zu schlecht gewesen fürs klassische – selbstverständlich ist sie besser als gut genug fürs klassische, nur hätte sie dann halt gemerkt, dass es ihr kein Vergnügen bereitet, so viel staubiges Zeug zu lernen).

Ich habe viel zu viel Fleisch eingekauft in der Eile (angesteckt von Ihrem Tempo). Nun werden I. und ich drei Tage lang am selben Braten herumnagen müssen.

Gestern Abend traf ich zufällig den Nachbarn unten vor der Tür. Seine diversen Wohnungen sind zusammengeschmolzen. Eigentlich steht nur die große neben unserer zur Disposition. Die ist offenbar schön, historisch, mit

Stuck und Wandgemälden etc. Er will sie aufwendig renovieren und dann als Ferienwohnung an Touristen vermieten, für viel Geld. So hat sich die Sache von selbst erledigt. Sie brauchen ihn nicht mehr anzurufen und einen Termin mit ihm auszumachen, danke.

14.12.
An die Maler S&A,
Eure Mail zu lesen ist ein Genuss. Wäre ich Doge, würde ich Euch als Consiglieri anstellen, mit lebenslangem Wohnrecht in einem meiner Paläste.

Ich war vor ein paar Tagen zum ersten Mal in meinem Leben im Dogenpalast. Habt Ihr den auch einmal besucht? Erschlagend. Der große Saal (einer der größten Europas, steht auf dem Schild neben dem Eingang) mit dem delirierenden Tintoretto an den Wänden, vor allem an der Stirnwand, ich glaube das Paradies oder was, man fällt fast hintüber!

Zurück zum Consigliere: Weil Ihr uns so sinnlich, anregend, lustvoll erklärt, was wir im Palazzo Grassi hätten sehen können, wenn wir Augen hätten zu sehen. Wie Ihr die Frari-Kirche beschreibt, wie die Accademia-Sammlung, wie den Palais de Tokyo in Paris – da muss ich nirgends mehr hin. Ich habe alles dank Eurer Beschreibungen und Erzählungen viel genauer gesehen, als wenn ich es mit eigenen Augen angeschaut hätte. Und ich würde mit Achtung von Dingen reden, über die ich ohne Eure Erklärungen nur dumme Sprüche klopfe. (Wobei: Das Video von den tanzenden Männern im Palazzo Grassi würde ich auch weiterhin ablehnen. Ich sah darin nur plakativ programmatische Politkunst: Ein Israeli und ein Palästinenser tanzen miteinander über Homophobie, Rassismus, Nationalismus, Professionalitätsterror usw. hinweg.) Die Camera obscura haben wir – von Euch darauf eingestimmt – bewusst und gern gesehen. Aber schon die möwenfütternden

Männer … Ich fürchte, da gingen wir zu schnell vorbei. Ich kann mich an keine erinnern. Gefallen haben uns der mit Teeblättern tapezierte Raum und ein paar der realistischen Hochglanzfiguren von dem Kanadier (der weiße Knabe mit dem Frosch in der Hand, der an der Doganaspitze steht, ist auch von ihm), die man, wenn man seriös und kultiviert ist, wohl für Kitsch halten muss? Ja, ich muss sogar gestehen, dass mir zum ersten Mal eine Jeff-Koons-Plastik gefiel: die im Palazzo-Entree, wo sie wohl im Zusammenhang mit dem Raum an Wert gewinnt … Wie auch immer: Es gefällt mir besser und ist mir sympathischer, wie Ihr schaut und was Ihr seht, als wie ich schaue und was ich sehe.

An ein Mitglied des Stiftungsrats und an die Frau, die zur Wohnung schaut,
schweren Herzens habe ich heute unseren Rückflug gebucht. Im Januar ist der Flugplan stark ausgedünnt. Am 02.01. nachmittags ergatterte ich noch zwei Plätze. Das melde ich betrübt gleich weiter, damit Sie den Januar planen können. Und gerade heute sang ein Gondoliere unter unseren Fenstern lauthals im Regen, wie zum Hohn: Ciao, Venezia, ciao, Venezia, ciao, Venezia, ciao ciao ciao …

15.12.
An den Freund in Köln,
heute war der Markusplatz wieder überflutet. Es regnet und ist grau. Trotzdem stand ich glücklich auf dem Markt am Rialto, hörte den Leuten zu, schaute aufs Wasser, das über die Ufer schwappte, ging zu *Mascari*, einem stadtbekannten Delikatessladen, ließ mir hundert Gramm süßen Senf geben, von einer jungen Verkäuferin, die mich konsterniert anblickte. Ich fragte im dichten Gedränge, ob das zu viel sei, ob man normalerweise kleinere Portionen kaufe. Sie lachte mich an und sagte, nein, viel zu wenig sei das, aber sie wolle versuchen, es abzuwiegen. Sie packte

mir das Mus in ein Papier, ich fragte, wie man's esse, sie erklärte, zusammen mit Mascarpone, ich kaufte Mascarpone, und dann versuchten wir's zu Hause, und es schmeckte himmlisch, ein Weihnachtsdessert, wie man sich kein köstlicheres vorstellen kann … Und so geht's weiter, von früh bis spät. Alle sind zurzeit liebenswürdig, sogar mit mir gehen sie freundlich um, weil sonst keine Touristen da sind und das Gedränge nicht so groß ist wie sonst … Was für ein schönes Leben. Ich muss gleich wieder raus, an den Rialto, und die lebenden Meeresfrüchte anschauen gehen, die dort verkauft werden.

16.12.
Meine Schwester ist angekommen. Was sind wir Menschen bloß für Wahnsinnige?! Ich weiß nicht einmal, wie ich die Zeitverschiebung, die sie hinter sich hat, erklären und verstehen kann und soll. Mindestens zwölf Stunden Flug, und dann noch um zwölf Stunden versetzt ankommen! Kein Mensch kann sich da jemals umgewöhnen. Jetzt sind sie im Hotel, versuchen zu schlafen, werden wohl wach liegen, wollen morgen hundemüde auf Sightseeingtour, werden am Abend wieder wach liegen usw. … Was man sich alles antut?! Ich glaube, ich werde stark bleiben und künftig jede überseeische Einladung prinzipiell ablehnen.

Selbstverständlich kann süßer bayerischer Senf auf gar keinen Fall etwas mit der venezianischen Mostarda zu tun haben. Sonst bräuchte man ja nicht mehr nach Venedig zu reisen. Mostarda gibt es nur hier. In meinem Alter verlangt die Zunge nach dem Original mit biologisch-dynamischer Mascarpone.

17.12.
An die Frau, die zur Wohnung schaut,
wir werden auf jeden Fall noch einmal über den breiten Kanal zu Ihnen hinüberfahren, auf die Giudecca, um auf

Wiedersehen zu sagen. Und dann möchte ich unbedingt einen von Ihrem Vater selbstgebrannten Grappa kredenzt bekommen. Ohne das bringt mich keiner aufs Flugzeug.

Den Lotto habe ich bereits bewundert, und zwar den bei uns in der Nähe, in der Carmini-Kirche. Eine besondere Freude, weil man dort immer mehr oder weniger allein ist. Alles ist dunkel. Dann wirft man einen Euro ins Kästchen, und das Bild leuchtet auf wie eine Erscheinung. Aber ich muss gestehen, dass ich nicht viel sehe auf Bildern. Ob eins besonders gut ist oder nicht – ich erkenne es nicht. Ich lasse mich meistens vor allem von dessen Weltberühmtheit beeindrucken und begeistern. Und die Lebensläufe der Maler oder der Bilder können mich faszinieren. Zum Beispiel, wenn Sie sagen, dass Lotto es neben Tizian schwer gehabt habe, dann möchte ich sofort mehr hören.

An eine iranische Autorin,
von Ihren Auflagenzahlen können wir deutschsprachigen Autoren nur träumen. Wir schreiben und veröffentlichen ins Nirwana hinein. Es gibt hier zwar noch eine winzige Minderheit, die die Produktion zur Kenntnis nimmt (es gibt sogar nach wie vor Besprechungen in den Zeitungen, als ob ein literarisches Leben bei uns noch existieren würde), aber eigentlich denken und reden alle nur noch ans und von Geld und davon, dass der Euro wohl bald zusammenkracht. Die Not, die bei Ihnen offenbar schon angekommen ist, steht bei uns als düstere Drohung vor der Tür (in Griechenland scheint sie bereits eingetreten zu sein). Niemand weiß, wie ernst die Lage ist. Da und dort weht ein fatalistischer Wind; der und jener fängt an, sich merkwürdig zu benehmen. Etwa so stelle ich mir die Stimmung kurz vor einem der vergangenen beiden Weltkriegsausbrüche vor. Sie werden es vielleicht bemerken, wenn Sie nach Deutschland kommen. Vielleicht merkt man es

aber als Besucherin auch gar nicht, vor allem: Vielleicht kommt es jemandem, der in einem Land lebt, das sich tatsächlich im Würgegriff befindet, absurd vor, worum wir uns sorgen.

An eine Freundin auf Indienreise,
Du sollst in Indien nicht ins Internet schauen! Erste und wichtigste Haschnukrischnu-Regel.

Ich habe mich sehr gefreut über Deine Mail. Danke. Und bin froh, dass Ihr mein neues Buch nicht mit dabeihabt. Indien ohne es ist sehr viel besser. Das garantiert hiermit der Hersteller (zwei Jahre gültig, die Garantie).

Danke für die Gratulation zum Preis und dafür, dass ich sie Dir rundum abnehme. Das weiß ich seit ein paar Jahren: Wenn Du mir Glück wünschst, dann wünschst Du es mir ohne jeden Vorbehalt. Damit bist Du eine seltene Erscheinung und ein Vorbild für mich. Auch ich wünsche seither nur noch Leuten Glück, denen ich es von Herzen wünsche. Also zum Beispiel jetzt Dir und Deiner Freundin.

18.12.

An den Verleger,
zurück vom Lido (dicker Nebel, kalt), habe ich den Computer angeworfen, die Mails geöffnet, Deinen »Betreff« gelesen, den Laptop sofort wieder zugeklappt und die *FAZ* geöffnet, die ich vom Lido mitgebracht hatte – und die Besprechung gelesen. Was für eine Freude. Manchmal lachte ich laut heraus. Ob die Besprechung ein paar panische Weihnachtsgeschenksucher zum Kauf animieren kann, wage ich allerdings nicht vorauszusagen. Sie ist eher etwas für Vollblutromantiker als für *FAZ*-Leser. Freuen tut sie mich trotzdem.

/2

Nein, Gott bewahre, ich renne nicht am Strand entlang. Ich stapfe hundertfünfzig Meter nach rechts, im Gegenwind, zweihundertfünfzig Meter nach links, dann wieder hundert nach rechts, mit tropfender Nase, ganz allein, nur die großen Seemöwen schauen mich kopfschüttelnd an, dann gehe ich befriedigt in die Pasticceria, setze mich auf einen Plastikgartenstuhl, dessen Rückenlehne mit einer roten Nikolausmütze überzogen ist – das ist neben den bunten Panettones im Schaufenster die einzige Referenz an Weihnachten –, esse ein warmes Apfelküchlein, trinke einen Cappuccino, kriege einen feuerroten Kopf von der Wärme und kehre dann mit der *FAZ* unterm Arm zurück, mit dem guten Gefühl, schon wieder einem Tag etwas abgerungen zu haben (weiß zwar nicht was; irgendwie eben: draußen gewesen zu sein und gefroren zu haben).

An die unendlich viel zu späte Kritikerin,
… leit in praesepioo-o-ooo…! (Ich hoffe, Sie kennen das In-dulci-jubilo-Weihnachtslied? Sonst müssen Sie es ergoogeln. Ich habe gestern erst gelernt, was das italienische presepio auf Deutsch heißt, und auf diese Weise, was wir unterm Weihnachtsbaum jeweils gesungen haben. Ich dachte als Kind, Praesepio sei ein Ort, so wie das kurz darauf folgende »Sonne Madrid«, das sich nun aber bei Google als ein »Sonne / matris« entpuppt hat.)

Vielen Dank. Was für einen Wonnepfropfen Sie mir in die Krippe gelegt haben! Nun hoffe ich natürlich, diese Besprechung werde ein paar torschlusspanische Weihnachtsgeschenksucher zum Kauf animieren. Sie ist, so kurz vor dem Fest, optimal platziert für diese Klientel. Ich gehe davon aus, dass die von Jahr zu Jahr größer wird und längst in die Zigtausende geht. Ich erwarte somit eine Wochenabrechnung in vierstelliger Höhe. Alles darunter melde ich Ihnen nicht.

An den Freund in Köln,
nach einer 24-Stunden-DVD-Session bin ich gestern völlig gerädert ins Bett gesunken und nicht in der Lage, Dir heute eine anständige Mail zu schreiben.

Die DVD, um die es sich handelt, enthielt einen Film von Ingmar Bergman alias Ulli Bühnel (das ist der schwedische Halbbruder von Buñuel, Schwipponkel Ulrike Ottingers). Taumelnd vor Erschöpfung hielt ich mich vor dem Bildschirm aufrecht bis zum Ende. Als das Saallicht anging, war ich allein. Alle anderen Zuschauer waren längst nach Hause gegangen.

Da ich davon ausgehen muss, dass der Film Dir etwas bedeutet – erstens hast Du mir die DVD geschickt, zweitens hast Du darauf bestanden, dass ich mir diesen Meilenstein der Filmgeschichte anschaue –, denke ich, es ist besser, nicht weiter darüber zu reden, um nicht noch in Streit zu geraten seinetwegen. Lass uns schweigen über *Das Schweigen*. Immerhin gehört es zu den Evangelien des *Kleinen Fernsehspiels* und hat Legionen von jungen deutschsprachigen Filmkünstlern zwischen den sechziger und achtziger Jahren dazu angeregt, selbst ähnlich tief ausgelotete Psychodramen herzustellen, ohne dem Erfinder des Quas (Substantiv von verquast) auch nur jemals das Wasser reichen zu können.

Immerhin: Was für ein Kameramann! Kein Wunder, dass Bühnel es mit dem auf den Olymp des europäischen Films geschafft hat.

Zur selben Zeit hat in Italien Fellini mitreißende Filme gedreht. In denen tauchen auch Zwerge und Revuenummern auf, nur müssen sie dort glücklicherweise nicht im Korsett der Metaphorik und des Symbolismus schwitzen, sondern es sind Zwerge und Revuenummern.

Das war starker Tobak, den Du mir da zugemutet hast. Lange ist mir nicht mehr so klar zum Bewusstsein gekommen, wie die Zeit vergeht und dass ich bald sterben werde und meine wenigen Stunden nicht vertrödeln sollte. (P. S. Hinten auf der DVD stehen ein paar Pressezitate. Zum Beispiel eins von einem Herrn Wunderlich: »Auch Gott schweigt.« Ja was soll ER zu so einem Strudel der sexuellen Begierde, der Exzesse und des Hasses denn auch sagen?)

Ein Nachtrag noch zum Vorweihnachtsterror: In Bern saß schon am 04.12. im Schaufenster des alteingesessenen Kaufhauses am Bahnhof (*Loeb*) ein lebender Brienzer Senn und schnitzte hinter Glas zu Weihnachtsmusik aus der Konserve traditionelle Krippenfiguren. Gegen so ein urig intaktes Bild konnten sich selbst abgebrühteste Schweizer nicht wehren. Umgehend zog es jeden in den Laden, es schmolzen die Herzen der Geizigsten, sie zückten ihre Portemonnaies und kauften eine der sündhaft teuren Figuren. Und dann gleich dazu selbstverständlich auch noch eine überteuerte Großpackung Lindtschokolade. So ausgebufft wie dies Jahr kamen mir die Weihnachtsverkäufer noch nie vor. Die chinesische Freundin meiner Schwester erzählte, ihre Eltern hätten einen Laden in San Franciscos Chinatown gehabt. Sie hätten Weihnachten ab Juni vorbereitet. Das sei das wichtigste und größte Geschäft für sie gewesen. Ein kommerzielles Großereignis, wie keine andere Religion eins zu bieten habe. Chanukka sei im Vergleich dazu ein Klacks. Sie selbst, die Chinesen, würden eigentlich nur Neujahr feiern. Das aber vor allem mit Essen und Feuerwerk. Wenn sie einander etwas schenkten, zum Geburtstag beispielsweise, dann immer nur bares Geld oder Gold. Auch die Muslime scheinen kein Fest zu haben, das einen ähnlichen Kaufrausch auslöst. Ramadan-Ende? Interessiert nur die Lebensmittelindustrie.

19.12.

Ob ich für Herrn Barlach bin? Ich mag schlichte Gemüter. Ich war auch für den Mann mit dem Gestüt damals – wie hieß er noch mal? von Boetticher? –, der seiner Frau den

Luchterhand-Verlag zum Geburtstag schenkte. Da krochen ja auch die intellektuellen Spielverderber aus den Löchern und vergifteten den beiden den Spaß. Als Erstes kippten sie meinen *dicken Dichter* aus dem Programm (den Frau von Boetticher so gern verlegt hätte). Genauso ist es bei Suhrkamp. Barlach würde mich bestimmt anständig behandeln, wie ein Hamburger Geschäftsmann eben. Er würde all seine hungerleidenden Schriftsteller auf Händen tragen, auch wenn sie nur noch Fünfhunderterauflagen bringen, aus Respekt vor der Tradition und vor der Sache, die er nicht versteht. Wenn die Suhrkampautoren hätten Haltung zeigen wollen, dann wären sie früher gefragt gewesen und hätten sich solidarisieren müssen gegen Ulla, damals, als es aktuell war.

20.12.
An die Schwester,
zur Gondelwerft: Da ist leider nicht viel zu sehen. Mindestens nicht für uns Touristen. Vielleicht mit einer Anmeldung? Wo eine in der Nähe ist (eine zweite steht im Norden, gegenüber vom Ospedale), kann ich Dir sagen oder zeigen. Sie sehen schön aus. Wie Zimmereien in Grindelwald. Die Gondelbauer kamen/kommen aus den Alpen, aus dem Südtirol (so wie bei uns die Holzschnitzer aus Brienz). Weil sie von dort oben kommen, haben sie ihre Werften gebaut wie Berghütten. Ganz aus Holz, das mit der Zeit von der Sonne verbrannt wurde und schwarz geworden ist. Davor die schwarz lackierten Gondeln. Ein seltsamer Anblick. Wie trauernde Chalets mitten in Venedig. Ausschließlich Gondelwerften sind in der Stadt so gebaut.

An den Freund in Köln,
ich fürchtete schon, ich hätte Dir die Laune verdorben mit meiner Indolenz Bergman gegenüber. Dabei kann ich nichts

dafür, *Das Schweigen* ist genau die Art Film, die mich zur Raserei treibt, und wahrscheinlich wusstest Du das.

Bergman hasste Frauen und ekelte sich vor ihnen, kämpfte aber offenbar sein Leben lang dagegen an, setzte sich einer selbstverordneten Konfrontationstherapie aus (drehte ja bis zuletzt solche Krampfstreifen mit Monsterfrauen und Leidensmarien in den Hauptrollen und zwang migränöse Stockholmdiven in seine Abhängigkeit). Er wird wohl Probleme gehabt haben mit seiner Mutter. Das gehörte ja damals in bürgerlichen Kreise zum guten Ton: Man hatte Probleme mit seiner Mutter und/oder mit seinem Vater, ließ sich analysieren usw. Das langweilt mich alles zu Tode.

Außerdem ist seine Schauspielführung katastrophal (das Hotelfaktotum! was für ein entsetzlicher Schmierant). Der Knabe ist schlecht ausgewählt und schlecht angeleitet. Die beiden Frauen … Na ja, was soll man zu deren Darstellerei sagen? Sie hatten irgendwelche Schablonengefühle vorzuführen und Schablonensätze aufzusagen. Ob man das besser oder schlechter tut, nimmt sich nicht viel. Schablone bleibt Schablone. »Ich hasse dich, weil ich dich liebe!!! Ich liebe Dich, weil du meinen Vati hasst!!! Ich liebe Dich, weil unser Vati unsere Mutti hasst!!! Mutti ist schuld an allem!!! Nein, Vati!!! Usw.« Das würden wir beide wahrscheinlich nicht viel weniger erschütternd ausstoßen, wenn man uns eine Perücke überstülpte und es uns deklamieren ließe. Schreib mal zwei, drei kurze Dialogpassagen dieses Meisterwerks wörtlich mit und lies sie Dir laut vor. Was für ein Schmarren!

Dazu kommt: Spätestens wenn eine Mutti ihren siebenjährigen Sohn bittet, ihr in der Badewanne den Rücken zu schrubben, weiß ich, wo der Hase langläuft. Keine Ahnung, wer diese Szene ursprünglich eingeführt hat in die Filmkunst. Eine Pest. Die ganze »wasch mir bitte den Rücken«-Erotik war mir schon immer ein Rätsel. Hast Du

Deiner Mutter als Knabe jemals den Rücken gewaschen? Träumst Du davon, Dir endlich einmal von jemandem den Rücken waschen zu lassen? Sehnst Du Dich danach, mal jemandem den Rücken waschen zu dürfen? Großmutter, was hast du für einen schmutzigen Rücken?! (Sag nun bloß nicht, das sei metaphorisch zu verstehen. Die Rückenwaschung sei etwas wie die Fußwaschung. Oder: Rückenwaschen heiße anale Penetration oder was weiß ich; der Knabe sei gar vergewaltigt worden.) Thema durch.

Ein vorbildlicher Artikel über Suhrkamp. Es hat den Journalisten spürbar Freude gemacht, für einmal auf Häme, Wadenbeißerei und Schadenfreude zu verzichten und so sauber und klar wie möglich zu berichten, was genau geschehen ist und was daraus folgt. Selbst als Beteiligter würde ich mir die Augen reiben und denken, ach, so ist das also? Das kann so nicht weitergehen, ich muss mich zusammenreißen, mich mit meinem Konfliktpartner an einen Tisch setzen und darüber nachdenken, wie wir aus diesem Schlamassel wieder rauskommen können.

Langsam tauchen Krippen auf im Stadtbild, und auf dem Markusplatz bauen sie ein Eisprinzessinnen-Palais, alles aus funkelndem Muranoglas, eine Art Konzertmuschel, in der ab dem 23sten offenbar Engelchöre landen. Das muss ich mir dann aus der Nähe anschauen.

/2

Was für eine kranke Zeit. Jetzt versuchen die doch tatsächlich, Suhrkamp in Grund und Boden zu stampfen, aus lauter kleinlich enger Destruktionssucht? Nach Wulff jetzt Ulla? Was haben die bloß alle für Probleme? Als Nächstes wird bestimmt Ullas sündhaft teure Unterwäsche in den Abrechnungen auftauchen (selbstverständlich sind die als Dienstkleidung abgerechnet worden: Repräsentationsaufwendungen – als was denn sonst?! Natürlich gehört das zur Berufskleidung; sie kann schließlich Suhrkamp nicht in Latzhosen und darunter nackt repräsentieren). Widerwärtig, was da geschieht. (Wobei die Coaching-Geschichte, die im neuesten Artikel erzählt wird – das muss ich leider zugeben –, ausgesprochen amüsant ist. Es wäre schade gewesen, wenn wir die nicht erfahren hätten. Phantastisch, die Werbetexte der Firma Pfeiffer.)

Schirrmacher wirft sich mit breiter Brust vor Ulla und will sie beschützen. Ob er sich wohl schon bei ihr beworben hat als neuer Geschäftsführer? Sein Artikel kann den aus der *Welt* jedoch nicht neutralisieren. Er versucht, der *Welt* zu unterstellen, sie würde zwischen den Zeilen Schmuddeljournalismus betreiben. Zu einem Viertel hat er vielleicht recht – das reicht aber nicht aus, um den ganzen Artikel auszuhebeln.

Für Weltuntergangsgedanken habe ich keine Zeit. Die solltest Du besser mit Ulla durchspielen. Sie wird bestimmt wissen, wo Suhrkamp ihn überlebt. Dahin nimmt sie Dich mit, wenn Du ihr schwörst, dass Barlach für Dich das personifizierte Böse ist.

21.12.

Weil gestern wegen des bevorstehenden Weltuntergangs zu viele Leute im Internet Abschiedsgedichte rumschickten, konnte ich Deines nicht lesen (»kann nicht geöffnet werden«), konnte nicht bei *freenet.de* nachsehen, was los ist (»kann zurzeit nicht geöffnet werden«), konnte nicht mehr schreiben, nicht mehr senden, nicht mehr empfangen, schloss den Computer und ging dem nahenden Untergang entgegen.

Dann fiel die Heizung aus, und nun muss ich versuchen, so kurz vor Weihnachten noch einen Techniker aufzutreiben, der sie repariert.

So sitze ich momentan in der Kühle und weiß nicht, was ich mit ihr anfangen soll. Die Familie naht. Morgen ist es so weit. Ich muss vorher einen Großeinkauf tätigen. Am

Weihnachtsabend muss zu Hause gekocht werden (da sind die Preise in den Restaurants unbezahlbar). Samstag/Sonntag wird es auch keine gute Idee sein, auswärts essen gehen zu wollen, zu acht! Das wäre wie ein Betriebs-Weihnachtsessen.

Und kein Weihnachtsprogramm in der ganzen Stadt. Venedig lässt mich hängen.

Ginge die Welt unter, hätten wir vorher alles gemacht wie immer. Selbst wenn wir definitiv wüssten, dass wir untergehen, würden wir alles so machen wie immer. Also machen wir's wohl richtig? Würden wir etwas anders machen, sollten wir damit auf der Stelle anfangen. Würdest Du zum Beispiel keine Musik mehr hören wollen so kurz vor Schluss, oder plötzlich Wagner, dann solltest Du damit jetzt gleich anfangen, denn es ist immer kurz vor Schluss.

An die Mitarbeiterin im Verlag,
haben Sie diese Mail mit dem Zitat aus dem *M. m. d. z. A.* allen Ernstes offiziell zu den Festtagen verschickt? Wollen Sie mich so kurz vor Weihnachten noch erröten lassen, damit ich an den Tannenbaum gehängt und mit meinen roten Backen Freude verbreiten kann? (Ich wurde beim Lesen rot vor … Wie heißt die Empfindung schon wieder, die uns rot macht? Scham? Verlegenheit? Stolz? Freude?) Mir selbst fällt nichts ein, das ich den Leuten schreiben könnte zu Weihnachten oder zum neuen Jahr. Am liebsten würde ich einfach Ihren Gruß mit dem Zitat aus dem 2-Äugigen weiterleiten. Herzlichen Dank. Es ist ein Vergnügen, flankiert von Ihnen den deutschen Buchmarkt zu erobern.

An ein Mitglied des Stiftungsrats und an die Frau, die zur Wohnung schaut,
das mit dem Gestank im Atelier stellt sich als ernstzunehmendes Problem heraus. Als Interimscavaliere (leider bald a. D.) versuche ich mich in Dante-Italienisch: Puzza infer-

nalmente (oder: insopportabilmente). Wie ich inzwischen meine präzisieren zu können, kommt der Gestank hinter der Rigipswand hervor. Ob er vom Parterre durch die Mauer bis hier herauf zieht oder ob's von oben nach unten stinkt, weiß ich nicht. Momentan kriechen die Leichen unten durch die Entlüftungslöcher herein, ein veritabler Höllengaspesthauch. Die Löcher habe ich heute mit Scotchband zugeklebt und meine (hoffe), dass es dadurch ein wenig besser werde. Ab morgen sollen in dem Zimmer Gäste schlafen. Ich wollte ausweichend schon ein Pensionszimmer mieten, das ist über Weihnachten aber ziemlich aussichtslos. Hiermit sei meine Beobachtung bloß hinterlegt, damit die Architektin sich des Problems im neuen Jahr annehmen kann. Am besten öffnet sie erst einmal nur eines der Entlüftungslöcher und schnüffelt – danach wird sie sich blass erheben, besorgt dreinschauen und eine Lösung vorschlagen.

22.12.
An die Frau, die zur Wohnung schaut,
Ihre Weihnachtstüte am Fuß des Treppenhauses hat uns beglückt. Allein schon, wie sie ins Haus kam und wo sie stand: Genauso hinterlässt der Samichlaus seine Mitbringsel bei uns im hohen Norden. Und Samichlaus war immer schon mein Liebling. Lieber als Weihnachten, Ostern oder Geburtstag. Dazu aber dann noch die beiden Fotos mit dem Luftballon-Pferd! Wie Pegasus da auf mysteriöse Weise vom einen Bild ins andere schwebt – sehr schön. Die beiden Aufnahmen werden wir aufbewahren. Ihre Tochter kann sie später mal bei uns in Berlin anschauen kommen, wenn sie als Primaballerina an der Staatsoper auftritt. Dazu lege ich auch die Salbitani-Giudecca-Postkarte, auf der sie ja beinahe ebenfalls auftaucht. Schön. Die habe ich nirgends in der Stadt gesehen. Wir hätten sie sonst auf jeden Fall gekauft und verschickt. Und dann

noch Lotto! Ein herausragendes Bild. Danke. Den Maler werde ich Ihretwegen nun in alle Zukunft kennen und seinen Namen nennen und damit die Leute beeindrucken: Lorenzo Lotto.

An den Freund in Köln,
ab jetzt werde ich Dich kaum noch regelmäßig im Internet besuchen kommen. Gestern war der letzte halbwegs ruhige Tag. Um 16:30 Uhr waren wir mit der Schwester und ihren Begleiterinnen an einem Weihnachtskonzert in der Mendicanti-Kirche, im Ospedale. Durch endlos dunkle, klamme Kreuzgänge (jahrhundertealte Krankenhausanlage) irrten wir. Jeden, der uns begegnete, fragte ich nach der Kirche. Ein paar kannten sie, andere nicht. Zwei Pfleger schoben einen Leichnam an uns vorüber. Endlich fanden wir durch einen Nebeneingang in die Kirche, eine große, düstere, einmal mehr mit einem Tintoretto und einem Veronese an den Wänden, an den Seiten rostig vergitterte Nischen, hinter denen früher die »Putte« – Waisenmädchen in grauen Novizinnentrachten – Belcanto sangen (die Geschichte der Putte lohnt es sich nachzulesen). Gestern spielten und sangen heutige Putte – Mädchen und Knaben aus dem Vorkurs des Konservatoriums – Weihnachtsmusik. Da und dort verstreut ein paar Zuhörer (vor allem Eltern und Geschwister). Unter ihnen ein Chirurg in weißer, blutbespritzter Schürze, direkt von der Arbeit. Faszinierend und beglückend. Wie eine Begegnung mit Nikolaus und seinem Esel im verschneiten dunklen Wald. Beim Rausgehen traten wir, jetzt durchs richtige Portal, direkt ans Ufer des Mendicanti-Kanals. Vor uns an- und abfahrende Sanitätsboote mit Blaulicht, gegenüber eine Gondelwerft im Dunkeln, davor, auf dem Hof, eine menschengroße beleuchtete Krippe, darüber ein fünf Meter großer leuchtender Weihnachtsstern, darüber, hoch oben, der Mond. Dagegen ist Walt Disney ein Stümper.

/2

Nur ein kurzes »Hi there«. Mehr ist nicht drin. Alle sind angekommen. Die Heizung steigt momentan nicht aus. Alles glüht. Gleich verlassen wir das Haus. Für heute Abend habe ich eine leichte Pizza für alle acht plus anschließend ein Konzert im Konservatorium verordnet. Danach werden alle sehr, sehr müde sein und in ihre Betten sinken wie Steine.

23.12.

Leider muss ich Dich aus Deinen Kinderträumen reißen und in die raue Wirklichkeit holen: Es gibt kein Christkind. Diejenigen mit schwarzen Brauen, die im Kölner *Netto* auftauchen, kommen aus Rumänien und lassen ihre Augen nur gegen Geld glänzen. Alles andere interessiert sie nicht. Ihre Seelen wurden ihnen im Waisenhaus ausgeprügelt. Aber es ist natürlich schön, wenn Du als Weihnachtsmann nachts durch die Straßen ziehst auf der Suche nach Deinem Christkind. So kommst Du an die frische Luft.

Das gestrige Konservatoriumskonzert hat sich gelohnt, sehr sogar. Debussy. Hätte ich mir nie angehört und werde ich wahrscheinlich nie wieder hören können, weil es so selten aufgeführt wird: Zwei Pianos und Chor.

In Venedig lebte und praktizierte bis vor ein paar Jahren einer der berühmtesten Exorzisten. Man reiste aus der ganzen Welt hierher, um sich von ihm purgieren zu lassen. Er wirkte auf San Giorgio. (In Venedig war der Wahnsinn nicht nur im achtzehnten Jahrhundert zu Hause; er ist es auch heute noch.) Der heutige Exorzist soll in San Sebastiano praktizieren.

26.12.

An die Opernsängerin,
gestern Vormittag war ich mit meinem Besuch in San Marco zur Weihnachtsmesse. Wen habe ich gesehen? Einen

Bischof? Einen Erzbischof? Wo steht der Patriarch von Venedig in der Hierarchie? Kennst Du Dich aus in der katholischen Kirche? Jedenfalls habe ich einen Hohen gesehen, ins Militärische übersetzt: Kapitän, Admiral, General … Er hatte eine golden durchwirkte Mitra auf dem Kopf. Insgesamt wurde er von etwa zwanzig Untergebenen begleitet. Alles in Rot, Weiß und Gold. Viel Weihrauch. Ein Chor, der, auf einer Empore versteckt, für die Gemeinde unsichtbar, sang (der Effekt war molto celeste). Beim Hokuspokus (der Wandlung »Hoc est … corpus …«) setzten auf Befehl höherer Mächte die donnernden Glocken des Markusplatz-Campanile ein und überlagerten die himmlischen Klänge von der Empore. Zauberischer Effekt! Sonst? Die Inszenierung schleppte da und dort, aber die Basilika ist von einer solchen Pracht, dass ich die siebzig Minuten, ohne zu murren, ertrug. Man saß auf bequemen Regiestühlen, die Riesengoldtruhe war gut beheizt, dann und wann musste man sich erheben, gekniet wurde nie.

Der Patriarch klang extrem tuntig, nasal. Vielleicht hatte er Schnupfen.

Am besten gefallen hat mir ein junger Priester in einem Rüschennachthemd, der für den Patriarchen das Buch halten musste. Er stellte sich vor ihn hin und hielt es sich verkehrt herum geöffnet vor die Stirn, so dass der Patriarch darin lesen konnte. Die Arme wurden dem Jungen immer wieder lahm, das Buch sank. Ein Gefreiter, der neben dem Patriarchen stand, schob ihm die Arme mit einem Stöckchen jeweils zurück in die richtige Position. Dann und wann blätterte der Gefreite für den Patriarchen die Seite um. Dieser stand nur da und las, extrem mikrophil (sie hatten ihm einen warmen, vollen Sound zusammengemischt).

Danach fuhren wir auf den Lido, weil alle Vaporetti gestern zum Lido fuhren, alle zehn Minuten einer. Ich dachte, dort sei irgendwas los. Doch da war nichts. Verloren spazierten Einzelgänger im dichten Nebel am Strand entlang. Maximal fünfzehn Leute. Ab heute werde sich die Stadt schlagartig füllen, sagte man mir.

Dein Eindruck ist richtig, was unsere vergangenen Monate betrifft: Wir haben Fettlebe betrieben (was für ein schändliches Wort! wo hast Du das her? sofort aus Deinem Vokabular streichen). Besser: Wir haben es mit der Nahrungs- und der Alkoholaufnahme ein wenig übertrieben. Ich werde in Berlin mit einer strengen Diät anfangen müssen. Oder jedenfalls öfter mal an eine strenge Diät denken. Jetzt aber muss ich erst einmal jeden Tag daran denken, dass ich das alles bald nicht mehr sehen soll. Also gehe ich frühmorgens diszipliniert zu *Tonolo*, trinke voller Wehmut einen letzten Macchiatone, esse mein letztes warmes Mandelhörnchen, was mir beides, da ich es seit Monaten tue, nicht bekommt. Ab zehn Uhr eine letzte Mostarda mit Mascarpone usw. Dabei kriecht mir immer wieder ein musikalischer Wurm ins Ohr: »Ciao Venezia«, ein zweitklassiger Schlager, den die Gondoliere manchmal anstimmen (weniger ergreifend als zum Beispiel die »Caprifischer« oder »Santa Lucia«) und der mich seit Wochen jedes Mal fast zu Tränen rührt … Lasst uns denn lieber »froh und munter sein, lustig lustig tralalalalaaa«.

27.12.

An die Schwester,

das Konzert gestern hätte mir gut gefallen. Es kam mir himmlisch vor. Wahrscheinlich durch die extreme Höhe des Frari-Kirchenschiffs und durch die gerundete Kuppel ergab sich ein überirdischer Klang. Nur war es zu kalt. Ich fürchtete, Mutter werde krank und reiseunfähig. Wir verließen darum die Kirche und sind ein wenig mit ihr durch die Nacht spaziert, haben einen Aperitif getrunken, kamen nach Hause – und niemand war da. Also setzten wir uns hin und warteten eine halbe Stunde. Nachdem nichts geschah, sind wir zusammen essen gegangen. In ein Lokal, das ich

Dir hiermit empfehle. Der Preis war in Ordnung, es hat meistens leere Plätze und liegt romantisch in einer stillen, leeren Ecke, am San-Sebastian-Platz, auf der Karte unten links. Wenn Du die Calle Lunga weitergehst bis ans Ende, dort über die Brücke.

An den Neffen,
bislang ging alles gut, bis auf die Kleinigkeit, dass eine Kalifornierin sich eine schwere Erkältung geholt hat auf der Reise und hier mit etwa neununddreißig Grad Fieber rumgewankt ist. Diese Grippe hat sie meiner Schwester überlassen, die jetzt mit neununddreißig Grad Fieber rumschwankt. Ihre Freundin hustet wie ein Kurgast aus dem Tuberkulosenheim in Davos. Heute kommt ihre Tochter mit zwei Kindern. Sie ziehen zusammen in ein Hotel. Meine Mutter hatte mehrere Nervenzusammenbrüche und ist der Überzeugung, dass sie schuld sei an den Grippen, am Nebel, am maroden Zustand der Häuser hier, an der Eurokrise usw. Sie wollte mehrmals abreisen deswegen.

An die Frau, die zur Wohnung schaut,
auch ich habe Erkältungsausfälle zu vermelden. Dagegen müsste man mit einem Suppenhuhn ankämpfen. Kennt man das in Italien auch? Alte, zähe Hühner, die nicht mehr dafür taugen, gebraten zu werden. Vielleicht pensionierte Legehennen? Meist sind sie groß und dunkelgelb, ausgemergelt, trocken. So ein Huhn kocht man zusammen mit Zwiebeln, die mit Nelken besteckt sind, Lorbeer, Sellerie, Fenchel, Karotten, Knoblauch, Ingwer etc. (was es halt gerade so gibt an Suppengemüse) so lange in Wasser und Prosecco, bis alles gar ist (stundenlang). Das schmeckt und soll gut sein zur Regeneration.

An den Freund in Köln,
heute Nacht gewaltig gereihert. Kein Auge zugetan. Bin zerschlagen. Habe starke Kopfschmerzen. Was für ein mächtiger Strahl da rauskam! Wie aus einem Feuerwehrschlauch. Ich war beeindruckt von mir. Einmal etwa um Mitternacht, einmal etwa um vier Uhr. Beide Male wie ein richtiger Kerl. Hoffentlich ist alles Böse damit aus mir raus. (Es gibt einen Film mit einem besessenen Mädchen, das grünen, ätzenden Schleim ausspeit. So kam ich mir vor. Wobei das Mädchen zusätzlich noch den Kopf um die eigene Achse drehen konnte. Das blieb mir heute Nacht leider verwehrt.)

28.12.
An die Schwester,
zwei Tipps: Am Einunddreißigsten gehe »man« um Mitternacht auf den Markusplatz, weil dann dort über dem Wasser davor ein Feuerwerk stattfinde. Und am Ersten gehe »man« mittags um zwölf an den Lido, spaziere dort ein wenig auf und ab und esse dann im Strandcafé stehend Linsen, weil das angeblich Glück und Geld bringen soll im neuen Jahr.

An den Schriftstellerkollegen,
ich steuere das Familienschiff (»es kommt ein Schiff geladen«) durch sämtliche Weihnachtstiefen und -untiefen. Ab dem zweiten Januar sind wir wieder in Berlin. Bis zuletzt gab's keinen Tag, an dem ich nicht lieber hier war also dort. Ich kann mich nicht erinnern, jemals eine solche Freude am täglichen Leben gehabt zu haben wie in den letzten Monaten. Nur arbeiten könnte ich wohl nie hier. Man muss in Venedig eindeutig jemand sein, nach Madame de Meurons Motto: »Sind Sie jemand oder arbeiten Sie?«

An den Freund in Köln,
gestern gefastet. Bin wieder in Ordnung. Ich denke, es war ein Fettschock. Hatte mittags eine triefende Mozzarella in Carrozza gegessen. Das Gift ist noch nicht ganz raus, aber ich spüre, wie es sich auflöst. Psychosomatisch mag ich's mir nicht erklären. Das ist mir zu einfach. Migräne, Kopfweh, Rückenschmerzen, das würde ich noch begreifen, aber konkrete Erkältungen, Grippe, Magenverstimmungen oder gar Beinbrüche usw., dass dafür meine Psyche verantwortlich sein soll, will ich nicht akzeptieren. Schließlich habe ich ja auch immer noch was zu sagen zu meiner Psyche und kann sie in ihre Schranken verweisen.

29.12.
An die Schwester,
nehmt uns die Grobheit bitte nicht übel: Silvester/Neujahr möchten wir überspringen. Ich halte das alles nicht aus. Wir werden hier unsere Reste aufessen und vielleicht ins Bett gehen danach, vielleicht um Mitternacht zum Markusplatz spazieren und das Feuerwerk anschauen. Wenn wir Euch dort zufällig begegnen, würde ich das für ein gutes Omen halten, wenn nicht … Am besten werden wir dann auch das für ein gutes Omen halten. Am Ersten fahren wir voraussichtlich mittags auf den Lido (wobei unsere hiesige Ansprechfrau sagte, sie kenne diesen Brauch nicht; vielleicht sind wir dann die Einzigen, die dort vor der geschlossenen Strandbar stehen und nach Linsen verlangen).

/2
Nicht verzagen. Wenn Du Dich erholen willst, komm zwischendurch zu uns und leg Dich im kleinen Zimmer aufs Bett. Das kannst Du auch Deiner Freundin vorschlagen: Ihr könnt hier jederzeit Siesta machen.

Neben der mumifizierten Santa Lucia (das ist die Augenheilige) gibt es einen kristallenen Briefkasten, in den man seine schriftlich formulierten Bitten einwirft. Du kannst Dich also zu Hause vorbereiten und möglichst überzeugend Deine Bitten ausformulieren und mitnehmen. Dann zum Bahnhof fahren und rückwärts gehen bis San Geremia, dort liegt die aufgebahrte Lucia in einem gläsernen Sarkophag.

An den Freund in Köln,
seit gestern scheint wieder die Sonne. Wenn die Fassaden schräg angeleuchtet werden, gegen Abend, mit den Schatten, dem warmen Gelb und Rot – wie will sich dem jemand entziehen können?! Seit heute quillt die Stadt jedoch aus allen Nähten. Man kann sich kaum noch in die Vaporetti quetschen, so voll sind sie. Hunderttausende von Touristen. Einer ist mir begegnet, den ich kenne. Er erzählte, er habe eine günstige Pension gefunden. Die Preise der Nächte zwischen dem 30.12. und dem 02.01. seien jedoch mehr als doppelt so hoch wie die davor und die danach.

Über dem Becken vor San Marco soll es um Mitternacht ein Feuerwerk geben. San Marco erwartet, soweit ich verstanden habe, sämtliche Besucher in Weiß. Alle sollen wir kommen, und um Mitternacht sollen sich alle küssen unter dem bunten Sternenregen. Ich werde wohl passen.

Heute tat sich vor dem Markusplatz überraschend ein Kraterchen im Boden auf (bei San Zaccaria). Die Stadt ist leicht zu erschrecken. Man glaubte sogleich, die letzte Stunde habe geschlagen, es gehe nun um nichts weniger als den Untergang Venedigs.

/2

Joachim Gauck gefällt auch mir nicht mehr. Eine eigenartige Wandlung: Innerhalb kürzester Zeit sah er aus wie ein alter Kapaun, süßlich wie jener Opa aus der Hustenbonbonwerbung (es gibt ein deutsches Hals- oder Karamellbonbon mit einem urigen Namen, das in der TV-Reklame eine Zeitlang von einem kastrierten Ohrensesselwesen an seine

Enkel verteilt wurde), wie einer, der den Glauben an sich verloren hat und das um jeden Preis vor den anderen verbergen will. Ein Angekommener, einer, der alle Illusionen und Ziele aufgegeben hat. Vor der Wahl gefiel er mir. Ich fand ihn gutaussehend. Er wirkte intelligent, integer, markant – jetzt: opportunistisch, saturiert, gekauft. Es muss fürchterlich sein, einzusteigen und mitzumachen.

30.12.

An die Frau, die zur Wohnung schaut,
hier noch meine Jahresend-Überlegungen zu den technischen Problemen: Vielleicht muss man tatsächlich akzeptieren, dass der Gestank im Atelier ausschließlich mit den Jahreszeiten zu tun hat und architektonisch nicht zu lösen ist. Zurzeit stinkt es bei niedrigem Wasserstand in der halben Stadt wie im Atelier. Es bleibt mir jedoch unbegreiflich, warum es denn dann nur im einen Raum (und das in der dritten Etage!) so heftig riechen soll? Schließlich gibt es auch in der Küche und in den beiden Bädern Fallrohre, durch die der Gestank nach oben steigen könnte.

Zu den Heizungsproblemen habe ich eine letzte Idee: Vielleicht hängt es damit zusammen, dass der Gasverbrauch in kalten Tagen (und zwischen Weihnachten und Neujahr tourismusbedingt) flächendeckend sprunghaft ansteigt? Dann fällt möglicherweise der Gasdruck ab? Und wenn der zu niedrig ist, schaltet sich die Heizung vielleicht automatisch aus? Der Techniker sollte trotzdem vorbeikommen und prüfen, ob alles in Ordnung ist. Die Gasdrucktheorie kommt mir nämlich nicht ganz plausibel vor, weil man die Heizung jederzeit ohne Probleme neu anwerfen kann, wenn sie ausgekühlt ist. Nur wenn sie erhitzt ist, erlischt die Flamme und lässt sich nicht wieder anknipsen.

Dumm ist es vor allem wegen des Heißwassers: Die letzten Tage konnte man nur entweder das Badewasser erwärmen, damit wenigstens einer kurz duschen konnte –

danach musste man die Therme eine Zeitlang abkühlen lassen. Oder man konnte die Räume kurz aufwärmen – musste dafür das Wasser kalt lassen. (Und nicht damit Sie glauben, wir würden tropische Temperaturen erwarten: Wir hatten den Thermostat immer auf 19 Grad gestellt und die Heizregler auf maximal 3, und das nur im großen Zimmer und im Bad.) Also: Der Techniker soll das Problem ernstnehmen und bitte alles genau prüfen.

31.12.

An die Kunsthallenleiterin,
Auguroni zum neuen Jahr (ich bin nicht sicher, meine aber, unser Briefträger habe mir vorgestern »auguroni« zugerufen, was ich mir als besonders große auguri vorstellte, so wie vitelloni riesige vitelli sind, Riesenkälber).

Danke für Deinen Neujahrsgruß. Er freute mich, weil er so karg daherkam. Entschlackt, so wie ich nach Berlin zurückkehren möchte. Bin das Gegenteil davon. Habe das Empfinden, aus allen Nähten zu platzen. Mein Drang, in alles hineinbeißen zu wollen, was ich sehe, und der viele Wein hier haben mir nicht gutgetan.

Die andere Hälfte, die mich zum Platzen bringt, ist die pure Schönheit, mit der ich gestopft worden bin. Die letzten Tage strahlte zu allem Überfluss auch noch ständig die Sonne, was die Farben und Konturen besonders prächtig zum Leuchten brachte und bringt. Du kannst Dir für nächstes Jahr Venedig über Weihnachten vornehmen. Bis zum 30.12. Danach fallen die Touristen ein. So viele Menschen wie seit gestern habe ich hier nie erlebt. Heute Abend bleiben I. und ich voraussichtlich zu Hause und gehen früh zu Bett. Kaum zurück in Berlin, werde ich mich nach einem biodynamischen Rohkostrestaurant umsehen, wo ich darben gehen will (nein, leider werde ich das nicht tun; etwas in mir sträubt sich vehement dagegen; es wird das »Es« sein, das mich im Elend schmoren sehen will; soweit ich kapiert habe, kann man gegen das »Es« gar nichts machen).

01.01.
An den Freund in Köln,
Willkommen im neuen Jahr.

Was für ein grauenhaftes TV-Programm gestern Abend! Um halb elf hab ich's nicht mehr ausgehalten und ging schlafen. Da und dort tauchte auf dem Bildschirm immer mal wieder die Berliner Silvesterfeier am Brandenburger Tor auf. Mir wurde angst und bang. Wohin werde ich da bloß zurückkehren?! Was für eine Brutalität im Feiern. Was für eine Anstrengung. Dagegen die Venezianer: Kommt bitte alle in Weiß. Auf dem Markusplatz frei ausgeschenkter Bellini für alle. Ein bisschen Lametta und Muranoglas. Eine Live-Band. Das war's. Um Mitternacht ein paar Raketen überm Wasser. Umarmungen, Auguri, Ciao tesoro mio …

Draußen dunkel und still. Das Wetter soll heute schlechter werden. Trotzdem fahren wir auf den Lido, um dort mittags um zwölf mit meiner Schwester zusammen Linsen zu essen und ihren beiden Knaben dabei zuzuschauen, wie sie mit den venezianischen Invernisti (den Winterschwimmern) zusammen das neue Jahr anbaden. Und dann gleich wieder zurück und packen. Abends irgendwo ein letztes Mal schlecht essen gehen, und morgen um 14:55 Uhr nach Hause.

/2
Warum ich weiß, wie's am Markusplatz zuging? Weil ich das dritte Gesicht habe als Mann mit zwei Augen. Und ich hatte recht: Meine Schwester war mit ihren Gästen in Weiß dort; sie haben's mir genauso geschildert, wie ich's Dir vorausrapportiert hatte.

Heute Mittag traf ich sie im dicken Nebel am Lido. Die

beiden Knaben sind tatsächlich in Badehosen ins Wasser gerannt. Danach gab's für alle Linsen, Musetto, Panettone und Lambrusco (gratis, ohne Spendentopf). Ein nicht ganz lupenreiner Volksbrauch (mir kam er frisch importiert vor aus Sankt Petersburg). Essen und Trinken schmeckten hervorragend. (Dummerweise habe ich den Lambrusco die ganzen sieben Monate versäumt; ein Produkt von hier, und hier durchaus seriös – ich trank ihn seit 1984 nie mehr. Heute Abend zum Abschied am liebsten gleich wieder.)

Dein letztes Lebensjahr beginnt? Schon wieder? Etwa seit fünf Jahren startest Du jedes neue als Dein letztes. Ist das eine Methode, Dir die Jahre zu würzen, sie pikanter zu machen? Schmeckt ein letztes besser als ein weiteres? Vermagst Du aus der finalen Perspektive Mehrwert zu schöpfen? Willkommen also in Deinem letzten Lebensjahr. Es soll ein fulminantes, moussierendes werden, ein Lambruscojahr.

02.01.

An die Übersetzerin,
ob ich nach Venedig zurückkehren werde? Einerseits: auf gar keinen Fall. Weil ich meine, es gebe irgendwelche Regeln, nach denen man nie dorthin zurückkehren soll, wo man glücklich war. Andererseits: unbedingt. Weil mir scheint, Venedig kann niemals enttäuschen. Es wird mich auch in Zukunft in sich aufsaugen, so wie es mich gestern noch aufgesaugt hat. Kaum trete ich unten aus der Tür, ja, kaum stehe ich auf und schaue aus dem Fenster, freue ich mich. Gestern verdichtete sich kurz der Nebel so dick wie die ganze Zeit nie – richtige Watte. Ein Ereignis. Dann wurde er zarter, Geisterschiffe tauchten darin auf, ganz nah.

An den Freund in Köln,
die venezianischen Winterbader sahen nicht edler oder intelligenter aus als die *Berliner Eisbären*. Das Eiswasser

verengt wohl die Hirnwindungen? Das Vergnügen ist per se ein feuchtfröhliches. Die Temperaturen waren hier ebenfalls nicht viel anders als in Berlin. Überall auf der Welt kann man also Gleichgesinnte finden und glücklich werden. So fliegen wir nun eben zurück und hoffen, dort in derselben Freude weiterzuleben wie hier.

Jetzt wird der Computer runtergefahren, zum letzten Mal, dann eingepackt. Wenn ich daran denke, was für Sorgen in Berlin auf mich warten, erwäge ich, das Sterben in Venedig im letzten Augenblick doch noch in Betracht zu ziehen. Ich könnte doch beispielsweise mit den schweren Koffern noch die Treppe runterstürzen und mir das Genick brechen?

Wie fühlt sich das neue Jahr eigentlich an? Ich bin hier der Einfachheit halber im alten steckengeblieben.

* *
*

03.01.

Lass mich erst ankommen. Die Reise war eine Tortur. In Venedig bin ich mit meinen Koffern wütend durch den Regen gestapft zum Busbahnhof (weil die Bootstaxen offenbar nicht anlegen dürfen vor unserem Haus; wenn schon ein Taxi, dann wenigstens vor der Haustür, fand ich). Der Flughafen platzte aus allen Nähten (Silvesterrückreise). Wir mussten eines der Handgepäckstücke aufgeben (weil wir drei dabeihatten). Das kostete extra fünfzig Euro! Die anderen beiden mussten wir umpacken, weil eins davon zu schwer war (eine neue Schikane auf den Flughäfen: das Handgepäck darf nur noch sechs Kilo wiegen). Wir schwitzten, fluchten … Im Flugzeug jeder Platz besetzt. Die Fächer über den Köpfen quollen über. In Berlin aufseufzend in die Wohnung getreten. Alles trocken und warm, draußen dunkel verregnet.

04.01.
Heute Mittag kommt der PC-Doktor – und der Laptop funktioniert wie am Schnürchen. Flink, gehorsam, auf jeden Fingertipp reagierend – es ist zum Aus-der-Haut-Fahren mit dem Vorführeffekt. Was könnte das bloß für eine schwere Grippe gewesen sein, die er gehabt hat? Was soll ich dem Doktor nun erzählen?

Gegessen haben wir gestern bei unserem Stammitaliener. Ein paar Tische weiter saßen Udo Samel und Gerd Wameling (wir grüßten einander selbstverständlich nicht; sie sahen mich nicht). Neben uns saß das ältere Paar, das dort jeden Abend zu essen scheint, immer möglichst am selben Tisch, immer parallel nebeneinander sitzend und in den Raum schauend. Der Kellner wünschte uns ein gutes neues Jahr. Dass wir sieben Monate weg waren, hat er nicht bemerkt (nun ja, Stammitaliener ist ja auch zu viel gesagt; wir gehen halt dann und wann dort eine Pizza essen, weil sie gut ist).

Der Zeitungsmann, ein koptischer Ägypter, wünschte mir am Morgen ein gutes neues Jahr – das war's. Auch ihm ist nicht aufgefallen, dass ich sieben Monate lang nicht da war. Das ist interessant: Einmal Stammkunde, immer Stammkunde. Ich bin sicher, wenn ich in einem Jahr in Venedig ins *Madonna* ginge, würde ich herzlich begrüßt und an einen Tisch geführt, als sei ich das letzte Mal vor ein paar Tagen dort gewesen. Genauso im *Tonolo* zum Frühstückskaffee: Sie würden mir ungefragt den Macchiatone und das Mandelhörnchen rüberreichen und kurz freundlich lächeln. Ob man da ist oder nicht, beschäftigt die restliche Welt glücklicherweise keine Sekunde lang. Das ist beruhigend. Auch ich finde, ich sei nie weggewesen.

Dazu noch: In Venedig gingen I., meine Mutter und ich eines Abends in ein Restaurant, das besonders ruhig liegt und wenig frequentiert ist. Dort aßen wir gut, zu einem vernünftigen Preis und friedlich. Also schlug ich das drei Tage später noch einmal vor, diesmal mit meiner Schwester und ihren Mitreisenden. Als ich mich hinterher verabschiedete, sagte der Wirt, Sie waren doch schon mal hier, vor einem Jahr oder so?

/2

Der PC-Doktor entschuldigte sich für heute. Er kommt erst am nächsten Mittwoch. Also fuhr ich mit mulmigem Gefühl – was werde ich wohl vorfinden? – auf dem Rad nach Moabit ins Büro. Alles wie gehabt. Nur eierte ich bedenklich beim Fahren, weil die Reifen fast platt waren. Meinen Fahrradladen gibt's nicht mehr zum Aufpumpen. Unterwegs kam ich an einer polnischen Autowerkstätte vorbei. Die hatten eine Monsterpumpe. Mit vier Stößen waren die Reifen zum Platzen prall (es sind Balloonreifen; Du wirst kaum wissen, was das ist: dreifach so umfangreich wie normale Fahrradreifen; sie brauchen entsprechend viel Luft; normalerweise pumpt man sich dusselig dran; in der Zeitung hatte ich gelesen, diese Reifen würden mehr oder weniger einer Federung entsprechen, sie seien komfortabel und würden trotz ihrer Dicke keinen größeren Fahrwiderstand entwickeln als dünne Reifen; also kaufte ich sie).

In Moabit fand ich eine aufgeräumte, reine, trockene, wohlduftende, kühle, dämmrige Stube vor. Die Scheiben geputzt, der Holzboden geölt. Meine Fellschuhe standen akkurat nebeneinander unter dem Stuhl und warteten darauf, angezogen zu werden. Der Computer ruhte staubfrei im Schrank und schien sich geradezu darauf zu freuen, wieder in Betrieb genommen zu werden.

Ein Raum, der sieben Monate lang von niemandem betreten wurde! Ich war gerührt und auch beunruhigt: Wir könnten alle tot umfallen, unsere Höhlen würden jahre-, vielleicht sogar jahrzehntelang treu weiterwesen und auf uns warten. Die sind weit über unsere Bedürfnisse hinaus gebaut; sie brauchen uns nicht. Man könnte uns ausrotten und in zehn, zwanzig Jahren unsere leeren, trockenen, intakten

Stuben neu besiedeln, das Wasser aufdrehen, den Strom einschalten – und weiter ginge es im Trott.

Ich habe den Ofen eingeheizt (wäre nicht nötig gewesen, es waren mindestens dreizehn Grad im Raum), setzte mich hin … Und wusste absolut nicht, was ich nun anfangen soll. Wo es mich doch ebenso gut nicht geben kann.

Zum Glück war ich sieben Monate lang aus dem Verkehr gezogen. Diese sieben Monate habe ich die Welt von mir verschont. Wie ein Fakir, der sich sieben Monate in der Erde hat vergraben lassen. Die Menschheit wird es mir danken.

Worauf soll ich mich nun wohl stürzen? Auf ein Filmprojekt? Alle Erfahrungen, die ich in den diversen Betrieben jemals gemacht habe, sind ausgelöscht. Ich kann bei null wieder anfangen und alle Fehler noch einmal machen. Also: Als Erstes ein Film?

05.01.

An den Komponisten,
von Berlin im Unterschied zu Venedig will ich nicht anfangen, sonst werde ich traurig. Wie dunkel es hier ist und wie kalt in dieser Jahreszeit! Das hatte ich vergessen. Schier nicht zum Aushalten. Morgens um acht, wenn in Venedig die schrägstehende Sonne meinen Spaziergang zur Pasticceria *Tonolo* in goldenes Licht tauchte, muss ich hier die Taschenlampe mitnehmen, wenn ich den Kiosk um die Ecke finden will, in dem ich meine Zeitung hole. Und abends um fünf, wenn ich mit Dynamobeleuchtung durch den finsteren, vereisten Tiergarten nach Hause radle, saß ich in Venedig noch in der rotglühend untergehenden Sonne draußen auf einer Piazzetta vor einer Bar und trank einen Spritz. Dass man hier nicht so recht fröhlich wird und einander dann und wann Messer in den Bauch steckt, verstehe ich inzwischen gut; manchmal steckte ich mir am liebsten selbst eins hinein.

An die Opernsängerin,
innerhalb von drei Stunden hatte ich meine Berliner Handgriffe wieder abrufen können, wusste wieder, wo die Teekanne auf dem Tisch zu stehen hat, wo welche Tasse. Ich lernte innerhalb von sechs Stunden, an einer der vielen Kassen, an denen ich Dinge zu bezahlen hatte, ein erschöpftes »Jesundet« auszustoßen, wurde innerhalb von zwölf Stunden fahl im Gesicht, die Haare kleben und schuppen wieder wie echt. Ab heute wird wohl zurückgedichtet werden müssen?

Venedig war, wie ich inzwischen akzeptiere, nicht das wahre Leben; das findet in Berlin statt. Venedig war Märchen. I. und ich saßen die letzten Monate im goldenen Käfig und hatten bloß jeden Tag eine glückliche Weise im Duett anzustimmen. Mehr gab's nicht zu tun. Wenn wir ins Moll abrutschten, bekamen wir die Rute zu spüren.

Hier haben wir niemandem gefehlt. Der Nachbar grüßte uns kurzangebunden im Treppenhaus, wünschte »Jesundet« (bei ihm habe ich's zum ersten Mal gehört, danach noch mehrmals am Tag), und weg war er. Der Zeitungsmann genau gleich: Gesundes neues Jahr – und schon hatte ich meine Zeitung in der Hand und verließ damit, wie immer mit dem rechten Fuß zuerst, seinen Laden. Der Kellner im Restaurant: Jutet Neuet …: Niemand hat bemerkt, dass wir sieben Monate lang weg waren. Die Wohnung wartete wie Dornröschens Schloss darauf, wachgeküsst zu werden. Eine kaum wahrnehmbare Staubschicht lag auf den Dingen, die blies ich weg. Dann kippte ich die Stromschalter um, drehte das Wasser auf, den Gashahn, die Heizung – alles sprang problemlos an und funktionierte, als seien wir überhaupt nicht fort gewesen. Dasselbe im Büro, von wo ich am Abend, weil's regnete, mit der U-Bahn zurückfuhr. Die vor Wut bebende Fahrerin schrie vor jedem Türschließen durch die Lautsprecher »Ssssssurückbläääm!!!!« (dazu dachte sie hörbar »Ihr Dreckschweine«) – zwei Touristen aus Bayern, die neben mir standen, erblassten jedes Mal vor Schreck –, und Berlin hatte mich wieder.

Du fragst, ob Du vielleicht nicht doch lieber in sanftere Gefilde ziehen solltest? Unbedingt! Man wird dort anders. Allein die Verlangsamung des Alltags … Das langsame Heranfahren der Vaporetti beispielsweise, die man von weitem schon sieht, wie sie die Anlegestelle rammen, wie eine Kuh, die sich mit dem Hintern im Stall Platz verschafft, kraftvoll-zutraulich, dann steigt man ein, wird vom Rudergast am Arm gestützt, wenn man torkelt, das Schiff fährt langsam wieder an, die Leute reden miteinander, man hat dreiundzwanzig Sekunden verloren, weil ein alter Mann mit einstieg, man verliert seinetwegen weitere siebenundzwanzig Sekunden beim Aussteigen – und hat dadurch unverhofft fünfzig Sekunden dazugewonnen … Oder die Wege! Jeden Tag freute ich mich, von der Wohnung zum Vaporetto und zurück zu gehen. Wir hatten einen romantischen Weg entdeckt, an einem schmalen Kanal entlang. In Berlin kommen mir die Wege immer wie notwendige Übel vor. Wenn ich von der Wohnung zum Bus gehe, kürze ich alles ab und renne fast, weil's mir hier nie um die Wege geht (ich müsste ein buddhistischer Meister siebten Grades sein, um die Wege hier als Ziel wahrnehmen zu können). In Venedig konnte ich es kaum erwarten, was ich wohl sehen würde. Mal stand das Wasser im kleinen Kanal hoch, mal niedrig; im Dezember tauchten Vögel darin auf, die vorher da nicht schwammen; dann kam ein nie gesehenes Boot gefahren mit einem Plastiksarg drauf, der Motor tuckerte tief; ein dicker Steuermann an der Pinne hob grüßend die Hand, ich blieb stehen, senkte kurz das Haupt, verlor/gewann zwei Minuten usw.

Nur mit dem Singen, Malen und Dichten hören die meisten dort wohl auf. Aber wollen wir wirklich singen, dichten und malen?

Der Autor dankt der Forbergstiftung/
Fondazione Castelforte und der UBS Kulturstiftung
für ihre großzügige Unterstützung.

Ein besonderer Dank geht an Tamás Németh.

Bibliografische Information der Deutschen Nationalbibliothek
Die Deutsche Nationalbibliothek verzeichnet diese Publikation in der Deutschen Nationalbibliografie; detaillierte bibliografische Daten sind im Internet über http://dnb.d-nb.de abrufbar.

www.wallstein-verlag.de
Vom Verlag gesetzt aus der
Stempel Garamond und der Frutiger Roman
Umschlaggestaltung: Susanne Gerhards, Düsseldorf,
unter Verwendung des Fotos »4228/Venedig«
© Ralf Niemzig/VISUM
Druck und Verarbeitung: Pustet, Regensburg
ISBN 978-3-8353-1511-2